# 名探偵と海の悪魔

スチュアート・タートン

三角和代 訳

THE DEVIL AND
THE DARK WATER
STUART TURTON

文藝春秋

エイダに。

いまのきみは二歳で、ベビーベッドで眠っている。きみはとてもおかしくて、僕たちをたくさん笑わせる。この文を読む頃、きみはまったく別の人になっているだろう。僕たちがまだ仲良しでありますように。僕がいい父親でありますように。僕があまり失敗をしないで、きみが失敗を許してくれますように。本当を言うと、その頃の僕が何をしているかさっぱりわからない。でも、いつもがんばるつもりだ。

愛しているよ、キッド。この本はきみに捧げる。きみがどんな人になっていても。

目次

装幀　城井文平
DTP制作　言語社

# 名探偵と海の悪魔

# プロローグ

一六三四年、オランダ東インド会社――正式には連合東インド会社――は当時のもっとも富める貿易会社で、アジアから喜望峰(きぼうほう)にかけて拠点を置いていた。こうした拠点でもっとも収益をあげていたのはバタヴィア(ジャカルタの旧称)で、肉豆蔻花(メース)や胡椒などの香辛料や絹を東インド貿易船と呼ばれたガリオン船の船隊でアムステルダムへと運んだ。

この船旅は八カ月かかり、危険に満ちていた。

海図に記されていないものがほとんどであり、航海術の補助器具は初歩的なものだった。バタヴィアとアムステルダムのあいだに存在する確立された航路はただひとつで、この航路をそれた船は行方不明になることも少なくなかった。この〝北斗七星の道〟にとどまった船でさえも、疫病、嵐、海賊に翻弄された。

バタヴィアで乗船した多くの者はアムステルダムにたどり着けなかったのだ。

家令コルネリス・フォス記す

## アムステルダム行きザーンダム号に乗船せる主たる乗客ならびに乗員の名簿

**上流階級ならびに関係者**

ヤン・ハーン　東インド会社バタヴィア総督
サラ・ヴェッセル　総督夫人
リア・ヤン　総督令嬢
コルネリス・フォス　総督の家令
ヤコビ・ドレヒト　同護衛隊長
クレーシェ・イェンス　総督の愛妾
マルクスとオスベルト・ピーテル　右の者の令息
ダルヴァイン　子爵夫人

**乗客**

サンデル・ケルス　牧師
イサベル　ケルスの被後見人

アレント・ヘイズ中尉　サミュエル・ピップスの従者

**高級船員**

レイニエ・ファン・スコーテン　主任商務員　本航海の責任を負う

アドリアン・クラウヴェルス　船長

イサーク・ラルメ　一等航海士

**乗員**

ヨハネス・ヴィク　甲板長

フレデリク・ファン・デ・ヘイヴァル　火薬庫付き倉庫番

**囚人**

サミュエル・ピップス　謎解き人を自称せる者

**付記**

カスパー・ファン・デン・ベルク　ヘイズ中尉の祖父　〈十七人会〉会員

ピーテル・フレッチャー　クレーシェの亡夫　魔女狩り人

# 1

アレント・ヘイズの広い背中に石が投げつけられ、彼は痛みに吼えた。

また石が耳元でひゅっと音をたてる。三個目を膝に受けてよろめくと、無慈悲な群集はあざけりの声をあげ、もっと飛び道具がないかと地面を探しにかかっていた。市中の番人が押しとどめている数百人は、くちびるから唾を飛ばしながら侮辱の言葉を叫んでいる。目は悪意で暗くなっていた。

「後生(ごしょう)だから、離れてくれないか」サミー・ピップスが騒動に負けまいと声を張りあげて懇願した。日射しを受けて手枷をきらめかせ、彼は埃っぽい地面をふらふらと歩いている。「彼らの目当ては僕なんだ」

アレントの体格は、ピップスを含めたバタヴィアのほとんどの男と比べて縦は二倍、横は一・五倍だ。彼自身は囚人ではないのに、大きな身体を群集と小柄な友人のあいだに置き、むざむざと狙いやすい標的を提供していた。

サミーの転落前、彼らは〝熊と雀〟と呼ばれていた。いまほど言い得て妙だと思えたことはない。

ピップスは地下牢をあとにして、アムステルダム行きの船が待つ港へ連行されるところだった。四名のマスケット銃兵が彼らを護送していた。自分たちが標的にならないよう距離を保っている。

「あんたを守ることでカネをもらってるんだ」アレントは噛みつくように言うと、埃混じりの汗を目元からぬぐい、どのくらい距離を置けば安全か測ろうとした。「もうできなくなるまでは務めをまっとうするさ」

港はバタヴィア中央の大通りのいちばん突き当たりに位置する巨大な門のむこうにある。門が背後で閉じれば、群集の手は届かなくなるだろう。だが不幸なことに、彼らはこの暑さのなかでゆっくり進む長い行進の最後尾にいた。じっとりと湿気った地下牢を正午に離れたときから、門は一向に近づいていないようだ。

石がアレントの足元の地面にどさりと落ち、彼のブーツに乾いた土を振りまいた。別の石がサミーの鎖に跳ね返った。行商人たちが麻袋に入れた石を売り、なかなかの稼ぎをあげている。

「忌々しいバタヴィアめ」アレントは毒づいた。「畜生どもはからのポケットに我慢できないのか」

普段の日であれば、ここにいる人々が商品を買う相手は、大通りに並ぶパン屋、仕立屋、靴屋、製本屋、蠟燭屋だ。ほほえみ、大笑いし、地獄のような暑さについて愚痴っているのが日常だ。しかし、手枷をはめられた人間を差しだされて、好きに痛めつけてよいぞと言われれば、どんなにおとなしい者でも悪魔に降伏してしまえるのだ。

「彼らが望んでいるのは僕の血なんだからね」サミーはそう言ってアレントを押しのけようとした。「安全なところに行ってくれ、頼むよ」

アレントが怯える友人を見おろすと、その両手が効果なくアレントの胸に押し当てられていた。サミーの黒く波打つ髪は額に貼りつき、高い頬骨は獄中で殴られて紫に腫れていた。いつもしかめている茶色の目は必死の様子で見ひらかれている。かくも手荒く扱われても、容姿端麗な男だ。

対照的に、アレントの髪は短く刈りこまれ、鼻は殴られてつぶれていた。喧嘩で右耳をひとかけら嚙みちぎられたことがあり、数年前に受けた下手な鞭打ち刑のために、あごから首にかけて長い傷跡が残っている。

「港に着きさえすれば安全なはずだ」アレントは前方で沸き起こる歓声に負けないよう声を張りあげて言った。

行進を率いるのはヤン・ハーン総督で、白い雄馬に直立不動で乗り、ダブレット（詰め物入りの上着）の上に鎧(よろい)の胸当てをつけ、腰で剣をガシャガシャと鳴らしていた。

十三年前、彼はオランダ東インド会社を代表して、ここにあった村を買った。現地人たちが契約書に署名するやいなや、彼は村に火を放ち、その灰の上に道路や運河を引き、村にかわる都市となる建物の区画を定めた。

バタヴィアはいまや会社のもっとも収益をあげている拠点で、ヤン・ハーンは会社の統括機関である謎めいた〈十七人会〉に入会するため、アムステルダムに帰ることになった。

総督の馬が大通りを駆けると、群集はさめざめと泣き、あるいは歓声をあげ、指を彼のほうへ伸ばし、その脚に触れようとした。花が地面に投げられ、祝福が捧げられた。

総督はあごを高くあげ、視線は前にむけたまま、すべてを無視した。鉤鼻で禿頭の総督を見ると、アレントは馬の上にとまった鷹を連想する。

四名の奴隷が息を切らしながら、総督に遅れをとらぬようにしていた。彼らは総督の妻と娘を乗せた金箔の輿をかついでいる。そのわきを赤い顔をした侍女が小走りしながら、暑さに扇で自分をあおいでいた。

そのうしろでは、四名の鰐足のマスケット銃兵たちが、〈愚物〉を入れた重い箱の四隅を持って運んでいた。彼らの額を流れる汗が両手を濡らし、荷物を持ちづらくしていた。手を滑らせるたびに、顔に不安を浮かべている。総督の貴重品に傷をつければ罰が待っているからだ。

そのあとにつくのは雑多な見かけの集団で、ご機嫌取りやおべっか使い、高級事務官、それに総督一家と懇意の者たちである。策謀に費やされた彼らの歳月への報いとしてあたえられたのは、蒸し暑い不快な午後に総督がバタヴィアを離れる姿を見られるという栄誉だった。

つい周囲を観察していたアレントは、守るべき相手と自分のあいだに隙間を作ってしまっていた。石がヒュンと飛んできてサミーの頬にあたり、血が一筋流れた。観衆からあざけりの声があがる。

堪忍袋の緒を切らしたアレントは石をすくいあげると、いま石を投げた者に投げ返し、肩に命中させた。男は地面に転んだ。群集が怒りの声をあげ、市中の番人たちに押し寄せる。番人たちは押し返そうと奮闘した。

「いい投球だったね」サミーがつぶやくと、さらに石が彼らのまわりに降り注いで、彼は身をかがめた。

港に到着する頃には、アレントは足を引きずっていた。巨体は痛んでいる。サミーはアザをこしらえたものの、ほぼ無傷だった。それでも前方で門がさっとひらくと、安堵の叫びをあげた。

門の向こう側にあったのは、木箱と渦巻くロープ、高く積まれた樽、柳細工の籠のなかでクワックワッと鳴く鶏でできた迷宮だった。豚と牛が悲しみに満ちた目で彼らを見つめ、怒鳴る荷役作業員たちが波打ち際で上下に揺れる渡し船に荷物を積み、きらめく港に停泊する七隻からなる東インド貿易船のガリオン船隊に運ばせる準備を進めていた。帆を巻きあげてマストを剝きだしにしているさまは脚を空中にあげて死んだ甲虫のようで、すぐにどの船も三百人を超える乗客乗員で満ちることになる。

人々は行き来する渡し船の前で小銭入れをガチャガチャいわせ、自分の乗る船の名が呼ばれると人混みをかきわけて前に進んだ。子供たちは箱のあいだでかくれんぼをしたり、母親たちのスカートにしがみついたりし、その一方で父親たちは空をにらみ、猛々しく青い広がりからひとつの雲を恥じ入らせて消そうとしていた。

裕福な部類の乗客たちは少し離れて立ち、使用人と高価なトランクにかこまれていた。日傘の下で不満をこぼしながら、レースの襞襟(ひだえり)のなかで汗をかいていた。扇であおいでいるが効果はなさそうだ。

行進がとまって門が背後で閉まりはじめ、群集の耳障りな音が遠いものとなった。

最後の数個の石が木箱で跳ね返り、攻撃は終わりとなった。

長いため息を漏らしてアレントが手を膝について身体をふたつ折りにした。汗が額から地面の土へと滴る。

「具合はどうだね?」サミーはアレントの頰の切り傷を調べた。

「ひどい二日酔いさ」アレントはうめいた。「それ以外はたいしたことはない」

「市中の番人は僕の錬金術器具一式を奪ってしまったのか?」

心から不安そうな声だった。サミーは才能にあふれた男だが、とりわけ錬金術師として有能で、器具一式には推理の仕事に役立てるために発明したチンキ、粉薬、水薬が詰めてあった。これだけのものを作るのに何年もかかっており、またあらためて入手したくても材料は遠く離れた場所から取り寄せねばならない。

「いや、奴らがあんたの家を捜索する前に、おれがあんたの寝室からこっそり持ち出しておいた」アレントが答える。

「いいね」サミーは言った。「小瓶に膏薬がある。緑のだ。朝晩、傷に塗るように」

アレントは嫌そうに鼻に皺をよせた。「小便のにおいがするやつか?」

「すべて小便のようなにおいがするんだよ。小便のにおいがしなければ、いい膏薬じゃない」

マスケット銃兵がひとり、サミーの名を呼びながら波止場のほうから近づいてきた。赤い羽根つきのよれよれの帽子をかぶり、くたりとしたつばを目元まで深く引きさげている。くすんだブロンドの髪がもつれて肩へと落ちかかり、あごひげで顔の大半が隠れていた。

アレントは感心して彼を見つめた。

バタヴィアのマスケット銃兵の多くは護衛隊の所属だった。彼らが得意とするのは洒落(しゃれ)た服装で敬礼し、張り番しながら寝ることくらいだが、この銃兵の軍服は傷んでおり、実際に兵士として活動していたことが窺える。青いダブレットのあちこちには古い血痕や銃弾や剣が作った穴があり、どの穴も繰り返しつぎがあてられていた。膝までの赤いブリーチズ(半ズボン)の先の日焼けした毛深い脚は、蚊に食われた跡や傷跡だらけだった。火薬を一杯に詰めた銅製のフラスクが硝石(しょうせき)のマッチの袋にぶつかり、男の弾帯の上でけたたましく鳴っている。

アレントのもとにやってきたマスケット銃兵はきびきびと足踏みをした。

「ヘイズ中尉、わたしは護衛隊長のヤコビ・ドレヒト」彼はそう言って顔から蝿を払いのけた。「総督の護衛隊長だ。あんたたちと一緒に航海してご家族の無事を守る」ドレヒトは彼らを護送しているマスケット銃兵たちに命じた。「さあおまえたち、乗船しろ。総督はミスター・ピップスがザーンダム号へすみやかに乗船することをお望みだ。問題が発生したり――」

「謹聴！」頭上でひび割れた声が命じた。

まぶしい日射しに目を細めながら、一同は首を巡らせて声の源をたどった。

灰色のボロボロの長衣(ローブ)をまとった人影が木箱を積んだ上に立っている。血に濡れた包帯が両手と顔を包んでいた。目のところだけが細くあいている。

「病者か」ドレヒトがつぶやいた。

アレントはとっさに一歩さがった。少年時代から、こうした病み衰えた人々を警戒するよう教えられていた。彼らは何もせずとも村全体を滅ぼすに足りるのだと。咳ひとつ、あるいはごく軽く触れただけでも、長引くおそろしい死を招きかねないという(当時の迷信)。

「あいつを殺して燃やせ」総督が行進の先頭で命じた。「病者は市中にいることを許されていない」

マスケット銃兵たちはたがいに見かわし、動揺が広がった。相手は高い位置にいるので槍は届かず、マスケット銃はすでにザーンダム号に積みこまれており、誰ひとり弓矢も持っていない。

　騒動に気づいていないかのように、病者の目が集まった人間ひとりひとりを刺すように見た。

「よいか、わが主人が」——あたりをさまよっていた病者の視線がアレントのところでとまり、この傭兵の心臓が跳ねた——「ザーンダム号で旅をする。彼は秘められたるものの支配者である。あらゆる絶望と暗きものの王である。わが主人は古えの掟にしたがって、この警告を発する。ザーンダム号の貨物は罪であり、乗船する者すべてに無慈悲な破滅がもたらされるであろう。この船がアムステルダムに到着することはない」

　最後の言葉が口にされたとき、男の長衣の裾から突然、炎があがった。

　子供たちが泣きわめいた。群集は息を呑み、恐怖の悲鳴をあげた。

　病者はなんの音もたてなかった。炎は身体を這いあがり、ついに完全に呑みこんだ。

　病者は動かなかった。

　その目をアレントに据えたまま、無言で焼かれていった。

## 2

　炎に呑まれていると突如気づいたかのように、病者が長衣を叩きはじめた。

　ふらつき、後ずさって木箱から落下し、胸の悪くなるどさりという音をたてて地面にぶつかった。

　アレントは麦酒（エール）の樽をひっつかんで数歩で距離を詰め、素手で樽の蓋を引き裂いて中身を炎にかけた。服がジュッと音をたて、炭のにおいが鼻孔を焦がす。

　苦悶に身をよじらせて病者は地面を這った。前腕はひどい火傷を負い、顔は焦げていた。目だけがまだ人間だった——瞳孔は周囲の瞳の青を鞭打つように暴れ、苦痛で取り乱している。

　その口を悲鳴が割ったが、なんの音も喉を通過しなかった。

「あり得ない」アレントはつぶやいた。

　目をやると、サミーも鎖を引っ張ってもっとよく見ようとしていた。「あの男、舌を切り取られているぞ」騒ぎのなかでも聞こえるようアレントが声を張って言った。

「そこをどきなさい、わたしは治療師です」有無を言わせぬ声がした。

ひとりの貴婦人がアレントを押しのけた。女はレースの帽子を脱いで彼の手に押しつけた。ぺたりとした赤毛のカールが外気にさらされ、宝石をあしらったヘアピンが光る。

侍女が小言を囁きながらアレントの手から帽子を奪った。侍女は女主人の頭上になんとか日傘をさしかけつつ、輿へもどるよううながしていた。

アレントは輿のほうを振り返った。

急いで出てきたため、婦人は輿のフックから簾を引きちぎってしまっており、大きな絹のクッションがふたつ地面に落ちていた。輿のなかには卵形の顔の少女がいて、ちぎれた簾越しにこちらを見ていた。少女は黒髪に黒い目で、総督と同じだ。その総督は、身体をこわばらせて馬にまたがったまま、妻に非難の視線をむけている。

「お母さま?」少女が呼びかけた。

「少し待ってね、リア」貴婦人はそう返すと、茶色のドレスが魚のはらわたに汚れるのも構わず、病者の隣に膝をついた。「あなたを助けてみますから」彼女は優しく言った。「ドロシーア?」

「はい、奥様」侍女が返事をした。

「わたしの瓶をお願い」

侍女は自分の袖を探って小瓶を取りだし、コルクの蓋を開けて貴婦人に手渡した。

「これで痛みが和らぐはずですよ」貴婦人は苦しむ男に声をかけ、ひらいたくちびるの上で小瓶を逆さにした。

「そいつは病者です」彼女の膨らんだ袖が危険なほど患者に近づくのを見て、アレントは警告した。

「存じてます」彼女は素っ気なく答え、小瓶の縁にねっとりした液体の滴がたまっていくのを見ている。「あなたはヘイズ中尉でしたか?」

「アレントで結構」

「アレント」彼女は奇妙な味がするかのように、その名を口で転がした。「わたしはサラ・ヴェッセル」間が空いた。「サラで結構」ぶっきらぼうな返答を真似てそう言いたした。

彼女は小瓶を軽く振って、滴を病者の口に落とした。男は苦しげに呑みこみ、ぶるりと震えると落ち着きはじめた。目の焦点が合わなくなって身もだえはとまった。

「あなたは総督夫人ですね？」アレントは信じられずに訊ねた。たいていの上流階級の人間は火がついても輿を降りようとしないし、ましてや他人を助けるために地面に飛び降りることなどない。

「そしてあなたはサミュエル・ピップスの従者」彼女は言い返した。

「おれは――」彼は言い淀んだ。総督夫人のいらだった様子にとまどっていた。何が彼女の気に障ったのだろうと思いながら言った。「何を飲ませたんです？」

「痛みを和らげるもの」彼女は小瓶にコルク蓋をはめた。「地元の植物で作ったの。自分でもときどき使う。眠りを助けてくれる作用があるのです」

「この方にしてやれることはありますか、奥様」侍女が女主人から小瓶を受けとって袖にもどしながら訊ねた。「治療の道具をとってまいりましょうか？」

**こいつを助けようとするのは愚か者だけだ**、とアレントは思った。戦場の生活から彼は学んだのだ、どの手脚ならば失っても生きていけるか、どの傷が毎晩眠れぬほどの苦しみをもたらし、戦闘から一年後に静かに殺すことになるのか。病でただれた肉だけでもつらいというのに、この火傷では安らぎなど望めない。絶えず手当をすれば一日や一週間は生きることもできるだろうが、苦痛という代償を支払ってまで生きる価値があるとはかぎらない。

「いいえ、大丈夫よ、ドロシーア」サラは言う。「それは必要だとは思わない」

立ちあがったサラは人に聞かれない場所まで来るよう、アレントに合図した。

「もう、何もしてやれることはありません」彼女は静かに言った。「慈悲をかけてあげるくらいしかない。あなた……」彼女は喉をごくりといわせた。こんな質問を投げかけることを恥じているようだった。「いままでに人の命を奪ったことはあって？」

アレントはうなずいた。

「痛みをあたえずやれる？」

アレントはふたたびうなずき、感謝の小さなほほえみに与（あずか）った。

「自分でやれる胆力がないのが悔しい」彼女は言った。

アレントはまわりを取りかこんで囁き交わす野次馬を

押しのけ、サミーの護送をするマスケット銃兵のひとりに近づいて、その腰の剣を指さした。恐怖で呆然としていた若い兵士は、抵抗せずに剣を鞘から抜いた。

「アレント」サミーが近づいてきて言った。「病者に舌がないと言ってたかい?」

「切りとられている」アレントは認めた。「しばらく経つようだ」

「終わったらサラ・ヴェッセルを連れてきてくれないか」サミーは言った。「この件には僕たちの助力が必要だよ」

アレントが剣を手にもどると、サラは病者の隣で膝をつき、その手を握ろうとしたところで、はっと思い直した。「あなたを癒やす術(すべ)がわたしにはないの」彼女は優しくそう声をかけた。「でも、あなたが望むなら、苦痛のない逃げ道をあたえられます」

病者の口が動いたが、うめき声しか出てこない。目に涙をためて男はうなずいた。

「わたしが一緒にいますから」サラは輿のなかから覗いている少女を振り返った。「リア、よければここに来て」そして少女に手を差しだした。

リアが輿から降りてきた。ほんの十二歳か十三歳だが、すでに手脚は長く、ドレスはまるでうまく脱皮できなかった皮膚のように浮いて見えた。

少女が通れるように行列が動くと、衣擦れが大きな音となって彼女を迎えた。アレントも、好奇心いっぱいの野次馬の一員となっていた。教会を毎夕訪れる母親と違って、リアの姿はめったに外で見られない。父親が何かを恥じて彼女を隠しているという噂だったが、いま彼女がためらいながら病者に近づく様子を見るアレントには、何が恥ずかしいのか見当がつかなかった。影と月光から紡がれたように並外れて色白ではあったが、可愛い少女である。

リアが近づくと、サラは不安げな目を夫にむけた。総督は馬に乗ったまま身体をこわばらせ、かすかにあごが動くことから歯を食いしばっているのがわかる。これは総督が人前で出せるぎりぎりの憤りなのだとアレントはわかった。顔を引きつらせている様子から、輿へもどれと妻子に呼びかけたいのがあきらかだったが、威厳にかけられた呪いが、自分が威厳を失ったと認めることを彼に許さない。

リアが隣にやってくると、サラは安心させるように娘の手を握りしめた。

「この人は痛がっています」彼女は柔らかい声で言った。「だから、ヘイズ中尉がこの場でその苦しみを終わらせます。わかるわね?」

少女は目を丸くしたが、おずおずとうなずいた。「はい、お母さま」

「よかった」サラが言う。「この人はとても不安で、それはひとりで立ちむかうべきことではありません。わたしたちで看取ります。わたしたちの勇気をこの人にあたえるの。目をそむけてはだめ」

病者は首にかかっていた小さな木片を苦しそうに引き上げた。木片はへりがぎざぎざで、焦げている。それを胸に押しつけ、目をかたく閉じた。

「準備ができたらいつでも結構よ」そう夫人が声をかけると、アレントはすぐさま病者の心臓に剣先を沈めた。男は背を弓なりにして硬直した。ぐったりとなった身体の下から血が染みでてきた。血が日射しを受けて光り、死体を見おろす三人の姿を映した。

少女は母親の手をしっかりと握っている。だが、その勇気は揺るぎもしない。

「がんばったわね」サラは少女の柔らかな頬をなでた。「楽なことではなかったはずなのに、とても勇敢だった」

アレントが剣をオーツ麦の麻袋で拭いていると、サラは髪から宝石のついたヘアピンを一本抜き、赤毛のカールが一房、勢いよく垂れた。

「手間をかけたわね」彼女はヘアピンをアレントに差しだした。

「親切でしたことです。金の支払いは無用」彼はそう返し、貴婦人の手できらめくヘアピンをそのままに、剣を兵士に返した。

驚きと混乱が夫人の顔の上でまじりあった。一瞬、彼女の視線がアレントにとどまる。あからさまに見つめたことを悟られてはならないと思ったか、彼女は使いこまれた帆布の山に座っていた荷役作業者ふたりを急いで呼んだ。

ふたりは針に刺されたように飛びあがり、髪の房を引っ張りながら近くまでやってきた。

「これを売って死体を焼却し、遺灰がキリスト教徒として埋葬されるように見届けなさい」サラはそう命じ、手前の男のたこのできた手のひらにピンを押しつけた。「彼が生けるうちは拒まれた平和を、死ではあたえましょう」

労働者たちが小ずるそうな視線をかわした。

「その宝石があれば、葬儀を手配してもじゅうぶんなおつりが出ます。あなたがたが楽しみたい悪徳がなんであれ、今年中はまかなえるでしょう。でもわたしは誰かにあなたたちを監視させますからね」彼女は満足げに言った。「この哀れな人が城壁の外の好ましくない土地に埋められることがあれば、あなたたちは吊し首です。――理解しましたか?」

「はい、奥様」彼らはつぶやき、敬意をこめて帽子を傾けた。

「サミー・ピップスに少し時間を割いてくれませんか?」アレントはヤコビ・ドレヒト護衛隊長の隣から彼女に呼びかけた。

サラはふたたび夫のほうを見た。総督がどのくらい不快に思っているのか推し量ろうとしたのだろう。その気持ちがアレントにはわかった。ヤン・ハーン総督は気取らない類のテーブル・セッティングにもあらを見つける男であり、妻がまるで転がる小銭を追いかけるふしだらな女のように地べたを走りまわっているのを目にするのは耐えがたいことだったろう。

総督は妻に目を留めることさえなかった。彼が見つめているのはアレントだ。

「リア、輿にもどって」

「でも、お母さま」リアは声を落とした。「サミュエル・ピップスだよ」

「そうね」彼女は肩をすくめた。

「あのサミュエル・ピップスだよ!」

「その通りね」

「〝雀〟だよ!」

「彼はその呼び名がさぞや気に入ってるでしょうね」サラはあっさり答えた。

「わたしに紹介してほしい」

「彼は人と話せるような服装でさえないのよ、リア」

「お母さま――」

「病者だけで一日の刺激としては多すぎるくらいです」サラはきっぱりと言い、あごをあげてドロシーアを呼びつけた。

娘のくちびるが反抗の言葉を形づくったが、侍女がその腕をなでて輿へむかうよううながした。

群集が溶けるようにして道を開けると、サラはシミのあるダブレットの皺を懸命に伸ばしている囚人サミーに近づいた。

「あなたの伝説はかねがね伺っています、ミスター・ピップス」彼女は膝を引いて会釈しながら言った。

辱めの日々が続いたあとにこのような予期せぬ賛辞を受けて、サミーは驚いて最初の挨拶をしそこねた。一礼しようとしたが、鎖のせいで滑稽な仕草になってしまった。

「それで、どんなご用でしょう?」サラは訊ねた。

「ザーンダム号の出発を遅らせるようお願いしたいのです。頼みます、病者の警告を看過してはなりません」

「あの病者は頭がおかしかったのだと思ったけれど」彼女は言った。

「ええ、たしかにおかしかった」サミーは同意した。「ですが、彼は舌がないのに話し、片足が不自由なのに木箱を積んだ上にのぼることができたんです」

「舌は気づきましたが、足も不自由でしたか」彼女はちらりと死体を振り返った。「まちがいなく?」

「火に焼かれてはいても、包帯の下に悪い箇所が見えました。歩くには杖が必要だったはずで、つまりは助けもなしに木箱にのぼることはできそうになかったということです」

「では、彼がひとりで行動していたとは思わないと?」

「思いません、そしてさらに懸念すべき理由があります」

「もちろん、そうでしょうとも」彼女はため息を漏らした。「懸念がひとり歩きをしたがるのはなぜでしょうね?」

「彼の手が見えますか?」サミーは彼女の言葉を無視して続けた。「片手はかなりひどく火傷を負っていますが、もう片方はほぼ無傷。じっくり観察すれば、親指の根元にアザがあり、親指自体が過去に三回は折れて歪んでいることがわかるでしょう。大工はそうした怪我を負います、その仕事の必然として。作業中に船の不安定な動きに対処しなければならない船大工ならなおさらです。彼は鰐足でもある。これもまた航海関係者に共通の特性です」

「こいつが船隊のどれかの船の大工だったと思ってるの

か？」アレントは停泊する七隻の船をながめながら言った。

「それはなんとも言えない」サミーが答える。「バタヴィアの大工はみな、多かれ少なかれ東インド貿易船で仕事をしたと言っていいからね。僕が自由に死体を調べられるのであれば、もっとはっきりとその質問に答えられるだろうが――」

「主人はあなたを絶対に自由にしませんよ、ミスター・ピップス」サラが鋭い口調で言う。「それがあなたの次のお願いだとしたら」

「そうではありません」彼は頰を赤くして言った。「あなたのご主人の意向はわかっていますし、僕の懸念に耳をお貸しにならないこともわかっています。けれど、あなたのお話ならば耳を傾けるのではありませんか」

サラは居心地が悪そうに足踏みしながら港を見つめた。海で遊ぶイルカが空中に飛びあがり、身体をひねって波をほとんど立てずにまた海中へ消えた。

「お願いです、奥様。アレントがこの件を調査するあいだ、船隊の出発を遅らせるようご主人を説得すべきです」

アレントはは
っとした。最後に自分が事件を調査したのは三年前のことだ。最近では、その方面からは手を引いている。自分の仕事はサミーの安全を守り、相手が誰であれサミーが指さした奴を踏みつけにすることだった。

「質問は剣で、返答は盾です」サミーはサラを見つめたまま食いさがった。「どうかお願いします。自分の身をお守りください。ザーンダム号が出航してしまえば、手遅れです」

## 3

バタヴィアの燃える空の下、サラ・ヴェッセルは行列に沿って進みながら、兵士、取り巻き、おべっか使いらの探るような視線を感じた。有罪を宣告された女のように歩いた――肩に力を入れ、視線は下にむけ、拳は体側で握りしめて。恥ずかしさに顔は赤くなっていたが、ほとんどの者は暑さのためと誤解した。

ふと彼女はアレントを振り返った。彼を見つけるのはむずかしいことではない。隣の男より頭も肩もはっきりと高い位置にある。死体の検分をサミーに命じられ、アレントは籠を運ぶための天秤棒で病者の長衣をつきまわっている。サラの視線を感じたか、彼が顔をあげ、目が合った。きまりが悪くなって彼女はさっと前に視線を戻した。

彼女が近づくと、夫の忌々しい馬がいななき、怒って地面を蹴った。彼女はこの獣とうまくいったことがなかった。彼女と異なり、この馬は夫の下にいることを楽しんでいた。

そう考えると邪(よこしま)な笑みが浮かんでしまい、サラは自分の顔に言うことをきかせようと苦労しながら夫に近づいた。夫は彼女に背をむけ、頭(こうべ)を垂れてコルネリス・フォスと小声で会話している。

フォスは夫の家令で、筆頭顧問であり、この街の有力者のひとりだ。見た目だけでは、到底そうとは思えない。威厳も活気もないからである。それなのに彼は権力を握ることができた。背は高くも低くもなく、横幅は太くも細くもなく、泥色の髪を頂く日に焼けた顔に際立つ特徴がなく、例外は誰に話しかけているときでも肩のあたりを見つめている緑の目の輝きだけだった。

衣類はボロではないが着古したもので、とことん希望のない雰囲気は、横を歩くだけで花がしおれてしまうのではないかと見る者に思わせた。

「わたし個人の荷物は積んだか?」総督はサラを無視して訊ねた。

「主任商務員が手配をしております、閣下」

彼らは話を中断せず、どんな形でも彼女の存在に目を留めなかった。夫は邪魔されることに耐えられず、フォスは長年仕えてきたからそれを知っている。

「荷物の秘匿性を確立する手配はしたのだな?」夫が訊ねる。

「ドレヒト護衛隊長がみずから手配しました」フォスの指先が体側で躍る。内心なにか計算しているのだろう。「ですから、第二の重要な荷物の話をいたしましょう、閣下。航海中に〈愚物〉をどこで保管するか、お望みはございますか?」

「わたしのキャビンが適切だろう」総督が言った。

「残念ながら、〈愚物〉は大きすぎるのです」フォスが言う。「船倉はいかがでしょうか?」

「わたしは会社の未来を望まれない家具のようにしまい込みたくないのだ」

「〈愚物〉が何かを知っている者はごく一部です、閣下」近づく渡し船の櫂が水しぶきをあげるのに一瞬目をやってから、フォスは続けた。「ザーンダム号がそれを運んでいると知っている者はさらに少ないほどです。あれを守る最善の方法は、あたかも望まれない家具であるように扱うことでしょう」

「聡明な考えだが、船倉はあまりに無防備だろう」

彼らは思案にふけって黙りこんだ。

日射しがサラの背中を打つ。大きな汗の粒が眉に集まってから顔を伝い落ち、ドロシーアがたっぷりと塗ったそばかす隠しの白い粉に筋をつけた。できるなら服装を調整したかった。首まわりの襞襟をはずし、湿った布を皮膚から引き剝がしたくてたまらなかったが、夫はそばでそわそわされるのが邪魔を入れられるのと同じくらい嫌いだ。

「火薬庫はいかがでしょうか、閣下?」フォスが言う。「鍵をかけて見張りをつけておりますが、〈愚物〉のように貴重なものがそこに保管してあるとは誰も思わないでしょう」

「すばらしい。そのように手配しろ」

フォスが行列のほうへ歩くと、総督はようやく振り返って妻と顔を合わせた。

彼はサラより二十歳年上で、涙滴形の頭はつるりと剃られており、黒髪が大きな両耳をつなぐようにわずかに残されている。たいていの者はバタヴィアの厳しい日射しから頭を守るために帽子をかぶっていたが、夫は自分が帽子をかぶると間抜けに見えると信じきっていた。おかげで頭皮は怒りで染まったように真紅で、日焼けで剝けた皮膚片が襞襟の襞にたまっていた。

たいらな眉の下から夫の黒い両目が彼女を推し量るように見つめてくる。指先で長い鼻を引っ掻いていた。どう見ても醜い男だったが、家令のフォスとは違うのは威厳を発しているところだ。彼の口から出るどの言葉も、いずれ歴史に刻まれるべきもののように響いた。どの一瞥も絶妙な非難を含み、それに接した者はつい自分を彼と引き比べて、自分はいかにすべきであるか考えてしまう。ただ生きているだけで、自分はよき育ちと規律、あるいは価値観の規範となるのだと彼は信じていた。

「妻よ」彼はいかにも感じよく聞こえそうな口調で言った。

彼の手がさっと顔に伸びてきて、彼女はたじろいだ。

おしろいの塊を親指で乱暴に拭われた。「暑さはなんとおまえに不親切なことか」

彼女は侮辱に耐え、視線を下げた。

結婚して十五年になるが、彼の視線を受けとめることができた回数は片手で数えるほどだった。

あのインクのシミのような目がいけない。リアの目とそっくりだが、娘の目は生命力できらめいていた。夫の目は空っぽで、魂がとうの昔に尽きたふたつの黒い穴みたいだった。

初対面のときもそう感じた。あの夜、彼女と四人の姉妹は市場で特注された肉のように、ロッテルダムの彼の客間に届けられた。彼はひとりずつ話を聞き、その場でサラを選んだ。彼の結婚申し込みは徹底しており、結婚によって彼女の父親が得る利益が列挙してあった。彼女は美しい鳥籠に入れられ、明けても暮れても柵のなかでみずからを愛でることしかできない世界に入れられることになったのだ。

あの日、サラは帰り道ずっと泣きじゃくり、嫁に出さないでほしいと父親に頼みこんだ。

何も変わらなかった。夫から父親への結婚支度金はあまりに巨額だった。そうとは知らず、彼女は売り物として生まれ、子牛のように作法と教育で太らせられたのだ。

裏切られたと感じたが、彼女は若かった。いまでは世界への理解が深まった。肉は誰のフックに吊りさげられるかについて発言権はないのだ。

「あのような見せびらかしはあるまじきことだったぞ」

ご機嫌取りたちにはほほえみかけつつ、彼は押し殺した声で言った。ご機嫌取りたちが何も見逃すまいとじりじり近づいてくる。

「見せびらかしではありません」彼女は声を抑えて言った。「病者は苦しんでいました」

「あれは死にかけだった。それを治せる水薬などあると思ったか?」彼の声はふたりの足元を這う蟻をつぶせそうに低かった。「おまえは衝動的で、むこうみずで、頭は鈍く、心は甘すぎる」サミュエル・ピップスに投じられた石のように、侮辱の言葉が彼女に投げつけられた。「おまえが若い頃はわたしもそうした資質を許したが、おまえの若さはとっくに失われた」

彼女はそこから先を聞かなかった。そんな必要もなかった。いつもの非難、激怒の嵐が訪れる前の最初の雨粒だ。彼女がここで何を言っても、何も変わらない。彼女への罰は、あとで、ふたりだけになったときにあたえられる。

「サミュエル・ピップスはわたしたちの船が脅威に晒されていると思っています」

　夫が顔をしかめた。言葉を遮られることには慣れていないのだ。

「ピップスは鎖につながれているぞ」

「両手だけです」彼女は言った。「目と頭脳は自由です。彼の考えでは、あの病者はもとは大工。おそらくアムステルダムへわたしたちを連れ帰る船隊にいたのではないかと」

「病者は東インド貿易船では働けない」

「バタヴィアに着いてから病気になったのかもしれません」

「病者はみな、わたしの命令で処刑され、死体は焼却されている。この街ではひとりとして存在を許されてはおらん」彼は腹立たしげに首を振った。「おまえは気の触れた奴と犯罪者の戯言(たわごと)にまんまと弄(もてあそ)ばれている。危険などない。ザーンダム号は健全な船長のいる健全な船だ。船隊にあれより頑丈な船はない。だからわたしはこの船を選んだんだ」

「ピップスはゆるんだ厚板を心配しているんじゃないでしょう」彼女は周囲を見回してから声を落とす。「彼は破壊工作がないかと懸念してるのでは。乗船する人は危険に晒されることになります、わたしたちの娘も含めて。わたしたちはもう息子たちを亡くしています。ですからどうか考えなおして……」彼女は息をついて気持ちを静めた。「出港前に、船隊の船長たちと話をするのが賢明ではありませんか？　あの病者は舌がなく、足が悪かった。もしも彼が船長の誰かの下で働いていたならば、すぐにわかるでしょう」

「そのあいだ、わたしにどうしろと言うのだ？」総督は暑さで汗だくになっている数百名のほうにあごをしゃくった。いつのまにか行列は、話が聞こえるぎりぎりの範囲まで音もなく近づいてきていた。「犯罪者のありがたい言葉のために、この行列に城へもどるよう命じろと言うのか？」

「〈愚物〉を取りもどすためにピップスをアムステルダムから呼び寄せたときは、あなたも彼を信頼しきっていたじゃありませんか」

夫の目が危険なほど細くなった。

「リアのために」彼女は気にせず話を続けた。「せめて、ほかの船に移るというのは？」

「いや、わたしたちはザーンダム号で旅をする」

「じゃあ、リアだけでも」

「だめだ」

「どうして？」夫の強情ぶりに気をとられて、彼の怒りのほどに注意することを怠ってしまっていた。「ほかの船でも全然かまわないでしょう。どうしてこの船にそこまで――」

総督は手の甲で彼女を叩いた。頬にミミズ腫れが残る。ご機嫌取りたちのなかから息を呑む声と忍び笑いがあがった。

港のすべての船を沈めかねないサラの視線を総督は冷静に受けとめて、ポケットから絹のハンカチを取りだした。

どんな激怒が彼のなかに築きあがっていたとしても、それはすでに霧消していた。

「娘を連れてこい。家族として一緒に乗船できるように」夫はそう言い、手についたおしろいを拭った。「バタヴィアで過ごす時間は終わりだ」

歯ぎしりをして、サラは行列のほうを振り返った。

全員が彼女を見つめ、くすくすと笑いながら囁きあうなか、彼女は輿だけを見つめた。

ちぎれた簾のむこうからリアが顔を覗かせている。なんとも言えない表情をしていた。

あんな男はくたばればいいとサラは思った。くたばればいい。

## 4

上下する櫂から落ちる水滴を日射しにきらめかせ、渡し船は波立つ青い港を横切って、ザーンダム号へと進んだ。

ヤコビ・ドレヒト護衛隊長は渡し船の中央でベンチをまたいで腰掛け、指先でぼんやりとブロンドのあごひげから塩漬け魚のかけらを取り除いていた。

サーベルは腰から外して膝に横たえてある。上等な剣で、繊細な金属の籠が柄を守っていた。ほとんどのマスケット銃兵は、槍やマスケット銃か、戦場の死体から盗んだ錆びた剣で武装している。しかしこれは上流階級の剣で、卑しい身分の兵士には高級すぎるものだった。護衛隊長はどこで手に入れたのか、なぜ売り払ってしまわなかったのかとアレントは考えこんだ。

ドレヒトは手を軽く鞘にあて、時折、囚人に疑り深い視線を投げかけつつも、同郷の渡し守と故郷の森で狩ったイノシシや、地元の酒場について温かい会話をかわしていた。

船首ではサミーが蛇のような鎖に巻かれ、錆びた手枷をみじめな様子でいじっていた。アレントはこれほど落胆した友人を見たことがない。一緒に仕事をした五年間に、サミーは小うるさく、短気で、親切で、怠け者だとアレントは知ったが、友が打ちのめされた様子を見せたことはなかった。まるで太陽が空でしぼむのを見ているようだった。

「乗船したらすぐ、おれから総督に話そう」アレントはきっぱりと言った。「道理を説いてやるよ」

サミーは首を振った。

「彼は耳を傾けはしないさ」彼はうつろな声で答えた。「そしてきみが僕を弁護すればするほど、僕が処刑されたあとできみ自身も逃れることがむずかしくなる」

「処刑だと！」アレントは大声をあげた。

「総督はアムステルダムに到着したらすぐそうするつもりだよ」彼は鼻を鳴らした。「僕たちがたどり着けるとしてだがね」

とっさにアレントは総督の渡し船を探した。少し前を進んでいて、彼の家族は布で覆われた天蓋の下で日射しを避けている。風が薄い生地を押し上げ、リアの頭が母親の膝に乗っているのが見えた。総督は少し離れた位置に座っている。

「〈十七人会〉がそんなことをさせるものか」オランダ東インド会社の支配者たちはサミーに敬意を抱いている。「あんたは貴重すぎる」

「総督はその〈十七人会〉に入るために帰国するんだ。彼はほかの連中を説得できると思ってる」

渡し船が二隻の東インド貿易船のあいだを抜けてゆく。索具からぶら下がった船員たちが、二隻のあいだの空間越しに卑猥な冗談を言いあっている。誰かが船側で小便をし、黄色の奔流がアレントらをかすめた。

「どうしてこんなことになったんだ、サミー」アレントは言った。「あんたは依頼された通りに〈愚物〉を取りもどした。栄誉を称える晩餐会もひらかれた。だがその翌日、英雄として総督の執務室に入っていったと思ったら、鎖につながれて引っ張りだされた。なぜだ？」

「そのことばかり考えているのに、さっぱりわからない」絶望している声だ。「彼は僕に自白しろと迫ったが、なんのことかわからないと答えたら、彼はたちまち激怒して僕を地下牢に放りこんだんだ。僕が考えなおすまで出さないと言ってね。だから僕はきみに、僕のことなんて放っておけと頼みつづけている」

「サミー――」

「今回の一件で僕がやった何かが彼の逆鱗に触れた。でもそれが何かわからないのだから、きみをそれから守れるとは言いかねる」サミーが話を遮って言った。「だがこれは絶対だよ、彼が僕を見限ったら、きみと僕の見事な仕事ぶりは無に帰して、オランダ東インド会社での僕たちの立場は崩れる。僕はきみにとって毒なのさ、アレント・ヘイズ。僕のふるまいがむこうみずで傲慢だったために、罰が当たったんだ。きみまで破滅させて失態の上塗りをしたくはないね」身を乗りだして血走った目でアレントを見つめた。「バタヴィアへもどって、今回ばかりは僕にきみの命を救わせてくれ」

「おれはあんたの金を受けとり、危害が及ばないようにするという約束をした」アレントは答える。「これから八カ月、あんたが鴉（からす）の餌にならないようにしないといけない。最後までやり遂げるつもりだからな」

サミーは首を振り、諦めた様子で肩を落として黙りこんだ。

渡し船がきしみをあげるザーンダム号の巨体に近づいた。船体が特大の木の壁のように海からせりあがっている。この船がアムステルダムを離れて十カ月しか経っていないが、すでに緑と赤のペンキが古びて剝げ、木部も凍てつく大西洋から蒸し暑い熱帯への航海で歪んでいた。

これほど大きなものが浮くことができるとは、悪魔の業（わざ）と言っていいほどの工学の偉勲であり、これを前にするとアレントは自分が小さくなったように感じた。片手を伸ばして目の粗い厚板に指先を這わせた。鈍い振動が伝わってくる。厚板の向こう側を想像しようとした。甲板と階段の迷路、暗がりを貫いて屈折する日射し。この規模の船を走らせるには数百人の人手が必要で、乗客も同じ数を運べる。その全員が危険に晒されているのだ。たとえ鎖につながれていても、殴られ冷遇されていても、助けられるのはサミーだけだ。

アレントは精一杯に雄弁に、この考えを伝えようとした。「何者かがこの船を沈めようとしているんだ。で、おれの泳ぎはといえば石を積めた袋なみだ。いじけて頭をケツに突っこんでないで、何かしらの手を打つことはできないのか？」

サミーは口の端を歪めて笑った。「その弁舌なら軍に崖を越えさせられそうだね」そう皮肉った。「あの死体を調べて何かわかったかい？」

アレントは港の麻袋の端切れを引っ張りだした。そのなかに包まれたのはアレントが息の根をとめたときに病者が手にしていた魔除けだ。焼け焦げていて細部は見分けがつかない。

サミーが身を乗りだして熱心にそれを見つめた。「半分に割られている。焦げていても端が不揃いなことがわかるね」彼は一瞬考えこみ、それからドレヒト護衛隊長を振り返った。鎖につながれてはいても、その声は威厳に満ちていた。「きみはいままでに東インド貿易船で働いたことはあるか？」

その質問が足を踏み入れたくない暗い洞窟であるかのように、ドレヒトは目を細くして彼をにらんだ。「ある」ようやく彼は答えた。

「船を沈める最速の方法は？」

ドレヒトはふさふさしたブロンドの眉をあげ、続いてアレントのほうにあごをしゃくった。「あんたの仲間に船体をぶん殴って穴を開けろと言えよ」

「僕は真剣なんだがね、護衛隊長」サミーが言う。

「なぜだ？」彼は疑うように訊ねた。「あんたを待ってるのは楽しいことじゃないだろうが、総督を地獄の道連れにさせるつもりはない」

「僕の未来はアレントの手にかかっている。つまり僕はもう未来など心配していなくていいということだ」サミーが言う。「ただ、この船に対する警告が発された。それが根も葉もないことだと確認したい」

ドレヒトの視線はサミーを通り越してアレントにとまった。「あの男が言ってるのは本心か、中尉？　あんたの名誉にかけて答えろ」

アレントがうなずくと、ドレヒトは周囲の船を見つめた。顔をしかめて肩にかけた弾帯の位置を調整する。胴のフラスクがガタガタと鳴った。

「火薬庫に火をつける」ようやく彼は言った。「わたしならそうする」

「火薬庫を見張っているのは誰だ?」

「鉄格子の扉の奥にいる倉庫番」ドレヒトが答えた。

「アレント、その部屋に立ち入った者と、倉庫番が何か不満を抱いていないか調べてくれ」サミーが言った。

友の声に熱意を聞き取って、アレントは勇気が湧いてきた。これまで彼らが調査してきたのはほぼ窃盗や殺人だった。つまり過去におこなわれたことであり、理解の容易な犯罪だ。いわば芝居が終わってから劇場に呼び出されて、打ち捨てられた台本や舞台に残された小道具といった断片から物語を組み立てろと依頼されるようなものだ。けれど、今回はまだおこなわれていない犯罪だった。死者の復讐ではなく生者を救う機会だ。ようやくサミーの才能にふさわしいと思える事件が訪れた。アレントが自由にしてやるまで、この件が彼の気をうまく逸らしてくれればいいのだが。

「クラウヴェルス船長の許可を取らねばならんぞ」ドレヒトが口をはさみ、まつげから海水の滴を払った。「船長の口利きがなければあんたは入れない。船長の口利きは簡単に手に入るとは言えん」

「じゃあ、そこから始めよう」サミーはアレントに言った。「倉庫番と話をしたらすぐ、港で死んだ男の身元が確認できるかどうか調べてくれ。彼は被害者だと僕は考えている」

「被害者だって?」ドレヒトがあざ笑った。「わたしたちに呪いあれと祈ったのは奴のほうだぞ」

「どうやって祈った? 彼の舌は切り取られていた。彼が実際にやったのは、別の誰かの声がわれわれを脅しているあいだ、僕たちの注目を集めておくことだけだ。あの病者が、問題の誰かの悪意を承知していたかどうかはわからない。けれど、彼がひとりでは木箱にあがれず、自分の長衣に火をつけることもできないのはたしかだね。両手は彼が木箱から身を投げだすまで脇から動いていなかったし、身体を火に包まれて恐慌状態に陥っていたのは僕たちみんなが目撃している。彼は自分に何が起こるかわかっていなかった。よって彼の死は殺人となる——

しかも凶悪な」小さな蜘蛛がサミーの鎖をすばしこく移動した。彼が片手を橋にしてやると、蜘蛛はベンチへと這い下りた。「だからアレントが彼の名前を探り、続いて彼の友人と話をして最後の数週間について情報の断片を集める。その断片から、彼がどうして木箱に乗ることになったのか、僕たちが耳にしたのは誰の声だったのか、声の主はなぜザーンダム号に乗船する者たちをここまで憎悪しているのかが、わかると思う」

アレントは身じろぎした。「そんな大それたことがひとつでもおれに可能なのかわからないぞ、サミー。ふたりでならひょっとすると――」

「三年前、きみから探偵術を教えてくれと頼まれ、僕はきみを弟子にした」サミーはためらうアレントにいらだっているようだった。「きみも探偵仕事ができる頃合いさ」

これはいわば沼地の底からあがる有毒な泡のようなもので、ふたりのあいだにもちあがるなじみの言い争いだった。

「それはもうお互い諦めたじゃないか」アレントは激していた。「おれにはあんたのやることができない。あんただってとっくにわかってるだろう」

「リールでの一件は知性による失敗じゃないよ、アレント。きみは気質で失敗したんだ。腕力があるゆえにきみは事を急いた」

「腕力のせいで失敗したんじゃない」

「あの場合はそうだったし、あの件できみが自信を損ねたのは僕も理解――」

「無実の男が危うく死ぬところだったんだぞ」

「無実の男も死ぬものだよ」サミーがきっぱりと言った。「きみは何カ国語を話せる？　そうした言語をいかにたやすく身につけてきた？　この三年というもの、僕はきみを見てきた。きみにどれだけ観察力があるか知っている。どれだけ記憶力があるかも知っている。今朝出会ったとき、サラ・ヴェッセルはどんな服装をしていた？　足元から帽子まで、言ってみたまえ」

「知るか」

「もちろん、きみは知っているさ」アレントがとっさに嘘をついたことにサミーは笑い声をあげた。「強情な男だね。馬には脚が何本あるかと訊ねたら、一頭も見たことがないと言い張るんだろう。かくかくしかじかの情報を踏まえて、さてきみはどうする？」

「あんたを生かしつづける」

「またそれか、きみの頭脳が必要だっていうときに腕力にこだわるんだから」サミーは重い鎖をもちあげてみせた。「僕の動きは制限されているんだぞ、アレント。自由に調査できるようになるまでは、きみにこの船も守ってもらわないと」渡し守が船をザーンダム号にドスンと横付けした。「総督から吊し首にされる前に、どこかの卑怯者に殺られるつもりは僕にはないからね」

## 5

何艘もの渡し船が海上に連なる長い鎖となって、まるで死んだ雄牛に襲いかかる蟻のようにザーンダム号に群がった。どの船も、ひとつだけもちこむことを許された鞄を抱えた乗客であふれている。みな縄梯子を投げろと叫ぶが、頭上高くにいる船乗りたちは梯子が見つからないふりをしたり、その声が聞こえないふりをしたりしてからかっていた。

船乗りたちにこうしたおふざけを許したのはザーンダム号の高級船員たちで、彼らはハーン総督と家族が船尾で乗船を終えるのを待っていた。一家が心地よく船室に収まるまで、ほかの乗客はいっさい、あがってくることを許されないのだ。

四本の縄のついた厚板が目下、リアを静かに引きあげているところで、サラは両手を握りしめてそれを見上げ、娘が落ちないか、縄が切れないかと気に病んでいた。

夫はすでにあがっており、サラは最後だった。

乗船のときも、ほかのすべてのときと同じく、礼儀作法は彼女に自分自身をもっとも重要でないものとして扱うよう要求した。

自分の番がまわってくるとサラは厚板に腰を下ろして縄を握り、空中をもちあがると風が服を引っ張る楽しさに笑い声をあげた。

ぞくぞくした。

脚を蹴りだしながら、陸のバタヴィアを見つめた。

この十三年間、街が城塞から周囲へ溶けたバターのように広がる光景を眺めてきた。城から見ていると、大きな街に感じられた。路地と商店、市場と狭間胸壁の牢獄。だが、この距離からだと寂しい場所に見えた。通りや運河がきつくからみあい、海岸に背をむけた様子は、まるで迫り来るジャングルを不安に思ってでもいるようだ。屋根の上には泥炭の煙がもくもくと垂れこめ、頭上を鮮やかな色彩の鳥が旋回し、やがて市場の商人たちが店じまいをするのを待っていた。彼らが残してゆく食べ物のかけらを狙って降下するときを待っているのだ。

ふいに胸が痛み、自分はこの土地をどれほど恋しく思うことだろうと悟った。朝にバタヴィアが大声で目覚めを叫ぶと、数え切れないほどの鸚鵡（おうむ）が甲高く鳴きながら枝を飛び立ち、木立を揺らし、空を色で満たす。サラはあの鳥たちの合唱を愛していた、現地の人々の奇妙で詩のように響く言語も、夕方になると彼らが道端で調理する香辛料のきいた大鍋の煮込みも愛していた。

バタヴィアは娘が生まれた場所であり、息子ふたりが死んだ場所だった。良かれ悪（あ）しかれ、彼女がいまの自分になった場所だった。

厚板がサラを運んでいった広い後甲板は、そびえ立つメインマストの陰にあった。船乗りたちが蜘蛛のように索具をのぼり、縄を引っ張って結び目を作り、大工たちは歪んだ厚板にかんなをかけ、雑用係の小僧たちは板の隙間に槇肌（まいはだ）を詰めてタールを流して防水処理を施し、叱られないようがんばっていた。

サラは娘が手すりから船の全体を見おろしているのに目を留めた。

「すごいね」リアは言った。「でも、しなくていい苦労が多すぎる」彼女が指さす先では、船乗りたちがうめきながら荷物をハッチから船倉へ下ろしていた。まるでザーンダム号は獣で、船出をさせる前に餌をやっているみたいに見えた。「もっといい滑車と帆桁があれば、半分の労働で済むのに。あの人たちが望めば、わたしが設計できるけど――」

「あの人たちは望まないし、望むこともありません」サラが言った。「利発さはポケットにしまっておきなさいね、リア。わたしたちのまわりにいるのは、それを快く受けとりはしない男ばかりなんだから。たとえそれが善意からのものであってもね」

リアはむくれてくちびるを嚙み、満足のいかない滑車を見つめた。「ちょっとしたことなのに。どうして設計してはだめ――」

「男たちは自分が愚かだと感じるのが好きではなく、あなたが話しはじめるとかならずそう感じるからよ」サラは娘の顔をなで、そこに浮かぶ困惑を和らげられたらと願った。「利発さは強さの一種で、男は自分より女が強いことを受け入れようとしない。あの人たちの自尊心がそれを許さないし、あの人たちが何よりも大切にしているのは自尊心なの」彼女はふさわしい言葉を探しあぐね、かぶりを振った。「理屈で理解できるものではないわね。とにかく、そういうふうになっているのよ。あなたは城塞に閉じこもっていた。あなたを愛し、あなたのお父さまをおそれる人たちにかこまれて。でも、ザーンダム号にはそうした保護はない。ここは危険な場所よ。さあ、わたしの言うことを心に留めて、話す前に考えてね」

「はい、お母さま」

　サラはため息を漏らして娘を引き寄せた。つらい。わが子に才能を発揮するなと言いたい母親などいないが、発揮するといばらの茂みに子供を入らせることになってしまう定めだ。「いつまでもこんなふうではないと約束するから。わたしたちが安全になれたらすぐに、望みどおりの生活を送りましょう」

「妻よ！」総督が甲板の反対側から呼びつけた。「会わせたい者がいる」

「参ります」彼女はリアと腕を組みながら答えた。

　夫と話をしているのは、肉づきのよい男だった。汗をかいた顔中に血管が浮きだし、目は血走ってうるんでいる。寝坊してぞんざいに身繕いをしたのだろうか、流行の服装をしているが、リボンは歪み、綿のシャツは片側しかベルトの内側にたくし込まれていない。粉をはたいてもいなければ香水もつけていなかった。どちらもこの男には絶対に必要だった。

「こちらは主任商務員のレイニエ・ファン・スコーテン。この航海の責任者だ」総督が言う。

　言葉の裏では嫌悪感がのたうっていた。

　ファン・スコーテンの視線がサラを秤に乗せ、重さを調べて査定し、彼女の耳に値札をつけた。

「船の責任者は船長じゃないのですか？」リアが言った。

　ファン・スコーテンは両手の親指をベルトに突っこんでまん丸とした腹をへこませ、彼に残された自尊心の澱をかき集めた。「商業船においては違います、お嬢様」彼は説明した。「船長の役割は、この船をアムステルダムへ安全に到着させるだけです。わたしはそのほかのすべてにおいて責任を負います」

到着させるだけ、かとサラは考えた。船に対して沈没しない以上の望みがあるかのような口ぶりだ。

もちろん、それ以上の望みは存在した。

これはオランダ東インド会社の船舶旗を掲げた商業船で、利益がほかのすべてに優先されるということだ。荷が傷んだり、喜望峰での貿易がうまくいかなかったりすると、船が無事アムステルダムにもどっても意味がない。ザーンダム号が死体だらけで港に流れついても、香辛料が湿気っていなければ〈十七人会〉は成功と呼ぶだろう。

「船をご案内しましょうか?」レイニエ・ファン・スコーテンがリアに腕を差しだした。宝石をちりばめた指輪のはまった指がすべて見えた。リアたちにとっては残念なことに、一同は彼の腋の下の汗ジミから目を逸らすことができなかった。

「お母さま、行きたい?」こちらを向いてそう訊ねるリアの顔は、件(くだん)の商務員に見えないようにしつつ、激しい嫌悪感でしかめられていた。

「妻と娘はあとで勝手に船となじみになればいい」総督がいらだって口をはさんだ。「わたしの荷物を見たい」

「総督のお荷物ですか?」とまどいののちにはっとした顔をして、「ああ、そうでした。わたしがみずからご案内しましょう」

「よろしい。娘よ、おまえは三号室だ」彼は背後の小さな赤いドアへ手を振った。「妻よ、おまえは六号室だ」

「五号室です、閣下」主任商務員が詫びるように訂正した。「わたしが変更しました」

「なぜだ?」

「その……」ファン・スコーテンは気まずそうに身じろぎした。索具の影が落ち、まるで網の下にいるように見えた。「五号室のほうがもっと快適ですので」

「馬鹿を言うな、すべて同じ造りだ」総督は激怒した。自分の命令が——どんなに小さなことであっても——すべての決定に優先すべきなのだ。「わたしは六号室だと明言したはずだ」

「六号室は呪われているのです、閣下」主任商務員は口早に言った。顔を赤らめていた。「アムステルダムからの八カ月の航海で、この部屋では二名が寝起きしまして、最初のひとりは天井のフックで首を吊り、次の者は恐怖で目を見ひらいたまま睡眠中に死にました。誰もいないのに夜には船室のなかから足音が聞こえるのです。お願いです、閣下――」

「どうでもよいわ！」総督は遮った。「好きな船室を選べ、妻よ。そして自由に過ごすがいい。今日は夕刻までおまえは必要ない」

「わかりました」サラはお辞儀をした。

　サラはレイニエ・ファン・スコーテンが夫を案内して階段を降りていくのを見送ると、リアの手を握り、扱いづらいスカートが許すかぎりすばやく、娘を船室のほうへと引っぱった。

「お母さま、どうしてそんなに急ぐの？」リアはほとんど引きずられかけていた。

「出港する前に、クレーシェと息子たちをこの船から下ろさないと」

「お父さまが絶対に許さないよ」リアが言った。「クレーシェはあと三カ月はバタヴィアを離れるつもりはなかったのに、お父さまが彼女を来させたがったの。命令したんだよ。彼女の船室の料金まで払って」

「だからこそ、お父さまに言うつもりはないの」サラは言う。「クレーシェが下船したことは、出港した後までお父さまにはわからないように」

　リアは足を踏ん張り、両手で母親の手をつかんでなんとか引きとめようとした。

「お父さまに罰を受けるよ」リアが怯えて言う。「お父さまにどんなことができるか知ってるよね、しかもどんどんひどく――」

「クレーシェに警告しないといけないのよ」サラは遮った。

「このあいだはお母さま、歩けなくなったよね」

　サラは態度を和らげて娘の顔を両手で包んだ。「ごめんなさい、あなたは優しい子ね。あれは……あんな姿のわたしを見せたくなかったけれど、友人を危険な目にあわせることはできない。あなたのお父さまが強情すぎて女の意見に耳を貸さないせいで」

「お母さま、お願い」リアは頼みこんだが、サラはすでに襞襟をはずし、低く赤いドアをくぐっていた。

　ドアの向こう側は狭い廊下で、アルコーヴで蠟を垂らしている一本きりの蠟燭で照らされていた。片側の壁に四つのドアがあり、それぞれにローマ数字の焼き印が押されていた。荷役作業員たちが富の重さを罵（ののし）り、うめきながら、トランクや家具を運んでいた。

サラの侍女が彼らを急かし、置き場を指示していた。

「クレーシェは何号室?」サラは訊ねた。

「七号室です。リアの部屋のむかいですよ」ドロシーアが答えてから、何か些細なことを訊きたいらしくリアを引き留め、サラはひとりで先を急げるようになった。

保護布に包まれたままのハープの弦が騒がしく鳴るなかをサラが進んでいくと、狭い船室に無理やり押しこもうとしている最中の敷物に道をふさがれた。敷物は撚り糸できつく巻かれている。

「入らないですぜ、船長」ドア枠を通すために、肩に担いだ敷物を折り曲げようとしている船乗りが哀れっぽく言った。「船倉に入れちゃだめなんですかい?」

「ダルヴァイン子爵夫人は敷物がないと承知なさらない」船長の立腹した声が室内から響く。「立ててみろ」

船乗りたちが力を入れた。ドア枠にひびが入る音が聞こえた。

「行きはどうやったんだ?」船長が怒って訊ねた。「ドア枠を壊したのか?」

「おれたちじゃなかったんで、船長」いちばん近くにいる船乗りが言い訳した。敷物の中央から細い棒が滑りでて、ゴトンと床に落ちた。棒の片端が折れた。

船乗りのひとりが急いでそれをかかとで蹴り飛ばした。

「こいつは敷物をまっすぐ保つだけのものですんで」彼はそう弁明したが、言うほど自信はないのだということをしかめた顔が暴露していた。

「畜生め」船室のなかから怒鳴る声がした。「角から角に斜めに寝かせておけ。本人が乗船したら、置き場所を見つけるさ」

敷物は船室に呑みこまれ、肩幅の広い筋肉質の男が入れ替わりに通路に出てきて、サラとむかいあった。彼の目は海の青で、髪はシラミを寄せつけないよう短く刈られていた。赤毛のほおひげが頬とあごを覆っている。こんがりと日焼けして角張った顔は、彼が指揮を取る船と同じように、かつての美男子ぶりが薄れかけていた。

サラを目にすると、彼は宮廷にいるかのように華麗な仕草で一礼した。「さきほどの言葉遣いをお許しください、奥様。ここにおられるとは気づきませんで。自分はアドリアン・クラウヴェルス。ザーンダム号の船長です」

廊下は狭く混雑しており、ふたりは気まずいほど近づいて立つしかなかった。

彼のまとうにおい玉（ポマンダー）は柑橘（かんきつ）のにおいで、歯はめったにないほど白く、水薄荷（みずはっか）を嚙んでいたと息からわかる。主任商務員と異なり、彼の服は高価で、ダブレットは深い紫に染められて、蠟燭の明かりに金の刺繡が映えていた。袖は寄せ布飾りで、トランクホーズ（膨らんだ形の半ズボン）の裾はキャニオンズ（膝までのレギンス型下着）の上で絹の蝶結びで縛られていた。靴のバックルが輝いている。

その高級な服装から成功した経歴が窺えた。船隊の船長は、荷物を無事に届ければ儲けの歩合を受けとる。とは言え、クラウヴェルスが身につけているのが全財産だと知らされてもサラは驚かなかっただろう。

「サラ・ヴェッセルです」彼女は会釈をして自己紹介した。「主人があなたのことをとても褒めていましたよ、船長」

彼は顔を輝かせた。「そいつは光栄です。これまでに二回航海を共にしましたが、ご主人はいつも楽しい旅仲間でした」

彼はサラが握りしめている襞襟にあごをしゃくった。「ザーンダム号の狭い部屋は、洒落た服装にもってこいとはいかないですね？」そこで外から船長の名を叫ぶ荒っぽい声がした。「一等航海士に呼ばれています。今夜、自分のテーブルでご一緒いただけますか、奥様？　シェフが特別なものを準備しているようですよ」

サラのほほえみは輝くようだった。こちらの希望におかまいなしで間断なく舞いこむ社交の約束に鍛えられた笑顔だ。

「もちろんです。楽しみにしております」彼女は嘘をついた。

「こちらこそ」彼はサラの手をとって礼儀正しくキスをしてから、日射しの下へむかった。

サラは七号室のドアをノックした。木のドアの奥から、友人の笑い声と彼女のふたりの息子のはしゃぐ声が聞こえた。それはまるで有毒な霧を吹き散らす薫風のようで、サラの気分はたちどころに高揚した。

室内から足音が近づき、幼い少年が慎重にドアを開け、そこにいるのが誰か気づいてぱっと顔を明るくした。

「サラ！」彼はひょろ長い腕を彼女にまわした。

母親のクレーシェ・イェンスは絹の部屋着姿であるのも気にせず、もうひとりの息子と床を転げまわって遊んでいた。息子たちはふたりとも肌着姿で、皮膚も髪もじっとり湿っており、床に放りだした衣類も濡れていた。渡し船で何かの災難が彼らに降りかかったのはあきらかだが、サラはまったく驚かなかった。

マルクスとオスベルトは災難を嗅ぎつけて追う犬のような子供なのだ。マルクスは十歳で弟より二歳年上だったが、機知に富むとは言えない。サラにぴたりとくっついて船室へ引っ張りこんだほうがマルクスだ。

「あなたはフジツボを育てたのね」彼女はクレーシェに語りかけ、愛情を込めて少年の頭をなでた。

クレーシェはオスベルトを顔から押しのけ、床からサラとマルクスを見つめた。彼女の乱れたブロンドが木の床に光輪を作り、深い青の目が日射しを受けてきらめく。顔はなめらかで丸みを帯び、青白い頬は奮闘のせいで紅潮していた。彼女はサラの知る誰よりも美しい女だった。サラと夫の意見が合うのはその点だけだ。

「こんにちは、リア」クレーシェは黒髪の少女に話しかけた。リアは母を追ってこの船室までやってきたのだ。

「サラを厄介事から守っている?」

「努力はしてるけれど、お母さまは厄介事が大好きみたいで」

クレーシェはまだサラのスカートに貼りついているマルクスをたしなめた。「サラを放しなさい。彼女をびしょ濡れにしてしまうわよ」

「ぼくたち、波の上を通ったんだ」マルクスがいつものように母親の指示を無視して説明をはじめた。「そしたら――」

「この子たちは隣の人に挨拶しようと立ちあがったの」クレーシェがため息を漏らしながら言い添えた。「もう少しで渡し船の端から転がり落ちるところだったのよ。ありがたいことに、フォスがふたりとも支えてくれた」

サラが夫の家令の名を聞きとがめて片眉をあげた。

「あなた、フォスと一緒に渡し船に乗ったの?」

「彼がわたしたちと一緒に乗った、というほうが正確ね」クレーシェは天を仰いだ。

「あの人、すごく怒ったんだ」まだ母親の上に乗ったままのオスベルトが、剝き出しの腹を上下させて言いたした。「でも、波は痛くなかったよ、本当に」

「少し痛かったけどな」マルクスが訂正した。

「ほんの少しね」オスベルトがさらに訂正した。

サラは膝をついて彼らの熱心な顔を交互に見た。天真爛漫で陽気な水色の目が彼女をじっと見つめている。この兄弟はそっくりだった。砂色の髪に赤い頰、顔の左右で世界にむけて揺れる耳。マルクスのほうは上背があり、オスベルトのほうはがっしりしていたが、そのほかはほとんど見分けがつかなかった。クレーシェの話では、息子たちは二番目の夫である父親のピーテルに似たということだった。

ピーテルは四年前に殺害されたそうだが、クレーシェはその件について話したがらない。聞きかじった逸話から、彼が心から愛され、その死が絶望的なほど悲しまれていることをサラは知っている。

「あなたたち、わたしはお母さまに話があるの」サラは言った。「リアと一緒に行ってくれる？　あなたたちに船室を見せたがっているの。そうよね、リア？」

リアの額にいらだちで皺が寄った。子供のように扱われるのが嫌なのだ。しかしこの少年たちは気に入っているから、自然な笑顔をつくれた。

「ぜひ来てほしいの」リアは真剣そのものの顔をした。「わたしの船室にサメがいるみたいで」

「まさか、いないよ」少年たちは声を合わせて反論した。「海じゃないところにサメはいないんだから」

リアはとまどったふりをした。「でも、そう言われたの。本当かどうか見てくれない？」

少年たちはすぐに賛成して、肌着姿のまま飛びだしていった。

サラがドアを閉めると、クレーシェは立ちあがって部屋着の埃を払った。「この格好で船を歩きまわるのは許されると思う？　波でびしょ濡れになってこれを着るしかなくて――」

「あなたはザーンダム号を降りないとだめよ」サラは話を遮り、襞襟を寝台に投げた。

「普通は、部屋を出ていけと言われるようになるまで、一週間はあるものだけど」クレーシェは袖のシミを見て眉をひそめた。

「この船には災いがふりかかると言われたの」

「港の頭のおかしい男が言ったんでしょ」クレーシェは疑わしげに言うと、陶器の壺が四つ並んだ壁の棚に近づいた。「ワインをどう？」

「そんなことを言っている場合じゃないのよ、クレーシェ」サラは怒った。「出航の前にあなたは船を降りないとだめ」

「頭のおかしい男の戯言を信用するのはなぜ？」友はふたつのカップにワインを満たし、ひとつをサラに手渡した。

「サミュエル・ピップスが信用しているから」

カップがクレーシェのくちびるに運ばれる途中でとまり、その顔に初めて関心の色が浮かんだ。「ピップスが乗船しているの？」

「手枷につながれてね」

「彼、夕食に出席するかしら？」

「手枷につながれているのよ」

「それでも彼はほかのほとんどの乗客よりいい服装をしているでしょうね」クレーシェは何やら想像しながら言う。「彼に会いにいくことができると思う？　噂ではずば抜けた美男子らしいわね」

「わたしが会ったときは肥やしの山から這いでてきたみたいに見えたけれど」

クレーシェはげんなりした表情を作った。「たぶん、きれいにしてもらえるでしょ」

「手枷につながれているのよ」サラはもう一度ゆっくりと言い、手つかずのカップを置いた。「下船を考えてくれない？」

「ヤンはどう言ってるの？」

「あの人はわたしを信じていないから」

「では、彼がわたしを下船させたいのはなぜ？」

「彼は下船させたがっていない」サラは打ち明けた。

「わたし……主人に言うつもりはないの」

「サラったら！」

「この船は危険なのよ」上に突きだしたサラの両手が、梁のある天井に激しくぶつかった。「あなたと息子さんたちのために、どうかバタヴィアへもどって」彼女はぶつけた指先を振って、痛みを払おうとした。「四カ月後にまた船が出る。結婚に間に合うよう帰国する時間はたっぷりあるはずだから」

「時間は問題じゃない」クレーシェが反論する。「ヤンがわたしをこの船に乗せたがった。わたしの船室の料金を払って切符を護衛隊に届けさせたのよ。彼の許可なく降りることはできないでしょ」

「では、主人と話して」サラは頼みこんだ。「下船させてほしいと頼んでよ」

「彼があなたの話を聞かないのに、どうしてわたしの話に耳を傾けるの？」

「あなたは彼の愛人だから」サラは言う。「彼はあなたを気に入っている」

「寝室のなかでだけよ」クレーシェはワインを飲み干し、サラのぶんも飲みはじめた。「自分自身の声しか心に留めないのは、権力をもつ男たちの呪いね」

「お願い！　せめて頼んでみて！」

「だめよ、サラ」彼女は穏やかに言い、サラを落ち着かせた。「それにヤンのことが理由じゃない。この船に危険があるのだったら、そんな所にあなたを置いてけぼりにできると本気で思ってるの？」

「クレーシェ」

「ふたりの夫と愛人だらけの宮廷で頑固さを教わったわたしよ、反論しても無駄。それに、ザーンダム号に危険が迫ってるのなら、わたしたちの務めはそれをとめることに決まってるでしょ。船長には話した？」

「アレントが話すことになっているけど」

「アレント」クレーシェがあだっぽく甘い声で言った。

この船のどこかでアレントは冷や汗をかきだしたのではないかとサラは思った。「あの獣のようなヘイズ中尉と、いつファーストネームを呼びあう仲になったのよ？」

「港でよ」サラは友のほのめかしを無視した。「どうすればわたしはザーンダム号を救えると思う？」

「わからない。賢いのはわたしのほうじゃなくてあなただもの」

サラは鼻で笑い、ワインのカップを奪い返してごくりと飲んだ。「あなたは大抵の人よりも多くのものが見えるじゃない」

「それはおしゃべり女を丁寧に言い換えたのよね」クレーシェは切り返した。「いいこと。心配する友人の役を演じるんじゃなく、サミュエル・ピップスを演じなさいな。あなたが彼の事件をリアと一緒にお芝居にして解決しようとしてたのは知ってるから」

「あれはゲームよ」

「そしてあなたはとても上手だった」クレーシェは口をつぐみ、熱心に彼女を見つめた。「考えて、サラ。わたしたちはどうしたらいい？」

サラはため息をついて、手のひらでこめかみを揉んだ。

「ピップスはあの病者が大工だったと考えている」彼女はゆっくりと言った。「おそらくこの船の。誰かが彼のことを知っていたはずよ。そうだとしたら、わたしたちが直面している災厄について、その人たちはもっと情報をもっているかも」

「淑女ふたりでは、ザーンダム号の深部まで無事に踏みこんでいけるはずがないわね。それに、船長はすべての乗客がメインマストより前へ行くことは禁じてるし」

「それは何?」

「いちばんのっぽのマストよ、船の真ん中あたりの」

「ねえ、そこまで足を運ばなくていいの」サラは答えた。「わたしたちは身分が高い。情報のほうから、こちらに来させればいい」

ドアを開け、彼女は声を張りあげて横柄に叫んだ。「誰か、大工を寄こして。この船室は話になりません!」

## 6

サミー・ピップスはザーンダム号に引きあげられる貨物用の網から手足を突きだして、宙づりになっていた。

「飛び降りても、手枷の重みで溺れるからな」ヤコビ・ドレヒト護衛隊長が眼下の渡し船から彼を見あげた。

サミーはこわばった笑みを浮かべた。「愚か者だと誤解されたのは久しぶりだよ、護衛隊長」

「誰だって絶望から愚か者になることはあるんだよ」ドレヒトは不満そうな声を出し、つば広帽を脱いで縄梯子に飛びついた。

アレントも彼に続いたが、動きはだいぶゆっくりだった。戦場での歳月でアレントは得たものより奪われたもののほうが多く、一段昇るごとに膝が割れ、足首が弾けた。壊れた部品がぶつかりあって音をたてる麻袋になった気分だった。

ようやく舷縁を乗り越え、ザーンダム号の四つの露天甲板のうち、もっとも広くて低い中部甲板に立った。視線を右へ左へと動かして友人を探したが、あたりは騒がしすぎた。群がる乗客たちは行き先の指示を待っており、船乗りたちは船載雑用艇にバケツで水を注ぎ、天候の影響を受けないよう大砲に麻を詰めていた。帆桁で金切り声をあげる数百羽の鸚鵡を、雑用係たちが腕を振って追い払おうとしている。

貨物はこの甲板のハッチから船倉に下ろされているところで、誰かが作業をしくじると侮辱や非難の言葉が飛び交った。誰よりも大きな声の持ち主はスロップス（幅のあるゆったりしたズボン）に上半身裸の極端な小男で、肘で抱えた乗客名簿の名前を吐きだすように叫んでいる。男を見たアレントは、雷に打たれた切り株を連想した。その背丈と横幅、日焼けして荒れた皮膚、そして奇妙な厄災の気配が漂っているせいだ。

乗客が返事をするたびに、彼は名簿の名前を線で消し、訛りのきつい声でどの寝床が割り当てられたか吠え、行くべき大体の方向へ手を突きだした。ほとんどは最下甲板に降りるよう命じられた。肩と肩、足と頭皮を寄せ合って詰めこまれ、簡単に疾病、船酔い、麻痺の餌食となる臭い懲罰箱のような場所だ。

アレントは降りていく人々を哀れみの目で見守った。

彼がバタヴィアにやってきたときの航海では、最下甲板の寝床を与えられた者の三分の一近くが死んだ。子供たちがこれからの旅を期待して階段を陽気に小走りで降りていく姿を見ると気分が沈んだ。

もう少し金はあるが個室の料金までは払えない乗客たちは、彼の右手のアーチ路から半甲板の下の隔屋へと案内された。備品や大工道具と一緒にハンモックがずらりと吊されている部屋だ。彼らは立ったり横たわったり――身体を伸ばさないかぎりは――できる空間を手に入れることになるが、それよりも重要なのはカーテンでプライバシーが手に入ることだ。

海に出て一カ月も経てば、そうした単純なことが贅沢に感じられるものだ。

アレントは故郷をあとにするときの航海でこの隔屋に泊まり、今回の帰路でも同じように旅をすることになる。すでに背中が不満をこぼしている気がした。彼がハンモックに寝ると、まるで漁網からはみ出ている雄牛のようになった。

「あんたの仲間はあっちだ」ドレヒトが中部甲板の向こう側から呼びかけ、人混みの頭上から見えるよう手を振った。そんなことをする必要はなかった。彼の帽子の生きのいい赤い羽根は見逃しようがない。

二名のマスケット銃兵がもつれた網からサミーを手荒く出しながら、はてさてどんな獲物がかかったか、海に投げ返したほうがいいんじゃないかと、しゃがれた声で笑った。

サミーはこうした辱めにじっと耐えているようだった。だが彼は銃兵たちの衣類や顔に視線を走らせて観察しており、隠された秘密はないかと分析しているのだとアレントにはわかった。

サミーが何を見つけたかは定かでなかった。

このマスケット銃兵ふたり組はバタヴィアで見知っている。軍服は脂のシミだらけ、顔も汚れていて見苦しい。上背のあるほうはティマンという。緑色の歯をして、むらのある赤いほおひげを生やしていた。小柄なほうはエッゲルト。禿頭の頭皮はかさぶたで覆われていて、緊張するとそこをひっかく癖がある。たいてい緊張している男なのは不運なことだった。

「どこへ連れて行けばいいんだ、護衛隊長?」アレントとドレヒトが近づくと、ティマンが訊ねた。

「船首の部屋を独房に改造してある」ドレヒトが答える。「船首楼を通って、縫帆手の船室へ下りよう」

乗客乗員は道を開けて彼らを通した。人々の囁き交わす声は動揺した蝿の群れの音のようだった。サミュエル・ピップスが手枷につながれた理由を知る者はいないが、仮説は誰もが持っていた。その責任の一端は自分にあるとアレントは思った。この五年というもの、サミーの調査のすべてについて報告書を作ってきた。当初は調査費を投資しただけの結果があったか確認したい顧客だけのための探偵報告だったが、やがて事務官たちが読み、続いて商人たち、とうとう一般市民にまで人気となった。今では報告書の写しがしたためられ、東インド会社の社旗がたなびくすべての港へと配布されている。舞台で演じられ、吟遊詩人が歌にまでした。サミーはオランダでもっとも有名な男だったが、彼の冒険は現実離れしており、推理方法は信じがたいものだったため、多くの者は彼をいかさま師だと思っている。そうした連中はサミーが解決した犯罪の首謀者は彼本人だと非難する。そうでなければ彼に謎が解けるはずがないと。またある者は、彼が闇の勢力と結託して、魂と引き換えに超自然の才能を手に入れたのだと非難した。

サミーが甲板に足を引きずりながら拘束室にむかうと、人々は自分たちの疑いが立証されたと、彼を指さして囁き合った。

「やっと捕まったぞ」と言う者がいる。

「賢すぎて気持ち悪い」

「悪魔と取引して破滅したのさ」

アレントがにらみつけると一瞬黙ったものの、通り過ぎると、踏みつけられた草のように囁きはふたたび起きあがった。

サミーの歩みが遅いことにいらだったエッゲルトが前に突き飛ばすと、彼は鎖に引っかかって転んだ。せせら笑いながらティマンが彼の尻を蹴ろうとしたところで、脚を振りだす暇もあらばこそ、アレントがこのマスケット銃兵のシャツをつかんで手すりに投げ飛ばした。木にひびが入った。

エッゲルトは短剣を引っつかみ、アレントに躍りかかった。

すばやい足さばきでアレントはかわし、腕をつかんでねじりあげて、短剣の切っ先をエッゲルトのあごにむけた。

ドレヒト護衛隊長がさらにすばやくサーベルを抜き放ち、剣先をアレントの胸にあてた。

「わたしの部下に手を出すことは許さないぞ、ヘイズ中尉」彼は冷静に警告し、帽子のつばを引きあげてアレントと目を合わせた。「彼を放せ」

サーベルがアレントの胸に食い込んだ。あとほんの少し押されれば、命はない。

# 7

アレントとヤコビ・ドレヒトがにらみあう騒動の只中で、サンデル・ケルスが乗船したことに目をとめる者は誰もいなかった。その長身ゆえ、本来なら目を引いたはずだ。のっぽの瘦せで猫背、そこにまとった紫の長衣はよれよれで、風で大枝に引っかかったボロ布のように手足から垂れている。皺だらけの顔は髪と同じく灰色がかっていた。

その背後の船側からもっと小さな手が現れ、その力強い指が、つかむ場所を探った。

サンデルは手を伸ばして助けようとしたが、小さな手はピシャリと叩いて払いのける。やがてカールした茶色の髪の解放奴隷(マルダイケル)の女が息を切らして現れた。サンデルよりずっと小柄でずっと若く、農民らしいがっしりした肩と太い腕をしていた。綿のシャツは肘までまくりあげられ、スカートとエプロンにはシミがある。

かさばる革の肩掛け鞄が斜めに背中にぶらさがってい て、鞄の口は真鍮のバックルでしっかりと閉じられていた。しぶきが鞄の中に忍びこんだのではないかと不安になったか、女は急いで鞄をたしかめ、口が開いていないことを見て安堵し、小さな祈りを捧げた。

女は海面で上下する渡し船に口笛を吹き、渡し守が放りあげた杖を身軽につかむと、サンデルに差しだした。彼はすぐに受けとらなかった。近くで起こっている喧嘩に気をとられていたからだった。女は首を伸ばし、人混みの隙間から覗き見て、噂に聞く〝熊と雀〟がそこにいるのだと知った。〝熊と雀〟というのは様子が目に浮かぶような綽名だが、どうやら実情を明かすより隠すもののようだ。実物のアレント・ヘイズはたんに大柄なだけではなく、山からどしどしと下りてきた巨人族のようなばけものだった。彼は身をよじるマスケット銃兵の喉にナイフをつきつけており、あごひげの兵士はサーベルの先をアレントの胸に突きつけている。アレントの巨体を考えると、あの巨人を殺すのはおろか、サーベルが刺さるかどうかも怪しく思えた。

立ちあがろうと苦労しているサミュエル・ピップスに、女は翼の折れた鳥を連想した。彼は手枷のせいで起きあがれずにいた。美男子と聞いていたが、それはもろい類の美しさだった。頬は高く、その上で茶色の目が祭壇に置かれたガラスの玉のように輝いている。思っていたより小柄で、体型は子供のように繊細だった。

「さっそく始まっておるのか」サンデル・ケルスが不快そうにつぶやく。彼は女の腕に触れ、先ほど総督が乗船した後甲板を指さした。「儀式はあそこからで問題なかろう」そう言い、杖に体重を預けた。「行くぞ、イサベル」

彼女はしぶしぶ従った。見応えのある喧嘩は大好きだから、アレントがそのおそろしい評判に見合うかどうか、自分の目でたしかめたくてたまらなかった。

後ろ髪を引かれつつ、イサベルはサンデルに手を貸してゆっくりと階段をあがった。一段ごとが彼にとっては拷問だった。

空が頭上で暗くなりつつあった。モンスーンの季節で、午後は激しい嵐になることが少なくない。だから鮮やかな青空を肘で押しわけるように進んできた雲が、太陽にふたたび顔を出すいとまを与えずに覆い隠すのを見ても、イサベルは驚かなかった。影が海面をよぎり、雨粒がぱらぱらと甲板に降りだした。風にオランダ東インド会社の大きな旗が引っ張られ、ピシピシと音をたてた。

後甲板でサンデルは、イサベルが運んでいた肩掛け鞄のバックルをぎこちなく外し、大きな本を取りだした。

書物を包む羊皮紙に雨粒が飛び散るのを見て、彼は考えを変えた。

「おまえのエプロンを掲げなさい」彼は命じた。「本を雨から守らなければならん」

顔をしかめながらも彼女は言われたとおりにした。声に鋭さを嗅ぎとったからだった。サンデルは不安を感じているのだ。

怯えが残り火のように彼女もじわじわと嚙んだ。

一年以上にわたってサンデルの教えを学んできたが、彼が敵について語るさまには、情熱が欠けているように思えた。他人に降りかかる悲劇のように、恐ろしくはあっても身に迫るものに感じられなかった。サンデルと出会う前に彼女が耐えてきた責め苦と比べると、これから自分たちが取り組むことになる仕事はおとぎ話と言ってもいいくらいだ。これを大冒険であると考えていた自分が馬鹿みたいに思えていた。

だが、いまサンデルの手が震えているのを見て、彼女は自分の喉にナイフが突きつけられたかのように感じた。

彼女の視線はさっとバタヴィアの地へむけられた。逃げるならまだ手遅れではない。日が暮れるまでには、ふたたび裸足で熱い土の上に立つことができるだろう。

「腕を伸ばしなさい！」サンデルは羊皮紙の包みを剝がして、革で装丁された表紙を露わにすると、そう叱咤した。「エプロンで本をずっと覆っておくように。濡れてしまっては困る。ぼんやりしてはならん」

言われたとおりにして、彼女は視線を遠くの屋根から引きもどした。この船にどんな危険が潜んでいるとしても、バタヴィアなら安全だと自分を納得させるのは許されざる怯懦(きょうだ)だ。彼女は貧しく、孤独で、女で、つまりはどの町のどの路地も危険ということだ。アムステルダムにたどり着けば、神は彼女にもっとよい人生を約束してくれている。彼女のやるべきことは、気をしっかりもつことだけだ。

重い本を手すりに預ける格好で、サンデルは威厳の保てるかぎりすばやく、頁をめくり始めた。最初の頁には、山羊の身体に痩せこけた人間の顔を生やしたばけものが蛇の王座に座る絵があった。次の頁では牙のある拷問台が上昇しながら、悲鳴をあげる山積みの人間に牙を食いこませている。その次にあるのは、蜘蛛の身体に三つの頭のある怪物が頬を赤らめる侍女に流し目をくれる絵だ。

頁をどれだけめくっても、おそろしいものが描かれている。

イサベルは顔をそむけた。この本は大嫌いだった。初めて中身の一部を見せられたとき、彼女はサンデルの教会の床に胃の中身をぶちまけた。邪悪なるものがはしゃぐ姿を見ると、今でも気分が悪くなった。

サンデルはついに目当ての頁を見つけた。トゲだらけの翼が生えた裸の老人が、蝙蝠(こうもり)の頭と狼の身体をした忌まわしいばけものに乗っている。老人の手には鉤爪が生え、狼に捕らえられた若い少年の頬をその爪でなでている。怯える少年を笑っているのか、ばけものは歯を剝きだして舌をちょろちょろと出していた。

反対側の頁に、尻尾を生やした目のような印が描かれていた。その下に奇妙な呪文がある。

印に手のひらを押し当て、サンデルは視線をふたたび諍(いさか)いのほうへとむけた。

サミュエル・ピップスが何やら話しており、全員の視線が彼に注がれていた。噂に聞いたとおりの男のようだ。床に転がされていても、手枷をされ、見くびられていても、彼の威厳に変わるところはなかった。あの巨人でさえ服従しているようだ。

雨が激しくなる。滑車を伝って滴った水がエプロンに水たまりをつくり、滲みはじめた。空は煤けたような色となり、雲の切れ目から黄金の日射しが細く見えている。どういう理由からか、ドレヒト護衛隊長が身体を硬くし、サーベルをさらにアレントの胸に押しつけた。

「刺せ」サンデル・ケルスは声を殺して言った。「今すぐ刺すのだ」

## 8

短剣をエッゲルトの喉に突きつけ、自分の胸にはサーベルを押しつけられたアレントは、願ったように滞りなく乗船することはできなかったなと考えていた。

「じっとしてろ」身をよじるエッゲルトを押さえる手に少し力を加えた。

そして、微動だにせずサーベルの柄を握っているヤコビ・ドレヒトを見つめた。

「あんたに何も文句はない」アレントは言った。「だが、サミー・ピップスは素晴らしい男で、こいつのような小便のシミ野郎に手荒く扱わせるつもりはない」彼はティマンにあごをしゃくってそう言った。ティマンはめまいがするのか、ふらふらと立ちあがるところだった。「サミーは退屈した兵士の慰み者じゃない、そう明言してもらいたい。今後、彼を傷つけた者は誰であれ、そのことを後悔できるほど長生きできないことになる」

アレントには一切の不安も見えなかった。

オランダ東インド会社のマスケット銃兵ほど汚れきった人間はいない。この賃金は低いため、最悪の心の持ち主しか引き寄せない。彼らが故郷を遠く離れて無謀な航路をたどることに満足できるのは、故郷には死刑執行人が待っているからだ。国を出てしまえば、関心をむける先は楽しみと生き延びること、そしてそのふたつのあいだに割って入る者に災いを為すことだけとなる。

こうした者たちを指揮するには、恐怖を使うしかない。どの違反に目をつぶり、どの侮辱に血をもって対処するか、ドレヒトは学ばねばならなかった。もしドレヒトがアレントを殺さず、この部下たちの名誉を——そんなものそもそも備わっていなかったとしても——守ろうとしなければ、彼らは弱腰と見るだろうし、それからの八カ月、ドレヒトは乗船時にはあった権威をわずかでも取りかえすために奮闘することになる。

アレントが短剣を握る手に力を込めると、エッゲルトの血が一滴、刃先から伝った。「剣を下ろせ、ドレヒト」

「まず、わたしの部下を放せ」

見つめ合う彼らの顔に、咆吼(ほうこう)する風が雨を叩きつける。

「きみはサイコロ賭博で仲間にいかさまをされたんだね」サミーの一言が緊張を破った。

全員がそちらを見た。彼の存在をすっかり忘れていた。彼はアレントに取り押さえられたマスケット銃兵のエッゲルトに話しかけている。

「なんだと?」エッゲルトが言った。あごが動いたせいで、アレントは短剣を下ろさねばならなかった。うっかりこの男におまけの口を開けてしまいかねない。

「さっききみたちが僕を網から出しているとき、きみは彼をにらみつけていたね」サミーは苦労して立ち上がった。顔をしかめている。「彼は最近、きみを怒らせるようなことをしたんだ。そしてきみは、彼の小銭入れに視線を投げては眉をひそめていた。僕たちが歩いているあいだ、彼の上着の下で、問題の小銭入れはジャラジャラ鳴っていた。きみの財布からは音がしなかった。空っぽだからだろう。きみはいかさまをされたのではないかとずっと考えていた。彼はいかさまをやったんだよ」

「やれるはずがない」エッゲルトは鼻で笑った。「使ったのはおれのサイコロだったから」

「きみのを使うよう提案したのは彼だろう？」

「そうだ」

「最初のうち何度かは勝てたが、彼が勝ちはじめてから、きみは運に見放された。そうだろう？」

エッゲルトが禿頭のかさぶたをひっかいた。サミーに気をとられて、アレントが短剣を離したことに気づいていない。

「なんでわかるんだ？」彼は怪しみながら訊いた。「こいつが何か言ったのか？」

「彼は手のなかにもう一組のサイコロを隠していたんだよ」サミーが説明した。「自分が勝ったときに賭け金と一緒にきみのサイコロをすくいあげ、隠していたほうとすり替えたんだ。ゲームが終わると、きみのサイコロを返した」

この洞察に、周囲の者たちは驚きのつぶやきをもらし、サミーらを見つめた。こんなこと悪魔にしかできないとサミーを非難する声もいくつかあった。いつもこうだ。

サミーは彼らを無視して、壁にもたれるティマンをあごで示した。「彼の小銭入れを開ければサイコロが入っているはずさ。五回振れば、五回とも勝つサイコロだろうね。彼の有利になるように錘が仕込んである」

エッゲルトの怒りが膨らむのを見てドレヒトはサーベルを鞘に収め、ふたりのマスケット銃兵のあいだに割って入った。

「ティマンはむこうへ」彼はメインマストのほうに手を振って命じた。「エッゲルトはあの下だ」彼は最下甲板への階段を指さした。「今日はおたがい近づかないように。さもないと、わたしに呼びだされることになる」呼びだしが楽しいものにはならないことを彼の目が明確に伝えていた。「おまえたちも引きあげろ。ほかにやることがあるはずだろう」

不満を漏らしながら野次馬たちは散り散りになって去って行った。

ドレヒトはエッゲルトとティマンがやりあっていないことを確認してから、サミーに視線をむけた。

「どうしてわかった?」ドレヒトのなかにあるのは感嘆と警戒の混ざった奇妙な感情で、サミーの才能はしばしばこれを引き起こすのだ。

「あの男たちの性格と、それぞれの小銭入れの重さの比較から」アレントはサミーから埃を払ってやった。「ひとりがもう片方に怒っているのはわかり、その動機は単純に金だと考えた。それで彼の怒りを自然な方向へ誘導したわけさ」

今の言葉が意味するところが、ヤコブ・ドレヒトの顔に驚くべき速さで広がっていった。

「つまりあてずっぽうだった?」彼は信じられないという口調で叫んだ。

「いかさまのやり口なら知っているからね」サミーは鎖の許す範囲で腕を広げた。「若い頃は自分でも使った。すばやい指先と、たっぷりの練習と、相手がいかさまをされていることに気づけない鈍(にぶ)ちんであることが必要だが。あのふたりにはそうした性質が全部あるのが僕にはわかった」

ドレヒトは大声で笑って首を振った。サミーの豪胆さに感心していた。

「あんたがサイコロでいかさまをやったのか? 育ちのいい者がどこでサイコロのいかさまを学ぶんだ?」

「きみは僕を誤解しているよ、護衛隊長」気まずそうに言う。過去についてはあまり話そうとしないが、サミーが懸命に過去から逃げだそうとしていることはアレントも知っていた。「僕は高貴な生まれじゃない。子供の頃に父は死んだ、母はめったにお目にかかれないほど貧しい後家。僕は土塊(つちくれ)を枕に、風を毛布にして育った。近づいてくる硬貨はすべて奪いとるしかなかった。余所様(よそさま)のポケットに手を突っこんででもね」

「あんた、泥棒だったのか?」

「踊り手、曲芸師、錬金術師でもあったよ。まず第一にあくまでも生き延びる者(サバイバー)だったし、いまでもそうだ。だからこそ僕はアレントを雇っている。調査の対象となった人殺したちが僕を彼らの被害者に加えないように。彼はその方面で腕が立つんだよ、護衛隊長。そして誰かが僕を脅かせば、彼は黙っていない」サミーは片眉をあげた。「僕らはなかなかむずかしい立場にあるわけだ」

「その通り」ドレヒトは言った。「だから、あんたの安全は保証する。信頼できる人間を独房の見張りにつける。あんたにちょっかいを出す者はわたしに呼びだしをくらうことになると、乗客乗員に伝えておく」彼はアレントに手を差しだした。「わたしの名誉にかけて誓おう、ヘイズ中尉。この取り決めを受け入れてくれるか?」

「受け入れよう」アレントは握手をかわした。

「では、遅くなったがピップスを独房に案内する」

彼らは屋外の中部甲板から、船首の広々とした薄暗い隔屋へ移動した。フォアマストの太い柱が屋根から床を貫いている。角灯がひとつ天井で揺れ、おがくずのなかで座っている船乗りたちのぼんやりした顔を照らし出し、ついで別の場所を照らした。船乗りたちは不満をこぼしつつ、サイコロで遊んでいる。

「ここは悪天候の際に船員が余暇を過ごす場所だ」ドレヒトが説明する。「この船でもっとも危険な箇所だ。私見だがな」

「危険だって?」アレントが言った。

サミーがおがくずを蹴ると、その下に血痕があるとわかった。

「航海に出ると、船の前半分が船員のものとなり、うしろの半分は乗客と高級船員の専用となるのだ」ドレヒトが話を続けた。「とくに仕事がないかぎり、どちらもほかの半分に足を踏み入れることは許されない。つまり、船の前半分は基本、無法地帯だ」彼がハッチをあげると梯子があった。「ここを下りる」

下りてみると、狭い部屋にたどり着いた。太く巻かれた帆布が壁のフックからいくつもぶら下げられている。床に釘付けされた作業台があり、ひとりの縫帆手がアレントの手ほどもある鉄の針で二枚の麻布を縫いあわせていた。縫帆手は関心なさげに彼らをちらりと見ただけで、仕事を再開した。

サミーは隔屋をじっくりながめた。「告白しよう。もっとひどいのを想像していたよ」

背後でドアがひらき、腹も肩も丸く膨らんだ塊が戸口をくぐってきた。禿頭でズタズタの耳の男で、あばただらけの皮膚は小動物が横切ったあとの砂地を思わせた。革の眼帯が右目を覆っていたものの、それを囲む蜘蛛の巣のような傷跡はまったく隠せていなかった。

男はピップスの手枷を見て冷笑した。

「貴様が囚人か?」ひび割れたくちびるを舐めた。「乗船すると聞いてた。お相手できるのを楽しみにしてたぜ」

縫帆手が縫い物を続けながらにやけた。

「彼はわたしの保護下にあるからな、ヴィク」ドレヒトがサーベルに軽く手をかけて警告した。「マスケット銃兵に見張らせる。ふたりのどちらかに少しでも危害が加えられたら、あんたを鞭打ちの刑にする。十人の船乗りがあんたは別の場所にいたと誓っても関係ない」

ヴィクは顔色を変えて進みでた。「兵士ごときが」――吐きだすように言った――「おれに指図するのか? てめえは船員について権限なんざもってねえ」

「だが、わたしは総督に話を聞いてもらえるし、総督は誰にでも話を聞いてもらえる」

ヴィクは顔をしかめて荒々しい足取りで梯子へむかった。「だったら、そいつを黙らせとけよ。夜中に叫ばれて寝られねえようじゃ、たまらんからな」

見かけ以上に敏捷に、ヴィクは梯子を跳ねるようにあがってハッチの先へ消えた。

「あれはなんだったんだ?」サミーが訊ねた。

「甲板長」ドレヒトは不快そうに言った。「彼が船員たちをまとめている」

「サミーをあいつと一緒の部屋に押しこむのは勘弁してくれよ」アレントが言った。

「それはない、ヴィクの船室はそこだ」ドレヒトが応え、先ほど甲板長が出てきたドアを指さした。「独房はこの下だ」

彼は別のハッチを引き開けた。ここの梯子はとても狭く、アレントの肩が途中でつかえた。身をよじってどうにか進んだ。

下は縫帆手の倉庫で、上から投げこまれた布切れが床に積みあがっていた。喫水線の高さとなるここでは、穏やかに寄せる波が破壊槌の強打に変わっていた。ハッチからうっすらと光が射すだけで、ほかは暗闇。一瞬の間ののち、アレントはドレヒトが奥の小さなドアのかんぬきをはずしているのが見えた。

「ここが独房だ」彼が言う。

アレントはサミーを制止して、まず自分が独房に頭を突っこんだ。真っ暗で窓はなく、悪臭が漂い、フォアマストがまんなかに突きとおっている。天井はサミーが座ってやっとのことで背筋を伸ばせる程度だった。

「なんだこの部屋は？」アレントは怒りの爆発をどうにか抑えて訊ねた。戦場で捕虜となった士官は階級にふさわしい扱いを受ける権利があり、拘束中はまともな住居をあたえられる。サミーも同じだと予想していた。

「申し訳ない、ヘイズ。総督の命令なのだ」

サミーの顔に初めて焦りが見えた。彼はドアから後ずさりして、首を振った。

「護衛隊長、頼む。とてもここでは……」

「命令にはしたがっていただく」

サミーは血走った目をアレントにむけた。「ここは狭すぎて、僕はおそらく……」逃げられぬものかと考えているのか、彼は梯子を見つめた。

ドレヒトは身を固くしてサーベルの柄を握りしめた。

「彼を落ち着かせてくれ、ヘイズ中尉」

アレントは友人の肩をつかみ、正面から顔を見つめた。

「おれが総督と話をする」なだめるように言った。「別の部屋に移れるようにしてやる。だが、あんたが死んだらそれはできない」

「頼む……」サミーは友にしがみついた。「ここに置いてきぼりにしないでくれ」

「そんなことはさせない」サミーが狭い場所を嫌うとはアレントは知らなかった。「今すぐ総督のところへ行く」

震えながらサミーはうなずき、すぐに首を振った。

「いや」しゃがれた声が出て、続いてもっとしっかりした声を出した。「いや。きみは何よりこの船を救わなければ。まずは船長と、次に倉庫番と話せ。誰が、なぜ、この船を脅やかそうとしているのか探りだすんだ」

「それはあんたの仕事だ」アレントは言い張った。「おれはあんたを救う。そうしたら、あんたがみんなを救え。いつもそうだったろう。おれは総督と話す。きっとわかってくれる」

「時間がないんだ」ドレヒトに肩をつかまれて牢獄へ導かれながら、サミーは言った。

「おれにはあんたの仕事はできない」アレントは言った。先ほどのサミーに負けないくらいの焦りを感じていた。

「だったら、それができる者を探せ」サミーが応えた。

「僕にはもうきみを手伝えない」

「入れ」ドレヒトがきっぱりと言う。

「頼む、手枷を外してくれ」アレントが言った。「はめられたままでは、一時も休まらない」

ドレヒトは錆びた手枷を見つめて考えこんだ。「総督は手枷については特に何も命令しなかった」そう言った。「できるだけ早く、誰かに手枷の鍵をもたせよう」

「こうなっては、すべてはきみにかかっているんだ」サミーはアレントに言い、両手両膝をついて牢獄に這っていく。

一瞬ののち、ドレヒトがドアを閉めてかんぬきを下ろし、サミーを完全なる暗闇に投げこんだ。

## 9

サラは船室の幅いっぱいを行ったり来たりしていた。時折立ちどまっては舷窓の外を見つめ、バタヴィアがまだ変わらずそこにあることを確認してほっとした。ザーンダム号は錨(いかり)をあげていないから、この船を脅やかす陰謀についての情報を暴く時間がまだあるということだ。

出港の前に手堅い証拠を見つけることができれば、手遅れになる前に、頭の固い夫に危険を納得させることができそうだ。

残念ながら大工は顔を見せず、彼女はいらだちを募らせていた。

「そんなふうに歩きまわっていたら、奥様が船を沈めますよ」床に膝をついてサラの服を抽斗に入れていたドロシーアがたしなめた。

そんな素っ気ない物言いが、この侍女には許されていた。ずっと一家のもとにいて、サラは彼女がいなかった頃の生活を思いだせないほどだった。結婚したときドロシーアはすでに夫の世帯の一員で、あの吐き気を催すほど不快な新婚時代、サラにとって彼女は、ほっとできて、口喧嘩もできる唯一の相談相手だった。

三つ編みの髪はすっかり白くなったが、そのほかは何も変わっていなかった。めったにほほえまず、声を荒らげることもなく、過去についてはだんまりを通している。それでも長年のうちに親しくなったのは、彼女は機転が利き、ときに思慮深く、総督に憎しみを抱くことを悪いと思っていないからだ。

ドアからノックの音が三回聞こえ、ドロシーアはつらそうに立ちあがって――彼女の膝は絶えず悩みの種だ――顔をしかめながらドアを開けた。

「どちら様？」彼女は隙間から問いかけた。

「大工のヘンリだよ」むくれた声が答える。「あんたの奥様が棚を作ってほしいって」

「棚とは？」ドロシーアが振り返って訊ねた。

「大工をご案内して」

サラは自分の言いかたに間抜けになった気がした。ご案内するものなどたいしてないからだ。この船室は城の衣装室にすっぽり収まるだろう。低い梁の天井の下に、ひとり用の寝台が壁に造りつけられ、その下に抽斗がふたつ。舷窓のそばに机がひとつ、飲み物を置くためのラックがひとつ、専用のくぼみに目立たぬように押しこまれたおまるがあるだけだ。少しでも快適にするために絨毯が敷かれているほか、サラは油絵を二枚とハープをもちこむことを許可されていた。

ゆったりした城塞で何年も生活した後では、ザーンダム号の内装には柩(ひつぎ)に投げこまれたような気分にさせられた。

できるだけ船室の外で過ごすことにしよう。

ヘンリが前かがみになって部屋に入ってきた。道具箱と板を何枚か抱えていた。

ひどく痩せているせいで胸板の皮膚は引きつっており、腕にうねる筋肉が浮きでていた。鼻のまわりにはニキビが教会の礼拝者のように集(つど)っている。

「どこに棚をつけるんですかね？」彼は不機嫌な声で訊ねた。

「そことそこに」サラはすでにあるラックの上と下の空間を指さした。「時間はどのくらいかかりますか？」

「長くはかかりません」彼は凹凸のある壁の表面をなでた。「甲板長が出港前にもどるように、とのことですんでね」

「できのいい仕事には褒美をあたえるべきです」サラは言う。「手間賃に一ギルダー払いましょう。あなたの仕事を気に入ればですけど」

「うん、奥さん」ヘンリはかすかに活気づいて言った。

「はい、奥様、でしょう」ドロシーアが叱り、サラの薄手のドレスを一枚きれいにたたんだ。

サラは寝台に腰を下ろそうかと思ったが、親しげにしていると思われるのは嫌で、机の椅子を引っぱり出して、取り澄まして浅く腰掛けた。

「あなた、この仕事をするにはお若いようだけど」既存のラックの長さを前腕と手で測るヘンリを見つめながら、声をかけた。

「自分は大工助手で」気のない様子で答えた。

「大工助手としては若いほうですか？」

「いや」

「いいえ、奥様！」ドロシーアが怒って訂正し、若者を顔面蒼白にさせた。

「いいえ、奥様」彼はつぶやいた。

「大工助手の仕事はどんなことですか？」サラは愛想よく訊ねた。

「大工親方がやりたくない仕事を全部です」恨みのこもる声だった。

「わたしは大工親方に会ったことがあるかしらね」サラはできるだけ退屈で関心がなさそうな口調を心がけた。

「足が悪いひとでしょう？　舌がなくて？」

　ヘンリは首を振った。「あなたが言ってるのはボシーです」木炭の棒で板切れに印をつけながら言った。

「彼は大工親方ではないの？」

「片足が悪いんじゃマストに登れないすよ」まるで大工親方の業務内容が常識であるかのように鼻で笑う。

「でしょうね」サラは同意した。「そのボシーはこの船で働いているのかしら、それともわたしは全然別の人と勘違いをしてる？」

　彼は気まずそうにもじもじして、落ち着かない様子でサラをちらりと見た。

「どうしたの、お若い人？」彼女は厳しい目つきで訊ねた。

「ボースンが、あいつの話をしちゃだめだって言ったんで」口ごもって言う。

「ボースンというのは？」

「甲板長（ボースン）、甲板の船員の責任者です。甲板長は自分たちが船の内輪のことを知らない人と話すのが好きじゃなくて」

「それで、その甲板長の名前は？」

「ヨハネス・ヴィク」

　彼はためらいながら答えた。まるで名前だけで本人を呼び寄せてしまうとでも言いたげだ。

ヘンリは板を一枚拾いあげると廊下に出て、サイズに合わせてノコギリで切りはじめた。やがて木切れがゴトンと床に落ちる。

「ドロシーア」サラは大工を見つめながら言った。「わたしの小銭入れから二ギルダーもってきてくれる？」

欲がヘンリの視線をあげさせたものの、彼はそのまま板を切りつづけた。大工助手が週にその額以上を稼いでいることはなさそうだとサラは考えた。

「二ギルダーは最初の約束の一ギルダーに足してあげる。ヴィクがボシーについて何をわたしに知られたくないのか、話してくれれば」サラは言った。

ヘンリの身体がそわそわした。意志が揺らいでいるのだ。

「船員仲間に知られることはありません」サラはたたみかけた。「わたしは総督の妻。わたしが残りの航海でほかの船乗りと話すことはまずないでしょう」相手がそれをしっかり理解するまで、一分の猶予をあたえてから、硬貨を差しだした。「さあ、ボシーはこの船で働いていたの？」

ヘンリはサラの手のひらから硬貨をひったくって、さっと船室のほうに顔をあげてみせる。人に聞かれないところで話したほうがいいとほのめかしている。サラは彼に続いて部屋に入り、品行の面から容認される範囲でドアを閉めた。

「はい、そいつはザーンダム号で働いてました」ヘンリは言う。「海賊の襲撃で足を悪くしたけれど、船長が彼を気に入ってたからそのまま残したんすよ。この船を彼ほど知り尽くしてる者はいないと言って」

「どこもおかしくない話ね」サラは言った。「なぜヴィクはそれをわたしに知られたくないの？」

「ボシーは口を閉じているということがなくて」大工はかすかにひらいたドアを不安そうに見つめながら言う。「なんでもベラベラとしゃべったんです。サイコロ賭博で人を負かせば一週間はそのことであてつけを言いつづけるし、もし娼婦と」――ドロシーアの形相に気づいてヘンリの顔から血の気が引いた――「ともかく、あいつはずっとおしゃべりしてる奴なんです。最後に言ってたのは、バタヴィアで何か取引をして、それで金持ちになるってものでした」

「ずっとおしゃべりしていたの？」サラは眉をひそめた。

「わたしがボシーに会ったとき、彼は舌をなくしていたけれど」

　そこで初めて大工は恥じ入ったように見えた。「ヴィクがやったんすよ」静かにそう言う。「一カ月前に切り落とされたんです。ボシーがうるさくわめくのを聞くのにうんざりしたと言って。中部甲板でやったんです。自分たちにボシーを押さえさせて」

　なんと哀れなことかとサラは思った。「船長の命令でヴィクが？」

「船長は見なかったし、他の誰も見てない。そもそも誰もヴィクに反対なんてできませんや。ボシーだってそうだった」

　サラは東インド貿易船での生活がどんなものかわかりはじめてきた。

「あなたが彼を押さえたということは、彼は病者ではなかったのね」

「病者？」ヘンリはぞっとしたように震えた。「病者は東インド貿易船への乗船を許されないすよ。港に入ったあとで病気になったとかじゃないですかね。港に入ってしまえば、船長は自分たちに自由に行き来させるんで。自分たちのほとんどはバタヴィアで休暇を取りましたが、ボシーは舌を切られてからは船に隠れてました。ひとりきりで」

「舌を失う前に、ボシーはその〝取引〟について、ほかに何か話していなかった？　誰と取引したかとか？」

　大工は必死で首を振った。あきらかに質問をもうやめてほしいらしい。「いままでにないくらい楽に稼げたとしか。あちこちで頼まれ事を少しやったと。どんなことをしたか訊いたら、彼はあのぞっとする薄笑いを浮かべてこう言ったんすよ、〝ラクサガール〟と」

「ラクサガール」サラは当惑して繰り返した。彼女はラテン語、フランス語、フランドル語を流暢（りゅうちょう）に話せるが、そのような言葉を聞いたことがなかった。

「どういう意味なの？」

　大工は肩をすくめた。そのときのことを思い出すのは愉快でなかったようだ。「自分は知らないし、仲間も誰も知らなかったす。ボシーはノルン地方（オークニー諸島、シェトランド諸島、ケイスネス）出身で、たぶん故郷（くに）の言葉なんでしょうけど、あいつの言いかたには……自分たちはぞっとしちまいましたよ」

「この船でほかにノルン語を話す人は？」

大工は暗い笑い声をあげた。「甲板長だけ。ヨハネス・ヴィクです。彼に話をさせるには三ギルダーじゃ全然足りないすよ」

## 10

アレントが縫帆手の船室を後にしてすぐ、船の中央で鐘が鳴り、先ほどの小男が台に立って鐘内部の舌に結ばれたロープを引っ張った。

「あがれ、おまえら！」小男がくちびるから唾を飛ばして叫んだ。「甲板にあがれ、全員だ」

あちらこちらでハッチが勢いよくひらき、火事から逃げる鼠のように船乗りたちが下の甲板からぞくぞくと現れた。中部甲板にぎっしりと詰めかけ、たがいを踏み台にするようにして索具に駆けあがったり、手すりに腰を下ろしたり、空いている膝に座って笑ったり突き飛ばし合ったりしていた。

アレントは船首のほうへと押しもどされ、いましがた出てきたばかりのドアに押しつけられた。汗とエールとおがくずのにおいがたちこめてきた。

ヤコビ・ドレヒト護衛隊長が帽子の縁を軽く弾いて、アレントにおかえりと挨拶した。

護衛隊長は片足の底を壁にあててもたれただけで元の位置から動いておらず、口にくわえているカーブした木製のパイプから臭い煙をあげていた。先刻アレントの胸に押しつけられていたサーベルはいつも一緒の友人のように隣に立てかけてある。

「何事だ？」アレントは訊ねた。

ドレヒトはパイプを放し、親指で口の端をひっかいた。大きな帽子と鳥の巣のようにもつれたブロンドのあごひげのあいだに覗く細めた目は、日射しを受けて驚くほど青かった。

「クラウヴェルス船長の儀式だ」ドレヒトが後甲板にあごを突きだした。そこにはいかつい肩と太い脚のずんぐりした男が背中で手を組んで立っている。下がった口角から厳格な性格が窺える。

「あれが船長か？」アレントは驚いた。これまでに多くの将軍に会ったが、それよりずっといい服装をしている。「牧師の女房みたいに洒落てるじゃないか。なんだって東インド貿易船で航海の指揮をとってる？　服を売れば余裕で引退できるだろうに」

「あんたにはいつもそんなふうに質問が詰まっているのか？」ドレヒトはあきれたような目をむけて訊ねた。

あっさり図星を突かれてアレントはむっとして、うなり声をあげた。絶えることのない好奇心はサミーの癖だった。彼としばらく過ごせば、誰でもこうなる。

サミーは周囲の者を変えてしまうのだ。

彼らの考えかたを変えてしまう。

アレントは傭兵として十八年を過ごしたのちにサミーの用心棒になった。その頃は、サーベルや弾丸やらについて思うことといえば、それらが自分の命をすぐにでも奪いかねないものだということだけだった。彼は無駄に悩む男ではなかった。そんな余裕はなかった。槍を見て、それが長すぎるなどと考えている傭兵は、その槍の半分を胸に食いこませることになる。だが最近のアレントは槍を見ると考えるようになった、誰がそれを作ったのか、どうやってその兵士の手に渡ることになったのか、その兵士は何者なのか、なぜ彼はそこにいたのか……などと際限なく。毒にも薬にもならない役立たずの才能だ。

クラウヴェルス船長が集まった船員たちを見渡し、全員の細かい点まで観察した。

雨が彼らのまわりをパラパラと打った。

ひとつまたひとつと会話が消えていき、ついには波の寄せる音と上空で旋回する鳥の鳴き声だけとなった。

船長はさらに間を置き、沈黙を硬直させた。

「この船に乗った者は全員、ふたたび故郷を目にする理由がある」彼の声は深く豊かだった。「それは待ちわびる家族かもしれないし、贔屓の娼館かもしれないし、たんに満たさなければならない空っぽの財布かもしれない」

押し殺した笑い声があがった。

「故郷を目にして、財布を満たし、一息つくには、この船が浮かびつづけるようにするしかない」彼は目の前の手すりに手のひらを押しあてた。「そうさせない要素はたくさんあるだろう。海賊が狙い、嵐が打ち、この忌々しく静まることのない海がわれわれを岩に叩きつけようとするだろう」

部下たちは熱っぽく囁き交わし、ほんの少し背筋を伸ばした。

「何も信じていなくとも、これだけは信じろ」クラウヴェルスは声を張りあげた。「卑劣な奴の背後にはつねに別の卑劣な奴がいる。われわれが故郷にたどり着き、そこに待つ者が誰であれこの腕に抱きしめるためには、われわれ自身が奴らよりもっと卑劣にならねばならない」

船長の言葉が炎のように広がり、船員が歓声をあげる。

「海賊がわれわれを襲っても、奴らが生き長らえるのはごくわずか、われわれが奴らの仲間を殺しつくすまで、奴らの船にわれらが船旗がはためくのを見るまでだ。嵐はわれらが帆にあたる風でしかなく、どんな波の上であろうとわれわれは乗り越えてゆく、アムステルダムまで！」

歓声があがったところで砂時計の砂が落ちきり、鐘が一度鳴り響いて、船乗りたちはそれぞれの持ち場に散らばった。四名のがっしりした男たちが巻きあげ装置をまわしはじめると、きしみをあげて海底からザーンダム号の三つの錨が引きあげられた。航路と速度が命じられ、船長から一等航海士へ、操舵手へと伝えられた。

ついに主帆が展開されると、楽しげな歓声が驚愕の声に変わった。

風をいっぱいに受けた白く広い帆に、尻尾のある目がひとつ、灰で描かれていた。

## 11

全員の視線が帆に描かれた印にむけられたため、クレーシェ・イェンスが頬から血の気を引かせて後甲板の手すりをつかむのを誰も見ていなかった。

サンデル・ケルスがイサベルにもたせた大きな本を閉じ、そこに描かれた目の絵を隠したのを誰も見ていなかった。

甲板長のヨハネス・ヴィクが何かを思いだすように眼帯に触れたのを誰も見ていなかった。

アレントが訝(いぶか)るように自分の手首の傷跡をながめたのを誰も見ていなかった。その傷跡の形は帆の印とまったく同じだった。

## 12

クラウヴェルス船長が操舵手に指示を怒鳴り、操舵手は操舵室の小さな窓越しに航路の目星をつけ、舵棒を調整して舵の位置を定めた。畑で鋤を引く雄牛のようにゆっくりと、ザーンダム号は速度を増して波の上を弾み、甲板に海水のしぶきがはねた。

船員はすでに持ち場へ分散し、ひとりアレントはあの印のあった場所を見つめていた。印はすでに雨に洗い流されていた。

船長は問題の帆に穴やゆるんだ縫い目がないか調べるよう命じたが、何も発見されず、風に耐えうると保証された。あの印に動揺した者がいたとしても、まったく素振りに出さなかった。ほとんどの者は風変わりな冗談のようなものか、収納中に偶然そうなっただけだと思っているようだった。

アレントは混乱して人差し指で手首の傷跡をなぞった。もっとひどい十いくつもの傷跡に隠れて、問題の傷は目を凝らさないと見えない。あごにひげが生えてまもない少年の頃に負った傷だ。彼は父と狩りに出た。家族はいつものように彼らが夕刻にはもどると考えていた。三日後、ひとりで道をさまようアレントを隊商が見つけた。手首にひどく深い傷をこしらえ、全身はずぶ濡れだったが、雨など降っていなかった。彼は何も話せず、自分と父に何があったのか思いだせなかった。

いまでも思いだせない。

森からもちかえったのはこの傷だけだった。これは長年、彼にとって恥ずべきものだった。重荷だった。姿を消してしまった父のことも含めて、覚えていない事柄を絶えず突きつけてくるものだった。

それがどうやって帆に?

「おい、ヘイズ」ヤコビ・ドレヒトが声をかけてきた。

アレントは振り返り、護衛隊長を見てまばたきをした。海を渡る風が強まって帽子を頭に押しつけている。

「まだ船長と話をしたいんだったら、たぶん船長室にいるぞ」そう言う彼の帽子で、赤い羽根が昆虫の触角のようにピクピク動いていた。「これからむかうから、紹介してやろう」

ついアレントは自意識過剰になって、手を背後にまわして隠した。ドレヒトに続いて中部甲板から船の後方へむかった。

歩きかたをまた一から学んでいるかのような気分だった。

ザーンダム号は足元が安定せず、このゆっくりした速度であってもアレントの身体は左右にぐらついた。ドレヒトは足の指の付け根に重心を置いて、船の動きを予想しつつ、それに応じて身体のバランスを取っている。それを真似ようとした。

この男の戦い方もこんなふうなのだろうとアレントは考えた。軽やかな足取りで円を描いて動く。けっして立ちどまらない。こっちが奴のいた場所に躍りかかると、奴はこっちが移動した場所に剣を突きつけているのだ。

護衛隊長にぐさりとやられなかったのは幸運だった。幸運。この言葉は嫌いだった。それは言い訳ではなく諦めを受け入れることだ。優れた感覚と腕前が失われたときに頼るものだ。

最近の自分は幸運だった。

この数年、目視が追いつかず判断を誤るようになった。年齢を重ねるにつれて動きが鈍くなりつつある。石を詰めた下ろすことのできない鞄のように身体の重みを感じたのは生まれて初めてだった。危機一髪は危機そのものに近づき、九死に一生を得る頻度が増えた。近い将来、こちらの命を狙う敵の足が見えなくなり、忍び寄る音を聞くことも、壁に貼りつく影をとらえることもできなくなるだろう。

死神はコインを空(くう)に弾いて可否を決めつづけ、アレントはツキを拾いつづけた。こんなことは正気の沙汰とは思えない。

とうの昔に辞めるべきだった。だが、サミーを守る仕事を他の誰かに任せられるとは到底思えなかった。そんな矜持もいまとなっては滑稽だ。サミーは脅威が迫る船の独房に閉じこめられ、アレント本人はバタヴィアを出発してもいないうちから、危うく殺されるところだった。

「さっきはあんなふうにすべきじゃなかった」アレントはロープをつかんで足元を安定させ、ドレヒトに声をかけた。「あんたと部下を対立させてしまった。申し訳ない」

ドレヒトは眉間に深い皺を寄せて考えこんだ。

「あんたはピップスのために正しいことをやった」彼はようやくそう言った。「報酬に見合うことをしたまでだ。しかし、わたしの任務は総督とご家族を守ることで、兵たちの忠誠心がなくてはやっていけない。またわたしを同じような立場に追いこんだら、あんたを殺すしかない。部下たちがつ弱虫だと見なされるわけにはいかんのだ。部下たちがついてこなくなるからな。わかったか？」

「ああ」

　ドレヒトはうなずき、この話は終わりとなった。

　彼らは大きなアーチ路を通って半甲板の下の隔屋にやってきた。横は船の幅そのままで、奥行きは洞窟のように延びている。ハンモックが右舷側に壁から天井へずらりと吊され、目隠しのためのカーテンが、それぞれのハンモックのあいだを仕切っていた。

　アレントに割り当てられたハンモックは操舵室のすぐそばだった。船首からはるばる歩いてきたふたりは、舵棒で舵を操る狭く薄暗い部屋にようやくたどり着いた。航路をすでに固定した操舵手が助手と床にしゃがみ、麦酒の割り当てを賭けてサイコロを振っている。

「あんたはどうやって船長と知りあったんだ？」アレントは訊ねた。

「ハーン総督はこれまでに二度、ザーンダム号で航海している」彼はパイプをふかした。「クラウヴェルスは言葉巧みにへつらってまんまと総督に取り入り、うまいことやってのけた。だから総督は帰国する航海にこの船を選んだんだ」


　ドレヒトが船長室のドアで身をかがめてなかに入った。あとに残されたアレントは狼狽してドアを見つめた。

　戸口は彼の身体の半分の大きさだった。

「ノコギリをもってきたほうがいいか？」そうドレヒトに訊かれ、アレントは巨体を隙間のような戸口にねじこんだ。

　薄暗い操舵室のあとでは、船長室（グレートキャビン）のまばゆい光に目が慣れるまで少しかかった。グレートという名のとおり、ここは船倉を除けばザーンダム号で最大の部屋だった。水漆喰（みずしっくい）の壁は弓なりに弧を描き、天井は梁で支えられ、四つの格子窓からは船隊のほかの六隻が背後に展開して大波を立てて続く姿が見える。

　特大のテーブルが部屋の大半を占めており、天板は巻物、帳簿、目録類で覆われていた。いちばん上には海図が広げられ、四隅は天体観測儀（アストロラーベ）、羅針盤、短剣、四分儀で押さえられている。

　クラウヴェルス船長が海図を使ってこれからの航路を調べていた。上着は近くの椅子の背にきれいにたたんでかけられている。露わになった綿のシャツは糊がきき、清潔で、この日に仕立屋で手に入れたものとおぼしい。

残りの服と同じく、シャツも高価なものだった。

　アレントには意味がわからなかった。航海は汚れ仕事だ。船はタールと錆と煤で浮かんでいる。服はぐっしょりと汗を吸い、シミになり、最後には破れる。たいていの高級船員は、ボロボロになってから仕方なく服を取りかえる。結局のところ航海のあいだ保ちはしないのに、なぜ華美な服装で金を無駄にするのか？　こんなふうに浮つくのは身分の高い人間だけだが、彼らはこうした職業に就いて身をおとしめなどしない。それを言うならば、どんな職業でも身を落とすことになるわけだが。

　さっき甲板で乗客に寝床を割り振っていた小男が椅子に立ち、船の在庫状況を書いた帳簿をテーブル上に開いて、その両脇に手を突いていた。ぐっと下げた口の端や皺を寄せた額からは、気に入らないものを読んだのだとわかった。小男が船長の腕を小突き、不快感の源に注意をむけさせた。

「あの小男は一等航海士のイサーク・ラルメだ」アレントの視線をたどったドレヒトが囁いてきた。「船員の管理が彼の仕事だ。気性が荒いというから、できるだけ近づかないように」

　アレントとドレヒトが部屋に入ると、クラウヴェルスは帳簿からさっと顔をあげた。だが視線はすぐに主任商務員のレイニエ・ファン・スコーテンにむけられた。ファン・スコーテンはだらしなく椅子に腰を下ろし、もうひとつの椅子に足を載せた格好でワインを壺から飲んでいる。指輪をはめた手が置かれた丸い腹は、まるで峡谷に転がった岩のようだった。

「百五十人ぶんの物資しか載せずに港を出てしまって、どうやって三百人を食わすつもりなのか教えてくれ」クラウヴェルスが訊く。

「レーワルデン号に備蓄を余分に積んでありますよ」ファン・スコーテンはだるそうに答えた。酔ってすでにろれつが怪しくなっている。「この船のを食べ尽くしたら、場所が空くので、あっちの荷を移せばいいじゃないですか」

「レーワルデン号を見失ったらどうするんだ？」ラルメ一等航海士がきついドイツ語なまりで言う。それを聞いた途端、アレントの脳裏に寒い冬と深い森が浮かんだ。

「大声で呼びかければいいだろ？」ファン・スコーテンが言う。

「ふざけてる場合じゃ――」

「喜望峰で食料と物資をまた調達しますよ」長い鼻をひっかきながらファン・スコーテンは言った。

「食料は半分なのか」クラウヴェルス船長は言って、船倉の食材が列挙された別の帳簿を引き寄せた。

「四分の一です」そう答えたファン・スコーテンは、船長から暗い視線をむけられることになった。

「なんだって航海にじゅうぶんな食料を積まずに出港しやがった？」ラルメが怒声を放つ。

「総督の貨物のための場所が必要だからだよ」ファン・スコーテンが答える。

「兵隊どもが運びこんだ例の箱か？」ラルメが言った。

「フォスからは、火薬庫に空きを作るよう命じられたぜ」

「総督の貨物はあの箱だけではなかった」苛立ちを露わに、クラウヴェルスが言う。「もっと大きな貨物もあった。真夜中に積みこみの手配をしたのはファン・スコーテンだが、それが何かわたしに教えようとしない」

ファン・スコーテンは景気づけるように長々とワインを飲んだ。「ご興味があるならご自分で総督に訊いて、どんな目にあうか試してみたらいかがです？」

ふたりの男たちはにらみあう。たがいの嫌悪感で空気が熱されてゆくようだった。

ヤコビ・ドレヒトが気まずそうに咳払いした。クラウヴェルスが顔をあげると、アレントを指さした。

「クラウヴェルス船長、紹介したい者が――」

「彼のことはよく知っている。いろいろと話は聞いているさ」クラウヴェルスは話を遮って、すぐに視線をイサーク・ラルメにもどした。「船室について教えてくれ。総督がわたしの居室を使うことになったんでね、わたしはこれからどこで寝ればいいんだ？」

「左舷船尾寄り」ラルメが言う。「二号室で」

「あの船室は嫌だ。船尾楼甲板の畜舎の下じゃないか。誰かが近づくたびに雌豚どもがわめいて一時間は静まらない。右舷船首寄りの部屋にしてくれ」

「わたしがもうそこをもらってるんですよ」ファン・スコーテンは空っぽになったワイン入れを名残惜しそうに振り、なかを覗いた。

「だろうな、そこはわたしの好きな船室できみはそれを知っているから」クラウヴェルスの太い首の筋が浮きあがった。「貴様は了見の狭い人でなしだよ、レイニエ」

「一晩中わめく雌豚に起こされることのない了見の狭い人でなしと言ってくださいよ」レイニエ・ファン・スコーテンは楽しそうに言って、空っぽのワイン入れを振った。「誰か司厨長を呼べ、ワインが切れたぞ」

「ほかに個室をあたえられたのは誰だ?」クラウヴェルスは無視して言う。

ラルメが乗客名簿を探しだし、上流階級の頁をめくった。汚れた指でひとつひとつ名前をたどり、苦労しながら読みあげた。「コルネリス・フォス。クレーシェ・イェンス。その息子マルクスとオスベルト。サラ・ヴェッセル。リア・ヤン。ダルヴァイン子爵夫人」

「誰か動かせないか?」クラウヴェルスが訊く。

「有力者ばかりなんですよ」

「連中はまるで忌々しい籠に入った毒蛇だな」クラウヴェルスは拳でテーブルを叩いた。「あるいは豚か」

ここで初めて船長はまっすぐにアレントを見たが、木の床を打つ杖の音とそれに続くよろめく足音がして、彼の注意はすぐに逸れた。アレントが振り返ると戸口に年配の男がいて、こちらがまるで馬車の車輪を滑らせる路上の汚物であるかのように見つめてきた。こけた頬、白髪、白目は黄ばんで血走っている。よれよれの紫の長衣を痩せた身体にまとい、首からは大きな十字架がぶらさがっていた。ささくれの立った木の杖がなければまっすぐに立っていられないらしい。

アレントはその男が七十歳ぐらいだと判断したが、外見というものはアムステルダムからこれほど遠く離れるとあてにならなかった。東インド諸島への困難な旅は身体を簡単に十歳老けさせるし、その体はバタヴィアで病気と回復の際限ない周期に見舞われる。回復するたびに取り戻せるものは、病で失われたものよりわずかに少ない。

誰も口をひらくことができぬうちに、肩幅の広い現地人の若い女が、衣擦れの音とともに男のあとから入ってきた。敢えて推測するならば、彼女はきっと〝マルダイケル〟だ。つまり、キリスト教徒であるがゆえに東インド会社によって解放された奴隷。ゆったりした綿のシャツにカールした茶色の髪をたくしこんだ白い帽子、裾を引きずる長い麻布のスカートといういでたちは、畑仕事用のそれだ。ずぶ濡れのエプロンを身につけている。大きな肩掛け鞄を背中に背負っているが、重さを気にしていないようだ。

　顔は丸く、頬は重たげで目は油断がない。その場に集まった者たちに敬意をむけることも挨拶をすることもなく、女はただ老人に視線を据えて、彼が口火を切るのを待っている。

「お話しできますかな、クラウヴェルス船長？」老人が訊ねた。

「まったく今日は次から次へと」クラウヴェルスは苦々しげにうめき、男の傷んだ十字架をちらりと見た。「何者だ？」

「サンデル・ケルスと申します」猫背の老人は答えた。声はしっかりしていて、震える身体があきらかに弱っていることをおくびにも出していない。「そしてここにいるのは、わしが後見人を務めるイサベル」

　太陽が雲に隠れ、部屋が暗くなった。

　椅子に座ったまま、ファン・スコーテンは彼らのほうに身体をひねり、思わせぶりに横目でながめた。「ほほう、被後見人とな？　近頃では被後見人ひとり囲うのにいくらかかるのかな？」

　イサベルは何を言われているのか理解できていないようだ。額に皺を寄せ、説明を求めてサンデルを見た。サンデルは目を細めてファン・スコーテンをしげしげとながめた。その視線は聖なる光のように強烈だった。「あなたは神の御前からあまりに離れておる」彼は言った。「何ゆえに闇に身を落としたのですかな、息子よ？」

　ファン・スコーテンの顔が蒼白になった。怒った様子で手を払った。「さっさと出ていけ、じいさん。乗客はここに立ち入りを許されていないぞ」

「神がわしをここへ導いたのです。すなわち、あなたにはわしを追い払うことはできん」

　それは厳然たる宣言であり、アレントでさえ納得しかけた。

「おまえ、牧師か？」イサーク・ラルメが十字架にあごをしゃくって訊ねた。

「そうとも、小男よ」

　ラルメが怪しむように見つめ返す。クラウヴェルス船長がテーブルから小型のメダルをつかみとると空中に投げあげ、手のひらで受けとめた。

　気まずさにアレントは身じろぎした。隠れるか逃げるかしたかった。彼の父も牧師だったから、どうしてもこの職業に悪意を嗅ぎとってしまう。

「自分がここで歓迎されるとは思わないほうがいいぞ、サンデル・ケルス」クラウヴェルス船長が言う。

「神の御心に背いて航海したヨナが神に呪われたからと、今時の船乗りは聖職者が不運をもたらすと考えているようですな」その口ぶりをみると、こうした警告を受けたことは一度ではないようだ。「わしは迷信には我慢なりませんでな、船長。それぞれの人間に対する神の計画は、わしたちが生まれるずっと前に天で決められておる。この船が難しい航海を強いられるのだとしたら、それは神がこの船を拳で握りつぶすと決められたからです。わしなら神の御心を歓迎して謙虚に神の御前にむかいますな」

イサベルが賛同の言葉をつぶやく。神への献身として溺れることになるのなら幸運以外の何ものでもないと思っているのだろう、彼女の顔は恍惚としていた。

クラウヴェルスがメダルを空中で回転させ、ふたたび受けとめた。「あなたが船室の件で苦情を言いにきたのなら――」

「寝泊まりする場所について諍いをするつもりはございません。わしが必要とするものは、ほとんどござらん」


そんなふうな誤解を受けたことに気分を害したと言わんばかりだ。「あなたの規則では、わしはメインマストから先へ行けないという。この件について話しあいたいのです」

クラウヴェルスは警戒の目をむけた。「メインマストより前はすべて船乗りの領域で、うしろは業務をもつ船乗りを例外として、すべて高級船員と乗客のものだ」彼は言った。「許可なくメインマストを越えた船乗りは鞭打ちの刑になる。反対側に行く乗客は船乗りたちのなすがままになる。船隊のどの船でもそうなっている。このわたしでさえも、船の反対側にはめったに行かない」

牧師が片眉をあげた。「あなたは船乗りたちをおそれておると？」

「あいつらはタダ酒一杯のためにあんたの喉を切り裂いて、あんたの血がまだ温かいうちにあんたの被後見人を強姦するような連中なんだ」レイニエ・ファン・スコーテンが口をはさんだ。

わざとショックを与えようとした口調だった。牧師は冷静に彼を見返す。イサベルのほうは肩掛け鞄のストラップをきつく握りしめたが、その心中は表情に出ていない。

「不安は信仰心をもたないことの呪い」サンデルは言う。「わしの頭には、神聖なる任務が授けられております。わしは神からの務めを成し遂げるつもりだし、そのあいだ、神がお守りくださると信じている」

「船乗りのなかに混じりてえのか?」イサーク・ラルメが訊ねる。

「そうとも、小男よ。そして神の御言葉(みことば)を届ける」

ラルメは弾かれたように顔をあげた。「あんた殺されるぞ」

「それがわしに対する神の計画ならば、歓迎ですな」

この男は本気だとアレントは思った。いたってまじめだ。これまでも信心深い男に何人か出会ってきたから、嘘つきを見抜く方法は学んでいる。信仰心というものは、それも本物の信仰心は、残酷なまでの代償を求める。神はそうした者たちを照らす唯一の炎であり、温かさを与え、行くべき道を示す唯一の源なのだ。彼らは、周囲の世界を自分たちの炎を広めるべき濁った灰色のものと見なすことに酔っている。サンデル・ケルスは、まるで火打ち石を揮(ふる)うようにすべての言葉を発していた。

無言のままにクラウヴェルスとラルメのあいだで意思が交わされた。顔の筋肉をわずかに引き攣らせ、頭を小さく動かすことで問いが投げられ、歪めたくちびるとかすかにすくめた肩で返答が伝えられた。これが狭い空間で危険な仕事に従事する者たちの言語なのだ。アレントも、同じようにしてサミーと意思を通じさせていた。

サンデル・ケルス牧師がクラウヴェルス船長を射抜くように見た。「さあ、聖職者の務めを果たす祝福をもらえますかな?」

クラウヴェルスはメダルをふたたび宙に放りあげ、不満げな様子でつかみとった。「許可ならあたえよう。祝福ではない。そしてこれはあなただけにあたえるものであり、被後見人はだめだ。肉欲のために混乱が起きる危険を招くことはできない」

「船長——」イサベルは反論しかけた。

「イサベル!」サンデルがきっぱりとした口調で制止する。「わしらがここに来た目的は果たした」

女は船長と牧師を交互ににらんだ。彼らは目的を果たしたが、自分はまだだとはっきり告げていた。怒りでくちびるを噛みしめ、荒々しい足取りで船室をあとにした。

サンデル・ケルスは杖をついてよろよろと彼女を追った。

「不要の厄介事が入ったな」クラウヴェルスは眉をこすった。「さて、捕物士（シーフ・テイカー）よ、今日はどんな用だ？」

アレントは身体をこわばらせた。サミーは捕物士と呼ばれるのを嫌っている。彼が言うには、それは喧嘩好きや貧民街の住民の職業であり、拳で解決できる程度の謎だけを相手にする。彼は〈謎解き人（プロブレメイトリー）〉と呼ばれることを好んだ。これは彼の造語で、彼にしかあてはまらない肩書きだが、そんな彼を王たちは財宝をなげうって雇ってきた。

「足の悪い大工を乗船させていたか？」アレントは訊いた。

「ああ、ボシーのことか。あれはこの船をひとつにまとめているすべての釘と板の名を知っていた者だ。しかし、当直に顔を出さなかった。なぜそんなことを訊く？」

「サミー・ピップスは、その男が港でこの船に凶事が起こると警告した病者だと考えているんだ」

イサーク・ラルメがびくりとする。海図を丸めて椅子から飛び降り、それをごまかそうとした。「速度を確認してきますさあ、船長」

「戻ってくるときに操舵手から麦酒のジョッキを取り上げてきてくれ」船長が不愛想に言った。

アレントはラルメの後ろ姿を見送りながら、船長から必要なことを聞きだしたら、すぐにあの男と話をしようと決めた。

「そのボシーという男がザーンダム号にあんな脅しをする理由に心当たりは？」アレントは訊ねた。

「彼が船員と何か諍いを起こしたことは知っているが、その細かな経緯は知らん。船長はできるだけ部下から距離を保たねばならないのだ。さもないと、部下たちを仕切ることができない。ラルメのほうが詳しいだろう」

「港で、自分には主人がいると彼は話していた。その件について何か知らないか？」

「わたしの乗員は百八十人の船乗りから成り立っているんだぞ、ヘイズ。わたしが名前を知っていただけでも幸運と思ってくれ。正直言って、きみに必要なのはラルメだ。彼のほうがあの烏合（うごう）の衆に近い存在だ」クラウヴェルスはいらだちを募らせる。「まだ用件はあるのか？　ほかにもたくさんの厄介事を処理しなければならんのだが」

「火薬庫を見張る倉庫番と話す許可をもらいたい」アレントは言った。

「なぜだ？」

「何者かが火薬庫を爆破する計画を立ててるんじゃないかとサミー・ピップスが心配している」

「やれやれ」クラウヴェルスはうめいて、メダルを投げてきた。アレントはそれを手のひらで受けとめた。ずしりとして双頭の鳥の絵が彫ってある。封蠟に捺す印璽に（いんじ）そっくりだったが、中央に穴が開いていた。

「そのメダルを倉庫番に見せれば、きみがわたしから〝よし〟という言葉をもらった者だとわかる」

「ちょっと待て」レイニエ・ファン・スコーテンが芝居がかった所作で椅子から立ちあがり、テーブルに歩み寄った。インク壺から羽ペンを抜き、連続する数字を子牛皮紙に書きはじめた。「わたしがこの航海の責任者であり、すべてのドアはわたしがよしと言うまではおまえに対して開くことはない。残念ながら、借金を支払うまではおまえが求めるものはあたえられない」彼はそう言って、インクの滲みどめ粉を一振りして乾かしてから、紙片をアレントに手渡した。

「これはなんだ？」アレントは紙を見つめて訊ねた。

「請求書だよ」ファン・スコーテンは目を輝かせて答えた。

「請求書だと？」

「樽の」

「なんの樽だ？」

「おまえが港で壊した麦酒の樽さ」これほどわかりきったことはないだろうとでも言いたげに話した。「あれは会社の所有物だった」

「人の苦しみを終わらせてやったことで、おれに金を請求するのか？」アレントは信じられない思いで問いかけた。

「あの男は会社の所有物じゃなかった」

「彼には火がついていたんだぞ」

「会社があの炎を所有していなかったことを喜ぶんだな」ファン・スコーテンはまたもやこちらの神経を逆撫でする理屈を吐く。「悪いな、ヘイズ中尉。会社の方針として、これまでの借金が清算されないうちは、おまえにいかなる便宜も提供することはない」

クラウヴェルスが怒鳴り声をあげ、アレントの手から子牛皮紙をひったくって、ファン・スコーテンの鼻先で振った。「ヘイズはわれわれを助けようとしているんだぞ、この腹黒い卑劣漢め。この二週間というもの、おまえはどうしたんだ？　まるで別人だぞ」

ファン・スコーテンの顔に危ぶむような表情がよぎったが、傲慢がそれに勝(まさ)った。

「この男がまずわたしのもとに来ていれば、このような不愉快なやり取りは省けたでしょうが」——ファン・スコーテンは肩をすくめた——「こうなってはどうしようもない。わたしの権限において——」

「おまえの権限など塩程度の価値しかない！」

隣接した戸口から声がした。ヤン・ハーン総督が真っ赤な顔で、怒りに身体を震わせていた。「ヘイズ中尉によくもそのような無礼をしたな」嫌悪にみちたかすれ声で言った。「今後は彼にヘイズ殿と呼びかけ、わたしに示すのと同じ敬意を彼に示すように。さもないと、ドレヒト護衛隊長におまえの舌を切り取らせる。わかったか？」

「閣下——」ファン・スコーテンはしどろもどろになり、アレントと総督を交互に見やり、なんとか取り繕おうとした。「わ、わたしは……何も悪気は——」

「おまえの意向など、わたしにはなんの意味もない」総督はぴしゃりと言い、手を振ってファン・スコーテンを下がらせた。

彼はアレントに目をむけると、突然ほほえんで顔を輝かせた。

「さあ、甥っ子よ」彼はアレントを室内に招いた。「話をするときだ」

## 13

総督は船長の居室に収まっていた。ほかの船室の倍の広さで、専用の閑所(かんじょ)を備えていた。寝台には毛皮が重ねられ、床には絨毯が敷かれている。壁には総督の個人史における著名な場面を描く油絵がかけられており、そのなかにブレダの包囲（ここでは一六二四―二五年のスペインとの戦いを指す）の絵もあった。

アレントの姿もその絵に描かれていた。彼は血まみれの大男で、負傷した伯父(おじ)を肩にかつぎ、片手でスペイン兵士の大群と戦っている。実際に起きたことそのままではないが、大きくはずれてはおらず、このときを思いだすとアレントは気分が悪くなる。現実には、兵たちはみな死体の下に隠れながら肥やしのなかを這っていき、敵陣を抜けるあいだずっと息を押し殺していた。だが、伯父が壁にかける絵にその場面を描かせなかった理由はわかる。あれを壮麗な油絵にするのはむずかしいことだった。

事務官が苦労して衣類を船旅用の櫃(ひつ)から抽斗へと移しかえているわきで、総督の家令であるコルネリス・フォスが巻物入れを棚にきっちり並べている。彼の姿をはっきり認識するのに、アレントは二度ほど見なくてはならなかった。泥色の髪と茶色の服装のおかげで、天井を支える柱と彼の区別をつけるのはむずかしかった。

「割って入ってくれたことには感謝しますが、自分の戦(いくさ)は自分で戦えるんですよ、伯父さん」アレントはドアを閉めた。

「あんな戦はおまえにふさわしくない」ヤン・ハーンはそう言い、挑発するように船長室のほうに手を振った。「レイニエ・ファン・スコーテンは惰弱で、汚職まみれで、業突(ごうつ)く張りだ。わたしの愛するこの会社にあいつの居場所があるというだけで、会社への愛がほんの少々減る」

アレントは伯父を観察した。前回会ったのは一カ月前、アレントとサミーがバタヴィアに到着したときだった。盛大な食事をふるまわれ、たっぷりとワインを飲み、続いて思い出話にふけった。十一年ぶりの再会だったからだ。

伯父はさほど変わっていなかった。長年のうちに鷹のような顔はさらに鷹めいたかもしれない。頭のてっぺんには日焼けした禿頭が丸く現れてはいた。かなり変化したのは体重だけだった。金持ちの特権である脂肪の層がなくなり、道端の物乞いのように痩せていた。

それも薄気味悪いほど痩せている、とアレントは思った。まるで剣のような細さだ。華奢というより、年齢という砥石で研がれたかのように鋭いのだ。心労のせいで体型が変わったのだろうか？　鎧の胸当てが金属質の光を放って、服の上にゆったりとまとわれている。見るからに質のよいものではあるが、着心地はよくないはずだ。戦場の将軍たちでさえも、テントにもどればすぐに鎧を脱ぐのだが、伯父はそんなつもりがないらしい。

甥の全身をながめるうちに、総督は、その背後でドレヒト護衛隊長が敬意を表して帽子を胸に押しつけた姿勢でじっと待機しているのに気づいた。

「わたしの葬式に参列しているような顔だな、ドレヒト。なんの用だ?」

「マスケット銃兵の一部をほかの船へ移動させる許可を頂きたいのです、総督。ありったけの場所に彼らを詰めこみましたが、ザーンダム号にはじゅうぶんな空間がありません」

「何人連れてきたんだ?」

「七十人です」

「そのうち何人を下ろしたい?」

「三十人です」

「どう思う、フォス?」総督は家令に訊ねた。

フォスが棚から振り返った。熟慮にふけるあいだ、インクのシミのある指がピクピク動いていた。「総督の護衛は残された数で適切におこなえるでしょうし、食料に余裕が出るのは歓迎です。反対する理由は何も見つけられません」そう言うと仕事にもどった。

「では、許可を与えよう、護衛隊長」総督が言う。「さて、諸君には遠慮してもらって、甥とふたりの時間をもちたい。話しあうべきことがたくさんあるからな」

並べ終えてない巻物の山を残念そうに見やり、コルネリス・フォスはヤコビ・ドレヒトに続いて船長室へむかい、ドアを閉めた。

「興味深い男ですね」アレントは言った。

「姿形はぱっとせず、船首像に話しかけたほうがよほど面白い」総督はワイン棚の壺に沿って手を這わせた。「だが、忠実だ。ドレヒトもそうで、最近ではそれがとても重要だ。一杯どうだ?」

「それが伯父さんの有名なワイン棚ですか?」

「入るかぎり並べている」総督は言う。「ぜひともおまえの貧弱な味蕾で無駄にしたいフランス産のものがある」

「おれもぜひ無駄にさせてもらいたいですね」

総督は壺をひとつ取りだして埃を吹いた。コルクを引っ張りあけてカップふたつに注ぎ、ひとつをアレントに手渡す。「家族に」カップを掲げて言った。

アレントがカップを合わせて乾杯すると、ふたりは味わいを楽しみつつ飲んだ。

「兵士たちがサミーを連行したあと、伯父さんに会おうとしたんですが、城塞に入ることさえ許されなかった」

アレントは心の痛みを声に出すまいとした。「身体が空き次第、呼んでくれると言われましたが、知らせが来ることはなかった」

「あれはわたしの臆病ゆえだ」総督は恥じた様子でうつむいた。「おまえを避けてしまった」

「どうしてです？」

「心配だったのだ、おまえに会えば……あることをするしかなくなると心配だった」

「と言うと？」

総督はカップのワインを揺らしながら、大いなる真実がみずから姿を現すとでも言いたげに赤い液体を見つめている。

ため息を漏らし、総督はアレントを見た。

「こうしておまえがわたしの目の前に立つと、会社への誓いよりもおまえの家族への誓いのほうが重いと気づいたよ」彼は静かに言った。「だから教えてくれ。心配は無用だ。おまえはサミュエル・ピップスが何をしているか知っていたか？」

アレントは口を開けたが、総督が手を振って黙らせた。

「答える前に、わたしに非難するつもりはないとよくよく承知しておいてくれ」彼の目がアレントの表情を窺う。「おまえを守るために、わたしは自分の少なからぬ力を使ってあらゆることをする。だが、これは知っておかねばならんのだ、サミュエル・ピップスが出頭したとき、〈十七人会〉がおまえを」――彼はふさわしい言葉を探した――「共犯者と見なすかどうかを」彼の表情が陰惨になった。「その場合は、追加の手段をとらねばならん」

アレントには〝追加の手段〟が具体的に何を意味するのかさっぱりわからなかったが、血なまぐささを嗅ぎとった。

「おれはサミーが後ろめたいことをしたとは思ってないんですよ、伯父さん」彼はきしるような声で言った。「まったく何も。彼も、自分がどうして告発されたのかさえ知らない」

「知っているとも」

「たしかですか？　彼は伯父さんが思っているより善人ですよ」

総督は舷窓に近づき、甥に背をむけた。海に出てわずか一時間で、船隊はすでに散り散りになりはじめている。

黒いモンスーンの雲をあとに残して白い帆が進みゆく。

「わたしのことを間抜けだとでも思うか」総督の声にはトゲがあった。

「いえ」

「では、無謀だと？　思慮に欠けるとでも？」

「いえ」

「ピップスはわたしたちが奉仕するこの気高い会社の英雄だ。〈十七人会〉に好かれている。やむを得ない場合でなければ、彼を捕縛することも、あれほど無礼に扱うこともない。いいか、この罰は罪に対して妥当なものなのだ」

「だからその罪とはなんです？」アレントは訊ねた。

「どうしてずっと秘密にしてるんです？」

「〈十七人会〉と顔を合わせたときに、おまえが今のように当惑していることが、大いに身を守ることになるからだ」総督は言う。「彼らはおまえが犯行にかかわったと思うだろう。そう思わないわけがあるか？　おまえとピップスが親しいと知っている。ピップスがおまえを頼っていると知っている。おまえが無実だとは思わないはずだ。おまえの怒りと混乱――それがあるからこそ、彼らの意見に揺さぶりをかけることができるのだ」

アレントはワインの壺を取り、自分と伯父のカップにおかわりを注いだ。

「彼の裁判は八カ月先ですよ、伯父さん」アレントも舷窓を前にして隣に並んだ。「ですが、剣の心配をしていると槍を見過ごす。サミーはこの船に何らかの脅威があると信じてます」

「彼がそう信じるのは当然だ。それを利用してあわよくば自由になろうとしているのだ」

「あの病者は舌がなかったのに言葉を発し、足が不自由だったのに積みあげた木箱に登ったんですよ。こうした妙な点だけでもピップスの注意を引いて当然です。しかも、帆に現れたあの印がある」

「印とは？」

「尻尾のついた目です。おれの手首にある傷跡とまったく同じものでした。父が姿を消したときに受けた傷と」

伯父の関心が、ふいにアレントにむいた。総督は机にむかうとインク壺から羽ペンを手に取り、羊皮紙に絵を描いてアレントの鼻先に突きつけた。

「これか？」彼が訊ねる。インクが紙から滴った。「たしかか?」

アレントの鼓動が速まった。「たしかです。どうしてこれが帆に現れたんでしょう?」

「おまえの父親が姿を消してからのことを、どの程度覚えている? おまえの祖父がやったことを覚えているか?」

アレントはうなずいた。狩猟の旅からひとりもどったあと、彼はのけ者にされた。姉たちからは軽蔑され、母はつねに距離を保って世話を使用人に任せた。誰もが父を憎んでいたが、父が行方不明になって喜んだ者はいないようだった。アレントがもどってきたことについてもうれしがっていなかった。口に出されることはなかったが、家族がアレントを責めていることはあきらかだった。アレントが父の背に弓を射こみ、記憶を失ったふりをしていると思っていた。

ほどなくして、噂は真実であるという話が牧師だった父の信徒のあいだに広まった。アレントに対する偏見も広がっていった。

最初のうちは表立って彼を断罪する者はいなかった。道で彼を見かけるたびに侮辱の言葉を囁き交わす子供はいた。やがて村人のひとりが礼拝のあとに彼を罵った。悪魔が彼の背後で踊っていると叫んだのだ。

不安で震えるアレントは母にしがみついた。求めていたのは庇護だったが、母も同じような嫌悪の目で自分を見ていた。

その夜更けに彼は家をそっと抜けだし、自分を罵った村人の自宅の扉に例の傷跡の形を彫りつけた。なぜそんなことをしたのか、どんな暗い衝動に突き動かされたのかは思いだせない。その印が何か見分けられる者はいないだろうし、彼はこれにどこか邪悪なものを感じていた。自分も印に怯えたのだから、ほかのみんなも怯えるだろうと思ったのだ。

翌朝、印をつけられた村人は問答無用でのけ者にされた。悪魔は招ぶべき者の戸口にやってくるのだ、というのが村人たちの主張だった。

勝利に意気揚々となったアレントは、翌日の夜も、その次の夜も家を抜けだし、彼を怒らせたことのある村人のドアに印を彫り、彼らが疑惑と不安の標的となるのを見守った。些細なものではあったが、これが彼の手にあるただひとつの力であり、彼に実行できるただひとつの復讐だった。

印はいたずらのようなものだったが、村人たちがこれに恐怖を注ぎ、命をあたえた。印のつけられた家を焼き払い、その住民を村から追放するようになるまではすぐだった。自分が作りだしたものに怯えたアレントが夜の活動をやめても印は戸口に現れつづけ、昔ながらの怨恨にけりをつけたり、あらたな因縁を生んだりした。何カ月かのうちに、村は悪意の重みで自壊していき、非難の応酬の末に、村人はついに責めるべき人物を見つけた。トム翁(オールド・トム)だ。

いまもアレントの思いは乱れた。トム翁は病者だったのだろうか。だから、村人はあれほど彼を嫌っていたのか?

思いだせなかった。

ともかくもトム翁は、アレントと異なり、有力な身内も身を隠せる壁ももっていなかった。悪魔であるはずはなかったが、変人ではあり、雨でも晴れでも雪でも市場の同じ場所に座り、施しを求めていた。わけのわからないことしか言わなかったが、たいていの者は彼を無害だと考えていた。

ある日、群集が彼を取りかこんだ。幼い少年が行方不明となり、その子の友人たちが、彼を連れ去ったのはトム翁だと言ったのだ。村人たちは非難を浴びせ、自白を迫った。彼は自白せず——自白することができず——村人は彼を殴り殺した。

子供たちさえ加わった。

翌日から印は現れなくなった。

村人たちは悪魔を追いだせたと喜び、何事もなかったかのように隣人たちとほほえみ、声を出して笑うようになった。

アレントの祖父であるカスパー・ファン・デン・ベルクが馬車で到着したのは、その一週間後のことだ。彼はアレントを母親の保護のもとから引き離し、オランダ内の反対側にあるフリースラントの地所に連れ帰った。カスパーは五人の息子にすっかり失望し、後継者が必要だからだと言った。カスパーもアレントも、実際はアレントの母の頼みだと承知していた。母は傷跡と戸口に彫られた印についての真実を知っていたのだ。

母はアレントをおそれていた。

「おまえがフリースラントに連れていかれたのち、その印がオランダ全体に広まったという」総督は羊皮紙を蠟燭の炎に触れさせ、忌まわしいものが燃えるさまを見つめた。「まず木こりがこれに目をつけ、切り倒す木々に彫った。やがていくつもの村に現れるようになり、最後には死んだ兎や豚に彫られるようになった。この印が現れた場所ではなんらかの災難が起こった。作物が枯れて子牛は死産となった。子供たちがいなくなり、二度と見つからなかった。一年近くもそうしたことが続き、ついには暴徒が土地を所有する旧家を次々に襲撃するようになり、彼らが闇の勢力と共謀しているのだと非難した」

炎が指先に届くと、総督は羊皮紙の端切れを舷窓から海へ捨てた。

「なぜ、そうしたことを何も話してくれなかったんですか?」アレントは自分の傷跡を見つめて訊ねた。いまではほとんど見えなくなってはいても、それはたしかにそこに潜んでいて、自分に覆いかぶさるものをかきわけて表に出てこようとしているような気がした。

「おまえは幼かったからな」顔に光が当たり、そこに昔からの不安がふたたび現れているのがわかった。「おまえが背負うべき重荷ではなかった。この印にかしずく忌まわしい下僕のひとりが森でおまえたちと出くわしたのだとわたしたちは考えた。おまえの父親を殺し、邪悪な儀式か何かでおまえに焼き印を押したのだと。だが、おまえはなんの邪なおこないも見せなかった。そんなとき、イギリスから魔女狩り人がこの印を追ってきたと聞いた。彼の指揮する一団は、何年にもわたってこの印と戦ってきたらしい。彼はこれが悪魔の仕業であると主張し、これを信奉する者たちの土地をくまなく探しまわり、追跡中に見つけた病者たちを惨殺し、魔女たちを火あぶりにした」

病者か、とアレントは考えた。ボシーと同じだ。

「フリースラント中で火葬の薪が燃やされ、ついにそれが終わった頃には数カ月がすぎていた」伯父は続ける。「魔女狩り人がおまえを悪魔の下僕のひとりだと思うことをおまえの祖父はおそれた。だから、おまえを隠した」彼の顔を暗い影が横切った。その手のワインが震えた。「ひどい時代だった。悪魔がその身を強大な権力をもつ者たちに巻きつけて締め上げ、歪めてしまった。助からなかった旧家もいくつかあった。すでに悪しきものにすっかり魅入られてしまっていたからね」

思いにふけって、総督は指先でカップの横を小突いた。爪は革で磨かれて先を尖らせてあった。とうの昔に廃れた流行の形だが、同時にどこか不吉にも見えた。鉤爪のように見えるのだとアレントは思った。昔から猛禽めいた風貌だった伯父が、まさに猛禽へとゆっくりと変身しているかのようだった。

「アレント、ほかにも伝えておくべきことがある。魔女狩り人によると、その悪魔はみずからをトム翁と呼んだそうだ」

アレントの膝から力が抜け、彼は机にもたれて身体を支える羽目になった。

「トム翁は物乞いですよ」彼は言った。「彼は村人に殺された」

「ひょっとしたら村人は偶然にも罰すべきものを罰したのかもしれん。それなりの数の石を投げれば、ときはふさわしい者にあたることもある」総督は首を振った。

「真実がどうであれ、こうしたことは三十年近く前に起こったことなのに、いまになってあの印がふたたび現れたのはなぜだ？　それも世界を半周もした場所で？」彼は黒い目をアレントにむけた。「わたしの愛人のクレーシェ・イェンスを知っているか？」

話題ががらりと変わったのに混乱して、アレントはかぶりを振った。

「あれの死んだ亭主だったんだよ、オランダを救った魔女狩り人は。その男からわたしたちはおまえを隠したわけだが、彼をつうじてわたしはクレーシェを知ったのだ。彼が妻に自分の仕事について打ち明けていたならば、トム翁について、この船が脅かされている理由、あるいはおまえの手首にあるその印がなんなのか、彼女が知っているかもしれん」

「なんらかの脅威があると思っているのなら、バタヴィアに引き返すのが賢明じゃないですか？」

「退却せよと？」総督は鼻を鳴らした。「バタヴィアには三千人近くの人間がいるが、この船にいるのは三百人足らずだ。トム翁がこの船にいるのならば、つまりはここに囚われているということになる。わたしのために調べてくれ、アレント。必要ならばどんなものでもおまえの好きなように使っていい」――そこでアレントの顔色を察知してつけ加える――「ただしピップスは除いてだ」

「おれには彼の仕事はできません」

「おまえはスペイン軍からわたしを救うために砦に乗りこんできたではないか」

「成功すると思って行ったんじゃありません。生きて帰れるとは思ってなかった」

「では、なぜそもそもやってきた？」

「やらなかったら罪悪感で生きてはいけないと思ったからです」

総督は甥への愛情の重さに圧倒され、それをごまかそうと目をそらした。「おまえが子供のときにカール大帝について教えるのじゃなかった。あれがおまえの意識を腐らせた」感情の始末がうまくつけられず、総督は気まずそうにテーブルに近づき、書類をめくった。「おまえは五年のあいだピップスの下で仕事をした」やけに真剣に書類を並べ直してから言った。「当然、あの男のやり方をとくと見てきたはずだろう」

「それはそうですが、おれは木立を走りまわるリスも観察してきました。でもリスのようには走りまわれない。この船を救いたければ、サミーを自由にしなければなりません」

「おまえとは血のつながった伯父ではないのは承知だが、おまえとは強い縁を感じるんだよ。おまえの成長を見守ってきたから、おまえの能力もわかっている。おまえは祖父の後継者だった。祖父が自分の五人の息子と七人の孫息子を退けて後継者に選んだ人間だ。おまえが愚かだったら、そんな栄誉をあたえるはずがない」

「サミー・ピップスは頭がいいだけじゃない」アレントは言った。「彼は世界の端をめくってその下を覗くことができる。おれには一生理解できないだろう類の才能をもってるんですよ。本当です、おれは自分もやれるか試してみたことがあるんです」

哀れなエドワード・コイルの顔がアレントの脳裏にちらつき、お馴染みの恥の意識がそのあとにやってきた。

「彼を自由にはできん、アレント」総督の顔にはアレントが見たことのない表情が浮かんでいた。「彼を自由にすることはない。そんなことをするぐらいなら、この船を沈めて彼があの牢屋で溺れ死んだと知るほうがましだ」カップの中身を飲み干すと、テーブルに叩きつけた。

「トム翁がこの船に乗っているのであれば、追い詰めるために最適な人間はおまえだ。ザーンダム号の安全はおまえの手にかかっている」

# 14

アレントは吐き気をおぼえながら伯父の顔を見返した。こんな任務が自分に――自分ひとりに降りかかってくるなどとは思ってもいなかった。伯父の愛情を逆手にとれば事態を好転させられると信じこんでいたが、まさにその感情のおかげで自分と伯父を危機に追いやってしまった。

ヤン・ハーンのアレントに対する信頼は確固たるもので、それは昔から変わらないものだった。アレントが子供の頃には成人男性と競わせることで剣術を教えた。最初はひとり、次にふたり、さらには三人、四人と、ついには使用人たちが仕事の手をとめて練習するアレントを見物するほどだった。

思春期となり、そろばんのジャラジャラという音が剣のガシャンという音に変わる頃、伯父は祖父カスパーを説得し、アレントを商人たちとの契約交渉にむかわせた。アレントが注意深くなかったら、彼の腕から手を切り落としかねない狡猾な相手だ。

本来なら関係ないはずの過去の成功に目がくらんで、伯父はいま、判断を誤った。アレントほどザーンダム号を守る能力のない者はいないと。

「頼みを聞けというのなら、サミーの助言が必要です」アレントは必死だった。

「ドア越しに話せ」

「せめて船室に移せませんか?」自分の声が情けないものに聞こえそうで気分が悪かった。「彼のしてきた仕事にもっと見合う――」

「船室にはわたしの家族がいるのだぞ」総督は侮蔑の言葉をすんでのところで呑みこみ、きつい口調で言った。

「もっと風通しがよくて身体を動かせる空間がないと、彼は病気にやられてしまいます」アレントは戦法を変えた。「アムステルダムに到着するよりずっと早くに死んでしまいますよ」

「それ以上、彼にふさわしいことはない」

アレントは歯を食いしばった。伯父の頑固さに怒りが爆発しそうになる。「〈十七人会〉は異を唱えるのでは?本人から直接、告発内容について聞いてから判決を下したがるんじゃないですか?」

総督の確信が揺らいだ。

「彼を自由にすることが許されないのであれば、せめておれに彼を運動に連れだささせてください」伯父の砦に亀裂が入ったことをアレントは察知した。「最下甲板の乗客でさえ、一日二回、甲板の散歩を許されてます。サミーもそこに加わればいい」

「だめだ、あの男の穢れをこれ以上広げることはまかりならん」

「伯父さん」

「真夜中だ」総督は言い返した。「真夜中に彼を散歩させるといい」たたみかける暇を与えず、断固とした口調で続けた。「これ以上わたしの忍耐力を試すな。こんなに譲歩するつもりはなかったのだ。おまえでなかったらここまではしない」

「では、ありがたく受け入れましょう」

総督は片手の甲をもう片方のてのひらに叩きつけた。自分自身に不愉快を感じているのだ。「明日、朝食を一緒にどうだ？」

「今夜の船長との晩餐には出ないのですか？」

「暗くなる前に休んで夜明け前に起きるほうが好きなのだ。船長がヘラヘラ笑う間抜けどもや口論好きな馬鹿どもの相手をする頃には、わたしは横になっているだろう」

「では、朝食で」アレントは同意した。「ですが、おれの姓については秘密のままにできるとありがたいです」

「おまえはボロを着て歩きまわっているというのに、恥じるのは名前なのか？」

「そうじゃないんです、伯父さん」アレントは言い返す。「この名前はおれには立派すぎる。この名前は曲がった道をまっすぐにしてくれますが、おれは曲がった道を歩きたいんです」

総督は感心しているように彼を見た。「変わった子だったおまえは、変わった男に成長した。しかし、唯一無二の男でもある」ひゅっと息を吹く。「好きなようにしろ、おまえの本当の名がわたしのくちびるから漏れることはない。おまえの過去がおまえのくちびるから漏れていないのと同じに。ピップスはおまえの傷跡と父親の失踪について知っているのか？」

「いえ。森で何があったのか秘密にするよう祖父に言われましたし、教訓も身に染みたんで。その件は話さない。考えることさえめったにないんです」

「よろしい。そのままで行け。クレーシェ・イェンスにも話すな。あれはまともな女だが、それでも女には変わりない。最悪のことを信じたがる」総督は人差し指で机を小突いた。「さて、たいへん苦痛であるがやるべき仕事がある」彼がドアを開けると、コルネリス・フォスとドレヒト護衛隊長がドアのむこうで話をしていた。

「フォス、甥をクレーシェ・イェンスのもとに案内しろ。こんな格好をしているがまともな男であり、わたしの指示でやってきたと話すように」

「まず、火薬庫から始めたいんですが」アレントが言った。「例の病者の〝主人〟とやらが、どうやっておれたちを襲うつもりか見つけるのが先です」

「よかろう」総督は同意した。「甥を火薬庫に連れて行き、倉庫番には質問に答えさせるようにしろ」彼は身を乗りだして家令の耳元に囁いた。「その後、クレーシェ・イェンスをわたしのもとに寄こせ」

「ありがとうございます」アレントは感謝して頭を下げた。

ヤン・ハーン総督は両腕を広げ、甥を胸に引き寄せた。「ピップスを信用するな」そう囁く。「彼はおまえの考えているような男ではない」

コルネリス・フォスはアレントを案内して船長室から操舵室を通り抜け、半甲板の下の隔屋にむかった。フォスの歩幅は毎回きっちり同じで、腕は腋にぴたりとつけたままだ。必要以上の空間を占めることのないよう警戒しているようだった。

「わたしはご主人の家系については、先祖にいたるまですべての本家や分家を知り尽くしていると自任しておりますが」フォスのしゃべりはゆっくりだ。まるで、口に出す前にひとつひとつの言葉から丁寧に埃を吹き払っているかのようだった。「あなたのことをただちにご家族だと認識できず、申し訳ございません」

心から後悔しているようだとアレントは思った。祖父の年配の使用人たちもこんなふうだった。主人一家こそが彼らの人生であり、そこで奉仕することが彼らの誇りなのだ。祖父が彼らの首に襟をつけたとしたら、彼らはそれを輝きを放つまで磨いたことだろう。

「おれはハーン家の血縁じゃない。総督は愛情の印としておれを甥と呼んでいるんだ」アレントは言った。「フリースラントで彼とおれの祖父の地所が隣同士だった。

ふたりはとても仲がよく、ふたりでおれを育てた」

「では、あなたのご家族というのは」

「それは言わずにおきたくてね」アレントは誰にも立ち聞きされていないことをたしかめた。「おれと総督とのつながりも話さないでくれるとありがたい」

「言うまでもございませんが」フォスは冷ややかに答えた。「口を慎むことに難がございましたら、わたしはこの職務についておりません」

不機嫌になったフォスを見て、アレントはほほえんだ。総督との友情から恩恵を受けることを避けようとする者がいることに気分を害しているのだ。

「あんた自身について教えてくれ、フォス。どういった経緯で伯父に仕えることになったんだ?」

「総督に破滅させられたのですよ」フォスは怒ることもなく言う。「わたしはかつて商人でしたが、わたしの会社は総督と競うことになりました。総督は顧客たちにわたしについての下品な噂を広め、わたしの商売の息の根をとめてから、家令としての職をわたしにもちかけたのです」

クリスマスの饗宴の詳細について語っているような陶然とした口調で話した。

「それを受け入れたのか?」アレントは仰天して訊ねた。

「もちろんです」アレントの反応に顔をしかめながら言った。「大いなる栄誉でしたから。総督がしなくても、ほかの誰かがしていたでしょう。わたしに商売の才能はございませんでした。しかし数字の才能があることをあなたの伯父さまは見抜きました。まさしく適所適材ですよ。わたしは毎晩、神の賢明な計らいに感謝しております」

アレントはフォスの冴えない顔を見つめ、そこに傷ついた誇りや抑圧された恨みがないかと探ったが、見当たらなかった。叩き潰されて伯父のコレクションに加えられたことに感謝しているようだ。

フォスがポケットから小さなレモンを取りだして皮に鋭い爪を立てた。強い香りが空中に広がる。

アレントはしばらくフォスを眺めていた。足元で船が揺れる。「サミー・ピップスが捕縛された理由を知っているか?」フォスの不意を突けるのではと、アレントは出し抜けに訊ねた。

フォスが身体を固くした。「いえ」

「いや、知ってるな」アレントは騙されなかった。「伯父が言ってるようにまずい理由なのか？」

「はい」フォスはレモンに齧りつき、涙を浮かべた。

その言葉はまるで洞窟の入り口をふさぐ岩のように落ちてきて、会話は途切れた。

最下甲板に下りる階段があるのはアレントの寝床と反対側だった。とんでもない喧噪が下から聞こえてくる。

暗がりへと下りていきながら、アレントは何かに丸呑みにされているような気がした。

低い天井を支える太い梁が成す胸郭、滴る湿気による水滴は胆汁。弓なりの壁に六門の大砲が等間隔で並び、巨大な巻きあげ装置の車輪や、錨を海底から引きあげる四本の長い取っ手が甲板中央を占めていた。

ここはうだるほど暑かった。ここにひしめく乗客は自分の寝床とする場所を自分で見つけなければならない。目測では五十人ほどかとアレントは考えた。数少ない旅慣れた者は、多少なりとも風の通るように砲門と砲門のあいだに渡すようにハンモックを吊しているが、多くの者は床に敷いた藁布団に落ち着いている。夜になればあたりをちょろちょろする鼠に悩まされることになるだろう。

口喧嘩が盛んにおこなわれ、気分の悪くなった乗客たちが、咳をし、鼻を鳴らし、唾を吐き、嘔吐し、寝床について文句を言っていた。サンデル・ケルスと被後見人のイサベルがそのまんなかに立って、乗客たちの話に同情の耳を傾け、神の祝福をあたえている。

「火薬庫はこちらです」フォスが船尾のほうに首を振った。

三歩も進まぬうちに、われ先に苦情を言い立てる乗客たちに囲まれた。いらだった男がひとり、アレントの胸を押そうとしかけて、丈の高さに手が届かないと気づいてフォスの胸を突いた。

「おれは全財産を売り払ったんだぞ、この」――男はハンモックを指さした――「寝床を買うために。なのに所持品を置く場所さえないじゃないか」

「興味深いお話です」フォスは男が突き出した非難の指が埃であるかのようにつまんだ。「ですが、わたしにはあなたの宿泊設備について発言権がないのですよ。わたし自身のものについても、ほぼ発言権はございませんで……」

言葉は尻すぼみになった。何かに気を取られたようだ。

その視線をたどると、砂色の髪と目立つ耳をしたふたりの少年がお互いにちょっかいを出しながら甲板を走っているのが見えた。まったく同じ黄色のトランクホーズと茶色のブリーチズに、身体にぴたりとしたチュニックと丈の短いケープといういでたちだ。

上流階級の服装だ。ほかの乗客たちのすり減ったブーツと色あせた服に比べると、強烈に目立つ。真珠のボタンひとつで、ここにいる家族連れのどれか一組が上の甲板の客室に泊まる費用に足りるだろう。

「きみたち！」フォスが叫ぶと、幼いふたりはすぐさま足をとめた。「こんなところで遊んでいることをお母さんは知っているとは思えませんね。お母さんが許してくださるとも思えません。船室にもどりなさい」

少年たちはぼやいたが、命じられたとおりにとぼとぼと階段をあがった。

「いまのはクレーシェ・イェンスの息子たちです」フォスが説明した。

まるで恋い焦がれるように彼女の名を口にするさまに、束の間、フォスが人間らしく見えた。まだ会って間もなかったため、フォスの心臓は羊皮紙を丸めたものでできているのではないかとアレントは思っていたが、いくらか温かい血液も流れているらしい。

女がひとり、すすり泣きながら人混みから飛びだし、アレントの袖を引っ張った。

「わたしには子供がふたりいるんです」ハンカチをあてて洟（はな）をすすりながら訴えた。「陽も入らず、風も通りません。あの子たちは八カ月も耐えられるんですか？」

「おれから話してみ――」

フォスは彼女の手を払いのけた。アレントが不快の目をむけたのも一顧だにしない。「ヘイズ中尉はわたしと同じく、あなたを助けることはできない」そう言った。「わたしたちもあなたと同じ乗客なのです。熱弁を振るうのなら一等航海士か主任商務員になさい」

「船長と話をさせろ」さきほどの男が女を押しのけて言った。

「船長もあなたと話したがると思いますよ」フォスが素っ気なく言う。「大声で呼んでみたらいかがでしょう」

返事を待たず、フォスは確固たる足取りで火薬庫へむかい、どんな扉でもつねに開けさせる男にふさわしい威厳をもってドアをノックした。ドアの向こうで大きな足音が響き、引き戸が開けられると、ぼさぼさの白い眉を頂く青い目が、怪しむように覗いた。

「誰だ?」しゃがれて老いた声が言った。

「家令のフォス、ヤン・ハーン総督の使いです。こちらはアレント・ヘイズ。サミュエル・ピップスの仲間です」フォスはアレントが船長室でクラウヴェルスからもらったメダルを指さし、アレントはそれを渡した。フォスがそれをドアの隙間に掲げた。「船長の承認を受けてここに参りました」

何かをきしませながらドアがひらくと、日焼けした隻腕の船乗りがいた。引きすぎた弓のように身体を二つ折りにしている。上半身は裸で、膝丈のスロップスを穿いている。ねじったブロンドの髪を一房、首から紐でぶら下げ、自身の髪は灰色のたき火があげる火の粉のように頭から弾けていた。

「じゃあ、どうぞ」男はふたりを招き入れた。「入ったらドアにかんぬきをかけておいてくれ」

火薬庫は窓のない隔屋で、壁はブリキが釘打ちされ、何十もの火薬入りの小さな樽が横にして棚に並べられていた。片隅にハンモック、その下におまるがあった。ありがたいことにおまるは空っぽだ。

太い木の梁がアレントのかがめた頭の上で前後にこすれていた。

「そいつは舵を操舵室の舵棒とつなげている棒なんだ」アレントがそれに気づいたことに目を留め、老倉庫番は言った。「しばらくすると、音には慣れる」

部屋の中央に〈愚物〉を入れた大きな箱があった。テーブルがわりに使っているようだ。倉庫番は腰を下ろすと、箱の上に足を乗せた。サイコロがふたつ落ちて床に転がった。

アレントが目にした船乗りたちと同じく、裸足だった。アレントは困惑してその箱を見つめた。あんなに貴重なものがこんなにぞんざいに扱われることになったのはどういうわけか。〈愚物〉こそが、何カ月も前、彼らをバタヴィアに呼んだ理由だった。その正体を知るのは一握りの者だけで、サミーでさえもそのなかに含まれていなかった。これはひそかに作られ、ひそかに試され、ひそかに盗まれ、それからひそかに取りもどされた。彼らは取り返してから一時間をこの品と共に過ごし、隅々まで調べた。

それでも、彼らはこれが何を目的としたものかさっぱりわからなかった。

三つの部品をひとつに固定したものだ。組み立てた格好だと、真鍮の球体が木の円のなかにあり、それを囲んで星、月、太陽の輪がある。傾けるたびに歯車が回転してすべてのものが位置を変えるから、ある部品のあとをたどろうとすると頭が痛くなった。

これが何であるにしても、〈十七人会〉がもっとも価値ある調査人を探索行に送り出すに足るほど重要なものなのだ。アムステルダムからの旅で彼が死ぬ可能性がじゅうぶんにあると承知のうえで送りこんだのだから。

幸運なことにサミーは生き延びただけではなく、使命も無事に達成し、四人のポルトガルの密偵たちの正体を暴いた。アレントは彼らを総督の憤怒の前に引きだすという任務を与えられたが、うちのふたりは彼に捕らえられる前に自死し、残りのふたりは追跡を察知して逃げた。

あの失敗を思うといまだに恥ずかしかった。

「あんたたちみたいに立派な旦那がたが、なんだって船の尻くんだりまで下りてきたんだね?」倉庫番が訊ねながら、魚の干物を口に放りこんだ。アレントの見るかぎり、干物を相手にできそうな歯は一本もなかった。

「誰かがあんたに近づいて、この部屋に火をつける話をもちかけなかったか?」アレントは単刀直入に訊いた。

ほかの手が思い浮かばなかった。

老倉庫番の顔は戸惑いで皺が寄り、果汁を絞りきったオレンジのようになった。

「なんでそんなことをしたがる奴がいるんだね?」彼が訊ねる。

「この船に凶事が起こるという警告があったんだ」

「あたしがやったとでも?」

「いや——」アレントの声がうわずった。自分の答えが馬鹿馬鹿しいものに思えた。「病者が」

「病者が」倉庫番はそう繰り返し、フォスの顔を見て、こんな馬鹿げた話は本当なのか、確認しようとした。

家令はレモンを少し齧ったのみで、何も言わない。

「あんた、あたしが病者に説得されて、ほかの連中ともども自分も溺れ死ぬようなたくらみに乗ると思うのか?」倉庫番は音をたてて魚を噛んだ。「ふむ、少し考えさせてくれよ。ここには病者がわんさかいて、見分けなんてつかなくてね」

アレントは床を蹴った。

調査は彼の仕事ではなく、平常心で臨むことができなかった。前にも試したことがある。サミーはアレントにいくらかの才能のきらめきと、引退の早道を見いだしたと思った。サミーはアレントを訓練してから、事件をひとつ与えた。調査は順調に進んだのだが、最終的にはアレントの言葉によって、危うく無実の男を吊し首にしかけた。誤りが見つかったのは、いわばサミーがなかをちゃんと覗けるだけ〝瓶〟を倒し、時間をしっかりかけて、アレントが見逃していたことに目をとめたからだった。

それまでのアレントは思いあがっていた。サミーの才能を目の当たりにして見事なものだと思いはしたが、優れた馬術の披露が見事だというのと同じ意味でしかなかった。つまり、賞賛すべきものだが、習得可能なものであると。

彼はまちがっていた。

サミーのしていることは訓練したり教えたりできるものではなかった。彼の天賦の才は彼だけのものだった。

アレントがやりにくそうにしているのを察知して哀れに思ったか、フォスは倉庫番を鋭くにらんだ。

「アレント・ヘイズは、ヤン・ハーン総督その人の命令によってここを訪れたのだと申し上げましょう。彼のどのような質問に対しても細かく丁重に答えるように。さもないと鞭打ちの刑もありえます。わかりましたね？」

倉庫番の顔から血の気が引いた。

「すまんね、旦那」彼は慌てた。「悪気はなかったんで」

「質問に答えろ」

「病者はいないよ、旦那。それに、なんのたくらみもない。言っておくが、あたしが自殺したくなったら、一晩たっぷり女と遊んでから、あっちにいる連中と飲み明かすよ」彼は鉄格子のドアのむこうを指さした。「そんなことをしないのは、じゅうぶんな賃金をもらったし、待っている家族もいるからなんでね。故郷に帰る理由がたっぷりある」

サミーの才能のうちひとつとしてアレントは持っていなかったが、嘘を見抜く彼なりの才能はあった。生まれてこのかた、人々は彼を欺(あざむ)こうとしてきた。祖父のために働いていた頃は分(ぶ)の悪い取引をさせようとしたり、背中に隠しもった短剣は彼を狙ったものではないと強弁したりした。老人の皺の寄った顔に見てとれるのは希望と不安で、嘘をついていると示唆するものはなかった。

「この部屋に入ることができるのはほかに誰がいる?」アレントは訊ねた。

「たいていの日は誰も。戦闘配置の号令がかかれば誰でも。船員は大砲の火薬のためにここを出入りすることになるんでね。ただし、鍵をもっているあたし自身か、クラウヴェルス船長か、一等航海士と一緒じゃなきゃ駄目だ」そう言ってつま先をくねらせた。

「ボシーという大工を知ってるか? 足の不自由な男だ。彼がザーンダム号に恨みをもっていたということはないか?」

「あたしは新入りなんで、なんとも言えないよ。バタヴィアで加わったばかりなんだ」倉庫番はさらに魚を噛む。あごに唾液が垂れた。「誰かが船を沈めたがっているんじゃないかと心配してるのかい?」

「そうだ」

「だったら、あんたの予測は見当違いだ。この部屋はどの面にもパンがあって、ブリキにかこまれてる」

「どういう意味――」

「パンがこの隔屋のどの面にも詰めこんであるんだよ」彼は詳しく説明した。「たとえ火花があがっても、爆発はブリキとパンでかき消される。船体には穴ひとつ開かない。火の手は歓迎できないが、乗客乗員が呑まれる前に消火する時間はある。だから、こんなふうな造りになっているんだ」

「わたしが同じ質問をクラウヴェルス船長にすることはわかっているんでしょうね?」フォスが言う。

「船長も同じことを言うよ、旦那」倉庫番はそう返答した。

アレントが抑えた声で、「ザーンダム号を沈めるもっといい方法を思いつかないか?」

「数えるほどしかないね」倉庫番は首からかけている汚れた髪の束をいじった。「ほかの船がわたしたちに大砲をむけてまっとうなやりかたで沈めるとか」じっくり考えをめぐらせた。「特に手を出さずに、海賊か嵐か痘瘡（とうそう）があたしたちを始末すると信じるか。べつに珍しいことじゃないからな。あるいは……」そこで困った顔になった。

「あるいは、なんです?」フォスがうながした。

「あるいは……まあ、もしあたしだったらって話で、あたしがやるってわけじゃないよ、ただ仮の話を言っているだけで」彼は顔をあげ、自分が〝仮の話を言っているだけ〟であることを認めてもらおうとした。

「思いついたことを教えなさい」フォスが言う。

「つまり、あたしだったら船長を片づけるだろうね」

「クラウヴェルスを？」アレントは驚いた。

倉庫番はテーブルのささくれをつまんだ。「船長についてどの程度知ってる？」

「宮廷にいるような服装をして主任商務員を嫌っていることだけです」フォスが答えた。

倉庫番は面白がって太腿をぴしゃりと叩いたが、フォスの無遠慮な評価は笑わせようと狙ったものではなかったと気づいてやめた。

「あんたの言うとおりだがね、旦那。ただ、クラウヴェルス船長はこの船隊で最高の船乗りで、誰でもそれは知ってる。ろくでなしの主任商務員、レイニエ・ファン・スコーテンもな。ちゃんとした船じゃない予備の艇でもアムステルダムにもどることができて、貨物を無事に届けられる奴がいるとしたらクラウヴェルスだろうね」感服した口調だったが、それはすぐに消えた。「会社の賃金は安いから、ザーンダム号の船員はどいつもこいつも腹に一物かかえた奴や人殺しや泥棒ばっかりなのさ」

「あなたはどれにあてはまるんです？」フォスが訊ねた。

「泥棒だね」彼は切断された腕の付け根をポンと叩いた。「昔な。それはとにかく、大事なのはこれだ。船員は悪い奴ばかりだが、全員クラウヴェルス船長を尊敬してる。ぼやいたり、よからぬことをたくらんだりしても、船長に反抗するようなことはしないよ。船長の気性は激しいが、鞭で罰をくわえるときもれっきとした理由があるし、彼があたしたちを故郷に連れ帰ってくれるとみんな知ってるんだよ。だから、けだものみたいな連中も頭を下げて鞭を受け入れる」

「彼が死んだらどうなる？」アレントは訊ねた。「一等航海士は船員をひとつにまとめられるか？」

「あの小男が？」倉庫番は吐き捨てるように言った。「無理だろう。船長が死ねばこの船は燃えるさ。覚えておきな」

## 15

サラとリアは最後部である船尾楼甲板に立ち、バタヴィアが次第に遠くなるのを見つめていた。洗濯するうちに綿から落ちてゆくシミのように、バタヴィアは少しずつ薄れていくものとサラは想像していた。ところが実際は、またたきする間に街の煙突や屋根は消え失せてしまい、別れを告げる時間など残してくれなかった。

「フランスってどんなところなの、お母さま?」リアが今週に入って百回目の質問をした。

サラは娘の目に不安が見えた気がした。バタヴィアは娘の知るただひとつの故郷だ。その街にいたときでさえも、城塞の壁のむこうに行くことはめったに許されなかった。幼い頃の娘は城塞がギリシャ神話の発明家ダイダロスの迷宮であるつもりになって、そこに閉じこめられた牛頭人身のミノタウロスから逃げて何時間も過ごした。父親はこの怪物の役割にぴったりだった。

石壁と護衛にかこまれて十三年が経ったいま、娘は庭園のある屋敷でまったくあたらしい人生を始めるために船に乗せられた。

哀れな少女は何週間もよく眠れずにいた。

「わたしもよく知らないの」サラは打ち明けた。「最後に訪れたのはとても若い頃だったから。でも、料理がとても美味しくて音楽が楽しかったのは覚えてる」

希望の笑みがゆっくりとリアの顔に広がった。娘がどちらも大好きであることをサラはよく知っている。「フランスの人たちは才能ある発明家、学者、治療師よ」サラは夢見るように言った。「それに奇蹟を建ててもいる――天に届くほどの大聖堂を」

リアは母親の肩に頭を預けた。黒髪が黒い水のようにサラの腕に垂れた。

角灯がぐらぐら揺れて長い支柱の上できしみ、船舶旗が風にはためている。畜舎では、鶏がクワックワッと鳴き、雌豚がブーブーとうめいて、足の下で甲板が揺れるのが不快だと伝えようとしていた。

「むこうでは、みんなわたしのことを好きになってくれるかな?」リアがもの悲しそうに言う。

「大好きになってくれますとも!」サラは大声で言う。「だから、移ることにしたのよ。もうこれ以上、あなたにありのままの自分を不安に思ってほしくない。あなたに才能を隠させたくない」

　リアはサラにきつくしがみついた。そしてたくさんある質問の中から次の質問を選びだすより早く、クレーシェがブロンドの髪をなびかせて階段を駆けあがってきた。部屋着から着替えており、襟が高くリボンを結んだ赤い袖のついたシュミーズ（下着用のリネンの長いドレス）に、羽根飾りのついたつば広の帽子といういでたちだった。靴は握りしめ、額に汗を浮かべている。

「そこにいたのね」クレーシェは息を切らして言った。「探しまわったのよ」

「どうかした？」サラは心配して訊ねた。

　クレーシェは二年前に総督の要望でバタヴィアに到着し、サラの単調な生活を日射しのように照らした。クレーシェは生まれつき浮かれた性分で、ほら話をでっちあげるのもそれを語るのもうまくて、日々それを磨いていた。彼女が不機嫌だったり不安だったりした姿を思いだすことさえできない。ありのままで一緒にいて楽しい人であり、そんな彼女の気を引こうとする求婚者がいつもまわりにいた。

「この船を脅かすものがわかった」息が乱れている。「ボシーの主人が何かわかったの」

「何？　どうやって？」サラは叫んだ。いくつもの質問がいっせいに飛びでてきた。

　クレーシェは手すりにもたれ、呼吸を整えた。彼女たちの真下に並ぶ船室の四角い舷窓から、クラウヴェルスがファン・スコーテンと自分の船室について口論しているのが聞こえた。

「あなたに二番目の夫のピーテル・フレッチャーの話をしたことはあった？」クレーシェが訊ねた。

「彼がマルクスとオスベルトの父親だとだけ」サラは真剣に答えた。「それに彼がかつて主人を知っていたとも」

「ピーテルは魔女狩り人だったの」クレーシェは苦痛に満ちた声で彼の名を告げた。「三十年前、わたしたちが結婚するずっと前に、彼はイギリスからオランダにやってきた。名家の土地に疫病のように広がったおかしな印を調べるために」

「それって今朝、帆に現れたあの印？」リアが訊ねた。

「まったく同じものよ」クレーシェはうねる白波を不安そうに見やった。「その印を調べているとき、夫は大勢の病者や魔女の魂を救ったのだけど、みんな同じ話をしたの。最悪のとき、希望が尽きたときに、トム翁と名乗るものが暗闇で囁きかけてきて、頼み事を引き受けてくれるなら引き換えに心からの願いを叶えてやろうと言われたって」

「どんな頼み事？」サラは興奮を隠せなかった。

バタヴィアにあたらしいピップスの事件の報が届くとサラはいつもこんなふうに感じたものだった。事件をリアと芝居に仕立てて、自分たちなりの仮説を打ち立てるまでは結末を読まなかった。彼女の推理は合っていることが少なくなかったが、たいてい動機をまちがえていた。嫉妬や拒絶された情熱はサラに理解できる概念ではなく、ましてや、そのために誰かを殺す人のことなどわかりようがなかった。

「夫は仕事の詳細を話そうとはしなかった。淑女に聞かせるものじゃないと信じ切ってたの」

「思慮深い判断ですな」フォスが階段をあがってきた。

「ご主人がすぐにとお呼びですよ、イェンス様」

クレーシェは浮かぬ表情を彼にむけた。

アレントがその背後からぬっと現れ、サラに会釈した。港で会ってから、どこか変わったようだ。いくらか肉がついたかのように、身体を重たげに動かしている。

「待って、クレーシェ」男たちが合流したところでサラは言った。「ヘイズ中尉には会ったことがある？　港の病人の件で手伝ってくれたの」

「アレントで結構です」彼は低く響く声で訂正し、サラにほほえみかけた。彼女も思わずほほえみを返していた。

クレーシェは彼を見て目をきらめかせた。「会ったことはないけれど、会いたかったのよ」そう言って膝を引いてお辞儀した。「あなたの体格についての噂は大げさじゃなかったのね、ヘイズ中尉？　まるで神様があなたを作るときにやめどきを忘れたみたい」

「彼を誘惑するのはあとにしてね、クレーシェ」サラは優しくたしなめて、アレントに言った。「どうやら、帆の印はトム翁という悪魔のもののようです」

すでに知っているらしい表情がアレントの顔をよぎった。

「その名前を知っているのね？」彼女は首を傾げて訊ねた。

「総督から話を聞きました」

「そう、わたしは先ほど話をした若者から、港の病者はザーンダム号の大工で、ボシーという名前だったと聞いたの。彼は亡くなる前に、バタヴィアの何者かと取引をしたと豪語していたようよ。彼を裕福にする取引で、彼はかわりにいくつか頼み事をきくだけでいいと」

クレーシェが悲しげに首を振った。「トム翁がそのボシーに何をやらせたにしても、結末は苦しいものになっただけね」彼女は顔から海水のしぶきを拭った。「トム翁と取引したが最後、その下僕になるんだから。解放されることはないの。トム翁は人の苦しみを糧として、そのごちそうを提供しない人を苦しめる。ピーテルは不屈の意志をもっていたけれど、彼でさえも、自分が目にした堕落の数々を詳しく説明するのはためらっていた」

トム翁が探しているものが不満の種であったならば、この場所に不足はなかっただろうとサラは思った。この船にいる誰もが苦情を訴えるだけの理由をもっている。誰もが不当に扱われていると感じている。ほかの者の手にしているものを誰もがほしがっている。もっとよい暮らしのためなら、そうした人たちがどれほどの代償を喜んで払うものか、彼女には想像するしかなかった。

彼女自身が喜んで支払おうとしている代償だっていい見本だ。

「ザーンダム号には不満の種がたくさんありますからね」よく響く声でアレントが彼女が考えているのと同じことを言った。「あなたのご主人は、トム翁とは実際何ものか話しましたか？」

「悪魔のようなもの。夫は直接立ちむかったことはなかったのだけど、とうとう……」クレーシェは口ごもり、目に涙を浮かべた。「四年前、ピーテルは大慌てで帰宅したの。わたしたちは使用人がたくさんいるアムステルダムの屋敷に住んでいた。夫はわたしたちを急いで馬車に乗せてリールにむかわせた。一言の説明もなく、荷物ひとつもたせずに――」

「リール？」アレントがはっとした顔をして口をはさんだ。

「そうよ」何がアレントの気持ちに引っかかったのか気になったようだ。「あなたにとって意味のある街なの？」

「その、おれは……」彼は首を振った。そこに浮かんだ表情は、何か忌まわしいものが窓の外を横切ったのを見た者のそれだった。「おれたちはかつてそこで事件の調査をしたことがあるんです。あの街には嫌な思い出がある。話を遮って申し訳ない」

彼らの探偵報告をサラはすべて暗記しており、リールでの件についてはー度も書かれていないことは知っていた。この失われた事件がどのようなもので、なぜここまで彼を動揺させるのか気になったが、いまはそこにこだわるひまはない。

「トム翁に見つかったから、逃げなくてはならないと夫は言ったの」何かが喉につかえているかのようにクレーシェは続けた。「詳しく教えてと頼んだけれど、彼は何も言おうとしなかった。三週間の旅をしてあたらしい家に到着し、その二日後に彼は死んだ」彼女は喉をごくりと言わせた。「トム翁が彼を拷問して、壁にあの印を残した。何が手を下したのか、わたしたちにはっきり知らせるように」

サラがクレーシェの手を握りしめた。「わたしの夫にその話をするのに耐えられそう?」そう訊ねた。「バタヴィアにもどるよう彼を説得できそうよ」

「無理でしょう」アレントは言った。「総督はあの印が何を表しているか、すでに知ってます。調査するようおれに依頼はしたが、彼が船を方向転換させることはない」

「あの忌々しい頑固な馬鹿」サラはそう叫んでから、言葉づかいを気にしてリアをちらりと見た。

「ご自分の夫をそのように呼ぶのはあるまじきことですよ」そう叱責したフォスは、クレーシェから悪意に満ちた目をむけられることになった。フォスは手を揉みながら、困惑をごまかそうと早口でしゃべりはじめた。「わたしたちが対決するのが悪魔であれば、牧師に相談することをお勧めします。これはわたしたちの専門分野より、牧師のほうのものに確実に近いものでしょう」

「あなたが悪魔を信じてるっていうの、フォス?」リアが訊いた。「考えたこともなかった。あなたってとても……」

「情熱がない?」とクレーシェ。

「理性的だから」

「わたしはこの目で悪魔たちを見たことがあります」フォスは言う。「子供の頃、村が襲われたのです。助かった家は一握りでした」

サラはアレントに話しかけた。「お望みなら、わたしから牧師に話をしますけど。どちらにしても懺悔(ざんげ)をしたいので」

「それはありがたいです」アレントが応えた。「おれはボシーについて訊ねてまわります。彼の主人が本当にトム翁ならば、どうやって知りあったのかたぶん誰かが知ってる」

「その件についてては、わたしも役に立ちそうなことを知ってるかもしれない」サラは言って、朝のうちに例の大工について知ったことを、舌を切り取られる前に口にした最後の言葉も含めて伝えた。

「ラクサガール？」彼女が話を終えるとアレントは考えこんだ。「おれは数カ国語を話せますが、そんな単語は聞いたことがない」

「わたしもよ」サラが同意したところで船が大波にぶつかり、彼女は手すりをつかんだ。「わたしが話をした若者はノルン語だと思っていて、この船でその言葉を話せるのは甲板長のヨハネス・ヴィクだけだそうよ。その男こそがボシーの舌を切り取らせた者だから、彼がわたしたちの質問に答えるとは思えない」

「答えないでしょうね」アレントは賛成した。「さっき会いました」

「わたしは最下甲板の乗客たちに質問するよう言って、ドロシーアを使いに出した。誰か何かを知っているかもしれないから、念のために」

アレントが感心して彼女を見やると、混乱した笑みのようなものが返ってきた。

「トム翁が苦しみを糧にしているのならば、なぜバタヴィアを離れたんです？」フォスがいつものように淡々と言った。「あの都市には数千人が暮らしており、ザーンダム号に乗っているのはわずか数百人です。晩餐会を軽食と交換したのはなぜでしょう？」

「わたしがいるからここに来たのよ」クレーシェがかぼそい声で言う。「わからない？　ピーテルはあいつの信奉者を解放し、あいつをオランダから追放した。トム翁は夫を切り刻んで復讐したけれど、あいつが仕事を終えることができる前にわたしは逃げた。わたしはあいつに見つからないように移動しつづけた。オランダから遠く離れたここならば安全だと思ってたの。勝手に安心してたけど、いまになってあいつは夫の残された家族を狙ってきた」彼女は絶望した目でサラを見た。「わたしがいるからあいつはここに来たのよ」

# 16

日が暮れはじめると船乗りたちは、ときたま後甲板からがなりたてられる命令を気にしつつ、中部甲板で歌い、踊り、フィドルを弾きはじめた。索具の上で卑猥な冗談に笑い、下にいる者たちをからかう。あまりに騒がしいので、彼らがふいに黙ると、静寂が雷鳴より大きく感じるほどだった。

アレントは足を止めずにメインマストを通り過ぎようとしていた。

後甲板ではクラウヴェルス船長が呪いの文句をつぶやき、アレントに警告しようとしかけて、すぐに思い直す。そんなことをしても無駄だ。知りあって間もないが、アレント・ヘイズは行きたい場所に何があっても行くに違いなかった。

船乗りたちはぴたりと作業の手をとめ、アレントが境界を越えてくるのを見つめた。海に出てしまえば、メインマストから前はすべて彼らのものだ。ザーンダム号の前半分に足を踏み入れるという蛮勇をふるう乗客は、船乗りたちが考えつくかぎりの嫌がらせにみずからをさらすことになる。それがしきたりだが、アレントはまったく気にかけている様子がない。それでも身動きする者はなかった。歩いていく彼を横目で見て、盗みを働いたりカネを脅しとったりできまいかと窺う者もいくらかいたが、彼の身体の大きさが、すぐにいかなる奸計も退けた。彼らは怖じ気づいて作業に戻り、舳先（へさき）にある船首楼に通じる階段をのぼるアレントに手を出す者はなかった。

フォアマストが彼の上にそびえ立ち、いくつもの帆があらゆるものに影を投げかけた。船嘴（せんし）が海へと伸び、黄金の獅子の船首像は波から波へと飛び跳ねているように見える。

一瞬、ぎらつくオレンジ色の太陽で目がくらんだ。日射しは船隊の白い帆に伸び、燃えあがらせた。

まばたきをしていると歓声が聞こえ、続いて湿った肉を打つ鈍い音が聞こえた。殴り合いの音だ。船乗りとマスケット銃兵の群れの合間に、上半身裸の男がふたり、むかいあって円を描きながら動いているのが見えた。どちらもアザをこしらえ、血を流しており、疲れたパンチをでたらめに繰りだしている。ほとんどがあたらず、命中するのはわずかだ。敗者となるのは最初に疲労で倒れたほうになるだろう。

人混みの頭上から覗きながら、アレントはイサーク・ラルメを探した。

一等航海士は船嘴を見おろす手すりに腰を下ろし、短い脚を揺らしながらナイフで木切れを削っていた。時折、顔をあげて、玄人の拳闘士が素人くさい喧嘩をながめるようなしかめ面で成り行きを見ている。

アレントが彼にむかって二歩も進まぬうちに、ラルメは首を振った。

「失せろ」まだ熱心に木を削りながら言った。

「船長から、あんたがボシーという名の大工について何か知っていると聞いた。彼と仲のよかった者は誰だ？会社に入る前、彼は何をしていた？」

「失せろ」ラルメは繰り返した。

「船長室でおれがボシーの名前を出したときの反応を見たぞ。びくりとしていたな。あんたは何か知ってる」

「失せろ」

「ザーンダム号が危ない」

「失せろと言ってる」

周囲の船乗りたちから笑い声があがった。果たし合いはすでに終わって、全員が今度はアレントたちを見物していたのだ。

拳を握るアレントの心臓が大きく跳ねあがった。子供の頃から、注目の的になるのが大嫌いだった。いつも肩を落として前かがみになって歩いていた。でも身体が大きすぎて目につかないわけにはいかなかった。だからこそサミーと働くのが楽しかったのだ。〝雀〟が部屋にいると、誰もほかのものには注意を払わない。

「おれは総督から職権をもらってる」伯父の名前を出さなければならない自分に嫌気を覚えながら説得を試みる。

「なら、おれはこの荒くれどもをまとめる唯一の男っていう職権をもらってるぜ。おかげであんたは夜中に喉が掻っ切られる心配をしないで済む」ラルメは悪意にみちた笑みをむけた。

船乗りたちがはやしたてた。これまでに彼らが見物してきたどんな果たし合いよりもずっと見所があるらしい。

「おれたちはボシーにトム翁という主人がいて、そいつがこの船を沈めようとしていると考えてる」

「そいつを実行するのに気の利いた計画が要ると思って

んのか？」ラルメは言う。「東インド貿易船を沈めるいちばんいい方法は放っておくことだ。嵐につかまらなくても、海賊につかまる。海賊が何もしなくても、疫病がやる。この船は呪われてるんだよ、病者がいようがいまいが」

船員たちは同意の言葉をつぶやくが、手は本能的にお守りや魔除けに伸びていた。どの魔除けも持ち主と同じように個性的だ。アレントはそれをひとわたり見てゆく。焦げた木像や奇妙な結び目のある縄がある。血のついた髪を束ねたもの、黒い液体入りのふしぎな小瓶も。溶けた鉄の破片や、端が焦げた色鮮やかな雲母の塊。ラルメの魔除けは変わったものだった。木から彫りだした横目使いの半顔だ。

「おれの質問に答えるつもりは？」アレントは語調を強めて言った。

「ねえな」

「なぜだ？」

「答える必要はねえからだ」そう返し、ラルメは削っていた木の塊から荒っぽくかけらを切り落とした。それを海に捨てる。笑い声が収まるのを待って、彼はナイフの先で、さっき果たし合いをしていた血まみれの男たちを指した。「あんたもやれ」

「なんだと？」アレントは突然話題が変わって混乱して聞き返した。

「やれ」ラルメがもう一度言うと、船乗りたちが何事かをつぶやいた。「おれたちはこうやってもめごとにカタをつけるんだ。しかも正しいほうに賭ければいい金になる」

周囲の者たちは顔を見合わせ、この巨漢と戦うほど愚かなのはどっちだろうかと推測しはじめた。ヨハネス・ヴィクならいけると提案する者がいて、同意のつぶやきを引きだした。

「おれは楽しむために戦わない」アレントは言った。「昔と違って」

ラルメはナイフを小刻みに動かして木の塊からはずした。「奴らは楽しむために戦ってるんじゃない。金のために戦ってる。楽しむのはおれたちだ」

「おれはそっちもやらない」

「だったら、あんたは理由もないのに船の場違いなほうの半分に来たわけだ」

アレントは相手を見つめた。どう返すべきかさっぱりわからない。サミーならば何かに気づいたり、重要な事実を思いだしたりしていただろう。目の前の人間錠前を開ける鍵を見つけただろう。アレントは愚か者になったような気分で立ち尽くしていた。

「質問に答えるつもりがないのなら、せめて答えられる甲板長がどこにいるか教えろ」必死にそう言ってみた。

ラルメはまた笑い声をあげた。悪意に満ちた聞くにたえない声だった。

「うまいメシと耳元にちやほやする言葉を囁けば答えてくれるかもな。さあ、失せろ。この果たし合いはもう終わりだ」

敗北感とともにアレントは背をむけて歩き去り、船乗りたちの冷やかしが追い打ちをかけた。

## 17

夕暮れが紫と薄紅の縞になって訪れ、星が空にふたつ三つ、穴を開けた。見渡すかぎり陸はない。海だけだ。

クラウヴェルス船長は帆を巻いて錨を下ろすよう命じ、航海初日を終わらせた。総督はなぜ夜間も旅を続けられないのか知りたがった。月明かりを頼りに航海して早く進める船長たちを知っているからだ。

「おまえの腕はそうした者たちにかなわんということか？」総督はクラウヴェルスを急がせられまいかと挑発してみた。

「船を沈ませようとするものが見えないときは腕など役に立ちません」船長は冷静に答えた。「夜間に航海する船長たちの名を教えてもらえれば、沈没して貨物を失った船の名を教えてさしあげます」

言い争いはこれで決着し、クラウヴェルスはイサーク・ラルメが八点鐘を鳴らし、当直交替を命じるのに耳を傾けた。

クラウヴェルスは、船員に対する務めが終わり、忌々しい上流階級に対する務めが始まる前のこの夕刻の時間を愛していた。これは彼の時間だった。夕暮れの頃の一時間、潮風を胸いっぱいに吸い、皮膚にまといつく塩を感じると、押しつけられたこの生活にいくらか喜びを見いだせる。

手すりに近づくと、くたびれた船員が命令を伝え、魔除けを擦って祈りを唱え、縁起をかついで船体のどこかしらをポンと叩くのが見えた。迷信だ、と船長は思った、自分たちが浮かびつづけていられるのはこれのおかげなのだ。

ポケットからアレントに渡したメダルを取りだした。先ほどフォスが、総督からの贈り物をかくも雑に扱われたことに不興げな顔で、返してきたのだった。クラウヴェルスはメダルの表面を親指と人差し指で擦り、空をじっくりながめて、こまった表情を浮かべた。

この二時間というもの、水平線のむこうで嵐が生まれつつあると知らせるおなじみのうずきを皮膚に感じていた。空気がピリピリしはじめ、海はかすかに色合いを変えている。口を開けて空気の味見をした。海底からさらった鉄片を舐めているような味がした。

一日のうちに、おそらくはもっと早く、嵐はここに到達する。

雑用係が彼とすれ違った。船の後方へと炎の揺れるたいまつを運んでいて、そこに吊られた大きな角灯に背伸びをして火をつけた。

一隻また一隻と、船隊のほかの船がこれに倣(なら)い、ついには大海原を漂流する落下した星々のように、七つの炎が果てしない暗闇に燃えた。

# 18

その夜の夕食はサラにとって責め苦だった。心配事が多すぎて、ほかの乗客と世間話をする余裕などなかった。ドレヒト護衛隊長が乗客船室区の外にマスケット銃兵を見張りにつかせてくれたのは心の救いとなったが、うまくいったのはそれくらいである。ドロシーアは〝ラクサガール〟の意味を知る乗客を見つけることができなかった。そうなるとヨハネス・ヴィクしかその言葉を翻訳できる者はいない。甲板長を自分の船室に呼びだして問い詰めたかったが、夫に見つかる危険はおかせなかった。ちょうどいい口実のあった大工を呼びつけただけでも危なかったくらいだ。

腹が立って仕方がない。

この船で最高の地位にある女なのに、最低の地位の雑用係よりも自由が少ないなんて。

とはいえ、このだらだらと続く夕食はもうじき終わりだ。

料理はたいらげられてフォーク類が片づけられると、大きな銀の枝つき燭台だけが残され、蠟燭がぽたぽたと滴を落としながら不吉な光ですべての顔を照らした。テーブルの拡張板が外される。これで客たちには、船長室を歩きまわって、だらだらと取るに足りない会話に興じる余地ができた。

サラは頭痛が治るまで数分休ませてくれといって片隅の椅子に収まった。以前にも社交の場で使ったことのある策略で、最初は集中砲火のように心配されるものの、それが収まればたいてい二十分はひとりになれた。

暗がりに黙って腰を下ろし、目の前の奇妙な集まりを読み解こうとした。ほとんどはサラが見たことのない高級船員で、知っているのはクラウヴェルス船長くらいだった。赤いダブレットと糊のきいた白いホーズというきらびやかないでたち、シミひとつない絹のリボンを結び、磨かれたボタンはどれも蠟燭の光を反射していた。昼間の服装とは異なっているが、こちらも同じようにいい仕立だった。

船長はリアに話しかけ、彼女のほうは航海術について質問を浴びせていた。娘が賢さをうっかり見せてしまうのではないかと当初サラは心配していた。あの子は興奮するとそうなることが少なくないからだ。だがリアは最強の変装を身につけていた――頭の鈍い高貴な女が求婚者をつかまえようとするときの空虚な表情だ。

クラウヴェルス船長は会話を楽しんでいるようだった。実際、彼はこの夜でいちばん心地よさそうに見えた。

奇妙な男だとサラは思った。自分自身の矛盾が交差する十字路にとらえられている。あれだけ高級な服を着ているのに心のなかはごろつきだ。蜜のように甘い言葉で上流階級の客を迎えるのに、ほかの者たちに対しては荒っぽく短気。彼のあつらえる晩餐は豪勢なのに、本人はほんの少ししか食べない。供されたワインよりも自分専用の麦酒を瓶から飲み、周囲に対しては会話をするよう促すのに、自分はほとんど話さず、誰かに話しかけられるといらだつ。自分を印象づけたいのはまちがいないが、同時に、自分を印象づけたい類の人々といると落ち着けないのもまちがいなかった。

サラは視線をサンデル・ケルス牧師に移した。窓の近くでイサベルと目立たぬようにして、ほかの夕食の客たちをじろじろながめている。

彼はこの夜ずっとサラを避けていた。

最初は、彼がたんに臆病なのだと思った――会話に参加するより観察しているほうが安心だと――けれど数時間が過ぎてサラにはパターンが見えはじめていた。彼は人に興味がないのだ。興味があるのは人の議論なのだ。誰かの声が高まるたびにケルスは口を半びらきにして熱心にそちらへ身を乗りだすが、議論が消滅して気のいい笑い声に変わるとがっかりして肩を落とす。そしてイサベルに何事かをつぶやくと、彼女も賛成してうなずくのだ。

サラにわかるかぎり、イサベルは一晩中何も話していないが、彼女は沈黙が心地いいようだ。たとえばクレーシェのような者にとっては、静かにしているというのは最大限にうるさくしているのと同じだ。つまり根掘り葉掘り質問されることを求めている。

イサベルは正反対だった。用心深い目は率直そのものだった。彼女の口がやらない代わりに、疑いと不安と驚きをつねに表している。

戸口から物音がして、サラの心臓はようやくアレントがやってきたのかという期待で跳ねた。だが、司厨長がワインのおかわりを運んできただけだった。

自身の熱意にうんざりして、彼女は首を振った。アレントが見つけだしたことを知りたいのに、彼の席は空いたままだ。同じく空いているのは、身体の不調を訴えたダルヴァイン子爵夫人の席だった。

これは夕食の席のゴシップの種になった。

サミュエル・ピップスが投獄された理由についての議論が一時間ほど続いたあと、話題はダルヴァインの富と出自に移った。だがすべては憶測でしかなかった。この部屋にいる者で彼女に会ったことがあるのはクラウヴェルス船長だけだったのだ。船長がぶっきらぼうに話すところによれば、木から葉を落とす勢いで咳をする病気の女なのだという。

「ダルヴァイン」サラは不審に思いながらつぶやいた。

子供の頃、彼女は多くの紋章を暗記させられた。パーティで初めて出会った富裕な人物が誰かすぐにわからず父に恥をかかせないようにだが、ダルヴァインという名に心当たりはない。

クレーシェの笑い声がおしゃべりの声をしのいだ。危険が迫っているからといって、彼女は自分の船室で暗い顔でじっとしてなどいられなかった。彼女はちやほやされるのが生きがいで、それは彼女にしてみればたやすいことだった。彼女と出会った者はみんな、自分と出会うまで彼女の人生は光のないみじめなものだったのだと思いこまされてしまう。それがクレーシェの偉大な才能だ。

目下、彼女は主任商務員のレイニエ・ファン・スコーテンと話しながら、指先を彼の前腕に軽く預けていた。主任商務員のうっとりとした表情を見るに、彼はすでに虜(とりこ)になっていた。

サラはクレーシェがわざわざ相手をしてやる理由が理解できなかった。ファン・スコーテンはしじゅう酔っぱらった不愉快な生き物で、悪意を見せずに歓談するなんて無理だ。今宵は誰もが、自分と彼のあいだにテーブルをはさむのがお定まりになっていた。

いつものようにコルネリス・フォスは少し離れたところで手を背中で組んで立ち、クレーシェのそばにいるときに見せる痛々しいほどの恋慕の表情で彼女を見つめていた。

サラの胸の内の哀れみにいらだちが混ざった。

フォスはきちんとした男で、相当の権力を持ち、おそらくは財力も持っている。喜んで彼と人生を分かちあおうという花嫁候補は大勢いるだろうに、彼が追うのは願いが叶うはずのないひとりだけなのだ。

クレーシェ・イェンスはこの会社でもっとも望まれている女だった。

美しいだけでなく、優れた音楽家であり、才気煥発に会話をまわすこともでき、本人が認めたところによると、ベッドでも才能があるという。そのような女はめったにいるものではなく、価値は計り知れない。

彼女の最初の夫は信じがたいほど裕福な商人で、二番目の夫は世界一の魔女狩り人だった。総督は魔女狩り人が何者かに殺されたと聞くと、クレーシェを愛人とすべくバタヴィアに呼んだ。今はフランス宮廷の公爵と結婚するために帰国の途についている。

鈍感なフォスはかわいそうに恋慕に身をよじらせている。きっと彼ならば月そのものとでも恋に落ちたことだろう。彼のベッドを口説いたほうがまだ話がつうじたかもしれない。

サラが椅子に座っているのに気づいて、クレーシェは話し相手に断りを入れ、勢いよくやってきた。

「なんて素敵な旅の仲間かしらね」陽気にそう言う彼女の目はワインのせいでうるんでいた。「あなたはどうして暗がりでむくれてるの？」

「むくれてなんかいない」

「じゃあ、気が滅入っている？」

「クレーシェ」

「彼を見つけてきなさいな」

「誰を？」

「アレント・ヘイズよ」クレーシェは憤慨して言った。「あなたが話したいのは彼なんだから、彼を見つけてくるべきよ。あなたなら、病者とか悪魔みたいなおそろしい話題について、彼と目を合わせて慎み深く話せるでしょ。あなたたちふたりが力を合わせてこの悪魔と戦うと思えば、わたしの心は喜ぶわ」

サラが頬を赤らめると、クレーシェはお見通しだと言いたげに笑い、サラの手を握って椅子から立たせた。

「わたしの知るかぎりだと、彼は半甲板の下の隔屋に寝泊まりするはずよ。壁ふたつむこう、操舵室の反対側に」

「行けないわよ」サラはあまり熱意も込めずに反対した。「わたしはこの船で最高の地位にある人間なんだから」

「行けますとも」クレーシェは気取った調子で言った。「この船で最高の地位にある人間として、あなたは好きなことができる。その上ヤンはもう寝ているんだから、何も気にしなくていいの。みんなにはあなたがめまいがしていたと話しておくから」

サラは感謝して友人の頬に触れた。「あなたは完璧よ」

「知ってる」

「リアを主任商務員に近づけないでね」サラはそう言って、ドアへ一歩踏みだした。「彼には虫酸が走る」

「あら、レイニエは気にしないでいいわよ。彼には蔑み(さげすみ)じゃなくて哀れみをかけてあげないと」

「哀れみ？」

「彼の心臓があるべき場所で痛みが脈打ってるのが見えない？ 彼は傷ついてるのよ、だから他人も傷つけてる」彼女はいっとき思案して、「それに、彼は結婚式の夜の王よりも酔っ払ってる。自分のベッドにまともにもどれないわよ、リアは言うにおよばず。でもまあ、あなたの望みどおりにするわ」サラの次の質問を予期して言いそえた。「それから、誰かにわたしとリアを無事に船室まで送り届けさせるから。さあ、あなたの野獣を見つけてきて」

サラは蠟燭で照らされた明るい船長室から操舵室の暗がりに足を踏み入れた。遠くでフィドルが演奏され、それに合わせて誰かが低音のガラガラ声で歌うのが聞こえる。船の舳先から聞こえてくるものと思ったが、後甲板から流れてきているのだと気づいた。

夜間にひとりで出歩かないようにと船長は女たちに警告していたが、昔から好奇心がサラの弱点だった。

ドレスの裾をぐいと引き、階段をあがって歌の出所（でどころ）へまっすぐに向かった。

樽に立てられた一本の蠟燭のもとでアレントがフィドルを弾いていた。目を閉じ、大きな指が弦の上を巧みに動いている。ヤコビ・ドレヒト護衛隊長がむかいに腰を下ろし、感傷的な歌を口ずさんでいた。護衛隊長は前かがみになって、膝のあいだに握りしめた両手を垂らし、立派なサーベルは足元に横たえてある。からになったワインの壺ふたつが床に転がっていて、樽の上には第三の壺があるから、ふたりはしばらく前からここにいるようだ。

サラを目にしてドレヒトは飛びあがり、腰掛けをうしろへひっくり返した。

音楽はただちにとまった。アレントはドレヒトを見やり、続いてその肩の向こうからサラを見た。純粋なうれしさに顔をほころばせた。彼女もほほえみ、彼に会えたことをこんなにうれしく感じるとはと驚いた。

「奥様」ドレヒトの言葉がもつれた。あきらかに酔っているのに、あきらかに酔っていないようにふるまおうとしていた。「何かご用でしょうか？」

「あなたが歌えるなんて知らなかったわ、護衛隊長」彼女は陽気に拍手した。「何年もあなたはわたしたち家族を守ってきたのに、どうしてわたしは知らなかったの？」

「城塞は広い場所ですから、奥様」彼は言う。「それにわたしはとても静かに歌うので」

サラは彼の冗談に笑い声をあげてから、アレントに視線をむけた。

「あなたもよ、ヘイズ中尉」

「何度も言うが、アレントで」彼は穏やかに訂正した。

「見事な演奏ね」

「戦争からもちかえった唯一の役立つ技術ですね」彼は

フィドルのネックをなでた。「いや、こいつもですね。あとはキノコの煮込みの極上のレシピ」

「寝室におもどりですか、奥様？」とドレヒト。「ご一緒しましょうか？」

「じつを言うとアレントと話すために来たの」

「でしたら、お座りください」アレントは腰掛けを足で彼女のほうに押した。

「お手伝いしましょうか、奥様」ドレヒトが気づかわしげに言った。

「ご親切に、護衛隊長。でも、腰を下ろすことはわたしが自分でおこなっていい数少ないことのひとつだから、それなりにできるの」

　といったものの、低い腰掛けをにらみながら、サラは自分の誇り高さを呪った。彼女のペティコートは赤いブロケード織りで真珠がちりばめてあり、ボディス（胴着）は滝のようなレースで覆われている。衣類全体の重さは鎧一式よりわずかに軽い程度だ。どうにかひとりでぎこちなく腰掛けに座った彼女を、蠟燭の黄金の光が洗った。波とまたたく星の合間にいると、船長室での堅苦しいおしゃべりがはるか遠いもののように思えた。

「飲みますか？」アレントは彼女に壺をまわして訊ねた。

「カップを見つけてきましょう」ドレヒトが言う。

「壺のままで大丈夫」彼女はそつなく言った。「ただ、主人には言わないで」

　壺をくちびるへと傾け、兵士たちはどんなひどい味の泥水を飲んでいるのかと身構えたが、素晴らしい酒だった。

「サミーが隠しもっていたものなんです」アレントは、何かを実験するようにフィドルの弦を引っ張っている。「本物の兵士の酒を試したければ、この酒が尽きる来週まで待ってもらわないと」

　そこで例の笑みを浮かべた。目から広がってゆく笑みなのだとサラは気づいた。その目は中心が黄金がかった緑で、それをとりまく顔の荒々しさを考えると不思議なくらい繊細なものだった。

「護衛隊長にトム翁のことは話したの？」サラは壺を返しながら訊ねた。

「その必要はありませんでした」ドレヒトが言う。「総督からすでに聞いておりました。帆のあの印が何であるかということと、あれが三十年前にオランダに災厄をもたらしたことを教わりました。わたしはそういった話を信じているとは言えませんが、総督は不安になっておられます。船室を離れるときは、つねにお供するよう求められています」

「うらやましいこと」サラは皮肉を言った。

「あんたは悪魔を信じてないのか、ドレヒト?」アレントは弦の一本を締めた。

「なぜそんなものが必要なのかわからんのだ」ドレヒトはあごひげに絡まった蛾をつまみ、指先で潰した。「死んだ子供を見おろしている悪魔を見たことがない。悪魔が女を襲うのも見たことがないし、住人の一家もろとも小屋に火をつけるのも見たことがない。あんたは戦場にいただろう、ヘイズ。行儀よくしろと言う者がいなければ、男がどんなことをするか知っているはずだ。耳元でそそのかすトム翁なんざ必要ない。悪がやってくるのはここから」――彼は拳で胸を打った――「悪はわたしたちのなかで生まれるんだ。軍服と階級と命令をはぎとれば、わたしたちはそんなものだ」

サラに言わせれば、その教訓を得るために戦場に行く必要はなかった。物心ついてからずっと、彼女は男というものを研究してきた。愛や賞賛からではない。それはおそれからであり、女にとってそれが然るべきものだった。男は危険だ。気分が変わりやすく、失望すると攻撃的になりがちで、しかも頻繁に失望する――たいてい自分自身の欠点がその原因だった。しかしそんなことを男に言うのは馬鹿だけだ。

「悪魔がこの船をうろついてると思っていないなら、帆の印は何者の仕業だと思ってるんだ?」アレントが訊ねる。

「印にまつわる話を聞きつけた船員が、上の連中をからかっているんだろ」ドレヒトは中部甲板のほうを手で示した。航海灯の炎で、船員たちがフルートや太鼓に合わせて歌い踊るのがかろうじてサラにも見えた。金切り声、笑い声、突如として勃発する暴力がサラをぞっとさせた。「この船では悪意と退屈だけがのさばってる、そうじゃないか」

「そうじゃないとは言わないが、あんたの仮説には疑問がまだたっぷりあって、その答えを見つけないとサミーなら満足できない」アレントはワインをあおった。「なかんずく、いかにして足の悪い大工が病者になったのか、そしていかにして木箱を積んだ上に登ったのか、おまけに舌がないのにザーンダム号の破滅を宣言できたのか」

「彼は病者ではなかったのよ」サラは言った。「少なくとも従来の意味では。あれは長年のうちに悪くなっていくおそろしい病気です。大工がザーンダム号でかかったのだとしたら、船員が知っていたはず。バタヴィアでかかったのだとしても、あんなふうに身体を覆う服が必要になるほど進行したはずがない」

「変装だったと言うんですか?」アレントが訊ねた。

「あるいは、軍服だったか」ドレヒトが言う。「どんな軍隊にも軍服がある」

「ヨハネス・ヴィクならおそらく知ってるわね」サラはドレスからゆるんだ真珠をつまんだ。「彼がボシーの舌を切り取ったのは、彼にまずいことを言わせないためでしょう。ボシーが裕福になる約束と引き換えにどんなことを頼まれたのか知っていそう。それに〝ラクサガール〟の意味は確実に知っている」

「ラクサガール?」ドレヒトが訊ねた。「そいつは名前ですか?」

「かもしれない。それとも場所か」サラが肩をすくめると、ドレスが衣ずれの音をたてた。「ノルン語のようよ」

「部下のマスケット銃兵に訊いてみましょう。わかる者がいそうだ。どいつもこいつも、ありとあらゆる場所からここに流されてきていますから」彼はワインを飲み干した。「あんたはどうだ、アレント? 悪魔がこの船にいると信じているのか?」

「サミーが片っ端から幽霊話をこきおろすのを見てきたから、ここでもそういうのが起こっているとは信じがたい」そう話すアレントの目に炎が反射していた。

ドレヒトはあくびをしてぎくしゃくと立ちあがった。

「総督の船室の入り口を守るマスケット銃兵を解放してやるとしよう」サラに腕を差しだした。「船室にお送りしましょうか、奥様?」

「もうしばらく新鮮な空気のある場所にいたいの、護衛隊長」彼女は言った。「もどるときはアレントが送ってくれるはずです」

ドレヒトが視線をアレントにむけると、うなずきが返ってきた。

「そうですか」ドレヒトは納得しかねているような顔をした。「おやすみなさい、奥様。おやすみ、アレント」

アレントは会釈し、サラは手を振る。階段を降りかけたドレヒトがこちらを振り返るのを、ふたりは面白そうに見返した。

「彼が信頼していないのはわたし、それともあなた?」サラは考えあぐねた。

「うむ、あなたでしょう。もちろん」アレントは言う。「おれとヤコビ・ドレヒトはいまじゃ大親友ですからね」

「そのようね。今朝、彼はあなたの胸に剣を突きつけていたのではなかった?」

「もし彼を怒らせたら、彼は同じことをするでしょう」アレントは楽しげに言った。「あれほど冷血な男にはお目にかかったことがない」

「なんだかおかしな友情だこと」

「なんだかおかしな一日でしたよ」弾きたくてうずうずしているのか、アレントはフィドルをつまびいた。「一曲いかがです?」

「〈穏やかな川を渡って〉を知ってる?」

「知ってますとも」そう言って冒頭の音を奏でた。

たんなる曲ではない曲というものがある。固く丸められて火をともされるのを待つ思い出のような。それは聞く者の心を痛くする。〈穏やかな川を渡って〉はサラにとってそうした曲だった。子供時代へ、両親の屋敷と姉妹たちのもとへ連れもどす。姉妹五人で乗馬をして一日を過ごしたのち、疲れ切って寒さに震えながら帰宅して台所に忍びこみ、犬たちと一緒にテーブルの下で煮込み料理を食べた頃。

自分の娘はああした無邪気なことをした経験がないと、サラは悲しく思った。ああしたしあわせを感じたこともない。父親が城塞の石壁の奥という監獄に閉じこめてきたからだ。あの子が世界に出て行けば魔女だと告発されることをおそれて。あの男から解放されたらすぐに、サラはリアが拒否されてきたあらゆる子供らしい経験をさせるつもりだった。

アレントは優しくフィドルを弾いた。

「どうして今夜の夕食に来なかったの?」われながら自分の率直さに驚きつつ、彼女は訊ねた。

アレントはちらりと彼女に視線をむけてから、ふたたび演奏に集中した。

「おれに来てほしかったんですか?」

彼女はくちびるを嚙んでうなずくことしかできなかっ

た。

「だったら、明日は行きましょう」彼は優しく言った。

サラの鼓動が激しくなった。手持ちぶさたを感じて、髪から宝石のついたヘアピンを一本ずつ引き抜いていった。カールした赤毛が流れ落ち、頭皮への圧迫が和らいでゆく。

「それは港でおれに差しだそうとしたヘアピンですか?」アレントが訊ねた。

「十三本あったの」サラはうちの一本を火明かりにかざした。「ヤンからの結婚の贈り物よ」かすかにほほえんだ。「十三年経って、ようやく使い道を見つけたと思った」

「そのヘアピンは一財産の価値があるんでしょうね。でも、あなたは三ギルダーで済みそうな葬儀の費用として、そいつを一本さしだしたわけですね」

「三ギルダーのもちあわせがなかったの」

「だが――」

「結婚式の日以来、このヘアピンをつけていなかった」

彼女は手のひらにのせた一本を見つめたまま言った。

「今日はあの人がこれを身につけるようにと言ったから、今朝、ケースから取りだして埃を吹き払って髪にとめた。今夜ケースにもどしたら、あと十五年はもう身につけないつもり」サラは肩をすくめて、樽の蠟燭のわきにヘアピンをまとめて置いた。「あなたはこれにいくらか価値を見いだすかもしれないけれど、わたしは違う。キリスト教徒のあるべき姿にふさわしく、たとえ手遅れでも、不幸な人を威厳と敬意をもって扱うことに価値を見いだした」

アレントは彼女を見つめた。「あなたは全然、有力者らしくありませんね、サラ」

「そうであってほしいと心から願ってる。ああ、それで思いだした」袖から彼女は港で病者にあたえた睡眠薬の小瓶を取りだした。粘り気のある茶色の液体が蠟燭の光を受けてきらめく。「どうぞ」アレントに手渡した。「夕食のときにあげるつもりだったけれど、ここでも構わないわね。ピップスに使って」

どういうことかわからず、彼は傷のある手のひらに置かれたちっぽけな瓶を見つめた。

「眠りやすくなるの」彼女は説明した。「わたしの船室でも柩のようなのだから、彼の牢獄がどれだけひどいか想像もできない。一滴で一晩ぐっすり、昼間でもぐっすり眠れるはずよ。二滴で丸一日、眠りっぱなしになる」

「三滴飲んだら？」

「ブリーチズが粗相で大変なことになるでしょうね」

「じゃあ三滴にしましょう」

　彼女は豊かな笑い声をあげ、それがあくびに変わったのを自分の手であわてて覆った。彼女はここに一晩中いて、話をし、演奏を聴いていたかった。だが、そう思うからこそ、ここを立ち去らなければならないだろう。

「もう休まなければ」自分がいかにも堅苦しいと思ってうんざりした。

　アレントは丁寧にフィドルを樽に立てかけた。「お送りしましょう」

「結構よ」

「ドレヒトに約束してしまいましたんでね。それに送ったほうがおれも安心できる。もっと言えば、手助けなしには立ちあがるのは無理でしょう。そのドレスは重そうだ」

「そうなのよ！」彼女は叫んだ。「どうして仕立屋はそうしたことに考えが及ばないの？　それにね、これだけブロケード織りの布を使っているのにポケットさえない。ひとつも」彼女はポケットがあるべき場所の布を引っ張った。

「けしからんですね」アレントは彼女の手を取って立たせた。彼の肌は硬かった。彼の手に触れて顔が赤くなった。それを隠そうと、サラは前に進んだ。

　アレントは放置されたヘアピンを樽からすくいあげて、あとに続いた。

　美しい夜で、空いっぱいにちりばめられた星が凪いだ海に映っていた。そこに船隊の七つの角灯も混じり、真っ暗闇の中の黄金の炎は奇妙なほど心を落ち着かせた。

　彼らは階段で歩調をゆるめてこの光景に見とれた。

「悪魔を信じてるかというドレヒトの質問に答えませんでしたね」アレントは彼女に一瞥をくれ、そう訊ねた。

「注意深く聞けば、わたしには訊ねていなかったと気づいたはずよ」彼女はほんのりと笑みを浮かべた。

「じゃあ、おれが訊きましょう。この船に悪魔がいると信じていますか？」

　手すりをつかむ彼女の手に力が入った。「ええ」

悪魔は罪人をこらしめるために地上を歩くのだと教え

られて育った。二叉に分かれた舌で魅惑的な約束をするが、それは策略であり、最後には地獄が待つだけだと。神の愛を信じている者たちは、そうした欺瞞を見抜いて害悪から守られる。不道徳な悪魔の餌食になる者はどこかしらおこないにそれだけの理由があるのだと彼女は信じていたから、そういう教えも信じていたが、クレーシェの夫は助からなかった。もしトム翁がクレーシェを傷つけるためにザーンダム号を沈めるつもりならば、誰も助からないだろう。

「母は治療師だったから、悪魔と衝突することが少なくなかった」サラは続けた。「母からは、自分の親を森に引きずりこんで惨殺させる子供たちの話を聞いた。悪魔に取り憑かれた大人の皮膚が裂けることも。悪魔は人間のなかにうまく収まらないから。彼らにとって人間は鼠のようなもので、もてあそんで引き裂く対象なのよ。帆の印は始まり。わたしたちを怖がらせることが目的のね。怖がる人々は恐怖から逃れるためならどんなことでも、どんなひとにもやってしまうものよ」

アレントは賛同のつぶやきをあげてから考えこんだ。サラは視界の端でそっと彼を見た。こんなふうに自分の思ったことをそのままに話したことがあるのはクレーシェとリアくらいだったし、自分の言ったことを彼がじっくり考えてくれているのはうれしい驚きだった。ふたりは隣り合ったまま、美しい夜を無言でつかのま愛でてから、また歩きだした。

エッゲルト——午後にアレントに喉を切り裂かれかけたマスケット銃兵だ——が、乗客船室区のある入り口を守っていた。アレントをにらみつけ、わざとらしく首に触れてみせた。

「あんなふうにあんたを押さえこむべきじゃなかったよ」アレントは彼の前で足をとめて言う。「正しくないことだった。謝りたい」

はっとしたサラは顔を上げた。物心ついてから謝罪の言葉はほとんど耳にしたことがなかった。まして謝るしかないくらい追いつめられた者以外の口からは。

エッゲルトの表情は、これは策略ではないかと疑っていることを物語っていた。

「わかった」落ち着かない様子で答え、アレントが差しだした手を握った。

アレントが襲ってくるのを怖れ、エッゲルトは顔をそむけて身構えた。だがアレントは愛想よくほほえみ、サラに続いて赤いドアを抜けていった。残されたエッゲルトは驚きにまばたきを繰り返した。

アレントはサラをエスコートして廊下を進んだが、彼女の船室の前までは歩を進めなかった。それがありがたかった。残る数歩は、彼女がどうしても避けたい親密さのしるしになりかねなかった。たった一晩話しただけで、奇妙に絡みあう感情がサラの胸の中でとぐろを巻いていた。

これからの数日で、この絡みあう感情を断ち切っていかないといけないと自分に言い聞かせた。自分にはザーンダム号で果たすべきことがあり、子供っぽいときめきでそれを危うくするつもりはなかった。いくら彼といた時間が楽しかったとしても。

「おやすみ」アレントは彼女にヘアピンを返した。

「おやすみなさい」サラは答えた。

もっと何か言いたそうだったが、結局アレントは、一礼してから廊下を引き返していった。彼の大きな身体が外の景色をふさいでいた。

彼が去るのを見届け、サラは船室のドアを開けた。そして悲鳴をあげた。

舷窓からこちらを見つめているのは、港での記憶にある血まみれの包帯に覆われた、あの病者だった。

## 19

「神経のせい？」サラは繰り返し、その言葉をつららのようにレイニエ・ファン・スコーテンに投げつけた。

悲鳴を聞きつけたファン・スコーテンとクラウヴェルス船長は、足音をとどろかせて船室にやってきて、クレーシェとリアに慰められている彼女を見つけた。最初に到着したのはアレントで、彼は舷窓から顔を突きだしてから、船室の番についていたマスケット銃兵を連れて、病者の姿をとらえるべく甲板に走って行った。

サラは震えがとまらなかった。ファン・スコーテンがやってくるまでは恐怖のせいで、いまでは怒りのせいだった。

「大変な一日でしたから」クラウヴェルスがとりなすように言った。これを聞いたら天使も彼にむかって雲を投げつけたくなるのではあるまいか。「目がお疲れになっても誰もあなたを責めませんよ、奥様」

「わたしの妄想だというの?」彼女は言った。彼女のほかには誰もあの病者を見ていなかった。アレントでさえ間に合わなかった。サラが悲鳴をあげるや、病者はすばやく舷窓から離れた。上の畜舎にいた動物たちが怯え、その忌まわしい大騒ぎはなお収まっていない。

「まさか、奥様。ただ、奥様が何かと勘違いを……」クラウヴェルスは少ししゃがんでサラと目線を合わせて舷窓の外を覗いた。「そう、月です!」彼は勝ち誇ったように宣言した。

「月が血まみれの包帯を巻いたっていうの?」げんなりして言った。「いままで知らなかったなんてびっくりね」

「奥様――」

「顔と月の違いはわかります!」彼女は叫んだ。こんなくだらない言いがかりに弁解しなければならないのが腹立たしかった。あの病者が夫の舷窓に現れていれば、ザーンダム号は即座にバタヴィアへ引き返していただろう。

「舷窓の外は下まで一直線の壁みたいになってましてね」ファン・スコーテンがぶつくさ言う。息はサラの目がうるむほど酒くさかった。「足場になる横桟もなければ、船尾楼甲板から下りる手段もないんですわ」

クレーシェは優しくサラに手を重ねた。「ちょっと落ち着いてみて、いい子だから」

サラは深呼吸をした。

人前で男を怒鳴りつけるのは常識にかなったことではない。相手が会社の高い地位にある者ならなおさらだ。〝服従〟こそは、彼女が毎朝キャップやボディスと共に身につけるべきものだった。

「ご理解ください、奥様」クラウヴェルスが取り入るように言う。「東インド貿易船は風や波と同じように迷信に頼って航海しているのです。幸運を願って口づけをする船体のかけらや、前回の航海で大惨事から救ってくれたと誓える記念品なしに乗船する者はおりません。奥様が病者を見たという噂が広まれば、実際にそうした者がいるいないにかかわらず、迷信深い男どもの目に病者が現れます。

　鳥がマストにぶつかって死ぬたび、誰かの腕が折れるたび、歪んだ爪が割れて血が流れるたび、船乗りたちは口を揃えて、悪意ある何かの仕業だと言いだす。そして気づけば、あいつらは仲間の喉を掻き切るようになる。

寝言で何か口走ってそれが悪魔のように聞こえたからというだけの理由で」

ドロシーアが女主人のための香辛料入りのワインを手に船室に飛び込んできた。これをとりに厨房へ行っていたのだ。サラは引き止めたのだが、ひどいショックには香辛料入りのワインがいちばんだとドロシーアは信じており、言うことを聞かなかった。

「何を見たと思っても、この船室のなかに留めておいでくださいますよう」ファン・スコーテンが言った。

ドロシーアはワインのカップをサラに手渡してから、鉄の視線をファン・スコーテンにむけた。「立場をわきまえなさい、商人」そう警告した。「あんたが話しかけているのは名家の淑女。奥様は自分の見たものはよく心得ていらっしゃる。どうしてあんたのほうが道理を知ってると思うの?」

ファン・スコーテンはドロシーアをにらんだ。甘やかされた上流階級の戯言に我慢ならないというのに、無礼な使用人からも笑いものにされてたまるかという表情がありありと浮かんでいる。

「よく聞け——」彼は指を突きつけながらそう言った。

「いいえ! あなたが聞きなさい、主任商務員」サラがふたりのあいだに割って入り、彼の胸元に人差し指を突きつけた。「ボシーはバタヴィアでザーンダム号に凶事が降りかかると警告した。するとあの奇妙な印が帆に現れて、今度はあの病者が舷窓からわたしを覗いた。この船では何かが起きている。あなたは真剣に受けとるべきです」

「ザーンダム号に乗りたければ、悪魔だってほかの乗客と同様に切符を買わねばならんのです」ファン・スコーテンは歯を食いしばって言った。「ご主人とお話しなさい。総督が調査しろとおっしゃったらやりましょう。それまでは、わたしには処理しないといかん本物の問題をやらせてもらいます」

彼は荒々しい足取りで去った。クラウヴェルスが丁重にお辞儀をして続いた。

サラはふたりのあとを追いかけようとしたが、リアとクレーシェに引きもどされた。

「どうにもならないわよ」クレーシェが助言する。「怒りはまともな男を頑固にするし、頑固な男は了見が狭いもの。あの人たちはあなたの話に絶対に耳を貸さない」

みじめな気分で、サラはリアの心配した顔を見つめた。この船で自分の唯一の務めは娘を守ること。なのに誰も話を聞きたがらない。自分たちを待つ暗い海に何があるかもわからぬまま、がむしゃらに突き進んでいるような気がしてならない。

「こんなことになってごめんなさい」クレーシェはどさりと椅子に腰を下ろし、両手で頭を抱えた。

「あなたが悪いんじゃないでしょう」サラは言った。

「ボシーはわたしを探していたのよ、サラ。わからないの？　トム翁が送りこんだに違いないわ」

三回の重々しいノックでドア枠が揺れた。

振り返らなくてもアレントだとわかった。破壊槌と誤解されそうな音をたてるのは彼の手だけだ。

「何かわかった？」サラは訊ねた。

「跡形もない」部屋に足を踏み入れるのは遠慮して通路に立ったまま言う。「露天甲板をあちこち走りまわったんですがね」

「露天甲板？」

「空が見える甲板のことです。おれにつかまらず船の腹に逃げこむ時間はなかったはずなんだ」鞘に入ったままの短剣を彼女に差しだした。「またあいつが現れたら、顔にこいつを突き刺してください」

サラは感謝とともに受け取った。手で重さを測る。

「誓って言うけど、わたしは見たの」

「だから短剣を渡したんですよ」

「彼だった。ボシーだった。わかる」

アレントはうなずいた。

「わたしたちは彼の最期を看取ったのに」初めて自分の不安を口にした。「どうしてこんなことがあり得るの？」

アレントは肩をすくめた。「サミーは一度、死んだはずの石工の女房が自分のために教会を建ててくれと頼んできた事件を解決したことがあります」さらに続けた。「兄弟ふたりがまったく同じ時刻に、失恋のせいで急死した事件を調査したこともある。このふたりは六年間もおたがいに口をきいていなかったのに。サミーが呼ばれるのは事件が不可能であるときだけです。おれたちにとって幸運なことに、この船には彼が乗っている」

「彼は囚人よ、アレント。彼に何ができるの？」

「彼はおれたちを救います」

繊細な目に信念が輝いていた。その光はきわめて激しく、サラのなかに沸きたっていた反論を焼き尽くした。同じものを牧師や神秘主義者に見たことがあった。そうした人々が神の愛のみを盾にして危険な道へと邁進(まいしん)しようとするときに。

アレント・ヘイズは狂信者だ。

彼の信仰はサミュエル・ピップスだった。

## 20

「神経のせいか」靴擦れの痛みにぼやきながら、アレントは中部甲板を横切ってゆく。その肩には麻袋があった。ファン・スコーテンはサラの話を軽くあしらったが、あの男は港で彼女が火傷を負ったボシーの身体のかたわらに膝をついた姿を見ていない。瀕死の男に慈悲をあたえてくれないかとアレントに頼んだ声を聞いていない。

サラ・ヴェッセルは人間の肉が溶けるのを見てもヒステリーを起こさなかった。彼女の理性が曇ることはなかった。彼女は冷静沈着なまま、同時に悲しみと思いやりに満ちていた。

否だ。サラは神経がどうこうなるような人ではない。

アレントは例の傷跡を見つめ、どうして自分とトム翁とのつながりを彼女に話さなかったのかと考えた。話したかったのだが、言葉がくちびるを通り過ぎることを拒否した。サミーはいつも、知っていることにしがみついていればいつかはそれが意味するところを理解できると言う。それはアレントの自尊心を思いやってかばう言葉だったが、ありがたく受け入れた。

真夜中の監視当直交替の鐘が鳴り、あちこちでハッチがガタガタと開いて、船乗りたちが寝床から起きだして甲板に出てきた。眠そうな目をして不機嫌で、文句を言っている。暗くなってからもアレントが船の前半分にいるのを見て、にらみつけながら低く罵ってきたが、午後の一件のあとでは彼のじゃまをしようとする者はいなかった。

ようやく船首楼の下の隔屋に着くと、船員たちが休養をとっていた。中から若い男の声がめそめそと慈悲を請うのが聞こえた。

「違うよ、絶対にしてないよ、そんなこと——」

「船の業務の話をよそ者にもらしただろう?」怒った声が応える。「あの女にいくらもらった?」

ドサリという音がして、痛みで泣き叫ぶ声があがる。

アレントは部屋の中に身をねじこんだ。天井が低くてわびしい部屋で、光よりも煙のほうをたっぷり出す角灯がひとつきり、揺れながら照らしていた。船乗りたちは壁にもたれて座り、腹も肩も突き出した巨軀のヨハネス・ヴィクに若い男が意識をなくしそうなほど殴られているのをパイプを吸いながらながめていた。

若者は床に横たわり、ヴィクがそれを見おろして立っている。握りしめたヴィクの拳からは血が流れている。

「もらってないんだよ、ミスター・ヴィク。本当なんだ。絶対にそんなこと――」

「てめえはクソ嘘つきだ、ヘンリ」ヴィクが青年の腹を蹴る。「カネをどこに隠した？　どこにある？」

今朝サラが話をした若者だとアレントは気づいた。彼女は病者の素性について訊くために彼に三ギルダー払った。

「そのくらいにしたらどうだ」アレントは威嚇するような太い声で言った。

ヨハネス・ヴィクが振り返り、アレントを見て顔をしかめた。

「こいつは船の内輪の話だ」彼は冷笑し、口のなかの腐った歯が露わになった。「てめえのいるべき場所に失せな」

「おれがそうしたら、彼はどうなる？」アレントは若者にあごをしゃくった。

ヴィクはブーツに手を伸ばして小型の錆びた短剣を抜いた。「おれの好きにするさ」

アレントは反応を顔に出さなかった。「そいつは、あんたがボシーの舌を切り取ったのと同じ短剣か？」

これを聞いてヴィクが一瞬だけ怯んだ。「そういうことだ」彼は指先を刃に押しつけた。「鋭くはねえから、切るというよりノコギリのように使わねえとならなかったがな。ちょっとばかし汗をかいたが、うまく仕上がったぜ」

「それも船の業務の話か？」

ヴィクは腕を大きく広げ、彼の王国の広さを示した。「おれがやることはすべて船の業務よ。そうだろ、おまえら？」船員から同意の声があがる。仕方なく言っている者もいれば、熱心に言っている者もいる。船の業務はいつも人気というわけではないのだ。

ヴィクはアレントを横目で見た。「ほかにどんな船の業務があるか教えてやろう。メインマストより前に迷いこんで姿を消した乗客は、船員によって細切れにされる」

背後から複数の足音が近づき、六人ほどの船乗りが殺意むきだしの顔で暗闇からするりと現れた。

「こういう船じゃ、ちょっとした不運ってやつよ」ヴィクが言う。

アレントは相手のいいほうの目を覗きこんだ。これまでに目撃してきた忌まわしいことのあれこれを反芻しているような光がある。

「〝ラクサガール〟とはどういう意味だ？」アレントは訊ねた。「ノルン語だと聞いた。あんたがその言葉を話せるということだが」

「出ていけ、兵隊さんよ」ヴィクが言う。

「その若者も一緒なら出ていこう」

ヴィクは怪我をした若者の隣にしゃがみ、その頭のわきの床板に短剣を突き刺した。「聞いたか、ヘンリの小僧？　このご親切な兵隊さんがてめえの心配をしてくれてるぞ。ガラの悪いミスター・ヴィクと一緒じゃ不安だとよ。おまえはどう思う？」

ヴィクの目がアレントに据えられている中、ヘンリが殴られた頭を床からあげた。

「失せろ、兵士」ヘンリは血まみれの歯を見せて切れ切れに言った。「死んだほうがマシなんだよ……」苦しげに息を呑んだ。「……おまえに……助けられるくらいなら」

力を使いつくして、彼の頭がどさりと床板に落ちた。

ヴィクは若者の頰を軽く叩いた。「てめえはここじゃ歓迎されないのさ、兵隊さん」凄みをきかせた低い声で言う。「警告はこれが最後だぞ」

「いいや」アレントは平然と言った。「これがあんたへの最後の警告だ。おれは船のこちら半分に用事があるから、毎晩この時間に通る。あんたたちろくでなしがひとりでも、おれの歩みを一歩だってじゃますれば、喉をかっさばいて海に捨てる」

彼の目に浮かんだ残忍な色に、船乗りたちは半歩あとずさりをした。だが、目に浮かんだものは現れたときと同じようにあっという間に消えた。アレントはハッチをあげて、梯子を伝って縫帆手の船室へ下りた。

縫帆手はハンモックでいびきをかいており、アレントが第二のハッチをあげてサミーの独房がある隔屋に下りても身じろぎもしなかった。梯子は朝と同じように骨が折れたが、身体をよじらせてなんとか下りた。

約束どおり、ドレヒトはマスケット銃兵をひとり配置していた。驚いたことに、それはティマンだった。今朝サミーがサイコロでいかさまをされたのだと教えてやった人物。イカサマをしたほうのエッゲルトは乗客を守り、ティマンはサミーを守っている。ドレヒトはいがみあうふたりをできるだけ引き離したかったのだろう。

アレントがやってくるとティマンは飛びあがったが、誰だか見るとすぐに落ち着いた。

彼らの背後の船倉に通じるちっぽけなハッチから香辛料のにおいが漂い、独房のドアを開けるかんぬきをはずそうと奮闘するアレントの喉をくすぐった。ドアがきしみながらようやくひらくと、嘔吐物と排泄物の鼻につんとくるにおいが外に突進してきた。

「サミー?」アレントは咳きこみ、口元を覆いながら中を覗いた。

頭上のハッチから月明かりが何本か射しこんでいる。何もつながれていない壁のフックが三つと、フォアマストの下部が見えた。そのほかは真っ暗だった。

何かがドンと音をたてたかと思うと、サミーが狂ったように足を動かして這いでてきて、必死に空気を吸った。月明かりが顔に当たると苦痛の低い声をあげて、まぶしさに目を覆った。

アレントは隣に膝を突いて、安心させるように腕に手を置いた。サミーの身体は震え、顔はひどく青ざめており、頬ひげは嘔吐物にまみれていた。

アレントは激怒して拳を固めた。友人をこのような責め苦のもとに残してはおけない。

サミーの目が指の隙間から覗いた。当惑している。

「アレントかい?」

「もっと早く来ることができず、すまない」彼は言い、ワインの壺を手渡した。

「来ないと思っていたよ」サミーは応え、壺のコルクを引き抜いてワインをがぶ飲みした。赤い液体があごへと垂れる。「永遠に閉じこめられると思っていた」そこで口をつぐみ、ふいに動揺をみせた。「きみはここにいてはいけない、アレント。もしも総督に知れたら――」

「総督は知ってる」アレントは言った。「彼は真夜中の散歩を許可してくれた。おれが一緒ならばね。次はあんたを日射しの下に出せるよう頑張るさ」

「どうやって彼を説得した……」サミーは顔をしかめた。

「彼はきみに何を求めた？　この恩恵の交換条件としてきみは何をしなければならない？」彼の声がうわずった。

「総督にはやりたくないと言え。ヤン・ハーンのような男に対して、きみに借りを作らせるつもりはない。僕が暗闇で腐ったほうがましだよ」

「交換条件などない」アレントは彼を落ち着かせようとした。「借りなどない。好意からの取り決めだ」

「なぜ彼がこんなことをきみに許可する？」

アレントはティマンを気にしてちらりと見てから、声を落とした。「どうだっていいだろう？」

サミーは疑うように彼を見つめた。アレントの秘密を探りはじめるや、その鋭い目は細められた。

そこで顔を振って、アレントから目を外した。アレントには自分の才能を使うまいとさせたのは友情からだった。

上で縫帆手が床をドンと踏みならし、天井から埃を振り落とした。

「睦言は外でやりな」彼はそう叫んだ。「こっちは寝るとこなんだ」

サミーはまだ動揺しつつも梯子をあがり、どうにか外の空気にたどり着いた。船乗りたちはそれぞれの持ち場へと散らばっていて、いざこざが起こることもなくアレントは友人に合流した。サミーは溶かした銀のように月光が索具と帆を流れてくるのを見つめていた。

「きれいだ」彼は感嘆して言った。この光景にしばし見入ってから、手すりへと歩いた。「うしろをむいてくれ」そう言う。

「なぜだ？」

「身体を清めねばならない」

「さっさとやれよ、おれは何も気にしない――」

「アレント、頼む」彼は言い張った。「僕に威厳はほとんど残されておらず、残っているものにはしがみつきたいんだ」

ため息を漏らしてアレントは背をむけた。

サミーはブリーチズを引きおろし、海上に尻を突きだした。

「総督は危険な男だよ」彼がうめくと、海でしぶきがあがった。「僕はきみが総督に穿鑿（せんさく）されないようにしてきた。だから、心の平和のために教えてくれ、なぜ彼は、僕を牢獄から出してやると同意した？」

「彼はおれにとって家族だからだ」アレントはにおいから一歩遠ざかり言った。「伯父とは呼んでいるが、父と言ったほうが近いかもしれない」

「父だって？」サミーは苦しげな声で言った。

「彼は祖父の親友だった」アレントは言う。「地所が隣同士だった。おれの育った地方、フリースラントで。子供の頃は週末を総督の地所で過ごしたものさ。剣術や乗馬、ほかにもたくさんのことを教えてくれた」

「失礼だがね、アレント」サミーは縄で尻を拭いてから、ブリーチズを引きあげた。「きみの行儀が生まれながらの兵士のそれではないことは知っていたが、きみの祖父はどうやってヤン・ハーン総督のような権力者と親しくなれたんだい？」

アレントはためらった。どう言葉にすればよいかと苦労した。その答えは長らく彼のなかに埋められていて、すっかり根を張っていた。

「おれの祖父はカスパー・ファン・デン・ベルクだ」彼はついに言った。

「きみはベルク家の人間なのか⁉」サミーは半歩下がった。まるでその情報を胸元に叩きつけられたかのように。

「ファン・デン・ベルク家はオランダ一の資産家だ。カスパー・ファン・デン・ベルクは〈十七人会〉のひとり。きみの家族が会社を経営しているようなものだ」

「そうなのか？　国を離れる前に誰かに教えてほしかったよ」アレントは苦い笑みを浮かべて言った。

サミーの口がひらいてから閉じた。そしてまた同じ動作を繰り返す。

「なんだってきみはこの船に乗っている？」とうとう大声になった。「きみの家族ならば、きみに船の一隻ぐらい買えただろう。船隊だって買える！」

「船隊なんかあたえられて、おれにどうしろと？」

「なんだって好きなことがやれるじゃないか」

その論理は否定できなかったが、アレントにはふたりのどちらも戸惑わせずにすむ答えが考えつかなかった。彼は二十歳で国を離れた。〈十七人会〉のもとで七年のあいだ学んだのち、自分に差し出された人生がいかに小さなものかと思ったからだ。金持ちは自分たちの富は自分たちに仕える使用人であり、望むものをなんでも届けてくれると信じている。

彼らはまちがっている。

富は彼らの主人であって、彼らが気にかけるただひとつの声だ。友情は富の言いつけの前に犠牲にされ、主義は富を守るためならば踏みつけにされる。どれだけ金をもっていても、足りるということはない。富をさらに追い求めることに血道をあげ、ついには軽蔑され怖れられ、たったひとり蓄えの上に座ることになる。

アレントはもっと豊かな人生を望んだ。権力と財力に背をむけると、自分がそうしたものにまったく惹かれないと知った。かわりに彼は名誉が重視される場所を求めた。強さが弱き者を守るために使われる場所。王座が狂える者から別の狂える者へと自動的に譲られるとは限らない場所。

だが、どの土地も同じだった。強さは手柄をたてるためのただひとつの通貨であり、権力がただひとつの目標だった。親切、思いやり、共感は踏みにじられ、弱さとして食い物にされた。

そんなとき、サミーに出会った。

ここにいるのは何も持たずに生まれた庶民であり、自然の摂理を己の利発さで逆転した男だ。自分の目標を追い求め、貴族であっても農民と同じように躊躇なく告発する。ここにいるのは、古いしきたりの当てはまらない者のための者である。サミーを通じて、アレントは自分の熱望する世界を見た、遠くの土地を曇った窓越しに見るようにして。サミーこそ、アレントが国を捨ててまで見つけたかったものだった。だが彼らの友情が、それを打ち明けることを許さない。サミーがこの答えをすべて聞くことはない。

「これがおれの選んだ人生なんだ」アレントは肩をすくめた。この会話はもう終わりだと、その声音が告げていた。

サミーはため息をつき、掛け釘から手桶を取った。長い縄が取っ手に結ばれており、彼が手桶を海に投げてから引っ張りあげるあいだ、水が盛大にこぼれた。手桶は通常、衣類の洗濯や、木が歪まないよう冷やすのに使われるが、彼は手桶を頭の上でひっくり返して水を浴びた。垢の下から薄紅色の皮膚が現れた。

さらに二回、彼は手桶を投げ下ろして腕と脚を洗った。

次いで痩せこけた身体を洗うためにシャツを脱いだ。拳以上の大きさの食べ物を口にしてから一週間が過ぎており、彼の胸に浮き出した肋骨の一本一本が、その事実を叫んでいる。

沐浴を終えると、サミーはずぶ濡れになった衣類を整え、ブリーチズをなでつけ、ついには脂ぎってもつれた髪まで手櫛でとかした。

アレントは無言で彼を見つめた。意味のない見栄だと思う者もいるだろうが、サミーは利発さと同じように美しい立ち振る舞いでも有名だった。彼は服装も、ダンスも、食べかたも文句のつけようがなく、とりわけ作法は洗練されていた。そうした誇りがまだ彼のなかで燃えているのならば、彼は希望を投げだしてはいないということだ。

「どうだい?」サミーはその場でまわりながら訊ねた。

「雄牛と夜を過ごしたみたいだ」

「きみの母上にばかり雄牛の相手をさせちゃ悪いじゃないか」

アレントは笑い声をあげ、腰の巾着袋から睡眠薬をサミーに渡した。「これはサラ・ヴェッセルからだ。眠れるようになるらしい。おれがあんたを自由にする方法を探るあいだ、こいつで少しでも快適に過ごせることを祈る」

「素晴らしい贈り物だね」サミーは言って、コルクを抜いてエキスのにおいを嗅いだ。「僕の感謝を伝えてくれ。港で彼女の手腕は見たが、これは……彼女のような女には会ったことがないね」

それには同意だったが、アレントは内心を悟られそうで何も言わず、厨房から盗んでおいたパンをサミーに手渡すだけにとどめた。

「誰が船を沈めようとしているのかわかったか?」アレントは訊ねた。

「それはきみの仕事だぞ、アレント。僕は一日中、暗い部屋で監禁されていた」彼はパンにかぶりついた。アレントも夕食に少しこれを食べていた。高利貸しの心臓のように固かったが、サミーはこんなにうまいものを食べたことがないような顔をしている。

「今日とほかの日々の違いは、上等のワインとパイプがないことだけだろ」アレントは切り返した。

パンを食べ終え、サミーは友人と腕を組んだ。「いまの侮辱に隠された賞賛は受け入れようではないか」彼は言った。「散歩しようか。脚がこわばって仕方がない」

これまでの百の夜のように、〝熊〟と〝雀〟は沈黙を楽しみながらそぞろ歩いた。中部甲板を進み、甲板にくくりつけられた二隻の船載雑用艇を通り過ぎ、後甲板に通じる階段をあがった。周囲で影がいくつもうごめき、積み重ねたロープだと思ったものが甲板で丸くなっている船乗りだとわかったり、逆にうずくまる人間だと思ったものが支柱にぶら下げられたバケツだとわかったりした。

歩くうちにアレントは、自分がびくびくしていることを笑い飛ばすべきなのか、それとも宙に向かってパンチでも放って安全を期すべきなのかわからなくなった。ようやく気を抜けたのは後甲板にたどり着いたときだった。そこではラルメ一等航海士が、ヴィクに殴られて洟をすすっている若い大工の面倒を見ていた。穏やかな声で話しかけている。ラルメが何を言っているかはわからないが、きっと若者に根性を入れているのだろう。

さらに階段をあがり、畜舎のある船尾楼甲板に出た。床板に響く彼らの足音を聞いて、雌豚がこれから外に出してもらえると信じたか、ブーブー、クンクンとやりはじめ、鶏も柵をひっかきはじめた。

アレントは身を乗り出して手すりのむこうを覗いた。乗客船室区が真下にあり、それぞれの舷窓から蠟燭の光が漏れていた。サラとクレーシェの部屋のものだけが薄暗いのは、万が一、病者が夜にもどってきたときに備えて内蓋を閉じてあるからだ。

「何に頭を悩ませているんだね？」アレントが何やら探っているらしいのに目をとめてサミーが訊いてきた。

「宵の頃に、サラ・ヴェッセルが舷窓の外にいる例の病者を見たんだ」

「港にいたあの病者か？　きみが死なせてやった？」

「本名はボシーという」アレントは言い、あの男がトム翁と交わしたらしき謎めいた取引や、彼の舌がヨハネス・ヴィクによって切り取られた経緯をサラが探り出したことなどを話した。

「ひどいめに遭わされたからやり返すためにもどってきたと？」サミーは床に膝をつき、ボシーがここを通った痕跡がないかと、ざらざらした床板を指先でなでている。

「彼女の妄想だと思うかい？」

「いいや」アレントは答えた。

「そうであれば、ちょっとした疑問がひとつもちあがる」サミーは探る手をとめた。「いや、正確にはふたつだ」そこで考えこむ。「三つだな」と、みずから訂正した。

「舷窓で死人のふりをしていたのは誰か？」アレントは言ってみた。

「ひとつはそれだ」サミーは勢いをつけて立ちあがり、眼下の暗い海を熱心に見つめた。「切り立った壁で手がかり足がかりもないのに、どうやって舷窓の外にたどり着いたのか？　そして、目撃されたあと、どうやってただちに立ち去ったか？」

「とりあえずここには来なかった」アレントは言った。

「おれは彼女が悲鳴をあげて一分足らずで、ここにあがってきたんだ。逃げるにはおれを出し抜かねばならなかった」

「畜舎に隠れていた可能性は？」

「柵越しに姿は見えなかった」

サミーは手すりをなでた。「降りるにはロープが必要だったはずだが、ふたたびここまで登ってきてからロープをほどく時間があったとは思えないね」

「海に飛び込んだのならば、サラがしぶきの音を聞いたはずだ」

サミーは船尾楼と後甲板のあいだにそびえ立つミズンマストに近づいて、そこから伸びている索具を引っ張った。索具の先は船べりの向こうに消えている。ロープの端はザーンダム号の横幅から突きだす太い帆桁に結んであった。

「足場になりそうなのはあの帆桁だけだが、問題の舷窓からは遠すぎる」出し抜けにサミーはミズンマストを舐めた。しかし表情から察するかぎり、なんの答えも得られなかったようだ。「そのトム翁とやらについて教えてくれ」

「悪魔のようなものらしいぞ、明らかに」

視線で人を恥じ入らせることにかけてはサミーの右に出る者はいないが、いま彼がアレントに投げた視線は樹皮をも剝いでしまいそうなものだった。

「信じてるとは言わなかったぞ」アレントは抗弁した。物心ついてからずっと、暗闇の中で自分を待ち受けているものがあることを知っていた。子供の頃、教会での説教中の父にあくびをしているのを見つかり、ひどく打擲された結果、昏睡状態に陥った。母は三日のあいだ泣きつづけ、ついに父親は使用人たちを集めて彼女を階段から引きずりおろし、義憤の叫びをあげながら、大広間の幅いっぱいを往復させる勢いで平手打ちを続けた。

　母親が嘆くのは信仰心の欠けている証だ、と父は言った。アレントは神に直接、自身が異端であったことを謝罪するために神のもとに送られたのであり、後悔が心からのものであればもどってくるだろう、死んだとするなら息子の献身が足らなかったという証にすぎない、泣くのではなく祈れ、それがいまはただひとつの薬だと。

　アレントは二日後に意識を取り戻した。献身うんぬんとはまったく関係なかった。

　そうした経験をした者はたいてい、目覚めても記憶が完全ではないようだ。まるで眠っていたようだと彼らは言う。

　アレントは何もかも覚えていた。

　彼は死後の世界へ旅した。助けを求めて叫んでも、なんの返事も聞こえない。神が待ってなどいないと知った。悪魔もいない。聖人も罪人もいない。人間と、人間が自ら語る物語だけがある。彼はそれを自分のなかに見た。天に声をあたえたのは人間自身であり、そうすることで自分たちの願いを持ってゆく先をつくったのだ。もっと豊かな収穫、健康な子供、もっと穏やかな冬をくださいと。神は希望であり、人類は温かさや食料や麦酒を必要とするように、希望を必要とした。

　だが、希望には失望がつきものだ。

　虐げられた者は自分の不運に説明をつけるための物語を切望するが、彼らが本当に求めているのは自分のみじめさの責を負わせられる誰かだ。作物をだめにした胴枯れ病を火刑に付すことはできなくとも、胴枯れ病は魔女が簡単に召喚できる。ならばそこらへんの哀れな女でもそれがやれる。

　トム翁は悪魔ではない、とアレントは思った。蹴ることのできる距離にたまたまいた老人にすぎなかった。

「伯父の話では、トム翁は三十年前にオランダを荒廃させ、いくつもの村や名家を破滅させたそうだ」アレントは言った。「心からの願いを叶えることと引き換えに、おそろしいことをやらせたらしい。行く先々で奇妙な印を残しもした。尻尾のある目だよ。バタヴィアを出航したとき、帆に現れたのと同じ印だ。おれの手首にも同じものがある」

「きみの手首にだって?」サミーは顔を上げた。「なんだってきみの手首に?」

「子供の頃、おれは父と狩りに出かけた」アレントは答えた。「三日後、おれはこの傷をつけてもどり、父親はそのままもどらなかった。何があったのかはわからない」

サミーは驚きで瞬きを繰り返した。「つまり、そのトム翁がオランダじゅうに印を書きなぐったのと同時期に、きみにその傷跡がついた?」

「おれが最初だったのだと思う。でなくとも最初のほうのひとりだ。伯父にもよくわからないらしい」

「見せてくれ」サミーは言って、アレントをミズンマストの角灯のほうへ引っ張った。「そして、印について知っていることをすべて話すんだ」

「知っていることはあまりないんだ。ただ、おれは近くの村の何軒かの家の扉にこの印を書いたことがある。恨みからだった」傷跡を調べるサミーにアレントは説明した。「それがどんなことをもたらすか、おれはわかっていなかった。怯えた村人たちが、『トム翁』と呼ばれる年寄りの物乞いを殴り殺したんだ」

「トム翁?」サミーは繰り返した。「では、この印はきみから解き放たれて、きみの村の死んだ物乞いの名を得て疫病のように広がったのか。なんてことだ、これはただの悪魔じゃない。きみの悪魔だ」

「そんなつもりはなかったんだ」

「多くの最悪の事柄はそういうものだ」

サミーの細い指がアレントの大きな手を探った。さらなる光を当てても、傷跡から新たにわかったことはなかった。もはや傷はほとんど消えかけている。謎解き人は失望を隠す手間をはぶいた。

「きみの傷跡はたいした手がかりにならないな」そう言ってアレントの手を放した。「この傷跡のことと、きみがこれを扉に書いたことを知っているのは誰だい?」

「祖父と伯父だ。母も知っていたが、おれが引き離されてまもなくして死んだよ」

「傷心から?」

「痘瘡で」

「サラ・ヴェッセルはどうだ?」

「伯父が話した可能性はあるが、おれはそうは思わない。

彼女はその件について何も言っていなかったしね。ほかに知る者はいない。おれも他言しないよう祖父に命じられていたし。祖父いわく、過去は毒された土壌であり、そこにとどまる者は死ぬ。祖父はおれにこのことを考えさせまいとしていたようだが、イギリスの魔女狩り人がこの印に害された者を片っ端から追っていると知って、伯父はおれを隠したんだ。おれはそのことを知らなかったがね」

サミーは感心したようにつぶやいた。「きみの祖父は賢明な人だったようだね。父君が消えた日についてどんなことを覚えてる?」

「ほとんどない。森でイノシシを追って数時間すごした。話はしなかった。おれは父の荷物持ちみたいなものだったんだ。すると、ひとりの男がおれたちに助けてほしいと呼びかけてきた」

「知っている男か?」

「知らなかったと思う」

「それから?」

「おれたちは返事をして、彼を探しにいった。その後は……」アレントは肩をすくめた。それがあの日の最後の記憶だった。何十年というもの、記憶の壁を突破しようとしてきたが、それはまるで崖の表面を素手で這いのぼろうとするようなものだった。「目が覚めたときには道に倒れていた。ずぶ濡れで震えていて、手首にこの傷があった」

サミーが慎重に言葉を選びながら訊ねた。「父君の遺体は発見されたのか?」

アレントは首を振る。

「では、生きている可能性もあるんだな?」

「悪魔にユーモアのセンスがあるとしたらな」アレントはうなるように言った。「父は牧師で、父が愛しているのは自分の信徒だけだった。生きているとしたら、信徒のためにもどったはずさ。父がこの件に関わってるなんて思っちゃいまいな! 幽霊の可能性ははずせと言ったのは君だぜ」

「幽霊は神の問題だ。命ある者なら僕が相手をするさ」そうきっぱりと言った。サミーは頭のなかでは、いくつもの考えが目まぐるしくうごめいているようだった。

「だが、彼を幽霊と呼ぶならば死体がなければならない。こういうのは経験がないわけではないね、アレント。

〈空っぽの尖塔事件〉を覚えているだろう、あの一件では——」

「ずっと前に死んだはずの姉が壁のなかで生きていた」

アレントはぶるりと震えた。彼女を日射しの下に引きずりだす役目を請け負ったのは彼だった。身体の悪臭を洗い流すのに一週間を費やした。

「トム翁について、ほかに何か知らないか？」サミーが訊ねる。アレントの父の件が思考の焦点にあるようだ。

「ピーテル・フレッチャーという名のイギリスの魔女狩り人によってオランダから追いだされたとか。その魔女狩り人がクレーシェ・イェンスの二番目の夫だった」

「きみの伯父さんの愛人か？」

アレントはうなずく。「四年前、トム翁がアムステルダムでフレッチャーを見つけた。フレッチャーは家族を馬車に乗せてリールへ逃げたが、彼は追いつめられて殺されてしまった。フレッチャーの死体には例の印が書かれていた。クレーシェ・イェンスは、トム翁がボシーを死から目覚めさせ、ザーンダム号で亡き夫の残された家族を殺させるつもりだと考えてる」

サミーは顔をなで、懸念が顔を覆ったのをごまかそうとした。「アレント、きみも四年前リールにいたね」

念を押される必要はなかった。あの恥辱は封蠟の印璽のごとくアレントに押されている。

ひとりで解決するよう任せられた初めての事件だった。〈十七人会〉から盗まれた宝石を取り返すべしと、サミーが彼を送りこんだのだ。四日間の調査ののち、彼はエドワード・コイルという事務官を犯人として告発した。コイルの首に縄がかけられたとき、アレントがまちがっていたことを証明する小さな手がかりを一握り携え、サミーが疲れ切った馬の背に乗って到着した。アレントはコイルを告発しようと焦るあまり、そうした証拠を見逃していたのだ。

サミーは優しかった。アレントにはもったいないくらい優しかった。時折サミーは、別の事件を任せてアレントの能力を証明できる機会をあたえようとしたが、アレントは自分の限界を知った。思い知った。サミーの才能が、彼と出会った者すべてが感じるのがそれだ。瞬時にしてもたらされる、自分は決して彼のようにはなれないという理解である。

「おれがクレーシェ・イェンスの夫を惨殺したなんて考

えてるんじゃないだろうな」アレントは言った。「一面識もない男だぞ」

「きみがやっていないことは知ってるさ、馬鹿だな。ただ、何者かがそう思わせようとしているのかもしれない。あるいは偶然か。クレーシェは悪魔が復讐の仕上げをこれほど長く待った理由を何か話していたかね?」

「彼女は逃げていたからだろう。夫が殺害されて以来、国から国へと移動を続けた」

「彼女は移動したのか、それとも誘導されたのか?」

「誘導されたとは?」

「この船にはトム翁と結びつきのある人間が三人いる。運命はここまであからさまに姿を暴露することはないと言っていい」

「三人?」

「きみ、クレーシェ、きみの伯父さんだ」サミーはじれったそうに説明した。「きみはどうしてここに来ることになった?」

「あんたがここにいるから、おれはここにいる」

「そして僕がここにいるのは、総督がそのように命じたからだね」

「クレーシェ・イエンスと同じくね。伯父は彼女の意向より早く、バタヴィアを出発するよう強いたんだ」

「なぜ?」

「彼女は美しくて、一緒にいるのが楽しいからとか?」

「僕もその条件にあてはまるが、独房に入れられているぞ」彼はぼやいた。「きみの伯父さんについてはどうだ? 彼がここにいる理由は?」

「彼は〈十七人会〉に入ることになり、〈愚物〉を届けるために国に帰るんだ」

「それはそうだが、なぜこの船なのか。伯父さんは船隊のどの船でも選べたはずだよ。なぜ彼はザーンダム号に決めた?」

「クラウヴェルス船長がこの会社でいちばんの船乗りだから。過去にも共に航海をして、伯父は船長を信頼している」

サミーは苦悩するように長々と息を吐いた。「すべてがきみの伯父さんにもどってくるじゃないか。彼こそが忌々しい渦で、僕たちはみな、渦巻く水にとらえられているようだ」アレントを見つめた。「伯父さんがきみにこの船に乗れと命令していたら、きみはそうしたか?」

「あんたが一緒でなければ乗らない」

「一方で、もし彼が僕にザーンダム号への乗船を命じてきたら、どうしてそんなに熱心に言うのかと彼に訊いていただろうね」

「何を考えてる?」

「つまり、僕を囚人とすることは、きみをザーンダム号に確実に乗せる唯一の方法だった」

アレントは反発した。「伯父は不愛想だし、ときに残酷であることもある。しかしおれを心からかわいがっているのは確かなんだ、サミー。おれを危険な目にあわせるようなことなどするか」

サミーは船隊の角灯のまばゆい光の群れを見やった。

「僕らはあの死者を見失いつつあるね」彼は反省するように言った。「この船には妙なことがたくさんあるが、調査すべき犯罪はたったひとつだ。ボシーは自分の長衣に火をつけていないし、船を脅迫したのは彼の声じゃなかった。もっと詳しいことがわかるまでは、彼の死を殺人として扱うつもりだよ。彼の友人たちともう話をしたかい?」

「話そうとしたが、まるで閉じた罠をこじ開けようとするみたいでね」

「ならば、もっとがんばれ。彼は例の取引について誰かに話しているはずだよ。きみとボシーとは何らかのかたちで結びついているようだから、彼がきみを知っていたと仮定してみたまえ。あるいはきみの家族を知っていたかもしれない。ボシーがどこの出身か調べるんだ。彼はトム翁が撲殺された例の村でつらい目にあったのかもしれないよ」

アレントはうなずいたが、まだ続きがあった。「それに、〝ラクサガール〟の意味を知るのは有益だね」

「それはサラがすでに探りを入れてる」アレントは応えた。「ノルン語のようだが、その言語を話せるただひとりの人間はボシーの舌を切り落とした男だ」

「それは便利だね、舌の件にも説明が必要だ」

「よし」ヴィクとの先刻の出会いを思うと心もとなかったが、ひとまずそう言った。「ほかにもあるか?」

「病者の長衣と包帯を見つけるのはむずかしくない。できれば、船内を捜索できるようクラウヴェルス船長を説得してくれ。それが無理なら、伯父さんに訴えろ。僕たちにツキがあれば、病者の衣装がそいつを着ていた男のことを明かしてくれる」サミーはふたたび海上の角灯の群れを見つめた。顔をしかめて言う。「調査における第二の道はもっと単純だ。病者に変装したのが船に脅威をもたらそうとしている本人だとしたら、この大きさの船をどうやって襲うつもりだ？　火薬庫の倉庫番とは話したか？」

「火薬を爆発させても無駄だそうだ」アレントは言った。「ザーンダム号を沈める手っ取り早い方法は、船長を殺すことだと倉庫番は言っている。彼に言わせると、クラウヴェルスがいるからこそ、ここの船員は反乱を起こさないでいるそうだ」

「我らが倉庫番は首に上等の頭を乗せているじゃないか」サミーが言う。「ほかに何か話していたかね？」

「脅威は船隊からやってくる可能性もあると」

サミーはこの意見を検討した。「別の船が大砲をむけるとか？」

「それもひとつの考えだな」

「大胆な考えだがね」サミーは同意した。「そして大いに面倒でもある」

「なんでだ？」

サミーは海上の角灯を指さした。「バタヴィアを出発したとき、船は何隻だったか覚えているか？」

アレントは肩をすくめた。わざわざ数えていなかった。

「七隻だ」サミーが教えた。

「そうか、七隻か」アレントは混乱してそう言った。「だから何だ？」

「では、海上に角灯が八つあるのはなぜだい？」

手すりの前に四人の男が立っている。彼らの下では波がひたひたと寄せていた。そのうち三人が遠くにある第八の角灯を見つめるのをよそに、サミーは短軀の一等航海士イサーク・ラルメを見おろした。視線を感じたラルメがこちらを見あげ、おなじみのしかめ面をした。

「何を見てやがるんだ、囚人」

「小男をだよ」サミーが素っ気なく答える。「この会社できみみたいな小男ははじめて見たんでね。たいてい、きみのような者は――」

「間抜けってか」ラルメが引き取った。「おれたちの仕事はな、おまえみたいな偉ぶった奴をこう呼んでやることだぜ、この腐れマン――」

「イサーク」クラウヴェルス船長が怒鳴った。

さきほどアレントはラルメに謎の角灯について知らせ、ラルメがクラウヴェルスを呼んできたのだった。船長はかなり酔っていて、ベッドを恋しがって苛々してはいたが、イサーク・ラルメの短剣がサミーの血で染まることは無論望んではいない。この一等航海士が口論をはじめると、刃傷沙汰になるのがしばしばだった。

「おれはこの船の一等航海士だぞ」イサーク・ラルメは吐き捨てるように言った。「囚人に見下されるつもりはねえからな」

「そんなつもりはなかったよ」敵意をむけられるとは意外だと言わんばかりにサミーは応じた。

「イサークはわたしが出会ったなかで最高の一等航海士だ」クラウヴェルスは角灯を見つめたまま言う。「そして、わたし以外にうちの甲板長のようなろくでなしを押さえていられるただひとりの人間だ」暗い口調で言いたした。

「例の角灯についてあんたはどう思う、船長?」サミーがこれ以上イサーク・ラルメを怒らせる前に話題を変えたくて、アレントはそう訊ねた。

「そうだな、海賊ではない」赤毛のほおひげをひっかきながら言う。「あれが何者だとしても、わたしたちに存在を知らせたがっている。海賊は目立たぬように近づいてくるし、船隊は襲わない。一隻だけの船を選ぶものだ」

「バタヴィアから迷いでた船かもしれんぞ」首から下がる半分欠けた顔の魔除けをいじりながらラルメが言う。

「そうかもしれないが」クラウヴェルスは髪をかき上げた。腕の筋肉を収縮させる。

クラウヴェルスはあきらかに自分自身を大いに賞賛している男なのだ、とアレントは思った。そしてほかの者にも同じように自分を褒めてほしがっている。

「船隊から目を離すな」クラウヴェルスは続けた。「おまえだけでやれ、イサーク。噂を広めて船員を怯えさせたくない。なんでもないかもしれんが、今夜なにか変わったことがあれば、知らせてくれ」

「了解、船長」

「そして明日いちばんに、見張りにあの船を調べさせろ。どこの船旗をつけているか、たしかめろ」

「了解」ラルメは同意した。

一堂解散となり、アレントはサミーを連れて中部甲板を引き返し、ふたたび船首を目指した。

誰にも声を聞かれないところまでくると、サミーはアレントを肘で突いた。「ラルメが首にかけている魔除けを見たかい？」

「今日の午後に見たよ。割れた木の破片に紐をつけたものだろ」

「半分になった顔だったろう、アレント。あれは港でボシーが死にぎわに握りしめていたものの半分だ。縁のぎざぎざが合う」

サミーはボシーの魔除けをちらりとしか見ることができなかったはずだが、アレントは彼の記憶を疑わなかった。一度見たものはけっして忘れないのもサミーの才能だった。数ある才能のなかで、おそらく何よりも望ましくないもの。彼はいままでのすべての会話、解決したすべての謎、食べたすべての昼食を思いだせる。

アレントがそれをうらやんでも不思議ではないが、サミーをうらやむ気にはならない。

過去はつらいことばかりだと彼は言った。

思いだすだけで、子供の頃、トゲに引っかかれたときと同じ痛みを感じるのだと。血を流さずに記憶にたどり着くことができないと。だからこんな男になったのだろう、けっして振り返らずに前へと走りつづける男に。

背後から悲鳴が聞こえ、振り返ると、イサーク・ラルメが物陰から若い女を引きずりだそうとしているのが見えた。彼女は小男よりもがっしりして力もあって背も高いが、ラルメは懸命に彼女を放すまいとしている。

うなり声をあげ、ラルメは女の腹に拳を叩きこみ、抵抗を封じた。あえぐ彼女をクラウヴェルスの前の床に放り投げる。

アレントは女を助けようと動きかけたが、サミーが腕をつかんで首を振る。

「おまえは牧師の被後見人だな？」クラウヴェルスが言った。「消灯のあとで外に出てきて何をしている？　危険だぞ」

「イサベルって名前があるんだけど」彼女はぴしゃりと言い、呼吸を整えようとしながら小男のほうをにらんでいる。

「いい名前だが、説明にはなっていないな」クラウヴェルスは言い、彼女の前にしゃがんだ。「物陰に隠れて何をしていたんだね、イサベル？」

「散歩してたら、驚くようなことに出くわした」彼女は肩で息をしながら腹をさする。「それだけ」

「盗み聞きと言ったほうがあたってるだろ」ラルメが嚙みつくように言うと、イサベルは汚らしいものを見るような目をむけた。

クラウヴェルスは鼻からゆっくりと息を吐いた。「船の規則はあなたの安全を、それにわたしたちの安全も守るためのものだ」彼は輝くようだが危険も秘めた笑みを浮かべた。「ただし、おもにあなたの安全のためだ。この会話は内密のもので、口外しないでいる必要がある。もしも噂が広まれば、誰が出所なのかわたしにはわかる。理解したかね?」

彼女はうなずいた。燃えるような怒りと提案の受託をどうにかして両立させたようだ。

「では、もどりなさい」船長は言った。「それから、もう二度とわれわれに甲板をこそこそうろつくあなたを捕まえさせないようにしていただきたい」

危惧するように船首楼をちらりと見てから、イサベルは立ちあがって半甲板の下の隔屋へもどっていった。

暗闇のなかで人影がひとつ、誰にも見とがめられずに静かにその場を離れた。

## 21

第八の角灯は夜明けの数時間前に消えた。

襲撃が迫っているのではと、イサーク・ラルメはクラウヴェルス船長を呼びだし、船長は全員に戦闘配置につくよう命じた。備えよという合図が船隊全体に伝えられる一方で、ヨハネス・ヴィクはハンモックから船員たちを蹴り落とし、どんな身なりにしろそのままの格好で手荒く階段をあがらせた。

錨が引きあげられ、操船のために帆が下げられ、大砲の砲身から麻布が引っ張りだされて車輪の下から楔(くさび)が抜かれた。火薬庫の扉が大きく開けられ、船乗りたちが何十個もの樽を転がして運んでゆき、中身を大砲に注ぎ入れて棒で突いて固める準備をした。

この騒ぎのなか、最下甲板の乗客たちは、大砲の最初の一斉砲撃を待つほかに為す術もなく、肩を寄せあった。船室ではサラがリアの震える身体を引き寄せ、勇気づける言葉を囁いている。クレーシェはマルクスとオスベルトを抱きしめて、歌で幼い息子たちをなだめていた。

　牧師とイサベルが共に祈りを捧げる一方、アレントは後甲板から見守っていた。どれだけ大きなものであれ、彼は敵に背をむける男ではなかった。

　ハーン総督は習慣どおりに早起きし、机にむかって執務して、いつものように家令のフォスに指示を出していた。手がごくかすかに震えていることだけが、何かしらの動揺を暗示していた。

　暗闇でザーンダム号は猫のように奮いたった。二時間にわたって彼らは身構えていた。やがて不安は混乱に、続いて退屈に変わった。曙光が射し、夜は砕け散って灰となった。

　索具に登った見張りは目庇(まびさ)しを作って羅針盤の針のすべての方向に目を凝らした。

「怪しい船はいませんぜ」彼は下にいるクラウヴェルスとラルメに呼びかけた。「その船は消えてます、船長」

## 22

　サラはドアをノックする音ではっとして目覚めた。無意識に手の下にあった短剣をすぐさま握りしめていた。病者がまた現れないかと舷窓を見つめて待ち構えているうちに、書き物机の椅子でうたた寝していたのだ。部屋着姿で、まとめていない赤毛から巻き毛が一房、肩に落ちかかっていた。鼻と頬ではそばかすが花開いている。リアもそばの寝台で眠っており、ごくかすかに寝息をヒュウヒュウと立てていた。

　またノックが響いた。

「どうぞ」サラは言った。

　漿果茶(ベリー・ティー)のカップを手にしたドロシーアが入ってきて、目の前の光景に不服そうな視線をむけた。

「今朝はダルヴァイン子爵夫人の部屋から妙な物音がしておりましたよ」ドロシーアは言いながら、サラの前に茶を置いた。赤と紫の果実(ベリー)が浮かんで上下に揺れている。これは一家のとくにお気に入りで、サラはこの旅にもいくらかもってくるようドロシーアに頼んでおいた。

「妙って？」サラは言った。まだ頭がゆっくりとしか回っていない。ドロシーアが会話を噂から始めるのはめずらしくないが、サラがこれほど朝早くから、その相手をするのはめったになかった。いつもであれば、悪魔にだってサラをこんな時間に起こすことはできない。バタヴイアは暑すぎて昼間は何もできなかったから、彼女は無聊をかこつ街の上流階級たちのために深夜の宴と舞踏会を催さざるをえなかった。この十三年間、彼女は遅い時間に寝て遅い時間に起きてきたから、夜明けというものは本当に不幸な人たちだけが耐えることを強いられているものと見なしていた。

　だがあいにく例の牧師が、船乗りたちの罵りで邪魔されない早い時間に説教をやると決めたのだ。

「ひっかくような音ですよ」ドロシーアが話を続けた。「数秒続いてとまって、また始まるんです。なんなのかはっきりとはわからなかったんですけど、聞き覚えはあって……」彼女の言葉は尻すぼみになった。

　サラは甘い茶に口をつけた。フランスに行ったら、これも恋しくなるのだろう。

「あなたは眠れたの？」ドロシーアに訊ねた。

「たっぷりと」例の奇妙な物音をまだ気にしつつも、彼女は答えた。「奥様は？」

　サラの目は赤く、下目蓋にはクマができてたるんでいた。一睡もできたようには見えない。眠り方すら知らないように見える。「少しね」舷窓を見つめたまま答えた。

「リアを起こしますかね？」ドロシーアが眠る令嬢を見やった。

「しばらく寝かせておきましょう。説教が始まるまで時間はあるので」サラは優しく娘を見つめてから、立ちあがった。「あのふしぎな言葉、〝ラクサガール〟について乗客に何か訊けた？」

　ドロシーアは抽斗を開け、この日のための女主人の服を選りわけている。

　顔に失望が浮かぶのを隠すためだとサラにはわかった。これまでの経験から、貴婦人がやるべきこととやってはいけないことについて、ドロシーアが頑固な見解をもっていることをサラは知っている。〝やってはいけないこと〟の項目はあまりにも長く、〝やるべきこと〟はあまりにも短い。

　サラのような地位にある女が捕物士を演じるのは見苦しいとドロシーアは考えているようだが、サラはいつものように自分のやりかたを通す。そしていつものように、やがて夫がうんざりして、それを終わらせる。おそらく暴力的な手段で。

サラはそれを想像して震えた。ドロシーアは正しい。サラがこのような真似を続けていれば、やがて夫に罰される。でもリアの命が危険に晒されているうちは、やめることなどできるはずがあろうか？

「みんなに訊きましたが、誰も知りませんでしたよ」ドロシーアが答えた。「ひとりふたり訊きそびれたかもしれないんで、午前中なかばの運動の時間につかまえますよ」

「ありがとう」

サラが茶を飲み終えると、ドロシーアが着替えを手伝った。リアがそのすぐあとに起きたが、彼女の身繕いは母親の半分の作業ですんだ。リアの皮膚は白くてシミひとつなく、おしろいの必要がない。黒髪をとくブラシも、川の鯉のように髪のあいだを抜けてゆく。

すべての準備が終わると、三人は湿気の多い朝の屋外へと歩いた。太陽と星々が、やってきたものと去っていくものとして慌ただしくすれ違うふしぎな時間だ。日の出に鳴らされる四点鐘を待ち、ザーンダム号は錨を下ろしていた。海は穏やかで鏡のようだった。

こんな時間なのに甲板は驚くほど混雑していた。

この日の航海が始まる直前に、牧師はメインマストの下で礼拝をおこなうとあらかじめ知らせていた。どうやったのか、彼は特別免除をもぎとって、最下甲板の乗客たちも礼拝に参加できるようにしたようで、大勢がここに姿を見せていた。

クラウヴェルス船長と高級船員たちは、昨夜の謎めいた明かりについて、低い懸念の声で話をしている。

「あの角灯は東インド貿易船のものだった。どこにいてもおれならわかる」とイサーク・ラルメが言う。

「だったら、どうやってあれほどすばやく消えたんだ？」ファン・スコーテンが訊く。「日の出の数時間前に角灯は見えなくなった。空荷の東インド貿易船だって、あの時間に視界の先へ移動することはできない。風もなかった。あれは幽霊船だぞ。絶対そうだ」

サラとリアが近づくと、高級船員たちは黙りこんでぎこちなく脇へずれ、彼女たちが会衆の最前列にいる総督と家令のフォスに合流できるようにした。アムステルダムでは上流階級が牧師のもっとも近くに立つことになっている。会衆全体を眺めわたす牧師の視線をあわよくば受けとめて、牧師をつうじて神の目がむけられるのを感じられるよう望んで。

ドロシーアはほかの使用人たちと共にうしろに留まった。

サラは夫の隣にひざまずいたが、夫は彼女に気づいた素振りをまったく見せなかった。いつものように、彼女は夫の近くにいることにかすかな怯えを感じた。

首を巡らせるとクレーシェが夫の反対側にいて、マルクスとオスベルトが相変わらず落ち着かない様子でそわそわしていた。少年たちをあのマルダイケルの若い女、イサベルがほほえみながら見つめていた。

メインマストの反対側では、二十名ほどの船乗りたちが説教が始まるのを待って右往左往していた。サラは彼らの姿を目にするとは予想していなかった。彼女は彼らのしゃべる言葉を聞き、女が通りかかると見せる捕食者の目にも気づいていた。神が彼らに話しかけたとしても、それは彼らが女たちに投げる罪と悪徳に染まった冷やかしの声の中ではちっぽけな声でしかないだろう。

「今朝はわたくしたちの幸運を祝福しましょう」サンデル・ケルスが朗々と響く声で説教を始めた。「この船に乗ることで、わたくしたちは神の栄光を我が目で認めることになるのです。友人たちよ、少し時間を割いて帆を見あげてごらんなさい、床板を見てごらんなさい、そしてまたその下の海を。航海とは索具と航海術の問題ではない。それは神の力そのものであり、多くの恵みが神の厚意によってわたくしたちに示されるのです。ここに形作られたものは、神が可能としなければなしえなかったもの。風は神の息であり、波は神の手。見誤ってはなりません、わたくしたちが海を渡るよう導くのは神なのです」

心が高揚するのをサラは感じた。一見したところ、牧師はひ弱な老人で、かび臭い説教をしそうだった。だが、神の言葉を伝えることで彼は変貌していた。丸まった背中はまっすぐになり、空(くう)を切り裂くように動く手は生命力に満ち、彼は説得力にあふれ、神を呼びだそうとしていた。

「どこの畜生が巻きあげ用の取っ手を盗みやがった！」

説教はとまり、激怒したヨハネス・ヴィク甲板長の登場で座礁した。サラはいままでこの男に会ったことがなかったが、アレントが彼のことを手加減して描写していたのを知った。禿頭にはへこみがあり、眼帯をはめており、その周囲には蜘蛛の巣のように傷跡が残っている。丸い腹と広い肩が、重みを支えるのがやっとのような鰐足の上に乗っていた。

牧師の話を聞こうとメインマストの裏に集まっていた船乗りたちの悪臭漂う集団のなかへ、甲板長は荒々しい足取りで踏みこんだ。ひとりひとり肩をつかんで引き寄せては顔をにらんだ。

「戦闘配置の命令のときは取っ手がちゃんと四つあったのに、朝には三つになってた」彼は怒鳴った。「あれは船のものだ。誰が盗んだ。いますぐ白状しろ」

船乗りたちは不安と困惑の混じった表情になっている。

「巻きあげ装置は錨をあげるのを楽にするためのものだよな？　見つからなけりゃ、毎日てめえらから十人を選んで素手で引きあげさせるぞ」

船乗りたちは狼狽のつぶやきを交わすが、ひとりとして不満の声を大にしようとする者はいなかった。

「いますぐ白状しろ、さもなけりゃ――」

彼は脅しの途中で口をつぐみ、仰天した表情で会衆のほうを見つめた。

サラが彼の視線をたどる前に、ヴィクはすでに引き返しつつあった。彼女の視線に気づいて、ヴィクはさっとこちらを見た。悪意のきらめく下品な視線だった。彼はからかうように敬礼してみせ、奇妙な冷笑をくちびるに浮かべた。

牧師が咳払いをして一同の注目をふたたび集めた。

「さて続けましょうか。われわれは人を非難すべきではない。なぜなら裁きは神の仕事だからです」これが皮肉に聞こえるのを牧師は気づいていないようだった。「思いやりをもって神に仕えなさい。許しをもって神に仕え、神の愛によって救われるのだと忘れるべからず！　釘によって合わさった木材がこの船を浮かべつづけていることが確かなように、どんな試練が訪れようとも、兄弟愛の絆がわたくしたちの安全を保ちつづけるのです」

説教がなおも続く中、サラはぶるりと震えた。いまの説教はどこか威嚇めいていた。ほかの者たちもそう感じたに違いない。居心地が悪そうにおたがいの様子を窺っているからだ。

一時間話を続けたところで、ようやく牧師の声が途切れた。

会衆は煮込み料理に浮かぶ脂の塊のように散り散りに

なった。サラは牧師と話したかったが、レイニエ・ファン・スコーテンがすぐに声をかけて、脇へと引っ張っていってしまった。

「あんたと話をしないとならんのだ、ふたりだけで」ファン・スコーテンが声を低めて言った。

「いいですとも、いいですとも」牧師が言う。「どんな用件ですかな、わが子よ?」

ファン・スコーテンはあたりを盗み見た。彼の目はサラがそこにいないかのように素通りしてから、ドレヒト護衛隊長のところでとまった。警戒に目が見開かれる。

「わたしの部屋で話せないか?」

「わしは乗客や乗員の懺悔に耳を傾けねばなりませんが、務めが終わりましたら、あなたを探しましょう」

「その罪の告白こそ、わたしが求めているものだよ」

「どのような罪で?」

ファン・スコーテンは身を乗りだして答えを囁いた。牧師の顔に警戒の色が浮かんだ。「どうしてそれがわからなかったのですか?」

「いいから来てください。できるだけ早く」牧師にそれ以上質問する間をあたえず、彼は急ぎ足で去っていった。

イサベルが人混みのなかから現れ、牧師に杖を渡した。牧師はくたびれた長衣の袖で額の汗を拭った。まるで説教にすべての力を費やしたかのように、顔を真っ赤にして息があがっている。

「よい説教でした」サラは牧師に会釈して言った。

夫とフォスがうつむき加減で話しこんで船長室へむかってゆく。

「あれではまだ足りません」牧師は不満そうだ。「船にはこれだけ多くの救うべき魂がおるのです、もっと強い言葉が必要でしょうな」

サラはドロシーアに意味ありげな視線を送った。ドロシーアはマルクスとオスベルトを船尾楼甲板で鼻を鳴らす雌豚の見物に連れていった。

彼女たちが話が聞こえない位置まで離れると、サラは率直に訊ねた。「悪魔についてどのような知識をお持ちですか?」

サンデルはイサベルに不安の視線をむけた。女は肩掛け鞄をぎゅっと握りしめた。「具体的にはどのようなことをおっしゃっているんですかな?」

「ひとりの病者がバタヴィアでこの船を呪い、彼の主人がわたしたちを破滅させると言いました。その同じ病者がゆうべ、わたしの船室の舷窓に現れたのです。昨日、帆に描かれていた印と病者には関連があるとわたしたちは考えています。この印はまず三十年前、オランダじゅうに現れ、先々で死をもたらしました。トム翁と呼ばれる悪魔の到着の前触れだと言われています」

「いやいや、わしはそんな話、まったく知らんですな」サラが拭き消さねばならないシミであるかのように手を振って言った。

サラはこれほど下手な嘘つきに出会った記憶がなかった。

「お願い、牧師さま」クレーシェが口をはさんだ。「夫はこのばけものと戦って、命を失ったのです。そして今度はわたしの家族が狙われているように思えるんです」

牧師の顔に何かがひらめいた。痛ましそうにクレーシェに一歩近づく。「あなたのご主人というのは？」

「ピーテル・フレッチャーです」

牧師は口に手をあてた。その目に涙が浮かぶ。まばたきして涙を振り払い、天を、続いてイサベルを見た。

「わしたちの信仰は報われると言っただろう？」彼は喜色満面で言った。「わしたちの使命は神にあたえられたものだと？」

クレーシェは探るように彼を見つめた。「夫と知り合いでしたの、牧師さま？」

「ああ、さようです。わしたちはかつて大親友だった。わしがこの船に乗った理由は、まさに彼なのです」牧師は突然気むずかしそうな顔になり、あたりを見まわした。「内密に話せる場所がありませんか。あなたにお話しせねばならんことがたくさんあり、そのほとんどは人前では話せないもので」

「わたしは主人と朝食をとることになっているんです」サラは歯を食いしばって言った。「朝食の席にいなければ、ドレヒト護衛隊長にわたしを呼びにこさせるでしょう。牧師からクレーシェに話しておいてもらえたら――」

「あなたと一緒でないと」クレーシェがサラに腕にすがりつく。

サラは友人を見つめた。彼女は心底不安がっている。

「いいでしょう」サラはためらいながらもそう言った。「でも、急がないとだめよ」サラはドロシーアを探した。「伝言をお願い、アレント・ヘイズに――」

「それはなりません！」牧師が叫んだ。大声を出したことに戸惑って顔を赤らめ、はかりごとをするように声を落とした。「この件には、あなたが完全には理解していない事柄がございましてな。まずわしに説明させてくださらんか。そのあとで、ヘイズ中尉に伝えるべきかお決めなされればいい」

## 23

「どうやって夫と知り合いに？」クレーシェがドアを閉めながら牧師に訊ねた。「夫の大親友だったと言っていましたね」

ドロシーアを少年たちとともに甲板に留めて、一同はクレーシェの船室にやってきた。ここはサラの船室とまったく同じ大きさだったが、部屋の片隅を占める大きなハープがないせいで広々として見えた。快適な絨毯が床に敷かれ、木製のおもちゃが散らばっている。壁には絵がかけられ、クレーシェの二番目の夫ピーテルの肖像画もあった。

ピーテルはアムステルダムの堂々たる自宅の前で猟犬たちにかこまれて立っている。きらびやかな服装を別にすると、尖った耳やいたずらっぽい目、何やら悪さをたくらんでいるかのような薄い笑みが息子たちに生き写しだった。

サラはこの肖像画のどこかが気になったが、すぐにこれだと言うことはできなかった。絵のなかの魔女狩り人と、いまここで彼を見あげている魔女狩り人の対照的な運命のせいか。サンデル・ケルスの長衣は縫い目があと少しほつれたらボロ切れになりそうだ。ひ弱な老いた手足は歪んでいる。何をしても身体に痛みが走るらしい。

「牧師さま！」クレーシェが呼びかけた。

「ああ、失敬」彼は悲しみの表情で肖像画から視線をはずした。「申し訳ない、あまりに長いこと友人の姿を目にしておりませんで。このような形であっても、彼にまた会えると……記憶が甦りましてな」

「何の記憶がですか？」感傷に耐えられない気性を父親から受け継いでいるリアが訊ねた。

「ピーテルはしばらく、わしの生徒だったのです」牧師は答えた。「ただし、彼のほうがはるかに成功したことは認めるにやぶさかではありません」彼はかぶりを振った。肖像画から目をそむけたままではいられないようだった。「偉大な男でした。英雄です」

クレーシェは自分のためにワインを注いだ。手が震えている。

彼女はピーテルについてほとんど話さなかったが、ふたりの愛がどれだけ深かったかサラは知っていた。クレーシェは裕福な農家に生まれ、そこでは炉辺に火をくべる娘ではなく、畑仕事をする息子が必要とされていた。彼女を若くして結婚させてからは存在を忘れた。最初の夫はけだものだったが、やがて己の美しさが花ひらき、その力を自覚しはじめると、クレーシェは苦しむ必要などないのだと気づいた。

ロッテルダムへ逃げ、高級娼婦となった。

表向きは、彼女がピーテルと出会ったのは舞踏会ということになっている。本当は娼館で、ふたりは初めて会ったときにおたがいの虜になった。この異例の土壌から異例の人生が育った。サラは一度も彼に会ったことはないが、ピーテルは寛大で性格がよく、金も笑い声も出し惜しみせず、どこであろうと邪術を見つけたら滅ぼすことに全身全霊を傾けていたことに疑いはなかった。

ケルスはため息をつき、皺のよった灰色の手で同じく灰色の顔をなでた。

「ご主人を敬うあなたの気持ちが、わしをここに連れてきたんですな」彼がそう話しはじめると、クレーシェは心を静めるためにワインをぐいと飲んだ。「二年前、わしは彼から助けを請う手紙を受けとった。トム翁という悪魔とオランダじゅうで戦い、それに追われていると書いてありました。彼はバタヴィアへ逃げるから、わしが船を押さえて向こうで合流できるよう金を送ると。彼は信じておりましたよ、力を合わせれば、わしたちでこの悪魔の息の根をとめられると」

クレーシェがそっとワインのカップを下ろした。顔には混乱があきらかに刻まれていた。「そんなふうではありませんでしたけれど。悪魔がわたしたちを見つけたのは本当です。でも、わたしたちはリールへ逃げた。それに二年前じゃなくて四年前。あなたが手紙を受けとった頃にはとっくに夫は死んでいたはずです」

牧師は当惑した。「おそらく、いずれ彼はバタヴィアへ逃げるつもりで――」

「彼はバタヴィアのことなど知らなかった」クレーシェ

が言う。「わたしもそうでした。わたしがここにやってきたのは、夫が死んだと聞いてヤン・ハーンがわたしをバタヴィアに呼び寄せたから、それだけです」

老いた顔に皺が寄った。牧師の思考は未踏の海へと漂う。「だが、彼がわしを呼んだんです」

「細かい点にまちがいはないのですか？」サラは訊ねた。

「もちろんです」そう聞かれて気分を害したようだ。「初めて読むときのように、あの手紙は百回も読みなおしたんですぞ」イサベルを見やった。「あの手紙をもってきてくれんか？　わしのトランクに入っておる」そう言われてドアに一歩近づいたイサベルに言う。「本は置いていってくれ、必要になりそうだから」

イサベルは何やら危惧するように牧師を見つめたが、叱責の目を投げられてしまう。怖じ気づいた様子で、彼女は重い肩掛け鞄をもちあげ、細心の注意を払ってクレーシェの書き物机に置いた。

一瞬ののち、彼女は姿を消した。

「ピーテルの手紙を受けとってから、わしはバタヴィア行きの船を予約したんです」サンデルはふらつく足取りで書き物机に近づいた。「だが、わしが到着したとき、イェンス夫人はすでに寡婦になっておると知りました。ご主人が亡くなったのはバタヴィアであろうと考え、あなたに会おうとしたんですが、あなたはすでに城塞で暮らしておられた。門番は冷淡でしてな、わしを追い払いました。言伝さえも聞こうとせんものですから、わしは小さな教会を建てて、市内で悪魔の所業がおこなわれておらんか会衆に訊ねることにしたんです。わしの調べが袋小路に行き当たった頃、ある大工が懺悔のために教会にやってきました。暗闇でトム翁と名乗る者の囁きを聞いたと言うんですよ。ちょっとした頼み事を引き受けてくれたら、引き換えにおまえを富ませてやるという取引をもちかけられたと。大工は神が彼を許してくれるか知りたがっておりました」

牧師の言葉はもったいぶってごてごてしており、よくぞ喉が詰まらないものだとサラは感心した。

「その大工の名前はボシーでしたか？」サラが訊ねた。

「そのような名前でしたかな」彼は片手を振って曖昧な返事をした。「足が不自由でしたよ」

「じゃあ、ボシーでしょう」サラは言った。「彼はすでに、例の病にかかっていましたか？」

「いいや。だが、あれはきっとトム翁の仕業だったのでしょうな」残酷そうな光が目に光る。「取引をした者は彼の奴隷となる。彼の意志に抵抗すれば、その者たちの肉は朽ち、命令に従わないかぎりもとにもどれない。彼はそのような蝕まれた者たちを使者として利用する。いわば彼の歩兵ですな」

リアが不安そうに身をよじらせた。「お母さま」低い声でそう囁く。「朝食に遅れてはだめよ。お父さまが——」

「ボシーは頼み事というのが何か言いましたか?」サラは黙るようリアに合図した。

「トム翁はザーンダム号で船旅をする計画だったようですが、まずは準備が必要だったらしいのです」

「なんの準備ですか」クレーシェが知りたがった。

「申しませんでした。トム翁が長年にわたって、大いなる苦しみをもたらす計画を温めてきたとは話しておりましたが、大工はそれ以上のことは知らぬようでしたな」

手提げ鞄の蓋を開け、彼は羊皮紙包みから革装丁の本をそっと取りだした。

「それはまさか『魔族大全』」クレーシェが感嘆の声をあげた。

「『魔族大全』って?」リアが本に近づきながら訊ねた。

「悪魔の分類学ですよ」牧師は表紙に一カ所ついた埃を袖で拭き、そう答えた。「悪魔の序列、それぞれが人間を堕落させる手法、悪魔を祓う方法などを記したものです。魔女狩り人の最大の武器ですぞ。わしの結社では誰でも自分の本を手元に置いております」

「ジェイムズ王が似たような目的で書物を編んだと聞いたけど」リアが言った。牧師の骨張った肩のうしろから覗きこもうと、伸びたり縮んだりしている。

サラはほほえんだ。怯えていても、娘は知識には抵抗できない。

「あれは不完全で思弁的なものでしたな」ケルスが軽蔑するように言う。「あれの結論は風聞をもとにしたものにすぎません」彼は愛おしそうに指先で背表紙をなでた。「わしの結社の者たちは定期的に会合をひらき、調査でわかったことを共有し、自分自身の本にあたらしい情報を書きこむのです。どの『魔族大全』にも、すべての魔女狩り人の知恵を集約したものが含まれておるのです。魔術の調査に費やされたいくつもの生涯から得られたものがです。この英知に匹敵するのは聖書だけでございましょう」

ケルスは震える指で『魔族大全』の子牛皮紙の頁をめくった。どの頁にも細密な絵が詰まっていて、装飾的なラテン語の文字でかこまれている。目当てのものを見つけると、牧師は横へずれて一同に見えるようにした。

思わず彼女たちは後ずさった。リアは嫌悪感もむきだしに喉を小さく鳴らし、クレーシェはとっさに空中で十字を切った。サラでさえも目をそらした。

その絵はおそろしいものだった。

コウモリの翼が生えた裸の老いた男が、コウモリの頭をした狼に乗っている絵だ。狼は幼い少年を押さえつけていて、老いた男は手の鉤爪で少年の頰をなでている。それを取りかこむのは頭巾をかぶった病者たちだ。

「それがトム翁ですか?」サラは厭わしさに震えながら訊ねた。

「さよう」牧師が答える。

「こんなのがザーンダム号に乗っていれば、わからないはずがないわ」クレーシェが不信にみちた口調で言った。

「これはこの悪魔の数多い形態のひとつであり、現在の姿がこれとは限らんのです。トム翁はわしたちと変わらぬ姿でザーンダム号に乗ったのでしょう」

「つまり、それは――」

「乗客のひとりに取り憑いて」

凍りついたような沈黙が落ちた。

「誰に?」ようやくサラが訊ねた。

牧師は首を振る。「それを見極めるためにわしはここにおるんです」

## 24

ドアをノックする音がして、イサベルが手紙を携えてもどり、ケルスに渡した。彼はすぐに、舷窓の外をぼんやり眺めるクレーシェに手紙を差しだした。サラは食い入るようにしてトム翁の絵を見ていた。

クレーシェは、刃物でも転がり出てくるのではと心配しているかのように、巻かれた手紙をためらいがちにひらいていった。

読み進めるうちに彼女の顔が険しくなった。「封蠟は夫のものだけれど、筆跡はそうじゃない」そう言った、

「これを書いたのはピーテルじゃありません」

「どういうことですかな?」サンデル・ケルスが訊ねた。

「あなたはここにおびき出されたということです」サラは重たい音をたてて本を閉じた。「何ものかがあなたをバタヴィアに来させたがったんですよ、サンデル。その同じ何かがザーンダム号にあなたをおびき出したんでしょう。理由に心当たりはありますか?」

衝撃が彼の脚をぐらつかせた。イサベルが駆け寄って支える。

「わしは最後のひとりなのです」彼は顔をなでた。

「なんの最後のひとりなのですか?」

「魔女狩り結社の。ピーテルが亡くなってから、結社の者たちは……事故にあったり殺されたりしましてな。失踪した者もおり……いまではわしが最後のひとりです。わしは何年も隠れてきたんですよ。名前を変え、天職を捨てて一介の牧師となって」

「あなたが隠れていたのなら、この手紙があなたのもとに届いたのはどうしてなのですか?」クレーシェが訊ねた。

「結社の者は頻繁に旅をしておりましたんで、言伝はすべてアクセルにある教会あてに送るようにしておったんです。わしたちは言伝がないかたしかめるため、数カ月おきにそこに立ち寄るようになっておりました。そこでピーテルからの信書を見つけたのです。その教会のことを知っておるのは仲間の者だけのはずなんですが」

「夫は死ぬ前に拷問されています」クレーシェがつらそうに言う。「教会の名前を言ってしまったのかもしれない」

「では、わしはトム翁に狩られておるのか」ケルスは言った。目に炎を宿らせてイサベルを一瞥した。「悪魔め、神の裁きの前に出頭するという重大な過ちをしたということだ」

「まずはこれを見つけなくては」サラはつぶやいた。牧師の見せた狂信に不安をおぼえていた。「トム翁がこの船の誰にでも取り憑くことができるのなら、どうしてあなたはわたしたちを信用するんですか?」

ケルスは彼女を見つめた。「あなたは重要な人物ではございませんからな」臆面もなく言う。「トム翁は誇り高い。彼が取り憑くのは権力か腕力をもつ者です。自分の行きたい場所に行けるほど影響力をもっており、トム翁に支配されている時間が長くなればなるほど、取り憑かれた者に対する悪魔の影響力は強さを増すのです。トム翁から発せられる憎悪と荒廃は、甲板でわしたちを追う影のように追ってくる。あなたのお噂は聞きましたよ、サラ。ご主人に殴られておるんでしょう？」

彼女の頬が熱くなった。サンデルは容赦なく続けた。

「トム翁はそのような仕打ちに耐えることを許容したはずがございませんな。イェンス夫人はご主人のことから疑いを免れます。ピーテルはトム翁について一番の専門家で、騙されることなどなかったでしょうから」

「ピーテルが殺されたあとに、クレーシェがトム翁に支配されたというのは考えられませんか？」寝台に腰を下ろしていたリアが訊ねた。

クレーシェが彼女にさっと視線をむけたが、リアは肩をすくめた。「あなたが悪魔だとは思わないけれど、誰かがその質問をしないといけなかったから」真剣な顔で言う。

「トム翁と取引をした者だけが取り憑かれるのであり、あなたがいまおられる事情を拝見するに、あなたがそのような類の力を手に入れたと示すものは見受けられませんな」牧師が言った。「同じ推論からイサベルも疑いからは免れます。わしの結社の弟子にしたとき、これは物乞いでしたでな」

「あなたはどうなんですか、サンデル・ケルス？」サラは訊ねた。「わたしたちがあなたを信用していい理由は？」

彼が怒るのではと予想していたが、牧師は陽気な笑い声をあげた。「まるで魔女狩り人のような質問をなさる。わしがトム翁だったとしたら、秘密にしておったことを暴露する理由などなく、さらには」――彼はみすぼらしい長衣をつまんだ――「魔女狩りは報酬などなきに等しい。わしたちがこの船に乗るためには、バタヴィアの会衆に施しを求めねばならぬくらいでしたぞ」

リアがそわそわした。「お母さま、もう行かないと。朝食に遅れてしまう」

「あと数分は大丈夫」サラは言った。「トム翁が誰に取り憑いているのか知らないのならば、わたしがアレントも話をくわえようとしたとき、あれほど嫌がったのはなぜです？」サラは訊ねた。「彼には腕力があります。それはあなたの言うとおりですけど、使用人にすぎませんよ。それにわたしの見るかぎり、彼が尊敬でき、勇気があり、優しい人物であることを否定するものは見いだせませんでしたが」

クレーシェが一瞥をよこした。サラ本人でさえも自分自身の言葉に驚いていた。知りあってまだ一日なのだ。それも燃える人間をあいだにはさんで出会うという状況で。彼女が誰よりもおそれる男にかわいがられる甥。本当のところ、アレントのことはろくに知らないのだ。サミュエル・ピップスへの忠誠心、彼女が子供の頃に楽しんだ曲を演奏できること、港でとってくれた労への褒美を拒否したことくらいだった。

「アレントの振る舞いに騙されてはなりませんぞ」サンデルは彼女をたしなめた。「悪魔はいかなるかたちにも姿を変えます。わしは幾度となくそれを目にしてきました。できうるかぎり人に取り入るようにし、わしたちが彼らに従って破滅へ進むようにさせるのが彼らの能力ですからな」彼は鼻のつけ根を指でつまんだ。「アレントがこの悪魔かどうかは知りませんが、あり得るのはたしかです。裕福な部類の乗客や高級船員なら誰でもあり得る。トム翁と取引をした者の魂はすべて、その隠れ場所となるのです。三十年前のオランダで、ピーテルは次々に上流階級に取り憑いてゆくトム翁を追っておりました。彼が絶えず驚いておったのは、いかに些細な願いのために人々が魂を売り渡してしまうのかということでした。アレント・ヘイズは名の知れた兵士であり、全身血に染まって生きてきた者です。サミュエル・ピップスを通じて、どこの王侯にも近づけます。ゆえに彼を考慮から外すことはできませんな」

「それで、トム翁の注目を集めるに値しないわたしたち三人という無力な生き物が、どうやったらあなたを手伝うことができるとおっしゃるの？」クレーシェがいたずらっぽく訊ねた。

「悪魔の身元を暴けばよろしい」

「どうやって？」

「質問することで。この悪魔は移り気で、邪悪で執念深く、行く先々で苦しみを広めるつもりでおります。誰かのなかに潜んでいるときでさえ、本当の性質を長くは隠せません。追及すれば、悪魔はおのずと本性を現すでしょう」

「その後はどうすれば？」

「あたしがそいつを殺します」イサベルが言った。

ケルスが異を唱える。「トム翁はひとたび取り憑いた身体を死んでも諦めようとしない。疑うならば、ボシーのことを考えてみるとよろしい。魂を救うには、その肉体を殺してから、『魔族大全』にある悪魔祓いの儀式をおこなわねばならんのです。そうすれば、トム翁は地獄に送り返される。どこかの馬鹿者がふたたび召喚しようと決めるまでは」

ケルスは本をめくり、サラに見せた。

その頁には悲劇を描く三連祭壇画があった。最初の絵には、空っぽのゆりかごの前で泣き叫ぶ母親たちでいっぱいの村と、病者たちが赤ん坊たちをトム翁の待つ森へ連れて行く場面。その隣は村の川が燃えている絵で、最後は作物が蛇に変わってしまった畑の手入れをする男たちの絵だった。

「やめて、閉じて！」クレーシェはさっと顔をそむけ、嫌悪感も露わに言った。

ケルスはそれを無視した。「トム翁の使者がその存在を宣言すると——帆に現れた印がその宣伝ですな——三つの忌まわしい奇蹟が起こり、それぞれにそれぞれの印が現れるのです。それは毎回異なるかたちをとるのですが、いずれにせよ、それはわしたちにその力を証明するためなのです」

「モーセの前に現れた燃える柴のようにです」イサベルが補足した。

「ひとたび忌まわしい奇蹟が始まれば、それがわしらの耳にトム翁の声が響くときなのです。おぞましいおこないと引き換えに、わしたちの心に秘めた欲望を叶えようと申しでる声が」

彼は頁をめくった。

村は燃え、地面には死体が山積みになっている。村人たちは鍬や三叉でおたがいに襲いかかり、あるいは松明で自分たちの家に火を放っている。病者たちが手をつないで彼らを取りかこみ、うれしそうに虐殺を見物している。彼らの背後を、舌をだらりと垂らして悪魔がうろついていた。

「第三の忌まわしい奇蹟が起こったあと、トム翁と取引しなかった者は取引した者たちに殺される」ケルスは言う。「生き延びた者はあらたに悪意の種を蒔くよう、別の地に送られる。わしたちが行動しなければ、ザーンダム号を待つのはその末路です」

サラは手を伸ばして絵に触れた。思いがけず、想像力が死者たちに交じる彼女の愛する者たちの姿を絵の中に描いてしまう。涙が目に浮かんできた。

「その忌まわしい奇蹟というのはいつ始まるのですか?」涙を拭って訊ねた。

「いつかはわかりません。だからこそ、ぐずぐずできないのです。トム翁はこの船に乗っており、彼が見つからずにいる時間が長ければ長くなるほど、わしたちは破滅に近づく」

## 25

「言ってみろって!」ヤン・ハーンがテーブルを殴り、皿がガタガタと揺れた。

「伯父さん――」アレントが抗議しかけた。

「言うがいい」総督は笑いながら迫った。「わたしがまちがっていたと」

サラは隣に座るリアが身を乗りだして父親を見つめるのを感じた。娘は混乱の表情をありありと浮かべている。

一家は朝食の席で集まり、それが一緒に食べる一日一回の食事というのが習慣だった。ほとんどの朝は彼女とリアがおしゃべりをする一方で、夫は無言で食事をし、早く彼女たちから解放されるよう、作法が許すかぎり急いで料理を詰めこむ。

今朝は違っていた。気もそぞろなのは彼女たちのほうだ。頭のなかではまだ、サンデル・ケルスに聞いたことを整理しようとしている。対照的に、夫は元気いっぱいだった。

石と埃のにおいがした城塞のダイニングホールとは異なり、彼女たちは四つの格子窓から日射しが降り注ぐ船長室で食事をしていた。海は紺碧で、航跡ははるばるバタヴィアまで続く泡の道をかたちづくっていた――と、サラは想像した。

だが、夫がこれほど陽気な本当の理由はアレントだった。いま彼はテーブルのむかいに腰を下ろし、通常の体格の人間ふたりぶんの場所を取っていた。

一家の不文律などお構いなしに、アレントはすぐさま夫に冗談を言いはじめ、ほかの誰もむけたことのない口ぶりで夫に話しかけた。夫は例によってよそよそしく形式張って朝食の席についていたのだが、にぎやかに反応し、彼とアレントが育ったフリースラントの思い出話にふけった。スペインから独立する戦争で戦ったときの逸話を語り、続いて商人となり、その後バタヴィアの総督となった逸話に至るまで。

　アレントが一緒にいると、彼は別人だった。

「おまえなら、あのいざこざをどんなふうに扱ったんだ？」夫はたたみかける。「さあ、アレント。おまえは尊敬すべき男として知られている。それにおまえの祖父は、おまえのことを少々利口どころではないと思っていた。おまえならどうした？」

「差しでがましいことは――」

「あなた」サラは慎重に口をはさんだ。

「心配するな、アレント」彼はそう言い、いらだった視線を鋭く彼女にむけた。「これは友好的な会話で、おれは率直に話を聞かせろと頼んでいるのだ」

「血はいざこざを解決するにはお粗末な方法です」アレントは静かに言った。「どの男にも自分の育てたものを食べる権利があり、それを売ったなら適切な対価を得る権利があります。なぜ会社がそこを尊重しなかったのか理解できませんね」

　総督はまたワインに口をつけた。約束通り、彼は怒った様子はなかった。どちらかと言えば、熟考しているようだった。

「だが、おまえは人を殺したことがある」総督は言う。

「殺せという命令に従ったんだろう？」

「そうです、軍旗を掲げて行進する男たちを」アレントは気まずそうに答えた。「おれを殺すつもりだった男たちですよ」

「殺すことで支払いを受けていた男たちだ。それが傭兵の仕事だな？　金と契約だ」

「そうです」

「バンダ諸島の者たちはその契約を破ったんだぞ」総督は身を乗りだした。両手を握りしめている。「わたしたちは肉豆蔻花（メース）の栽培と納品のために彼らに金を払った。集荷のために船が到着すると、彼らは我が社の者をふたり殺し、その船に乗って逃げたのだ」

　サラのくちびるが動いたものの、反論は声にならず、言葉が空気に触れることはなかった。憤りを声に乗せないだけの分別が彼女にはあった。バンダ諸島でのことは数えきれないくらい聞かされてきた。彼はあの人々を脅して、自分のやったひどくおそろしいことに同意させたのだ。

どうした理由からか、彼は一同が怯んでいるのを見るのが楽しいようだった。

「その契約が公平ではなかったからですよ」アレントが言う。「支払いがじゅうぶんではなく、そのような条件のままでは今後どうなってしまうかおそれたんです。伯父さんの部下たちは無理矢理、作物を奪おうとした」

総督は肩をすくめた。「彼らはわたしが署名したものと同じ契約書に署名したのだからな。条件は承知していたはずだ」

「あなたが公平な支払いをすればよかったのでは」サラはそう口走り、自分の大胆さに仰天した。

「バンダ諸島はみすぼらしいあばら家だ」夫は傲慢に言い放った。「どうせ彼らはイギリス人から数珠を買って無駄にするんだから、富がなんの役に立つ？　彼らは芸術をもたず、文化をもたず、議論という概念ももたない。彼らは神が土塊からわたしたちを作ったときそのままの状態で存在しているのだ」彼はアレントにむかって残念そうにかぶりを振った。最前の論点をもちだしたのがアレントだったというように。「わたしたちは彼らをそのまま放置しておくべきなのか？　会社は単純に富をもたらすだけではない。暗闇にもたらされた光なのだ。社会は契約を基盤に築かれ、そのうえでおたがいが利益を得て、わたしたちは彼らに金を支払う。もちろん、よくない契約もある。だが、そうしたものも尊重されるべきで、そこから学ぶべきだ。それがわたしのしたことだよ。それがおまえの祖父のしたことだ。バンダ諸島の人々はインクによる契約を血で破った。わたしはそんなことを許すわけにはいかなかった。許してしまえば、ほかの部族も同様のことをしただろうからな。契約が——われらが会社の言葉が——意味をもたなくなり、将来が危険に晒されることになる」

「あなたは島を丸ごとひとつ消し去りましたね」アレントは言った。総督の冷酷さを認めることができないようだった。

「そうだ。男、女、子供、ひとり残らず」彼は一言ごとにテーブルを拳で叩いた。「虐殺一回で、さらなる虐殺は不要になるんだ。そして実際、そうなった」

アレントは彼を見つめた。

会話はおなじみの沈黙へと移り変わり、サラは注意を自分の料理にむけた。塩漬けの魚とチーズ、パンとワイン少々が供されていた。ワインは大嫌いだった。バタヴィアで出されていたグアバジュースのほうがずっと好みだ。

ヤン・ハーンはサラのほうに顔をむけた。

「妻よ、おまえは正しかった」優しく言った。「このように楽しい集まりの話題とするには穏やかでなかったが、わたしには楽しい意見が聞けるような者と話す機会はめったにないのだ」彼は首を傾げた。「甥よ、わたしからの謝罪と感謝を伝えよう」

サラはもう少しでワインを喉に詰まらせるところだった。夫は謝らない。褒めない。お世辞も言わなければ何かを黙認することもない。

テーブルの下で彼女はリアの手を握りしめた。ヘイズ中尉には、娘が生涯ずっとほしくてたまらなかった愛情がふんだんにあたえられている。

「調査はどうなっている?」総督が鶏の骨から身を引き裂きながら訊ねた。「悪魔がこの船をうろつく理由がわかったか?」

「まだです」アレントは言い、とっさにサラを見た。「あの病者の名前がボシーといい、甲板長のヨハネス・ヴィクに舌を切り取られる前は、ザーンダム号の船員のひとりだったことはわかりました。彼がトム翁と取引をして、トム翁は何か危険なことをおこなうのと引き換えに大きな富を約束したことも。サミーは、彼の死に説明がつけば、ほかのすべてにも説明がつくと考えていますね」

「この怪物をおまえのいつもの敵のように考えないことだ」テーブルに置かれたパンの塊と、その隣の大きなナイフを見つめながら総督は言った。「あいつがオランダを襲ったときは、やつは人々の欲望を利用して人々自身を破滅させた。恨みを抱いている者、あるいは他人の所有物をむやみにほしがる者。自分が誤解されていると、あるいは過小評価されていると思っている者。そうした者たちが餌食となる。そしてこの船を悪魔の饗宴にする」彼は鶏肉を嚙みながら続けた。「よく聞け、アレント。こいつはおまえが直面したこともないほど、巧妙で ずる賢い生き物なのだ」

サラは不安の目をリアと交わした。**いま話しているのはトム翁の言葉ではなかろうか？　ばけものが彼女たちをからかっているのではないか？**

「だったら、もう一度サミーを独房から出してくれるようお願いしなければなりませんね」アレントはバタヴィアの果物の椀をドンと前に置いた。「おれにはこの問題をひとりで解決できる能力がない」

彼の伯父は食べ物を呑みこんだ。「昨日の議論を繰り返したくはない」彼は言った。「わたしの気持ちはわかっているはずだ」

不穏な空気に包まれたまま、朝食はゆるやかに終わりへと近づいた。アレントが明日も朝食に参加することにしぶしぶ同意すると、総督は船室へと去っていった。去りぎわの一同の様子に機嫌をそこねていた。

彼が部屋をあとにした途端に、サラはアレントと話そうとテーブルをまわっていった。アレントはといえば、まるで解けない謎かけであるかのような目で夫の椅子を見つめていた。

「伯父は本当に気にかけていなかった」彼女が隣にやってくるとアレントは言った。「あれだけの人たちを虐殺したのに、正しいことをしたと思ってる」

サラとリアは顔を見合わせた。彼女たちの知る人で、総督の冷酷さに驚く人はいなかった。「主人は良心の呵責に甚だしく悩まされたことはないのよ」サラは言った。

「おれが子供の頃の彼は逆だった」アレントは思い出にふけって言う。「おれが人生で出会った誰よりも親切な人だった。いつから彼はこんなふうなんです？」

「十五年前に初めて会った日から」サラは答えた。

「何かが彼のなかで変わった」アレントは上の空で答えた。「あれはおれの子供の頃の記憶にある男じゃない」

## 26

アレントとサラとリアは、一緒に半甲板の下の隔屋から日射しのもとに出た。じっとりと身体にまとわりつくような暑さで、どちらを見ても青空が広がっている。ザーンダム号は快調に前進している。安定して力強い風が、そうするのが楽しくてたまらないというように帆を膨らませていた。

ドレヒト護衛隊長が中部甲板に並ばせたマスケット銃

兵に、藁を敷き詰めた箱から武器を出しては手渡していた。護衛隊長は訓練を毎日やるつもりなのだとサラは悟った。腕をなまらせないためというより、やるべきことをあたえるためだ。狭い船内に閉じこめられて退屈すると、船全体を燃やす火花が生まれるかもしれない。

「ゆうべは何があったの？」リアが訊ねる。「わたしには誰も何も教えてくれない」

「ほかの船が現れたんですよ」アレントはまだ伯父のことを考えているようだ。「そして、夜明け前に消えた」

「トム翁かしら？」リアが言う。

「それはわかりません。遠すぎて船旗は見えなかった」

「きっとトム翁ね」リアは額に皺を寄せながらつぶやいた。「ゆうべの風は南から吹いていたし、貨物を満載した東インド貿易船の重量は――」

「リア！」サラは警告した。

「わたしはただ、その時間でこの船から見えなくなるほど遠くに走れたはずはないって言いたいだけ」リアが慌てて言った。

アレントがふたりを交互に見やった。気まずさを感じとったようだが、礼儀正しく、何も言わなかった。サラは表情に不安を出すまいとした。いまみたいに何げなく口をついたひとことで、リアの賢さが露見してしまったことがある。そのせいで夫はリアを城塞に閉じこめることになったのだ。娘が魔女ではないかと疑われたことは幼い頃から一度ならずあり、それが世に知られたら立派な家名に簡単に傷がつきかねない。

サラは話題を変えることにした。「あなたが見つけたことはピップスに話したの？」

「い、いや、おれたちが見つけたこと、ですね」アレントは訂正した。「彼は疑問をいくつか抱えていて、その答えをおれたちに見つけだしてほしがっています」

「わたしたちに？」彼女は驚いてそう言った。

アレントは顔を赤らめた。「すみません、てっきりあなたも……」言葉は自信なさそうに尻すぼみとなった。

「やりますとも」彼女は急いで口をはさみ、念押しするようにアレントの腕に触れた。「もちろん、やりたい。ただこうしたことに慣れていないだけ」緑の目が彼の顔を食い入るように見つめる。そこに嘘はないか探った。

「ずっと長いこと、わたしを信頼して世間話以上のことを求める人はいなかったから」

「おれひとりじゃできません」彼女と目を合わせることができぬまま、アレントは言った。「おれにはうまいやりかたがわからない、でもあなたは正しい質問をするコツを知ってます。あなたがよければ、手伝ってほしいと思ってます」

「たいていの男は『これは女の仕事じゃない』とか言うものだけど」挑戦的な口調を隠さずに言った。

「おれの父もそうしたひとりでしたね」アレントは言った。「女はかよわい生き物であり、それは女を守ることで男が徳を証明できるよう、神が意図的に劣った存在として作られたからだ、とおれに教えました。でも、それを信じていられたのも、戦争に行くまでのことでした。戦場でおれは、男たちが命乞いをする一方で、女たちが自分たちの土地を奪おうとする騎士たちに鍬を振るうのを見たんですよ」口調が険しくなった。「強い者は強く、弱い者は弱い。穿いてるのがブリーチズかスカートかなんて関係ない。人生の鉄槌は平等におれたちを打つんですよ」

彼の言葉を浴びて、サラはまるで長い冬ののちに初めて太陽に触れた草木のような気持ちになった。彼女の背筋が伸びた。あごをあげた。目が輝き、頰に赤みが差した。城塞ではしばしば、ベッドに魂を置いてきたかのように空っぽな気持ちで目覚めたものだった。そんな日は廊下をいつまでも歩きまわり、部屋のなかを見まわし窓の外を覗き、壁の外の世界をひどく恋い焦がれた。

そうでなければどうにかして守衛の目を逃れて町へ出た。暗くなってからもどれば夫に殴られることを覚悟の上で。だが、アレントと話していて感じるのは、そんな空虚とは対極にあるものだ。生きている実感に満たされて、身体の継ぎ目からあふれでそうなほどだった。

「何を手伝えばいい？」彼女は訊ねた。

「いくつかあります。ボシーについてもっと知りたい。どこの出身か、家族はどんな人たちか、親しい人間はいるか、トム翁が彼に頼んだこととは何か。サミーは彼を被害者と見なしています」

「夕食で高級船員たちから話を引きだしましょう」サラは言う。「ワインで口が軽くなるでしょうから。ほかには？」

「サミーは、なぜこの船には、トム翁と関係する人間が何人も乗っているのかを調べてほしがっています。総督もそのひとりです。伯父がなぜ、ほかの船じゃなくザーンダム号を選んだのか知りませんか」

「あの人はクラウヴェルス船長をとても評価しているの」サラは風に引っ張られた帽子を押さえた。「そういえば積み荷についてレイニエ・ファン・スコーテンに何か言っていた。わたしたちが乗船するとすぐ、夫はその荷物をたしかめにいったのよ」

「〈愚物〉ですか?」

「ほかのものよ。もっと大きなもの」

「クラウヴェルス船長がそのことで不満をこぼしてたのを聞いたな。そいつが場所を占領したせいで、食料が足りないんだとか。その荷物が何か知っていますか?」

「知らないけれど、がんばって見つけだす。あなたは何をするつもり?」

「ボシーが結んだという例の取引の内容や、その相手が誰か聞いた者がいないか探ってみます。あとはどうすればヨハネス・ヴィクに〝ラクサガール〟の意味を教えるよう説得できるか考えないと」

「お金で釣ってみたらどう、わたしはもっと宝石をあげられるから」彼女が共犯者めいたほほえみを浮かべてみせると、アレントは思わず笑い声をあげた。

「その手があると忘れないようにしますよ。今夜、夕食の後で後甲板に来られますか?」そこで咳払いした。今の質問が妙な含みを持っていると聞こえかねないと思ったのだろう。「わかったことを持ち寄るためです」

「わかってます。伺うわ」

サラがうなずくと、アレントは自分自身の気まずさに追われるように急ぎ足で去った。

「あの人は悪魔には見えないね」リアが言った。アレントが頭をかがめてアーチ路を歩いていき、最下甲板への階段に消えるのを見ている。

「わたしもそう思う」サラは打ち明けた。

「本当を言うとあのひとのことが好きなくらい」

「ええ」サラは言った。「わたしもそうよ」

「お母さまはわたしたちの計画について彼に話したほうが――」

「だめ!」母親はぴしゃりと言った。それから優しい口調で続けた。「いいえ、あの計画はわたしたちだけのあいだに留めておきます。わたしたちとクレーシェのあいだだけに」サラの声音の鋭さが、ふたりのあいだに山の尾根のようにそそり立った。「ごめんなさい」彼女はそう言い、リアの肩に頬を預けた。「あなたに怒鳴ってはいけなかった」

「全然大丈夫。怒鳴るというのはお父さまがやるようなことを言うんだよ」

サラは悲しげにほほえみかけた。「それもあと少しのこと」ほほえみが消えた。「あなた、必要なものはすべてもっているの？」

「もってる。簡単な作業だし」

「それはあなただからよ」サラは娘の黒髪をなでた。蒸し暑いのに手は奇妙なほど冷たかった。「今夜始めましょう」

ふたりが後甲板にあがると、マスケット銃兵のエッゲルトが乗客船室区の番をしていた。忙しく頭皮からかさぶたをつまんでいる。ぎりぎりまでふたりに気づいておらず、びっくりした拍子に槍を落としかけた。ぎこちなく敬礼をしながら槍を抱えなおそうとして、危うく自分に突き刺すところだった。

船尾楼甲板からクレーシェとドロシーアの会話が聞こえた。サラとリアは口に出さずとも同じことを思って階段をあがると、畜舎にもたれて座るふたりがいた。クレーシェは膝にかぎ針編みの輪を載せて頭上には日傘、ドロシーアはオスベルトの上着のひとつを繕っている。

「アレントがわたしたちが探してる悪魔なの？」サラたちを見て、クレーシェが訊ねた。

「だとしたら、うまく隠しているわね」サラは答えた。

「男の子たちはどこ？」

「フォスが船倉を案内してる」クレーシェはいつも家令のことを軽蔑する口調で話す。

「フォスが？　彼はそもそもあの子たちが気に入ってるの？」

「そうは思わないけれど、彼はわたしに好感をもってもらおうとしてるのよ。とにかく、あの子たちは行きたがったし、あの子たちがまるで犬だと言わんばかりに、彼が命令を吠え立てるのを見ていると面白かった」

「わたし、お父さまが悪魔だと思う」先ほどの会話をずっと引きずっていたらしいリアがそう言った。

「あなたのお父さんが？」クレーシェは驚きの声を発し、すぐに考えこんだ。

「お父さまではありませんよ」ドロシーアが取り澄まし

て言った。針で刺してしまった親指を吸っている。「わたしは長いこと邪悪なお父さまと暮らしてきましたがね、あれはあの人本人のものです。絶対に」

「アレントは彼が変わったと言っていた」サラは思案をめぐらせる。「あなたは彼がいまとは違っていた頃を覚えている、ドロシーア？」

「違っていたとは？」

「もっと優しかったとか」

「わたしが奉公するようになったのは、総督が戦争に行った後ですからね」ドロシーアが言う。「あの人に優しさがあるとしたら、それはアレントに対してです」

「どうしてお父さまが悪魔じゃないと言い切れるの？」サリアがいらいらしながら訊ねる。「牧師さまは言ってたよ、トム翁には悪意があって、それを隠そうともしなかったって」

「正直なところ、誰であっても不思議じゃないのよ」サラは海に目をやって言う。「それどころか、そんな人はいないのかもしれない。わたしたちにわかっているかぎりでは、サンデル・ケルスが嘘をついていないとも言えない。もしわたしがトム翁だったら、ずる賢く立ちまわって他の人に嫌疑がむくようにする。すべてがもっと強力な悪魔のための策略かもしれない」

水に映るザーンダム号の影が海面ぎりぎりを滑るように走り、そこには船乗りたちの影やサラの影が乗っていた。美しい船に見えた。緑と赤のペンキは塗り立てのようにあたらしく見える。この影に比べたら、板が歪んでペンキの剝がれた本物のザーンダム号のほうが幽霊船のように思えた。

「彼の『魔族大全』は本物だと断言できる」クレーシェはそっとサラのほうへ身を乗りだした。「夫がそっくりなものをもってた。それに、もしもサンデルが嘘をついているとしたら、ここに誘いだされた手紙をわたしたちに見せたのはどうして？　わたしが嘘だと見抜くことはわかってたはずよ」

「彼は嘘をついていません」ドロシーアがきっぱりと言う。「嘘には二通りしかないんですよ。きつすぎるか、甘すぎるか。牧師はしっかりしゃべっていました。正直でした。それに、彼は牧師なんですよ」少なくとも彼女にとっては、それは万能の証明になるようだった。

「あるいは、彼がそう主張しているだけか」サラはつぶやいた。

「お母さまが本当にピップスみたいなことを言いだした」リアが笑う。「彼は物語のなかでいつもそんなふうなことを言ってるよね」

クレーシェはサラの肩に触れた。「わたしたちにどうしてほしい？」

サラが振り返ると、ふたりの友人の熱心な顔が見つめていた。まるで炎が灯されるのを待つ蠟燭のようだ。なんということかしら、わたしはときめいている。これはずっと夢見てきた人生、女だからという理由で拒否されてきた人生だった。

不安が背筋をくすぐりながら走った。トム翁が必死になって自分をとりこむことはないだろう。だが、このような人生を約束してくれるのならば、自分はどんなものでも対価として支払う。

「危険かもしれない」彼女は警告した。

「わたしたちは意地悪な男だらけの船に乗ってるのよ」クレーシェが鼻で笑う。ほかの三人をぐるりと見て、みんな同じ気持ちだとたしかめた。「船をつけねらう悪魔がいようがいまいが危険なのよ。何もしなければ破滅なわけ。ということで、サラ、わたしたちは何から始めたらいいの？」

# 27

サラとリアが自分たちの船室にむかうと、廊下の突き当たりの一本きりの蠟燭がわびしく揺れていた。サラはザーンダム号のこの暗がりが大嫌いだった。ここを歩いた数千もの汚い身体がシミを残してでもいるように、薄汚れてもったりして見える。

これをリアに言おうとしたとき、謎のダルヴァイン子爵夫人の激しい咳がドア越しに聞こえてきた。

「ダルヴァインがトム翁の可能性はあると思う？」リアが言う。

サラは問題の船室に好奇の目をむけた。ドロシーアが今朝、この船室から奇妙な物音が聞こえたと主張していた。誰もダルヴァイン子爵夫人の姿を目にしないまま二日が過ぎている。どうやら彼女は体力を奪う病気で苦しんでいるらしいが、それが何か知る者はこの船にはいなかった。興味を惹かれたクレーシェが夕食のときにクラウヴェルス船長を質問攻めにしかけたが、ダルヴァインの名前を出しただけで会話は水を差されたようになった。件の船室が何号室か聞くや、高級船員たちは魔除けを握りしめて顔を歪め、そこは呪われていると言い出したのだ。あそこではすでにふたり死んでいる、誰もいないのに室内で足音がする、という。どの船にもこのような部屋があるらしい。誰かが打ち所の悪い転びかたをしたとか、ひどい火傷を負ったとか、使用人の頭がおかしくなって主人の喉を掻き切ったとか、そういう部屋が。

やれることは入り口に板を打ちつけて開かずの間とすること。悪魔はお気に入りの椅子で丸くなる猟犬のように眠る、という寸法である。

サラは思わずそのドアをノックしていた。「ダルヴァイン子爵夫人？　わたしはサラ・ヴェッセル、治療師です。お手伝いできることがないかと――」

「ない！」その声は老いによる硬く脆い響きがあった。

「二度と煩わせないでちょうだい」

サラは驚きの目をリアと交わし、ドアから離れた。

「どう思う？」彼女は娘に訊ねた。

「サンデル・ケルスは夜に彼女の懺悔を聞いてる。その線はどうかな」

「あとでわたしから話してみましょう」サラは言った。

さよならを言ってリアは自分の船室にもどり、サラは自室の戸口にひとり残された。ためらいながらかんぬきに手を伸ばす。部屋を覗きこんできた病者のおそろしい記憶はまだ鮮明だった。

「ああ、どうかお願い」彼女は言い、かんぬきをあげて船室に足を踏み入れた。

舷窓から日光が射しこみ、空中の埃を照らしていた。窓に近づいて外を覗こうとしたが、書き物机がじゃまをした。ドレスの重い襞を太腿まで引っ張りあげ、ぎこちなく机によじ登り、舷窓から顔を突きだして自分が目撃したものが残した証拠を探した。

緑に塗られた板が真下の夫の船室へと曲線を描き、船体は蛾の繭のように膨らんでいた。甲板で話す三人の女の声が上から聞こえた。女たちは子供たちに声をかけながら、船室に滞在できたらどんなふうか、誰か総督とサラ・ヴェッセルを船上で見かけた者はいるのだろうかと噂していた。

総督夫人はじゃじゃ馬だと、女たちのひとりが言った。

かわいそうなご主人の悩みの種だと。

かわいそうだなんて、と、別の女が混ぜかえした。お城のメイドのひとりから聞いた話だと、あの方は性格が荒っぽくて、機嫌が悪いと廊下の端から端まで奥様を犬か何かみたいに蹴りまわすそうよ。一度ならず奥様を殺しかけたくらい。

それが夫というものよと、次の女が答えた。裕福な男の妻に同情なんてできる？　たいていの女は雨漏りする屋根の下で暮らして、腐った食べ物まで口にして、もっとひどいことに耐えているじゃないの。

頭に血が昇って、サラが言い返してやろうとしたそのとき、舷窓の真下の汚れた手の跡に目が留まった。

さらに身を乗りだすと、その下に第二の跡があり、第三、第四と続いていた。

よくよく見ると、板についているのは単なる汚れではないとわかった。灰だ。病者の手が燃えていたかのように、船体が焦げていた。登る際に病者が指先を食いこませただろう箇所には、点々と穴が開いている。

それを目で追ってゆくと夫の船室の屋根に至った。その先は船体のむこうに隠れて見えない。

彼女の推測があたっているとしたら、病者は海から登ってきて彼女の舷窓まで船体をまっすぐあがってきたことになる。

## 28

アレントは最下甲板の湿っぽい暗がりへ階段を降りながら、まだ朝食のことで頭がいっぱいだった。長年、伯父はできるかぎりの優しさで彼を育ててくれた。狩り、乗馬、取引のまとめかたを教えてくれた。頭に血が昇りやすいのは本当だが、すぐに冷静になったし、手をあげることはめったになかった。

自分の知っていた伯父ならば、島じゅうの人を殺したことを正義のおこないだなどと自慢できるはずがない。アレントは戦争でそのような虐殺を見たことがある。そうしたことをやるのはどんな人間で、そうした人間がどんなものに征服され、どんなものに成り果てたのか知っていた。彼らを侵したのは魂に宿って空っぽになるまで食い尽くす毒だ。

そんなものが伯父であるはずがない。アレントの賢くて優しい伯父ではない。カール大帝のことを教えてくれ、祖父があまりに厳しく、あるいは残酷になったときにアレントが逃げこんだ男ではない。

誰もいないハンモックが船の動きに合わせてそっと揺れている。床には靴、針と糸、切り裂かれた服、水差しと木のおもちゃが散らばっていた。乗客の大半は朝の運動のために甲板に出ていた。彼らがいなくなった部屋で、大人の指ほどのおもちゃの踊り子が二体、木製のスカートをくるくる回しながら、床を行ったり来たり転がっていた。細工の見事な品でバランスは完璧、マルクスとオスベルトが放りだしたあともまだ動いている。

マルクスは指に大きめのトゲを刺し、弟が不器用に抜いているところだった。

弟のオスベルトは半べそをかいており、兄はこっそりここに紛れこんだことがフォスにばれないよう、シーッと声をかけていた。

重ねられた箱の近くにいる少年たちにアレントは呼びかけた。オスベルトは元気に飛びだしてきたが、マルクスは怪我をした指を握ってゆっくり近づいてきた。驚くほど似た兄弟だとアレントは思った。砂色の髪が大きく丸い目に落ちかかり、その目は外の海のように青い。

「手を見せてごらん」アレントはそう言い、膝をついてマルクスの指のトゲを調べた。

アレントは優しく感触をたしかめた。さぞ痛かろうと思い、顔をしかめた。

「抜くことができそうだ」彼は言った。「少しがんばらないといけないぞ。できるな?」

少年はうなずき、弟はおっかない作業をもっとよく見ようと身を乗りだした。

細心の注意を払ってアレントは太い指でトゲをつまみ、皮膚から引っ張った。いちばんむずかしいのは、痛い思いをさせないように力を加減することだった。数秒でトゲはゆるみ、アレントは戦利品としてそれをマルクスに手渡した。

「血が出ると思ったのに」オスベルトが不満そうに言った。

「きみの手からトゲを抜くことがあったら、血が出るようにしよう」アレントは言い、うめき声をあげて立ちあがった。この姿勢から立つのは一苦労で、なかなかの痛みを伴うのだ。

「あれはきみたちのか?」彼はまだ床を行ったり来たりしているおもちゃの踊り子をあごで示した。「とてもよくできているな」

「うん、リアが作って——」マルクスの言葉は弟に脇腹を小突かれて遮られた。「言っちゃいけないんだ」

「なぜだ?」

「秘密なんだ」

「だったら、口から出さないようにな」アレントはすでに答えがほしい疑問を山ほどかかえており、余計なおまけを加えるつもりはなかった。「きみたちはもうここを離れろ。おれはこれから馬鹿なことをするところで、ひょっとすると、たちまちおれの手に負えなくなるかもしれないんだ」

少年たちの顔は大冒険を見物できると思ってすぐに輝いたが、アレント・ヘイズの傷だらけの顔がいかめしい表情をつくったのを見て気が変わった。

低い天井に身をかがめながら、アレントは甲板を仕切る折りたたみ式の木の衝立に近づくと、それを押しのけて船員のための前半分の領域に足を踏み入れた。ロープに張られた帆布が中央で左右を仕切っており、一方がマスケット銃兵、もう片方が船乗りのための場所になっていた。全員が寝られるよう、ハンモックの下に藁布団が敷かれ、追加の寝場所になっていた。身のまわりの品は蜘蛛の巣のように天井からぶら下げた麻袋に入れたままだ。

マスケット銃兵の縄張りには誰もいなかった。彼らは中部甲板でドレヒトの指揮で空を斬りつけ、水平線にむけて弾を撃つという訓練をしている。船乗りも露天甲板やそれぞれの持ち場に散らばり、ここにはほとんどいなかった。残っている一部の男たちはサイコロ遊びをしたり仲間と話していたりしていた。藁布団でいびきをかいている者もいる。あたりは彼らの洗っていない身体のにおいが充満していた。誰かが弦の三本しかないフィドルで曲を弾こうとしている。

アレントが近づくと彼らは目を細め、すべての動きをとめた。

アレントは硬貨入れを掲げて声をあげた。「誰かボシーを知らないか? 彼か、彼の知りあいが、病者の格好をしてこの船をうろついているかもしれない。彼はバタヴィアでトム翁という者と取引をして、ちょっとした頼み事を引き受けたようだ」アレントは硬貨入れをじゃらじゃらと鳴らした。「その件で何か彼から聞いた者はいないか？　彼と仲のよかった者はいないか？」

船乗りたちは口を固く閉じて見つめてくる。

厨房の火がポンとはぜた。上の甲板を歩きまわる足音が響き、天井から埃が降る。

どこか遠くで太鼓の一打が時を刻んだ。

「彼がどこの出身か、彼がザーンダム号に乗船した経緯を知る者はいないか？」無表情な顔を次々と見まわした。「噂話があれば金を払うぞ」

船乗りのひとりが立ちあがった。「豚みてえに嗅ぎまわるおまえのような兵士に話すことなんざねえ」

ほかの者たちも同意の言葉をつぶやいた。

左舷から誰かが水差しを投げつけ、アレントはどうにか身をかがめてよけた。第二の水差しが身体をかすめ、壁にあたって砕けた。

力強い手が彼の腕をつかんだ。アレントは相手が誰であろうと殴るつもりで勢いよく振り返ったが、それは火薬庫にいた片腕の倉庫番だった。昨日と同じように身体が二つ折りになるほど背を丸めて膝を曲げていて、まるで神が大砲に生命を吹きこんだような格好だ。

彼は失ったほうの腕の残りを振りあげて懇願した。「さあ、こっちへ。流血沙汰になる前に」彼はアレントを引っ張りだそうとした。

船乗りたちが拳を握って近づいてくる。

このまま留まっても無駄だと見て、アレントは木製の衝立のむこうへおとなしく導かれることにした。衝立は反対側で船乗りたちが侮辱の言葉を投げつけながら叩くせいで揺れていた。

「あんたが考えなしの男だってことは、まちがいないね」倉庫番はまるで褒め言葉のように言った。あとは無言で甲板を進み、火薬庫に着くと首から下げている鍵で扉を開けた。

何十個もの火薬樽が床に重ねられ、歩く場所もない。老いた倉庫番は不興げに鼻を鳴らした。「ゆうべ船長が戦闘配置の号令をかけ、大勢の男たちがこいつを運びだした。そいつを今度はあたしひとりで元にもどせってんだ」彼は片腕の根元で壁の空っぽの棚を指し示した。「この船じゃ、まともな頭のある奴なんてどこにもいないよ」

いったん間を置いてから、アレントが察してくれないのに気づいてわざとらしくため息をついた。「片腕の老いぼれには仕事が多すぎるなあ」

アレントは軽々と樽をふたつ拾いあげ、棚に放った。

「このためにおれをあそこから引っ張りだしたのか?」

「それもある」倉庫番はどさりと腰掛けに座った。「だが、ゆうべ、あたしはあんたが聞きたがりそうなものを見てな。この船がどんな危険に晒されてるかっていう話さ。病者がどうのこうのってのとは違うんで、話半分に――」

「いいから話してくれ」アレントはさらにふたつの樽をかつpいで棚に入れた。

「うむ、二点鐘のあと、船長が戦闘配置の号令をかける前のことだ。あたしは小便しようと船倉に降りたのさ。いつもそこでするんだよ、階段のいちばん下あたりの、ほら、いくらか明るい場所があるだろ。真っ暗だと――」

「倉庫番!」アレントは言った。「何を見たんだ?」

「はいはい、わかったよ。ちょっとばかり彩りを添えようとしただけじゃないか」彼は言った。「女がひとり、そっと降りてきたんだ。肩幅が広くて髪はカールしてた。その女は薄暗いところにいるあたしを誰かと勘違いしたんだろう、もう少しで奴らにつかまるところだったと言いながら、駆けおりてきたんだ」倉庫番はくちびるの内側にぐっと力を入れた。「それでこっちはちょっと驚いちまってね、にんじんをひょいと袋に投げ込んで明るいところに出てったと、そういうことさ。すると女は狐を見た兎みたいに逃げてった」

広い肩幅にカールした髪というと、牧師の被後見人のイサベルのようだ。ゆうべ、会話を盗み聞きしているのをラルメに見つかったあと、船倉に降りていったに違いない。あの女はいるべきではない場所に現れるコツを身につけているようだ。

「訊ねてまわるよ」アレントは棚の樽をいくつか押して、空いた場所を作った。「ありがとう」

倉庫番はうなずいた。この一件を自分以外の者の問題にしてしまえたのを喜んでいた。

背中にうずきを感じつつ、アレントはあらたな樽に腕をまわした。これはあっさりもちあがった。

「こいつは空っぽだぞ」

「こっちに投げてくれ」倉庫番はほかに三つの樽が捨て

られている一隅を手で示した。「どうやら砲手のひとりが泡を喰って、撃ちかた準備の命令の前に火薬を大砲に詰めたらしいな」彼は高笑いした。「きっとお天道さまと一緒に起きだして、バレる前に火薬を海にこぼそうとしただろうさ。見つかれば鞭打ちの刑だからね」

アレントはその樽を放り投げ、倉庫番は裸足を〈愚物〉が入っている箱に振りあげた。サイコロがふたつ、転げ落ちた。

「こいつが何か知ってるか？」倉庫番が訊ねる。「昨日、部屋にあのフォスがいるときは質問する気になれんでね。あいつを見ると、死んだものをいっぺん埋めてから掘り出したみたいな感じがするんだよ」

アレントは問題の箱を見て、訳知り顔でうなずいた。

「それは箱さ」そう言った。

「家令のフォスが二度も口実を作って見にきた箱だぞ」倉庫番は言った。「何が入ってるにしろ、大事なものに違いなかろうが」目をきらめかせた。「そして価値がある」

「開けようとはしていまいな？」アレントがそう言ったとき、船が航路を変えてわずかに傾いた。

「鍵がかかってるし、あたしが錠前破りをやってたのは遠い昔だからな」倉庫番は失くしたほうの腕の根元をボリボリとかきながら言った。

アレントは肩をすくめた。「質問する相手をまちがってるぞ。これが何か誰もおれに言わなかったし、おれも訊かなかった。ただ、こいつが盗まれたとき、総督がはるばるアムステルダムからサミー・ピップスを呼んだほど重要なものだということだけだな」

「あんた、何が入ってるのか知りたいっていう好奇心はないのか？」

「好奇心はサミーの仕事だよ」アレントは答える。「昨日までのおれは、彼が好奇心を抱いた相手をぶん殴るだけだった。そう言えば、〝ラクサガール〟って言葉を聞いたことがないか？」

「ないね」

「だったら、ふたりの船乗りが同じ魔除けを割って半分ずつもっている意味については？」イサーク・ラルメの半顔の魔除けはボシーのものとぴたりと合わせられるはずだとサミーが指摘したことを思いだして訊ねた。

「おお、それならわかる。そのふたりは結婚してるって意味だ」

「結婚してるだと?」アレントの眉がぐっとあがった。

「陸の結婚とは違うんだ、船乗りの結婚さ」倉庫番が言う。「ひとりが航海で死んだら、もうひとりがそいつの給料、そいつがぶんどった戦利品、そいつの遺品を受けとるんだ。ひとつのハンモックを一緒に使ってるって意味じゃないが、まあ、実際はそういうこともあるんだがね」

「ふたりは親しい仲ということだな」

「そのはずさね」倉庫番が言う。「信用できない相手とその手の誓いを立てたりしないよ。下手をすると、相手の手にかかって全財産がそいつのポケットに入っちまう」

アレントは作業の手をとめて額の汗を拭った。「あんたはなんだってそんなになんでもしゃべるんだ? ほかの船員はおれと話すより顔に唾を吐くほうがましなようだが」

「そいつはいい質問さね」彼は歯のない口を見せてにやりと笑った。「あんたも東インド貿易船に乗るってのがどういうことかわかってきたらしい。兵士と船乗りは火と導火線でな。この世の最初の船からそんなふうで、この航海でも変わりゃせん。船乗り連中はあんたを憎んでるのさ、ヘイズ」彼は首から下げている紐の先のねじった髪に触れた。「あたしは違う、老いぼれだからね。老いぼれすぎちまって、誰を憎むとか憎まないとか、まわりに流されることはない。無事に娘たちの待つ国へもどり、孫たちと遊んで、あとしばらくは土の上で暮らしたいだけでな。どこかの畜生がこの船を沈めようとしてるんなら、あたしはそいつをとめようとする男の味方だよ。それが船乗りだろうが、忌々しい兵士だろうが」

「じゃあ、どうやったらヴィクに話をさせられるか教えてくれ。彼は例の〝ラクサガール〟の意味を知ってるし、何か理由があってボシーの舌を切り落としたのも彼だ」

「ヴィクか」倉庫番は舌を鳴らして考えこんだ。「面白いじゃないか、ヴィクのことなら、あんたを手伝えるかもしれんぞ。そのドアを開けてくれ」

アレントがドアを引き開けると、倉庫番は顔を突きだした。

「そっちに雑用係がいないか?」彼は大声をあげ、耳を傾けて返事を待った。返事はない。「いるのはわかってんだぞ、おまえら小僧のひとりがいつも暗がりで仕事を怠けてるだろ。さあ、ここに来い」

ためらいがちな足音が響き、緊張した若者の顔がドアに現れた。

「ヴィクを呼んでこい」倉庫番は命じた。「自分の船室にいるはずだ。倉庫番が来てほしがってる、緊急の用件だと言うんだ」

「どういう計画なんだ？」アレントは訊ねたが、倉庫番は首を振り、ヴィクがやってきたら言おうとしていることを練習していた。

それほど待たされなかった。

「なんのつもりだ！」ヴィクの足音がドシドシと床板を揺らし、最下甲板のなかばあたりで叫ぶ声がした。「おれを呼びつけるとは！　てめえ——」

激怒したヴィクが荒々しい足取りで火薬庫に現れた。拳を握りしめ、肩は上下している。昨夜アレントがヴィクと対決した際は、薄暗がりが彼の体格を隠していたが、最下甲板の明かりのなかで見ると巨体だ。アレントほど上背はないが、横幅は同じくらいで、腕と脚は太く、頭は禿げ、身体は丸い。土砂崩れが尿のシミのあるスロップスを穿いたみたいだった。

倉庫番は怯えて腰掛けから飛びあがり、すばやく壁際へ後ずさって身を守るように手を突きだした。

ヴィクが哀れな男の喉を締めあげる前に、アレントはドアを叩きつけて閉めた。

「あんたを呼びだしたのはそいつじゃない」アレントは言った。「おれだ」

ヴィクはくるりと振り返り、狼が歯を剝きだすより速く短剣を抜いた。

「そんなもんを出す必要はないさね、ヨハネス」倉庫番は憤る甲板長とのあいだにできるだけ距離を置こうとしつつ言った。

アレントの視線はヴィクのあばたのある顔から短剣へ、ふたたび顔へと移動した。「〝ラクサガール〟とはどういう意味だ？」彼は訊ねた。「そして、あんたはなぜボシーの舌を切り落とした？」

ヴィクは困惑して瞬きしながら彼を見て、次いで倉庫番に言った。「てめえ、このためにおれを起こしやがったのか？」

「起こしたのは、ちょっとした考えがひらめいたからで」倉庫番が言う。

「おれの時間を無駄にするんじゃねえ」

「あんたとアレントで果たし合いをしたらどうかってね。どうせアレントは負ける」

アレントは驚いて目を細めた。倉庫番は闘牛場で怒り狂った雄牛をなだめるような調子でヴィクに言いながら、ようやく壁から身体を離した。

「あんたは甲板長の地位を、無理矢理、奪ったろ。あんたの喉をかっ切ろうと狙ってる若いのも幾らかいると聞いとるよ」倉庫番はそわそわとくちびるを舐める。「あんたに必要なのは力を見せつけてやることじゃないかい。果たし合いでアレントを倒せば、みんながあんたの味方になる。あんたもわかっとるだろ」

ヴィクの表情が一瞬揺らいだ。心引かれている。

「これが最後の航海だと、あんた自分で言ってたろ」倉庫番がさらに言う。「あんた頼みの家族がいるのに、養っていく金が足りないって」

「それ以上よけいなことを言いやがったら、てめえの血を流してやるぞ」ヴィクは低い声で言ったが、内心では倉庫番の説得に傾いているのがありありとわかった。

アレントは自分の体格が人々にあたえる影響を自覚している。どうすれば相手が怖じ気づくのか、あるいはアレントが怯えをみせないことで却って好戦的になるのかを見極める方法も学んでいた。

ヴィクが値踏みする視線でアレントを上から下まで見る。アレントが身体をかがめないとこの部屋に収まらないこと、横幅もドアを完全にふさぐほどであることに気づいたようだ。「おれが負けたら、質問に答えろと言うんだろ」ずんぐりした指で耳を掻きながら言った。

アレントはうなずいた。

「ほかには？」

「ほかには何もない」アレントは言った。「答えてくれるというなら恥をしのんで金を払ってもいい」

ヴィクは倉庫番に鋭い視線をむける。「で、てめえにはどんな得があるんだ、強欲張りのじじい？」

「あたしはアレントの負けに賭けるよ」彼は笑い声をあげた。「いいかい、そんなことをする奴はあたしぐらいだよ」

ヴィクはひと声うなり、こずるそうにうなずいた。

「この船じゃ正式な苦情の申し立てがねえと私闘は許されてねえんだよ」彼は言う。「さもないと鞭打ちの刑なんだ。数時間くれ、てめえがイサーク・ラルメと話せる口実をひねりだしてやるよ」耳垢の塊を引っ張りだして、はじき飛ばした。「てめえらのうちのどちらかでもおれを裏切ったら、はらわた掻きだしてやるからな」

ヴィクはドシドシと足音を鳴らして火薬庫をあとにする。危うくドロシーアと正面からぶつかるところだった。ドロシーアは必死な様子であたりを見まわし、アレントが火薬庫にいるのを見て、安堵の表情を浮かべた。「ヘイズ中尉、探してたんですよ。奥様が病者についての知らせを手に入れました」

## 29

ミズンマストに結んだロープからぶら下がり、クラウヴェルス船長が総督の船室の屋根に降り立った。眼下では泡立つ波が押し寄せている。彼は病者の痕跡がないかと、船体の下半分を調べていた。

「どうですか、船長?」サラ・ヴェッセルは船尾楼甲板から下にいる彼に呼びかけた。

「跡は手すりから喫水線までずっとつながっています」船長はそう叫び、病者が登った経路に残された穴に自分の指を突き立てた。「あなたの言うとおりです、奥様。ゆうべ、わたしが抱いていたすべての疑念について謝罪いたします」

サラは恨みを引きずるほうではないが、レイニエ・ファン・スコーテンに冷笑された記憶はいまだに腹立たしかった。背後にいるファン・スコーテンに振り返った。「あなたはどうです、主任商務員? 舷窓に病者がいたのはわたしの妄想だったとまだ思っている?」

「いいえ」彼は自分の足音を蹴りつけながら低い声で言った。すでにへべれけに酔っている。服は正しく身につけているが、服装について言える褒め言葉はそれがせいぜいだった。

昨夜、クレーシェはこの主任商務員が苦しんでいるのだと言っていた。苦しみの原因はなんだろうとサラは訝った。彼はばらばらにほどけてしまう寸前に見える。

「おまえはわたしの妻がヒステリーだと責めたな、ファン・スコーテン」そう厳しい口調で言った総督を、サラは鋭くにらみつけた。夫も主任商務員の言に同意していたではないか。「おまけに、酔っぱらってまっすぐに立つこともできない有様だ。謝罪するよう命じる」

ファン・スコーテンはみじめな様子で身じろぎした。

「謝罪します、奥様」彼はつぶやいた。

自分の狭量さが恥ずかしくなり、サラは船尾手すりのほうへ目をそらした。するとアレントがクラウヴェルスに手を貸して手すりを乗り越えさせているのが見えた。船長はすぐさま華麗な服にシミや汚れがないか調べ、シャツにタールの汚れを見つけて、心から残念そうに舌打ちをした。

「謝罪を受け入れます、主任商務員」サラは言った。「でも、それより気になるのは、あなたが次に何をするつもりかです」

「これはおまえが口出しすることではない、サラ」総督が割って入った。彼女にむかって、ここを立ち去れと尖らせた爪を振る。「おまえにはほかにやるべきことがあるはずだが」

「あなた――」

総督はドレヒト護衛隊長を呼んだ。「妻を船室に送るように」そう命じる。

「どうぞこちらへ、奥様」ドレヒトが剣の位置を直しながら言った。

サラは仕方なく護衛隊長の後に続いた。不満だった。わざわざ甲板にみんなを呼んだのは、手の跡を見つけてどんな反応をするか見たかったからだ。夫は仰天し、畜舎の近くで静かに待機するフォスは、仕事の途中で呼び出されたことにむっとしていた。手の跡が発見されて動揺していたとしても、態度には出していなかった。あれほど執拗に悪魔など信じないと言い張っていたドレヒトは顔面蒼白で、とくに何も言わなかった。

アレントは一同を見おろすようにして立ち、彼女の話を聞いていた。その姿は、周囲で吹き荒れる風に耳を澄ましている山を思わせた。その内心を読むのは不可能だった。そわそわする素振りもなく、歩きまわることもない。表情も鎧のようだった。口がぴくりと動いただけで考えをすべて読みとってしまうような男と働いていると、こうなるのだろうかと彼女は思った。

ドレヒトは気怠そうに後甲板に通じる階段を降りてゆく。サラは彼を押しのけて進みたい衝動と戦わねばならなかった。かわりに彼の部下のマスケット銃兵たちが何列にも並んで宙を剣で切っている様子をながめた。目に見えない軍隊を撃退しているように見えて面白かった。

「これはおまえの調査だぞ、アレント」総督の声が背後から聞こえた。「次にわれわれはどうしたらいい?」

「病者の服がないか船内を捜索するべきですね」アレントが答えた。

「手の跡を見たでしょう」フォスがそれに返す。「海からあがってきて、船体からまっすぐ舷窓に続いていました。病者は同じようにしてもどったんでしょう。だから船に姿が見えないのでは」

「かもしれないが、サミー・ピップスは船内を捜索すべきだと言っていたし、彼がまちがっていることはまれなんでね」

階段を降り切ると、ドレヒトは乗客船室区に通じる赤いドアを開けて、サラに先に進むよう丁重に腕を振ってみせた。

彼女はドレスの裾をもちあげて、薄暗がりに足を踏み入れた。

マスケット銃兵たちから騒動がもちあがり、上の甲板でかわされる会話が聞こえなくなった。ふたりが喧嘩を始め、ほかの者たちがそれを取りかこみ、口笛を吹いて囃し立てた。

「ティマンのやつめ」ドレヒトが嚙みつくように言った。すでに兵たちのほうへ足を一歩踏み出していた。「最近、厄介事を起こしてばかりなのです。失礼してもよろしいでしょうか、奥様?」

「もちろん」そう答え、喧嘩騒ぎのほうへと駆けていく彼を喜んで見つめた。

サラは船室に入るとドアのかんぬきをかけ、飛ぶように舷窓へ走った。船尾楼甲板はこの部屋の真上で、予想通り、会話がすべて聞こえた。

「船長は病者の服の捜索を仕切ってくれ」夫が言った。「この船をポケットのように裏返して振って調べ尽くしたい」

「はい、総督」足音と共に船長は去った。一瞬ののち、イサーク・ラルメを呼ぶ彼の大声が響いた。

「この船の誰かが、死んだ病者のふりをしていると本気で思ってるのか?」レイニエ・ファン・スコーテンが疑う口調で訊ねた。

「サミーがそう考えてるんだ」アレントが訂正した。「誰がやってるにしろ、相当な手間をかけて芝居を打ってる」

「それで、なんでピップスは、ボシーが化けて出たんじゃないとそこまで確信してるんだ?」ファン・スコーテンは言った。心配している様子だ。「子供の頃、魔女がわたしの村に忌まわしい恐怖をもたらしたことがあった。毎晩、子供たちが森に集まって、彼女の名を歌った。おとなしい動物たちが凶暴になった。牛乳は酸っぱくなり、作物は枯れたんだ」

思案しているとおぼしき間があってから、夫が声を張りあげた。

「おまえはこの件をどう考えているのだ、フォス?」

「この地上にはサミュエル・ピップスにも到底及ばない力があり、お畏れながら申し上げれば、あの男の浮世離れした説よりも、そのほうがわたしにはしっくりくるのです」いつもの覇気がなく単調な声が震えていた。「あの手が板を焦がした跡が残っています。指は船体に穴を開けるほど強かった。変装だろうとなかろうと、あれは人間の仕業ではありません」

アレントは異議を唱えたが、フォスは構わず続けた。

「それに変装だったとしたら、お粗末もいいところです。病者があらわれたら恐怖と激しい感情を引き起こします。そんな者に変装して、なんの得がありますか?」

「サミーはいつもそういう疑問を発する……そして答えてみせる」アレントが言った。「バタヴィアでの彼の罪がどんなものであっても、もうそんなもの関係ないでしょう」

「罪がどんなものか知らない者ならば、そう簡単に言えるだろう」夫が応えた。サラはこの慎重な口調を知っていた。きっと目を閉じて眉をさすりながら、思考をひねりだそうとしているのだ。

彼がふたたび口をひらいた。神の言葉を耳にした者のような威厳のある口調になっていた。「船隊の航行停止を求めよう、主任商務員」そう命じた。「船長全員に、船体に病者が通った跡がないか調べさせ、ボロ服がないか船内を捜索するよう伝えること。八点鐘で、各船長は直接わたしに報告するものとする。わかったな?」

主任商務員は同意の言葉をつぶやいた。

「では、おまえは下がれ。フォスはここで待て。話がある」

サラの船室に風が吹きこんだ。ハープを一音かき鳴らすほどの強さだった。頭上の甲板を歩きまわる足音、畜舎で騒ぐ家畜。階段のきしむ音がして、話し声は薄れていった。

これから何が起こるのだろうという思いに鼓動を激しく打たせながら、サラは待った。夫に知れたら何をされるかわかったものではないが、盗み聞きをしながらわくわくしていた。こっそり夫に反抗する方法はなきに等しいのに、今日は二度もやってのけたのだ。

「先ほどはうまくやったな」夫がフォスを褒めるのが聞こえた。

「ありがとうございます、総督」

間があいた。長い間だった。彼らは立ち去ったかとサラが思いかけたところで、夫の長い爪が木をひっかく音が聞こえた——間違いなく夫が不安を感じているしるしだ。

「悪魔召喚の問題を知っているか、フォス？」ようやく夫が口を開いた。

サラの呼吸が喉につかえた。

「ひとつふたつ想像できます」フォスが淡々と答えた。

「悪魔はいつも逃げるのだ」夫が困惑のため息をついた。「わたしをいまの男にしてくれたのはトム翁なのだ」——サラは口を覆って衝撃のあえぎを抑えた——「そして今、この船にいる何者かがあいつをこの船に連れてきた。問題は誰が糸を引いていて、そいつの望みは何かということだ」

「三十年前とまったく同じことが起こっています、総督。すぐに取引が持ちかけられるものとわたしは思います。わたしたちとしては、何を要求されるのか、わたしたちが何を支払うのか、予想しておくべきです」

「できれば、何も対価を支払いたくはない。誰かに何かを強いられなくなって久しい。わたしの頼んだ名前を集めてくれたか？」

「思いだせるかぎり。わたしたちがトム翁を解き放ってから随分と経ちます。例の名前は総督の机に置いておきました。……失礼を承知で申し上げれば……」

「なんだ、フォス？」

「ひとり、あきらかな候補がおります」

「アレントだな」総督が言った。

「彼がもどってきた途端にあの印が現れたのが偶然のはずはありません」

「言いたいことはわかるが、なぜなのかをわたしはずっと考えている」

「彼はついに、森で何があったのか、トム翁の印が手首に残っているのはなぜか、思いだすのではありませんか。そして総督、おそらく彼は、あなたがあの悪魔を召喚したときにどんな対価を支払ったか知っています」

## 30

病者の服を捜索する音が船に響き渡った。木箱は破り開けられ、船員は所持品がひっくり返されたと苦情をあげた。帆は広げられて錨が下ろされるなか、船載雑用艇が中部甲板あたりに集まって波に揺られ、船隊の船長たちが縄梯子を登ってきた。みな不機嫌そうに愚痴っている。彼らが去るまで、一等航海士のイサーク・ラルメは顔を出さないように決めたようだ。

ラルメは苦い顔をして、乱暴な手つきで木を彫っていた。

船の最先端に突き出した獅子の船首像の上にまたがり、短い脚を空中で振りながらナイフで木片を削っている。誰もここまで来る者はいない。ほかの者は彼ほど身軽ではなかった。

それにここは臭う。

彼のうしろに船嘴があるからだ。そこは狭い格子状の甲板で、船員が下の海にむかって用を足す場所であり、船首全体が汚れていた。悪臭で彼の目に涙がにじむほどだったが、ひとりでいられるなら、ささやかな対価だと思えた。

彼はナイフをひねり、木の塊から頑固なかけらを落とそうとした。嫌な気分だった。いつもこんなふうなのだが、今は理由がある。海が穏やかなときに船をとめるのは悪運を招く。自分はもう必要とされていないのだと風が思ってしまう。海賊という脅威もある。奴らはこのあたりの海をうろついており、ずっしりと荷を積んで錨を下ろした商船隊はいいカモになる。

「病者め」彼は吐き捨てるように言い、頑固なかけらを引っ張ってゆるめた。「厄介事がまだ足りないとでも言うのか」かわいがっているペットにするように、船体をポンと叩いた。

雄牛がただの筋肉と腱ではないように、ザーンダム号はただの釘と木ではない。彼女の腹は香辛料で満たされ、背には堂々たる白い翼が生え、巨大な角が船員の故郷を指している。日々、船員は彼女の上着をタールで整え、ひびの入った肉を補修する。繊細な麻布の翼を縫い、目の不自由な彼女には見えない危険の中を優しく導いてゆく。

彼女を愛していない男は乗っていない。愛さずにいられるか？　彼女は自分たちの家であり、暮らしであり、保護者だ。彼らにこれほどのものをあたえてくれた者はほかにいない。

ラルメは甲板の外の世界を憎んでいた。アムステルダムの通りで、彼は殴られ、恐喝され、笑われる存在だった。彼はそこらじゅうを蹴りまわされた挙句、側転をしろという命令にしたがって人々に笑われた。

東インド貿易船に足を踏み入れたとたん、彼はここが自分の家なのだと知った。

ここは彼の大きさに合わせて築かれた世界だった。背丈がみんなの半分しかなくても、どうやって風上や風下で方向転換するか知っていれば関係なかった。船員たちは陰で彼のことを笑っているが、あいつらは誰のことでも笑いものにする。そうやって五カ月から十カ月に及ぶ航海で頭がいかれてしまわないようにしているのだ。

もし彼が嵐で船外に放りだされたら、あいつらの誰であっても手を伸ばして彼をつかまえてくれる確信がある。もし彼がアムステルダムで蹴り殺されようとしたら、あいつらが五人やってきて加勢してくれる確信があった。

木彫りから木がひとかけら落ちた。まだ何を作るか決めていない。はっきり宣言できるほど腕前はないが、こいつには脚をつけたい。もっと言うと四本だが、そこまでたどり着くにはまだだいぶあった。

背後に足音を聞きつけて振り返ると、ヤコビ・ドレヒト護衛隊長がマスケット銃兵と船乗りをひとりずつ、船首楼甲板に通じる階段をあがらせていた。

船乗りのほうは大工助手のひとりのヘンリだとラルメは知っていた。彼がサラ・ヴェッセルにあれこれしゃべったと聞いて、ヨハネス・ヴィクが痛めつけていた。ヘンリの顔は育ちすぎたカブのように腫れていた。

マスケット銃兵のほうはティマンだ。彼は乗船のときに例の捕物士の尻を蹴ろうとして、アレント・ヘイズの反感を買っていた。そのせいで、あの朝軽く怪我を負わされたが、今日のはもっとひどい。目のまわりが黒いアザになっている。ヘンリとティマンは喧嘩をしたようだ。

ラルメは船首像から飛び降りると、船嘴の汚れた端をバランスをとりながら歩き、手すりを乗り越えて船首楼甲板に出た。

帽子の縁の下で、ドレヒトが目を細めた。その手が剣の位置を直す。

一等航海士のおもな仕事は船長のかわりに憎まれることだから、イサーク・ラルメが容易に怯えることはない。だがナイフを握りしめる手に少し力を込めた。最後に顔を合わせてから随分と経つが、たいていの人間は小男を忘れない。

「きみか、ラルメ?」ドレヒト護衛隊長が訊ねた。

「ああ、おれだよ」彼は軽蔑を隠そうともせず答えた。

「そのしかめ面は忘れられないな」ドレヒトはにやりとしたが、相手が笑顔を返さないのを見て、笑みを消した。

「そいつらは喧嘩してたのか?」ラルメは訊ね、首にかけた半顔の魔除けをさすった。たいして役に立つようには思えないが。少なくとも、残りの半分をもっていたボシーには効き目がなかった。あまり頭のいい奴ではなかったが、あいつには港で灰にされるいわれなどない。

「この船ではこうした件を扱う特別な方法があると聞いた」ドレヒトが応える。

「ザーンダム号での苦情の申し立ては、船首楼甲板での果たし合いで決着をつける」ラルメは言った。「どんな問題があったんだ?」

「こいつがおれの平かんなを盗んだんですよ」ヘンリが鋭く言い、ティマンをにらんだ。

ラルメは場数を踏んだ目でふたりの男たちをじろじろ見てから、ため息をついた。果たし合いは手応えのある方を好むが、これはそんなものにはなりそうにない。つまらない言い争いが原因の場合は平手打ちのやりあいにしかならないだろうし、このふたりは誰かに振り回してもらわないとどうにもならない満杯の小便袋だ。

「証拠はあるのか?」ラルメは訊ねた。

「こいつを見た者がいますよ」ヘンリが鼻で笑った。

「おまえはそれを否定するか?」

「いいや」ティマンは床板を蹴った。「おれが盗んで、つかまった。当然っちゃ当然です」

「盗んだものを返せるか?」ラルメは訊く。

「船側から海に投げちまいましたんでね」

「おいおい、なんだと」ドレヒトが言った。「なぜそんなことを？」

「そこの大工はマスケット銃兵にちょっとしたことを言いやがりましてね、一等航海士。こいつらのひとりが船側から海に投げられることになりそうだった。海にうっちゃるなら平かんなのほうがよかないですか」

ドレヒトはあごひげの下でにやりとした。

「錨を下ろしたあとで、ここにもどってこい」ラルメの声は疲れ切っていた。この仕事を長年やってきて、平かんなたちとティマンたちをたっぷり見てきたのだ。「ティマン、おまえは罪を認めたから、ハンデをあたえる。片手を背中に縛りつけて戦え」

ティマンはぎくりとした。「勘弁してくださいよ、それじゃ――」

「これが掟だ」ラルメは言った。「てめえは不正を働いた。対価を支払え。どちらかひとりが倒れるまで戦う。残りの者はそれを見物して賭けをするから、いい見世物にしろ」

「いいだろう」ドレヒト護衛隊長がふたりの男たちの肩をピシャリと叩いた。「では、下がれ」

彼らが不平をこぼしながら立ち去ると、ドレヒトは弾帯から何やら悪臭を放つものをつまんだ。それを鼻先にいまにも触れさせようとしたところで、作法を思いだしてか、いくらかラルメに差しだした。

彼は手を振って断った。

「クラウヴェルスはいつ嵐がやってくるかわかるというのは、本当なのか？」ドレヒトはそれを鼻から吸いこんだ。目に涙が浮かんだ。

「本当だ」ラルメは答えた。

「で、嵐が近づいていると彼は言っているそうだな」

ラルメはうなずいた。ドレヒトは青空にあごを突きあげた。

「今度ばかりはまちがってるな」ドレヒトは鼻を鳴らした。

「まだ一度だってまちがったことはねえ」ラルメは反論して、階段へむかった。「おれも捜索を手伝ってくるぜ」

「きみもあの場にいただろう」ドレヒトがラルメの背中に非難を投げつけた。「だから、わたしに当たるのはお門違いだ。これから長いこと一緒に旅をするんだぞ、おたがい仲よくしたほうがいいだろう」

「船のてめえの側に留まっていれば、お望みどおりに仲よくやってやるさ」ラルメはそう言って階段を降りていった。「その背中にナイフを刺さねえようにしてやってもいいぜ」

ドレヒトはラルメを見送ってから、腰をかがめた。ラルメはあわててこの場を離れたせいで、木彫りを残していった。それを拾って裏返し、額に皺を寄せた。何を作るつもりだったのか、はっきりとは言えなかったが、それにはあきらかに翼があった。

おそらくはコウモリの翼が。

## 31

サラは近づいてくる足音を聞きつけて、イサベルがノックする間もなく、ドアを勢いよく開けた。

「ドロシーアから、奥様があたしに会いたがってると聞きました」イサベルの視線が贅沢な船室をさまよった。

「『魔族大全』には、トム翁を召喚する方法が書かれていないかしら?」サラは訊ねた。

イサベルは手提げ鞄から本を取りだし、目指す頁をすばやく見つけた。

「ここに」彼女は流麗な文字の記された段落のひとつを指でつついた。

サラはそれを読みあげた。

「『トム翁の召喚には三つのものが必要である。第一に刃にこぼした愛されし者の血。第二にその刃によりて犠牲に捧げられし憎まれたる者、そして第三に、その骸の冷える前に〈彼〉のための暗き祈りを詠唱すべきこと』」

サラは息を吐きだしてその頁の隅をめくった。

アレントの父が〈憎まれたる者〉だったに違いない。あの森で死んだのは彼だけだった。そしてアレントが〈愛されし者〉だ。彼女は続きを読んだ。

「『ひとたび召喚されるや、トム翁は己の自由と引き換えに願いを叶えると申しでるであろう。かの者は甘言を弄し、誑(たぶら)かさんとするが、その策略を見破ることのできる者にはいかなる願いも可能である。その代償はこの世におそるべき破滅をもたらす忌まわしき邪悪を解き放つことであり、来たるべき最後の審判の日に贖(あがな)うことになると知るべし。この最初の願いが認められるとただちに、召喚者はそれ以降のいかなる願いに対しても十分の一税を払わねばならぬ。対価はおしなべて高いものとなる。トム翁は愚弄されることを好まぬ』」

サラはイサベルの手を握りしめて感謝した。「とても参考になったわ。ところでアレント・ヘイズを見かけなかった？」

「すこし前に、最下甲板に降りていきました」

サラは急いで船室をあとにした。日射しのなかに出たところで、あやうくクラウヴェルス船長と衝突するところだった。船長は大きな砂時計を見つめており、そばでラルメが結び目（ノット）を等間隔に作ったロープを海のなかへ繰りだしていた。ロープは船のうしろで浮き沈みする木片に結んである。砂時計がからになった。

「速度十・二ノットです、船長」

「嵐に追いつかれることのない速度であることを祈ろう」

サラは彼らを迂回し、日課の運動からもどらされた乗客で大混雑する階段から最下甲板に降りた。人をかきわけながら進むうち、アレントがさらに下の船倉へ降りるのが見えた。周囲からの好奇の目を無視して彼が降りた階段の下り口に立つと、立ちのぼってくる悪臭が鼻を突いた。想像以上に長い階段で、途中から闇に消えている。彼の姿もないということは、すでに下にたどり着いたに違いない。

「アレント」彼女は人に聞かれぬよう、抑えた声で呼びかけた。

返事はない。耳を澄ますと、遠くから何か探しているらしき音がした。トランクがひっくり返され、樽が開けられているようだ。船乗りたちは船尾側を徹底的に調べ終えたが、何も見つかっていなかった。今度は船首側に取りかかっているのだ。

彼女は一段目に足を下ろし、夫の反応を想像してためらった。いまでも、自分がどういうつもりでゆうべアレントやヤコビ・ドレヒトと酒を飲んだのか、よくわからない。軽率だった。ドレヒトが言いふらすことはないだろうが、噂はひとりでに夫の耳にたどりつく。誰だって権力のある男に取り入りたいものだから。

もし夫に知れたら……サラはぶるりと震えた。それでも、もはや自分が聞いたことだけにしがみついてはいられない。あまりにたくさんの疑問があった。

だから船倉の暗がりに下りていった。油分で皮膚がべたつき、淦水（ビルジ）、おがくず、香辛料、腐敗のにおいがきつい。天井から落ちる滴が木箱をぱらぱらと打っている。上の各甲板で生まれた埒もない思いが集まって、船内を染み通って、一滴ずつここに溜まってゆくかのようだった。

アレントが階段の一番下の段で真鍮の角灯の明かりをたよりに、えぐれた跡を調べていた。サラはこの方法をピップスの調査報告で読んだことがあった。ピップスによると、すべての物体は、その言語を理解できれば、それぞれに何かを語ることができるそうだ。破れた蜘蛛の巣は何者かが通ったことを告げ、肩にへばりついた蜘蛛の糸はそれが誰だったかを語るというように。

「アレント」サラは呼びかけた。

アレントは角灯からあふれでる霧を通して彼女に目をむけた。燃料に魚油を使っているようだ。このにおいはまちがいない。「サラ？　どうしてこんなところに？」

「主人がトム翁を召喚していたの。彼がフォスにそう話していたのを立ち聞きした」彼女は一気に言った。「彼が儀式の一環としてあなたのお父さんを殺し、あなたの手首に傷跡を残したと言っていた」

言われたことを呑みこむまで数秒かかった。彼の表情が困惑から不信へ、続いて怒りに変わった。

「伯父が……」彼は最後まで言えなかった。「そんなことをした理由は？」

「権力。富。……トム翁を召喚する者はどんなことでも頼めるのよ。悪魔を解放することに同意さえすれば」

「伯父は今どこに？」

「船長室に」

アレントが階段をあがろうと足をかけたとき、船倉のどこか奥からうなり声が響いた。アレントはすぐさま、積まれた木箱の迷宮へ角灯を振った。木箱は壁のようにそびえ、角灯の明かりはむなしく板を這う。

「いまのは何？」サラは声を震わせて訊ねた。

「狼ですかね」アレントが言った。

「東インド貿易船に？」

「短剣はもってきてますか？」

サラはドレスを引っ張った。「わたしの仕立屋はポケットを嫌っているのよ、忘れたの？」

「最下甲板へもどってください」

「あなたはどこに行くつもり？」

「いまのがなんの音かたしかめる」彼は船倉を埋め尽くす木箱の迷路へとまっしぐらにむかった。彼の角灯はこれだけの木箱と暗闇のなかではとても小さく見える。

サラは階段に身体をむけた。人に従うようしつけられてきた。物心ついてからずっと、こうしろと言われたことをおこなってきた。それが彼女の人となりの一部だったが、どうしてか、彼をひとりで残してゆくのはまちがっている気がした。

彼を見放すような気がした。

だからその場を去らず、階段から離れてまっすぐに、凍るような汚水に踏み入った。水は足首の深さで、さっそくスカートに染みてきており、船が傾くたびにバシャバシャと左右に揺れた。「アレント」彼女は呼びかけた。「待って」

「もどりなさい」彼は低い声で言った。

「わたしも行きます」彼女は反論を許さぬ口調で言った。

積まれた木箱のあいだが、船乗りたちが甲板を移動できる細い通路になってはいたが、それも木箱の配置の加減で成り立っているだけだ。まっすぐな線も、はっきりとした道もない。通路は狭くなったり広くなったりして、方向は嗅覚を頼ることになった。貨物は内容ごとにまとめられていたので、胡椒でくしゃみをしたかと思えば、次の瞬間、濛々（もうもう）と漂う黄青椒（パプリカ）に喉を詰まらせた。

サラはアレントのうしろから通路を進みながら、彼の広い背中と、前かがみになった肩を見ていた。角灯の光が背中と肩を流れ落ちている。

束の間、彼女の度胸が消えた。

いまならアレントはどんなことでも彼女にできる。抵抗する術はない。

もしも彼女がまちがっていてサンデル・ケルスが正しければ、自分は居場所を誰にも知らせずに自らすすんでトム翁のもとに来てしまったことになる――軽率に、むこうみずに、夫を失望させた気質に溺れて。

「離れないように」アレントが言う。

どうしてこんなに愚かだったんだろう？　この男のことなど何も知らない。内面に何があるのか知らない。港で彼の優しさを目にしたせいで、心の底までそういう人だと考えた。そのあげく、みずからこの危ない状況を作ってしまった。

歯を食いしばり、サラは自分の心に強い芯を一本通した。

この不安は自分のものではない、そう悟ると腹が立った。これはサンデル・ケルスのもので、それが疫病のように自分にも移っていた。

アレントのことならたしかに知っているではないか。内面に何があるかはっきりと知っている。ほかの者たちはみな呆然と手をこまねいているなか、彼が病者を助けようと駆けつけてきたときにそれが見えた。フィドルの演奏からも、演奏を楽しんでいるところからも、彼のことがわかった。病者が現れたあとで渡してくれた短剣からも。サミュエル・ピップスへの忠誠心や、ピップスのことを話す際に目の奥で燃える炎からも。まさにこの調査からも。仮にアレント・ヘイズが悪魔であれば、あまりに完璧に変身した結果、思いがけず善人になってしまったということだ。

「アレント、あなたには本当にトム翁の印があるの？」

彼はサラに打たれたかのように身じろぎした。手にした角灯が揺れた。彼が振り返る。「はい」彼は答えた。「父が行方不明になったあと、印があるのを見つけました。でもあなたにどう言えばいいかわからなかった。早く話しておけばよかった」

「あなたはわたしたちの敵とつながりがあった」彼女の誇りは傷ついていた。「どうしてその事実をわたしに隠していたの？」

「どう伝えたらいいか、わからなかったんです」彼は手首を見つめた。「子供の頃に、祖父からこれは秘密にしておくよう言われた。思いだせるかぎり、ずっとそうしてきたんです。すんなり口にはできないんですよ、いくらあなたが相手でも」

通路の奥からまたうなり声が響き、ふたりは凍りついた。緊張の間が過ぎて、ふたたびあたりは静まり返った。

「やれやれ、わたしもあなたくらい大きければよかったと思ってしまうわね」サラの耳では血が脈打っている。

「おれの行くところでは、この大きさだとたいてい的になるだけでしたよ」彼はふたたび歩きはじめた。角灯を左右に振り、危険はないかと探った。「いいですか、戦場で誰より大きな男になんかなるもんじゃない。敵軍の射手はみんな、おれを目印にしたもんです」

「懐かしいと思ったことは？」

「的当ての稽古に利用されることを？」

「戦争よ」

彼は警戒の目を暗闇にむけたまま言った。「戦争を懐かしむ者などいませんよ、サラ。淋病を懐かしむようなものだ」

「栄光や、名誉については？　ブレダの包囲戦でのあなたの行動は――」

「あれはほぼ嘘だ」彼は怒ったような声を出した。「栄光などなかった。自分がカネを出した結果の虐殺を、高貴な身分の連中が気分よく見られるように吟遊詩人が話をでっちあげただけです。兵士の仕事は故郷から遠く離れて最後には死ぬこと、テーブルからパンくずさえあたえようとしない王のために戦うことなんです」

「では、なぜ戦うの？」

「おれは仕事が必要でした」彼は言う。「後先も考えず家を出て、あとは踏んだり蹴ったり、とうとう泥と血にまみれることになった。事務官になりたかったんですが、祖父に見つかりたくなかったので、祖父となんのつながりもない仕事を探したんです。だが、自分が飛びこんだ世界についておれは何も知らなかった。ひとりですごしたあの最初の冬まで、本当の意味で凍えたことなんてなかった。飢えそうになったこともなかった。自分で食事を用意したことすらなかった。おれはなんでもいいから金をもらえる最初の仕事に飛びついた。それが捕物士の仕事だったんです」

迷路のだいぶ奥まで来ていた。ドレスはすっかり汚水を吸って濡れ、サラはうんざりしてきた。

「捕物士の生活はどんなものだったの？　あなたは探偵報告でサミーに出会う前の生活についてはいっさい触れていなかった」

「たいていはささやかな諍いに決着をつけるだけでしたよ」彼の声が温かく、慈しみに満ちたものになった。「初めての仕事は、靴職人を説得して酒場から出てこさせて、彼が妊娠させた女との約束を守らせることでした。一時間、その男と話したあとで、さっさとそいつを殴って気絶させたまま教会に引きずればいいんだと気づきましたよ」

「どうやってピップスに雇われることになったの？」

「長い話になりますよ」

「わたしたちがいるのは長い迷路よ」

彼は納得して笑い声をあげた。この状況で笑えるとは、とサラは驚いた。危険はひとによってまったく違った影響をあたえるらしい。サラは自分の気を紛らわすためにしゃべっていた。話をやめれば、怖くて上の甲板へ飛んで逃げてしまうとわかっていた。

対照的にアレントの手は揺るぎなかった。口調もしっかりしている。いまアレントとばったり出くわした人がいれば、彼は心地よい散歩をしているところだと思うだろう。

「捕物士として一年が過ぎたとき、おれはパトリック・ヘイズというイギリス人から借金の取り立てをすることになりました」アレントが言う。「この男が突然おれに襲いかかってきたので、おれは彼を殺した。そんなつもりはなかったんですが」――彼は傷跡だらけの大きな両手を見つめた――「カッとなると、理性の力がなくなってしまう」

「だから、いまではカッとなることがないの?」

「おれがフィドルでサミュエル・ピップスのバラッドを弾こうとしているのを見たことがないでしょう。どこの吟遊詩人があの曲を作ったにしても、指が十九本あったに違いない」

「なぜ彼の名をもらったの?」

「吟遊詩人の?」

「ヘイズ」彼女はため息を漏らした。「あなたが殺した男」

「恥からです」彼はちらりと彼女を見た。「人を殺すとどんな気分になるか、忘れないでいるためのものがほしかった」

「効き目はあった?」

「いまでも、あの男のことを思いだします」油の混じった水が高い天井から降ってきて、角灯にポトンと落ちた。「それでじゅうぶんだと思っていた。罪悪感を覚え、もう別の命を奪わないと自分に言い聞かせればそれでいいと思っていました。ただ、ヘイズには兄弟がいて、彼らが復讐にやってきた。彼らには友人が何人もいて、友人にも兄弟がいた。一人の命を奪ってしまったら、自分を追ってくる大勢の者を殺すしかないとは誰も教えてくれなかった」

彼の後悔の深さに、サラは彼を疑った自分は愚かだったと感じた。

「しんどいのは、死が積みかさなるたびに、全体の重さは軽くなることなんです」曲がり角の先に目を凝らしながら彼は言う。「ひとつの死は十の死より重く、百にもなると重さがなくなる。おれを殺そうとする者をみんな殺すようになった頃には、カネを稼ぐ手段は傭兵の仕事以外に思いつかなくなった。ブレダで伯父を救ったのち、伯父がカネを払っておれを傭兵の立場から解放してくれたから、おれはもう修羅場で戦う必要はなくなった。そんなときでした、サミーが声をかけてきたのは」彼はほほえんだ。「サミーという男は、謎という蜘蛛の巣を払ってしまえば、蜘蛛がどこに逃げていったか気にも留めないんです。でも彼にとって不幸なことに、彼の顧客はそんなふうに思わない。彼は自分がやりたくはない追跡と格闘をやらせるために、おれを雇ったんですよ」

サラはどきりとしてその場に足をとめそうになった。アレントの探偵報告では、窓から馬に飛び乗って悪者を追い詰めるのはいつもサミーだった。彼は度胸があって勇敢で、電光のごとく悪者を倒していた。一度と言わず、彼女は〈熊〉と〈雀〉のふたりとともに新たな冒険に出るところを想像してきた。ピップスがまったく違う人物だったと知って、少し悲しくもあり、自分が馬鹿だったような気分にもなった。

「では、なぜあなたはその仕事をしているの？」

「これが正しい仕事だからです」ちょっととまどったように言った。「サミーは、ほかの誰も気に留めず、解明もできないものに白黒をつける。硬貨を二枚なくした貧民でも、ベッドから子供たちがいなくなってしまった貴族でも関係ありません。事件が面白そうなら、サミーは調査する。そんな人間がもっといたらどうか想像してみてください。悪いことが起こったとき、誰であろうと助けてくれる人がいたとしたら？」

何かを切望するような声だった。その声を通じて世界すべてのために祈っているように聞こえた。

「祖父にとって、他人は富と権力を追求するための使い捨ての道具だった。そうした者たちのために立ちあがる者も、守る者もいなかった。裕福でも強くもない人間は、割り当てられた不公平な人生を送ればいいと祖父は思っていました。そんなところをおれは憎んでいた。ですが、本当に憎んでいたのは祖父の言うことが正しかったことです」

ふたたびうなり声が響いた。サラのうなじがぞくりとするほど近くだ。アレントの手にした角灯がぐっと揺れ、木箱に刻まれた何かをさっと照らした。サラは彼の前腕をつかみ、角灯の明かりを最寄りの木箱に近づけた。光がそこにあてられると、彼女は胃の奥に冷たいものが沈んだ気がした。

木箱に刻んであるのは尻尾のある目だった。

「トム翁の印」アレントが嫌悪もあらわに言う。

彼が思わず一歩後ずさりした拍子に、角灯が少し先にある別の木箱を照らした。近づいてみると、またもや印があり、さらにもうひとつ、またさらにひとつある。

通路の突き当たりからうなり声が聞こえた。

そちらを振り向いたふたりが見たのは、そこで待ち構える病者だった。小さな蠟燭を手にしている。

病者は姿を見せつけるように間を置いてから、急ぐこともなく歩き去った。サラはアレントの腕をつかみ、さすがの彼も不安そうであることを見てほっとした。

「わたしたちについてきてほしいようね」彼女は言った。

「罠に誘いこむつもりかもしれません」

「だったらわたしたちをうしろから襲えばいいじゃない？　どうしてこんな手間をかけるの？」

身体を寄せあい、ふたりは病者が現れた場所にやってきた。角を曲がると、そこにいた。今度はもっと近い。頭を小さな蠟燭の上に恭しく垂らしている。

「何が望みだ？」アレントが呼びかけた。

病者は背をむけて歩いて行く。今度はためらわず、ふたりも歩調を速めて追った。香辛料の香りがサラの鼻をくすぐる。撥ねた水に鼠が何匹も逃げていった。

ここまで奥に来ると、例の印がすべての木箱に描かれていた。印の線がうごめいているような気がした。あわてふためいて壁を這いのぼる無数の蜘蛛のように。

サラは歯を食いしばった。おそろしくて仕方がなかったが、自分は人生の大半いつも怖がってきた。少なくとも、この恐怖は終わらせることができる。少なくとも、この不安の先はどこかに通じている。

覆いが外されたかのように、蠟燭の炎が揺れた。

アレントが身体を緊張させ、用心しながらそちらに近づく。サラは少しうしろから続いた。

攻撃に備えて両腕を前に突きだして顔を守り、アレントはすばやく角を曲がった。八本の蠟燭が急ごしらえの祭壇で炎をあげており、そこにトム翁の印が描かれていた。周囲の壁をさらに数百の印が埋め尽くしている。

「ここは教会なのよ」サラはおののいた。「トム翁が自分の教会を作ってる」

「つまり、船員のなかにすでに信者がいるということになる」アレントが言った。

## 32

アレントとサラは呆然としたまま、水を撥ねあげつつ迷宮を引き返した。船倉は変わらず真っ暗で、あたりに満ちた悪臭は皮膚を引っ掻くようだったが、少なくとも危険はなくなった――とりあえずしばらくは。

病者は伝言を終えたのだ。

「トム翁の望みはなんだろう?」アレントが言った。

「人々の信仰」サラは答えた。「ほかに祭壇が必要になる理由がある?」

「生け贄を捧げるというのもあります」ふたりは考えこむ。アレントは物思いに沈んだまま続けた。「あの祭壇が、イサベルがここに下りてきた理由かもしれない」

「イサベルが?」

アレントは昨夜イサベルが倉庫番と出くわしたことをサラに語った。

「〝にんじんをひょいと投げ込んで〟ですって?」そう繰り返して、忍び笑いを漏らした。「倉庫番はそんな言いまわしを使ったの?」

「危うく朝食をもどすところでしたよ」アレントがにやりとして言う。「だが、イサベルが夜にこの船をひそかにうろついていることはたしかです。あの祭壇以上の理由は見つからない。トム翁は牧師の被後見人を改宗させたのでは」

「それは筋が通るわね」サラが言った。「サンデル・ケルスはトム翁を追っている。この悪魔がこの船のある人物に取り憑いていると思っていて。今朝、本人から聞いた」

「誰に取り憑いているって?」

「あなたに」

「おれですか?」

「可能性はあるの。わたしたちが追っているのは、血塗られた過去をもつ人物のようだから」

「それじゃ候補が多すぎますね」アレントは皮肉に言い、

角灯に息を吹いて炎を強めた。「サンデル・ケルスは本当にこの悪魔を死なせたがっているのだろうか？　彼は誰かを殺すいい口実を見つけたのかもしれない」

「たしかに悪魔に死んでほしいと思っているし、わたしには彼が嘘をついているとは思えない」頭上から、貨物を下ろすのに使われる格子越しに針のように細い光が射した。木箱の山に登って、あの格子のひとつを押しあけたほうが、早く外に出ることができそうだ。

そう考えたところで、サラは自分のドレスがどれだけ重いか思いだした。

「サンデルもここにおびき寄せられたようよ」彼女は言った。「彼はクレーシェの夫からの手紙を受けとった。トム翁と戦うためにバタヴィアで合流してくれと頼む内容だった。でも、手紙が書かれたとき、ピーテルはすでに亡くなっていた」

「サンデルとイサベルについては、もっと調べないといけませんね」アレントが言う。

「それはわたしに任せて。わたしが訊ねて――」

どこか近くで、引っ掻く音とドサリという音が聞こえた。誰かが毒づいている。

「イサーク・ラルメのようね」サラは片眉をあげた。

「ラルメ、あんたか？」アレントが呼びかけた。

「こっちだ」ラルメが叫び返す。

その声を追ってゆくと、一等航海士は盆に載せた蠟燭の光でトム翁の印を調べていた。片手にはナイフがある。ぎざぎざの刃には錆が浮いていた。彼は何か一仕事やってきたみたいに、わずかに息を切らしている。ふたりを見て彼は印をつついた。「こいつを見たか？　帆にあったのと同じ印だ」

ラルメのナイフの先端に木片が付着していることにサラは気づいた。

「トム翁の印だ」アレントが言う。「こいつが現れた場所には、それがどこであれ、厄災が続く。おれがずっとあんたに警告しようとしていたのはこれだったんだ」

「いたるところにあるのよ」サラが迷宮の中心へと手を振った。「病者は祭壇を築いた。トム翁がこの船を乗っ取ろうとしている」

ラルメはふたたび印を一瞥して、ナイフをブーツにしまった。「じゃなけりゃ、誰か船員がくだらねえことをやってるってことですわな」そう言うと、サラの身分を気遣うようすもなく、全身をじろじろと見た。「あんたは、ここに下りねえほうがいいですぜ。ここはご婦人むきの場所じゃねえですから」

「引っ掻くような音と足音が聞こえたが」アレントが言う。

ラルメは一瞬、疚しそうな表情を浮かべた。「病者の服の捜索だろ」とても額面どおり受けとれない口調だった。

「それよりもっと近くで聞こえたの」サラは納得しなかった。

「おれには何も聞こえませんでしたがね」

サラはあたりを見まわしたが、船倉はあまりに暗く、蠟燭はあまりにあかるい。ラルメのことはくっきりと照らしだすが、ほかのものはまったく見えなかった。

「どうしてあんた、ボシーの友人だと言わなかった？」アレントは訊ねた。

「友人じゃなかったからね」

「あんたたちは、同じ魔除けを半分ずつもっていた」アレントが言う。「それはつまり、この航海が終われば彼の給料をあんたが受けとるという意味だと聞いたぞ。あんたたちはおたがいにとって意味ある存在だったはずだろう」

「おまえには関係ねえことだ」ラルメは言う。蠟燭の載った盆を手にすると、炎が揺らめいた。

「誰がボシーを殺したのか知りたくないの？」サラは言った。「誰が彼を木箱に登らせて、生きたまま火をつけたのか知りたくない？」

ラルメは神経質に舌でくちびるを舐めた。

「あるいは、あんたはもう知ってるのかもしれないな」アレントがゆっくりと言う。「それをおれたちに知られたくないだけで」

「おまえらの言ってるのは見当外れもいいとこだ」

「じゃあ、教えてくれよ」アレントが言い返す。

「これをおれが望んでると思うか？　何かがおれたちを海の底に沈めようとしてるのがうれしいと思うか？　おれはおまえとは話せねえんだよ、おまえは兵士だから」

「わたしは違います」サラが言った。

「あんたは女ですぜ。だからマシってことにはならねえです」

「お願いだから」ラルメの頑固さには閉口だった。「これだけ暗いところでわたしたち三人だけじゃない。何が問題なの？」

彼は怒ったように首を振り、指を突きだした。「どいつもこいつも航海に大事なのは風と波だと思ってる。ちげえよ。航海に大事なのは船員だ。つまり大事なのは迷信と憎しみってことだ。おまえたちが国に帰るために頼っている連中は、人殺し、スリ、世の中が不満で仕方ないやつら、要するにほかにはどこにもなじめん者たちなんだ。奴らがこの船にいるのは、ほかのどこかに行けば吊し首になるからだ。奴らは乱暴で短気で、そんな連中が、家畜を飼うのだって気が引ける狭いところにまとめて閉じこめられてる。この船を動かしてるのはクラウヴェルス船長で、船員が反乱を起こさねえようにしてるのがおれさ。どっちかがヘマすれば、全員がくたばる」酒場で誰かの酒をひっくり返して喧嘩を売ろうとしている男のように、あごを突きだした。「船員がここまで兵士を憎む理由を知ってるか？　おれや船長がそうしろと言ってるからだ。船員が兵士を憎まなければ、船員同士がお互いどれだけ嫌いあってるか気づいちまう。で、おれたちは故郷には辿りつけなくなるのさ」彼は蠟燭をしっかり握りなおした。「おれがおまえの質問に答えちまったり、何にしろおまえたちを手伝ったりしちまったらな、おれはおまえらの味方ってことになっちまうんだよ。船員の味方じゃなくてな。だから、おれは選ばなきゃなんねんだ、ボシーかこの船かを。おまえならどっちを選ぶ？」

答えは返らなかった。ラルメは鼻を鳴らして歩き去った。

彼の足音が聞こえなくなると、アレントはラルメが立っていた場所にむかった。「さっきの引っ掻く音とドスンという音はなんだったんだろう？　ラルメはここで何をしていた？」

「木箱を動かしていた？」サラは言った。

アレントはふたつほど木箱を押そうとしたが、積みあげた重みでびくとも動かない。「ほかに何か考えつきませんか」

「木箱の横板のひとつは見せかけで、じつは開く仕組みだとか？」サラは言ってみた。

アレントはいくつか箱を突いてみた。どれもしっかりと固定されているようだ。

サラは水を脚に撥ね散らかしながら、足をどんと踏みならしてみた。ピップスの物語で彼が隠し扉を見つける場面が好きだったので、自分でもやってみたかったのだ。でも外れだった。床板に何か秘密があったとしても、しっかりと閉じてある。

アレントは船体の太い梁を見あげた。自分たちのほうにむかってカーブしている。指先で船体のざらざらした板をさぐった。

「何を探しているの?」サラは訊いた。自分も同じことをしてみる。

「おれが見逃しているものならなんでも。サミーなら見つけそうなものならなんでも——」そこで両手をぴしゃりと合わせた。「ラルメは小男だ！　おれたちがいま探ってる高さの壁に手が届いたはずがない」

彼は汚水に膝を突き、トランクホーズをびしょ濡れにした。ひどい悪臭だった。

サラは疎(うと)ましそうに不潔な水をにらんだが、自分もすでに汚れている。おぞけを振るいつつ、彼と一緒にどろりとした水の中にしゃがんだ。

アレントより細い彼女の指がすぐに木釘を探り当てた。

「見つけた！」彼女は叫んだ。

実際のところ、木釘の隠し方はお粗末だった。誰が取りつけたにしても、巧みな技術よりも暗闇のほうに期待をかけていたようだ。彼女が釘を引っ張ると、壁板が一枚、引っ掻くような音を立ててゆるみ、続いてドスンと床に落ちた。

その奥に部屋があった。

アレントは角灯を近づけて、ふたりでなかを覗けるようにした。

「そんな！」サラは失望した。そこは空っぽだった。ピップスの探偵報告だったら、いつでも何かがあった。たいていは宝石、特に血なまぐさい事件では、生首のこともあった。

「ここに何があったにしても、きっとラルメが運びだしたのよ」彼女は言った。「彼は何かを隠すためにここに下りてきた」

## 33

アレントが船長室にやってくると、船隊の船長たちがテーブルをかこんで腰を下ろしていた。拳でテーブルを叩き、怒鳴り、戦闘配置を命じたことに関してアドリアン・クラウヴェルスを非難していた。たったひとつの光がたった一晩現れただけではなんとも言えない、と、彼らは主張した。自分たちをベッドから引っ張りだす必要などなかったと。

怒鳴っていないのはクラウヴェルスだけだった。彼はパイプをふかし、いつも身につけているメダルをいじり、その表面の双頭の鳥の紋章を爪でたどっていた。

黙っているのは賢明な判断だとアレントは考えた。伯父は好印象をあたえるより、怒らせるほうがずっと簡単な人だ。ここにいる者の半数は、一年後にはおんぼろの艀(はしけ)で泥炭を運びながら、自分の幸運はいつどこで尽きたのだろうとよくよく考えるはめになるだろう。

「諸君！」ついに総督が叫んだ。「謹聴！」部屋は静まり返った。「今夜、わたしたちは航海灯を消し、問題の船がわれわれを追う目印をあたえないことにする。その船がふたたび姿を現せば、ザーンダム号は船載雑用艇を海に下ろして捜索に行かせる。諸君はそれぞれの船にもどり、準備を始めるように。以上！」

アレントは船隊の船長たちがぶつぶつ言いながら退出するのを待って、部屋に足を踏み入れた。伯父は座ったまま、隣に立って背中で固く手を結んだフォスと話をしている。ドレヒト護衛隊長は船長室のドアの脇を固めていた。彼は親しげにアレントに会釈した。

主人とその猟犬二匹か、とアレントは意地悪なことを思った。

アレントの足音を聞きつけて総督は振り返り、甥の姿を目にしてたちまち喜色満面となった。「おお、アレント。わたしは――」

「おれにこの印がついたのはどうしてですか、伯父さん？」アレントは手首をあげて訊ねた。「父に一体何があったんです？」

その声音にドレヒトの手が剣の柄に伸びた。フォスは主人になりかわってアレントをにらみつけた。だが総督は椅子にもたれ、あごの下で両手を合わせただけだった。

「知っていたら、すでに教えている」冷静に言う。

「おれはあなたがフォスと話していたのを聞いたんです」アレントはサラを非難から守るためにそう言った。「あなたがトム翁を召喚したことも、父の命がその対価だったことも知っている」

総督の表情は曇った。家令をにらみつける。その視線に家令は恐れをなした。鷹がはるか下にいる野ネズミに目をつけた様子を見ているようだった。

「それは本当ですか?」アレントは迫った。「トム翁をこの世に呼びだすために、伯父さんは父を生け贄にしたんですか?」

甥を見つめながら総督は目まぐるしく頭のなかで計算しているようだった。だがインクのように黒い目からは何も読みとれない。

「おまえの祖父が――カスパーがおまえの父の死を命じた」ついにそう言った。「おまえの父は頭のおかしい狂信者だった、おまえが悪魔の申し子だと信じていたのだ。おまえの父親がおまえを意識がなくなるまで殴ったとき、カスパーはやがて彼がおまえを殺すだろうと悟った。カスパーにはそんなことは許せなかった。おまえを深く愛していたからな。わたしはカスパーに段取りをつけるよう頼まれ、わたしは頼まれたことをやった」

アレントの世界がぐるぐる回った。父の失踪の謎は子供時代からずっとつきまとっていた。そのせいで母のもとを離れることになった。祖父の使用人たちは、そのことで陰口を囁いた。彼らの子供たちはアレントをいじめる遊びをいくつも考えだして、自分たちは彼を連れ去るためにもどってきた父親の幽霊だとドアのむこうから囁いたりもした。

そんな陰口は彼を傷つけた。しかし真に彼を苦しめたのはアレント自身の抱いた疑念だった。これまでずっと彼は、父を殺したのは自分だったのではないかと思ってきた。そしてもしそうだとしたら、何がそうさせたのかということも。

祖父と伯父がずっと答えを知っていたというのは、想像できうるかぎりの最大の裏切りだった。

「なぜ教えてくれなかったんですか?」アレントは回らぬ口で訊ねた。まだめまいを感じていた。

「我が息子の死を命じるのは生半可なことではないのだ、アレント」その言葉には何かの同情が窺われた。だがそれがカスパー・ファン・デン・ベルクに対してなのか、それともアレントに対してなのか、判断できなかった。

「おまえの祖父は息子がどのような人間に成り果てたかを恥じていた。自分がやらねばならぬことを恥じ、みずからそれをおこなえないことを恥じていた。カスパーはいかなるたぐいの弱さであれ、忌み嫌っていた。自分自身のなかに見いだすものはなおさら」

総督は射しこんでいる一条の光のなかに身を乗りだし、何かを味わおうとするように深々と呼吸した。「過去は毒だ。カスパーはそれを過去のものとすることを望み、わたしは秘密を守ると誓った」

「では、なぜおれにこの印があるんですか？」

「暗殺者がやったのだ」彼はくちびるを歪めた。「あの暗殺者はいくつも厄介事を起こしてくれた。彼はおまえの家が見える位置で殺しをするはずだったのだ。おまえを森に残して三日もさまよわせるつもりはなかった。その間におまえに何があったのか、正直わたしたちにもわからない」

「暗殺者はどうなったんですか？」

「いなくなった」彼は拳を作ってから、指をぱっとひらいてみせた。「消えた。彼はおまえの父のロザリオをカスパーに届けて謝礼を受けとった。その後、二度と消息を聞くことはなかった」

「ロザリオは父が死んだ証拠ですか」

「そうだ。あれはおまえの父が何より大切にしていた品だった。カスパーは息子がそれを進んで手放すはずがないと知っていた」

「でも、伯父さんはトム翁を召喚したんでしょう？　あなたがそう認めるのをおれは聞いた」

フォスが咳払いをした。会話に集中するあまり、アレントは家令の存在をすっかり忘れていた。総督は家令を無視し、鋭くアレントを見つめた。「おまえは悪魔を信じているのか、アレント？」

「いえ」彼はきっぱり答えた。

「おまえの信じていないものを、どうしてわたしは召喚できた？　おまえがわたしに質問しているのは、おまえの人生があの森で一変し、その原因を知りたいからだろう。これは言えるが、おまえがここにたどり着くことになったすべての決断は、おまえ自身のものだ。わたしのものでもなければ、おまえの祖父のものでもない。神のものでもなければ、トム翁のものでもない。いいか、わたしもおまえの祖父も違う道を望んだが、おまえはつねに自分自身の道を歩いていった」

「あなたはさっきの質問に答えていません」

「わたしはひとつの質問には答えた」伯父は親指の付け根で目をこすった。「せいぜいそれしか望めないこともあるのだ」

「そいつはおれの報告書のひとつにあったセリフじゃないですか」

「わたしが何年もおまえの行方を知らぬままだったと思っていたのか？」彼はもうこれ以上は話せないと示すように、テーブルをコンコンと叩いた。「おまえに話せないことがたくさんある」

「伯父さん――」

「おまえの家族への愛を誓っているからこそ、答えられる質問には誠実に答えている。ほかの誰かの意志でわたしに答えを要求することはできんぞ」

アレントはその声に非難を聞き取った。伯父の基準では、これは裏路地で殴りつけるようなものだ。彼の忍耐はさほど続かないだろう。

「祖父はトム翁のことを知っていたんですか」アレントは訊ねた。

「わたしはカスパーには何も秘密にしなかった」

「どうしてこんなことが起こっているんです、伯父さん？　誰が裏にいるんですか？　帆に悪魔の印があったのはなぜです？」

「わたしは差しだされた以上のものがほしかったからだ。残りは、おまえがわたしのために暴いてくれると信じている」いったん口をつぐんでから続けた。「わたしがおまえを愛しているのは信じているか、アレント？」

アレントはためらいなく答えた。「はい」

総督はわずかに胸を張った。「では、わたしが秘密を守っているのはおまえを守るためだと知っておくように。疑いや不安からではない。いまのおまえを誇りに思っているのだ。この船の誰よりもおまえを信頼している」

総督は立ちあがり、愛情を込めてアレントの腕をつかんだ。どこか悲しげにほほえんでから、もう何も言わずに自分の船室へむかった。フォスもそれに続いて静かにドアを閉めた。

ドレヒトは仰天したようすでアレントを見つめていたが、何も言わなかった。

アレントは彼を残して部屋を出た。激しい怒りは燃え尽きて灰になっている。ずっと嘘をつかれていた、だがそれにはもっともな理由があった。伯父は正しかった。

父はばけものであり、たしかに自分はいずれ殺されていただろう。カスパーとヤン・ハーンはアレントを守るために父親を殺害し、自分たちを守るためにそのことで嘘をついた。

サラがそわそわしながら外で待っていた。

彼女が駆け寄ってきた。「全部聞こえた。本当に気の毒に、アレント」

「おれは哀れまなくていい、ザーンダム号を哀れんでください」アレントは言って、鋭い目で戸口を振り返った。「トム翁が何かの手段で伯父を操っているのなら、この船を意のままにできます。この戦いはすでに負けているのかもしれません」

## 34

「船倉の秘密の部屋が空っぽだった?」ドレヒトは腰掛けに浅く座り、サーベルの傷を石で磨きながら訊ねた。

護衛隊長は上半身裸で、ブロンドの豊かな巻き毛が胸を覆っている。いつものように、赤い羽根飾りのついた幅広の縁の帽子をかぶっていた。

彼は一時間前に半甲板の下の部屋にやってきて、アレントがひとりで腰を下ろして宙を見つめているのに気づいた。ドレヒトは船長室で聞いたことをもちださなかった。ただ、テーブルがわりに使っている樽にワインの壺をドンと置き、どうやら皮肉でもなく、アレントがどんな一日を過ごしたか訊ねた。アレントは病者の祭壇について話をした。それはすでにクラウヴェルスが破壊するよう命じた。続いて話したのはサラと共に見つけた隠し部屋についてだった。

「完全に空っぽだった」アレントはそう言い、第二の壺のコルクを引き抜いた。午後の暑さが甲板を攻撃し、大半の船乗りたちは屋内にいるか、わずかばかりの日陰を見つけて隠れていた。そのため、いつもは何かしら音が響いて活気のあるザーンダム号は不気味なほど静かで、聞こえるのは波の寄せる音だけだった。

「その部屋の大きさは?」ドレヒトが訊ねる。

「穀物の麻袋がひとつ収まる程度だな」

「密輸用の隠し部屋だな」ドレヒトが訳知り顔で請けあい、さらにサーベルを石で磨く。「ザーンダム号はそういう場所だらけなんだろう。どの東インド貿易船もそうだ。高級船員はそうした隠し部屋を使い、貨物を載せる料金を会社に払わないで済ませる」

アレントはワインをぐいとあおってから思わず吐きだした。彼のトランクに置かれていたせいで、煮えたぎるように熱くなっていたのだ。「そういう奴らは何を運んでるんだ？」彼はくちびるを拭きながら訊ねた。

「利益が出るものならなんでも」

「ボシーとラルメは友人同士だった」アレントは言った。「そしてボシーは大工だ。ボシーがあの密輸用の部屋を作ったんなら、ラルメは不法に貨物を運ぶためにそこを使い、友人と利益を山分けするということだろう。だが、今朝になってラルメがそこから何を取りだす？」

ドレヒトは興味をなくしてうめいた。

「あんたは、伯父がサミー・ピップスを牢屋にぶちこんだ理由を知ってるか？」アレントは出し抜けに訊ねた。

「誰かに頼まれたと聞いているが、誰なのかは教えてやれないな。総督はその手のことをわたしには話さない」

ドレヒトはつぶやき、サーベルに直すのが面倒な欠けがあることに気づいて顔をしかめた。「総督のために秘密を守るのはフォスだ。わたしは秘密を奪おうとする者を殺すだけだ」

誰かに頼まれたのか、とアレントは考えた。伯父がそのような頼み事を受け入れる相手は何者だ？　誰だとしても、何か不埒な目的をもつ者なのはまちがいない。

「わたしからも質問がある」ドレヒトが話を続けた。「総督が積みこませた秘密の荷物が何か知っているか？」

「〈愚物〉か？」

「いや、別のものだ。もっと大きなもの」

「聞いたことがないが」アレントは答えた。

ドレヒトは不興げに作業の手をとめた。「中身がなんにしても、移動させるのに三日かかったんだ。総督は真夜中に城塞からひそかにそいつを運びだし、いまはそいつが船倉の半分を占めている」

「なぜその荷物を気にする？」

「誰かが総督を殺そうとする理由がわからなければ、彼を守れない。あの荷物がなんにしても、重要なものだ」

彼はいらだって首を振った。「この船には忌々しい秘密が多すぎる。すべての秘密は剣を手に総督のもとへ行進してくることになるだろうよ」

「あんたはいつから護衛をしてるんだ？」

「思いだせないね」苦々しそうに答えた。「バヒアを落としたのはいつだった?」

「十七年ほど前だな」

「じゃあ、そのときからだ」彼は思いだして顔をしかめた。「きみの伯父さんはスペインをあとにする際に護衛が必要で、わたしはあの戦いを生き延びた者にはめずらしく、まだ全部の手足が残っていた。わたしは妻に半年でもどると告げたが、それ以来、総督とずっと一緒だ。きみはどのくらいピップスと一緒にいる?」

「五年だ」アレントはまたひどいワインを口にした。「彼はおれについての歌を聞き、彼が誰かを人殺しとして告発するとき、彼の前に立ってくれる者が必要だと決めたのさ」

ドレヒトが笑い声をあげた。「あんたはそいつを探偵物語に書いたことがなかったろう」

「文字にすると、よき判断が臆病のように見えてしまうこともあるんだ」アレントは特大の肩をすくめた。

「本当の彼はどんな人間なんだ?」ドレヒトは剣を研ぐ作業を再開した。

「その日次第だな」アレントは言った。「貧しい生まれだから、その境遇にもどることをひどく怖がっている。おれは面白い事件についてしか書かないが、報酬がよければ彼はどんな謎でも引き受ける。たいていはものの数分で解いてしまい、退屈だとむくれる。それで稼いだ金は手近な悪徳に使うのさ」

ドレヒトは少々がっかりしたようだった。「あんたの物語では彼がとても崇高な存在に見えたんだがな」

「太陽が輝き、風が背中を押してくれたら、彼はそうなれる」アレントはふうっと息を吐いた。本当のところ、サミーはめったに優しくもないし、だいたいいつも無分別だが、あの才能には人生を変える力があった。あるとき、サミーは夫が死んだと老女が泣き叫ぶのを聞きつけた。通りで襲われて財布を盗まれたのだ。一時間足らずでサミーはその殺人事件を解決し、盗まれた硬貨を発見し、自身のポケットからさらに百枚を追加してもどした。この事件は気晴らしになったから金を払う価値があるのだとうそぶいたが、アレントは老女の浮かべた表情を忘れられない。サミーは手を伸ばして世界をひっくり返したのだ。

そこがむずかしいところだった。ドレヒトはサミーがどんな人間か知りたがっているが、それは答えを絞りきれない質問だった。サミーは賢くて独特で特別だと言えるし、見栄っ張りで強欲で怠け者で、ときには残酷だとも言える。どの言葉も真実だが、ひとつとしてふさわしくない。

空はたんなる青ではない。海はたんなる湿気でもない。そしてサミーはほかの誰とも違っていた。富、権力、恩恵は彼にとってどうでもいい。誰かがその犯罪について有罪だと思えば、調査をして、告発する。

サミーはアレントにとって、世界全体の望ましい姿だった。どこかの老女が不当な扱いを受ければ、彼女が裕福か貧乏か、強いか弱いかに関係なく、償いを受けることができなければならない。弱い者は権力のある者をおそれる必要はなく、権力のある者は結果に責任ももたずに望むものを手に入れられるべきではない。権力は盾ではなく、重荷でなければならない。権力を行使する者のためだけではなく、誰もがよりよい生活を送れるように使われるのが本当だ。

アレントは首を振った。自分の思考がこの穴に落ちると嫌になる。感傷的になるからだ。これだけ長く生きて遠くまで旅をすると、心温まる物語を信じることはできなくなる。それでもサミーが生きているあいだは、王や貴族にもおそれるべき相手がいる。そう考えれば慰めになる。

アレントはドレヒトにワインの壺をまわしてから訊ねた。「あんたはどうしてバタヴィアに行き着くことになったんだ？」

「ほかに選べたのは、次の忌々しい戦場だったからな」彼は苦々しく答え、ワインをあおった。「あまりにも多くの者が、戦場にもどることを楽しみにしているのを目にしてきた。さらにだ、総督を無事にアムステルダムまで送り届ければ、金持ちにしてやると約束されたんだよ。わたしは自分の使用人をもつことができ、妻は畑仕事をやめられる。子供たちは父よりもましな将来を期待できる。そう、これでいいんだ」

彼は剣を掲げ、切っ先をじっくり見た。日射しが刃に反射して躍る。

「伯父からもらったものか？」アレントが訊ねた。

「長年の忠誠に対する褒美さ」ドレヒトは目を細めた。そこでようやくアレントを訪ねてきた本当の目的を切りだした。「あんたの伯父さんは権力をもち、権力をもつ者というのは友人よりも敵のほうが多い。特定の敵がいるはずだ」

「誰だ？」

「わからんが、それが誰にしても、総督は長いことその敵をおそれてきた。城塞を離れることをやめたほどだ。本当は数人で間に合うだろうに、護衛隊全員がこの船で旅をしているのはそれが理由だ。総督は何かに怯えている。高い壁や兵士の一団でもどうにもならないような恐怖。なあ、そうした敵として当てはまるのは誰だと思う」

「トム翁？」アレントは推測した。

ドレヒトはうめいてから、また剣を研ぎはじめた。

## 35

船隊の船長たちがそれぞれの船にもどると、サラはハープを弾いた。ほかに心が安まるものがない。指先は苦もなく弦を見つけたが、彼女は音楽のことを考えていなかった。ザーンダム号をかこむ海のように、音楽はただ彼女を取りかこんでいた。しばらくすると、演奏していることさえもすっかり忘れてしまった。

暗くおそろしい考えが音楽に乗って漂った。

自ら認めたとおり、夫はトム翁を召喚したことがあった。オランダ全土に言い表せないほどの苦しみを引き起こし、いまはザーンダム号に自分の祭壇まで作った魔物だ。夫はどんな取引をしたのか、そして彼が近年おこなった恐るべきことのうちのどれほどが、トム翁への負債を支払うためのものだったのか。

サラはハープの弦越しにクレーシェとリアを見た。友人は夕食に着るつもりのダマスク織りの絹のドレス姿で、リアが口にまち針をくわえ、手には布地の切れ端を握りしめて、クレーシェの足元に膝を突いている。隣には空っぽの巻物入れが置いてあった。

「また部屋を歩いてみてくれる？」リアが頼んだ。

「もう五回もやったじゃないの」クレーシェは答えた。

「大丈夫よ」

「巻物入れのせいで歩きかたが変わって、気づかれたらどうするの？」リアが言う。

「この船の男たちが目を留めるのはね、わたしの歩きかたじゃないのよ」

「お願いだから」

「リア！」クレーシェは堪忍袋の緒を切らしそうだ。

「お母さま、どうにかして」リアが言った。

「クレーシェ」サラが口をはさむ。「あと一度だけ、歩いてみてよ。この子にたしかめさせてあげて」

ふたりが準備を続けるかたわら、サラはまた夫のことを考えていた。彼は長いこと裕福な権力者でいる。そうなることをトム翁に願ったのだとしたら、その対価はどれだけ高いものになるだろう？

ゆっくりと、彼女は一緒に過ごした期間に彼がおこなった邪悪なおこないをすべてふるいにかけた。契約を口実にバンダ諸島の人々を皆殺しにした。あれがトム翁の要求だったというのはあり得るだろうか？　ブレダの包囲を生き延びたのも、あの悪魔の手助けによるのだろうか？　サラを三度も殴り殺しかけたのはどうだろう？　いけにえを満足させるために、ちょっとしたおまけをあたえたとか？

指が弦をまちがえ、音楽は造りの悪い家のように崩れた。彼女は演奏をやり直した。

「輪をもっと大きくしたほうがよさそう」リアはクレーシェのドレスを見つめてつぶやいた。

「もうじゅうぶん大きいじゃないの」クレーシェはリアの手から裾を奪い返した。

「簡単にもちあげられる？　重すぎない？」

「もう気を揉むのはやめなさい」クレーシェが言った。「サラ、あなたの厄介なお嬢さんに、何もかも完璧だから気を揉むのはもうやめろと言って」

サラは聞いていなかった。彼女も気を揉んでいた。

夫の考え方はわかっていた。侮ることのできない敵がいれば殺す。殺すことができなければ買収する。買収できなければ取引する。トム翁がこの船に乗っているのであれば、夫にとって脅威でしかなく、まずはトム翁へ何かを提示するだろう。

夫には提示できるものが豊富にある。

帰国の途についたのは、世界最高の権力をもつ〈十七人会〉の一員になるためだ。この会を通じて夫は会社の船隊や軍隊を指揮することになる。地図を指さすだけで大混乱を引き起こすことができるようになるのだ。それがトム翁の求めてやまない苦しみならば、夫よりもふさわしい使者はいない。

楽器が耳障りな音を出した。手が震えていた。

城塞にいる頃、彼女はサミュエル・ピップス役を演じた。失敗しようが成功しようが、謎には解決があるものだといつも保証されていた。謎は解かれ、正義が勝利し、彼女の愛する者に害など及ばないと。

だが、もうそれはあてはまらない。トム翁が乗客の中に隠れていて、すぐにでも見つけださなければ、愛する者たちがみな殺されてしまう。

「リア?」

「何、お母さま?」

「この船が浮かびつづけている原則について、どのくらい理解してる?」

「詳しく言うと、大事なのはバラストと――」

「えらいわ」リアの知識の深さをとっくり見ている時間はなかった。「船体に秘密の部屋を作るとしたら最適な場所はどこ?」

「まず模型を作らないと」リアの目がきらめいた。

「わたしがいくらか木切れを見つけてきたら、どのくらいで作れる?」

「一週間くらい」リアが楽しそうに答える。「どうして必要なの?」

「ボシーが密輸用の隠し部屋をひとつ作ったのだとしたら、ほかにも作っていそうだから。ラルメが何を隠しているにしても、別の隠し部屋に移動させたと考えるのがよさそう」

「あら、よかった。あなたにはあたらしい課題ができたのね」クレーシェがリアに言う。「だったら、やっとわたしをひとりにしてくれるわね」

## 36

その日の残りは気怠く過ぎていき、暑さがずしりと船にのしかかった。

捜索の結果、病者の服はどこにも見当たらず、船員は何も報われぬまま、ただ落ち着かずにいらだつことになった。

太陽が赤くなって水平線のむこうに沈みかけたとき、クラウヴェルス船長は錨を下ろして帆を巻きあげるよう命じた。船隊のうちの二隻はそのまま黄昏へと航行を続けた。時間の感覚はなくなり、海は穏やかだった。あの二隻は夜も航行を続けると決断を下したようだ。

クラウヴェルスは赤い夕日に二隻が消えるのを見つめた。

「なんという馬鹿者だ」彼はつぶやいた。「むこうみずな馬鹿者め」

## 37

サラが船長室に入ると、司厨長が夕食のためにフォーク類を並べているところだった。サラは船長室に入ると、この時間にいつも感じる恐怖とともに夫の船室のドアをノックした。

返事がない。

またノックした。やはり返事はない。

「夫はここにいます?」彼女はパイプをくゆらしながら番をしているドレヒト護衛隊長に訊ねた。彼のように番ができる者はまずいない。まるで剣と帽子をあたえられた空気のようだった。呼吸さえほとんどしていないように見える。

「わたしがここにいるということは、総督はなかにいるということです」彼は答えた。

三回目のノックをしてから彼女はほんの少しドアを開け、覗いてみた。夫はまっすぐに背を伸ばして座り、蠟の垂れる蠟燭の明かりで乗客名簿を見つめていた。

「あなた」彼女は思い切って声をかけた。

いつも夫のことをおそれてはいたが、もはや話が違う。彼は悪魔と取引をした。彼女の知るかぎり、彼はトム翁に自らを差し出した。本当ならば、この部屋に入らずに済むのなら、どんな対価でも支払いたいところだ。

「うむ」夫が我に返ったようだ。瞬きをしてから、彼女に視線をむける。それから舷窓のむこうの紫の空をながめ、驚きの表情を浮かべた。「時間の感覚がなくなっていた」心ここにあらずというふうに言った。「務めを果たすべき時間だと気づいていなかったよ」

立ちあがると、ブリーチズの紐をゆるめはじめた。

「ちょっと待って、お願い」彼女は懇願し、夫のワインの棚に近づいて彼の好きなポルトガル・ワインから一本を取りだした。

「まず一杯飲みましょう?」そう言って壺を掲げた。

夫は顔をしかめた。「おまえは務めを果たすのにワインで感覚をなくす必要があるほど、わたしが嫌なのか？」

そうよ。彼女はその考えを脇に押しやった。

「喉が渇いたの、それだけ」彼女は言った。「船は蒸し暑くて」

夫に背をむけたまま、袖に隠した小さな巾着袋から睡眠薬の小瓶を取りだし、栓を開けて彼のカップの上で傾けた。港でボシーの苦しみを和らげるために使ったのと同じ薬だ。あのときと同じように身悶えしたくなるのろさで、液体は小瓶の縁に集まって一滴となった。

机の上の乗客名簿の下から羊皮紙が一枚突きでていた。三つの名前が見えたが、まだ下にも続きがあることはあきらかだった。

バスティアーン・ボス　一六〇四
ツキヒリ　一六〇五
ヒリス・ファン・デ・コーレン　一六〇七

サラは眉をひそめた。最初のふたつはまったく知らないが、ファン・デ・コーレンというのは、不名誉によって失脚するまでは名家だった。

どんな不名誉だったか思いだそうとしたが、そもそも内容を知っていたかどうか怪しかった。事が起こったときサラはまだ子供で、どんな出来事かと質問したら、事実より噂というほうがあたっている曖昧な答えしか返ってこなかった。上流階級というのはそんなものだ。醜聞を貪(むさぼ)り食うくせに、何を食べたかあっという間に忘れてしまう。なんといっても、つねに次の醜聞が飛びこんでくるのだ。

「栓が抜けないのか？」夫が言って、立ちあがろうと足に力をこめると床板がきしんだ。

「いえ」サラは急いで答えた。「わたしのカップに蜘蛛が入っていただけ。取りだそうとしているの」

「潰せばいい」

「殺生をする必要はないから」

夫は笑った。「女の心はいとも簡単に傷つくのだな。おまえたち女の大半が炉辺と家庭を好むのもふしぎではない」

大半。その言葉は彼の魂についた窓だった。そこを通じて、ふたりが共に歩む人生の朽ち果てた風景が覗けそうだ。

サラは小瓶を見つめた。アレントはあのとき訊いていた、一滴なら、あるいは二滴、三滴ならどんな効果をもたらすのか。彼は五滴ならどうか質問しなかった。

五滴ならば殺せる。

これほど簡単なことはない。もっと強く小瓶を振り、液体を注ぎたせばいいだけ。数時間で夫は死ぬ。

じわじわと自分をとらえる誘惑に彼女はあらがった。トム翁が夫のなかに潜んでいるとしたら、サンデルが悪魔祓いの儀式をおこなえば脅威は終わりを告げる。たとえトム翁が夫に取り憑いていなくても、世界に解き放ったのは夫だ。報いとして死は生ぬるいくらいだ。

実行したいという強い思いに手が震えた。ひとつの腐った人生をリアの人生のために消し去るだけではないか。たったひとつの命を消せば、十五年間苦しめられてきた恐怖を終わらせることができる。

それなのに勇気が出なかった。夫が気づいてドレヒトを呼んだらどうする？　薬が効かなかったら？　たとえそれでトム翁を消し去ることができたとしても、悪魔を取り除くために夫を殺したなんて誰が信じてくれる？　会社の定めにより、ファン・スコーテンには残りの航海のあいだ彼女を船員に投げあたえる権限があり、そしてアムステルダムに到着後、処刑する権限をもつ。そこまで生きて帰り着けたとしてもだ。

リアがひとりになってしまう。

自分を恥じ、彼女はこの計画を頭の隅に押しやった。

「わたしが来たとき、何を考えていたの？」睡眠薬の一滴が縁にたまっていく時間を稼ぐために彼女は訊ねた。

「なぜそんなことを訊く？」

「三回もノックしたのに、あなたは返事をしなかった」

いらだちのせいで彼女は小瓶を一振りしてしまい、二滴落ちてしまった。

サラの心臓がとまった。

一滴ならば彼を深い眠りにつかせるが、いつもより長く眠るということはない。二滴だと夫は朝食の時間を過ぎてもぐっすり眠りつづけるだろう。夜明け前に起きるのが日課の男だから、疑惑がもちあがる。言い訳をこしらえてもう一度やり直そうかと考えたが、手間取りすぎていると絶対に気づかれる。だから、ワインを注いでしまい、夫が寝坊を海の空気のせいにすることを祈った。

「気が散っているようね」彼女は夫にワインを運んだ。

文藝春秋の新刊
2
2022
「お留守番」
©大高郁子

●警察庁特別チームと国際テロリストの壮絶な戦い！
## アキレウスの背中
長浦 京

公営ギャンブルの対象となり世界から注目されるマラソン大会の参加者にテロ組織から脅迫状が。ランナーと女性刑事の心の交流を描く

◆2月10日
四六判
上製カバー装
1980円
391496-1

●『水を縫う』の著者が送る、心が軽くなる短編集
## タイムマシンに乗れないぼくたち
寺地はるな

人知れず抱えている居心地の悪さや寂しさ。そんな感情に寄り添い、ふと心が軽くなる瞬間を鮮やかに掬い取る。注目の著者が放つ七篇

◆2月8日
四六判
並製カバー装
1650円
391497-8

●問いを放つ。意外な答えに心が波打つ。スリリングな文学問答
## ふたつの波紋
伊藤比呂美 町田 康

文学の最前線で走り続けてきたふたつの個性が響き合い、反射し、波紋を広げていく。詩・朗読・古典をめぐる痺れるような４つの対話

◆2月8日
四六判
並製カバー装
1650円
391498-5

●希代の悪女か、それとも男社会の犠牲者か
## おもちゃ 河井案里との対話
常井健一

美貌の女性政治家として彗星のごとく登場し、わずか2年で戦後最大級の選挙違反で逮捕――マスコミを騒がせた「悪女」の素顔とは

◆2月9日
四六判
並製カバー装
1980円
391470-1

●「24時間テレビ」、映画化で相次いだ感動の声

◆発売日、定価は変更になる場合があります。
表示した価格は定価です。消費税は含まれています。

井口省三郎withコウ

…の癒やしと笑いの写真劇場
…新な犬のビジュアルブック

◆2…
A5…
並製…
17…
391…

---

●忙しくても、暮らしを段取りよくまわせたら、ええやん!

**茶呑みめし**

むりなく、むだなく、きげんよく
食と暮らしの88話

大原千鶴

50代半ば、キッチン改装で見つめた心晴れやかな暮らし方、おいしく&お役立ちな88のお話。人気料理家による最新エッセイ集!

◆2月25日
四六判
並製カバー装
1870円
391505-0

---

●ハライチ・岩井氏推薦!!現代を生きる女子たちの、リアルな愛憎劇

**恋愛マトリヨシカガール**

狂わせる女と同棲終了女

山本白湯

天使のように無邪気なサイコパス、類。ドン底から立ち上がろうとする、春奈。自分の人生は自分で選び取る、女子たちの恋愛物語

◆2月24日
A5判
並製カバー装
1100円
391506-7

---

●帆船で連続する怪事件は悪魔の仕業か?

**名探偵と海の悪魔**

スチュアート・タートン　三角和代訳

オランダを目指す帆船で頻発する不可能犯罪。囚われの名探偵に代わり、屈強な相棒と貴婦人が謎に挑む。海洋冒険+本格ミステリ大作!

◆2月23日
四六判
上製カバー装
2750円
391507-4

---

●「18歳になるまでは…」全員〝未成年〟の売春部隊を私が守る――

**アンダーズ〈里奈の物語〉2**

原作　鈴木大介　漫画　山崎紗也夏

『最貧困女子』などの著者、鈴木大介が未成年援デリ少女を主人公にした『里奈の物語』を山崎紗也夏が描く最新第2巻

◆2月28日
A5判
並製カバー装
990円
090115-5

江戸を離れる小籐次親子——大人気シリーズ最新刊！

## 光る海

新・酔いどれ小籐次（二十二）

佐伯泰英

814円
791823-1

どこから読んでも面白い。大人気シリーズ第七弾

## かわたれどき

畠中 恵

792円
791824-8

祭りの熱気に誘われるようにエロスが満ちる。傑作短編集

## まつらひ

村山由佳

682円
791825-5

心に感動を呼ぶ〝ふるさと〟の物語

## いとしのヒナゴン〈新装版〉

重松 清

1309円
791831-6

どうすればお金と仲良くなれるのか？

生涯投資家vs生涯漫画家

## 世界で一番カンタンな投資とお金の話

村上世彰　西原理恵子

803円
791832-3

池波正太郎の〝大好き〟がつまった一冊

## ル・パスタン〈新装版〉

池波正太郎

781円
791833-0

鷗外を読む、鷗外を生きる

「あなたにしてはめずらしいこと」

「おまえがわたしを気遣うことなどなかったのに」夫は不審そうに言い、長く鋭い爪でカップを突いた。

恐慌が芽を出し、彼女はこの瞬間の行動を誤ったと気づいた。忠実な妻を演じることなど、ここ数年なかった。演じるときですら、あてこすりだった。

「おかしな一日だったから」ましな嘘をひねりだせず、弱々しくそう言った。

「そうらしいな」夫は目を細めて悪意の視線を彼女にむけた。「アレントと船倉に逃げたことが気づかれないとでも思っていたか？」彼はワインのカップをテーブルに叩きつけ、立ちあがった。「どういうつもりだった、サラ？　わたしに恥をかかせようとしたのか？　おまえは何を手に入れようとした？」

恐慌に呑みこまれそうになった。殴られると思って身構えたが、夫はにらみつけるだけだった。

「昨夜の酒盛りがわたしの耳に入らないとでも思ったか？」夫の顔がねじれてみだらな笑みをつくる。「言え、あいつのフィドルをどのぐらい楽しんだのだ？」

「あなた——」

「だがここまでだ、サラ」夫は言い、手を一振りした。「おまえはもう彼に会うことはない。アレントはおまえにはもったいないし、おまえがのぼせあがって、わたしの顔に泥を塗るのもご免だ。今後はもう朝食を共にせず、もう質問も受けつけない」腕を大きく振った。「おまえの自由は終わったと思え。昼間は自分の船室で過ごし、例外はわたしへの務めを果たすときだけとし、それが終わればただちに船室へもどれ」

平静を取りもどし、夫はワインを飲み干してカップを置いた。

「脱げ」そう命じる夫からは最前の怒りが跡形なく消え失せたように見えた。

身体の芯から冷たくなって、彼女はうつむき、肩の結び目をほどいた。ドレスがするりと床に落ち、コルセットとストマッカー（胸飾り）が続き、ついに全裸となって夫の前に立った。夫は軽蔑の目で彼女をながめまわし、鎧の胸当てをとめている六本の革のストラップをはずして、部屋の片隅の鎧立てにかけた。サラは視界の端で、羊皮紙の切れ端がバックルにはさまっていることに目を留めた。

夫はブリーチズを脱ぎ、青白く骨張った脚と直立したペニスが露わになった。

寝台に横たわるようサラに合図し、夫は彼女の上に乗った。

あっという間の作業だった。

数回うめいて、歯を食いしばると、夫の種がばらまかれた。

彼はあえぎ、サラの顔に不快な息がかかった。

屈辱のなか、サラはシーツから手を離した。夫の細い首を見つめながら、彼が最期の息を吸おうと苦しむ姿を見たらどんなにいい気分かと想像した。

夫は彼女のあごをつかみ、黒い目で射抜くように見つめた。「わたしの息子を産め。そうすればこの務めは終わる」

「大嫌いよ」彼女は言った。

むこうみずで馬鹿げたことだった。こんなことを言うべきではなかったが、吐き気のようにこみあげてきたのだ。押しとどめることができなかった。

「知っている。姉妹のなかからおまえを選んだのはなぜか知っているか？」夫は横に転がって彼女から下り、書き物机に近づくと、ワインをまたカップに注いだ。「おまえの父親はわたしの敵になったのだ、サラ。わたしは海賊を彼の倉庫に送りこんで焼き払わせ、彼の船を略奪させた。こうして破滅させてやってから、戦利品として彼の大事な娘たちからひとりを奪った。けっしてわたしを愛さないだろう娘、誰よりもわたしを憎むだろう娘をな」

彼はワインを一気に飲み干してげっぷをした。「どうだ、自分のつらさは単なるおまけだと知ってどんな気分だ？　この責め苦が他の誰かのせいだと知るのはどんな気分だ？」夫はサラの反応を待ってじっと見つめてくる。

「あなたがトム翁と取引したのは知ってる」吐き捨てるように言った。身体じゅうが厭わしさでいっぱいだった。

「あなたが召喚したことを知ってる」

夫の目の奥に何かの感情が見えた。衝撃でも怒りでもない。悲しみでも驚きでもない。

それは誇りだった。

「わたしは父の無能ゆえに破滅に突き進む困窮した一家の四男だった」彼は言う。「神はわたしには素晴らしい計画を描かなかった。だから手を貸してくれた悪魔と共に自分自身で描いたのだ。サラ、わたしがおまえに恥をかかされることはない。わたしは後悔などしない。〈愚物〉が届けられたら、わたしは歴史に名を残し、平凡で愚鈍なおまえは忘れ去られるのだ」

彼は手で追い払う仕草をした。

「さあ、出て行け。もうおまえは必要ない」

## 38

自分の寝床の狭い空間で、アレントが身をくねらせながら古い軍服を着ると、腕や脚が仕切りのカーテンから突きでた。ブリーチズはウエストのあたりがきつく、色あせた緑のダブレットは前を閉じるのがむずかしかった。閉口したものの、驚くにはあたらない。

あれだけ人を追いまわしてきたが、いまはそれに比べると穏やかな生活を送っている。うまいものを食べて上質のワインを飲み、緊張を強いられぬまま何週間も過ぎる。軍隊ではこうはいかず、進軍と戦いの毎日だ。敵がいなければ味方同士で戦う。みじめで不愉快な日々で、まったく懐かしむ気にもなれない。

ようやくダブレットのボタンを留めると、シャツのほつれた裾をブリーチズにたくしこんでからシミがないかと確認する。首の近くに乾いた血痕が数滴あった。

仕方あるまい。よれよれではあるが、この軍服は彼がもっている服でいちばん上等のものであり、夕食の席にふさわしいのはこれだけだった。伯父が彼を傭兵の立場から身請けするのと一緒に買ってくれた服だ。欠点を数えあげれば限りないが、ヤン・ハーンはアレントが祖父の家を離れたがった理由を理解してくれた唯一の人物だった。怒鳴りつけたり、何かを禁じたりしなかった唯一の人物だった。アレントの目の奥に不安があることを見てとった唯一の人物でもあった。伯父は当初、祖父への忠誠心ゆえにアレントに家に留まるよう説得を試みたが、アレントが折れないと知るや、あたらしい人生を堅実に送ることができるよう、できるかぎりのことをしてくれた。

そしていま、アレントは伯父の記憶を反芻して胸を痛めた。伯父の変貌はアレントにとってたいへんな衝撃だった。アレントは悪魔を信じる気にはなれなかったが、気持ちは理解できた。非難できるものがあれば、追い払えるものがあれば、心は平穏になるだろう。その結果、アレントを育ててくれたあの伯父が奇蹟のようにもどってくればいい。

アレントは例の印の傷跡をさすった。伯父は暗殺者がこれをつけたのだと語っていたが、なぜこんな印を？ほかに誰がこの件について知っているだろう？ アレントの過去について知っているのが誰だとしても、そいつが帆にトム翁の印を描いたのだ。なんらかの理由でボシーをこの船に乗せた。病者の服を着せ、木箱の上に立たせて凶事を告げさせた。

これらをおこなうには、力と計画と組織が必要だ。そんな手間を、自分のような卑しい身分の傭兵ひとりに費やす意味などあるだろうか。

上着を整え、アレントは誰もいない舵取室から船長室へむかった。飲み物が仏頂面の司厨長によって給仕される。乗客と高級船員は浴槽の湯と水のように混ぜられ、おかげで滑稽な話で盛り上がる脇で隣で居心地悪そうに静まりかえる集団がいたり、ぎこちない会話が引き延ばされて沈黙に行き着く羽目になったりしていた。

サンデルとイサベルはリアやサラと話をしていた。サラの目は曇っていて、どうやら泣いたばかりのようだった。彼女が戸口に立つアレントを見て、歓迎の笑みを浮かべた。

アレントの胸は高鳴った。

フォスが視界に入ってきた。彼は船室の反対側の何かを見つめており、顔がみじめに歪んでいる。視線をたどると、クレーシェがいた。ここにいる者のなかで、楽しそうなのは彼女だけのようだ。噂話でもしているのか、彼女はクラウヴェルス船長の近くに立っている。どちらの服装が立派かを決めるのは、よほど強く求められないかぎり無理だとアレントは思った。クレーシェは、胸元に流れるようなレースをあしらい、ビーズをちりばめたダマスク織りの絹のドレスを着ている。ブロンドの髪を背中に垂らしていた。クラウヴェルスのほうは、革のジャーキン（短胴着）の下に絹のシャツ、裾をぐるりと羽根で飾ったオレンジ色のブリーチズに揃いのケープといういでたちだった。

クレーシェは美しい歯を覗かせて笑い声をあげ、からかうように船長の飾帯を引っ張った。「教えてくださいな、船長。あなたは本当は何者なの？ 無骨な商船の船長？ それとも紳士？」

「両方というのは成り立ちませんかね？」

「無理よ」彼女が髪を撥ね上げて言った。「富を成した者は、富をもっと手に入れて維持することしか考えなくなるものよ。そうでない人は、どうやって富を手に入れるかなんて気にせず、富を使いつづけることだけを考えるの。両方を追うのは矛盾することなのに、ここにいるあなたは違うようね」

船長は誇らしげに胸を張った。クレーシェ・イェンスに褒められるというのは、うれしいことなのだ。

「さあ、船長、教えて。どうやったら、そんなに魅力のある矛盾を成り立たせることができるんですの？」

クラウヴェルスは気づいていないのだとアレントにはわかった。クレーシェの魅力に目がくらんで、彼女がどれだけ直接的に探りを入れているか見えていない。訊きにくい質問は柔らかな言葉にくるむのがいちばんだと、サミーは言っていた。サミーはそうした人心操作の達人だったが、クレーシェには負けるかもしれない。

彼女の狙いはなんだろうとアレントは思った。

「では、お話ししましょう、イェンス夫人。と申しますのも、あなたはこの話を楽しんでくださるでしょうから」船長は言い、大胆に彼女に身を寄せた。「わたしの家族はかつて上流階級の一員でしたが、祖父が――彼の魂に災いあれ――うちの財産を浪費したのです。わたしは以前の栄光の跡がいたるところに残るなかで大人になりました。母は狭い部屋に収まりきれないほどの家具を保管していましたよ。母は我が家が切り離されてしまった階級の作法を身につけておりましてね、時折、まだつながりの絶えていない知人を訪ねていくこともできましたし、昔の借金を取り立てることもできましてね。そのようなわけで、わたしはこの船隊の船長としての契約を得たのです。かつての我が一家の友人の厚意、なんの見返りも求めない人からの最後の厚意でした」

クレーシェは手で口を覆って驚いてみせた。

「すると、わたしが生まれついての海の男であったことがわかったのです」彼はクレーシェの反応に気をよくして豪語した。「航海術や海と空を読むことにかけては、わたしより優れた者はおりません。わたしの船員の誰に訊いていただいても結構ですよ。ザーンダム号ではわたしのほかの誰にも海図にさわらせません。舵取りをまちがえられてはいけませんからな。とは言いましても、こうした技能では、わたしが失ったものと引き換えにするには貧弱でありましょうから、わたしはできるかぎりのものにしがみついている、というわけです。作法、服装、教育。わたしはこうしたものを手放さず、ついに家族の財産をふたたび築くことができた暁には、失った生活を再開できるようにしているのです」

クレーシェが船長にむけた表情はあまりに思わせぶりで、アレントはいたたまれなくなって目をそむけた。

「あなたって素晴らしいわ、わたしの船長さま」そう言った。「それで、ねえ、どうやって財産をふたたび築くおつもりなんですの？　あと、訊いてよろしければ、それはすぐにも実現しそうなのかしら？」

クラウヴェルスは声を落とした。「すぐにだと感じておりますよ。このような船にはつねに機会がございます」そして意味ありげに総督の船室を見やった。

クレーシェの果敢な挑戦が引きだせたのはここまでで、ふたりの会話は中身のないからかいの応酬へとうつっていった。

いいかげん戸口から室内に足を踏み入れる頃合いだと気づき、アレントは気合を入れるべく深呼吸した。

「おれだって同じだったのに」酔声がうしろから響いた。

アレントが振り返ると、主任商務員のレイニエ・ファン・スコーテンが舵取室の片隅に座っている。脚を前に投げだし、股に酒の壺を載せていた。夕食にふさわしく身なりを整えようとしたらしいが、結果はお粗末だった。シャツにこぼしたワインを隠すために着たとおぼしきダブレットはボタンをかけちがえている。蝶結びはほどけて足首に垂れ、トランクホーズには小便のシミ。まわりには酒と汗と、いくつもの長い夜と後悔のにおいがただよっていた。

「いったいどうしたんだ」アレントは訊ねた。

「わたしはしくじったのさ」彼は言った。この男を自暴自棄にさせた何かを感じた。何か悲しく、ひどいことを。

「わたしは彼らのようになりたくて仕方がなかったんだ」

「誰のように？」

「彼らだよ！」ファン・スコーテンは叫び、船長室を指した。「幸運に恵まれた身分の高い連中さ。彼らの持っているものがほしかった。もう少しだったのに」あごが胸に押しつけられるほどうなだれた。「それを手に入れるために連中は何をしたか気づいてなかった。どれだけ要求されるかも。対価がなんなのかも」

アレントは彼に一歩近づいた。トム翁は心からの願いを叶えるかわりに頼み事をもちかけるという。港での一件から、悪魔はザーンダム号に容赦ない破滅をもたらす計画であることはわかっている。船の主任商務員を味方につければ目的遂行の役に立つ。

「対価とはなんだったんだ、ファン・スコーテン？」彼は訊ねた。

ファン・スコーテンはさっと頭をあげた。「なんであんたが気にする？　あんたもいい家の出なんだろ、それを捨ててどうなった？　いまのあんたはなんだ？　ピップスの腰巾着じゃないか」

「対価とはなんだったんだ？」アレントはふたたび訊ねた。

ファン・スコーテンは笑い声をあげ、初めて見るかのように自分の汚れた服を引っ張った。「わたしはこの会社を憎んでいるのさ。ずっとそうだ。原則、誇り、人間よりも利益が優先。母がいまのわたしを見たら恥じただろう。わたしのしでかしたことを恥じただろうよ」

アレントは彼と自分に共通するものがあることに驚いた。アレントの父も同じだったのだ。日曜日ごとの礼拝で、牧師だった父はオランダ東インド会社を〝欲望の会社〟と呼んで罵った。人類が必要とするものはすべて、神によって無料であたえられたというのが父の信念だった。食物は木に実り、土のなかで育ち、森全体を駆けている。生まれながらに人類にあたえられた神の賜だ。欲望をもたらすのは悪魔だと父は説教した。砂糖、煙草、酒といった虚飾で人々を誘惑する。そうしたものは人間を迷わせた挙句すぐに底を突き、かわりを求める人々を奔走させ、正気を失わせると。オランダ東インド会社で、アレントもそうした悪魔の手口を目にした。欲望で人間性を籠に閉じこめ、毎月、みずからの手枷を買うようそそのかすのだ。

アレントは父を憎んでいたが、あの頭のおかしい老いぼれになかば賛成するようになった。アレントは畑で死に物狂いで働く農民たちを見て、それは彼らが作物に対して端金しか払ってもらえないせいだと知った。拒絶しても強制された。反抗すれば殺された。進歩には犠牲が必要だからと。

ファン・スコーテンの言い分は正しい。会社にとって人間はどうでもいい存在、ほかのすべてと同じく商品だ。タダで生産させ、安価で取りかえられるもの。価値があるのは彼らが地面から掘りだすものだけなのだ。

「知ってるか」ファン・スコーテンがろれつのまわらない声で言った。「正直言って、トム翁がこの船を海の底に引っ張りこんだら、わたしは喜ぶよ。この船に乗っている連中に救う価値なんてない」

「そんなことにはならない」アレントが言った。

「あんたがとめるから？」哀れむような声で言った。「ピップスの〈曲芸クマさん〉は、いまじゃ自分が鎖を握ってると思ってるのか。面白いことで」目を細めた。口調が険しくなった。「聞いてるぞ。あんたが引き受けた最後の事件のこと。エドワード・コイルという男と消えたダイアモンドの話だ」

アレントは身体を固くした。「あれはずっと前のことだ」

「そして宝石はもどってこなかった。あんたが盗んだのか、アレント？　そう聞いてるぞ」

「おれがリールに到着したのは、宝石が盗まれて三カ月後だった。サミーがその一カ月後にやってきた。盗まれてずいぶんと経っていたんだ。コイルはベッドの下に数千ギルダーがはいった箱を隠していた」

「本人の家族の財産だ」

「サミーがそう突き止めた」アレントは歯を食いしばった。「おれがまちがったんだ」

「で、コイルはどうなったんだ？」

「知らん」

「あんたは彼の顔に泥を塗ったのに、どうなったのか知らないのか」ファン・スコーテンが嘲った。

「彼はサミーが無実を証明する前に逃げた。彼がどこへ行ったか知らないんだ」

アレントは誰かが自分を押すのを感じた。きついポマンダーの香りがして、すぐにクラウヴェルス船長だとわかった。

「なんということだ、レイニエ」クラウヴェルスは哀れみの目でファン・スコーテンを見おろした。「どうしたんだね？　この二週間というもの、ろくでなし同然じゃないか」

ファン・スコーテンはすがるように船長を見上げた。

その目に涙が浮かんできた。

「わたしは――」

足音が響いて彼の話は中断され、ドアが大きくひらく。

イサーク・ラルメが飛びこんできた。

「また現れましたぜ、船長」息を切らしている。「第八の灯がまた出やがった！」

## 39

独房のドアがひらいたとたんにサミーは這いだして、澄んだ空気を吸った。蒸し暑さにもかかわらず、肌は冷たくじっとりしていた。目は皿のように丸く、髪に艶はなく、息は嫌なにおいがした。彼はサラにあたえられた睡眠薬の小瓶を握りしめている。

「感謝するよ、ここを出られて」彼はそう言い、アレントが伸ばした腕を支えに立ちあがった。

アレントは絶望を顔に出さないよう努めた。

彼の唯一の仕事はサミー・ピップスに害が及ばないようにすることである。サミーがこの牢獄に閉じこめられている時間が長くなるたびに、アレントの失態の時間が延びていく。昨日は伯父の好意をくすぐればサミーの自由を勝ち取れると思っていた。だが今日は、彼に船室をあたえることすらできないと知っている。

昨夜と同じように露天甲板にやってくると、サミーはブリーチズを下ろして船側から用を足すべく、うしろをむけとアレントに言った。

「例の幽霊船がまた出たようだね」彼は遠くの灯を数えて言った。

「船載雑用艇を海に下ろして調査にむかわせるところだよ」アレントは言った。「早くすませれば見られるぞ」

「用を足している男を急かすんじゃない」サミーが言う。ほとばしる尿が船側に弧を描いている。「わかったことを教えてくれ」

「今日、また例の病者に遭遇した。ザーンダム号の船倉に作られた祭壇に案内された」

「まだそこにあるか？　僕が調べることはできるかい？」

「クラウヴェルス船長が取り壊すよう命じたよ」

「そうだろうね」彼はため息を漏らした。「ほかには？」

「ボシーがザーンダム号の各所に密輸用の隠し部屋を作ったんじゃないかと、おれたちは考えている。一緒に商売をしていたのは一等航海士のイサーク・ラルメだと。おれたちは――」

「おれたち、というのは誰だね？」

「サラ・ヴェッセルとおれだ」

「ああ」サミーは何か察したようだ。「サラ・ヴェッセルね」

「そう、サラ・ヴェッセルだ」

「大変結構」

アレントは目をまたたかせた。「何が大変結構なんだ？」

サミーは腕を広げて歓喜を表現してみせた。「きみは底知れぬ人物だね、まるで山から切り出したような男だけれど、その山と同じくらい深遠だよ」彼は相棒に目をやり、意図が伝わっていないことを嘆いた。「ラルメの秘密の小部屋には何が入っていた？」

「空っぽだった。おれたちが到着する前にラルメがすでに運びだしていたのだろうが、あたり一面にトム翁の印があるのを見て、ラルメも驚いたようだった」

「では、トム翁はラルメに知らせることなく、何かを密輸させるためにボシーを利用していたのかもしれないな」

「その後、口封じに彼を殺した」アレントが言った。

「ああ、それからレイニエ・ファン・スコーテンは、何か秘密を抱えてる。やましくてたまらないような何かだ。もう少しでそれがわかりそうだったところに……」彼は第八の灯を指さした。

サミーはブリーチズを引きあげ、ふたたび友と並んだ。アレントは夕食のテーブルから失敬してきた手つかずの鳥肉を一切れとパンの塊とワインの壺を渡した。

「それから、ヨハネス・ヴィクにボシーの舌を切り落とした理由を言わせる方法が見つかった」サミーとふたりで中部甲板を横切りながらアレントは言った。

「その方法とは？」

「おれは果たし合いに負けないとならない」

サミーはパンを呑みこんだ。「そういうのを前にもやったことはあるのか？」

「勝つのと同じようなものだろう。最後に倒れるだけで」

船載雑用艇が海に下ろされるのが見えるほど近くに来た。艇は覆いをされているときに比べてずっと大きく見える。内側に三列のベンチがあり、それぞれに船乗りが三人座れるようになっていて、もうひとりがしゃがめる程度の余裕が船首にもうけられている。クラウヴェルスは多くの人員をむかわせるという危険を避けるつもりのようで、縄梯子を下りているのは三人だけだった。

彼らは気が進まなそうだった。

イサーク・ラルメが母さん鶏のようにガミガミと指示を投げている。「目で確認できる距離まで漕げ。近づきすぎるな」その声には心からの懸念がこもっていた。「そいつ(イット)の旗の色と、できれば甲板からどこの言葉が聞こえるかを見てこい」

そいつか、とアレントは思った。ラルメは船のことをそいつと呼んだ。船は〝彼女(シー)〟と呼ぶのが普通で、船員もふくめて〝彼ら(ゼイ)〟と呼ばれることもある。〈第八の灯〉の影響がすでに船乗りたちに及んでいるのだ。

フォスが半甲板の下の隔屋から現れた。月あかりの下で彼はやつれきって見える。頭蓋骨が小さすぎて皮膚が余っているような感じだった。

「総督はどこにいる?」クラウヴェルスが訊ねた。

「どうしても起きてこないんです」フォスが言う。

サミーはアレントの腕を小突き、後甲板にあごをしゃくった。リアとサラがクレーシェと一緒にいて、捜索に乗りだす者たちを見守っていた。彼女たちは屋内に留まって食後の酒を楽しむことに関心がないのだ。

下方で、雑用艇が海に下りて静かなしぶきをあげた。

「船長」イサーク・ラルメが叫んだ。「あれを!」

その指の先に〈第八の灯〉があった。オレンジ色の光が真紅に変わっていた。

直後、苦悶の悲鳴が空を切り裂き、すぐに途切れた。

誰もが耳をふさいだが、アレントにはそうしないだけの知恵があった。

悲鳴は警告だ。

そちらにむかって走るか、逃げるか。悲鳴などなかったふりをしても誰も助からない。

「アレント!」サラが後甲板で叫んだ。「いまのはわたしたちのうしろから聞こえた!」

アレントはわずか数歩で階段を駆けあがり、そのあとをサミーが走って追う。ドレスにじゃまされながら、サラも彼らのあとに船尾楼甲板にあがる。リアとクレーシェも足音高く続いた。

何かがアレントの脚の下でビシャリといった。さわろうと手を伸ばしたところでサミーの声が制止した。「それは血だぞ」気分の悪そうな声だ。「におう」

サミーはすぐに吐きそうになる男なのだ。

畜舎の扉を引き開けると、家畜がみな死んでいた。はらわたが藁一面にこぼれている。かわいそうな雌豚がいちばんひどいめに遭わされたようだった。先ほどの悲鳴はこの豚のものだったのだろう。

手すりに駆け寄ってきたクレーシェが胃の中身をもどし、そのそばでサラは恐怖に打たれて後ずさった。

「アレント」サラが言った。

彼は振り返った。慰めを求められているのだろうと思って振り返ったが、彼女は足元を指さしていた。そこに血で描かれていたのは、尻尾のある目だ。

「トム翁の印だ」リアが愕然として言った。

「わたしたちは二十歩しか離れていない場所にいた」サラは先ほどまでいた位置を振り返った。「どうやったら、わたしたちに聞かれずに家畜を殺し、この印を描くことができたの?」サラはアレントを見つめた。彼ならば自分には出せない答えを持っているのではないかという期待のまなざしで。

アレントにも答えられなかった。同じくらい動揺している。何年もサミーと仕事をし、数多くの不可能事を目撃してきたが、こんな規模のものは見たことがなかったし、かくも奇怪で目的すら思いつけぬようなものは見たことがなかった。死体は誰かがその人物を死なせたかったという意味だ。窃盗は誰かがその品をほしがったという意味だ。どれだけ途方に暮れるような出来事が起きても、なぜそれが起こったのかはいつも理解できた。

これは違う。

これは混沌であり、悪意に満ちていた。奇妙な印と惨殺された家畜は手がかりではなく、メッセージだ。悪魔であろうがなかろうが、この一件の背後にいる者はアレントたちがどれだけ無力か知らせたかった。自分にはどれだけの策略を巡らすことができるか知らせたかった。どれだけ容易にアレントらを襲うことができるか知らせたかったのだ。船にいる者たちを怖がらせようとしている。

そして成功しつつあった。アレントの皮膚が粟立った。この船から飛び降りてバタヴィアまで泳いでもどりたかった。果たして何人を背負って運べるだろうか。

「これはあれだよね?」リアが母親にすがりついて言う。「第一の忌まわしい奇蹟。牧師さまが言ったとおりのことが起こった」

「忌まわしい奇蹟とは？」アレントが訊ねる。

「サンデルはそれが三回あると警告したの」サラが答えた。「トム翁の力を人間に納得させることが目的で、それによってもっと多くの人が彼の取引を受け入れるようにさせる。そのたびにトム翁の印があるというの」

「なぜ三回だけなのだろう」サミーが言った。

「その後は、取引しなかった者は、取引した者に殺されるから」

ようやく我に返ったクラウヴェルス船長が雑用艇に呼びかけた。「大急ぎでその角灯に近づけ。早く――」

「手遅れですね、船長」フォスが言った。「もういなくなっている」

クラウヴェルスはフォスの背後を見た。

赤い光があった場所は、いまでは暗闇が広がるだけだった。

## 40

中部甲板で角灯をひとつ見つけたサミーは畜舎にとって返し、火打ち石を収めたアレントの巾着をもどかしそうに指した。サミーが火をつけようとする傍らで、クラウヴェルス船長がイサーク・ラルメの肩をつかんだ。

「ふたりばかり雑用係を呼んで、モップをもってこさせろ。ここをしっかり掃除させるように」

船長の冷静さは目の前に広がる光景を考えると無神経に感じられた。

「ちょっと待ってくださいよ」ショックでしらふにもどったファン・スコーテンが言った。「こんなもの見せられません。大騒動になってこの船はまとめられなくなりますぜ」

「東インド貿易船で秘密にできることはない」クラウヴェルスが反論する。視線は索具にむけられた。「いいか、あそこに船員がいるじゃないか。この一件はすでに船の半分には伝わっている」

「彼らが何か目撃しているかもしれない」サミーが言った。ようやく火花が角灯の芯に着火し、明かりが甲板全体に広がった。

「何があったのか、わたしたちにはわかってる！」ファン・スコーテンは恐慌に陥りかけている。「何があったのか見ればわかる！　あの忌々しい船が家畜を殺したんだ。そいつは赤く光って家畜を虐殺した。次はわたしたちだ」

「ラルメ、索具にあがってくれ」クラウヴェルスが言った。「そこにいた者を片っ端から引きずりおろせ。訊きたいことがある」船長は足で雌豚の死骸を突いた。「それが終わったら、牧師とコックを呼んでこい。この肉を清めさせてから、ちゃんと解体して塩漬けにする」主任商務員の不信の目を見て、船長は肩をすくめた。「悪魔の力など知るか。上等の肉を無駄にはしない。食料が足りないんだ」

腕に手が置かれ、アレントが振り返った。サラがリアを抱きしめて慰めている。少女はぐったりした様子で泣きじゃくっていた。クレーシェとフォスは姿が見えず、騒動の間にここを立ち去ったに違いない。

「リアを船室に連れて行く」サラが言った。「あとで話せる？」

アレントはうなずいてから視線をサミーにもどした。彼は畜舎の奥まで這いこんでいて、尻だけが外に出ている。

「さて、捕物士よ」クラウヴェルスはサミーに話しかけた。「ここまでの事件にどう説明をつける？」

「初日の晩に病者の現れた舷窓が、ここの真下だというのが興味深い」サミーは畜舎のなかから言った。「病者の服は見つかりましたか？」

「船内を徹底的に探したが、見つからなかった」

「これは悪魔の仕業だ、この期に及んでも信じられないのか？」ファン・スコーテンが口をはさんだ。「角灯が赤くなったのは、船載雑用艇を海に下ろした瞬間だった。家畜はそのすぐ後に殺された」彼は雌豚を指さす。「この哀れな生き物の悲鳴が聞こえたじゃないか。船の端から飛び降りたんでもないかぎり、こんなことをやってわたしたちに見られずに逃げることなんてできない。そうやって逃げたとしたら、水音を聞いてるはずだ」

サミーは身体をくねらせて後ずさって畜舎から出てきた。手にした棒きれの先にふたつの品をひっかけていた。

「何を見つけた？」クラウヴェルスが目を凝らした。

サミーがそれらの品を明かりに掲げると、血まみれの包帯とロザリオだとわかった。

「やはり病者の仕業じゃないか」ファン・スコーテンが言い放つ。「それは奴の包帯だ。家畜を襲ったときにロザリオを落としたんだ」

「ふむ」サミーは疑うように言って、ロザリオを検分しはじめた。「持ち主は落ちぶれた裕福な男だな。広く旅をし、信仰の厚い者。牧師といったところではないですかね」

ファン・スコーテンが不安そうに言いかける。「どうしてそんなことが言え——」

「木製の珠に空いた穴が、珠をつないでいる紐に対してあまりに大きすぎる。ほら、なかを覗いてご覧、引っ掻き傷が見えるでしょう、これは金属の鎖でできた傷だ。この数珠はかつて鎖に通されていた。鎖のロザリオは普通は富裕層がもつもので、数珠も金属で、宝石がはめこまれていることも少なくない。つまり、この品はもともとはずっと華やかなものだった。おそらく持ち主が悲運に見舞われた結果、売られたんでしょう。金属の数珠は安価なものに取りかえられた。ついには鎖も手放して代わりに紐にされた可能性大だね。もとから貧しい者ならば、ただちに金属のロザリオを売り、その金で安いものを買い直しただろう。これの持ち主はじわじわと貧困に蝕まれた。一方で、この木製の数珠はこんなにすべすべしている。祈りの言葉を唱えながら繰り返し触れられたということで、信仰の厚さを物語っている。加えて、この数珠はいくつもの異なる木で作られている。見たところ、オランダ、ドイツ、フランスの様々な針葉樹と広葉樹が使われている。だから持ち主は広く旅をしたのだと言ったんですよ」彼は我に返り、驚愕した顔の面々を見まわした。「僕らの文明は木、石、数種の金属から作られています」彼は言った。「それらを特定できれば、多くのものの由来が明白となることに、みなさんも驚くと思う。ところで家畜の世話をするのは誰なんですか、クラウヴェルス船長？」

「たいていは雑用係だ」船長は口ごもりながら答えた。サミーの演説に恐れをなしたようだ。「司厨長が夜にやってきて夕食の残飯をあたえることもある」

「そのなかの誰かが包帯を巻いていたり、ロザリオをなくしたりしなかったか訊いてもらえますか」

「馬鹿馬鹿しい」ファン・スコーテンが腕を天に突きあげた。「真実はわかりきってるのに、まだ納得しないのか」

　サミーは無視して船長との会話を続けた。「アムステルダムへの航路を知っているのは誰です?」

「決めるのはわたしだ。頭上の星々を確認して決めている」彼は誇らしげに答えた。「ほかの船はできるかぎりこの船に続く」

「船隊がばらばらになってしまう懸念はないですか?」

「八カ月のあいだ船隊がまとまっていられる方法などない。風と波がそれを許しはしないのだ。天候が穏やかでも、安全のために船同士は距離を置かねばならない。今日の今宵にも、二隻がわたしたちを置いて航行を続けている。最終的には本船もほかの船と離れることになるが、それは仕方のないことだ」

「なのに、この謎の追っ手は僕たちをいつも見つけるんですね」サミーはそう言って〈第八の灯〉が消えた場所に目をやった。「見事な離れ業だ」

「悪魔のしていることだぞ」ファン・スコーテンがかたくなに繰り返す。「わたしは何もせずにこの船を悪魔の餌食にはさせん。船長、日の出と共にバタヴィアに引き返すことを要求します」

　クラウヴェルスは反論しかけたが、それでは良識ではなく本能で行動することになると思い直した。ため息をついて、船長は引き下がった。「わかった、それが最善だろう。夜明けに船隊にむけて伝言を送るが、総督の同意が必要だ」

「同意はもらえますよ」ファン・スコーテンは立ち去った。

　こうして話がまとまると、アレントはサミーを引き寄せた。「このロザリオの持ち主を探す必要はない」彼は息を殺して言った。「おれは知ってる」

「すばらしい!」サミーが快哉をあげた。「誰かがもっているのを見たのかい?」

「ああ」アレントは答えた。「おれの父だ。姿を消した日に」

## 41

　クレーシェ・イエンスは惨殺された家畜の記憶を消そうと、ポマンダーのにおいを嗅いでいた。苦しいのは血のせいだ。光景ではなく、そのにおい。髪にも肌にもまとわりついていた。まるでドレスを伝い落ちている気がする。血にさわってもいないのに。血を浴びたかのような気分だった。

「震えていますね」フォスが案じて声をかけた。

「びっくりしちゃったの」クレーシェは後甲板に続く階段を下りていた。「こんな間近に死骸を見たことがないから」

　彼女は総督の相手という務めを果たすためにあの場を離れたのだが、フォスが黙ってついてきていたのだ。彼が話しかけてきたのは初めてだったが、いつものように、彼がそばにいると困惑させられた。

「個人的なことを少しお話ししてもよろしいでしょうか?」彼がいつもの淡々とした口調で訊ねた。

　この人は本当に歯車とバネでできてるんじゃないかしらと彼女は考えた。あんなものを目にしたばかりだというのに、散歩道でも歩いているみたいに話している。こちらが動揺していて、ひとりになりたがっていることがなぜわからないんだろう?

「明日まで待てないの?　わたしは――」

「わたしは自分の立場を極めて大きく変えることになる話をしようとしているのです」そう言って彼女の反応を窺った。

「変えるってどんなふうに?」ほかに言うこともなく、そう訊ねた。

「しばらく計画してきたことがあります。そして、わたしたちがアムステルダムに到着すれば、それは実るのです。あらたに得た我が財産を使い、わたしこそ次のバタヴィア総督にふさわしいことを〈十七人会〉に訴えるつもりでいます。もちろん、ヤン・ハーンの口添えも頼りにしていますが」

　このあたらしい情報に圧倒されて、クレーシェは彼を見つめた。「なぜ、そんな話をわたしにするの、フォス?」

「あなたに求婚したいからです」

　クレーシェは口をあんぐりと開けた。

「あなたがアストール公爵と婚約されているのは存じていますが、わたしが調べたところ、公爵は戦争いかんによっては破産しかねず、公爵本人は戦争から遠ざかることがないとのこと」

　クレーシェは見つめ返すことしかできなかった。自分はそろばんに求婚されているのだ。こちらの困惑に気づきもせず、彼は自分の言い分を並べたてている。

「アストール公爵は立派な縁組みの相手ですが、三年で彼が戦場で死ねば、あなたはどうなりますか？　あなたは美しいが、美しさは薄れるもの。そうなれば、あなたはどうやって暮らし、どうやって食べていき、どうやって金を手に入れるのでしょう。わたしが申しでているのは、おたがいに利益のある結婚です。わたしはあなたを賞賛し、自由をあたえる。あなたがあたえるのは、わたしの自分の運命であると心定める職歴を築く手助けです」

「わ、わたしは……」クレーシェは腕を振りまわした。言葉が見つからない。見つけたとしてもそれが適切なのか確信が持てない。

「彼は伯爵だと思っていたけれど？」彼女は言った。

「ただの伯爵ではあなたにふさわしくないでしょう（公爵は伯爵よりも高位）」

　クレーシェは初めて見るかのように、フォスのぱっとしない顔をながめた。

「あなたがそんな野望をもってるとは気づいてなかったわ」これまで見せなかった関心が、彼女の顔にはあった。

「総督はそのようなものを許容しませんし、彼の不興を買うほどわたしは愚かではありません」

「あなたが手にする財産というのは――」

「計算しておきました。自分があなたに何を頼んでいるかも、何が提供できるかも承知しています。よろしければ、数字をお見せできます」

　ふたりはぎこちなく舵取室を抜け、船長室に入った。枝つき燭台の火は消され、あれだけ並んでいた皿もにぎわいと共に片づけられていた。椅子は重ねられ、この船室を照らすのは月あかりだけで、格子窓がそこに影でできた蜘蛛の巣を描いている。

「この求婚がどれだけ危険か理解しているわね」クレーシェは声を落として言った。蠟燭の光が総督の船室のドアの下から忍び寄る。「わたしがザーンダム号に乗っているのは、ヤン・ハーンがそうするよう望んだからでしかないの。彼がわたしの切符を買い、わたしにお手当を払っているの」フォスはこれを聞いてかすかに顔をしかめた。まるでそんな忌まわしいことは考えたこともなかったというように。脇に垂らした指先は奇妙な踊りを小さく踊っていた。「わたしがまだ彼の愛人なのに言い寄ったと彼に知れたら――」

「いま返事をくださいと頼んではいません。考えてみると約束してくれたら、わたしも眠りにつきやすくなるでしょう」フォスは言った。

「いいわ」クレーシェは首を傾けて言った。フォスは笑顔になり、同じくうなずいてから、来た道を引き返して消えた。

クレーシェは安堵の息を吐いた。いい申し出だった。彼の言葉がまだ頭のなかでうるさく響いていた。彼は彼女のすべての疑問の周りを言葉で囲んでから、刺さっていたトゲを抜いたのだ。出会ってから初めて、彼のことを思ってほほえんでいる自分に気づいた。

船長室を横切り、総督の部屋のドアにたどり着いた。

「今晩は、マダム」ヤコビ・ドレヒト護衛隊長が、いつも彼女にむけるかすかな非難を漂わせて挨拶した。

どの男にも欲望を抱かれるのがクレーシェの力だから、初めてドレヒトから軽蔑の目で見られたときは、これを挑戦だと見なした。彼にしなだれかかってみせ、食べ物を運び、各種行事に誘ったが、すべて失敗に終わった。

彼がクレーシェにほしがるものは、ふたりのあいだに壁を築くことだけだった。

彼の部下のひとりから、彼にはドレンテに妻と娘がいて、どちらも無条件に彼を愛していると聞いた。夫婦が最後に会ってから四年が経つけれど、彼はよそで喜びを満たすことがない。その話をした兵士は信じられないといった口調で、ドレヒト隊長は自分らが呼吸することや話せることを自慢しないように、そうしたことを自慢しないんですと言っていた。それは彼が自分に課した誓いなのだった。

その話を聞いて、クレーシェの作戦は終わった。ドレヒト護衛隊長のような男はめずらしくて危険だ。こうした男は、自分や、周囲の者にどれだけみじめな思いをさせようとも、任務を果たす。彼は妻ひとすじだった。

ドレヒトはドアの横にずれ、クレーシェを船室に通した。

ドアを閉めるや、クレーシェの表情は変わった。愛嬌のある笑顔は消え、目が石炭のように黒く硬くなった。

サラが約束したとおり、ヤン・ハーンは彼女の薬でぐっすり眠っている。肋骨がすべて浮かぶ薄い胸が上下していた。

まるで窓枠で羽ばたく死にかけの青蠅を見るように、クレーシェは総督をつめたく見やった。ヤン・ハーンがかつてどれほどの力強さを意のままにしていたとしても、それはとっくに失われている。だが、彼はそれを隠すために、過去の業績や不機嫌な態度、そして自分の気まぐれに従うドレヒトやフォスのような犬たちの熱意を利用していた。総督が自分を毎晩呼ぶ本当の理由を知ったら、あの人たちはどう思うだろう。子を作りたいからでも、抑えられない性欲があるからでもない。

彼は暗闇が怖いからだった。

ほとんどの夜、彼女はただ服を脱いで隣に横たわり、彼が怯えて目覚めたとき、細い腕で抱きつけるようにしているだけだった。

たまに夜の営みが伴うこともあるが、ヤンが自分を呼ぶのは、サラが絶対に夫と夜を過ごそうとしないからだとクレーシェは確信していた。

友人の強情さが、強い誇りをクレーシェの胸に灯す。ほかの女ならば文句も言わずに彼の要求に従い、見返りとして提供される人生に価値があると信じただろう。けれど、サラは違う。

あれだけ殴られ、叱責され、恥をかかされ、不機嫌をぶつけられても、彼女は彫刻家の槌に屈服することを拒絶する石の塊のように、強さを保ちつづけた。総督のもとにやってきたクレーシェが、人前では見せない激情も露わにヤンが強情な妻に怒りをぶつけているのを見た夜は何度もある。総督は妻を苦しめているのだと長い歳月にわたって信じてきたが、それは彼の傲慢さがそう思いこませてきただけで、クレーシェは逆だと知っていた。サラは唯一、彼が負かすことのできない敵だった。

ヤンが寝言をつぶやき、彼女は我に返った。

机に急ぐと、サラが午後に見かけたと話していた名前の表があった。書き写すようサラに頼まれており、クレーシェはサラに頼まれたことはほぼすべて、質問もせず実行するのを常としている。本当を言うと、サラは本人が自覚している以上に夫に似ているのだけれど、彼女の権威は、欲よりも優しさのうえにかたちづくられていた。

羽ペンを手にしたところで、ヤンの鎧立てに目がとまった。折った羊皮紙が鎧の胸当てのストラップにはさんである。

「さて、あれはなあに?」彼女は言った。

# 42

サラは最初、その囁きが聞こえなかった。

夜明け近くだったが、睡眠薬が意識を溺れさせていた。一滴しか摂取したことはないが、バタヴィアでは日によってもっと飲みたくてたまらないこともあった。ひどい日々、暗い日々、退屈で押しつぶされそうになって水平線を見やり、彼女を選んだ人生ではないほかの人生を自分が選べたらと願ったときだ。

そうした日々には、何時間にも感じるほど小瓶を見つめ、ついにはドロシーアに隠してもらい、切望する気持ちから引き離すことになった。

――サラ――

囁きは壁を這いのぼって天井を伝い、千の脚で彼女の身体を駆けた。

まばたきをして彼女は目覚め、最初はどうして自分が起きたのかよくわからなかった。

船室はまだ暗く、時間がはっきりしない。舷窓は内蓋が覆っているから、眠りについてから一時間後でも七時間後でもあり得る。

蒸し暑く、口が乾燥していた。ベッド脇の水差しに手を伸ばした。

――サラ――

その囁きに彼女は凍りつき、肌が粟立った。

「そこにいるのは誰？」彼女は脈打つ自分の血流を聞きながら訊ねた。

――おまえが対価と引き換えにできる心からの願いは――

囁きはぎざぎざしている。言葉が身体を熊手のように引っ掻く。彼女はベッド脇のテーブルにある短剣をゆっくりと手探りし、その柄を握りしめた。

ゆうべは安心感をあたえてくれた重さが、いまは扱いづらいとしか思えない。

勇気を振り絞り、ベッドから飛び降りて船室の四隅を探った。誰もいない。一緒にいるのは月だけで、裂けた雲の端が月に歯があるように見せている。

――おまえが求めてやまないものはなんだ？――

彼女はドアに駆け寄り、引き開けた。

アルコーヴで蠟燭の火が揺れているだけで、廊下には誰もいない。

——おまえが求めてやまないものはなんだ?——

サラは耳を強く押さえた。「あっち へ行って!」

——おまえが求めてやまないものはなんだ?——

自由。もう少しで声に出して言うところだった。もう少しで叫ぶところだった。だめだと言われることなく自分の望む場所に行きたい。誰かに判断されることなく自分で決めたい。毎日どんなふうに過ごしたいか自分で決めたい。誰かに判断されることなく自分の才能を追求し、そうあるべき姿の母親ではなく、自分の意見を言える母親になりたい。

——おまえが求めてやまないものはなんだ? 言えばわたしは去る——

「わたしは自由がほしい」彼女は静かに言った。

——そのためならおまえは何をあたえる?——

サラの口が開き、閉じた。暗闇のなかであっても、怯えていても、彼女は商人の妻だ。取引は聞けばわかる。

「代価は何?」

夜着姿で、フォスは耳をふさぎ、その囁きを聞くまいとしていた。

——彼女はおまえを拒否するだろう——

「そんなことはない」彼は歯を食いしばって言った。

——彼女はおまえを笑いものにしている——

「いいや」

——血を流して取引を成立させれば、彼女はおまえのものになる——

——わたしがベッドの下に短剣を置いておこう——

蠟燭の火に照らされた目を見ひらき、リアは製作途中のザーンダム号の模型をぎゅっと握りしめた。なんて簡単な申し出だろう。ほんの少しの労力で、そんなに大きな褒美がもらえるなんて。

——おまえが求めてやまないものはなんだ?——

ヨハネス・ヴィクは藁布団から転がりおりると、すぐにナイフを抜き、勢いよくドアのほうを見た。

甲板長には深い眠りにつく余裕などない。そんなことをする者はいびきをかくあいだに死ぬのが普通だ。

ヴィクの船室は船員が余暇を過ごす船首楼の下だ。上からフィドルやサイコロを転がす音がする。

——おまえが求めてやまないものはなんだ？——

「誰だ？」彼は縫帆手の部屋に通じるドアを開け放った。あの役立たずはいつものように、ハンモックでいびきをかいている。

「トム翁？」ヴィクの表情が変わってゆく。彼は自分の部屋にもどった。真っ暗だが、彼は暗闇を気にしなかった。慣れている。

——トム翁だ——

「そうか、昔っからあんたのことは知ってるぜ」彼は眼帯を指先で叩いた。「いつおれのところに来るのかと思ってたが、こんなふうだとは予想してなかった」

この言葉を迎えたのは沈黙だった。

「甲板で、あんたに気づかなかったと思ったか？」ヴィクはほくそえんだ。「おれは昔、あんたの秘密を守り、そのせいで片目を失くした。おれが立派なことをしたのはあれっきりだ。あんたがこの船で何をしてるのか知ってるし、その目的もわかってるぜ」

ヴィクはぐるりと身体をまわして室内を探った。ずる賢い冷笑が浮かんでいる。悪魔など怖くなかった。こんな人生を送ってきたあとでは。もはや楽しめるような目新しい罪悪はない。そそられる堕落行為もない。思いついたあらゆるひどいことを試してきたから、自分を待つのは地獄だと承知していた。そして今、あらたな道が開けたのだ。

沈黙がうつろい、みずから形になった。

——おまえが求めてやまないものはなんだ？——

「あんたがおれにあたえようとしているものだよ」彼はふたたび眼帯に触れた。「おれが貸しにしてやったものさ」

最下甲板では、イサベルが藁布団で寝返りを打って、眠るドロシーアの顔が真ん前にあると気づいたところだった。満月に照らされているせいで年配の女の顔はこの世のものではないように見えて、イサベルはこの女が願い事を叶えてやると申しでてくることをなかば期待した。

この侍女は午後になって、やさしい顔のあるところで眠ると安心できると言い、自分の藁布団をイサベルの隣に移動させていた。イサベルはこれが嘘だとたちどころに見抜いた。ドロシーアは昨日の午後、人間には二種類しかいないと語っていた。彼女は鋭すぎるほうの人間だった。

サラがドロシーアを送りこんだに違いない。

ひとつ上の甲板で、二点鐘が鳴った。板の仕切りの反対側で、船乗りたちが身じろぎし、うめき、起きだす音を聞いた。足音がドシドシと階段を下り、当直が交替した。

ドロシーアの顔から目を離さず、イサベルは静かに立ちあがった。周囲のハンモックや藁布団からいびきが聞こえ、寝言をつぶやく者もいた。唯一の光は火薬庫のドアの下から漏れるものだけで、そこでは倉庫番がひとり低い声で歌っていた。

ゆうべは彼と出くわしてしまい、自分を口汚く罵るのをやめられなかった。ドロシーアがいまの場所に寝ている理由はきっとあれだ。イサベルは今夜こそもっと用心すると誓った。それができないならば、行くのをやめるしかない。

最後にもう一度ドロシーアに警戒の目を投げ、イサベルは船倉に通じる階段へ消えた。

サラがリアの様子をたしかめようと廊下に出たとき、クレーシェが自分の船室から飛びだしてきて、泣きじゃくりながら抱きついてきた。

「トム翁が囁いてきたの」彼女は叫び、しがみついた。

「わたしにもよ」そう答えるサラもまだ震えていた。「彼はあなたに何を約束したの？」

「息子たちを助けてやるって。代わりにあなたの夫を殺せって！」彼女は胸を大きく上下させ、呼吸を整えようとした。「あなたは何を要求された？」

「同じことを」サラは言った。「方法まで指示された」

「彼の寝台の下に短剣」クレーシェが怯えながら、トム翁に言われたことを繰り返した。「トム翁を召喚したのがあなたの夫なら、どうして彼を殺したがるの？」

## 43

アレントがようやく寝床にもどったのは夜明けで、父のロザリオは手首に巻きつけてあった。レイニエ・ファン・スコーテンは呪われた品だと言い張って海へ捨てさせようとしたが、サミーが調査のために重要な品だと思い留まらせた。これがザーンダム号に現れた経緯について彼は仮説を披露しなかった。伯父の話では、これは暗殺者が契約を実行してアレントの父を殺害した証として持ちかえったものだという。最終的にはカスパー・ファン・デン・ベルクが手にしたわけだが、それがどうして畜舎に出現したのか。

こうした謎解きはサミーを喜ばせるものだが、アレントにしてみれば、同じ岩を繰り返しもちあげて、そのたびにあたらしい何かがないかと期待するようなものだった。

うなじが温かくなったと思ったら、一条の日射しが届いていた。船載雑用艇はふたたび縄をほどかれてゆく。レイニエ・ファン・スコーテンの命令で、船隊の最寄りの船までむかい、総督の許可が下り次第バタヴィアに引き返すと知らせることになったのだ。その船が次は自分たちの船載雑用艇を次の船へ使いに出し、伝言が船隊全体に広まることになる。

船乗りたちは船載雑用艇を留めている結び目をほどきながら、ゆうべ襲ってきた幽霊船や、いかにして悪魔の象徴が刻印されたかについて噂していた。話にはすでに尾ひれがついていた。怪船〈第八の灯〉は、もはやこの世のものではなくなっており、もやがかかって形がはっきりしないのは単純に距離があるからではなく、海で死んだ者の霊が集まってできているからだとされていた。帆に焼きつけられたトム翁の印も、ただそこにあるのではなく、目をまたたかせ、尻尾を一閃させてから煙のように消えたといわれていた。

この噂をあちこちで聞きながらアレントは寝床にもどった。カーテンを開けたとたん、仰天して自分のハンモックを見つめた。

驚きはすぐに怒りへと変わった。何者かがハンモックを便所代わりに使っていたのだ。

笑い声が甲板じゅうに響いた。アレントはその笑いがヴィクと数人の船乗りのものだとわかった。連中が上機嫌になっているのが見える気がした。そこでようやく、これはラルメに果たし合いの許可を得るための苦情の理由になるのだと気づいた。

「もう少しきれいなものにできただろうに」アレントは小声で言った。

勢いよく外に出ると、後甲板のラルメにむかって、「苦情の申し立てをおこなう」と単刀直入に言った。

ラルメが息を吐いた。「なんでおまえが苦情の申し立ての決まりを知ってんだよ」

「関係あるか？」

「というわけじゃねえが、この船じゃ苦情が不足してる奴などいねえから、おまえの苦情を特別に扱う理由を知りたい」

「特別である必要があるとは聞いてない。苦情の申し立てだけすればいいと」

「対象は船乗りだけなんだよ」ラルメは自棄（やけ）気味に言って、誰かに聞かれていないかとあたりを見まわした。

「昨日、マスケット銃兵と船乗りが果たし合いをしていたろう」アレントは切り返した。

「くだらねえ平かんなの件でな。あんなもん格好だけの茶番だ」言って、ラルメは態度を和らげた。「誰に対する苦情だ？」

「ヨハネス・ヴィクだ」

ラルメは信じられないという顔で彼を見た。「この船にはこれだけ人がいるってのに、よりによっておまえ、ヨハネス・ヴィクとやろうってのか？」

「あっちがおれを選んだようだが」

「申し立ての証拠はあるか？」

「彼の笑い声だけだ」

ラルメは上方に見える索具にむかって口笛を吹き、ヴィクを呼んだ。甲板長は驚くほど敏捷にするすると下りてくる。いつものように眼帯の下はしかめ面だった。

「おまえ、このでかぶつのハンモックにクソ垂れたのか？」ラルメが訊ねた。

「おれじゃねえ」ヴィクは答えた。

「なら握手して一件落着と宣言しろ」ラルメが言う。

「おれは苦情を申し立てる」アレントは頑固に繰り返した。「船の決まりにのっとって、船首楼での果たし合いを求める」

「ハンデはねえぞ」ラルメが警告した。「おまえには証拠がねえ。だからハンデは――」

「ハンデはないだと！」ヴィクが大げさに叫んだ。「そいつの体格がハンデだ」

「諦めろ、おまえも小柄じゃねえだろうが」ラルメが言う。「メインマストとミズンマストの殴りあいみてえな戦いになるさ」

ヴィクは攻撃を防ぐかのように両手を突きだして一歩

下がった。「噂は聞いてるだろう。こいつはあのブレダの戦いの英雄だぞ。ひとりでスペイン軍全員を相手に戦った」

「こいつの寝床を便所にする前に、そのことを思いだしときゃよかったんだ。我慢できたかもしれねえぞ」

「平等に戦えるものがほしい」ヴィクは譲らず、ふたりを見つめた。「でなけりゃ、おれは戦わん」

ラルメが彼をにらんだ。「こいつは苦情申し立ての権利を訴えてんだぞ」

「そしておれは何もやってねえと言ってる。なんの証拠もないのに、あんたはおれを熊と戦わせようというのか。平等じぇねえ」

ラルメは腋の下をボリボリ掻いた。あと数分早く寝床にもどればよかったとでも思っていそうだ。

「何がほしい？」

「ナイフだ」

アレントの背筋は凍った。なぜヴィクは取り決めを変えた？　刃物が持ち出されたら、案配よく負けてみせるのはだいぶむずかしくなる。そもそも流血の量が多くなる。

煤の色をした甲板長の目がアレントを射抜くように見た。「どうだ、兵隊さん。これで平等じゃねえか？」

「いいだろう」アレントは同意するほかなかった。「いつやる？」

「黄昏時、錨を下ろした後だ」ラルメが首を振った。「おまえらふたりとも、ろくでもない馬鹿野郎だ。どっちか片っぽが死んだら万々歳ってやつだ」

## 44

会衆たちは混乱して囁き交わしていた。メインマストの前に集まって牧師の説教を待っているのだが、彼はまだ現れていない。イサベルが起こしに行ったが、彼のハンモックは空っぽだった。

冷たい雨が降りだしている。ここかしこに日射しも漏れているが、黒い雲を突き破ることはできなかった。

これはよくない兆しだと彼らは囁いた。

クレーシェやリアの隣に立つサラは会衆たちが落ち着かなくなっていく様子を見守った。夜間に悪魔が囁きかけてきた。サラにもリアにも囁いたから、ここにいる人々にも囁いたことは疑いようがない。彼らの顔に浮かぶ罪悪感を見るに、誘惑されたことはあきらかだ。

この人たちも自分やクレーシェやリアと同じことを頼まれたのだろうか。

**彼の寝台の下に短剣を置いておこう**、声はそう言ったのだ。

サラは視線をメインマストのむこうへと漂わせた。船乗りたちがサラたちを見つめている。その視線は捕食者のそれだった。彼らのうち何人が、会衆のなかに総督がいることを期待して今朝ここにやってきたのだろう。彼らのうち何人が彼を殺そうと考えているのか。引き換えに何を約束されたのか。彼らの目がクレーシェとリアを舐めるように見ている様子から、サラは答えがわかった気がした。

ヨハネス・ヴィクは船首楼甲板にあがっていた。彼がその場所を選んだ理由がサラにはわからない。あそこでは説教が聞こえるはずもないが、乗客たちをしっかり見ることはできる。

彼もゆうべ、トム翁の声を聞いたのだろうか？　サラは頭のどこかで、ヴィクとこの悪魔はもっと定期的に接触をとりあっているのではないかと思っていた。

イサベルが人混みをかきわけてサラのもとにやってきた。「最下甲板を探したんですけど」彼女は慌てた様子で言った。「サンデルが見つからない。誰もあの人を見てないんです」

「アレントの寝床は彼の隣だから」サラは言った。「アレントが何か知っているかもしれない」

クレーシェが咳払いをして、ちょっと待って、とサラに伝えた。「あなたがアレントと話す前に、見せたいものがあるの。ゆうべ、あなたの夫の船室で、鎧の胸当てに折りたたまれた羊皮紙があるのを見つけたのよ。ピップスが囚人になった理由が気になっていたのは知ってるでしょう。で……」彼女は子牛皮紙をサラに手渡した。「ヤンが寝ているあいだに、書き写したの」

サラは雨が字をにじませるなかで読みあげた。


サミュエル・ピップスを捕縛すべし。同人が英国の密偵であるとの告発あり。我らが誉れある会社にとってのみならず、同人は我らが国家にも仇なす売国奴である。未だ公に知られたものではないが、小生は本告発の正当なることの確証を得ており、至急、我が友人各位に証拠を提出するつもりである。同人は帰国次第処刑をまぬかれぬものであり、同人を〈十七人会〉に引き渡せば、貴殿の立場も大いに良くなるであろう。以上の指示にしたがい、至急帰国のこと。

よき未来に期待しつつ
貴君の友
カスパー・ファン・デン・ベルク

「ピップスが密偵？」サラは息を呑んだ。

「アレントに見せちゃだめよ」クレーシェが言う。「あなたの夫の船室から書類を盗んだことが当人に知れたら、わたしは手すり越しに海に放りこまれちゃう」

「だったらうまく説明できるよう、何か嘘をこしらえるか」サラは言った。「アレントには教えないとならないのよ、クレーシェ。彼はピップスを崇拝している」

四人の女たちは半甲板の下の船室にやってきたが、サラは戸口でためらっている。今後はアレントに会うことも、話すことも厳しく禁じる旨、夫に告げられている。彼には薬を二倍の量あたえているから、まだ寝ているはずだ。それでも、公然と夫に反抗するのは危険だ。

フォスが歩きまわっているだろう。彼の目は夫の目といっても過言ではない。

心臓が前へ、不安がうしろへ彼女を引っ張る。トム翁の調査を続けるつもりであれば、目立たぬように動くべきだ。リアに視線をむけた。「いい子だから、操舵室に行って、お父さんとフォスとドレヒトを見張ってて」

リアはにっこりと笑った。「なんだかピップスの物語のなかにいるみたいね」彼女はそう言い、持ち場へむかった。

アレントの寝床をかこむカーテンは開いており、彼は藁布団の上でいびきをかいていた。周囲の床は掃除したばかりで濡れているが、まだかすかに悪臭が漂っている。

「あら、すごい。目の保養ね」クレーシェはそう言ってアレントの厚い胸板と太い腕を見つめた。サラは頬を赤らめた。

「アレント」低い声で呼びかけた。

彼は身じろぎもしない。

「アレント！」サラはもどかしくなって、彼の足の裏を蹴った。「起きて」

「まあああだ、朝早くじゃないか」彼は口ごもるように言うと、蹴られない位置へ脚を動かした。「おれはついさっき……寝たばかりなんだ」

「サンデル・ケルスの姿が見えない。あなたの助けが必要なのよ」

アレントはしぶしぶ起きだすことにして、ぼんやりした目をこすって彼女たちを見つめた。黄青椒（パプリカ）の香りが強く漂ってくる。誰かが船倉で木箱を開けたのだろう。

「サンデルなら朝いちばんによたよたとここを離れていった」彼は肘をつく姿勢になった。「最下甲板への階段を下りる彼の足音を聞いた」

「あたしは最下甲板を探したんですけど」イサベルが非難するように言う。

アレントは上半身を起こし、疲れたように頭を両手で抱えた。「船倉まで下りたか、真ん中の仕切りを越えたかじゃないか？　メインマストより前は調べたのか？」

「あたしはそこまで行くことを許されてないもの」イサベルが必死に答えた。

「誰か彼を見なかったか、おれが訊いてまわろう」彼は言った。「どうにかしてブーツを履いたらすぐに」

サラはクレーシェが書き写した羊皮紙を手渡した。

「その前にこれを読んで。あなたのお祖父さんからわたしの夫への手紙よ。サミーが囚人になった理由が書いてある」

集中力を取りもどした彼は受けとって二回読んだ。彼は突然、笑い声をあげた。「祖父がどうやってこの情報を手に入れたか知らないが、これは嘘だ。サミーは密偵じゃない」アレントは面白がっているようだ。「彼は密偵の仕事じゃ使い物になりません。国家だの王だのまったく気にしない。彼が気にするのは自分のポケットのなかの硬貨と面白い謎解き（パズル）です」

「この件について彼に訊いてみて」サラは言った。「それから、主人にはこの話をしないで。わたし、彼の船室からこれを盗んだの」

アレントは紙切れを舷窓の外へ捨て、風がそれを運び去った。「もちろん、言いませんよ。ありがとう、サラ」

サラがリアを連れてもどると、四人の女たちはもとの甲板に上がった。雨は失望した会衆を洗い流しかねないほどひどくなっていた。「アレントが悪魔じゃないことはまだはっきりしてませんよ」イサベルが言う。

「彼は違います」それ以上の議論は許さないという口調でサラが言った。

サラの確信の強さに一同は驚いたものの、彼女はみんなの疑いに正面からむきあった。アレントと行動した二日間で、結婚して十五年になる夫よりも深く彼を知るようになっていた。

「信じて、サンデルを見つけられるとしたら、それはアレントよ」彼女は続けた。「わたしたちはレイニエ・ファン・スコーテンと話したほうがいい。彼はサンデルに懺悔をしたいとせがんでいた。今朝、牧師がどこへ行ったのか知ってるかもしれない」

「まず、息子たちを屋内にやってもいい?」雨に打たれながらクレーシェが言った。「外にいるのはもうありがたくないから」

マルクスとオスベルトは後甲板にいて、円を描きながらたがいを追いかけまわし、ふたりしか決まりを知らない鬼ごっこらしき遊びに夢中だった。ドロシーアが心配顔で彼らを見つめ、いつか手すりの隙間から走り出て、まっすぐ海に落ちてしまうんではないかと気を揉んでいた。

この少年たちの災難を招く才能を考えると、根拠のない懸念ではなかった。

サラたちが階段のいちばん下までやってくると、少年たちはドロシーアの指示でそちらに駆けてきた。「わたしたちも屋内に入るのがいいと思いますがね、奥様」ドロシーアはそう言い、風に飛ばされないよう白いキャップをぐっと押さえた。

サラは彼女の腕をつかんだ。

「今日、時間を見つけてわたしのために実用的な服を作ってもらえないかしら、ドロシーア」サラはイサベルのゆったりした綿のシャツと麻のスカートを指さした。

「ああいったものを。それからつば広の帽子かボンネットもいる。顔と髪を覆うような縁のついたものが」

「変装なさるってことですか?」ドロシーアは以前にもそうしたものを作ったことがあった。サラが一度といわず城塞から抜けだすのを手伝った経験があるのだ。

「その通りよ」

「ドレスを一着か二着、犠牲にすることになりますよ」

「なんでも必要なだけ切ってしまって結構」サラは言った。

ドロシーアが少年たちを屋内に連れて行くと、クレーシェが遠慮がちに咳払いをした。

「サラ……」彼女は問いかけるように言った。

「ええ」

「アレント・ヘイズだけど」

その名前がふたりのあいだで漂うような間があった。

「ええ」サラはまたそう言ったが、今度はもっとゆっくり、質問を歓迎するというより警告するような口調だった。

「あなたが彼の肩をもつ様子はとても……」

「猛烈だった」リアが言った。

「そう、猛烈だった」クレーシェは目元からブロンドの髪を払いのけた。

「そうだった?」

「それに、あなたは最近彼と多くの時間を過ごしてる」

「不謹慎なほどではないわよ」サラは言った。

「彼のことが好きなの?」

口が反対の言葉をかたちづくったが、そこでサラは今の質問をしたのが誰か考えた。「ええ」そう打ち明けて、かすかに顔を歪めた。声に出したのは初めてだ。市場の真ん中に特別醜い雌牛を引っ張りだしたような気持ちになった。

リアがほほえむ。たくみに要点へと話を進めようとするクレーシェのことは頭にないようだった。「あなたがもっているそうした感情は……叶わないものだとわかってるわね」

「もちろん、わかってる」サラはいらだってドレスの襟元を引っ張った。服はすべて海水で洗わねばならないので、固くなり、ちくちくした。それでも船乗りたちよりはましだ。彼らは服をめったに洗わず、洗うときも自分の尿でおこなう。あと五カ月したら、船全体が掘り込み便所のにおいになるだろう。「わたしは彼と一緒にいるときの気分が好きなの」サラは続けた。「彼は自然なわたしのままでいさせてくれる。無理をさせないから、自分とは違う別人にならなくていい。それだけ。簡単に諦められる」

「どうしても諦めないといけないの?」リアがそっと訊ねた。「あの人といるとお母さまはしあわせそう。この目で見たよ」

「アレントとわたしには希望がないの」サラは声を落と

した。「わたしたちの計画が成功すれば、わたしは姿を消す。そしてアレントは……」言葉は尻すぼみになった。わからない。サミュエル・ピップスが処刑されてしまったら、彼はどこへ行くのだろう？　戦争にもどる？　サラのなかで希望がちらりとはためいた。

彼は傭兵だ。さらに重要なのは男であること。彼にはなんの義務もない。なんの期待もない。望む場所にどこでも行ける。サラを追う機会が訪れれば、すべてから遠く切り離された場所であたらしい人生を始める機会が訪れれば、きっと歓迎するだろう。船が入港したら彼に伝言を送り、彼女がどこへ行くのか教えることができるかもしれない。

サラは怒ったように頭を振った。そもそもなんでこんなことを考えているの？　もうすぐ、リアの、そして自分自身の自由を得られるところまで迫っている。子供っぽい恋心のためにそれを危険にさらそうなどと、よくも考えられたものだ。

エッゲルトが敬礼し、彼女たちのために乗客船室区のドアを開けた。

廊下に入ると、サラはレイニエ・ファン・スコーテンの船室をノックした。

主任商務員は薄い綿のスロップスしか身につけていないような状態で現れた。

女たちはぞっとしていっせいに顔をそむけた。彼の部屋はまるで酒場で、何十本もの空っぽになったワイン壺が書き物机にも床にも散らばっていた。

これは絶望した者の酒の飲みかただとサラは思った。

「ゆうべ、トム翁は本当にわたしの願いを聞き入れたのか」彼はそう言い、目の前の淑女たちを見つめた。

クレーシェは面白がって鼻を鳴らし、サラは思わずほほえんでしまった。「昨日はサンデル・ケルスのもとに懺悔に行きましたか？」そう訊ねた。

彼は船室に入るよう手招きをした。「わたしに何を懺悔する必要があると？　総督がこの航海を取り仕切っているから、わたしはワインが詰まったトランクを持つ裕福な乗客に過ぎない、ということになりますからね」

「あなたは主人を手伝って、この船に何かをこっそり積ませましたね」彼の態度の変化をサラは観察した。「それが何か誰も知らないようですが、あなたはそれ以来、深酒するようになった」

彼の顔は一瞬ひきつり、不安と疑いと罪悪感に覆われた。束の間、サラはついに知りたかったことが聞けるのかと思ったが、かわりに吐き出されたのは痛烈な言葉だった。

「総督はあなたがアレント・ヘイズと捕物士ごっこをしているると知ってるんですかね？」彼は首を傾けて訊ねた。

「この無謀な冒険にお嬢さんまで引きずりこんでることを？」彼は冷ややかに笑った。「わたしから総督に進言したほうがよさそうですな――」

「サンデル・ケルスがいないんです」イサベルがサラを押しのけて彼の前に立ち、そう言った。「懺悔のためにあなたのもとに来たのであれば、最後に会ったのはあなた――」

「わたしは何も知らん。知っていてもマルダイケルなどに話すか」

彼は一同の鼻先でドアを叩きつけて閉めた。

# 45

「これからどうしたらいいんでしょう？」一行がファン・スコーテンの船室から重い足取りで歩きだすと、イサベルが訊ねた。

サラは考えこんでから、うしろにいるリアに声をかけた。「船の模型と、密輸用の隠し部屋の件は進んでる？」

「まだ始めたばかりだもの。どうして？」

「あなたのお父さんは秘密にしたい何かをこの船に積みこみ、レイニエ・ファン・スコーテンがそれを手伝った。もし彼がそのことをサンデルに告白して、それをお父さんが知ったのなら、そのせいでサンデルは姿を消したのかもしれない。その荷物はこの船のどこかにある。ボシーが作った密輸用の隠し部屋を調べるのが有望に思える。それは複数あるはずだから、どこにあるのか調べださないと」

「手紙のことを忘れちゃだめ」クレーシェが言う。「サンデルはザーンダム号におびき出されたのよ。トム翁が手をまわしたのだとしたら、サンデルの失踪にかかわっているのはトム翁でしょ」

「どちらにしても、しばらくはわたしたちにできることはない。アレントが調べ終えるのを待つしかないのよ」サラは言った。

その答えにイサベルが不満なのは明白だが、ほかに行動する手立てはなかった。すべての乗客同様、彼女の自由はかぎられている。

クレーシェが袖からまた羊皮紙を取りだし、サラに手渡した。「別件なんだけど、これを見たら元気になるかしら。総督の船室であなたが見た名前の表よ」

バスティアーン・ボス　一六〇四
ツキヒリ　一六〇五
ヒリス・ファン・デ・コーレン　一六〇七
ヘクトル・ディクスマ　一六〇九
エミリー・デ・ハヴィラント　一六一〇

「いくつかの名前は『魔族大全』で見たことがありますね」イサベルがサラの肩越しに覗いて言った。「どれもトム翁の虜になって、ピーテル・フレッチャーが調査した家族です」

この若い女はかすかに黄青椒（パプリカ）のにおいがした。嫌なにおいではなかった。むしろ、サラは少し空腹を覚えた。なぜいままで気づかなかったのだろう。船倉には黄青椒（パプリカ）の木箱もあった。イサベルが寝ている場所の真下に違いない。

「ヤンがここにある名前に関心をもってるのはなぜか、わかる？」クレーシェが言った。

「彼が昨日フォスと話していたのを聞いた」サラはこの謎を自問しながらゆっくりと言った。「少ししか聞こえなかったけれど、彼は三十年前に権力を手にするのと引き換えにトム翁を解き放ったと認めていた。今は、ほかの誰かが自分を狙ってこの悪魔を召喚したと考えているようね。アレントが追及したけれど、それ以上のことは話そうとしなかった」

クレーシェは真っ青になり、サラの腕をつかんだ。

「ヤンが悪魔を召喚したというの？」

「本人がそう言っていた」彼女はイサベルにふたたび視線をむけた。「この表にある名前の人たちがどうなったか知っているの？」

「ピーテル・フレッチャーは膨大な記録をつけています」彼女は手提げ鞄を軽く叩いた。「ここにある『魔族大全』に答えがあるはず」

「では、わたしの船室に行って調べましょう」サラはクレーシェを見つめた。「ゆうべはクラウヴェルス船長について何かわかった？」

「彼はわたしたちの探している悪魔じゃないと思う。それがあなたの訊きたいことなら」クレーシェが言う。「彼の家はかつて名家で、富を再建しようとしてる。ヤンがどうにかして手伝ってくれると思っているようよ」

「どうするつもりか訊き出せた？」

「いいえ。でも、今夜また探りを入れてみるつもり。ああ、それからあなたの夫とトム翁との関係については、フォスからもっと情報を手に入れられそうよ」

「フォスはとても忠実なのよ」サラは言った。「あなたの伝説の魅力を疑ってはいないけれど――」

「彼、わたしに結婚してくれと言ってきたのよ」クレーシェが目をきらめかせて言った。

「フォスが求婚した！」リアが叫んだ。

「そうよ、ゆうべ。例の幽霊船が襲ってきたあとで」

「でも、あなたは……」サラはふさわしい言葉を探した。「あなたはそういう人だし、彼は……」

「ああいう人ね」クレーシェは言った。「そうよ。でも、彼は莫大な財産を手に入れて、次のバタヴィア総督として名乗りをあげるらしいの」

「財産？」サラはたちまち興味を惹かれた。「どこから手に入れるの？」

「さあ。彼はしばらく計画していたと言ってたっけ……あっ」何かを悟ったようだ。「フォスじゃない。あんなの絶対にフォスじゃないわ。彼はあんなに……」彼女はどうにか言葉をひねり出した。「鈍いのに」

「彼には影響力があり、今まさに生活環境が変わるところ。トム翁が誰かに取り憑いているのなら、フォスも候補になる。主人は長年のうちに統治の仕事の大部分を彼に委ねるようになっていた。フォスはバタヴィアで第二の権力をもつ男で、さらなる権力を手に入れようとしてるみたいね。彼がどこからその財産なるものを手に入れるのか調べないと」

「ええ、もちろん」クレーシェが言う。「どちらにしても訊ねるつもりだったから。彼の求婚を本気で考えるならば、すべての詳細が必要だもの」

「本気で考えてるわけじゃないの？」リアが大声で言う。

「だめなの？」クレーシェがあっさりと言う。「彼はのぼせあがっているし、弱いし、想像力が欠けてる。そうした欠点がある人と一緒になって、息子たちのためにどんな人生を築けるか考えてみて。それに、わたしの美しさは永遠には続かない。できるだけ高い値段で売らないとだめなのよ」

サラはうしろをついてくるイサベルを一瞥した。「わたしは少しクレーシェと話があるので、先に『魔族大全』をわたしの船室へ運んでもらえるかしら?」愛想よく言った。

イサベルは言われた通りにした。彼女が去ると、サラはクレーシェの腕をつかんだ。

「あなたがフォスと結婚したら、わたしたちの計画はどうなるの?」彼女は訊ねた。「フランスのことは? リアとわたしは?」

「ああ、心配ご無用よ」クレーシェは冷静に言った。「それは簡単に手配できる。〈愚物〉はあまりに貴重だから、わたしの結婚の計画の人質に取ることはできないし、わたしはあなたたちのどちらも絶対に見捨てない」

サラは友人を見つめた。彼女は美しくて忠実だが、その日の風に身を任せて生きている。求婚について考えたとき、サラとリアを重視したはずがない。身勝手や悪意からではなく、すべて自分の願うままに事が運ばれると考えているだけだ。彼女はサラたちの自由を望んでいるから、きっと自由を手に入れてはくれる。クレーシェなりの公平という理屈では、彼女の人生はいつもこんなふうに流れていくのだ。

「ゆうべ、図面を手に入れることはできたの?」サラは話題を変えた。

まわりに誰もいないことをたしかめて、クレーシェはスカートの裾をもちあげ、布切れで作った三つの輪に収めた巻物入れを見せた。「当然よ」彼女は取りだしてみせた。「ヤンはぐっすりと眠っていた。あなたの薬の効き目を賞賛しないとね」

「ちょっと、クレーシェ。どうしてリアの船室に置いてこなかったの?」

「雑用係のひとりに見られたらどうするの? でなきゃヤンが訪ねてくるとか。だめよ、だめ。わたしがずっと身につけておくほうが安全だと思ったのよ」

「それはわたしがいじったドレスじゃないよね」リアが両手で巻物入れを受けとった。

「そう、わたしが自分で手直ししたの」クレーシェが誇らしげに答える。

「そして、巻物入れを午前中ずっと脚に取りつけたまま、歩きまわっていたわけ？」

「あなたに渡す適切なタイミングを待っていたのよ」サラは楽しげに友人を見つめながら首を振ってみせた。

「すぐに図面に取りかかるね」リアが言う。「でも、あたらしい蠟燭が少しいる」

「司厨長に届けさせるわ」サラは言った。

「ほかの場所で手に入れたほうがよくない？」娘が言った。「船の模型と、この図面があるから、かなり夜更かしすることになるよ。どうしてそんなに蠟燭が必要なのか、司厨長に勘ぐらせたくない」

リアは巻物入れを握りしめて自分の船室に姿を消し、残るふたりの女だけでサラの船室に足を踏み入れた。

『魔族大全』はすでに書き物机でひらいてあった。

イサベルは訝しげに首を傾けてハープを調べていた。バタヴィアの酒場で使われるのはフルート、フィドル、太鼓で、それもたいてい技術より意気込みで演奏されるのだ。

うっとりした表情から、イサベルが人生でこれほど優美なものを見たことがなかったとわかる。弦は日光からできているようで、木は徹底的に磨きあげられていて、その表面に移った自分の顔がちらちらと揺れる。まるで、皮一枚下にとらわれた魂を見るようだった。

イサベルは汚れた人差し指を伸ばして弦を一本つまびいて、音を聞くとさっと両手をひっこめた。本来の少女らしい彼女を見たのは初めてだとサラは思った。

「ぜひ、弾いてみて」サラは優しく声をかけた。「よければ、わたしが教えましょうか」

この申し出に困惑して、イサベルの顔が白くなった。

「失礼なことを言うつもりはないですが」サラと目を合わさぬまま言った。「あたしの立場ではそんなことできないので。それは残酷なお申し出です。奥様の指はハープを弾くには完璧です。柔らかくて長くて。その手を見れば、神様があたしとは違う者のためにお作りになったとわかります」彼女は自分の手を突きだしてみせた。ごつごつして固く、船のあちらこちらを這いのぼっているせいで汚れている。「この手は畑仕事のため、重労働と喧嘩のために作られました。初めてサンデルに会ったとき、彼はバタヴィアの路地裏でふたりの追い剝ぎに殴られてました。彼は牧師なので、あたしはナイフを取りだし、その場にいることを気づかれる前に、そいつらの喉を切り裂いてやりました。別に褒美を期待してたわけじゃなかったですけど、サンデルはあたしがあらわれたことは天意だと思ったんです。彼はあたしの後見人となって、魔女狩り人の教育をしてくれました」声に誇りがにじんだ。「あたしの使命は神様に授けられたものです。トム翁を始末するのはこのあたし。この手はそのためにあるもので、この船を下りたら二度と見ることもない楽器をぶきっちょにいじるためのものじゃありません」

サラは口を開けたものの、反論すべきか謝罪すべきか決めかねていると、イサベルが『魔族大全』の表紙をついたおかげで決断せずに済んだ。「頼まれたとおり、本をもってきました」

サラはイサベルから目を離さずに言った。「クレーシェ、『魔族大全』を見て、夫の机にあった名前と照らしあわせてくれる？　わたしはイサベルの赤ちゃんを診察したいの、本人にその気があればだけど」

イサベルは仰天して、両手で腹を押さえた。

「どうしてわかったんですか？」

「昨日の説教で、あなたがマルクスやオスベルトを見ていたときの慈しみの表情を見たから」サラは優しく答えた。「あなたは自分の赤ちゃんがあのくらいの年頃になった頃を夢見ていた。わたしも三人産んだから、あの表情はどういう意味かわかる。それに、あなたはいつもお腹に手を当てている」

サラはそっとイサベルの腹を触診し、満足のつぶやきを周期的にあげる。そのわきではクレーシェが、『魔族大全』の頁をめくり、嫌悪のつぶやきを周期的にあげていた。

「この名前はすべて、トム翁に取り憑かれているのではないかと、わたしの夫が疑っていた人ばかりよ」クレーシェは咳払いをして、読み上げはじめた。「バスティアーン・ボスは裕福な商人であるが、調査により判明したのは、その財産は極めて稀な幸運が度重なった結果であり、かかる幸運はいずれも同人の地所周辺の村々における凶事の発生と一致していることであった。関連性は明白である。小生らはある深更に同人を路上にて捕らえ、三日間の尋問ののち、トム翁の顔が小生らの前に姿を現した。悪魔祓いを実行するも、救うこと能わず、小生らは同人を清めるべく……」クレーシェの声が小さくなった。「火を用いた」最後の言葉は弱々しいものとなった。

「クレーシェ？」

「夫は言ってた……」彼女はためらった。「誰も殺していないって。言い張っていたのよ、トム翁は悪魔祓いの儀式だけで追いだせたと」

彼女は力を取りこむように一息吸うと、次の名前の説明に突入した。

「ツキヒリは異国の造船技師長であるが、その船は我が国の東インド貿易船より軽くて速く、同時に強いものであった。キリスト教徒の船大工の検査によれば、かような船を水上に浮かばせるのは悪魔の所業でなければあり得ぬという。果たして小生らは船体に厭わしき魔術の刻まれているのを発見した。ツキヒリは小生らの告発を否認した末、尋問中に死亡。かの者の魂を救うこと能わず」

クレーシェはいきなり立ちあがると舷窓に近づき、手で口を覆った。

サラはイサベルの診察を終えた。「この子はあなたが母親で幸運ね」彼女はほほえんでみせた。「すべて順調のようよ。航海のあいだはずっと、わたしたちがあなたに気をつけておくけれど、もし気分の悪くなることがあれば、症状を和らげる薬がいくつかあるわ」

サラは書き物机にむかい、『魔族大全』を覗いた。

記録は英語――あちこちの異質な言葉をつぎはぎしたせいで優雅とはほど遠い不自然な言語――で書かれていた。サラは英語をしゃべれるものの得意ではなく、無意識にいくつかの単語を声に出しながら読んでいた。

なんとか平静を保ちながら尋問と自白の記録を読み進めた。魔女狩り人ピーテルが目にした恐怖と、それに対して彼がおこなった恐怖が淡々と記述されていた。

「あのひとは、たいした証拠がなくてもかまわなかったのね？」舷窓の前に立つクレーシェは、自分の身体をきつく抱きしめていた。「エミリー・デ・ハヴィラントの記録をもう読んだ？　あのひとは、彼女が自分は魔女ではないと否定したというだけで有罪にしてしまった。まだ子供だったのに！」

サラはその記録を見つけた。「かの供述は空疎かつ欺瞞であり、嘘に嘘を重ねて内なる悪魔を隠そうとするものであった」彼女はさらに読み上げる。「悪魔祓いが命じられ、エミリーは悪魔より解き放たれたものの、すでに遅かりし。デ・ハヴィラントの忌まわしき所業を聞きつけた村人どもが家に押し寄せ、火を放ち命を奪い、かつて名家であった同家は滅亡にいたった」

さらにふたつの名前が続いた。ヘクトル・ディクスマとヒリス・ファン・デ・コーレン。どちらも試練を生き延びてしあわせな人生を送ったようだ。

クレーシェは震えていた。涙が頬に幾筋も流れる。

「この本に書いてある夫はわたしの知らない人だわ」サラが読むのをやめると、クレーシェが言った。「これはわたしにとって安らぎの家みたいだったあの人じゃない。わたしのピーテルにこんなことできたはずない。バスティアーン・ボスにも、ツキヒリにも、エミリー・デ・ハヴィラントにも、ほかの人たちにも。わたしの夫は人殺しじゃなかった」

## 46

クラウヴェルス船長は両手を背中にまわして組み、船長室の窓のひとつから外をながめていた。いらだちに指先が揺れている。午前中もなかばだが、船隊のほかの船と同様、ザーンダム号は錨を下ろしたままだった。

刻一刻と海は荒れていく。雨が窓ガラスを叩き、水平線では稲妻が不吉に躍っている。錨を下ろしたまま雷に打たれているわけにはいかない。帆をあげる前に船はバラバラにされてしまう。

本来ならば、雷から逃れるべく全速で航行しているべきだったが、ファン・スコーテンはバタヴィアに引き返すと言って譲らなかった。そのためには総督の許可が必要だが、彼は眠りつづけたままだ。こんなことはめったになく、家令のフォスは何度も総督の寝室に顔を突っこみ、まだ息をしているかたしかめていた。

他船の船長たちは帰還命令に対して予想どおり怒りの反応を見せた。〈第八の灯〉を目撃したこと以外に、他の船では奇妙な出来事などまったく報告されていないから、航行を進める気まんまんだった。アムステルダムに貨物を届けることで報酬が得られるのであり、バタヴィアに引き返せば貨物は無駄になる。

フォスが総督の部屋のドアをノックしようと船長室を横切る音がクラウヴェルスの背後に聞こえた。フォスがたどり着く前にドアが開いた。ヤン・ハーン総督が日射しに目をまたたかせながら現れた。ひどい様子だ。シャツの裾は出したままで、鎧の胸当てがその上に斜めに垂れている。六つある革のバックルのうち四つしか留められていないのだ。蝶結びは左右不揃いで、トランクホーズはずりあがり、充血した目の隅にはまだ眠気が居座っていた。

「閣下」

「総督……」

「お話がございま――」

片手をあげて制し、総督はふらつきながらフォスを指さした。

「手短かに」彼はまだベッドから起きだしていないような声で言った。

「クラウヴェルス船長とファン・スコーテン主任商務員が、バタヴィアへ引き返すことを望んでいます、閣下」

「ならぬ」あくびをしながら言った。「朝食を運ばせろ、フォス」

フォスは一礼して部屋を離れた。

「閣下」ファン・スコーテンが口をはさんだ。「昨夜、あの幽霊船がまた現れたんですぞ。閣下の命令通り船載雑用艇を海に下ろそうとした瞬間、あの船はわたしたちの家畜をすべて虐殺したのです」

早口だったが口跡は明瞭だった。今回ばかりはファン・スコーテンもしらふなのだとクラウヴェルスは気づいた。この主任商務員がワイン壺を手にしていないのを最後に見たのはいつだったか。出航の一週間ほど前、ドレヒト護衛隊長が調査のために船に乗りこんだときだったろうか。ファン・スコーテンは普段であれば陽気な性格なのだ。しゃくにさわるところもあるが、おおむね憎めない奴だった。彼の気分をここまで苦いものにしたのはどんな出来事だろうかとクラウヴェルスは思った。

総督は重たげに椅子に腰を下ろし、頭頂部の禿げた部分をさすった。まだ寝ぼけている。「家畜はどうやって殺されたのだ？」彼は訊ねた。

「やったのは病者です」クラウヴェルスは言った。「あいつが家畜の腹を切り裂いたのです。昨日ヘイズ中尉が、病者が船倉に祭壇を作っているのを発見しました。すでに船員のなかから信者を募っているんでしょう」

「で、バタヴィアに引き返すことが、そいつとの戦いにどのように役立つ?」

「この船をからにしなければならないのです」クラウヴェルスは答えた。「隅々まで捜索して――」

「おまえの提案通りにすれば、貨物は無駄になり、この航海そのものがまったくの無意味となる」総督は言った。「わたしがアムステルダムにもどるのは〈十七人会〉に入るためであり、凱旋は華々しいものにしたい。空っぽの船倉と余計な言い訳で飾るのではなく」

「もちろんです。脅威が去ったと確認できれば――」

「鶏が何羽か死んだだけで、飛んで巣に帰ろうというのか?」軽蔑するように訊ねた。「貴様とは何度も冒険をともにしたが、それほどの意気地なしだとは思っていなかったぞ、クラウヴェルス船長」

クラウヴェルスは憤然として顔をあげたが、総督は彼を無視してテーブルを爪でコツコツ叩いた。

「この船を悪魔が忍び歩いているのであれば、アレントが見つける」

彼らの足元で船が傾いた。総督は椅子から転がり落ち、クラウヴェルスとファン・スコーテンはテーブルに叩きつけられた。彼らが起きあがると船はまた傾いたが、クラウヴェルスはすでによろめきながら窓にむかっている。海が荒れて白波が立っている。空は雲が渦巻いていた。

「どうなっているのだ?」総督は怒声をあげた。自分の威厳がひどく傷つけられたというようだ。

「嵐です、何度も警告しましたでしょう」クラウヴェルスが怒声を返す。「速度をあげて近づいています」

「では、帆をあげて反対方向へ進めたらどうだ、船長」

議論が立ち消えになったとみて、クラウヴェルスは荒々しい足取りで操舵室へむかう。アルコーヴの蠟燭を親指と人差し指でつまんで消した。

「すべての火を消せ」船長は反対方向から走ってきたイサーク・ラルメに命じた。「船をなんとか浮かべたままにしようとしているときに、火事でわずらわされたくはない」

「ほかに指示は、船長?」

「全速前進だ。嵐を振り切る」

大嵐は狼のように彼らをつけまわした。

一日中、ザーンダム号はめまぐるしく変わる風向きに対して方向転換を続け、無謀に前へと疾走を続けた。航路はあまりに定まらず、まるでもつれた糸を海図の上へぞんざいに放り投げたようだと航海士イサーク・ラルメは思った。だがいくら努力しても、嵐は黒い口を大きく開き、稲妻をピシピシと鳴らして、彼らの背後から離れなかった。

海は荒れ、空は黒く、船乗りですら足元の確保に苦労した。上流階級たちは、悪天候を無事に切り抜けるまで船室に留まるように命じられた。最下甲板の乗客たちは甲板に出ることを禁じられた。波にさらわれるおそれがあるためだった。

そんな日が翌日も、その翌日も、さらにもう翌日と延びた。クラウヴェルスは嵐の顎からかろうじて逃れつづけるだけの腕をもっていたが、引き離すことはできなかった。

二週間、大嵐は迷いなき憤怒をもって船を追いかけ、やがて船員もそこに悪意を見いだすようになっていた。みな疲弊して、当直を交替するや索具にぐったりともたれた。魔除けをさすりながら、今日こそ嵐が見えなくなる日となるよう祈った。船隊のほかの船はすでにもう見えない。

ザーンダム号全体が隈なく恐怖に慄えているようだった。内蓋が舷窓を覆う最下甲板での乗客たちは身体を寄せあって祈りをつぶやき、上流階級たちもそれぞれの船室で気を揉みながら不安で胸が押しつぶされそうになっていた。

後甲板ではクラウヴェルス船長が、不安で怒りをつのらせて、風に罵詈雑言を浴びせていた。どれだけ無謀に船を進めても、どれだけ果敢に航路を選んでも、追っ手はずっと同じ距離を保ったままだった。

まるで嵐が彼らのにおいをたどっているようで、船長は激怒していた。

古株の船乗りたちは、自分たちが何かに呪われたのだと悟った。彼らに囁きかけたものが残忍な要求を通すまで解けることのない呪い。サンデル・ケルスがさらわれたのもふしぎではないと、彼らは主張した。船乗りたちは聖職者というものに対して好感など抱いているわけではなかったが、嵐に襲われる直前に牧師が消えたのは偶然のはずがないと思っていた。アレント・ヘイズは、揺れる船に転ばされ、壁に叩きつけられても、三日のあいだ牧師を探し続けた。

だがまったく形跡を見つけることができなかった。そもそも乗船していなかったかのようにケルスは消えてしまった。

牧師をバラバラにして海に投げこめば一財産あたえると、例の囁きが誰かに持ちかけたのではないかと船員たちは考えた。この頃には、船上のほぼ全員が、夜に取引をもちかけるあの声を聞いていた。**頼み事と引き換えに心からの願いを叶える**、囁きはそう約束した。簡単な頼み事のこともあれば、もっと危険な頼み事もあった。何を求められ、何を差し出されるかに決まった型はないようだった。

朝になって誰かが、自分はこんな申し出をされたと話すと、悪魔を寄せつけまいと魔除けを握りしめる者もいたが、多くはなかった。ほかの者は夢見るような目で何か考えこんだ。頼みを聞いてしまえばいいではないか？——口には出せないが、そう考えていた。これまでの人生で支払ってきたものよりも大きな対価などあるか？

自分の持ち場から彼らは船の後部を見つめた。そこには上流階級が眠る船室がある。あいつらは何をして、あれだけの富を築いた？ 連中は帆の縫い方も、船を風上へ方向転換させる方法も知らない。家族が金持ちだから金持ちなだけだ。子供たちも金持ちになるのは、あいつらが金持ちだからだ。延々と円を描いて終わりなく続く。

それに比べて自分たちが貧しいのは、ずっと貧しかったからだ。将来に期待できるものは何もなく、子供に伝えられるものもない。富は鍵であり、貧困は牢獄であり、自分たちは何の落ち度もないのに、生まれながらに枷につながれている。

それは道理の通らぬ不公平であり、ほぼ何にでも抵抗することのできる人類にとって、不公平は例外だった。

彼らはたがいに不満をぶつけあい、憎悪をかきたてた。

これが神の計画なのだとしたら、トム翁の言うことに耳を傾ける価値はあるかもしれない。こんな人生で得られるものより少ない報酬で大きな要求をされることなどありえないからだ。そもそも彼らに選択肢などない。

彼らを苦しめるためにトム翁は〈第八の灯〉を灯す怪船を呼び寄せた。そして今度は嵐が彼らを背中から吠え立てている。嵐を振り切ることができても、病者はずっと船倉をさまよい、木箱に印を刻んでいるのだ。彼らはその姿をちらちらと見ていた。着古した長衣と血まみれの包帯。船乗りたちを導いて、迷宮の奥、船の中心にある祭壇へと導く一本の蠟燭。船長が破壊しろと何度命じようが、病者の祭壇はそのたびに再建される。

そいつはボシーだと言われていた。その意見に唾を吐きかける者もいた。ボシーは死んだ。港で見たじゃないか。火に焼かれ、アレント・ヘイズにとどめを刺された。そういえばボシーは脚を引きずってて、便所みたいなにおいをさせてたよな？　おれたちがボシーにああいう仕打ちをしたから、ボシーはこの船に恨みをもったんじゃないか？　ヨハネス・ヴィクがあいつにあんな仕打ちをしたから。

ボシーであろうがなかろうが、悪運が船のあとをついてきたというのは誰もが賛成するところだった。雑用係と縫帆手見習いと角笛吹きが、すでに暗がりで死んでいた。雑用係は梯子から転がり落ちて首の骨を折った。縫帆手見習いと角笛吹きは、おたがいの短剣で切り刻まれて、血まみれになって死んだ。船のなかで煮えていた憎しみが、ここにきて一気に表に出たのだった。

船倉であまりに長い時間を過ごした船乗りは、出てきたときには人が変わってもいると言われていた。どこかよそよそしくなって。立ち振る舞いが奇妙になって。

もちろん、そんなふうに立てこもる者もいた。そんなこと気にしないといって。こうした者たちについての暗い噂が立った。連中は例の祭壇に膝をつき、熱心に祈りを捧げていると。

誰も彼らには近づかなかった。

何かが暗い水でうごめいていると、古株の船乗りたちは言った。トム翁と名乗るものがいると。

# 47

「ここ二週間、釣り針にかかった魚になって踏ん張ってたが、いよいよ釣られそうだぞ」クラウヴェルスは叫んだ。とうとう嵐に追いつかれたのだ。

船員は疲れ切っていた。戦いは終わりだ。あらゆることを試し、どの筋肉も腱も酷使したが、嵐は容赦なかった。クラウヴェルスは部下たちを誇りに思った。もうこれ以上は要求できない。それも伝えたかったが、この風に負けないほど声を張りあげることができない。

後甲板に姿を現したクラウヴェルスは空を見あげた。

昼か夜か当てろと迫られてもむずかしい。突風が渦巻き、甲板を打つ雨が足首の高さまで跳ね返る。

「何も見えやしない」彼はラルメに言い、どしゃ降りの雨のむこうにぼやけて見えるほかの船の帆に目を凝らした。この苦難のあいだ、近くに留まることができていたのは三隻だけだった。いまは遠く離れていてくれと願っていた。

「操舵室に行け、どこでもいいからほかの船にぶつかりそうにない方向へ進め」船長は怒鳴った。「この嵐のなかでくっついていたら、風で衝突する」

ラルメが身軽に去って行く。クラウヴェルスもあとを追おうとしかけたが、跳ねあがった甲板に足を取られた。近くの手すりに叩きつけられ、なんとかそこにしがみついたところで、ふたりの船乗りが宙に放りあげられて甲板に勢いよく落ちるのを見た。

船の中央では、船鐘が絶望を突きつけるように鳴った。よろめきながらクラウヴェルスは前進し、狭い隙間に身体をねじこんでいる怯えた雑用係を引っ張りだした。

「船鐘に覆いをして音をとめろ」高波に負けないよう大声で命じた。船鐘がひとりでに鳴るのは不吉だというのは常識だ。海が荒れたとき、真っ先に処置しておくべきだった。

「甲板長！」クラウヴェルスは風の咆吼をしのぐ声をあげた。

ヨハネス・ヴィクがしっかりとロープにつかまりながら、おぼつかない足取りで中部甲板にやってきた。「船長？」

クラウヴェルスは彼の耳に口を近づけた。「任務についていない船乗りは全員、最下甲板から出ることを禁じる」そう命じ、顔に叩きつける雨を拭った。

ヴィクはうなずき、近くにいた船乗りふたりの首をつかみ、命令を彼らに怒鳴ってからハッチに押しやった。

白波が泡と共に甲板を襲うなか、クラウヴェルスがよろめきながら船長室に入ると、アレントがゆるんでいた内蓋をひとつ固定しているところだった。窓の外には攪拌される海水がべたりと押しつけられている。乗客はみな、この二週間というもの室内に閉じこめられていたが、ヘイズはそのかぎりではなかった。彼はなんと言われようが好きに出歩いていた。彼がサミーの独房とサラ・ヴェッセルの船室を頻繁に行き来していることをクラウヴエルスは知っていたが、どちらについても特に何も言うつもりはなかった。

船が急角度に傾いて陶器が割れた。

「ヘイズ、手伝ってもらいたい」クラウヴェルスは壁で身体を支えながら言った。「ビルジ・ポンプの作業に腕っ節の強い者が必要なんだ。排水する以上の速度で水が入ってくる」

「まずサミーを迎えにいかないと」アレントが叫んだ。

「総督の取り決めでは――」

「この嵐で彼をあの牢屋に置いたままだと、取り返しのつかないことになる。あんたもわかってるだろう」

クラウヴェルスは彼をにらみつけたが、無駄だった。

「ピップスは最下甲板で待機させろ」クラウヴェルスはしぶしぶ譲歩した。「総督の目には触れさせないように。それが済んだらポンプだ」

彼らは一緒に船長室を出た。半甲板の下の隔屋になんとかたどり着いたところで、船があやうく転覆する勢いで揺れた。クラウヴェルスが作業台につかまって立ちあがったとき、サラ・ヴェッセルが外へ通じるアーチ路をふらふらと歩いてきて、すぐうしろにリアがいた。

彼は言葉をなくしてまばたきをした。サラはいつもの美しいドレスを捨て去っていて、質素な茶色のスカート、エプロン、麻のシャツとベスト姿という農民の服装に着替えていた。綿のボンネットで頭を覆い、腰には短剣を下げている。リアも同じような服装だ。

サラは全身ずぶ濡れだった。

美しく着飾っているクラウヴェルスにとって、農民のような服装をするのは自傷行為にひとしかった。

「部屋を出るのは危険すぎます、奥様」彼は叫んだ。波が内蓋を叩きつけても聞こえるよう、二回怒鳴らねばならなかった。

「どこにいても危険ですよ、船長。それにわたしもお手伝いできます」サラは言った。「わたしは熟練の治療師で、今日が終わる前にこの腕を必要とする人たちがいるでしょう。医務室に下ります」

アレントがよろめきながらサラのもとに行き、自分のトランクの鍵を手渡した。「サミーの錬金術の道具が入っている。小便のにおいのする軟膏がよく効きます」

サラは彼の腕に触れて感謝を示すと、耳元にくちびるを寄せた。「よければ、ピップスをわたしの船室に案内して」

アレントはサラの緑の目を見返した。

「おれがピップスを迎えにいくと、どうしてわかったんです」

「彼の身が危険だから」サラはあっさり答えた。「あなたがほかにどこに行くというの？」

「短剣をずっと持っていてください」アレントは彼女の目を見つめて言った。「混乱を利用しようとする者がかならずいるものです」

「わたしは大丈夫。あなたも気をつけて」

サラはアレントの寝床にむかい、アレントは階段を下りた。急いで外にもどったクラウヴェルスの目の前で、巨大な水の壁が後ろ脚で立ちあがるようにそびえ、甲板の上に崩れた。

船乗りたちが悲鳴をあげ、大渦巻きのなかに消えてゆく。

空は灰と炎の色で、帆桁の端やマストから緑の炎があがる。稲妻の肉叉（フォーク）が空に爪あとを刻みながら落ちて海を沸きあがらせる。ほとんどの船員がマストに叩きつけられ、次の波に備えてしがみついた。

手すりをしっかりとつかみながら、クラウヴェルスは身体を押しあげるように階段をのぼって船尾楼甲板のいつもの位置につくと、さきほど別れたときと同じ場所にハーン総督がいた。総督は最初の大波に襲われた直後にここにやってきたのだ。総督は自分がここにきた理由も説明もせずに沈黙していた。

水がその顔に散り、長い鼻とあごを伝った。総督は激しくまばたきをしてから薄ら笑いを浮かべ、頭上で渦巻く黒と紫の嵐雲を見た。

クラウヴェルスは前にもこういう表情を見たことがある。海に捕まってしまった者の顔だ。

波が頭のなかにまで及び、息を腐らせる。この船の人間はみなあの表情を知っている。大海原の冷たい虚無に身体を乗っとられてしまった人間の顔だ。身体のなかに海が入ってしまえば、休まることはなくなる。

立ったまま溺れるのだ。

船隊の船が一隻、左舷で転覆しており、船員が海にばらまかれていた。彼らは腕を振り、助けを求めて叫んでいるが、嵐のあげる悲嘆の叫びのせいでクラウヴェルスには聞こえない。

彼らを助けるつもりもなかった。船載雑用艇はこの波では一分ともたない。あの若者たちはすでに死人だ。だが海はしばらく彼らを弄ぶつもりだった。

総督が彼の肩を軽く叩き、上を指さした。その先をたどってクラウヴェルスは見た、船がもう一隻、そびえたつ大波の頂にあった。波がその船を転覆した船へとまっすぐに運んでいく。

見るに堪えず、クラウヴェルスは顔をそむけたが、その後どうなったかは総督の顔が雄弁に語っていた。船は転覆した船に叩きつけられ、鋤の一閃を受けたかのように船体が真っぷたつに裂けた。

なんで総督はこんなものを見ていられるんだ？　クラウヴェルスは思った。まるで彼にとって、この嵐は背をむけてはならない敵であるかのようだった。

クラウヴェルスの計算によると、バタヴィアを出発した船隊でいまも残っているのはザーンダム号のほかにあと一隻だけだった。クラウヴェルスはその船が無事であるのを確認したくて海上を見まわした。その船は遠くでもたついている。船旗がレーワルデン号だと告げた。あの船が生き延びる見込みはザーンダム号と大差ないだろうと彼は思った。

メインマストほどもあろうかという高波が眼前にあらわれ、クラウヴェルスはまっすぐ波にむかえとザーンダム号に命じた。船は険しい水の壁を登り、反対側の急勾配の谷間へ突っこんでゆく。

船乗りたちは索具や手すりに叩きつけられた。彼らは必死で足を踏ん張って波に襲われるたびに生き延びながら、この嵐はトム翁がもたらしたものだという思いを強めた。

クラウヴェルスはそれ以上の命令を出さなかった。やれることはすべてやった。ザーンダム号に信頼に応えるだけの強さがあれば、自分たちを守ってくれる。肋材が一本曲がっていれば、この船は卵のように割れる。どの嵐も同じだ。生きるか死ぬかは、アムステルダムで船を造った見知らぬ者がどれだけ気を配っていたかによる。

稲妻が甲板を突き刺した。この嵐を乗り越えさせてくれとクラウヴェルスは神に祈った。神からの答えはないと知ると、トム翁に祈った。

**人はこうやって悪魔の手に落ちるのか**、彼は苦々しく思った。希望をなくして帽子を握りしめる祈りはすべて答えられぬまま消えた。

## 48

手すりから手すりへ飛ぶように移動して、アレントはゆっくりと最下甲板へ下りた。波で割れてゆるんだ内蓋越しに舷窓から海水が注ぎこみ、その下にいる者たちを濡らしていた。血と反吐(へど)にまみれた船乗りたちが呆然と柱にしがみついている。まるで世界そのものがひっくり返ったような有様だった。

乗客たちは身を寄せあい、子供たちをあやしたり、不安で悲鳴をあげていたりした。部屋の片隅にイサベルがひとりぽつねんとしていた。恐怖に捕らわれ、息を荒らげている。サラが隣に膝をついて、落ち着かせようとしていた。

この嵐のせいでサンデルの徹底的な捜索ができていなかったから、イサベルにとってサラが慰めになったのだろうとアレントは思う。

それでも、ここまで親しくなっていることには驚かされた。

「あなたは神の言葉を話せるでしょう、イサベル」サラがそう言っている。「ここにいる人たちにそれを聞かせてあげて。サンデルがいたらみんなにあたえたはずの癒やしを、あなたがあたえるの」

イサベルもそうしたいようだったが、そこで船がぐっとせりあがり、彼女は金切り声をあげ、膝を胸に引き寄せて腕で抱えた。

「勇気は不安のなかでも失われないものよ」サラが叫ぶ。「勇気とは、不安しかないときでも見つけられる光。あなたはいま必要とされているの、だから勇気を見つけて」

ためらいながらイサベルが甲板をよろよろと横切っていった。乗客たちの輪に入ると、いくつもの腕が伸びてきて彼女を抱きしめた。

サラとリアは甲板の反対側にある医務室へむかう。アレントはなかば転び、なかば足を引きずって、船の前後を区切る木の仕切りを越え、船乗りたちの寝床の藁布団を越えて、縫帆手のところにむかった。巻いた帆がいくつも壁から転がり落ち、船室を白く装わせている。ハッチの扉を引きあげ、梯子から縫帆手の倉庫へ下りると、サミーの独房のドアを激しく叩いた。

　返事がない。

「サミー！」

　恐慌状態で、錠前がわりの木釘を穴から抜き取りにかかった。だが手は濡れており、船は揺れ、しっかりつかむことがむずかしかった。

「サミー！」沈黙がおそろしくて叫んだ。

　ようやく木釘が抜けると、真っ暗な牢獄が目の前に開けた。

　身体をよじってなかに入ろうとしたが、入り口が狭くて肩と頭しか通らない。「サミー！」

　やはり返事はない。

「サミー！」

　彼は深呼吸して、ゆっくり考えようとした。サミーを失う恐怖に圧倒されつつも、もしサミーがここで死んでいたらどうすればいいのか考えようとした。友人を守ることはアレントの全人生において唯一追求する価値のあることだった。サミーの偉業にかかわることで彼は誇りを持てた。祖父のそばを離れてから初めて、アレントは金のために人を殺すのでもなく、恥ずべき目的のもとに無様な死を遂げるために外国へ進軍するのでもなく、自分が善き仕事をしていると思えた。サミーが密偵だという告発が見せかけだと思えるのはそれゆえだ。権力を手にするには対価がつきものであり、それゆえに権力とは疑うべきものだとサミーは知っている。アレントがこの告発について知らせたとき、サミーは困惑していたが、アレントほどそれが妙なことだと思ってはいなかった。彼がイギリス人であることは、オランダ東インド会社で働くうえでいつも複雑な問題をもたらしたが、それで投獄されることになるなどとは予想していなかった。

「アレント」サミーがうめいた。光にむかって手を伸ばしている。

　アレントは安堵から声をあげて泣きそうになった。代わりにサミーをつかんで外へ引っ張りだした。彼の額からぽたぽたと落ちる血に目が留まった。

「大丈夫か？」

「めまいはするが、息はあるよ」サミーはかなりふらついている。「これはトム翁の仕業か？」

「あんたは悪魔を信じてなかっただろ」彼はそう答え、サミーの手を梯子に置いた。

「ゆうべ、トム翁は僕に囁きかけてきたよ、アレント」怯えた声だ。「あいつはいろいろと、僕が秘密にしていることを知っていたよ。あいつが持ちかけてきたのは——」

「総督を殺せ？」アレントはサミーに梯子を登らせながら訊ねた。「サラとクレーシェも同じことを言われている」

「あいつは引き換えに、僕を自由にして名誉を回復してやると言ってきた。きみには何を申してでた？」

「おれのところにはこなかった。船員の話しぶりから察するに、どうやらおれだけらしい」

梯子の上でサミーが弱々しく笑った。「なるほど、話し相手として退屈であることにも、いくらか利はあるということだね」

ハッチの外に出ると、聞くも哀れな悲鳴が聞こえた。理髪外科医が大工助手のヘンリの折れた脚を切り落としているところだった。サラとリアは医務室の患者の世話をしている。カーテンに囲われただけのこの空間は、手術台がふたつと奇妙な形のドリルや刃が壁の木釘からぶらさがっていることを除けば、他の部屋と変わるところがなかった。

「サラ！」アレントは呼びかけた。

サミーを目にして、彼女は駆け寄ってきた。「これは大丈夫」彼女は傷口を調べて言った。「たんこぶよ。彼をそこに寝かせてくれたら、手当をしましょう」

「その必要はありません」まっすぐ立つのにもサミーは苦労していた。「こうしたことなら、僕にも多少の心得がある。むしろ手伝わせてもらえれば、お役に立てますよ」

「ミスター・ピップス」リアが興奮した様子で駆け寄ってきた。「わたしはあなたを心から崇拝して——」

サミーは彼女を無視して、台上に並ぶ自分の器具を見つめた。「それは僕の錬金術用具一式じゃないか」彼の声には怒りがほのかににじんでいた。

「そして、これをどう使えばいいのか教えてもらえるとうれしいです」サラが言う。「ここにある調合薬の多くはわたしには理解できないものだから」

サミーの目はまだ器具に据えられたままだ。

「ご気分を害するつもりはありませんでした」サラが言う。「アレントから、この用具一式は怪我人の手当に役立つと言われて――」

「ああ、もちろんです」赤面して、サミーが遮った。「どうかお許しを。ここにある調合薬は僕の生涯にわたる研究の象徴なもので。数え切れないほどの事件解決に役立ってきましたが、この秘密を僕は表に出してこなかった。秘訣を自分だけのものにしておきたいという自分勝手な欲望に支配されてたんですね。よし、臨床でどう利用できるかお教えしましょう」

アレントは楽し気な視線をサラとかわしてから、船倉へ下りた。四フィートの深さの水が木箱の路地をばしゃばしゃと打ち、水面に溺れた鼠が浮き沈みしていた。水が漏れてくる船体の箇所に大工たちが必死で板きれを打ちつけ、船乗りとマスケット銃兵がビルジをくみ出しているが、重労働のわりにはほとんど効果がなく、水は着実に増えてゆく。ドレヒトも腰まではだけて、そのなかに混じっていた。

船が激しく傾き、木箱が崩れ、その下で働いている船乗りたちの上に落ちていった。

苦痛の叫びは船体に叩きつける波の騒音にかき消される。

水面に血が花ひらく。

「ドレヒト！」アレントは大声で呼びかけ、苦労しながら近づいた。護衛隊長がほっとした顔をあげた。「あれを見ろ」とアレントは言って倒れた男たちを指さした。「おれがビルジをくみ出す」

ポンプの長いレバーを上下させて水をくみあげるには三人の男が必要だが、アレントはそこにいた者たちを押しのけ、仲間を介抱するよう言った。

どこか遠くで、遭難を知らせる大砲が鳴らされた。船隊の一隻がザーンダム号よりもひどい状態になっていたに違いないが、あんなことをしても何もならない。この嵐では救出されることなどない。そしてあの船の全員もそれをわかっているはずだ。

アレントはさらに急いでポンプを動かし、作業に没頭して余計なことを考えまいとした。

何時間も何時間も、彼は作業を続け、やがて手のひらの肉が裂けた。休憩するようドレヒトに説得されたが、手をとめたら最後、再開することはできそうにない。

黄昏時になってついに精根尽き果て、彼は膝をついた。ザーンダム号はもう海に突き上げられることはなくなり、船体の亀裂から海水が注ぎこまれることもなかった。大工たちはぐったりと壁にもたれた。閉じたまま固まってしまった鉤爪のような手にハンマーが握られたままだった。

海水の大部分はくみ出され、いまでは腰の高さではなく、せいぜい足首の高さとなっている。

アレントの肩に手が触れ、疲れた目の前に大麦シチューのカップとパンの塊が現れた。重い頭をあげると、そこにサラがいた。

「わたしたちは無事よ」次の質問を予想してサラは言いたした。「みんな無事。サミー、リア、クレーシェ、ドロシーア、イサベル。わたしたちの友は生き延びた」

彼女は額にアザを作り、赤い巻き毛はピンからほつれて顔や肩に落ちかかっていた。袖をまくりあげ、ドレスと前腕は血にまみれていた。

「自分の血も混じっているんですか?」アレントは彼女の手を握って訊ねた。疲れすぎていて、それが適切かどうか配慮することができなかった。

「ほんの少しね」彼女はほほえみながら言った。

「おれのあなたへの評価は天井知らずですよ、サラ・ヴェッセル」

彼女は笑い声をあげてから、何時間にもおよぶビルジ・ポンプでの作業でアレントの手のひらが裂けていることに気づいた。「医務室に来てくれたら、手当できる」

「見た目はこうですが、実際はたいしたことはない」彼はそう答えた。

ドレヒト護衛隊長がアレントの隣にどさりと腰を下ろし、肩をポンと叩いた。

「彼の姿を見せたかったですよ」ドレヒトは感嘆しながらサラに声をかけた。「一晩中、休みなしにビルジ・ポンプをひとりで動かした。あんなのは見たことがない。まるで天からの贈り物みたいでした」

アレントはシチューの酸っぱい香りを吸いこむのに忙しくて、褒め言葉を気にしていられなかった。

「それは何?」サラが訊ねた。「コックから手渡されたのだけれど」

「大麦のスープです」ドレヒトは鼻に皺を寄せた。「身体に入れるものとしては、こんなにまずいものもありません」

「生きていると実感できる味だぞ」アレントはほほえみ

ながら訂正した。

大麦シチューは戦場からもどり、寒さに震えて泥と血に覆われ、仲間をひとりふたり失ったときにあたえられるものだった。熱々で塩が利いて元気の出るものだが、もっと重要なのは安いということだった。オランダ東インド会社の統治する土地では、どの野営地でも大麦シチューの大鍋がグツグツと煮えていた。コックたちは昼も夜も煮込みつづけ、古くなった肉のかけら、カブの先っぽ、鶏の骨など、不要で望まれないものはなんでも投げ入れた。この大釜の中のものは何もかも腐っていると考えてよく、試す勇気のある者の腹で竜を目覚めさせるのだった。

にっこり笑ってアレントは大きく一口飲み、油っぽい液体をくちびるから拭いた。

「味見したいですか?」彼はサラに訊ねた。

彼女はおそるおそるカップを受けとり、くちびるに持っていって傾けた。拒否反応が彼女を襲い、すぐさまシチューを吐きだした。アレントの手からワイン壺を奪って口直しした。

「ひどい味」彼女は咳きこみながら言った。

「そうなんです」アレントはうれしそうに言う。「でも、それがわかるのは命あってこそ」

## 49

海は穏やかになり、雲が擦りきれてふたつに割れた。黒はその背後に引きさがり、青が前に出てきた。雨はまだ渦巻いていたが柔らかく温かくなり、もはやトゲに満ちてはいない。ちぎれた索具が蔓のようにぶらさがり、引き裂かれた帆がはためいている。甲板にはひびが走っていたが、誰も修理していなかった。全員が疲れ切って床にへたりこみ、顔はショックで血の気がなかった。

口にされる言葉はなかった。

クラウヴェルスは船側に身を乗り出して損傷を調べていた。彼の高価なシャツは破れ、その下の黒い胸毛が覗いている。震えており、腕の切り傷からは出血し、立っているのもやっとだ。

「損傷の程度は?」総督が彼に近づいてきて訊ねた。どうしたことか、かすり傷ひとつなくこの経験を切り抜けている。家令のフォスはふたたび主人にぴたりと付き添っていた。

「この船はいかだ同然ですよ」クラウヴェルスは使い物にならない帆を指さした。「縫帆手が二日で縫いあわせるでしょうが。歪んだ甲板の床も同じくらいかかりますね。ありがたいことに、船体は無傷のようです」

「だが、わたしたちは生き延びた」

「はい、ですが嵐で〝北斗七星の道〟を大きく外れてしまいました」船長は腕の傷に触れて顔をしかめた。「自分たちの現在地点がまったくわからず、近くには一隻の姿もない。わたしたちは孤立してしまいました」

「最後に見たとき、レーワルデン号はまだ浮かんでいたぞ」総督は空っぽの海を見つめた。「あの船を見つけることができれば、助力を得られるのではないか」

「見張りはレーワルデン号を見つけていませんからね」

根拠のない希望にいらだってクラウヴェルスは言った。

「転覆したのを見たと言っている者もいます。助かったとしても、わたしたちに劣らぬほど損傷を受けて同じように航路を外れているはずです。よほどの幸運がなければ、あの船を見つけることはできません」

総督は彼を見つめた。「何かわたしに頼み事があるようだな」

「〈愚物〉の出番です」

「それは軽々しく頼めることではないぞ、船長」

「あれの力はわかっています。あなたのために試したのはわたしですよ。あれがなければ、わたしには星しか頼ることができません。位置の手がかりとするために陸を探して、同じ場所をぐるぐる回るのがおちです。それにここだけの話ですが、航行が遅延してしまって食料が足りません。船隊のほかの船がいなくなったのですから、なおさらまずい」

総督の鼻から血が一筋流れた。フォスがすぐさまハンカチを手渡した。

「わたしがみずから案内する」総督は言った。

三人は火薬庫へむかい、階段をのぼってきたドレヒト護衛隊長に出会った。

「護衛隊長、状況はどうなっている?」総督が訊ねた。

「嵐で四名のマスケット銃兵を失いました」

総督はそれを承知した。そして一行は最下甲板にたどり着き、損傷の深刻さにショックを受けて足をとめた。

天井からの水が、床にたまった血と嘔吐物へと滴っている。大砲は横倒しになり、さまざまな持ち物が散らばっていて、天井の木釘からは小さなブーツがぶらさがっている。嵐のさいちゅうに誰かが拾って、害の及ばない場所に置いたものか。

ずぶ濡れになった船乗りや乗客たちがしきりに咳きこみ、海水を吐きだしていた。みな力なく床に横たわり、折れた腕や脚をかばいながら、理髪外科医、サラ、リア、サミーの手当を待っている。アレントは友人たちと話していた。

クラウヴェルスは、階段を下りてくる自分たちを見て手当をしていたサラとリアとサミーが急いで医務室のカーテンの裏に隠れたのに気づいた。ここにいることを見つかったときの総督の反応をおそれたことはまちがいない。ありがたいことに、総督は死者に麻のシーツをかけている疲れ果てた雑用係を見つめている。雑用係はそうするよう命じられたのか、それともみずから考えてやっているのだろうかとクラウヴェルスは思う。どちらにしても、今夜死者が出たことで浮いた麦酒の割り当てを、彼は余計に受けとることになるのだ。

階段のいちばん下に死体があった。

ドレヒト護衛隊長はこれをまたいで、火薬庫のドアをすばやくノックした。「生きてるか、倉庫番?」

引き戸が開き、ぼさぼさの白い眉が覗いた。「生きてるところも生きてないところもあるって感じだな」彼は言った。「あんた誰だね?」

総督がドレヒトの前に歩みでた。「わたしの許可を得た者だ。開けろ。〈愚物〉の回収に来た」

倉庫番はちらりと不安な表情になったが、言われたとおりに従った。ゆっくりとかんぬきを外すと横にしりぞく。

「どうもわからない」ドレヒトが言う。「この馬鹿でかい箱がどんな役に立つんです?」

「〈愚物〉は海に出ているあいだに、現在位置を正確に出してくれるものだ」クラウヴェルスが説明した。「バタヴィアがどちらにあり、そちらにまっすぐむかえるのはどの方角か教えてくれる」

「武器だと思っていたのに」ドレヒトはしらけて、鼻で笑った。

「〈愚物〉があれば、会社の船は憂いなく〝北斗七星の道〟を離れて航行することができ、海図に記されていない海をも探索できるのです」フォスが説明した。

むしろ、しらけた沈黙は深まるだけだった。

「わからないのですか、護衛隊長」フォスが説明を続ける。「〈愚物〉があれば、わたしたちの船隊は簡単に敵を出し抜くことができるのです。海図になっていない海を正確に記し、誰も見たことのない人々や場所を発見できる。〈愚物〉を使って〈十七人会〉は世界にその手を伸ばそうとしているんですよ」

総督は部下たちにこれを運ぶよう合図した。「フォス、こちらの端をもて。ドレヒトは反対側を。これを甲板に運ばねばならない」

うめき声をあげながら彼らはこれをもちあげたが、一歩も進めないうちに総督が叫んだ。「下ろせ！」

彼らは総督の怯えた視線をたどった。〈愚物〉が置いてあった場所の床板に、トム翁の印の焼き印があった。ドレヒトはすぐさま十字を切り、フォスは罵り言葉を吐いて急いで一歩離れた。

厭わしい印だ。目はふくらみ、尻尾はねじれている。揺れる角灯の下だと、生きているかのように見える。印がドアを抜けて逃げだすのではないかとドレヒトが警戒したほどだった。

「箱を開けろ」総督が首から大きな鉄の鍵を外し、護衛隊長に突きだした。「いますぐに！」

錠前は湿気で錆びており、開いてガチャンと床に落ちるまで何度か試さねばならなかった。

ドレヒトが蓋を開け、ふうっとくちびるから息が漏れた。

「何もありません」総督に見えるよう、空っぽの箱をまわして押しやった。〈愚物〉の三つの部品が収納されていた箇所には空っぽの三つの仕切りがあるだけだった。

総督は倉庫番のあごをつかみ、目が合うように顔を上にむけさせた。

「〈愚物〉はどこだ？」

「知りませんよ」倉庫番が弱々しい声で答えた。

「気づかれないとでも思ったか？」その声はほとんど悲鳴と言ってよかった。「貴様、あれをどうした？」

「知らないですって。本当に知りません。何が入っていたかも知らなかった。あたしにとってはただの箱だったんですから。箱ですよ」

総督は歯をむきだし、彼を突き飛ばした。倉庫番は床に転がる。「鞭打ち二十回で思いだすだろう」

「いや、総督、お慈悲を」倉庫番はわめいて拝むように手をあげたが、ドレヒトがすでに彼を火薬庫から引っ張りだしていた。


アレントはサミー、サラ、リアと楽しい時間を過ごしていたが、それも伯父がやってくるまでの話だった。

サラはトム翁についてわかったことをすべてサミーに教え、取り憑かれているのはアレントだとサンデル・ケルスが信じていたことも省かなかった。サミーは疑うような反応を見せ、友人の極度に退屈な性質――すなわち悪魔的でない傾向――を面白おかしく列挙して、全員を大笑いさせた。

しかし、そこで総督が火薬庫から現れた。彼らは見られぬよう口をつぐんで身を低くした。総督のうしろからドレヒトがやってきた。その手は倉庫番の一本しかない腕をつかんでいる。

「伯父さん、どうしたんです?」アレントが医務室から出てきた。

「この男が〈愚物〉を盗んだのだ」総督は立ちどまらずに答えた。

「あたしじゃありませんて、総督。みんなが噂している悪魔の仕業だ」倉庫番はドレヒトにひきずられながら大声で叫んだ。「この目で印を見たんだ、盗んだのは悪魔だ」彼は絶望した目でアレントを見つめた。「助けてくれよ、ヘイズ中尉。頼む」

「伯父さん、おれはこの男のことは知っています――」

総督は哀れみの視線をむけた。「おまえにはトム翁をとめる機会をあたえたな、アレント。自分はその仕事にむいていないというおまえの言葉に、ちゃんと耳を貸すべきだった。おまえの失敗ではない、わたしの失敗だ。気にしなくていい、わたしが自分のやりかたでこの一件を終わらせる」

アレントは反論しかけたが、ドレヒトがそっと片手をアレントの胸にあて、忠告するように首を振ってみせた。それから倉庫番を階段の上へと押しやった。

彼らの姿が見えなくなるとすぐ、アレントはサミーの腕をつかんだ。「急げ、引っ立てられたのは無実の男だ。彼の背中に鞭をあてられる前にどういうことか探りだせ」

「僕はあの忌々しいブツを一度見つけているのになあ」

不満そうなサミーをアレントは火薬庫に引っ張っていった。言葉とは裏腹に、あたらしい事件を前にするといつもサミーの目に宿るすさまじい熱意が、すでに浮かんでいた。「時間はどのくらいある？」

「これだけ散らかったなかで、鞭を見つけるまでどのくらいかかるかによるな」

アレントはサミーを、地下牢の囚人にやるみたいに火薬庫に押しこんで、腕を組んでドアのところで立ちふさがった。サラとリアが彼の横から覗きこむ。

「ここは麦酒と屁と、こもった尿のにおいがするぞ」サミーはにおいを嗅いで文句を言った。「ポマンダーを持ってませんか？」

サラが腰から下げていたものを差しだすと、サミーは感謝しながら受けとって、仕事にかかった。

「わたしは何をしたらいい？」サラがアレントとリアのもとに引き返して訊ねた。

「見ているだけでいい」アレントは答えた。わくわくしていた。サミーが不可能事を解決するのを見るのは、彼の人生においてこの上ない喜びだった。いまもそれは変わらない。

サミーは腹ばいになって火薬庫の床板を調べ、続いて箱をくまなくなでた。不満そうに速足で部屋を横断し、ラックの火薬樽をすべて順番に一個ずつ調べてから揺さぶった――満足そうにうなずきながらやっているのを見るに、内心何か思いついていることがあるのかもしれない。

彼は問題の箱に飛び乗り、操舵室の舵棒と舵をつなげる梁をコンコンと叩いてから、ブリキで覆われた天井を目を輝かせて見つめた。

何かひとりごとをつぶやいてから、箱を飛び降りる。

「誰がこの部屋と箱の鍵をもっているんだい、アレント？」

アレントは答えを求めて記憶を探った。この船に対する脅威を調査しているときにその質問をしたが、この二週間にいろいろなことが起こりすぎたし、ほとんど寝てもいなかった。

「急げ、アレント。急がないと倉庫番の時間がなくなるぞ」サミーはいらいらと指を鳴らした。

「伯父とフォスが〈愚物〉の箱の鍵をもってる」アレントは言った。「この部屋の鍵をもっているのはクラウヴェルス船長、イサーク・ラルメ、倉庫番だけだ。重複はない」

「この部屋に入る鍵のほうが、〈愚物〉の箱の鍵よりずっと手に入れやすかったはずだね」ここで初めて、サミーはアレントの背後に人が集まって、この論証を見つめていることに気づいた。「紳士淑女のみなさん、僕の仕事に関心をもっていただくことは当然ながら光栄ですが、検討中の事件については秘密厳守でなければならないのです。リア、ドアを閉めてくれるかい」

この宣言に失望のうめき声があがったが、すぐに露天甲板中で鳴り響く太鼓の音に呑みこまれた。ゆっくりとした手堅いリズムは、ザーンダム号の心拍が突然聞こえだしたかのようだった。

「まもなく倉庫番が引きだされるぞ」アレントは言った。

「わかったことは?」

「仮説がふたつあるものの、どちらも満足がいかなくてね」サミーは両手をこすりあわせた。

リアが興奮した視線をちらりとサラにむけ、サラも同じような視線を思わず返すのがアレントの目に入った。彼女たちが自分の探偵報告を楽しんでいたのは知っているから、それを実際に目にすることができてどれほど楽しんでいることか、想像にかたくない。

「第一の仮説は〈愚物〉がバタヴィア城塞で盗まれ、箱だけが船積みされたというものだ」サミーが続ける。「僕が〈愚物〉を取り返したあと、あれは城塞の宝物庫に運ばれた。宝物庫には一家のもっとも値打ちのある所有物が保管されており、近づけるのは総督、フォス、そして……」

サラだ。アレントは彼女を一瞥した。

彼女は宝物庫に宝石をあしらったヘアピンを置いてあり、出発の朝にそれを取りにいったと話していた。そのときに、あらかじめ盗んでおいた夫の鍵を使って箱から〈愚物〉を出し、ふたたび施錠することは容易だっただろう。

だが、この仮説ではサラが〈愚物〉を盗んでからどうしたのか説明がつかない。箱から出したのちに、宝物庫から運びだす必要があったはずだ。誰かの手を借りることが彼女にできただろうか?

「わたしは出航の朝に宝物庫に行った」サラは彼の思考を読んだかのように言った。「そのとき箱を開けていた人がいて……」名前は思いだせないようだった。「専門家の人だった。〈愚物〉に損傷がないことをたしかめるためです。絶対に船に積まれたはず」

「第二の仮説も同様に弱点があるものの、きみが僕にくれた時間の短さからすると独創的と言っていいと思うぞ」アレントが思案にふけっているのにお構いなしにサミーが言う。「この部屋は頑丈で、いかなるたぐいの隠し扉もない。ならばどうだろう、フォスが船長かイサーク・ラルメの鍵を盗んでから、それを使って火薬庫に入ったというのは?」

「フォスが?!」サラが叫んだ。「どうして、よりによってフォス? 彼にはそんなことを思いつく想像力があるなんて思えないし、それが主人にどれだけ痛手をあたえるか彼にはよくわかっています。〈十七人会〉への加入は〈愚物〉を届けることが条件なんですから」

「バタヴィアで僕があの装置を取り返すために動いていたとき、総督とフォスは箱の鍵から絶対に目を離さないことに僕は気づいた。紐につけていつも首にさげていたんです。つい先ほど総督が出て行くときも、まだ首にさげていた。だから、箱の鍵を手に入れるのは容易ではありません。しかし火薬庫の鍵はそれほど注意深く取り扱われていないようだ。僕らが乗船した際、イサーク・ラルメが身につけていなかったのは確実です。あの男のスロップスにはポケットがなく、上半身裸だった」サミーは倉庫番の腰掛けにどさりと座った。「盗まれたのは火薬庫の鍵だと仮定するならば――僕らに残された時間を考えるとこの説をとるしかない――容疑者は総督かフォスになりますが、総督はそんなことをしてもまったく得にならない。〈愚物〉はすでに彼の手中にあり、彼が経営していくことになる会社の利益になるんだから」

「だが、フォスがそんな犯罪に手を染める動機は? あいつの忠誠心は猟犬なみだぞ」アレントは訊ねた。

頭上で太鼓の音が速まった。

「〈愚物〉は値段がつけられないほど貴重だ」サミーが言った。「そうフォスが話していた。これを所持する国家が世界を作り直すことができると。海図にない海を探検し、あらたな貿易航路を確立させ、謎に包まれた海図の空白部分から敵を攻撃できる。一国の王ならば、そのような力を得るために宝物庫の財産をなげうつだろう」

サラが小声で言う。「フォスはクレーシェに求婚して、莫大な財産が手に入る予定だと言った。彼がすでに〈愚物〉を盗んでいたなら、何年も経ったあとで突然、妻となってくれだなんて大胆なことを言いだした説明がつきそう」

「しかも伯父はフォスの会社を破産させたんだ」アレントが言った。「フォスはその件についてなんとも思っていないと否定したが、長年恨みを抱いていたというのはあり得るな」

「では、とりあえず、窃盗の罪はフォスにあるということにしよう」サミーは結論づけた。「次なる疑問はこれだ。彼はいかにして、反対側にいる乗客たちに目撃されることなく、施錠されて番人が監視していた密室から〈愚物〉を盗んだか?」

「倉庫番に聞いたが、彼は毎晩同じ時刻に、用を足しがてら散歩に出るそうだ。彼を見張っていれば、時間帯は簡単に探りだせたさ」

サミーは腰掛けから飛びあがり、野次馬が外に集まっているドアを開けた。「誰か、体格のいい男がここから大きな荷物を引きずっていくのを見なかったかね?」

——彼はアレントを見やった——「彼は何時に用を足すんだ?」

「二点鐘に」アレントが教えた。

「二点鐘だ!」サミーが人だかりに伝えた。「出航後、いつでも関係なく」

視線がかわされたが、知る者はいなかった。サミーはふたたび勢いよくドアを閉めた。

「フォスの犯行の時間帯はわかったが、方法がわからないということか。この船にはフォスと親しい者はいますか?」

「わたしの知るかぎりではいません」サラが言う。

サミーは歩きまわりながら考えをめぐらせる。「僕が揺すってみたとき、火薬樽のうち三つが空っぽだった」そうつぶやいた。

「その三つの樽に何も入っていないのは、命じられていないのに船乗りたちが大砲に詰めたからだと倉庫番は言っていたが」アレントが言った。

「三つの樽と、三つに分解できる〈愚物〉」サミーはラックに歩み寄り、空っぽの樽のひとつを取りだそうとして失敗し、下ろしてくれとアレントに合図した。蓋をこじ開け、二人はなかを調べた。

「ここ」サミーは次の樽に移る前に言った。「それに、ここ。歯車が板を削った跡が見えるだろう。部品を押しこんだときについたんだ」

彼は背筋を伸ばし、自分の仕事ぶりに満足した。「フォスは火薬庫の鍵を盗み、倉庫番が休憩しているあいだに、それを使ってここに入った。〈愚物〉の鍵は自分が持っているから、それを使って箱を開け、〈愚物〉の三つの部品を取り出し、三つの樽に隠した。火薬はあらかじめ出しておいたに違いないね」彼の目が一度曇り、それからふたたび輝いた。喜び勇んで指をパチンと鳴らした。「そうか、なんという用意周到な男だ」

「というと？」

「戦闘配置さ！」サミーはアレントのほうをむいた。「八カ月の航海に出る東インド貿易船では、少なくとも六回は戦闘配置の命令が出されるものだ。フォスはこれを知っていたから、それを利用して計画を立てたんだ。〈愚物〉の回収がいつになるかは問題ではない。アムステルダムに到着する前ならいつでもいいからね。こうして彼は部品を樽に隠して待ったんだ。ついに戦闘配置の号令が出ると、彼は船乗りの服を着て、ふたりの共犯者と火薬庫にやってきた。混乱のなかでは、誰も帽子で顔を隠した彼に気づかなかったことだろう」

「どうしてふたりの共犯者なの？」サラが訊ねた。「三つ全部をひとりで運べばいいのに」

「往復するあいだに、めあての樽のひとつをほかの誰かが運んでしまう危険はおかせないからです」

アレントは荒々しい足取りでドアにむかった。

「どこへ行くんだい？」サミーが訊ねた。

「伯父に話してくる」

「耳を貸すはずがない」サミーが追いかけてきた。「アレント、とまれ！　伯父さんはきみの話など気にも留めないぞ。フォスは彼が誰よりも信頼している使用人だ。ザーンダム号に翼が生えて飛べるという話と同じくらい、フォスのこんな話は信じない」

「無実の男が鞭打ちの刑にされようとしてるんだぞ」アレントは怒鳴って階段を見あげた。「ひとりの善人が」

「無実の罪で鞭打ちにされるのは彼が最後じゃない」サミーは悲しげに言う。「それにだね、僕たちの仮説はきみの友人の容疑を晴らさない。むしろ、もっとひどい陰謀の容疑をかけることになるよ。フォスの計画は、倉庫番に袖の下を渡し、めあての樽を取り分けてもらっておけば、ますます都合よく運んだはずなんだ。きみが総督に話そうとすれば、フォスを警戒させることになる。きみがおとなしく見張っていれば、彼はいつか馬鹿なことをしでかす。求めるものを彼みずから渡すことになるんだ」

「どうしてそう言い切れるんです?」サラが訊ねた。

「人殺しは人を殺さずにいられないからです。ゆすり屋はゆすりをしないではいられず、盗っ人は盗みをしないではいられない」サミーは言う。「それはうずきなんですよ。うずきが彼ら全員の命取りになる」

アレントは肩を落とした。

サミーはいつものように正しい。

罪悪感は泥のようなものだ。皮膚の下に入りこみ、きれいにすることはできない。何をやっても後悔し、何もないのに落ち度を見つけ、してもいない誤りがあると思いこんでしまう。じきに、不安がそこから這いだして疑惑を餌に太っていく。そして間もなく、犯人は犯行現場に這いつくばって残してもいなかった手がかりを探すのだ。

そうしたうずきのおかげで、サミーは多くの罪人をつかまえた。

「じゃあ、おれはどうしたらいいんだよ?」アレントは訊ねた。

「きみのとても不得意なことだね」サミーが言う。「何もしない。フォスに目を光らせろ。僕たちの読みの通り共犯者がいたら、〈愚物〉の絡みでまちがいなくフォスと共犯者たちのあいだになんらかの行き来があるだろう。そうなれば、きみは必要な情報を何もかも手に入れられる」

「トム翁のことも含めて」そう言い添えたサラは、周囲から関心の顔が集まったのを見て、続けた。「サンデルは、三つの忌まわしい奇蹟が起こると話していた。それぞれにトム翁の印があると。〈第八の灯〉が出て家畜が殺されたとき、床にトム翁の印が残されていたでしょう。その印がまたここに現れた。フォスがやったのだとしたら、悪魔に取り憑かれた乗客は彼だということになるかもしれない」

「あるいは彼も例の闇で囁く声を聞いたのかもしれない」アレントは反論した。「彼が対価として要求されたのがこれなのかも——」

彼らの上で太鼓の音がやんだ。

## 50

アレントはトランクからワインの壺を取りだし、まぶしい日射しに手で目庇しを作って、半甲板の下の隔屋を通り抜けた。

リアとサラはまだ最下甲板で負傷者の手当をしており、サミーは騒動が落ち着いたいま、見つかることをおそれて牢獄にもどっていた。アレントは彼を送っていきたかったが、倉庫番をひとりで苦しませることはできなかった。あの老人に起ころうとしていることは自分に責任があるように感じている。

船員は中部甲板にぎっしりと集まって無言で待っていた。揃ってスロップスを穿いて上半身は裸の姿だと見分けをつけるのはむずかしい。背の高い者も低い者もいるが、海での生活は全員を同じ栄養不良の体型に刈りこみ、重労働のおかげで肩は力強く、脚は鰐足になっていた。

倉庫番はシャツを背中から破りとられているところで、ドレヒトが丸めた鞭を手にして近くで待機していた。総督は信頼できる者にこの任務を託すことにしたのだ。

「お願いだよ、旦那がた」倉庫番が叫んだ。「五人の娘に誓って、あたしはやってない。やってないんだ——」

静かにしておけと叫ぶ声がいくつもあがった。言い訳すればさらに十回の鞭打ちが追加されることを心配しているのだ。

アレントが人混みをかき分けて近づいていくと、船員たちの間から脅しの囁きが聞こえた。

**おれのせいじゃないんだ**と彼は言いたかった。**おれはこの罰に反対した**。だが、言っても何も変わらないとわかっていた。船員の判断には、奴らとおれたちしか存在しない。乗客と船員。金持ちと貧乏人。高級船員と普通の船乗り。

服装や口のききかたは彼らに近くても、アレントは奴らのひとりだった。

ただひとつ異なるのは、アレント以外の奴らは上の後甲板から、劇場の桟敷席にでもいるかのように眼下の出し物をながめていることだった。

伯父の隣にフォスが立ち、罰を与えるまでの流れを無表情に見つめている。彼が悪意を見せているほうがまだましだっただろうとアレントは思った。いくらかでも楽しんでいる様子があったほうがましだった。憎しみ、敵意、なんでもいい。それなのに、まったく感情が見えない。フォスの顔は無だった。そのきらめく緑の目にはいかなる感情も欠けていた。

クラウヴェルス船長と高級船員たちは背後に立ち、自分たちはこんなことにまったく関係ないのだと、できるかぎり態度でしめそうとしていた。

ファン・スコーテンの姿だけがない。どうやら、あの主任商務員は鞭打ちが終わるまでワインと共に船室に隠れていることを選んだようだ。

群集のなかから現れたイサーク・ラルメが倉庫番に囁いた。「勇気をもて」彼は言った。「おまえが耐え抜いたら、割り当てを二倍にするよう計らってやる」

倉庫番はアレントが近づいてくるのに目をとめ、必死のようすで暴れだした。

「ヘイズ！」倉庫番の灰色の頬に涙が伝った。「頼む、旦那。こんなことやめさせてくれよ。あたしには耐えられない」

「おれにできることは何もないんだ」アレントは優しく言った。うしろをむいてシャツの裾を引っ張りあげ、倉庫番に背中の傷跡が見えるようにした。「ここに五十回鞭で打たれた跡がある。おれは最初から最後まで悲鳴をあげていたよ。あんたもそうするんだ。できるだけ大声で悲鳴をあげろ、さもないと痛みがどこにも逃げていかない」

彼はワインのコルク栓を抜くと倉庫番のくちびるに注いでやった。倉庫番が息つぎのためにワインを吐きだしたところで壺を離した。「総督とフォスのような連中にはいつか裁きの日が訪れる」アレントは言った。「だが、それは今日じゃない。今日はあんたが奴らに耐えるしかないんだ、わかったか？　あんたには耐えられる、家で五人の娘たちが待ってるんだろ？」

倉庫番はうなずいた。そう考えて勇気が出たようだった。

彼には片腕がないから、船乗りたちは両手をマストに縛ることができず、かわりに腰を縛った。彼の下腹はたるんで、ロープに覆い被さった。船乗りたちは縄を彼の身体にぐるりまわすたびに、小声で老人に謝った。

アレントは倉庫番がずっと見つめていられる位置にワイン壺を置いた。「これが終わったら、壺に残ってるぶんはあんたのものだ」

アレントは後ずさり、ドレヒトが倉庫番の口に汚れた麻布を丸めて入れるのを見守った。ドレヒトがこの件をどう思っているにしても、顔には出していない。彼は任務を遂行しようとしている兵士でしかなかった。

風が帆をなびかせた。波が船体を打った。誰もが総督を見つめ、この痩身の非情な人物が宣告を下すのを待った。

「憎むべき犯罪がおこなわれた」倉庫番の口がふさがれると総督は言った。「大変な価値のあるものが盗まれたのだ」告発の言葉がゆきわたるまで間を置いた。「犯人は倉庫番であるとわたしは信じているが、ひとりでやったとは思っていない。盗まれた品がもどってくるまで、毎日、毎朝、船員から無作為に選ばれたひとりを鞭打ちとする」

船乗りたちは抗議の大声をあげた。

いま総督はザーンダム号に火を放ったも同然だ、とアレントは思った。

「護衛隊長、準備ができ次第、強い鞭打ちを二十回だ」

総督が命じ、ふたたび太鼓を叩くよう鼓手にむかってうなずいてみせた。

ドレヒトは巻いた鞭をほどいて腕を振りかぶった。

彼はタイミングを合わせて、太鼓が鳴るのと同時に鞭を打った。ささやかな慈悲だったが、慈悲には違いない。痛みがいつやってくるのかわかれば倉庫番は身構えやすくなる。

鞭が鋭い音をたてて倉庫番の肉を裂き、苦悶の悲鳴と嫌悪のうめきがあがり、近くにいた船乗りたちの顔に血が飛び散った。

「この犯罪について告白したい者、何か知っている者はいないか？」総督が言った。彼が差し出しているのは苦痛に満ちた緩慢な死だが、それがまるで善意のものであるかのように聞こえる。

反応はなく、ドレヒトはふたたび鞭を振りあげた。

二十が命じられ、二十が実行されたが、倉庫番は十二回目から意識をなくし、ぐったりしていた。

これは慈悲だった。

すべてが終わるとドレヒトは床に鞭を投げた。

冷たい風が渦巻き、汗に濡れた倉庫番の肌を粟立たせた。

アレントは短剣を取りだし、老人をマストに縛るロープを切って、ぐったりした身体が床に叩きつけられる前に受けとめた。人混みのなか、できるだけそっと彼を運んで医務室へむかった。

太鼓の音はやみ、船員は憎悪を抱えて持ち場へもどる。

後甲板の高みでは、フォスが去って行く人々を見つめていた。背中にまわした手に力をこめ、顔には無表情のベールを下ろし、その陰で暗い思考がうごめいていた。

## 51

書き物机に身をかがめたリアは楽しそうに鼻歌を歌いながら、図面を別の羊皮紙に書き写していた。左にある元の図面は、歯車と軌道、いくつもの太陽、月、星の奇妙なスケッチと、ラテン語の指示に覆われている。たいていの人はこれらの象徴を『魔族大全』にあるような悪魔的なものだと考えるだろう。

リア自身はそのような考えにじゃまされることはなかった。彼女は目の前のものに集中していた。これはあらゆる細かな点が完璧な精密さを要求する類のものだからだ。バタヴィアで元の図面を筆記するのに三週間かかった。にじんだ文字のひとつひとつ、落ちた汗の一滴一滴、そしてこすれたインクの痕のすべてが、あのつらい日々を思いださせた。ひどい暑さにもかかわらず、父は鍵のかかった部屋に彼女を閉じこめ、作業が終わるまで部屋を離れることを許さなかった。

気が散ってまちがうことがないようにと、リアは話し相手をもつことも許されなかったが、母はそれでもやってきて、低い声で歌い、リアが疲れれば抱きしめて癒やし、父が姿を見せるとベッドの下に隠れた。いまでも、ベッドの下から埃だらけで出てくる母を思いだすと、その愛情に圧倒されるような気がする。自分のなかに収まりきれずにあふれてしまいそうな愛情。

執拗なノックの音が響いた。

リアは急いですべてを隠そうとしたが、クレーシェの声で気持ちは静まった。「わたしよ、いい子ね」彼女はドアを少しだけ開けてするりと入ってきた。

その背後に、マルクスとオスベルトが対（つい）の回転する踊り子の人形で遊んでいる姿が見えた。バタヴィアでリアが作ってやったものだ。ドロシーアの見守るなか、ふたりは廊下を左へ右へ人形を追いかけまわしている。少年たちはこれが魔法だと思っていた。リアはこれがすばしっこい木細工だと思っていた。自分もあの子たちのようにはしゃげるくらい幼ければよかったと思うこともある。母は彼女を忙しくして気を紛らわせようとしたが、あの城塞は幼い少女が成長するには寂しい場所だった。

それでも、製作のための時間はたっぷりあたえてくれた。

書き物机に近づいたクレーシェはほぼ完成したザーンダム号の模型を手に取り、左へ右へと動かした。すべての細部まで完璧だった。索具までそっくりそのまま再現されている。

「サラに作るよう頼まれたのはこれ？」クレーシェは感嘆して訊ねた。

「そうよ」リアは手を伸ばし、船をふたつに割ることができる隠された留め金を外した。内部に、すべての甲板がつくってあるのがわかった。リアはひとつの小さなドアを引っ張って開けた。

「船体のなかで、船のバラストに影響をあたえず、密輸用の部屋を作って荷物を蓄えることができそうな位置を計算したんだ」

「何十カ所もあるわね」とクレーシェ。

「そうよ」リアは同意した。

木でできた船の模型を置いて、クレーシェは机に散らばる図面を見つめながら、愛情を込めてリアの長い黒髪をなでた。「あなたはわたしにとって驚異の存在よ。あなたは奇蹟を作れる」

リアは褒められてうれしくなり頰を赤らめた。

ドレスに皺が寄らないようにしてクレーシェは寝台に浅く腰掛けた。「わたしもそんなふうに……」彼女は思いなおした。「今夜、あなたのお父さんに会う予定なの。もっと図面をもってきましょうか？」

「うん、お願い」リアは書類をめくった。「これはあと一、二時間かかるけれど、それで終わるので」

クレーシェはぎこちなく咳払いをした。「あなたに一度も訊ねたことがなかったけど……そのね、わたしたちがしていることを快適に思ってるの？」

「快適？」リアはそう訊ね、何を訊かれているのか確信がないときに母親のサラがやるのとほぼ同じ仕草で首を傾げた。

「これはあなたのやりたいことなの？」クレーシェは率直に訊ねた。「あなたのお母さんはとても意志が固いけれど、わたしはひょっとしたら、あなたに別の考えがあるかもしれないと思ったのよ」

「アムステルダムにもどれば、いつかお父さまが、わたしを結婚したくもない人と結婚させるってお母さまは言ってた」クレーシェが本当に言いたいのは何なのか見極めようとしつつ、リアは言った。

「あなたのお母さんはそう言ってるわね」クレーシェは身を乗りだした。「あなたはどう思ってるの？　あなたのために選ばれた人と結婚するのはよくないと思う？」

「わからない」リアはそう言った。この会話全体が迷路のようだった。「あなたは決められた結婚をしたことがあったんじゃなかった？」

「最初の結婚はそう。二番目は自分で選んだ。そして、アストール伯爵を放りだしてフォスと結婚するなら、三番目もそうなるわね」

「あの人は公爵だよ、クレーシェおばさま」

「フォスは伯爵だと言っていたけど」

「フォスは公爵と言ったと思う。あの人はそういうことはまず間違えない」

「だったら、わたしは公爵を放りだすことになりそう」肩書きの違いは重要じゃないと手を振り払う仕草をして言った。

「でも、フォスが嫌いだったんじゃない？」

「ええ、わたしの一部はいまでも嫌ってるけれど」クレーシェはそう認めたが、その口ぶりをみると、その一部はたいして重要ではないようだ。「いつ見てもつまらない男ではあったけど、求婚はとても魅力的だったわ。あの人にも野心があったという証拠で、まさかそんなものを持ってるとは思ったことがなかった。野心のなさがいちばん嫌いだったのよ」

「でも、彼を愛してないんでしょう」リアは不思議に思って訊ねた。

「ああ、あの母にしてこの娘ありね」クレーシェは愛情を込めてリアを見つめた。「愛はでっちあげられるのよ、覚えておいて。一生懸命にやれば、愛しているんだと自分を納得させることだってできる。でも、想像上の財産は実際に使うことはできない。結婚は不便な便利なの。わたしたち女が安全のために受け入れる枷よ」

「お母さまはお金があって檻に閉じこめられるより自由になるほうがいいって」

「わたしたちが何度も楽しんでいる議論よ」クレーシェは鼻を鳴らした。「あなたのお母さんと違って、わたしは女が自由になれるとは思っていないの。男のほうが強いあいだはね。最初に入った暗い路地で襲われてしまったら自由なんてなんの役に立つの？　わたしたち女は戦えないから、歌い、踊って——生き延びる。コルネリス・フォスはわたしを崇拝しているから、もし彼が裕福になれば、いい結婚相手になる。息子たちにいい教育を受けさせ、保護をあたえ、相続人として将来の裕福を約束してやれる。わたしが想像上の自由のためにそんな保護をなげうったら、息子たちはどうなるの？　あの子たちはどこで暮らし、どうやって食べ、将来はどうなるの？　そしてわたし自身は？　わたしに手を出すだけの力がある好色な男のなすがままでしょう。だめ、だめ、だめ。結婚は贅沢な暮らしの恩恵のためにわたしが支払う対価で、そのいい使い道をわたしは考えてるのよ。貧困は女にとっていちばん危険なものだから。わたしたちは路上での生活には適さない」

「でも、結婚するのは好きなの？」

「そうとはかぎらないわね」クレーシェのブロンドの髪が日射しに輝いた。

リアはうらやましそうにそれを見つめた。まるで金糸のようだ。

「最初の夫は卑劣漢だった」クレーシェは感情を込めることなく言った。「でも、二番目の夫のピーテルはわたしが命を賭けて愛した人だった」彼女の声が活気づいた。まるで低木が突然、鳥の歌で満ちたようになった。「彼は魅力があって雄弁だった。ダンスも歌もできて、わたしを笑わせてくれたの」

「あまりその人のことをしゃべらないね」クレーシェの物悲しい口調に自分も悲しみを感じて、リアは言った。

「つらすぎるから。毎朝目が覚めると、ベッドの隣に彼がいるんではと思って手を伸ばす。一階のドアの音が聞こえると、彼が旅からもどってきたんだと思う。とても恋しい」

「彼ならトム翁をとめることができたと思う？」

「彼はそれが無理だと思ったから、わたしたちはアムステルダムから逃げだすしかなくなったのよ。そして彼はたくさんの過ちをおかした」苦々しい口調だった。「わたしは心から彼を尊敬しているけれど、ピーテルはあなたのお母さんほど賢くなかったことは打ち明けておかないとね。それでも、これだけの人間のなかから悪魔を見つけるのは簡単な仕事じゃないわ。ザーンダム号には天国を廃墟にするだけの悪意がある」

ドアが大きく開いて、サラが息せき切って飛びこんできた。

「あら、こんにちは」彼女はクレーシェに言うと、机から船の模型をひったくった。「わたしのことはお構いなく、ちょっとひらめいたことがあったものだから」

「サラ！」通路の奥からアレントの声が響いた。「おれに何をやれと——」

サラはリアの額にキスをした。「これを作ってくれてありがとう。すてきね」

そう言うや、ドアを叩きつけて閉めて去った。

リアは母がいた場所にむかってほほえんだ。「お母さまがこんなに楽しそうなの見たことがない」

「うれしいわね」クレーシェは話題を変えられてあきらかに喜んでいた。「残念よ。あなたのお母さんはすばらしい人なのに、あなたのお父さんには合わない」

「どうして？」

クレーシェはどう説明するか考えて少し間を置いた。

「お父さんに相棒は必要ないから」彼女はようやくそう答えた。「彼は妻を必要としていて、あなたのお母さんに夫は必要ない。彼女は相棒を必要としてるの」

「だからお父さまはお母さまを殴るわけ？」

クレーシェはリアの声の冷たさにたじろいだ。

「そう思う」クレーシェは認めた。

「だからお父さまはお母さまが歩けなくなるほど痛めつけるのね？」リアはたたみかけた。顔が敵意でねじれていた。

「あなたを説得しようとか思い留まらせようとかしてるんじゃないのよ」クレーシェは決まり悪そうに言った。「ただ、いちばんいいと自分が思う理由を頼りに、自分で決断してほしいだけ。目の前にある事実をすべてしっかりと見てね。身内を裏切るのはこたえるのよ、その結果、何を差し出すことになるのか理解していないと特にね。後悔は人間が自分にする仕打ちで最悪のものなの」

「理解した」リアはうなずいた。

そう、ついに、本当に理解したのだ。クレーシェは、リアがこんなことをしているのはアムステルダムに到着したが最後、結婚させられてしまうからだと考えている。リアが父を傷つけようとしているのは、その不幸な一歩だと。もちろん、クレーシェは完全に間違っていた。

スカートをなでつけ、クレーシェはドアへ一歩進んだ。

「世の中には許されることのないおこないがあると思う？」リアは訊ねた。

クレーシェの表情は質問の意図を推し量ろうとするように揺らいだ。

「ええ」彼女はうつろな口調で答えた。

「よかった」リアはそう言った。「わたしもよ」

そう言って、彼女は書き物机の図面の作業を再開した。

## 52

後甲板から現れたサラはザーンダム号の模型をアレントの手に押しつけた。本物そっくりの小さな巻きあげ装置を人差し指でまわすと、彼の混乱は驚嘆に変わった。この部分は厳密に言えば必要なかったが、リアは自分の作るものすべてに喜びを織りこむ。サラが娘の資質で特に好きな部分はそこだった。

アレントは目を丸くし、間抜けな笑みがくちびるに浮かんだ。少年の頃はこうだったに違いないという姿をサラは見た。

「こいつはすばらしい」彼は言った。「どこで手に入れたんです？」

サラはためらった。アレントを信頼してはいるが、リアの秘密は危険だった。サラが覚えているかぎり、城の大砲の射程を伸ばすために施条を加えたらとリアがつぶやくのを老人に聞かれたのが最初だった。それ以来ずっと隠してきた。

あのとき、何が起こったのか自覚する間もなく、大勢の人がリアをかこんだ。みんなそのような言葉を聞いたことがなく、しかもそれを言ったのが八歳の少女だったのだ。サラは質問攻めにされる前になんとか娘をその場から引き離したが、数日後、リアが何気なく城塞の塀をもっと強くする設計を石工に提案して、また同じことが起こった。

石工はすぐさまその意見が妥当だとわかったが、幼い少女が口にすることではなかった。

怯えた石工はリアを総督のもとに連れていった。リアが城塞の外に出ることを許されたのはそれが最後となった。

「リアが作ったんですね」サラの動揺を見てとり、アレントは静かに言った。「あの子の賢さは、人が難を怖れて隠したがるたぐいのものだ。心配はいりません、おれはサミーの知性が彼に厄介事をもたらすのを目にしてきた。自分の胸に収めておきます」彼は鋭く息を吸った。「彼女が〈愚物〉を発明したんですか?」

サラは嘘をつきかけて、彼の誠実な表情に負けた。「どうしてわかったの?」

「サミーとあれを取りもどしたあと、おれは〈愚物〉を見ました」アレントは言った。「一目で見事な細工だと思いましたが、同時に美しく気品のあるものでもあった。どこか玩具を連想させる遊び心もあった。これも同じです」

アレントは模型を丁寧に調べた。「リアが〈愚物〉を発明したということは、彼女がこの船でもっとも価値ある存在ということになる」彼はつぶやいた。「トム翁にそれが知れたら、彼女に危険が迫るかもしれない」

「わたしもそれは考えた」彼女は言う。「トム翁がヤンを狙ってきたら、あの人は自分の命を救うためにリアを差しだすに決まってる」

アレントはまさかという目で彼女を見つめた。伯父と祖父は、アレントが父に殺されることをおそれ、暗殺者を雇って父を森で殺害させた。それは罪深い愛がなした忌まわしい献身だったが、愛には違いない。伯父が我が娘に対して同じ献身を捧げることができないことがあるか? リアを鎧の胸当て替えと同等にしか見ないほどに伯父の心は空っぽになってしまったのか?

「あなたが言っているのが、おれを育ててくれた同じ男のことだとは思えない」彼はうつろな口調で言った。

「権力は人を変えるのよ、アレント」

アレントは何もない大海原を見やった。混乱していた。この光景にまだ慣れない。この数週間というもの、いつもほかの船がいて、それを見れば安心できた。そうした船がなくなると、突如として海はとても広いものに見え、空はとても不気味なものになり、ザーンダム号はとても弱々しいものに見えだした。

アレントは自分が何かしらの手を打てる問題に集中すべく話題を変えた。「この模型の目的はなんです？　これが何かの助けになるという話でしたが」

「リアに、密輸用の隠し部屋を作れそうな空間を突きとめるよう頼んだの」サラは模型の内部に手を入れて、ちっぽけなドアを引き開けた。「わたしたちで一カ所ずつ、たしかめようと思って。隠し部屋を作ったのはボシーだから、トム翁が〈愚物〉の盗みにかかわっているとすれば、たぶん部品が隠されているのはそこ」

「おれたちが〈愚物〉を取り返せば、必要もないのに船員を鞭打ちさせないで済む」

「そして反乱も防げるわね」

半甲板の下の隔屋に差しかかろうかというときに、性急で間隔の短いラルメの足音がうしろで響いた。「アレント」彼が呼びかけてきた。

アレントは振り返った。

「おまえがヴィクと取り決めた果たし合いの件で、船員がうるせえんだ。嵐が去ったから、約束されてた血を見たくてうずうずしてる」アレントが反応する間もなく、彼は人差し指を振った。「考えなおせと言ってるんだよ。二週間あったら、おまえさんの傷ついた誇りとやらも癒やされたんじゃねえか。あいつはおまえの寝床を汚した、だがほかには何もされてねえし、たいていの奴があいつに受けた仕打ちに比べたらマシなほうだ。起こったことは忘れろや、ヘイズ。あいつは今頃、ほかにいじめる相手を見つけてる。そういう奴だ」

「おれは彼とやりあいたい」アレントは淡々と言った。

「石頭だなてめえは。そのせいで命を落とすことになるぜ。あいつほどうまくナイフを使う奴は見たことがねえし、すぐにカッとなる気性だ。怒らせたら、おまえを殺しにくるぞ」

「あいつに答えてほしい質問があるんだ」アレントは言った。「答えさせるほかの方法を、あんた考えつくか？」

ラルメがにらみつけてきた。「いいや」しぶしぶ認めた。

「では、黄昏時に会おう」

サラは気遣う視線を彼にむけたが、何も言わなかった。意味がない。自分たちは神にあたえられた道具を使って、それぞれの方法でこの調査をおこなっているのだ。サミーは観察し、クレーシェは気を引き、リアは発明する。サラは質問をし、アレントはいつものように戦うつもりだった。

彼の才能は戦うことだけではないと、サラは確信していた。彼は〈愚物〉を作りだしたのは誰か、この船でわずかな期間を過ごしただけで当てた。なのに、自分の推理力を信じていない。ここまで徹底的に自分を疑うようになった原因は何なのだろう。

ふたりは午後の残りの時間を船倉で過ごし、蠟燭の明かりを頼りに、模型と照合しながら密輸用の隠し部屋の場所を探した。時間がかかり、失望の続く作業だった。ボシーとラルメにリアほどの想像力がないことは明白で、密輸用の隠し部屋があったのは、いかにもありそうな数カ所だけだった。

そのどれにも〈愚物〉はおろか、ほかの品さえも入っていなかった。

「今日は次ので最後にしましょう」アレントは壁が広く開けた場所にやってくると言った。「もう果たし合いのために船首楼にあがらないといけない」

どの隠し部屋も木釘で閉じてあったので、簡単に見つけられた。サラが木釘を抜くと、アレントが壁から板をもちあげた。

悪臭が暗闇に流れでて、彼らは口元を覆ってよろめきながら後ずさった。

「何が入ってるんだ？」アレントは目をうるませて呟きこんだ。

サラが隔屋にそっと近づいて蠟燭を突きだした。暗闇に押しこめられ、喉を切り裂かれて、そこにはサンデル・ケルスの死体があった。

## 53

黄昏時に当直の交替となり、二等航海士が船中央の鐘を鳴らした。修理は丸一日続けられ、船は航海に耐えうるとはいかなくても片づいてきてはいた。紫とオレンジの空の下、アレントは大勢の船乗りやマスケット銃兵に続いて船首楼甲板にあがった。サラは彼の背後を歩いていた。

ふたりは船長にサンデルの死体について伝え、船長は水葬のために死体を甲板に運ばせるべく船乗りたちをむかわせた。夜になればサミーが死体の検分をできるから、水葬を遅らせてくれないかとアレントは頼んだが、クラウヴェルス船長は却下した。死者を放置して腐敗させれば疫病をもたらすと誰もが知っている。疫病が蔓延した疑いのある船は、港で六十日間、留まらねばならず、乗客と船員はその期間が過ぎるまで乗船したまま耐えるか、命を落とすかを強いられた。

　クラウヴェルスとしては、そのような危険を招くわけにはいかなかった。

　サラはサンデルの死体があの隠し部屋にあったのは二週間ほどと見積もっており、つまり彼は失踪した夜に死んだ可能性がある。例の怪船が〈第八の灯〉を灯して襲ってきた夜だ。

　ふたりはイサベルにも伝えたが、予想よりは気丈に受けとめていた。目に涙があふれたものの、背筋はしゃんと伸ばしていた。彼の骸がどうなるか聞くと、イサベルは死体に祈りを捧げに行った。

「ここ、それからここをヴィクに刺されないように」サラはアレントの脚と胸の特定の箇所を指さした。「出血したら血がとまらなくなって、わたしにはどうすることもできないから」

「サラ――」

　彼女は無視した。彼女は早口で神経質に話しており、あきらかに彼を心配している。

　中部甲板に詰めかけていた見物人が彼らを通すために道を開け、どちらに賭けているかに応じて、侮辱の言葉を叫んだり、励ましの言葉を叫んだりした。この時間に外に出るのは禁じられていることを無視して、最下甲板の乗客たちもメインマストのまわりに集まっている。もっとよく見ようと首を伸ばしたり、少しでもながめのいい場所を求めて手すりの上に立ったりしていた。クレーシェはマルクスとオスベルトを連れてきていて、少年たちは肩車してくれるひとを見つけて大喜びだった。

　噂によると総督も見物に来ているらしい。アレントはサラが農民の服装をしていることに感謝したが、それでも彼女が見つかるのではないかと心配だった。来ないよう懸命に頼んだのだが、彼女はきっぱりとアレントの助言を断った。

　船首楼甲板にやってきたアレントは、船嘴で短剣の練習をしているヴィクを見た。

「彼はうまいわね」サラが言う。

「彼はとてもうまい」アレントは訂正した。

ヴィクの両手は目にも留まらぬ速さで動いた。腕を一閃し、あるいは突きだすたびに攻撃する先が変わる。もっと重要なのは、足をずっと動かしつづけていることだ。

初めてアレントはかすかな懸念を感じた。あれだけの体格なのに、ヴィクは敏捷で身のこなしが軽い。彼に攻撃を当てるのはむずかしく、アレントがむこうの攻撃を避けるのはむずかしい。友好的な戦いであろうがなかろうが関係ない。ナイフが偶然まずい場所に刺されば、アレントは死ぬ。

ドレヒトが彼の前に現れた。帽子を深くかぶり、あごひげからパイプが突きでている。護衛隊長はいらついたようにサラを一瞥したが、彼女と言い争わないだけの分別はあった。彼は腰から短剣を抜いてアレントに差しだした。

「体幹を守り、機会があればあいつの喉にナイフを刺せ」彼は帽子の縁をあげて、あの無慈悲な青い目でアレントを見つめて言った。「長引けば長引くほど、あいつの有利に働く」

「言ったじゃないか、おれは負けることになってるんだ」アレントが言った。「誰も死ぬ必要はない」

「それはあんたの計画だ」ドレヒトが言う。「あいつの計画はあんたに一杯くわせて素早く殺し、それが失敗したらゆっくり殺すことだ。この手の男はよく知っている。信頼してはだめだ」

短剣を受けとり、アレントは父のロザリオをサラに手渡した。「こいつを大切にもっていてくれますか?」

「あなたがもどるまで、預かっておく」

ふたりはしばらく見つめあった。アレントはヴィクの視線を感じた。サラの腕に触れて、アレントはヴィクがつま先立ちで左右に跳ねている戦いの場にあがった。

群集が始めろと怒鳴ると、アレントは前かがみになって両手を突きだし、できるだけ体幹を守ろうとした。上背も肩幅もあることに有利な点はいくつもあるが、とにかく刺されないことが鍵であるナイフの戦いにおいてはそんなものはない。

ヴィクは円を描いてじりじりと歩き、攻撃する角度を見つけようとしていた。

すばやくナイフを突きだしてきたが、アレントは刃の切っ先で受け流し、すばやく体勢を立てなおして斬りつけた。

ヴィクはこの試みを笑い、跳びすさった。

この男は話をしても果たし合いをしても癪にさわる相手なのだとアレントは知った。

船乗りたちはヴィクに前に出ろと囃し立て、マスケット銃兵たちはアレントに歓声を送った。

ヴィクがふたたび踏みこみ、ナイフを横に薙ぎ、続いて刺してくる。最初の二回の攻撃を横にずれてかわし、アレントは二度目の攻撃をナイフで受ける。鉄で鉄を削りながらヴィクを押しのけようとしたが、相手は強い。

「トム翁がよろしくだとよ」ヴィクがあざ笑った。

それを聞いて驚いたアレントに乗じてヴィクは脇腹を拳で殴り、下腹にナイフを突き立てようとした。うしろへよろめいて致命傷を避けたアレントは、ごくかすかな刻み目だけで済んだ。

群集は大声援を送った。

ドレヒトは正しかった。これは友好的な争いではない。慈悲はない。ためらいもない。ヴィクはアレントの喉をかっさばくつもりであり、それはトム翁の命令によるものなのだ。

「もうやめて」サラが叫んだ。「これはふりなんかじゃない。ヴィクはあなたを殺すつもりよ」

アレントは彼女を安心させたかったが、ヴィクから目を離すつもりはなかった。誰もがアレントは防御に必死で、ヴィクが疲れるまでどうにか死なずにいようとしていると信じていたが、彼にそんな気はない。防御しているのではなく、ヴィクがどのように戦うのか、リーチの長さはどの程度か、攻撃のときにどこの守りが手薄になるか観察していた。

ヴィクは戦っていて、アレントは作戦を立てている。

アレントの気が散ったのを見て、ヴィクは歯をむきだして突進してきた。アレントは下がることもナイフで受け流すこともしなかった。かすかに身をひねってヴィクのナイフをかわし、敵の顔めがけて斬りつけた。

ヴィクはこの攻撃を前腕で受けとめ、アレントの服に血が飛び散った。

ヴィクは引き下がらずにアレントの目元にむかって腕を振り、その血が一瞬アレントの視界を封じた。

アレントはやみくもに脚を蹴りだしてヴィクのみぞおちに当て、彼から一気に呼吸を奪う。ヴィクがあえぐあいだ、アレントは目元からできるだけ血を拭った。視界はぼやけているが、イサーク・ラルメが群集の誰かにうなずくところはとらえた。そちらを見やると、その船乗りの袖から現れたナイフのきらめきが目に留まった。

円を描きながら動くヴィクが突然ナイフを突きだし、アレントが群集のなかに隠されたナイフに背をむけるよう仕向けた。

アレントは誘いに乗ったが、背後の暗殺者とのあいだに数歩の距離を保った。

ヴィクがまたもや攻めてきたときには、アレントは心構えができていた。受け流すのではなく、最初の攻撃を敢えて腕で受けた。焼けつくような痛みを無視し、ヴィクの手首をつかんでぐっと引き寄せる。そして気合とともに、ヴィクの身体をナイフを隠しもつ船乗りに投げつける。ふたりは激しくぶつかった。

アレントは二歩でふたりに近づき、落ちたナイフを拾いあげる。それを凶器を隠し持つ船乗りの手に突き刺し、甲板に釘づけにした。ヴィクの身体に飛び乗り、一発殴ってから耳元に身を乗り出す。黄青椒(パプリカ)の強烈なにおいが鼻腔にあがってきた。

「〝ラクサガール〟の意味は?」アレントは言った。

ヴィクは船乗りの手からナイフを引き抜き、刃先をアレントの腰に突きつけた。

怒声をあげてアレントがその手をつかんで甲板に叩きつけると、ナイフは横滑りして離れていった。相手にいかなる反撃の間もあたえず、アレントは顔に肘を入れて目を眩(くら)ませた。

「〝ラクサガール〟の意味は?」彼は訊ねた。

ヴィクは咳きこんで血を吐き、目から焦点が失われた。

「トム翁がおまえを殺(や)るぜ」

アレントはまた彼を殴った。拳はまるで砲弾のように着地した。ヴィクの顔の何かがぐしゃりとつぶれる。サラがアレントにやめてくれと叫んだ。

「〝ラクサガール〟の意味は?」

「地獄へ墜ち——」アレントがまた彼を殴り、ヴィクの頭は勢いよくのけぞった。アレントのなかの、小さく、暗く、卑劣な部分がこれを楽しんでいた。彼がこれほど長いこと腕力を揮うことを抑え、戦うことに慎重だったのは、最終的にどうなるか自覚しているからだ。物心がついてからずっと、彼の中心には怒りが固く丸まった球がある。ひとつひとつの侮辱、あざけり、軽蔑。それらを溜めてきた場所だ。普段は封印している暗い竈(かまど)の燃料がそこにある。

彼はふたたび拳をあげた。

「〝ラクサガール〟の――」

「罠」ヴィクは吐きだすように言った。「〝罠〟って意味だ」咳きこんで血を吐いた。

群集は静まり返った。

二頭の雄牛のように大きく息を吐き、アレントは周囲をながめた。群集は兵士が初めて爆撃を見たときのような畏敬の念をたたえて彼を見つめている。

トム翁を別にすると、この船ではヴィクがもっとも獰(どう)猛(もう)で、もっともおそろしい存在だった。彼の気にさわった者はみな、手ひどく痛めつけられた。

最悪の仕打ちを受けたのはボシーだったが、被害者は彼だけではない。全員に傷が残っている。

ヴィクはここにいる人殺し、無法者、強姦魔の悪夢だった。アレントがその彼を倒した。

ザーンダム号の繊細だが重大な均衡が変わった。

船乗りたちがこのことを嚙みしめていると、サラが群集を押しのけて近づき、アレントを固く抱きしめた。

「サラ、どういうつもり――」

「黙って」彼女はそう言って顔をアレントの胸に押しつけた。ようやく涙を拭うと言った。「彼を殺すつもりなのかと思った」

アレントは前腕をあげて傷を調べた。浅いが、一週間は痛むだろう。「〝ラクサガール〟はノルン語で罠という意味です」アレントは言った。「ほかの船乗りたちに何をしているのかと訊ねられて、ボシーが答えたのがその言葉だった」

ドレヒトが人混みをかき分けてきた。「なぜあいつを殺さなかった。この馬鹿め」

「死人は質問に答えないからな」アレントは言い、ナイフを彼に返した。

「死人は質問することもできないぞ」ドレヒトは切り返した。「腕力は腕力を産む。あんたは部下の前であいつが弱いと見せつけた。あいつは本気であんたの命を狙ってくる。そうするしかないからな」

「おれの命を狙っている者はすでにいる」アレントはイサーク・ラルメのほうを見た。「そいつは急いだほうがいい、さもないとおれのほうが先にそいつを見つける」

# 54

アレントは指先から血を滴らせながら、ふらつく足取りで半甲板の下の隔屋に入った。樽の上で燃える一本きりの蠟燭が、嫌なにおいの太い煙を吐きだしている。

イサベルの笑い声が隔屋の奥の暗がりから聞こえた。彼女は腰掛けに座ってドロシーアとしゃべっている。彼を見たとたんに話をやめ、何やら案じるように目を見ひらいた。

「勝ちました？」ドロシーアが訊ねた。

「勝ったわ」サラが言って、あらかじめ置いていた治療道具の箱を開ける。布切れや軟膏、コルクの蓋をした小瓶、粉末の入った袋などが収められていた。その下のほうから、彼女は鉤状になった針と腸線を取りだした。

蠟燭をもう少し引き寄せてサラは傷口を調べた。

「シャツを脱いで」彼女は言った。「じゃまになるから」

アレントは指示どおりにして、切り傷と火傷、刺し傷とひどい跡となっているマスケット銃の銃創の作るパッチワークのような身体を露わにした。

イサベルが祈りをつぶやいた。「あなたがここまで生き延びるために、神様はたいへんな対価を払わせたんですね」彼女は敬虔な口ぶりで言った。

「おれの手に剣を握らせてくれたのは神じゃなかったぞ」アレントは反論した。

サラの手はすでに血で滑りやすくなっていたので、腸線を針に通すようイサベルに頼まねばならなかった。

「人を治療する方法も教えてもらえるのですか？」イサベルは眉間に皺を寄せて針に腸線を通そうとしながら訊ねた。

「あなたがそうしたいならば、喜んで」サラは彼女から針を受けとった。「どこかに栓を開けていないワイン壺がない？」

「見つけてきます、奥様」イサベルが言う。

「サラと呼んで」彼女は言った。「見つからなかったら、わたしの名前を出して司厨長に頼んでね」

イサベルは立ち去った。

腸線をしっかりくわえると、サラは針の先をアレントのずたずたになった皮膚の端に滑り入れて輪にするという手順を繰り返した。刺される痛みは、負傷をそのまま放置して、一、二週間じっと寝て死なないことを願った日々が懐かしくなるほどだった。

その対処法は軍隊の体臭がぷんぷんする老いた理髪外科医から教わったものだ。悪い体液が染みでるようにしなければならないという話だった。それがすっかりなくなれば、身体が勝手に治ってくれるとあの男は言った。

サミーはそれが気に入らなかった。負傷したアレントを初めて見たサミーに、破れた上着のように縫われた。悪い体液と理髪外科医の助言を出して反論したが、サミーはその話を好意的に受けとらなかった。不機嫌になったことを強調して二針ばかり余計にチクリとやったほどだ。

サラもこの技術を身につけていることに彼は驚いた。

「どこでこんなことを教わったんです?」彼はサラの仕事ぶりを見つめながら訊ねた。

「母から」彼女は上の空で答えた。「祖父がそこそこ名のある治療師だったの。祖父が母に教え、母がわたしに教えた」

「あなたのお父上もこれができたと?」

彼女は首を振った。「父は商人だった」その声は冷ややかだった。「母の村に通りかかった父は病気になり、この才能を使って父の命を救った母に恋をした。母は農民と変わらない身分だったけれど、父は気にしなかった。ふたりは結婚してずっとしあわせに暮らした。ただし、父は友人を全部なくした。彼らの育ちのいい娘たちを袖にしたから」

サラはまた輪をひとつ完成させた。

「愛はわたしの家族を破壊するところだったのよ」彼女はそっけなく言う。「明るい面を見れば、父と母は五人の娘をもうけた。だから父は自分の過ちの埋め合わせをする機会が何度もあったの」

サラはその後は無言で仕事を続け、アレントが口をきこうとすると黙らせた。

イサベルがワインを手にもどり、サラはこれを使って傷口を洗い、痛みに鈍感になるようにとアレントにワイン壺を差しだした。

彼はほとんど手をつけなかった。

こんな状況なのに、サラが目の前に膝をついていると理性をなくしそうだった。すべてがあるべきまま、問題を起こさないようにしていられるのは痛みがあるからこそだ。

イサーク・ラルメが荒々しい足取りで隔屋にやってくると、アレントの足元に硬貨の入った袋を投げた。「賞金だ」続いてサラを横目で見た。「けど、今度のことでは、もういい思いをしてるらしいな」

「わたしは高い地位にある女で、身分と富と、とても鋭い短剣をもっています」サラは傷の縫い目を一瞥した。「だから、少しは敬意を示していただきたい」

「すんません、奥様」ラルメはうつむいた。

「あんたは人混みのなかにいたあの船乗りにおれを狙わせたな」アレントは静かに言った。「あんたがうなずいて合図を送ったのが見えた」

「あいつらを使わなけりゃ、もっと思い切った手段に出てたさ」ラルメは恥ずかしげもなく言った。

「なぜだ？」

「ヴィクはおれのために連中を仕切ってるから、おれにはあいつのほうが必要ってことだ。おまえは果たし合いを求めてた。おれは警告してやめさせようとしたが、おまえは聞き入れなかった」彼は気まずそうに咳払いをした。「だからおれはここに来たんだよ。おまえがおれをどうするつもりなのか知りたくてな」

「どうするつもりとは？」アレントは訊ねた。

「おれは残りの航海のあいだずっと、おまえから背中にナイフを突き立てられるのを待ってるつもりはねえんだよ。やろうと思ってることを、いまやれ」小男はアレントがまさにそこへナイフを突き立てるというように胸を張った。

サラは天を仰いで作業を再開した。

「あんたを殺すつもりはないよ、ラルメ」アレントはうんざりして言った。「あんたをおれが死なせた者たちの山に加えれば、あんたは山のてっぺんから天にいる神の顔に唾を吐けるくらいさ。おれは山を高くするのはもうやめた。あんたが送りこんだ船乗りは死ぬ必要はないから殺さなかった。ヴィクもそうだし、あんたもそうだ。おれの質問に答えてくれたら、おれは友人としてこの日を終えるよ」

ラルメはアレントをしげしげと見つめた。善意の陰で奇襲の計画を立てているのではないか探っているようだ。マスケット銃兵のエッゲルトに、剣を首に突きつけたことを謝った日に見せたのと同じ表情だ。単純明快はどうやらザーンダム号ではめったにないもので、もはや誰もそれを認識できないのだ。

「おまえは船乗りとしちゃあ、一時間も生き延びられねえぞ」結局ラルメはそう言った。

「最高の褒め言葉だな」アレントは彼にむかいの腰掛けに座るよう勧めた。

ラルメはまだ怪しんでいたものの、アレントが押しやったワイン壺で気持ちが動いた。

「船倉の密輸用の隠し部屋には何が入っていた?」アレントが顔をしかめながら言った。サラがまた輪を完成させたのだ。「おれたちが見つける前に、あんたは荷物を取りだした」

「〈愚物〉の部品がひとつだ」彼は一同が驚愕の表情を見せたのに気づき、急いでつけくわえた。「いいか、おれは盗んじゃいねえよ。船長に命じられたとおり、おれはボシーの服を探してたんだ。あいつが例の部屋のひとつに隠したかもしれんと考えたんだが、かわりに部品を見つけたわけさ」

「全体ではなく?」

「残念ながら違う」幸運を祈って硬貨を放るとつねに裏が出る男のような口調で言った。「部品ひとつでもいい値はつくだろうが、全体を売ったら自分の船が買えただろうによ」

「買えただろうに、だと?」アレントは訊ねた。「部品はどうなった?」

ラルメは疑うように彼をみつめた。「なぜそんなことを訊く?」

「この船には自分の利益しか考えない人ばかりで忍耐力が切れそう」サラはため息を漏らした。「あなたがすべての質問に答えないのならば、主人に〈愚物〉を盗んだのはあなただと伝え、彼があなたを八つ裂きにするのをながめることにします」

「わかった、わかりましたって」ラルメは慌てて言った。「壊したんだ。あんたたちふたりに捕まりそうになったあとですよ。粉々にして舷窓から錨綱の保管場にむかって捨てた。もっておくには危険すぎると思いましたね」

アレントはサラとちらりと目を合わせた。彼女はうなずいて、おそらく嘘じゃないと伝えた。

「どうして〈愚物〉の部品だとわかったの？」彼女は訊ねた。

「総督はあれをザーンダム号で試したんです。おれは使うことを許可されなかったけど。航海術はクラウヴェルス船長が全部ひとりでやってる。残されたおれたちは、船長が指さすほうに帆をむけるだけでしてね」

「サンデル・ケルスが殺され、あんたの隠し部屋のひとつに押しこまれていた」アレントはそっけなく訊ねた。

「その件について何か知らないか？」

「何も」彼は言う。「おれには誰かを傷つける理由なんかねえよ」

「ボシーは例外なのかしら」サラが言った。「あなたがヨハネス・ヴィクに命じて、彼の舌を切り取らせたんでしょう？」

ワイン壺がラルメのくちびるに運ばれる途中でぴたりととまった。サラは彼のほうを見てもいなかった。まだアレントの傷を縫っている。

「あなたが仕組んだのでしょう？」彼女は言った。集中して上くちびるに舌を押しつけている。「ヴィクが船乗りたちにひどいことをするのは、あなたがそうする必要があると考えたとき。で、あなたは被害者に腕をまわして励ましてみせる。見物人のなかにナイフを持った船乗りを隠していた仕掛けを見てわかった。彼の口をふさぎたくなるようなどんなことをボシーは話していたの？」

ラルメは身を乗りだして声を落とした。「ザーンダム号はおれの家なんです。おれが笑いものにされて蹴りまわされないただひとつの家なんですよ。この船の安全を守るのがおれの仕事で、ボシーは船を危険な目にあわせた」

「どんなふうに？」

「あいつはおれの部下たちを勧誘した。ねじ曲げた」

「だからどんなふうに？」サラは訊ねた。

「あいつは金をもってたんです。ヒラの船乗りらしからぬ大金を。船乗りどもを買収して船上で妙なことをやらせてたんですよ」

「あなたの遠回しに話す才能には感心する。そして腹も立つ」サラが言う。

「どんなことだったか詳しく知らねえんですよ。ただ、ボシーの奴とほか数人を、バタヴィアに入港したあとには立ち入りが許可されてねえ場所で見つけた。あいつらは何かを探してたに違いねえ。壁を小突いて床板を蹴ってたんですからね。どんなものだとしても、あいつらがもっていた道具から察するにデカいものだ。あいつらが船尾側を計測してるのも見たが、理由については一言も引きだせなかった」

「ボシー以外の船乗りはどうなったんだ？」アレントは熱心な口ぶりで訊ねた。「そいつらと話せるか？」

「奴らは消えたよ」ラルメは悲しそうに答えた。「悪魔の囁きでも聞いたみたいに、ある朝、この船をおりた。そのまんまもどらなかった。あれはボシーの仕業だってことさ。カネを目の前でちらつかされたら、誰だってぐらっとくる。ボシーがあの連中を殺したのさ、おれにはわかる。だからヴィクにあいつの舌を切り取るよう命じた。あんな奴の金を手にして部下が消えるのはもうご免だったからな」

「あんたはボシーの友人だと思っていたが」アレントは言った。「一緒に隠し部屋を作ったんだろう？」

ラルメは自慢げに口笛を吹いた。「そうさ、おれたちで一緒にあの穴を作ってかなり儲けたさ。だがそれも過去のことだな」

腹を掻きながらラルメは腰掛けを飛び降りた。

彼は中部甲板に通じるアーチ路を一瞥し、良心との綱引きに負けたかのように、ため息を漏らした。「おまえのあたらしいお友達、ヤコビ・ドレヒトには気をつけな」

「ドレヒトか、なぜだ？」

「バンダ諸島の件を聞いたことあるか？」

アレントはサラと顔を見合わせ、朝食での議論を思いだした。その諸島の人々が自分たちを飢えさせるだけの香辛料の契約を断ったとして、総督が皆殺しにした。

「それがドレヒトに関係あるのか？」

「島民が反乱を起こしたとき、送りこまれたのはザーンダム号だったのさ」ラルメは言う。「総督が乗船した。それで船長と知りあったんだな。総督は全員を虐殺する命令を出し、ヤコビ・ドレヒトと部下のマスケット銃兵たちにやらせた。おまえの友人はあの諸島で手当たり次第に人を殺してから、一晩中、友人たちと飲んで歌った。総督は奴の忠誠心を讃えて、あのサーベルをあたえ、さらなる褒美を約束した」

「さらなる褒美？」

「諸島の王の財産だよ。ドレヒトが使いきれないくらいの富さ。無事に総督を国に送り届けられればな。寝床で寝てるガキどもまで殺すのを承知させるには、そのぐらいの手当が必要だってことだな」ラルメは怒りに身体を震わせた。「ああいう奴らはトム翁を大歓迎するんじゃねえか」

## 55

アレントとサラとサミーは中部甲板に膝をつき、サンデル・ケルスの死体を見つめていた。牧師は麻で作った繭に横たえられている。日の出と共にこの繭は縫いあわされ、船側から海に落とされることになっている。何十もの繭が甲板に並べられ、四六時中、さらなる繭が運ばれてきた。ほとんどは嵐のあいだに負った怪我にやられた者たちが納められたものだ。クラウヴェルスが航路を割りだすために使った結び目のあるロープのように、この人たちが海底に落ち着くところをサラは想像した。

「僕は牢屋から出て本当に大丈夫なんだろうか？」サミーは自分の仕事ぶりを見物している大勢の兵士たちをそわそわとながめた。

太陽が水平線の下に沈みかけている。サミーは長いこと太陽を見ておらず、先ほどアレントに外に連れだされたときには泣きだしてしまったほどだった。

「僕が命令を無視しているという話があなたのご主人に伝われば、牢獄に逆戻りして、もう二度と太陽を見ることなんて望めなくなりますから」サミーはそう続けた。

「主人は部屋に閉じこもって考えこんでいます」サラが言う。「〈愚物〉が盗まれたのは、トム翁が自分を狙って扇動している大がかりな計画の一部だと信じているんですって」夫がこまっていることに喜びを感じているのをサラは隠せていなかった。「あと一時間は心配する必要はありません。ドアの前にはドレヒト護衛隊長がいて、部屋のなかではフォスが暴言を吐く主人に耳を傾けています。フォスの話が終われば、あなたは独房にもどらないといけないでしょうが、いまは大丈夫。わたしもそう」

サミーは彼女の農民の服を見まわした。「この航海はあなたを大いに変えましたね、サラ・ヴェッセル」そう言い、死体を検(あらた)めるためにサンデルの肩をもちあげた。すぐにその肩を下ろす。「この死体にはたいして僕たちに語ってくれることはない。喉が切り裂かれたのは約二週間前で、以降は隠し部屋に押しこめられていたから」

「でも、死体が隠されたのはなぜ？」サラはつぶやいたが、船の修理の金槌やノミの音に負けぬよう、もう一度繰り返さねばならなかった。この音からすると、いま見えているよりも多くの活動が船内でおこなわれているようだった。目下、甲板に出ている船乗りは十人足らずだろう。嵐のあいだの重労働が終わり、船長はほとんどの船乗りを眠らせていた。

「僕たちに見つけられたくないものがあるはずなんだ」サミーは立ちあがり、手の埃を払った。無益な試みだった。手には垢とこぼれ水が染みこんでいる。牢獄で過ごした二週間で蓄積した汚れだ。「サンデル・ケルスに敵はいたんでしょうか？」

「わたしたちはトム翁が牧師をバタヴィアにおびき寄せたと考えているの。その手紙を実際に見ました。この悪魔は牧師をここに呼び、その牧師が殺された。すべては悪魔の意図どおりのように思えます」サラは言った。

　サミーは苛立たしげに髪に手を突っこみ、そこに住み着いていたシラミを数匹、力ずくで取りのぞいた。「考えてはいるんですが、ひとつひとつの事実のあいだのつながりがなかなか見えづらい」彼は甲板を歩きまわった。

　サラはリアが彼の姿を見ることができたらよかったのにと思った。サミーがちょこまかと精力的に歩きまわる様子を、アレントは報告書で事細かに描写していた。彼女とリアはそれを演じて勢いよく歩き、最後には大笑いしたものだった。

「そもそも僕が不可解に思っていたのはボシーの殺害でした。彼は暗闇から囁いてくる声に大いなる富を約束され、それと引き換えに、悪魔がこの船で航海するお膳立てをした大工です。そこから何が導きだされるかはまだわかりませんが、イサーク・ラルメによれば、ボシーの一味が船内の妙な場所にいて、何かを探していたそうです。何をしているのかと訊ねると、ボシーは〝罠（ラクサガール）〟と答えた」

「ボシーは罠を作っていたのかも」サラが言う。

「あるいは、罠を探していた」とサミー。

「または、罠を解除していた」アレントが言いそえる。

　サミーはふたりを交互に見やった。「どちらもいい考えだ。いずれにしろ、この男は〝トム翁〟と名乗る者のために仕事をしていた。それはある物乞いの名前で、彼は子供の頃のアレントが意図せずして作ってしまった原因により、村人たちに殴り殺されてしまった。その後、アレントが祖父の地所へ追いやられると、この悪魔はオランダ中で多くの裕福な商人や貴族に取り憑き、言語に絶する凶行をおこなわせ、破滅に追いこんだ。トム翁は自身の到来を尻尾のある目に似た印によって宣言するとされ、その印は三十年前にアレントの父親が失踪したときにアレントの手首に刻まれていたのと同じものだ。さらに、その父親のロザリオが、幽霊船が僕たちの前に姿を見せたあと、畜舎で発見された。しかも畜舎では、誰も近づいていないはずなのに家畜が虐殺されていた」

すさまじいまでに集中するサミーは、まるで今回の出来事のひとつひとつを歩いてたどっているかのようにサラには見えた。

「ここに横たわる牧師によれば、家畜の虐殺は三つの忌まわしい奇蹟の第一のものだった。第二の奇蹟は鍵のかかった部屋から〈愚物〉が消えたこと。これはコルネリス・フォスがクレーシェ・イェンスと結婚しようとしてやったことらしい。そして僕たちの考えでは、やがて第三の奇蹟が起き、ついにはトム翁との取引に応じなかった者がみな殺される。何か見逃したことはありますか?」

「トム翁が乗客のひとりに取り憑いていること」アレントが言った。

「わたしの主人が何年も前にトム翁を召喚し、いまはそのトム翁から死を望まれているらしいこと。この悪魔はわたしとクレーシェに、寝台の下の抽斗に短剣を入れておくから、それで主人を殺せと囁いてきました」

「ああ、なるほど」サミーは楽しそうに言う。「抽斗のなかは覗いてみましたか?」

「ドレヒト護衛隊長が毎晩見ているけれど、誓って服しか入っていないと」サラは彼を見つめた。「教えてください、ミスター・ピップス——」

「どうかサミーとお呼びください」

「サミー」彼女はサミーが親しさを見せたことを光栄に思い、膝を曲げてお辞儀をした。「この船に陰謀を巡らしている悪魔がいると思っているの?」

「悪魔か、それに類するものでしょうね」彼は歪んだ笑みを浮かべた。「正直言うと、今回相手にしているのはこれまで出会ったことのない類のものなので、そいつが超自然的なものだと思っておけば僕の誇りは無傷で済むんですけどね。ただ、もちろんあなたを侮辱するつもりはありませんが、いまのご質問は見当違いです。これが人間の格好をした悪魔だろうが、悪魔の格好をした人間だろうが、僕たちのとるべき道は変わらない。ひとつひとつの事実を調べ、手がかりを追って真実にたどり着く、それだけです」

サラは彼の声にみなぎる自信に感嘆した。聞いているだけで、きっとそうなるのだと信じられた。このとき初めてサラは、カスパー・ファン・デン・ベルクがサミーを密偵として告発したことも、今回のたくらみの一部ではないかという疑いを抱いた。この告発は、トム翁が邪魔されずに計画を進められるように名探偵ピップスを排除するためのものだったのでは？　としたら、アレントの祖父カスパーもこの件になんらかの形でかかわっているということでは？

「トム翁が本当に悪魔だったら、わたしたちはどうすればいいの？」

「さあどうでしょうね、それは僕の守備範囲外のことです。ただ、悪魔退治に精通した人間が殺害された理由の説明にはなる」

「わたしたちにはまだイサベルがいる」サラは言った。「彼女は『魔族大全』を勉強してきたし、務めについてはサンデルと同じくらいに熱意がある」

「彼女の習得が足りていることを願いましょう」

「サミー、これから調査をどう進めたらいい？」アレントは訊ねた。

誰かに判断を仰いでいるアレントの口調はサラにとって耳なじみのないものだった。いつもは決断力に満ちていて、進むべき道が見えようが見えまいが、彼は前へと突撃する。そこがサラの思う彼の長所だった。でもサミーに話しかけているとき、彼は自分では考えることができず、この友なしでは前へ進む方法を考えつけないように見えた。

そんなことはないのになぜ？　自分たちがトム翁について知ったことはすべて、サミー・ピップスが拘束されているあいだにわかったことだ。夫はアレントを尊敬しており、彼は人生において愚かな男を尊敬したことはない。アレントは祖父の遺産の相続人で、五人の息子をはねのけて選ばれている。

サラはアレントの隣にいる瘦身の男を観察した。言葉が口から転がりでるように思えるほど早口でしゃべる男。サミー・ピップスの隣で自分は賢いと言い切るのは困難に違いない。ふたりは五年も仕事をしてきた。アレントはサミーの起こす奇蹟をいくつも目撃してきた。自分は愚かだと誤解するのも無理はない気がする。

「フォスを尾行してくれ。第三の忌まわしい奇蹟が起こる前に、この奇怪な謎の次の手がかりが明らかになるよう祈ろうじゃないか。僕たちの当面の目的は虐殺を防ぐことだ」

## 56

星あかりの下で船乗りたちが麻袋に入った最後の死体を中部甲板に運び、横並びに置いた。立ち会う者はほぼいなかった。死者は東インド貿易船では不吉だった。見張りについたどの船乗りも顔をそむけている。縫帆手は目を閉じたまま麻袋の口を縫い、クラウヴェルス船長とイサーク・ラルメも死体をできるだけ見ないようにしていた。

サンデルの死後、彼の務めの多くを引き継いだイサベルが、命を落とした者たちのために祈りを唱えた。サラ、クレーシェ、リアはそれを見守りつつ、死者に敬意を表してこうべを垂れている。

儀式が終わってクラウヴェルスが船乗りたちに合図すると、彼らは順番に死体を抱えて船側から海中に投じた。しぶきがあがる。

葬儀は始まって五分後には終わった。

時間をかけても意味がない。航海が終わるまでにもっと多くの死体があがると全員が知っている。

## 57

フォスがほかの乗客たちと食事をしているあいだにアレントは彼の船室に忍びこみ、この部屋は暮らす者を完璧に映していると知った。どんなたぐいの装飾もなく、華美なものもない。机には受け皿に載った蠟燭、羽ペン、インク瓶、にじみどめ粉の袋がある。棚がいくつも造りつけられており、どれも巻物であふれていた。

フォスが悪魔だと自分が信じているか、アレントは自信がなかった。それを言ったら盗っ人だと信じているかどうかも心許なかったが、ひとまずこの船室はいっさいの悪徳を否定するものだった。ここに見えるのは強迫観念と秩序であり、勤勉をもって達成せんとする野望がそびえたっていた。サミーがこの部屋を見たら、即座に船から海に身を投げただろう。官能的で気まぐれなものを愛し、まったく無価値なものに惹かれる彼の趣味と、これほど対極のものもないからだ。

片づいた机に、帳簿が一冊と受取書が三枚だけあった。ひらいてみると、サラ、リア、伯父の船賃の受取証明に、それぞれの船室の割り当てが添えられたものだった。どうやらサラはダルヴァイン子爵夫人の船室に泊まる予定だったようだが、入れ替わったらしい。帳簿には収入と支出の項目がきっちりと並び、伯父の富と取引が記入されていることはまちがいなかった。

書類を置いたアレントは床板や壁板をコツコツと叩き、サミーの教えにそって秘密の隔屋がないか調べた。巻物入れをいくつか動かしたが、それも無駄に終わった。〈愚物〉の残りの部品はここには隠されていない。隠す場所がなかった。

船室を出たところで、通路のむかいから奇妙な音がするのを聞きつけた。それはまるで……怒った囁き声のようだった。それが長々と聞こえてから沈黙し、ふたたび再開する。

彼はノックした。

「ダルヴァイン子爵夫人」

「何度あんたたちに放っておけと言わないとならないのかね？」弱々しい声が聞こえた。

「囁き声が聞こえましたので」

「だったら、立ち聞きするのはおやめなさい」彼女はぴしゃりと言う。

もはやザーンダム号ではいかなる奇妙な出来事も見過ごすことはできないから、アレントはもっと追及しようとしかけて、フォスから目を離してはならないと思い直した。後甲板にもどるとメインマスト近くの暗がりにそっと身を隠し、家令が夕食を終えるのを待った。

待つのは得意だ。サミーのためにやった仕事の半分は待つことだ。ポケットに両手を入れ、父のロザリオの木の数珠がいまではなじみのあるものになったと感じながら、これがどうしてあの畜舎に行き着いたのだろうと考えた。

自分の知らぬ間に祖父がこっそりこの船に乗ったというようなことはどうにも考えられない。

胃の底に懐かしい温かみが広がった。

いまなら、あの老人のしわがれ声の助言を歓迎するところだ。

祖父の事業を離れてアレントがフリースラントにもどったのは、ザーンダム号に乗りこむ直前だった。祖父はずいぶん老けていたが、かつてよりもアレントの決めたことに寛容だった。

二日のあいだ話しあいを続け、友好的に別れた。

いま久しぶりにアレントは祖父に会いたくなった。

夕食が終わり、乗客たちが暗がりから現れた。押し殺した声で陰気に話をしている。まずサラがリアにくっつくようにして現れた。次はクレーシェと腕を組んだフォス。クレーシェは陽気に笑い、彼と一緒にいるのが楽しいと全身で表現していた。

乗客船室区の入り口のドアでクレーシェとぎこちなく挨拶をかわしたのちに階段にもどるや、フォスの態度が変わった。あたりを窺い、人目がないか甲板をきょろきょろと見まわしている。アレントは暗がりが自分を隠してくれると信じて、ぴくりとも身体を動かさぬままでいた。

フォスは急ぎ足で去った。

足音を立てずにアレントは彼を追い、船倉へ続く階段を警戒しながら進んだ。

下から水の跳ねる音が聞こえた。

階段から見おろすと、フォスがポケットから蠟燭と火打ち石を取りだした。四回目の挑戦で火がつく。あらかじめ準備していたのかとアレントはなかば感心しながら考えた。こっちは獲物に気づかれてはいけないから、明かりなしで済ませるしかない。

階段の一番下にやってくると、船倉が元通りになって木箱の迷路がふたたび作られているのがわかった。ビルジ水の大半は汲みだされていたが、いまだに嵐の前より水位は高い。水面には死んだ鼠が浮かんでいる。

ありがたいことにフォスは用心しいしい進んでくれた。ここに下りてくるのが嫌でたまらないのが見え見えだ。水が滴り落ちるたび、鉤爪のある生き物が走り抜けるたび、足をとめて、あたりを見まわした。

どの通路もアレントにはそっくりに見えたが、フォスはすぐに目的の通路を見つけた。水のなかに膝を突いて短剣の柄頭で木箱をひとつひとつ叩いてゆき、その音に耳を傾けた。

ある木箱がうつろな音をたてた。フォスは安堵の大声をあげ、すぐさま口を閉じて手で押さえた。

フォスが蓋の縁の下に短剣を差しこんだ。アレントは箱の中身がよく見えるように忍び足で前進する。

フォスが手をとめた。顔がしかめられた。

彼はあたりに耳を澄ましてから短剣を鞘に収め、蠟燭を手に通路の角を曲がった。

アレントはあとをつけようかと思ったが、目的のものは見つかっている。

明かりのたぐいのまったくないなか手探りで、フォスがこじ開けた木箱へ通路を進んだ。自分がやるべきことは、〈愚物〉の部品をさっと取り出して、フォスがもどってくる前にどうにかして引き返すことだけだ。

悪事の証拠を伯父に提出できれば、倉庫番の疑いを晴らしてやれる。そしてドレヒトがフォスをお縄にする。

木箱のぎざぎざした端が指先にようやく触れた。手を内側に突き入れたとき、背後でごくかすかな音がして、罠にかかったと知った。

振り返ろうとしたところで、何かに頭を殴られて水のなかへ倒れた。

## 58

アレントはふらつきながら意識を取りもどした。頭をほんの少し動かしただけでも痛みが波のように襲ってくる。まだ船倉にいたが、梁に縛られ、口に布が押しこまれている。

もがいてもロープは固く結ばれていた。

フォスが隣に立って柱にトム翁の印を刻んでいた。すでに三つ完成させているが、いま彫っているものがいちばん上出来だ。ほかの印は雑だった。

アレントは身をよじらせてロープをゆるめようとした。うまくいかないとわかると、首を伸ばしてフォスの耳を嚙みちぎることは可能か考えた。

物音を聞きつけてフォスがアレントのほうを見た。貧相な顔に不安が浮かんでいる。

彼はアレントの喉に短剣を突きつけた。

「話ができるよう、さるぐつわを外しますが」性急な口調で言った。「助けを呼ぼうとすれば喉を掻き切ります。わかりましたか？」

よほど不安が大きいのだろう、脅しの文句がすらすらと口を出てきた。

アレントはうなずいた。

ためらいがちにフォスはさるぐつわを引きおろした。アレントのあごひげが引っ掻かれた。

「おれの背後を取ることのできる男は少ない」アレントは言った。「感心したよ」

「長らく総督にお仕えしてきましたからね、気づかれず移動するのはお手のものです」

「泥棒には便利な才能だな」

フォスの目がわずかに見ひらかれ、細められた。その肩から力が抜けた。

「では、もうご存じだと。結構、なら話は早い。ほかに知っている者はおりますか？　上でわたしを待つのは誰ですか？」

「みんなだ」アレントは答えた。「みんな知ってる」

「なのにひとりでやってきたと」フォスは言い、耳を澄ました。「足音も、話し声も聞こえなければ、いずれ誰かがここに下りてくることを示すいかなる音も聞こえませんが」ぞっとするような笑みが彼の顔を割った。「そう、あなたはひとりです。哀れでみじめな小者のフォスに何も危険はないと誤解したんですね」彼は短剣をアレントの顔の前で振った。「そう思ったのはあなたが初めてではありませんが、地べたから這い上がって総督の家令となるには、競争相手を何人も蹴落とさないことには無理ですよ」

「そしていま、あんたは〈愚物〉を手にしたから、もう総督の家令でいる必要もないな」

フォスは混乱した。「〈愚物〉？　だからあなたは――」彼は大声で笑いだした。彼の口にはまったく不似合いな音だった。「おやおや、かわいそうなアレント。あなたは運命に愛されていませんね。わたしは〈愚物〉を盗んでなどいませんが、わたしにそれが可能だとあなたが思っていることは光栄ですよ。あなたはみごと犯罪者を見つけましたが、残念ながらなんの罪かについてはまちがいました」

愉快でたまらないらしく、彼はさるぐつわをもとの位置に引っ張りあげてもまだ大笑いしており、笑い終えると柱にトム翁の印を刻む作業を再開した。

「奇妙に聞こえることでしょうが、わたしはこうなってうれしいんですよ」彼が言う。「わたしの仕事は自分の本性を隠し、実際よりできない人間に見せることが要求されますが、常に自分の将来については考えていたのですよ。総督のお気に入りの猟犬でいることに満足したことなど、一度たりともありません。偶然とはいえ、ついに自分の真の姿を誰かに見せることができたのは喜びです」

遠くに蠟燭の火が現れた。ちっぽけな明かりが着実に近づいてくる。

フォスはトム翁の印を短剣の切っ先でなぞった。「ご心配なきよう、わたしはこのばけものの悪戯にとり憑かれてるわけじゃありません。そう思っていたのかもしれませんがね。かように大きな恐怖のすばらしいところは、誰もその先を見ようとしなくなることです。悪魔というだけでどんなことにも説明がつく。わたしがあなたの胸にこの印を刻めば、悪魔があなたを殺したのだと誰もが思うでしょう。疑問すら抱かない。信じたがる。人間というのは真実よりも物語のほうが好きなんですよ」

蠟燭が近づいてきて、暗闇のなかに身体を覆うボロボロの服が現れ、炎が病者の顔に巻かれた血まみれの包帯を照らした。フォスはそちらに背をむけて自分自身の声に聞き惚れており、アレントのくぐもった警告の叫びに注意を払わなかった。「トム翁がわたしに囁いてきたのですよ。総督の命と引き換えにクレーシェと結婚させてやると。総督の寝台の下に短剣を置いておくとまで言っておりましたよ」何やら思案の間(ま)を置いた。「その申し出にそそられたことは認めますが、ありがたいことに、わたしには自分なりの計画がありました」彼はため息をつき、恍惚とした顔で柱を短剣で叩いた。「いずれクレーシェがわたしを受け入れることはわかっていた。じっと我慢するだけでよかったのです」

病者はあと二歩のところまで迫っていた。アレントは身体を硬くして、そちらにむかって頭を振り、さるぐつわの下で悲鳴をあげた。

フォスはアレントがなぜ騒いでいるのかと困惑した様子で額に皺を寄せた。「落ち着きなさいな、最期の言葉くらいは聞いてあげますから」

病者はあと一歩に迫った。アレントはフォスがさるぐつわを引きさげられるよう、なんとか叫ぶのを抑えた。

「うしろだ！」アレントは叫んだ。「うしろを見ろ、この馬鹿め！」

アレントの声に満ちる恐怖にフォスが仰天して振り返ると、迫ってくる病者と鉢合わせする格好になった。包帯の下のどこからか、そいつは怒ったような囁きを発し、フォスの胸に短剣を突き刺してひねった。

フォスは苦悶の悲鳴をあげ、その声が船倉中に響いた。彼の身体から力が抜け、病者はゆっくりと刃を引き抜いて、フォスが血しぶきをあげながら倒れるままにした。

病者はその身体をまたぎ、血まみれの包帯がアレントの顔に触れそうな距離まで近づいた。肥やしのにおいがした。

刃先からフォスの血を滴らせる短剣がアレントの顔の前に現れた。稚拙に削りだされた木の握りと、使った瞬間にポキリと折れそうな奇妙な薄い刃の短剣だった。

病者が刃先をアレントの頬に触れさせた。皮膚にあたる金属が冷たかった。

アレントは身をくねらせて顔を遠ざけようとした。

刃が頬をなでおろし、首へ、そしてみぞおちへとたどる。包帯越しにそいつの浅い呼吸が聞こえた。死者は呼吸をしないぞと、彼は勝ち誇ったように考えた。

短剣がみぞおちに押しつけられ、そこで突然とまった。病者はアレントのにおいを嗅いだ。それから何かに驚いたかのように、さらに深く息を吸った。手がアレントのポケットに入れられ、ゆっくりとロザリオを引っ張りだした。首を傾げ、魅入られたように数珠を見つめ、奇妙な動物めいた咆吼をあげた。その声はサラと共に聞いたことがあった。

一瞬、そいつが彼を見つめた。

鋭い息の音とともに、病者は蠟燭の火を吹き消していなくなった。

## 59

ノックの音を待たなくても、廊下をやってくるのはアレントだとサラにはわかった。床板越しに響き渡るよろめくような足音は、サラがリア、ドロシーア、クレーシェ、イサベルのために演奏しているハープの調べがあっても聞こえるほど重いものだった。

ドアを開けると、彼は肩に重そうな麻袋をかついでいた。この数日の長い労働がありありと跡を残している。彼女が縫った前腕の切り傷と額から出血している。手首は赤くすりむけていた。においのきつい汚水で全身がずぶ濡れで、どうやってここまでたどり着けたのか想像できないほど疲れ切った顔をしていた。

ほかの女たちも飲みかけのワインを手にしたまま、廊下にやってきた。

アレントは麻袋を彼女たちの前の床に置いた。

「サミーはフォスについては正しかった」彼がしゃがれた声で言う。

「泥棒だったの？」サラは訊ねた。

「そうです」

「これは〈愚物〉？」クレーシェは麻袋を見つめて言った。

「いいえ」アレントは言った。「サミーはその点についてはまちがっていた。フォスが盗んだのはそれじゃなく、こっちです」アレントが麻袋を蹴ってひっくり返すと、銀の皿、聖杯、ティアラ、ダイアモンド、金の鎖、美しい宝石がこぼれでた。

クレーシェは足元できらめく宝石類を見つめた。

「彼は裕福になるとわたしに言ったわ」クレーシェは膝をつき、物欲しそうに宝石を手で探った。「このことだったのね」

「これは一財産ね」サラはそう言って、アレントを見た。顔色がひどく悪く、目の焦点があっていない。「フォスはこれだけのものをどこで手に入れたの？」

「彼が話す前に病者が殺してしまった」

「病者が？　病者がいたの？」

「あいつがおれの命を救ったんです」アレントは壁に体重を預けた。「あいつはおれを殺そうとしかけて、父のロザリオを身につけているのに気づいたらしい。ロザリオを奪うと、おれをその場に置いて去ったので、おれは身体をよじってロープを抜けたんです」

「フォスが死んだ？」クレーシェは一瞬の驚きに打たれた。「あの馬鹿」

リアが彼女をなぐさめるあいだ、サラはアレントの胸に手を置いた。薄いシャツ越しに熱があるとわかる。

「あなたは休まないとだめよ、アレント。ひどい熱」

「わたしの歳より古いものがありますよ」ドロシーアがはしゃぎながら指輪を次々に指にはめていく。「よく似合うんじゃありませんか？」

彼女は飾り立てた手をサラの前に突きだした。

「待って」サラはドロシーアの指から指輪をひとつ引き抜いた。「この紋章は見覚えがある。子供の頃、父に名家にかかわるつまらないあれこれを暗記させられた。どの紋章も、家名も、家系も。これはディクスマ家の紋章よ」

「ヘクトル・ディクスマはトム翁に取り憑かれた人のひとりだったわね」クレーシェが言う。「わたしがヤンの船室から盗んだ表に名前があったわ」

「そう、『魔族大全』にある説明を読んだことを覚えてる」サラは正確な文章をなんとか思いだそうとした。

「ディクスマはオランダの裕福な貿易商の次男でした」イサベルが補足する。「サンデルはわたしが全部の頁を暗唱できるまで『魔族大全』を勉強させたんです。ディクスマは一六〇九年にトム翁に取り憑かれ、家中で暗黒の儀式をおこないました。その後の数カ月間、近くの村からメイドたちが次々に姿を消しました。ピーテルは消えた女たちがディクスマ家に呼びだされていたことを突きとめたんです。彼はメイドたちを助けにむかいましたが、すでにみな惨殺されていました。ピーテルはトム翁と戦い、なんとかヘクトルから悪魔を祓った。ヘクトルは暴徒に火あぶりにされる前にオランダから逃げました」

「『魔族大全』には、その後、彼がどうなったか書かれていたの？」

「いいえ」イサベルが答える。「でも、これがヘクトル・ディクスマの宝だとしたら、フォスが本当はヘクトルとか？　家名が傷つけられたあと、残された一家の宝をもって逃げたんじゃないでしょうか」

「でなければ、フォスがトム翁だったか」クレーシェが言った。「あり得るかしら？」

「彼が木箱に印を彫っているのは見た」アレントが言った。言葉がもつれるようでわかりづらく、彼の言うことを聞き取るのに難儀した。「だが、彼は自分がこの悪魔であることは否定した。恐怖は犯罪のすばらしい隠れ蓑だと言ってました」

「こっちに来て、アレント」サラは言った。「あなたを寝かせないとならない」

「まずはサミーのもとに行かないと。誰か伯父にフォスのことを伝えてくれませんか？　フォスが〈愚物〉を盗んだと信じこませるんです。また無実の人間が鞭打ちを受けるようなことは避けたい」

彼がよろめきながら歩きはじめ、サラはあとを追った。身体をまっすぐ保つためには、壁にもたれてバランスを取るしかないようだった。

「大丈夫？」サラは訊ねた。

彼は苦い笑いをあげた。「長い一日だったし、大勢の人間がおれを殺そうとしましたからね」彼はいっとき考えこんだ。「フォスはトム翁だったのか、そうでなかったのか。悪魔は存在するのか、しないのか。存在するとしたら、召喚したのは伯父です。かつては敬愛していた伯父は、いまでは執念深く、冷淡で、人を殺すのも平気な人間になったように思えてしかたがない。フォスは三十年近く前にトム翁が破滅させた一家の宝をもっていた。おれのいちばんあたらしい友人は、ある島の人々を皆殺しにした。死んだ牧師によると、おれたちが皆殺しにされるまで残された忌まわしい奇蹟はひとつしかありません。何よりまずいのは、この混乱に頼れる柱を叩きこめるただひとりの男が、祖父の誤った告発のせいで暗い底に閉じこめられていることです。そしておれには彼を助けるために何もできないときてる」

そう言って彼は倒れた。

## 60

総督は船室のドアを丁寧に三回ノックする音に作業を中断された。ノックのすばやさからドレヒト護衛隊長だと聞き分けた。

「入れ、ドレヒト」

悩み事に二週間わずらわされてきた総督はほおひげが伸びてやつれ、目の下は黒くたるんでいた。バタヴィアから運んできたわずかな体重はすっかりそげ落ち、その身体に残るのは骨と意志だけだった。

彼はひとつきりの蠟燭の火のもとで、トム翁が取り憑いた人々の表と乗客名簿を見比べる作業にとりくんでいた。昔の負債が取り立てられようとしており、船上の何者かがその元凶なのだ。トム翁の印が帆に描かれたのは、総督自身の過去が現在を呑みこみ、未来を捕らえようとしていると知らしめるためだ。そうなる前にアレントの剣がトム翁を斃すと信じてはいたが、アレントはじゅうぶんな情報をあたえられていない。アレントは腕っ節が強く賢いが、頭巾をかぶらされていては戦えない。

ヤン・ハーンは後悔をほとんどしないが、長年アレントに嘘をついてきたのは数少ない例外だった。過去は毒に汚染された土壌だとカスパー・ファン・デン・ベルクは言った。ひとりひとりの人間の歩む道は神によって定められる。そうであるなら、道端で行き倒れた者や自分が直接間接に傷つけた者や、自分がのしあがるために倒した者たちのことを気に病んでも、何にもならないのではないか?

総督はファン・デン・ベルクの意見を信じていたが、アレントの父親と森について、あのときかわされた取引について、アレントに真実を語りたくてたまらなかった。じゅうぶんな武器があれば、アレントにはこの船に脅威をもたらす張本人を見つけだせただろうが、秘密はあまりに深く埋められている。ヤン・ハーンには掘りだすことができなかった。

そして今、トム翁が〈愚物〉を盗んだ。あれを届けると期待されているからだ。そもそも、〈十七人会〉の会員たちが自分への嫌悪に目をつむる理由はそれだけだった。

手ぶらではアムステルダムにもどることはできない。

倉庫番があの悪魔と取引したのか、それともアレントが主張したように無実なのかたしかではなかった。だが真偽は関係ない。不安は伝染する。船員たちは自分が倉庫番にしたことを目の当たりにし、明日は仲間のひとりが同じ目にあうと知った。卑しい心のなかで、船乗りどもは自分たちのうちの誰かが彼の必要とする情報を握っていると知った。それなりの数の血が流されれば、やがて問題の情報は彼のもとにもたらされるだろう。

そんなことを考えながら、彼は乗客名簿と悪魔に憑かれた人間たちの表を見つめた。トム翁がこの船に乗っており、トム翁はつねに取引をする。何を餌にトム翁をおびき寄せるか、ひねりださねばならない。

ドレヒトが重い麻袋を引きずって騒々しく部屋に入ってきた。途中で麻袋はひっくり返り、床にカップが転がりでて総督の足元でとまった。彼はそれを拾いあげて明

「残念ながら」

ハーンは声を荒らげた。「フォスはどうやって盗んだのだ?」

「どうやら三つの樽に三つの部品をそれぞれ隠しておき、戦闘配置の号令がかかったとき、複数の共犯者が樽を転がして運びだしたようです」

「三つだと?」彼はつぶやいた。ずっと昔にトム翁を召喚したときには三つのものが必要だった。偶然とは思えなかった。「共犯者に裏切られたか。共犯者の目星はついているのか?」

「まだであります」

「では、毎日メインマストで二名を鞭打ちにするように。船員どもが自分で〈愚物〉を見つけるように仕向ける」

鋭い爪でテーブルをいらいらと叩いた。

フォスが裏切った。そんなに単純なことなのだろうか? 自分が打ち負かした相手を殺すなど、なんたる無駄かと彼はいつも思っていた。相手に敗北と喪失を思い知らせる方法は他にもあるのだ。慈悲もそれだ。慈悲はけっして癒えぬ唯一のものであり、それゆえに敵にあたえられる最大の傷だと彼は信じていた。オランダにいたころ、ある老人から暗い森の中で

かりにかざした。裏返すと反対側に紋章がある。

「ディクスマ」彼はつぶやいた。

「ご存じですか、閣下?」

「ずっと前にな。どこでこれを手に入れた?」

ドレヒト護衛隊長は背筋を伸ばし、剣の柄に手を置いた。これは悪い知らせを告げるときのいつもの姿勢だ。

「総督の甥御がコルネリス・フォスから回収したものです、閣下。彼はフォスが〈愚物〉を盗んだ者と特定しましたが、フォスが彼を殺そうとしました」ドレヒトは胸を膨らませた。「フォスは死にました、総督。病者の手にかかって」

「アレントは?」

「発熱しておりまして、閣下」ドレヒトの顔があごひげの下で歪んだ。「看病されているところです」

総督は椅子にもたれた。「哀れなフォスめ。野心というものは背負える者のほぼいない重荷なのだ。あの男は自分の野心に押しつぶされたのだろう」彼はかぶりを振った。「あれは優秀な管財人だった」それで賛辞は終わりだった。彼の思考はすでに次の事柄へ進んでいた。

「〈愚物〉は取りもどしたのか?」

時分にあたえた慈悲のツケがまわってきたのか？　これが解決法の糸口になるのだろうか？

舷窓の外を見やった。切れ切れの白い雲のむこうを満月がうろついている。

「トム翁」彼はそこに悪魔の顔が漂うのを見たかのようにつぶやいた。「わたしたちはもっと注意すべきだった」誰に言うともなく言った。「かくも大いなる力を持つものが、やがてわたしたちの手を離れることを知っているべきだった。魔を召喚するときの問題がこれだ。いずれ誰かが同じ魔を召喚して、こちらに差し向けるのだ」

長年にわたって悪魔の餌食になってきた者たちの名前を総督の目が追いはじめると、ドレヒトの表情が困惑から懸念へとうつろう。

バスティアーン・ボス
ツキヒリ
ヒリス・ファン・デ・コーレン
ヘクトル・ディクスマ
エミリー・デ・ハヴィラント

「協力者は誰だ？」彼はつぶやき、これらの名前を乗客名簿と見比べた。「どこに隠れているのだ、わが悪魔よ？」

その目が驚きに見開かれた。ある文字が、すうっと泳ぐようにして焦点を結んだのだ。二週間というもの、このふたつの書類をずっと見つめていた。ここにあるはずの情報を引きだそうとしてきた。これほどあきらかなものをどうして見逃していたのだ？

「狙いは〈愚物〉ではない」めまいをおぼえながら言った。顔から血の気が引いていた。震える手で目元をなでてから、心配そうにこちらを見る護衛隊長に視線をむけた。「行くぞ、ドレヒト。乗客船室区にむかう」

外では雨が室内に入りたがっているように甲板を打っていた。船は不安そうにうめいている。あの嵐以来、前と同じではなくなった。きしむ音は悲鳴になり、索具は乱れて破れた蜘蛛の巣のようだった。

ほかのすべてのものと同様、この船から確固たるものは幻と消えた。木と釘に守られて、みずから海へと乗りだし、勇気をもってすれば無事に航行できると信じていた。そんなときに敵が名乗りをあげ、己の愚かさを見せつけられたのだ。

雨が総督の長い鼻を伝って尖ったあごへ垂れた。まばたきすると雨が目蓋から飛んだ。護衛隊長は総督に追いつくのもやっとだった。

「ここで待て」総督は乗客船室区の入り口で命じた。

「閣下、おそばを離れるのは――」

「ここで待てと言っている！　必要になれば呼ぶ」

ドレヒトはぎゅっとくちびるを結び、赤いドアの外で番をしているエッゲルトと不安の視線をかわした。総督は鎧の胸当てをまっすぐに整えて区画内に足を踏み入れ、ドアを閉めた。ドレヒトはすばやく剣の鞘をドアの隙間に差しこみ、ドアが完全に閉まらないようにした。内部で何が起こっているのか見ることはできなくとも、せめて聞くことはできる。

総督はある船室のドアをノックした。

返事はない。

総督はふたたびノックをしてから咳払いをした。「ヤン・ハーンです」まるで絨毯を売りにきた者のように恭しい口調だった。「あなたはわたしを待っていたはずです」

ドアがきしみながら薄暗がりのなかへと開き、部屋の片隅に誰かが座っているのが見えた。顔は燃える蠟燭の火の背後に隠れているが、総督が船室に入ると、長い指先が蠟燭を押しのけて、顔が露わになった。

「ああ」総督は悲しげに言った。「わたしは正しかった」

ドアが彼の背後で音を立てて閉まった。

大海原の闇で、〈第八の灯〉がその目を開けた。

## 61

依然として乗客船室区へのドアを見張るドレヒトは右舷後方の先に見える幽霊船の角灯をにらみつけていた。心のなかで絶望が大きくなっていく。これまでも戦（いくさ）に負けたことはある。敵に圧倒されて退却を余儀なくされたのだったが、今のように敵の規模も意図も降伏の条件も理解できずに敗北したことはない。

思いのままに現れては消えることのできるものから、どうやって総督を守ればいいのか？　声もなく話し、遠くから虐殺し、跡形を残さずに鍵のかかった部屋からものを盗めるものから？

イサーク・ラルメが騒々しく階段からやってきて赤いドアから乗客船室区に入ると、数分後にクラウヴェルス船長と現れた。船長はあきらかに寝ていたようで、かろうじてブリーチズだけ穿いていた。船長の服装が乱れた姿を見たのは思いだせるかぎり初めてだった。

ふたりは数歩離れた船尾手すりにむかった。

「こっちは自分の現在地点さえ知らないのに」クラウヴェルスが〈第八の灯〉の明かりを見ながら毒づいた。「こいつはどうやってわたしたちを見つけたんだ?」

「こいつがふたたび姿を現したら、大砲をむけろと総督はおっしゃってましたがね」イサーク・ラルメが言った。

「遠すぎるし、むこうには風速計があるだろう」クラウヴェルスはいらだちながら頭上ではためく旗を見た。「仮にないとしても、わたしたちの帆はまだ傷んでいる。操船ができないということは戦えないということだ。戦う相手がなんなのかさえもよくわからん」

「船長、命令は?」

「全員甲板に集合、武装しろ」彼は言った。「準備ができるまで目を離すな」

ヤン・ハーン総督は二時間後に乗客船室区から現れ、無言で自分の船室にもどった。ドレヒト護衛隊長はいつもの位置で見張りにつき、パイプに火をつけて待った。数分後、ドア越しに泣いている声が聞こえた。

## 62

その夜も、ふたたび〈第八の灯〉が現れた次の夜も、あちらからの襲撃はなかった。いずれの夜も怪船は夜明け前に消えた。

それから二日のあいだに帆の修繕は終わり、ザーンダム号は航行できるようになった。陸を見つけて指標とできるよう、クラウヴェルスはできるだけ広い範囲で弧を描いて走るよう命じた。

あらたな希望が見つかるべき場所に存在したのは、あらたな不安だけだった。

バタヴィアを出発した瞬間からずっと、この船は呪われてきて、いまや次にどんな厄災が起こるのか誰もが待ち構えるようになっている。総督は自分の船室に閉じこもり、外に出ようとしなかった。アレントは熱で臥せっている。フォスは死んだ。牧師も死んだ。病者が好き勝手に船倉をうろつき、船はかろうじて浮かんでいるだけ。毎晩トム翁は船乗りたちに忌まわしい奇蹟を囁いた。奇蹟はすでにふたつおこなわれ、残るはひとつ。最後の奇蹟が起これば、トム翁と取引しなかった者は彼と手を組んだ者たちに殺される。それがトム翁の約束だった。

大半の者にとってこの誘惑は抗いがたいものだった。誰かが血を流せば安全な航海ができるのだったら、取引しない手はなく、会社から受けてきたどんなものより条件がいい取引なのはたしかだった。

毎朝、索具にぶらさがる魔除けの数が増えた。魔除けはそこに捨てられ、風に吹かれてチリンと音を立てた。もはや用無しだった。船員たちは、魔除けがしりぞけるはずだった悪魔と握手をかわしたからである。

## 63

アレントは寝床でもがき苦しみ、譫言(うわごと)をつぶやいていた。サラは彼の胸に手を当て、激しく鳴る心臓の音を聞いていた。夫の船室からもどったところで、アレントが部屋を去ったときと同じ容体であると知ってサラは動揺していた。

ヴィクとのナイフの戦いのせいか、あるいは嵐のあいだビルジのポンプをずっと動かしていたせいか、発熱の原因ははっきりしなかったが、彼の命がどうなるのか予断を許さない状況だった。サラは船乗りたちとマスケット銃兵たちのあいだで賭けがおこなわれたと聞いた。アレントが助からないほうに賭けた者が多かった。これだけ体力がある彼だが、船員も兵も、戦いのあとで同じように倒れた者たちを目にしてきており、それが何を意味するのかわかっていた。砕けたものは切り落とすことができ、悪い血はやがて流れでてきれいになるが、目に見えないものは治せない。多くの男は叫ぶのではなく、つぶやきながら死ぬ。

この三日間、サラは彼の熱を下げることができそうなありとあらゆる手段を試したが、まったく効果はなく、じっと耐えて祈るしかなくなっていた。

「食料の割り当てはサミーに届けさせたわ」アレントはきっとそれを願うことだろうと思い、サラは彼に伝えた。「彼の番をしているマスケット銃兵の、たしかティマンといったかしら、彼が夜に散歩をさせてくれると申しでたから、サミーは運動できています。ゆうべ、少しだけ彼と話した。あなたに会いたがっていた。ここにやってきて自分であなたを介抱したがったけれど、主人は許さない。大人しくするようサミーにはわたしから言ってきかせた。あなたが臥せっているあいだにサミーを死なせたら、あなたに合わせる顔がないでしょうって。じっとしているなんて、彼にはとても受け入れられないのよ。あなたをとても愛しているのね」なんてつらいのだろう、という思いを呑みこみ、サラは続けた。「そう思ってるのは彼ひとりではないと思う」

自分の思いが伝わったことを示すものが、かすかな頬の動きでもいいから見て取れないかと、サラは彼の顔を見つめた。

「サミーはわたしを慰めようとしてくれた」まったく反応が見えず、彼女は話を続けることにした。「あなたは以前に暗闇に入ったことがあって、引き返す道を見つけて戻ってきたと彼から聞いた」サラはアレントの耳元にくちびるを近づけた。「あなたは神を呼んだけれど、彼は現れなかった。だからあなたは死後に待つものは何もないと信じているそうね。神も悪魔も、聖人も罪人もいない。彼はあなたに敬服していたわ。あなたがすばらしいのは、善人でいることを選んでいるからだって。たいていの人のように、そうしないと地獄行きだからとおそれているからではなく」彼女は懸命に言葉を絞りだした。「わたしは天国に誰もいないとは思わない。神はあなたを待っていると思うけれど、わたしもあなたを待ってる」彼女は不安に駆られて手を彼の胸に強く押しつけた。「わたしはあなたをここで待っているのよ。わたしひとりではとめることのできない悪魔がさまよい歩いている朽ちかけた船で。アレント、目を覚ましてもらって手伝ってほしい。わたしにはあなたが必要なのよ」

外で何か重いものが海に投げこまれた音がして、サラは驚いて彼の胸から手をさっとどけた。

舷窓に近づいて外を見た。海面には少しばかり波が見えたが、いまの音を引き起こしたのは何か示唆するものはない。

海はいつものように秘密を隠したままだ。

背後でアレントがしゃがれ声で言った。「せっかく眠ろうとしてたのに、どうしてみんなわかってくれないんだ」

# 64

船長室の角灯の揺れる下、夕食の客たちは気乗りせずに料理を突ついていた。

多くは空席となっていた。フォスが死んで以来、総督は自分の船室からほとんど離れない。夕食が始まるときに、総督が大声でドレヒトを呼んでいるのが聞こえたが、いまは静かになっている。

護衛隊長はいつものように、総督の船室の外の持ち場についている。パイプをくゆらせており、その顔は煙ではっきり見えない。

下の甲板では、アレント・ヘイズがハンモックで寝返りを打っていた。サラ・ヴェッセルは夫への務めを果たすときだけを例外として、片時も彼のそばを離れなかった。彼女は盆の上で燃やした奇妙なものでアレントの治療をしていた。

ダルヴァイン子爵夫人は船室に閉じこもったままだった。クラウヴェルス船長が嵐の後に彼女の様子をたしかめたが、サラやアレントと同じように叱責され、追い払われた。

こうして、夕食のテーブルにはクラウヴェルス、レイニエ・ファン・スコーテン、リア、クレーシエ、イサベルだけが残され、皿の上の貧相な料理を突つくことになった。バタヴィアを出発したとき、喜望峰に到達するまでぎりぎりの食料しか載せず、船隊のほかの船から再補給するつもりでいたのだ。だが、嵐以来、この船は孤立している。

ファン・スコーテンは全員の割り当てを減らすよう命じ、夕食の客たちには数枚の乾パン、薄い肉が一切れ、ワインかウイスキーが少量しか供されなかった。

当然というべきか、こうしたことの結果、会話はまるで、それぞれの頭のなかの思案の渦巻きに吸いこまれたかのように、すぐに尽きて消えてしまった。クレーシェでさえも静かで、疲れた顔からあのいたずらっぽいユーモアが完全に消えていた。沈黙があまりに重たく垂れこめていたため、イサベルが咳払いをして質問を発したとき、数人がぎょっとした。

本来ならば彼女はこのテーブルにつくことはなかったが、今やイサベルはサンデルの務めの一部を引き継いでいた。メインマストでの説教すら引き受けていた。説教にやってくる者の数は日に日に減っていたが、それは彼女の熱意が欠けているからではなかった。神はサンデル・ケルスよりもこの若い女のなかでずっと鮮やかに燃えていた。

「船長、助けてほしいことがあるんですけれど」彼女は言った。

クラウヴェルスは厚い乾パンを嚙もうとしている途中で、突然、全員の視線がむけられる羽目になって気分を害したようだ。くちびるからかけらを拭うと、ワインに手を伸ばした。

「なんなりと」彼は言った。

「暗い水(ダーク・ウォーター)ってなんですか？」イサベルは訊ねた。「船乗りたちが甲板でその話をしているのを聞きました」

船長はうめいて、ワインを卓上に戻した。「彼らはどんな話をしていたんだね？」

「トム翁は暗い水を泳いでるって」

クラウヴェルスはテーブルのメダルを拾いあげ、手で隠すようにしてまわした。「その男は、夜にトム翁が自分に囁きかけたかどうか言っていなかったかね？」

乗客たちは息を吞み、怯えた視線をかわした。全員が夜の囁きを聞いており、それを秘密にしていた。取引を持ちかけられたかどうかにかかわらず、トム翁は悪魔だ。囁きかけられただけでも、それは汚点の前触れであり、堕落にむかう傾向をほのめかされたのと同じである。あの囁きはそれぞれが自分のなかにあると感じている罪を晒すものだ。

クラウヴェルスは乗客たちの顔を見まわし、満足そうにうなずいた。「そうだろうと思っていた」彼は話を続けた。「では全員なのだな。おそらくはこの船の全員」

「**おまえが求めてやまないものはなんだ？**」ドレヒトが総督の船室の戸口で、その言葉を再現した。

「それだった」レイニエ・ファン・スコーテンが吐き気をもよおしたような口調で言った。割り当て制が導入されて以来、しらふを保っていることが多かったものの、依然として彼は苦悩を抱えたままだと誰もが思っていた。目はうつろで、睡眠不足で充血している。

「船長」イサベルが食いさがる。「暗い水ってなんですか？」

「古株の船乗りが、魂のことをそう呼ぶんだ」ファン・

スコーテンがテーブルの反対の端で言った。「船乗りは、わたしたちの罪は魂の底に沈んでいると思っているのだ、ちょうど海の底に眠る難破船のようにな。暗い水はわたしたちの魂であり、そのなかをトム翁は泳いでいるということだ」

あたかもそれが召喚したかのように、外の海で〈第八の灯〉が突然あらわれ、その明かりを窓越しに乗客の怯えた顔に飛び散らせた。

いままでになく近くにいる。

そして真っ赤に燃えていた。

## 65

ヨハネス・ヴィクは医務室の厚板の一枚に座って理髪外科医の手当を受けていた。医師は椀に入れた死んだ鼠からウジ虫をつまんではヴィクの傷に載せ、ウジ虫はのたくりながら傷に潜りこんでいく。

ヴィクの胃ものたくって、食べ物を喉に逆流させようとした。顔をそらして深呼吸をしたヴィクは、数人の船乗りが彼とヘイズの果たし合いについて話しあう声を耳にした。

連中は彼を笑っていた。ヴィクはヘイズに恥をかかせた上でなぶり殺しにすると約束していた。なのに、口を開こうとすると痛むほどしたたかに殴られた。野次馬に仕込んだ第二のナイフさえ、たいして役に立たなかった。

普段であれば、ヴィクがにらめば連中は散り散りに逃げる。なのに彼が負傷しているのをいいことに強気になっていた。誰かが喉を掻き切りにくるのも時間の問題だ。それが甲板長という仕事を手に入れる方法なのだ。彼はそうやって手に入れたし、だからこそ、今の彼はどうにかしてこの仕事を離れようとしていた。

ヴィクは首を振った。腰を落ち着けて額に汗して働く静かな人生を送りたかったが、どこに行こうがこのようになるのではないかと疑っている自分もいる。これまで生きてきてずっと、自分には敵がいた。彼はすぐ頭に血を昇らせる類の男だった。そうした男は、自分が見くびられていると思いこみ、その思いを自分のなかでぐらぐらと煮立たせ、抱えこんだ恨みを数えあげ、いつだって自分が間違っていたと思い知るのだ。だが、そんななかでもずっと、ある種の高潔さを目指しているつもりだった。自分が敵にかこまれていれば、愛している者を守ることができるのだと。

毎朝、船尾楼甲板に足を運ぶのは説教を見守るためだった。ほかのみなが祈禱の文句を唱えるあいだ、ただひとりの人物との約束だけを守っていた。

そんなとき、甲板にあの嘘つきがいるのに気づいたのだ。

ヴィクはトム翁が囁きかけてきたとき、これっぽっちも驚かなかった。かつてオランダで働いていた屋敷でも、まったく同じようにトム翁が声をかけてきたことがあった。あのとき彼は協力をこばみ、忌々しい魔女狩り人の拷問を受けて片目を失った。だから、先日の夜にトム翁が囁きかけてくるとヴィクは提案を呑んだのだ。だが、こちらの条件は明確にした。トム翁が誰を守っているのかは知っていた。この船で何をしようとしているかも知っていた。それを秘密にしてやるかわりに、家族のためのあたらしい生活を求めた。家。堅気の仕事。そして自分の手脚が身体にくっついたままでいられること。

だがトム翁は上手を行った。決闘でアレント・ヘイズを殺せば、ヴィクが夢見ていた以上の富をあたえると囁いたのだ。ヘイズはヴィクの知る誰よりもナイフをうまく使えるなどと、あの悪魔は言わなかった。あんな図体の大きな男らしからぬ速さで、こちらが何をするつもりか予想できるとも言わなかった。

悪魔なんぞと取引するな。いつになったら学ぶのか？

同じ甲板のカーテンのむこうで大声があがった。

飛びあがって理髪外科医を脇へ押しのけ、床にウジ虫をばらまきながらヴィクは勢いよく医務室を後にした。

その先は大混乱だった。泡を食った高級船員たちが走り回って命令を叫んでいるが、それを聞く者はいない。舷窓の内蓋があげられ、甲板を仕切る木の衝立は倒され、樽が火薬庫から転がされて大砲に運ばれていく。

戦闘配置だった。あの怪船が血のような赤に燃える〈第八の灯〉を掲げてもどってきたのだ。前回こうなったとき、あの船は家畜を虐殺した。むこうの大砲が火を噴くことはなかった。

ヴィクは急ぎ足で混乱に分け入り、乗客の顔を見てゆく。万が一、ここに彼女が混じっているといけないからだ。彼女はそうしていることが少なくない。

「火事だ！」誰かが悲鳴をあげた。

その声をたどったヴィクは、床からあがる白煙を目にした。人々が階段のほうに詰めかけ、押しあいながら外へあがろうとしている。

「とまれ、貴様ら！」彼は怒鳴った。「とまって水を運べ！」

人々は耳を傾けようとしなかった。ヴィクの叫びはここにいる役立たずどもの心に恐怖を植えつけはしたものの、助けを呼ぶ悲鳴に紛れて消えた。

煙がさっと立ちのぼったが、それは火によるものではなかった。どんな間抜けでもわかる。動きが違う。肌に触れても油っぽくない。煙というより霧だ。

そのなかから病者が現れた。

霧はねじれて渦巻き、病者を呑みこんだ。

ヴィクはふらつく足取りで医務室にもどると、壁の弓ノコをつかんだ。走るつもりだったが、二歩先も見えないのだから意味がない。だから、弓ノコを振りまわして、こっちにくるなと病者に叫んだ。

喉が詰まった。便所代わりの船嘴を思わせる悪臭に襲われたからだ。

何かが彼の手を斬りつけた。その痛みで弓ノコを落とすと、目の前に病者の血まみれの包帯が現れた。

そいつが短剣を彼の顔にむかって振りあげた。

## 66

下は悲鳴、上は大混乱だった。

船長室の入り口で足をとめたクレーシェは、腕の産毛を逆立てた。赤く燃える〈第八の灯〉の光が窓越しに差しこみ、あらゆるものに地獄めいた色合いを投げかけている。

「トム翁」彼女はつぶやいた。

できれば上に走ってもどり、眠っている息子たちを抱きしめたいと思ったが、そんなことを考えているあいだに、小さな輝きが暗闇に揺らめいた。角灯から放たれた火花のように見えるそれが、彼女のほうに漂ってくる。

鼓動が激しい。

「船室にもどってください」ドレヒト護衛隊長が火のついたパイプをぼんやり光らせながら、赤い光のなかに現れた。「何かがすぐそこで起きている」

「どうしても総督に会わないと」彼女は訴えた。「彼があの船に命令してるのよ」

ドレヒトは帽子の縁の下からクレーシェの様子を窺いながら、彼女の言ったことを検討していた。何かがおかしい気がするとクレーシェは思った。見知らぬ何か、うまく言葉にできない何かを感じる。

自分を通してくれるのかくれないのか護衛隊長はなんの態度も示さなかったので、彼女は彼の隣を通り過ぎて総督の船室のドアを開けた。

室内は薄暗く、ドアから射す赤い光が照らすだけだった。ヤンにしてはめずらしい。暗闇をおそれているから、蠟燭をともさずに寝ることもないのに。

「ヤン?」

地獄めいた光のなかに、彼女の想像力はあらゆる形状の怪物を見てしまう。うずくまる野獣は書き物机だとわかった。その背の鋭い角はただのワイン壺だった。

ヤンの鎧立ては路地裏の追い剝ぎのように部屋の片隅に潜んでいる。

棚に積まれた骨は、危なっかしく積まれた巻物に姿を変えた。

寝台に近づいて片手を伸ばすと、指先が冷たい皮膚に触れた。

「ドレヒト」彼女は異変を察知して叫んだ。「急いで、何かがおかしいの」

護衛隊長が部屋に駆けこんできて総督に近づいた。暗すぎて何も見えず、彼は総督の手を握った。その手は寝台の横に力なく落ちた。

「冷たくなっている」彼は言った。「明かりをもってきてください」

クレーシェはガタガタ震えながら、命のない手を見つめていた。

「明かりを!」ドレヒトは叫んだが、彼女の身体はショックで固まっていた。ドレヒトは急いで部屋を出て、卓上の蠟燭を取りにいった。受け皿に載った蠟燭の火を揺らしながら、彼は船室にもどってきた。

ふたりがおそれていたことが事実だと炎が証明した。総督はかなり前に死んでおり、短剣が胸から突きでていた。

## 67

クラウヴェルス船長は一段抜かしで階段を進み、下の甲板の騒動へと駆けていた。

ザーンダム号は麻痺状態で、彼の命令は無駄だった。ついさっきまで〈第八の灯〉はこちらの船に横づけして襲ってこられそうなほど近づいて、大砲ひとつ撃たずにこちらを骨抜きにした。怪船はすでに去って、悪魔の仕事は終わっていた。

半甲板の下の隔屋にやってきた船長は、最下甲板に続く階段に人がひしめき合っていると知った。船乗りも乗客も我先に外へ出ようと争っている。

白い煙が格子を抜けて立ち昇り、彼らのあいだをたなびいていた。

脱出した者たちは膝をついて咳きこんでいる。

イサーク・ラルメが船の前半分で船員たちを助ける一方、ここではアレント・ヘイズが押し合いへし合いする乗客たちを引っ張りあげていた。彼の生気のない皮膚を病気じみた汗がまだ光らせているが、腕力が目減りすることはなかったらしい。

「下りていって火を消さなくては」クラウヴェルスは、巣を蹴り壊されて這いでてくる蟻のように階段に群がる乗客たちを見つめながら、騒動に負けじと声を張りあげた。

「火じゃない」ヘイズが叫び、またひとりの乗客を引っ張って自由にしてやった。「炎はあがってないし、熱くもない。正体はわからないが、下にある危険はこの理由のない混乱だけだ」

人混みのなかに幼い子供を見つけたアレントは、ひしめく人混みに手を伸ばし、その少年をすくいあげた。そっと甲板に置いてやる。母親が飛びだしてきて、泣きじゃくりながら少年を抱きしめた。

「火じゃないのなら、なんだ？」クラウヴェルスは訊ねた。

「病者ですぜ」倉庫番が咳きこみながら、なんとか階段をあがってきた。

彼の目は煙で赤くなり、涙がとめどなく流れている。鞭打ちのせいでまだ弱っているが、火薬庫での仕事を再開していた。「煙のなかにあいつの姿がいやがったんです……あの野郎がヴィクを殺して……」彼は手すりに駆け寄り、海にむかって吐いた。

アレントはすぐさま人々をかき分けて階段を下りはじめた。

道が開いたのを見て、クラウヴェルスも後を追った。煙はすでに消えかけ、触手のように舷窓から渦巻いて外へ漏れている。

数人が地面に倒れていた。意識のない者もいれば、うめきながら出血した手脚を押さえている者もいる。

「手当の必要な者たちがいる」クラウヴェルスは階段の上に叫び、混沌のさらに奥へと進んだ。

ほどなくしてヨハネス・ヴィクが仰向けになって台に力なく伸びているのが見つかった。こんなに歪んだ死に顔は見たことがない。彼は家畜小屋の動物たちのように、はらわたを抜かれていた。

「なんたることだ、トム翁はわたしの船で何をしでかしている?」船長は言った。胃が吐き気によじれていた。

仕事柄、船長は数多くの死体を見てきたが、このように悪趣味な殺されかたをした者は見たことがない。

アレントが死体の隣に膝をつき、徹底的に調べていた。満足そうなうめきを漏らして、立ちあがった。

「ここにイサベルを連れてくるよう誰かを使いにやってくれますか」アレントが言った。

「なぜだね?」

「ヴィクは黄青椒（パプリカ）のにおいがする」

こんなわけのわからない答えがあるだろうかとクラウヴェルスは思ったが、アレントには説明するつもりはないようだ。すでに甲板の前にあるドアへ歩きだしている。

「どこへ行くんだ?」クラウヴェルスは背後から呼びかけた。

「サミーを牢屋から出す。事件をこれ以上長引かせることはできない。彼が必要だ」

## 68

サラが船長室にやってくると、枝つき燭台に一本だけ灯された蠟燭の陰鬱な炎がテーブルの端から流れ落ちていた。上の後甲板から駆けおりてきたリアは数歩うしろに続いている。クレーシェの悲鳴を聞きつけたふたりだったが、いまそれはむせび泣きに変わり、それを追って総督の船室にまっすぐやってきたのだ。

彼女たちの目が死体に留まった。

総督はサラが先刻別れたときのまま夜着姿だった。ただ、いまではそれが血でぐしょ濡れとなり、木の柄の短剣が胸から突きでている。

サラは何も感じなかった。歓喜はない。哀れみめいたものだけがあると気づいた。息絶え、まとっていた権力の後光を失うと、脆い痩せっぽちの老いた男がそこに残った。あれだけの富も影響力も、狡猾も残酷さも、なんの役にもたたなかった。

突然、彼女はひどい疲れを感じた。

「大丈夫？」サラはリアに訊ねたが、娘の顔が思いを如実に物語っていた。安堵で頬を紅潮させていた。ひどい苦難がついに終わりを迎えたと知ったのだ。

これが彼の遺したものなのだとサラは考えた。権力ではない。バタヴィアでもない。結局占めることのなかった〈十七人会〉の席でもない。彼の遺したものは彼が死んだことを喜ぶ家族だった。そう考えると、彼のことをなんだか哀れに思う自分がいた。

夫の死体を別にすると、船室にあるほかのものにまったく異変はなかった。テーブルにはワインのカップがふたつあり、ひとつは空っぽでもうひとつはなみなみと中身が入っている。カップのあいだにワイン壺がひとつと、ちらちら揺れる蠟燭。そして床には粗末な旗があり、オランダ東インド会社の獅子の紋章の上に記されたトム翁の印がにじんでいた。

夫の殺害が第三の忌まわしい奇蹟なのだと気づいた。

サラを目にしたクレーシェが腕のなかに飛びこんできて、一瞬、ふたりはただ抱きしめあった。どちらも、なんと言えばいいのかわからなかった。哀悼の言葉は必要なく、癒やすべき傷も、拭きとるべき涙もない。彼女たちの受けた教育はキリスト教徒として死者への敬意を払うべしと要求し、殺された男についての記憶は小躍りして祝杯をあげるべしと要求していた。

サラにとって、夫はこの船を脅かすものに殺された被害者でしかなく、嘆き悲しむ対象ではなく、捜査の対象だった。

「短剣に気づいた？」厭わしそうにクレーシェが訊ねる。「きっとこれ、取引を受け入れたら寝台の下に置いておくとトム翁が言っていた短剣よ」

サラはそれを見つめた。握りは木でできた無骨な造りで、刃も巾着切りのスリたちが一握りの硬貨を盗むために使うような代物だった。これほど高い地位についていたのに、ヤンは美しい凶器で殺害されることさえなかった。

そこが狙いだったのだろうか。トム翁は夫からひとかけらも残さず威厳をはぎとっていた。

「誰かがトム翁の申し出を受け入れたのだと思う?」クレーシェが訊ねた。

「わからない。これから数日のうちに急に大金持ちになった人が現れたら、そうだと答える」彼女はひきつった笑みを浮かべてしまい、うしろめたくなった。「誰かアレントには知らせた? ふたりは親しかったわ」

「彼、目覚めたの?」クレーシェがサラの腕を握りしめた。

「一時間前に」サラはほほえんで言った。

「最下甲板で火事が起きて」リアが言う。「彼が助けているって聞いたけど」

「もちろん、彼ならそうするに決まってる」サラは誇らしそうに言った。「彼が下で働いているのだったら、わたしたちがここの調査を始めましょう」

「どうやって?」クレーシェが訊ねる。

「ピップスは事件の記録でいつも、現場にあるべきなのにないもの、反対にあってはならないのにあるものを探すと言ってる」

「わたしに言わせれば、ずいぶんと不足のある助言だわ」クレーシェが不平をこぼした。「どうやってそれを見分けるのよ?」

サラは肩をすくめた。「ピップスはそこは説明してなかった」

「そうね、とりあえずひとつは教えてあげられる」クレーシェが言う。「わたしたちが船室に入ったとき、蠟燭の火は消えていた」

彼女はあきらかにサラと同じことを考えている。夫は暗闇をおそれているから、蠟燭の火がなければ眠らなかった。そしてもっと重要なことは、サラが夫のワインに睡眠薬を入れたことだった。

彼がそれを飲むのをこの目で見た。

睡眠薬を身体のなかに入れると、少なくとも朝まで目覚めることはできなかったはずだ。夫自身がそうしたいと思ったとしても、起きあがって蠟燭の火を消すことなどできたはずがなく、つまりは犯人が消したに違いない。

サラは戸口に佇むドレヒトを振り返った。もう守るべき者がいない護衛隊長を。

「生きている主人に最後に会ったのはわたしなの?」サラはドレヒトに訊ねた。

彼は考え事にふけっていて返事をしなかった。

「護衛隊長!」サラの命令口調で、彼は我に返った。

「いえ、奥様」彼はきびきびと答える。「ちょうど夕食が出されている時間に、わたしをお呼びになりました。船室内に短剣がないか探せと言われたんです。毎晩探すよう言われていたのです。トム翁に脅かされているとおっしゃっていました」

「あなたは言われたとおりにした?」

「もちろんです」

「短剣は見つかったの?」

「いいえ」

夫の胸から突きでている短剣が非難しているようだった。「わたしがこの部屋をあとにしたときにはなかったんです」全員が目だけを動かして短剣をちらりと見ると、護衛隊長は反論した。「たとえここにあったのだとしても、クレーシェ様とわたしが死体を発見するまで誰も出入りしてません。わたしが一晩中、見張りについていました。うたた寝もしていませんし、席を外してもいません」

「夕食のとき、彼があなたを呼んだことを覚えてるわ」クレーシェがつぶやいた。「それを聞いて、どこか様子がおかしいと思った」

「総督は乗客船室区を訪れて以来、様子がおかしかったですね」護衛隊長も同意した。

「それはいつのこと?」

「フォスが死んだ夜です」彼はあごひげを引っ張りながら、記憶を呼び覚ました。「あの日の午後、総督は乗客名簿と名前の並んだ別の表を並べてずっと考えこんでいて、悪魔を解き放つのどうのとひとりごとを言っておられました。そこで総督は何かに気づいたようで、これは〈愚物〉の問題ではなかったと言って、突然駆けだされました。何者かと対決しに行かれたのです。不安そうな様子でした」

「対決って、誰と?」

「わたしには見られませんでした。総督が話しているのを聞いただけで。〝あなたはわたしを待っていたはずです〟と総督はおっしゃっていました。その口ぶりは……恭しいものでした。総督があんなふうに話すのは聞いたことがありません」

「それから何があったの？」サラは熱心に訊ねた。

サラの全身を激しく血流が巡っていた。ピップスはいつもこんなふうに感じているに違いないと彼女は思った。発見のスリルと、もうすぐ敵に手が届くという感覚。いけないことかもしれないが、この航海はいままでに彼女の身に起こったどんなことよりも気分を引きたたせるものだった。

「総督は二時間後に出ていらして、自室まで先導するようわたしにおっしゃいました」ドレヒトが続けた。「それだけです。船室に入ってしまうと、泣きだされました。その後は、二度と外に出ていらっしゃいませんでした」

「お父さまが泣いていたの？」リアが信じがたいという口調で言う。

サラは船室内部を歩きまわりながら、夫という人間の自分には見えなかった部分を正しくとらえようとした。彼は権力者だったから、自分のほうから人に会いに行くことはなかった。必要とする者を呼びだすだけだ。乗客名簿で見つけたのが誰にしても、その人物はあの夫を恭しくふるまわせる相手だった。では、誰だったらそんなことがあり得る？　わざわざ乗客船室区に足を運んで会う相手とは？

サラは机に近づいて表を調べたが、夫を悩ませただろうものは何も見つからなかった。表の隣には羽ペンが放置されており、インクのシミが机の上で乾燥していた。

奇妙な既視感がある。わずか三日前に、理由は説明できないものの、コルネリス・フォスの船室でも同じことをした。アレントがすでに観察した以上のあらたな情報は何も見つけられなかった。フォスの机はきれいに片づいていて、自分たち一家の船賃の受取書だけが置いてあった。だから、死の前に彼が見ていたのはあれだったはずだ。理由はわからなかったが、サラはその受取書にまつわる何かが気になった。フォスは几帳面だった。普段と違うことがないかぎり、あんな受取証など取りだすはずがない。

「リア」彼女は声をかけた。

「はい、お母さま」

「わたしのかわりに、乗客名簿とトム翁が取り憑いた人たちの表を調べてもらえる？　あなたは目が鋭くて頭の回転が速いから、わたしの見逃したものが見えるかもしれない」

リアはにっこりすると、机の前に腰を下ろした。

第二の疑問は、夫がその何者かと話していた内容だ。何が話題だったにしても、そのせいであの夫が泣いた。ということはアレントに関係のあることだろうかとサラは思った。夫があきらかに愛していた唯一の人物。

彼女はふたたび船室を見まわして、すべてを説明する手がかりを探した。視線は蠟燭に引き寄せられた。犯人が火を消したに違いないけれど、どうしてだろう？　そしてドレヒトに目撃されずにどうやって部屋に出入りした？　ドレヒトが嘘をついているというのはあり得るが、イサーク・ラルメの話では、ドレヒトは夫を護衛して無事にアムステルダムへ送り届ければ多額の褒美をもらえるということだった。それに、もしもドレヒトが夫を殺したかったら、これまでに何度も機会はあった。彼が犯人だとわかりきった状況になるこの場所で実行した理由は？

ほかに手がかりはないかと、家具類に注意をむけた。〈「真夜中の悲鳴の秘密」事件〉でピップスは、殺人犯は調査が終わるまで床下に通じる隠し戸に身を潜め、人がいなくなってからこっそり逃げたのだという推理を導きだした。

サラは床板を踏みならしていき、ほかの者たちから奇異の視線をむけられた。

床板はしっかりしていた。

「ドレヒト？」

「はい、奥様？」

「椅子に乗って天井をドンドンと叩いてもらえる？　わたしのドレスは重すぎるの」

ドレヒトは毛深い片眉をあげた。「奥様、大変おつらいのはわかりますが――」

「跳ねあげ戸があるかもしれないから」彼女はそう説明して、書き物机に近づいて夫の書類を調べはじめた。

「誰かが上から下りてきたのかもしれない」

「ですが、上は奥様の船室ですよ」

「そうよ、でも今夜はずっといなかった。アレントの看病をしていたので」

ふたりが考えこんでいると、リアが小さく驚いた声をあげてから笑った。「なるほど、うまいこと考えたもんね」面白がる口調だ。ほんの数歩離れた場所で父親が殺されて倒れているなどとは誰も信じないだろう。

「お父さまが会いに行った人はわかったと思う」

サラとクレーシェが集まると、リアは父親のインク壺から羽ペンを手にして、乗客名簿のダルヴァイン子爵夫人に、そしてトム翁に取り憑かれた人々の表にあるエミリー・デ・ハヴィラントに、下線を引いた。

「ほらね?」リアはそう言うが、誰もわからなかった。

「ダルヴァイン（Dalvhain）はハヴィラント（Haviland）の綴りを並べなおしたものだよ」

何も言わずサラはドレスが許すかぎりすばやく船室を飛びだし、後甲板へむかった。彼女の急な退出に呆然としたドレヒト、クレーシェ、リアもあとに続いた。

星の輝く夜空の下、最下甲板で押しつぶされた者たちの死体が運びだされており、子供たちは泣き、大人たちは悄然と愛する家族の死体に取りすがっていた。

ダルヴァインの船室をサラは執拗にノックした。返事はない。

「ダルヴァイン子爵夫人!」それでも返事はなかった。

「エミリー・デ・ハヴィラント?」サラはかわりにこう呼びかけてみた。

クレーシェ、リア、ドレヒトが廊下の端に到着したが、サラは彼女たちを無視して掛け金を外してみると、ドアがきしみながら開いた。室内からこぼれるかすかな明かりで、船室には誰もいないとすぐにわかった。誰もいないどころか、誰も使ったことがないように見える。目につくかぎりでは個人的な身のまわりの品がひとつもない。壁にかけられた絵画も、寝台にかけられた毛皮もない。おまるはシミひとつなかった。人が寝起きしているただひとつの兆候は、床を覆う大きな赤い絨毯だけだった。初日の朝、船乗りたちが苦労してこれをドアから入れようとしていたことを思いだす。広げられているのを見ても相変わらず大きなものだった。端が壁を這いのぼっている。

サラは船室を横切って書き物机に近づき、蠟燭がないかと探した。

足元で何かがつぶれる嫌な音がした。

「お母さま？」リアが戸口から訊ねた。

サラはそこに留まるよう合図した。ドレヒトが剣を握る手に力をこめ、リアとクレーシェの前に立つ。

膝をつくと、サラはそこにある曲がりくねって丸まったものに触れた。明るいところで詳しく見ようと、それを廊下へ持ってゆく。かんなの削りくずだった。初日の朝、棚を作った大工もまったく同じような削りくずを出していた。これはドロシーアが耳にした謎の物音と関係あるだろうか？　ダルヴァインはここに何かを作ろうしていたのか？

かつての名で呼べば、エミリー・デ・ハヴィラントは。

「ラクサガールはノルン語で罠」彼女はつぶやいた。

「書き物机に何かあります」ドレヒトが暗がりに目を凝らした。声は緊張している。室内に足を踏み入れるつもりはないらしい。

サラは急いで自身の船室から受け皿に載った蠟燭をもちだし、エミリー・デ・ハヴィラントの部屋にもどった。

机にあったのは『魔族大全』だった。

サラの身体が凍りついた。

イサベルはこの本を自分の目に届かない場所に置きっぱなしにしない。イサベルとダルヴァインに何かつながりがあり、それを彼女は黙っていたのか？　だとしても、なぜこの本だけが空っぽの部屋に残されていたのか？

綴り換え（アナグラム）という細工は施してはいたが、エミリー・デ・ハヴィラントは明らかに自分の正体を誰かが見破るだろうことを意図していた。つまり彼女は誰かがここにやってきてこの本を発見するのを望んでいたということになる。

サラは注意深く机に近づき、手を伸ばして表紙をひらいた。

『魔族大全』ではなかった。中身が違う。

表紙は同じ、子牛皮紙であることも挿絵や文字の様式も同じだったが、中身は違う。大量のラテン語の文章ではなく素描があった。

サラは最初の頁をめくった。

黒いインクで、燃える屋敷が描かれていた。これを取りかこむ怒った暴徒たちが屋敷から人々を引っ張りだして喉を掻き切っている。片隅で魔女狩り人のピーテル・フレッチャーが冷酷にこれを見つめ、その耳元でトム翁が忍び笑いをしている。

サラは頁をめくった。

今度はさらに細密にピーテル・フレッチャーが描かれていた。枷で壁につながれて悲鳴をあげている。トム翁が彼の胸から内臓を取りだし、床に積みあげていた。

喉を詰まらせながらサラは頁をめくった。

今度は自分たちがバタヴィアで乗船する様子だった。サラ、夫、リアが後甲板にいて、サミュエル・ピップスとアレントは人混みのなかをドレヒトに追い立てられ、トム翁がコウモリの顔をした狼の背に乗って、それに続いている。

めまいをおぼえながらサラはまた頁をめくった。

船隊にかこまれて海に出たザーンダム号。遠くに〈第八の灯〉があるものの、それは船ではなかった。片手に角灯をもつトム翁だ。

第五の見開きで病者がザーンダム号の家畜を虐殺し、トム翁が死骸のなかで踊っている。

第六の見開きで病者は最下甲板の霧のなかをさまよい、トム翁がそれを追っている。

「なんなの、それ?」クレーシェが背後から近づいてきて訊ねた。

「日記よ、ここで起こったことすべてが記されている」

サラは嫌悪感も露わに答えて頁をめくると、寝台で夫が胸に短剣を刺されて死んでいる絵が現れた。

「お母さま!」隣でリアが息を呑んだ。「これは起こったことそのままだよ。何が起こるのか、どうしてダルヴァインにわかったの?」

自分の手が石になったように感じていたが、次の頁を見ないわけにはいかない。

ザーンダム号が炎に包まれている。乗客たちはトム翁の巨大な身体にしがみつき、トム翁が彼らを近くの島に運んでいる。悪魔が頁のなかからサラを見つめ、訳知り顔の笑みを浮かべていた。トム翁はサラがこの本を読んでいると知っている。

その反対の頁が最後だった。海にトム翁の印が浮かび、ザーンダム号はその下のちっぽけな点になっていた。

何かが引っかかった。この印の描きかたはいままでと違う。見慣れた線が異なる大きさのいくつもの雑な円に分断されている。まるでエミリーが羽ペンからインクを羊皮紙の上に滴らせたように見えた。

サラの息は喉で詰まった。

これはトム翁の印ではない。恐怖の募るなかでサラは思った。これはザーンダム号がむかっている島の絵だ。

それが印の出所だ。

三つの忌まわしい奇蹟が引き起こされ、今、トム翁は彼女たちを故郷に連れて行こうとしている。

## 69

アレントがイサベルを見つめると、イサベルはにらみ返した。

「黄青椒(パプリカ)とは?」クラウヴェルス船長が彼女の背後で言った。

サミーが弱々しく笑った。そうするのがやっとだった。

アレントが臥せっていた二日間、サラはマスケット銃兵のティマンにサミーの運動に付き添うよう頼んでいた。ティマンは驚くほど陽気な会話好きではあるが、彼はアレントのようにサミーとともに一晩ずっと起きて過ごしたがらなかった。その結果、サミーはほぼ丸々二日を狭苦しく暗い独房で過ごすことになった。身体を伸ばせず衰弱し、骨のように青白くなって、湿ったしつこい咳をしている。いまサミーはヴィクの死体を検分しており、その指は驚いた蠅のようにあちらこちらへ跳ねまわっている。「僕が今何を考えてると思う?」サミーは言った。「四年前に彼を訓練しようとしてうまくいかなかったのに、僕が数週間消えたとたんに、彼は目覚ましい仕事をするようになった」

「倉庫番はあの夜、イサベルが船中をかぎまわっていたのを見ている」アレントは冷やかしを無視した。「おれはこの数日というもの彼女から黄青椒(パプリカ)のにおいがすると気づいていて、ヴィクと果たし合いをしているときに彼からも同じにおいがすると気づいた。黄青椒(パプリカ)は船倉のかぎられた区画にしか保管されていない。そこに行く理由などイサベルにもヴィクにもないはずの場所だ。そこでふたりが落ちあうのでないかぎり」

「それは本当かね?」クラウヴェルスが訊ねた。

「きみのおなかにいるのがヴィクの赤ん坊であることに賭けてもいい」アレントは顔をそむけるイサベルと目を合わせようとした。「赤ん坊を宿すことと引き換えに、ヴィクを殺す取引をトム翁としたのか?」

「彼を殺す?」イサベルの目が怒りに燃えた。「彼はあたしの友人だった。これは彼の子じゃないけれど、この子に慈悲をかけてくれたんです」

クラウヴェルスが鼻を鳴らした。「慈悲だって？」

「彼は昔からあたしのことを知ってるんですよ」イサベルは怒りの目をクラウヴェルスにむけた。「あたしが港で物乞いをしてたほんの子供の頃から、彼は航海でバタヴィアを訪れてました。食べ物や寝る場所のための小銭をあたしにくれた。今回またバタヴィアにやってきた彼は、あたしが赤ん坊をみごもっているのに父親がいないと知ったんです。彼はいまの暮らしに飽き飽きしていたから、彼と暮らす覚悟があれば、オランダであたしたち親子の面倒を見るって言ってくれた。あたしは船賃を出せないから断ったんですが、同じころにサンデルが、トム翁がこの船に乗ることを突きとめたから追いかけなくてはならないと言いだしたんです。神様がやっとあたしにほほえみかけてきてくれたって思った」

「何も悪いところのない話なのに、なぜ隠れて会わなければいけなかったんだい？」サミーが言った。

「甲板長であるためには、みんなにおそれられないといけないんだって、彼は言ってました。自分が何か大切なものを持っていると知られたら、みんなは彼を傷つけるためにその何かを傷つけると」

クラウヴェルスが同意の言葉をつぶやいた。「甲板長は船員を締めつけておかねばならない。それができなくなったときは死だ。ヴィクはとてつもなく腕のいい甲板長だったが、それは要するに、とてつもなく悪い人間だったということだ」

「あたしたちはアムステルダムに到着するまでは会うつもりはなかったんですが、船首楼で会いたいと彼が伝言を送ってきたんです。ただ、そこにたどり着く前にあの小男に見つかってしまって」彼女の声が憤りで震えた。「それで、彼は今度は船倉で会おうって。彼は甲板にいるときに、ある人物に目を留めたと言ってました。ほかの人になりすましている誰かを。彼が昔、働いていた屋敷で見たことのある人だって言ってました」

「それは誰だったんだ？」アレントが訊ねた。

「彼は話そうとしなかったんです、あたしが知ったら危険だと言って。でも、秘密を守るために高い口止め料を払ってくれるらしくて、そうなれば彼が約束した生活が送れるようになるはずだったんです」彼女は苦々しげに彼の死体を見つめた。「そうならずに、こんなふうに終わってしまった」

「彼はどこの家で奉公していたんだ?」

「教えてくれなかった」

「デ・ハヴィラント家に決まってる」サラがきっぱりと言った。階段を下りてくる。「ダルヴァインはハヴィラントの綴りを入れ替えたものなの。エミリー・デ・ハヴィラントは、三十年前、オランダでトム翁が取り憑いた人々のひとりだった。彼女はずっとこの船にいたのよ。綴り換え（アナグラム）に気づいたのはリアだけど、主人も同じようにそのことに気づいた。そしてエミリーと対決するために船室へあがっていき……」

彼女はアレントにやさしい目をむけ、声を和らげた。

「そうしてあのひとは死んだのよ、アレント」

彼女がアレントの手を握ったところで、サミーが近づいてきた。「気の毒に、友よ」

アレントは喉をごくりといわせ、木箱に座りこんだ。

「わかってるんだ、伯父が……」声が詰まった。「伯父のやったことは……」

「あのひとはあなたを愛していた」サラは言った。「ほかのいろいろはあったけれど、それはまちがいないことだった」

サラがアレントを慰めるそばで、サミーは手を伸ばして頭上で揺れる角灯を押さえた。「話をまとめようじゃないか。ヴィクは甲板でエミリー・デ・ハヴィラントを見つけた。おそらくは彼女が乗船するときだろう。彼はオランダの彼女の家に奉公していて、かつて彼女は悪魔に取り憑かれたと告発されたこと、そしてピーテル・フレッチャーの調べを受けたことを知っていた。

そこでヴィクは彼女をゆすろうとしたが、彼女は手飼いの病者に――」

「わたしの部下だった大工だ」クラウヴェルスが喧嘩腰に言った。

「――ヴィクを殺させた」サミーが締めくくった。

「でも、エミリー・デ・ハヴィラントは自分の正体が見破られるとわかっていたはずなのに、なぜそこまでして素性を隠そうとしたの?」サラが言った。「彼女は本名を綴り換えた名前で船に乗った。いつかは見つかりたかったのよ」

「おれたちがいつ暴くのか、その時期が肝心だった?」

たいした自信もなさそうにアレントが言う。

「そんなことはどうでもいい」クラウヴェルスが叫んで首を振った。「三つの忌まわしい奇蹟が終われば、取引に応じなかった者たちを虐殺するというのがトム翁の約束だった。奇蹟は終わったぞ。わたしが考えるに、奴をとめる唯一の方法は、エミリー・デ・ハヴィラントを見つけ、手脚を縛って海に放りこむことだ」

「魔女を水で殺す」サラが顔をしかめて言った。「斬新ね」

## 70

陰鬱な表情で、一同は船長室に集まった。角灯が揺れて、壁に影が躍っている。ダルヴァイン子爵夫人の船室で発見した本がテーブルの中央にあり、誰もがそこから距離を開けて立っていた。みなすでに中身を見ており、見なければよかったと思っていた。

総督が死亡したため、主任商務員がこの船の絶対的な責任者となったが、本人はあまりうれしくないようだった。灰のような顔色で窓の前を行ったり来たり歩きながら、薄くなりかけた髪を両手でなでていた。もう彼が飲めるようなワインは残っていなかったが、その指はあきらかに酒を求めてうごめいている。

そこにはまった指輪の宝石さえも輝きを失っているようだとアレントは思った。

「何十人も死亡し、総督までもとは」レイニエ・ファン・スコーテンは言った。「この船が食い尽くされる前にこんなことはとめなければならない」彼はアレントにむきなおり、非難するように人差し指を突きつけた。「悪魔の印がまず帆に現れたとき、あんたは総督から悪魔を見つける責任者に指名されたんではなかったか？ダルヴァイン子爵夫人がエミリー・デ・ハヴィラントだったという事実をなぜ見逃した？」

「ああ、それはおそらくきみたちが疑ってかかり、まったく彼に協力しなかったからでしょうね」サミーは言い、テーブルに足を乗せた。

こんな状況なのに、サミーは塩水で身体を洗う時間を見つけ、アレントが買い求めておいた予備の服に着替えていた。沐浴をしておしろいをはたき、香水をつけている。つまり、数週間ぶりにほぼ自分らしくもどれたということだが、身体が弱っていることや声のかすかな震えをごまかせてはいなかった。

「それにだよ、このふたりが同一人物かどうかわからない」サミーが続ける。「わかっているのは、ハヴィラントの綴りを入れ替えた名前を使って何者かが乗船したということだけだ。何かの企みを持ったエミリー・デ・ハヴィラントかもしれないし、僕たちを騙そうとしているほかの誰かかもしれない。仮定に意味はないのですよ、主任商務員」彼は甲高い笑いをあげ、両手をこすりあわせた。「これはじつに驚嘆すべき事件だ。アムステルダムにいるときに依頼が来たのだったら、大喜びで飛び跳ねただろうね」

「どこのどいつがあんたを外に出したんだ?」ファン・スコーテンはサミーの浮ついた態度にいらだって言い放った。

「おれだ」アレントは特大の胸板の前で腕組みをした。「伯父は死んだ。サミーを拘束しておく理由は伯父だけだった。三つの忌まわしい奇蹟がすべて起こってしまったいま、彼には湿っぽい牢屋で腐るんじゃなく、外に出て調査してもらわなければならんだろう」

一同が同意の言葉をつぶやき、ファン・スコーテンはしぶしぶ敗北を受け入れた。

「それで、問題の乗客はいまどこにいるんだ?」ファン・スコーテンが訊ねた。

「わからない」サミーが言った。「誰か彼女と会ったことのある者はいませんか」

「一度だけ」最下甲板からもどって以来ずっと思案顔だったクラウヴェルスが言った。テーブルの端に両手を天板に突いて立っている。「丈の長い灰色の服を着て、髪は灰色で長かった。妙な話だが、どこかフォスに似ていた。同じ感じでこちらを気味の悪いうつろな目で見てきてね。暗がりに座ったまま、自分のことは放っておいてくれと怒鳴ってきたよ」

「雑用係についてはどうです? 誰かしら彼女の部屋の世話をしていたんじゃありませんか?」

「雑用係は入室を禁じられていたんだよ」ファン・スコーテンが陰気に答えた。

「だったら、誰がおまるをからにしていたんだろう」

「毎晩、ドアの外に置かれてたわよ」まだ臭うというように、クレーシェが鼻に皺を寄せて言った。

「そこまでして身を隠したがっていたのなら、なぜ船室を予約するなんて危ない真似をしたんでしょう?」サラが言った。

「いつからこうした会合に女を参加させるようになったんだ?」ファン・スコーテンは、ようやくサラとリアとクレーシェがテーブルのクラウヴェルスと反対の端の椅子に座っているのに気づいたらしい。憤慨している。

「これは女には関係のないことだ」

「トム翁がこの船を沈めようとしてるんだから、女にも関係あるでしょ」クレーシェが言い返した。

「誰がここにいるかいないかは問題ではない」クラウヴェルスが単調な声で言った。「問題は次にどうするかだ。どうやってザーンダム号を救うか。ここまでのところ、トム翁は船内を意のままに行き来して、人を殺して回っている。ピップス、あなたの噂は聞いている。エミリー・デ・ハヴィラントを見つけだす手助けをしてもらいたい」

「彼女は見つかりませんよ、船長」サミーが皮肉に笑う。「エミリー、トム翁、あるいは誰にしろ本件の黒幕は、すべてを綿密に計画しています」彼は窓のむこうの夜空を手で示した。「あちらにエミリーがあやつっているとおぼしき船がいる。例の病者も彼女の手下のようだし、こっちも僕らはまだ見つけられていない。彼女は誰にも気づかれず〈愚物〉を盗み、僕らから二十歩しか離れていない場所で家畜を虐殺し、この船でもっとも権力のある男を船室に足を踏み入れずに殺害してみせた。彼女が消えたのは、消える頃合いだったからでしょう。まさかメインマストの見張り台にでも隠れているとでも思いますか?」

「何かせねばならんだろうが!」クラウヴェルスが叫んだ。サミーが長広舌を振るう間に苛立ちが刻々とつのっていたようだ。

「もちろんやりますよ」サミーが笑い声をあげた。「でも、事件は一見そう見えるような直線であった試しがありません。僕が思うに、重要な謎は三つで、エミリー・デ・ハヴィラントの居場所はそのひとつではない。第一の謎は『三つの忌まわしい奇蹟を結びつけるものは何か』。すなわち、なぜ敵は〈愚物〉を盗み、家畜を虐殺し、最後に総督を殺害したのか?」

「行き当たりばったりにやってるものだと思ってたわ」

クレーシェが扇であおぎながら言った。

サミーは彼女に目を留めると、テーブルから足を下ろして立ちあがり、優雅にお辞儀をした。「初めてお目にかかるものと存じます、マダム。僕はサミュエル・ピップスです」

彼女はほがらかに笑って会釈した。「クレーシェ・イェンスよ。あなたはアレントの報告書に描かれたままの人ね」

「彼が報告書を書くたびにやりづらくなるんです。アレントが羽ペンを振るい続けたなら、あと数年で僕は、まるで利発さと美徳の塊になってしまいそうです」ふたりは微笑を交わしている。友情が芽生えたようだ。「あなたのご質問にお答えすれば、忌まわしい奇蹟は行き当たりばったりに起こったように見えますが、それを除く本件の部分に、そうした要素はほぼ見られません。僕はこれを始めたのがトム翁だということさえ今では疑っています。あの三つの奇蹟は計画されたものであり、すなわち、意図的におこなわれたものです」

サミーは立ちあがって、部屋を行ったり来たりしはじめた。宙を刺すように人差し指を振りながら話を続けた。

「第二の謎は、『いかにして総督は殺害されたか』。第三は、『なぜ病者はコルネリス・フォスを殺害し、アレントは生かしたのか』。これらの謎の答えが見つかれば、この魅惑的な謎(パズル)のすべてはおのずと解けると僕は確信しています」

「それだけか⁉」クラウヴェルスがサミーに迫った。「殺人を解決すればわれわれの苦しみは終わると思うのか？　あの忌々しい〈第八の灯〉が赤く燃えるたびに、わたしの船は壊れてゆくのだ。病者が海からあがってきて奥様の船室に現れた、次はエミリー・デ・ハヴィラントがわたしの船をうろついている。アレントが果たし合いに行くと聞いたときにはわが子を戦争に送り出すような気分にさせられ、今度はあんたが話に聞くほどのたいしたものじゃなかったと知らされるとはな」彼は全員をにらみつけ、荒々しく部屋をあとにした。

「仕事に取りかかれ、ピップス」船長のあとを追おうとしつつ、ファン・スコーテンが言った。「わたしは船長を落ち着かせる。ラルメ、船員連中に仕事をさせて悪魔のことを忘れさせなければいけない。あたらしい甲板長を見つけるのが早道だ」

「いつもなら候補者をナイフで殺しあわせて、残ったひとりを甲板長にするんですがね。まあ急いでやってみますわ」操舵室の戸口にもたれて、ラルメがぼやいた。

サミーがアレントに合図し、ふたりで総督の船室にむかった。サミーはまっすぐ部屋に入ったが、アレントは戸口を越えることができなかった。恐怖が喉を締めつけ、寝台を見ようとしても目が逸れる。

ついに伯父の姿を見たときには、その苦痛にアレントは咆吼をあげたくなった。

歯を食いしばり、まばたきして涙を押しとどめる。悲嘆をなだめようとした。

いかなる意味でも、ここにいるのは記憶にある伯父ではなかった。かつての優しさは残忍さに置き換わった。サラを殴り、リアを閉じこめ、トム翁と取引をした。少年の頃に自身でアレントに説いた理想に背をむけた、それでも……アレントは伯父を愛していた。

そしていまでもその愛はもちこたえていた。たとえ伯父が勝ち得たものでなくとも、伯父に値するものでなくとも、伯父にその資格があるものでなくとも、それはアレントの心になおも残り、どうしても振り払えないものだった。

十五分にわたって、アレントの見守るなか、サミーはすべてのものを見ていった。さわり、撫で、手に取って見つめ、穿鑿好きな一陣の風のように部屋中をめぐり、調査の終わった品はきっちりもとの場所にもどしていく。満足ゆくまで調べると、総督の死体から胸の悪くなるような湿った音を立てながら短剣を引き抜き、傷口を調べた。

「木のささくれだ」サミーは総督の胸の傷から細長く小さな木のかけらを丁寧に取りだした。「凶器の柄から取れたものだろうね。これをどう見る、アレント」

調査で頭がいっぱいのサミーが、短剣とトゲをアレントの手に押しつけた。サミーはいつも彼に凶器を調べるよう頼む。兵士としてのアレントの洞察が役立つことが確実だと思ってのことだが、今回は話が違う。

問題は凶器ではない。罪悪感だ。

伯父は彼の居場所のたった甲板二層上で殺された。どうしてこんなことになった？　アレントはかつて伯父をスペイン軍から救った。なぜ暗闇の囁きから守ることができなかったのか？

心の奥底で悲嘆は非難に変わり、おまえが守りたくなかったせいでこうなったのだろう、と声がした。伯父が死んで、サラは解放されたじゃないか。

「やめろ」アレントは自分自身に言った。

「うん？」サミーが言った。四つん這いになって目をくっつけんばかりにして床板を調べている。

「なんでもない」アレントはばつの悪い思いでそうつぶやき、短剣を調べた。短めで刃は薄い。薄すぎる、と思った。いまにも砕けそうだ。こんなふうな剣を作る鍛冶屋はいない。これでは役に立たない。鎧にあたれば折れてしまう。

「これは見たことがあるぞ」アレントは手のひらで重みをたしかめながら言った。「船倉で病者がおれに突きつけてきたのがこいつだ」

「それは興味深いね。というのも、病者の手形が海から舷窓まで続いていたのを見つけたね。あの舷窓の上には広い間隔を開けて七つのフックが並んでたんだ。フックの目的は不明なので、これも調べないといけない」

「伯父を殺したのは病者だということか？」

「病者は考慮から外せないだろう。総督の死体の冷たさと血液の凝固の具合から、彼はクレーシェとドレヒト護衛隊長が蠟燭に火をつける数時間前に死亡していたというのが僕の見立てだね」

「つまり夕食中に殺害された？」アレントが訊ねた。

「だとすると、乗客全員の疑いが晴れる。一緒に食事をしてたんだから」

「理由を問わず夕食の席を離れた者がいないか確認すべきだね。もし誰もいなかったら、残念ながらサラ・ヴェッセルが不利な立場になる」

アレントが反論すると見て、サミーはなだめるように片手をあげた。「きみが彼女に好意を抱いていることはわかっているが、きみは今夜ほとんどの時間、意識をなくして寝ていた。彼女がひそかにきみのそばを離れるのは容易だったはずだよ。いまわかっていることから判断すると、彼女はひとりの悪魔を殺して別の悪魔に罪をなすりつける機会と見て、それを実行した、となる」

アレントは、フォスがまさに同じことをやろうと計画していたことを思いだしてぞっとした。病者にじゃまされていなければ、フォスは成功していただろう。

「さて、消された蠟燭の件だ」サミーは舷窓の外を覗いた。「サラによれば総督は明かりなしでは眠らなかった。彼と暮らした短からぬ歳月で、一日としてそんなことはなかったと。クレーシェもこの話を裏づけた。どうやら彼は暗闇をおそれていて、それを知っていたのはごく身近な者だけだったらしい。今夜は強風だったかい?」

「いいや」

サミーは舷窓と書き物机のちょうど中間に立つと、両腕を伸ばした。それでも蠟燭には手が届かない。「寝床から身を乗りだして吹き消すことも無理、外からの風で消えるのも不可能だったろうね」

サミーは蜘蛛の巣が張った棚の奥から巻物入れを引き抜いてアレントに放った。「この部屋のあらゆるものを調べないといけないんだ、これから始めてくれ」

アレントは書き物机に近づいてどさりと腰を下ろした。蓋を外し、巻物を取りだした。〈愚物〉の設計図だとわかった。あるいは設計図のごく一部か。

「アレント?」サミーは床にあごを押しつけた格好で舷窓を見あげた。「イサーク・ラルメはきみの伯父さんをどう思っていたんだい?」

「彼は伯父がバンダ諸島で命じた虐殺を憎んでいた」アレントは答えた。「そのほかは、わからん。なぜそんなことを?」

「我らが小男だったら、少し身をよじれば、この舷窓をくぐり抜けることが可能だった」

アレントは舷窓をにらんで、ラルメがそこをくぐり抜けるところを思い描こうとした。

「物音で伯父は目覚めて、ドレヒトが駆けこんできただろう」アレントは否定して、次の巻物を手にした。

親愛なるヤン

健康状態は悪化の一途である。わたしが来年の夏を目にすることはないであろう。

わたしの死により、〈十七人会〉にひとつ空席が生ずる。貴殿との誓いを守るべく、また昔日(せきじつ)に為した我らふたりの大いなる決断に報いるべく、かかる空席に貴殿を推薦し、会員各位の同意を得ていた。

しかしながら、会員らにそれぞれ選好する者がおり、駆け引きが始まることとなった。わたしが世を去れば、かの地位を貴殿に保証することはできない。

わが助言を聞き入れ、即刻アムステルダムにもどるべし。娘も同行させよ。すでに結婚できる年齢であり、交渉となれば貴殿の有利とすべく利用できる。

そしてサミュエル・ピップスを捕縛すべし。同人が英国の密偵であるとの告発あり。我らが誉れある会社にとってのみならず、同人は我らが国家にも仇なす売国奴である。未だ公に知られたものではないが、小生は本告発の正当なることの確証を得ており、至急、我が友人各位に証拠を提出するつもりである。同人は帰国次第処刑をまぬかれぬものであり、同人を〈十七人会〉に引き渡せば、貴殿の立場も大いに良くなるであろう。以上の指示にしたがい、至急帰国のこと。

よき未来に期待しつつ
貴君の友
カスパー・ファン・デン・ベルク

サミーはアレントの肩越しにこの信書を読み、居心地の悪そうな顔になった。共感はサミーの得意とするところではない。なにせ彼は遺体を手がかりと見なし、人殺しを生活の糧とするような男だ。それでも、どうやら同情らしきものを示して、友の肩に手を置いた。

「気の毒に」彼は言った。「きみがお祖父さんを愛していたことは知っているよ。こんなときにこうした知らせを知ることになるとは――」

「祖父は死にかけてない」アレントが遮った。

サミーは友の平然とした顔を見た。

「受け入れるのはむずかしいかもしれないが――」

「この羊皮紙にある日付はおれたちが出発する一週間前だ」アレントはその箇所を指さした。「おれたちがバタヴィアに着いたのと同じころに届いたはずだ。おれはアムステルダムを発つ数日前に祖父に会った。バタヴィアから生きて帰れないかもしれないとおれは思って、祖父に誤解させたままでいてほしくは……」アレントは喉をごくりといわせた。「祖父は健康だったんだ、サミー。歳を取ってはいたが、死にかけてはいなかった。これを書いたのは祖父じゃない。あんたが密偵だという告発もしていない」

サミーはアレントから手紙をひったくった。

「となると、これはお祖父さんの考えをよく知る者が書いたことになる」サミーは言った。「総督はエミリー・

デ・ハヴィラントと親しかったかい？」

「伯父から名前を聞いたことはないし、おれの知るかぎり、あの一家と釣りあいがとれるほどの資産を伯父が蓄えた頃には、あの家は没落していた。祖父なら知っていたかもしれない。年齢的に」

「この手紙は『昔日に為した大いなる決断』なるものに言及している。心当たりはないか？」

「祖父はおれが生まれる前からヤン・ハーンと長年の友人だった。短いあいだだが一緒に事業を手がけたこともある。ただし、何をしていたかは知らない。直接聞いたことはないが、その事業がきっかけでふたりは裕福になったらしい」

サミーはこの書簡をくるくると巻き、封蠟の割れ目を合わせた。「ここに捺されてるのは〈十七人会〉の公式の印璽だね。これがどんな意匠なのかを知っているのは会社の最高位の重役だけだから、これを偽造するのは困難だし、偽造できたとしても、いずれにせよ会社に信任された代理人に届けさせねばならない」

「それができるのは誰だろう？」

サミーはふうっと息を吐いて、昇任命令書を机に投げてもどすと、ワインのカップを調べにいった。「フォスがやった可能性はあるね。クラウヴェルス船長。レイニエ・ファン・スコーテン。僕。あるいは、もはやこの船に乗っていない人物かも」

「ダルヴァイン子爵夫人が持ってきたというのはあり得るか？」アレントは言った。「伯父が死ぬ前に彼女に会いにいったことはわかってる。あんたを牢屋に入れたがったのは彼女なんじゃないか？　伯父殺しをあんたが調査できないように」

「いい着眼点だ」サミーは同意した。「彼女が〈十七人会〉となんらかのつながりをもっているのなら、あの封蠟の書簡を託されるだけの信任は確実に得られたろうね」

「伯父はここにおびき出されたのか？」アレントは言った。「サンデル・ケルスと同じように。トム翁はふたりとも乗船させたがっていた」

サミーはカップのにおいを嗅いだ。「僕はきみが偶然この船に乗ったというのも疑っているよ。トム翁の物語の起点となったのはきみだ。あの印はきみの傷跡と同じだ。畜舎で見つかったのはきみの父親のロザリオだった。病者は船倉できみを殺さなかった。この船で起こるすべての出来事は必ずきみへともどっていく」

「だが、おれがこの船にいるのはあんたが捕まったからで、理由はそれしかないぞ」

「つまり、僕たちの関心はふたたびダルヴァインへともどるわけか」

サミーはじっくり考えながら、ワイン壺を前後に傾けては、中身の液体が揺れる音にじっと耳を澄ました。それからワイン壺を空っぽのカップの上でひっくり返し、流れる液体を見つめた。

「何かが混ざってる」彼はカップを覗いた。「見てごらん」

最初アレントには何も見えなかったが、サミーが蠟燭を近づけると、底に粘り気のある澱があるのがわかった。指先でサミーはその味を見た。

「何かわかるか?」アレントは訊ねた。

「サラが僕にくれた睡眠薬だ」

「伯父も睡眠薬を使ってたんだろ」

「おそらく、かのご婦人に説明させるべきだね」サミーは答えてドアを開け、のんびりと船長室へもどった。全員が先ほどと同じままでいる。それぞれ考えに沈んでいて視線はうつろだ。指先でテーブルをコツコツ叩いたり、左右の足を揺らしたりしている。

サミーはサラ、リア、クレーシェに近づく途中で、イサーク・ラルメの服に控えめに視線を走らせた。そこでぴたりと足をとめた。「きみのスロップスに緑のペンキの薄片がいくつもついているね」ラルメがしかめ面をむけてきた。「どうしてそうなったんだい?」

「てめえの知ったことじゃ――」

「質問に答えたまえ」窓の前で手をうしろで組んで立っているファン・スコーテンが言った。

ラルメは触れたら切れそうな視線をよこした。「おれはこの船を上り下りしてるだろ?」

「総督の船室の外側の船体は緑に塗られているね」

「そうさ、船首楼もだ。おれはそこで大体ずっと働いてんだよ」

サミーがあきらかに不自然なほど長々と顔を見つめているため、とうとうラルメは毒づき、足音荒く部屋をあとにした。彼が去ってしまうと、サミーは視線をサラにむけた。「あなたのご主人は寝る前に睡眠薬を飲んでましたか?」

「いいえ」そう言って、サラはリアとクレーシェの手へと自分の手を伸ばした。「主人のワインに薬を盛ったのはわたし。クレーシェが〈愚物〉の設計図を盗めるように」

それで全部の説明がつくというように彼女は言った。

クレーシェがあとを引きとった。

「わたしが毎晩、ドレスの内側に取りつけた巻物入れに設計図を一枚入れ、それをリアのもとに届けると、リアが写しを取るの。それをわたしが次の夜にもどして、そのくりかえし」

「なぜリアにそんなことが――」

「わたしが〈愚物〉を発明したんです、ミスター・ピップス」リアはまるで恥じているかのように目を伏せて言った。

ファン・スコーテンが危うく卒倒しかけた。

「わたしはたくさんのものを発明するのよ」リアは主任商務員を見やりつつ肩をすくめた。「〈愚物〉はわたしのお気に入りではなかったけれど、お父さまは気に入ったみたいだった」

「わたしは設計図をクレーシェが結婚する予定の公爵に売るつもりだった。富と自由、そしてフランスで保護してもらうことと引き換えに」サラは揺るぎない口調で言った。「ささやかな代償に思えたの。あなたがわたしを疑うのは理解できるけれど、わたしには主人を殺害するなんて危険を冒す理由がありません」

一同は沈黙した。

「わたしは伯爵と結婚すると思っていたんだけれど」クレーシェが静かに言った。

## 71

自分の船室で一本の蠟燭の明かりを頼りに、レイニエ・ファン・スコーテンは最新の食料備蓄一覧表を調べていた。頭を抱えていた。こめかみがうずいている。嵐で備蓄の大半を失ってしまった。たとえ航路にもどれたとしても、喜望峰に到達するまで足りはしない。望めるのは、よくて無事にバタヴィアへ引き返し、丸々一隻ぶんの香辛料を無駄にすることだけだ。

〈十七人会〉は悪魔や嵐のことなど考慮しないだろう。考慮するのは帳簿の数字だけで、この船の帳簿が彼らを喜ばせることはない。主任商務員というものは貨物を届ける責任を負い、それが失われたら、自分の稼ぎで損失を穴埋めすることが求められた。彼は死ぬまで会社の年季奉公人として過ごすことになる。

長年の経験から、彼はバタヴィアとアムステルダムの往復を最大の警戒をもって扱うべしと学んでいた。この航海の危険はわかっている。船隊が離れ離れになって再補給があてにならないと知っているからだ。総督が余分の貨物を載せろと要求したとき、なぜ同意してしまったのか？

金のためだ、とうんざりしながら思った。見たこともないほどの額だったし、しかもあとでもっと入ってくるという約束だった。

ファン・スコーテンには後ろ盾も引き立ててくれる者もいなかったが、努力で事務官から主任商務員にのぼりつめた。誰にも無視することのできないくらい完璧に仕事をこなした。上役たちは後悔もあらわに、自分の又従兄弟や兄弟を後回しにして、彼を昇進させた。遅くまで会計室に残っていた彼をあざ笑っていた者たちも彼に抜かれた。残業して帳簿を管理しながら、ファン・スコーテンはいつの日か努力が報われるとずっと信じていたのだ。

総督の申し出はその近道に思えた。あと一度の航海が終われば、二度とこの航海を承諾する必要はなくなる。海賊に追われて眠れない夜はもうない。熱帯の病気もない。クラウヴェルスのような業突く張りの間抜けとの議論もない。

この職業から抜けることができる。難破で船ごと終わりになる前に。

だが、一度同意してしまうと、ほかのことに同意するのも簡単になった。それが総督のやりかただった。蜂蜜に浸した硬貨を一枚手渡し、こちらがそうと気づく前に、それが手にくっついてしまう。すると総督は硬貨を——硬貨を受けとった強欲な商人もろとも——自分のポケットにもどし、いつでも必要なときに使えるようにする。

ファン・スコーテンは帳簿を机上にどさりと置いた。インクで手が汚れていた。人でなしの総督が死んでうれしかった。コルネリス・フォスが死んだのもうれしかった。あとはエミリー・デ・ハヴィラントとかいう女がドレヒト護衛隊長を殺して連中を一掃してくれるのを願うばかりだった。あいつらはこの船に悪運しかもたらさない。

ドアを強くノックする音が響いた。

「帰れ」彼は怒鳴った。

「総督が船に乗せた秘密の貨物の中身はなんだった？」ドレヒトが叫んだ。

ファン・スコーテンはゆっくりと羽ペンを置いた。脚にまったく力が入らない。

「このドアを打ち破ることになったら、あんたのためにならんぞ」ドレヒトが嚙みつかんばかりに言った。

椅子から勢いよく立ちあがって、ファン・スコーテンは有罪を宣告された男のようにドアへむかった。ドアを細く開けたところでドレヒトの手が突き入れられ、喉を締めあげられた。

ドレヒトの青い目が、為す術もない商人を射抜くように見つめてくる。その顔は獰猛で、兎に襲いかかる狼を思わせた。

「あの貨物はなんだ、ファン・スコーテン？　あんたが手を貸して運びこんだんだ、どこにあるのか知っているな。あれはなんだ？　誰かが総督を殺すほど重要なものか？」

「あれは宝だ」ファン・スコーテンはあえぎながら言った。喉からドレヒトの手をもぎとろうとしたが無駄だった。「いままで見たこともない……宝だ」

「見せろ」ドレヒトがうなるように言った。

ふたりは足早に船室をあとにした。足をとめたのは、乗客船室区のドアを守るマスケット銃兵のエッゲルトにドレヒトが何やら指示を囁くときだけだった。何を言われたかわからなかったが、エッゲルトは慌てて船首のほうへむかった。

船倉に入ると、ファン・スコーテンは階段のいちばん下の木釘から角灯を取り、いまやほぼトム翁の印に覆われている木箱の迷路を先導した。どの印も、あきらかに元々の印を描いた者の手になるものではなかった。多くは稚拙で、あとは描きかけだ。大きなものもあれば、ちっぽけなものもある。印を彫ることが忠誠を誓う方法になっているらしい。

乗船以来ここに降りていなかったファン・スコーテンは、変わりように驚いた。通常、船倉というのは、木箱と鼠と、密輸をたくらむ者がもちこんだものの居場所だった。心地よくはないが、脅威を感じる場所でもない。

ここは呪われているように思えた。ぬめぬめする暗闇と香辛料の腐ったにおいが地獄のような雰囲気を作りだしている。

「この場所全体がトム翁の教会になってしまった」ドレヒトが言う。「四人死ねば宗教ができてしまうとはな」

その口調から、ファン・スコーテンはドレヒトがそれ以上の人間を殺したことがあるのではないかと思った。彼はそこから何を得たのだろうか。

迷路の中心にたどり着くと、ファン・スコーテンは大きな木箱を指さした。「それだ」そう言う彼の声は震えていた。

短剣を取りだしたドレヒトは、蓋の板の端を見つけてこじ開ける。なかには何十個もの麻袋が入っていた。

「ひとつ切って開けてみろ」ファン・スコーテンは言った。

ドレヒトは言われたとおりに短剣で袋を切り裂こうとすると、刃が金属のようなものにぶつかった。短剣を鞘に収め、切り口を両手で引っ張ると、銀の聖杯や黄金の皿が転がりでた。宝石をはめこんだ首飾りや指輪があとに続いた。

「フォスが病者にはらわたを抜かれたとき、麻袋にあったのと同じような品だな」ドレヒトは言った。「この隠し場所から盗んだのに違いない。あの男にそんな才能があるとは思ってもいなかった。こうした宝はどのくらいある？」

「木箱が何百個も。こんなものが船倉の半分を占めてるんだ」ファン・スコーテンは不愉快で仕方がないという声で言った。「ほとんどは麻袋に入れられて別の品物に見えるよう偽装されている」ここで何か激烈なものが口調に混ざった。「あんたが船乗りたちを殺してまで守った秘密がこれだよ」

ドレヒトが彼を一瞥した。こんな臆病者のなかに少しは勇気が潜んでいたと知って面白がっているようだ。総督はこの荷物について秘密にしたがっていたから、ザーンダム号への船積みをした者たちも含め、この件について知る者の口を封じたのだ。

「わたしは命令に従ったまでだ」ドレヒトは聖杯のひとつを手にして吟味した。「それが兵士のすることだ。わたしが待ち構えていた貯蔵庫にあの船乗りたちを送りこんだのはおまえだ。船乗りたちはおまえを信頼したのに、当のおまえは総督のカネに買われた」

ファン・スコーテンの手にした宝石の輝きが目に反射した。「これだけの財産が手に入ったら、二度と貧しさに困ることはないだろうな」感嘆していた。「使用人も、屋敷も、我が子のための将来も手に入る」

護衛隊長はゆっくりと剣を抜く。「わたしが言いたいのはな、ファン・スコーテン。この荷物について知る者はあの船乗りたちだけじゃなかったってことだ」彼は主任商務員に近づいた。「つまり、わたしが殺すことになっているのはあいつらだけじゃなかった」

## 72

ドロシーアは最下甲板で衣類をごしごし洗いながら、イサベルの歌に耳を傾けていた。乗客全員が歌を聞いており、彼女の声の美しさに魅了されている。これはイサベルがいままで口にしたこともなかった才能であり、本人はたいして誇らしいと思っていないようだった。彼女が口を開けただけで歌は流れでた。すべてのゲームやおしゃべりがとまっていた。サイコロはカラカラと壁に転がり、そのままそこでじっとした。ハンモックや藁布団の人々は目を閉じ、この航海で知ったただひとつの喜びを味わっている。

「ドロシーア様」

ドロシーアが振り返ると、マスケット銃兵のエッゲルトが急いで近づいてくるところだった。彼女は温かく彼にほほえみかけた。ほほえみという言葉では足らない笑顔になった。

「会えてうれしいけれど、わたしたちの夕方のお茶の時間には早すぎるんじゃないかい」彼女はエッゲルトがやってきたことにとまどっていた。

「船で何かが起こります、奥様」彼は押し殺した声で告げた。そこにこもる恐怖がドロシーアの胸を打った。「分厚いドアでないと、これから起こることからご自身を守れません」

「何が起こると言うの、エッゲルト？」

彼は怯え、かさぶたで覆われた頭を振った。「時間がないんです。あなたの奥様は船室にあなたをかくまってくれますかね？」

「もちろん」

「よかった」彼は言い、ドロシーアの腕をつかんだ。

「では、おれから離れないように」

「でも、ここにいる人たちはどうなるんだい?」ドロシーアは足を踏ん張ってほかの乗客たちを手で示した。「この人たちはなんの裏に隠れたらいいと?」

「おれには剣が一本しかないんですよ、奥様」

「助けが必要な人たちを置いてはいきません」

エッゲルトは追いつめられたように周囲を見まわし、火薬庫に走ってドアを激しくノックした。引き戸が開き、もじゃもじゃの白い眉が現れた。

「何事だ?」倉庫番が訊ねてくる。鞭打ち以来、彼は不機嫌で短気になっていた。

「反乱だ」エッゲルトが言い切った。「ここにいる乗客たちを火薬庫にかくまえないか?」

倉庫番は怪しむような視線を甲板に走らせた。イサベルはまだ歌っており、乗客たちは彼女を見つめている。問題が起こっている兆しはない。倉庫番はエッゲルトの隣に立つドロシーアに話しかけた。「こいつは本当のことを言ってんのかね?」彼は訊ねた。

「嘘をつく理由が見当たらないね」

「ドレヒト護衛隊長が命令を出したんだ」エッゲルトが言う。「マスケット銃兵たちはすでに動きだしてる。この人たちを安全な場所にやらんと」

かんぬきが開けられ、蠟燭の明かりが最下甲板の薄暗がりに広がった。「母親と子供をここに入れろや」倉庫番は言った。「それ以上は無理だ、でも残りの女は下のパン保管室にたてこもりゃいいだろ。男たちは武装しろ。すぐに戦うことになるぞ」

## 73

船中央で鐘が十二回鳴らされ、船員全員が甲板に集められた。この場の雰囲気にふさわしく、悲しみを帯びた音だった。

強い雨が降っており、冷たい滴は緯度が変化したことを反映していた。

船乗りたちは足場を見つけようと苦心しており——彼らの顔は航行灯の温かな明かりを浴びて奇妙に天使めいて見える——帆はうねるようにはためき、凄まじい足取りで彼らを前進させている。

後甲板でクラウヴェルス船長は手すりを握りしめて船

乗りたちを見おろし、どこから切りだそうか途方に暮れていた。何を言わねばならないかはわかっていたが、どう言えばいいのかがわからない。部下にむけて演説したことは何百回とあるが、航海の始まりのそれしか経験がない。幸運と神の恵みを祈ればいいのだから簡単だった。だがこれはわけが違う。これから話す言葉には刃がある。流血を引き起こす刃が。

「ザーンダム号は呪われている」全員が集まると彼は言った。「みな、この船で起きていたこと、暗い水のなかで我々を追っていたもののことは知っているものと思う」

不満そうな声があがった。

「あの囁きはみんな聞いたことだろうか」うなずきや独語が広がるなか、無表情の者もいくらかあった。ほとんどは囁きを聞き、そうでない者もいるということだ。だがどちらであれ関係ない。それがどんな取引を持ちかけてきたのかは全員が知っている。

クラウヴェルスは居心地悪そうに足を踏み換えた。まるで破片を唾液でくっつけて花瓶を復元しようとしているような気分だった。

「わたしにも落ち度はあった」目の前にいくつもの顔がぼんやり浮かぶのを見ながら船長は言った。「信頼すべきでない人間を信じ、おまえたちを道に迷わせた。だが、いまやわれわれは、われわれ自身のために道を選ばねばならない。われわれの望みは何か？　この船で運んでいる上流階級でも、忌々しいマスケット銃兵のためでもなく、われわれだけのために。船乗りのために。われらは選ばねばならない」

同意の声は騒然として高まった。

「トム翁がこの船を歩きまわっていることは否定できない。あの三つの忌まわしい奇蹟は、われわれに彼の力を納得させるためのものだ――彼は暗闇でわれわれにそう告げた。彼の旗を掲げ、彼の保護を受け入れさせる三つの機会だ」船員は息を呑んで船長を見つめた。「もう奇蹟は残されていない。次に彼が訪れるとき、取引を受け入れなかった者は一掃される」

恐怖の悲鳴が沸き起こった。

「われわれの選択のときがやってきた」クラウヴェルスは例のメダルを掲げた。よく彼が宙に投げあげていたものだ。「ヤン・ハーン総督はバンダ諸島に彼を連れていったことの褒美として、これをわたしに授けた。あそこで何が起こったのかはみな知っているな」

虐殺、皆殺し、殲滅、と大声があがった。

「われわれは誇りとすることのできないものと引き換えに褒美を受け取った、だが、それがオランダ東インド会社というものだろう、そうではないか？　会社はわれわれに多くを求め、わずかな見返りしかよこさない。お偉方はわれわれが汗水流して働くあいだ、富を増やしつづけた。もううんざりだ」

船長、船長、船長と、船乗りたちは叫んだ。

船長は船乗りたちにむかってメダルを放り投げ、彼らは這ってメダルを我が物にしようとした。船長は短剣と手のひらを天に掲げた。

「トム翁はわれらに、好意と血という献身を求めている」彼は言い、刃で手のひらを切った。「好意とはすなわちわれわれの奉仕である。あらたな主人のために働く者となる心構えができている者は短剣を掲げよ。彼はわれわれをいまの生活から切り離し、おそろしいことをするよう言うだろう。だがこの主人は、少なくともやったことに見合う褒美はじゅうぶんにあたえてくれるだろう」

百幾つもの短剣が空に掲げられ、百幾つもの手のひらが斬られた。

血が惜しげなく流された。

「では、決まりだ」クラウヴェルスは叫んだ。「われらはトム翁の旗を掲げて航行する。われらが従うのは彼の声だ」

船長の背中が反り返り、口から血がほとばしった。胸を突き破って剣が現れた。

船乗りたちが憤怒の咆吼をあげた。短剣を抜き、後甲板に殺到する。クラウヴェルスの死体は力なく床に倒れ、背後に立つヤコビ・ドレヒトの姿があらわになった。

「マスケット銃兵、撃ちかた始め！」ドレヒトが叫んだ。大混乱の火蓋が切って落とされた。銃声が甲板に響き渡り、船乗りたちは悲鳴をあげてくずおれてゆく。

ドレヒトは視界の隅でイサーク・ラルメがこちらに突進してくる姿をとらえた。その手にはナイフがある。

ドレヒトはラルメの胸めがけて剣を突きだしたが、際どいところでアレントが小男をうしろに引っ張り、剣から遠ざけた。アレントは背中でピップスを守っており、小柄な謎解き人は友の陰にすっぽり入っていた。

「なんのつもりだ、ドレヒト？」アレントは戦いの騒音に負けぬよう叫んだ。

「この船をトム翁に明け渡すことはできん！」

「船長の演説が始まる前から、このマスケット銃兵たちは持ち場についていた。船長が何をするつもりかわかる前からだ」アレントは吐き捨てるように言った。ようやくドレヒトの真の姿がわかったのだ。「これは反乱だ」

「おれは総督に約束してもらった宝がほしいだけだ」ドレヒトは言う。「おれは寝ている子供を殺した。自分の子供たちがよりよい将来をもてるようにだ。おれはもう眠れないんだよ、アレント。一睡もできない。それだけの対価を払ってまで手に入れたかったものを、いまこそ手に入れたい」

「きみがそれを手に入れたとして、誰がこの船を走らせるんだい？」サミーが言った。金属のぶつかりあう音が堪えがたいのか、耳をふさいでいる。

「故郷に帰ることができるだけの船乗りは生かしておく」

「きみの部下がそうさせてくれるだろうか」サミーは、眼下でマスケット銃兵たちが大勢の船乗りたちに斬りつけている様子に目をやった。

ドレヒトはアレントを見つめながら、顔に散ったクラウヴェルスの返り血を拭おうとして、逆に顔に広げてしまう。「あんたはわたしたちの味方か、アレント？　いまここで教えてくれ」

「おれは乗客の味方だ」アレントが叫んだ。「部下を乗客に近づけるな」

アレントはサミーを抱えあげると下の甲板に放り、自分も手すりを飛び越えて彼に続いた。マスケット銃兵たちが階段のいちばん下付近で持ち場についており、波のように次々に押し寄せる怒った船乗りたちと戦いを繰り広げていた。いまは船乗りたちが優勢に見えるが、それも長くは続かないだろう。マスケット銃兵たちは同時にふたりと戦うことができ、船乗りたちの体力は嵐との戦いで弱っている。敵を片づけるずっと前に力尽きるだろう。

船が突然傾き、一同の足元がふらついた。

ザーンダム号は誰も導く者がないまま、海を突進していた。戦闘のなかの隙間を縫って突進したアレントとサミーは、手すりを背にしてマスケット銃兵たちの太腿にナイフを振るっているラルメを見つけた。

アレントはナイフを払ってラルメの手をつかみ、手のひらを見た。誓いの印の切り傷がない。

「あんたはトム翁の味方じゃないのか？」アレントは戦闘の音に負けないよう声を張りあげた。

「おれはザーンダム号の味方さ」ラルメは言った。「ほかのものは畜生どもにくれてやる」

マスケット銃兵がひとり、叫びながら彼らに突進してきた。アレントはシャツの胸ぐらをつかんで海に放り投げた。

「僕たちがこの船を掌握したら、バタヴィアに引き返すようきみから説得できるかい？」サミーはラルメの前にしゃがんで訊ねた。

「何人の船乗りが生き延びるか次第だな」ラルメは答えた。「だが、それよりましな考えは思いつかねえ。おまえの仲間はどこだ？」

「どれだけいるかわからんが、おれは最下甲板に行くつもりだ」アレントは答えた。

彼はそれ以上のことは口にしなかったが、その必要はなかった。自分を守る力をもたない者にとって戦いが何を意味するか、誰でもわかる。ひとたび血が流されれば、もはや罪は存在しなくなる。ここにいる男たちの一部は、すでに最下甲板へむかっていておかしくない。別の種類の愉しみを得るつもりなのだ。

ひとりの船乗りが手すりを乗り越えて後甲板へ行こうとしたのを、ドレヒトがサーベルで片目を貫き、眼下の群集のなかへ押しもどした。

「野郎の息があるうちは、おまえらがこの船を掌握するのは無理だぜ」ラルメがドレヒトにあごをしゃくって言った。

「彼なら物の道理がわかる」アレントは言う。「ただ――」

木が悲鳴をあげて甲板がめくれあがった。石の槍が下から空へと突きでて、メインマストが倒れる。その下にいるすべての者が粉々に潰された。ダイアモンドが空に飛び、金の鎖や聖杯が彼らのまわりに降ってくる。

暗い水が大いなる手のようにせり上がり、アレント、サミー、ラルメを冷たい海に引きずりこんだ。

## 74

海の咆吼がアレントの耳を満たした。

何かに小突かれて彼はうめき声をあげ、ちらちらと目を開けた。夜明けだ。彼の上の空は灰色の一枚板だった。動こうとしたものの、身体が流木でできているようだ。びしょ濡れで塩に覆われている。

マスケット銃兵のエッゲルトとティマンがまぶしい日射しでシルエットになっていた。ひとりは立って、もうひとりは膝をついてアレントの肩を揺さぶっている。

「どうだ？」立っているほうのティマンが訊ねた。

「息をしている」エッゲルトが返事をした。

アレントはいきなり横むきになると、喉が痛むまで海水を吐きだした。

口元を拭ってぼんやりとあたりを見まわす。

彼は海草が点在する小石の浜に打ちあげられていた。白い波が寄せては退き、足首を引っ張った。紫とオレンジの珊瑚（さんご）の指がぎざぎざの岩の入り江まで伸び、波が入り江を勢いよく打って大きな水しぶきをあげている。

ザーンダム号はこの小さな島の入り江の向こう側で座礁していた。先の尖った岩が船の下側に刺さり、何枚もの甲板を貫いて中部甲板から突きでている。

「サラ・ヴェッセルを見なかったか？」彼は耳から海水を出しながら訊ねた。「サミー・ピップスは？」

アレントは必死で左右を見まわし、浜にふたりの姿を探した。海岸沿いに散らばる生存者は三十名ほどらしく、海の浅い部分にはさらに多くの死者が浮かんでいた。死者は岩によって切り裂かれていた。赤く見える部分が、貫かれ、叩き潰された箇所だ。

母親たちが子供たちを抱きしめ、失った者たちを思ってすすり泣き、行方の知れない者の名を叫んでいた。男たちは海に浮かぶ物資を追って飛びこみ、つかめるだけのものをつかみ、自分が手に入れられなかったものを巡ってほかの者と争っている。

もがく船乗りをマスケット銃兵が三人がかりで押さえつけ、四人目がその腹に短剣を突き刺した。ほかにも浜をうろつくマスケット銃兵たちがいて、打ちあげられた船乗りを見つけると、息をしていようがいまいが剣を突き立てている。

アレントの右手は断崖になっており、入り江はカーブして、左手にあるものを隠している。この島の中央はジャングルのようで、ぼさぼさの赤い灌木がジャングルと砂利浜を仕切るように生えていた。

友人たちの姿はひとりも見えない。

「ピップスは見てない。生きてるとしたら、ドレヒト護衛隊長と野営地にいるんじゃないか」ティマンが言う。

「では、ドレヒトは生きているのか」アレントはそう言い、ふらつきながら立ちあがった。「あいつなら当然だな」

「隊長がザーンダム号を放棄する命令を出し、サラ奥様と一家を最初の雑用艇に乗せて島に送ったんだ」エッゲルトが言う。「みんな野営地にいる」

「そこでピップスに会えると期待しないほうがいいぞ」エッゲルトが陰気に忠告した。「トム翁がおれたちに拳を振りおろしたんだ。大方の連中が死んだよ」

ここはエミリー・デ・ハヴィラントの『魔族大全』に描かれていた島に違いないとアレントは考えた。アレントの手首の傷として残るトム翁の印の出所。約束された通り、乗客乗員は虐殺され、ザーンダム号はここに運ばれた。

アレントは左右に揺れながら歩いた。老体のように弱っていた。三週間ほど海で過ごしたあと、脚はふたたび乾いた土地になじもうとしている。

いままでは、一度の人生で経験できる最大限の苦難を受けてきたと思っていたが、人生はまたもや彼をあざ笑った。全身がぎざぎざの切り傷で覆われ、背筋をまっすぐにできないほどあばら骨がひどく痛む。歯はぐらついていた。

百人の男に踏みつけにされてどうにか身体を振りほどいたような気分だ。

波は岩場に押し寄せる。そのたびに鋭い珊瑚や死者や瀕死の者が見え隠れする。アレントはずっと、奇蹟というのはついに希望が尽きたときに起こるものだと信じていた。奇蹟はちょっとした幸運であり、輝くようになるまでじっくり磨かれた末に、それが必要とされるまさにそのときに届けられるもののはずだった。

これは奇蹟ではなかった。市場に送られる寸前で逃げたのに、まっすぐに台所へ飛びこんだ豚になった気分だ。

「あんたは本当に不死身なんだな、なあ？」ティマンが言った。「あんたの武勇伝を歌った歌は全部本当だったんだ」

「野営地はどこだ？」アレントはしゃがれた声で訊ねた。

エッゲルトは砂利浜の左を指さした。

痛むあばらを押さえ、アレントはその方向へ足を進めた。灰色の空が灰色の海にのしかかっている。気温は着実にあがっており、絶え間なく降る雨を温めて、まるで風に吹かれた小便のしぶきのように彼を打った。

彼は途中に散らばる遺体の顔のひとつひとつをかがみこんでたしかめていった。サラの赤毛のカールを目にすることになるのではないかとずっと怯えていた。そんなとき、動物の糞で覆われた崖の陰で、意識のないサミーを発見した。長い嘴（くちばし）の海鳥が崖の穴に作った巣から出入りしていた。サミーは横向きに寝てアレントに背をむけていた。まだ息はあるが、ゴロゴロと妙な音を立てている。昨夜身につけていた上等な服は破れ、痩せた身体が破れめから覗いていた。何十もの切り傷から血がにじみ、その色は彼の青白く震える皮膚に対して不安になるほど鮮やかだった。

マスケット銃兵ふたりがサミーのまわりで円を描いている。剣を抜いていた。

痛みに顔をしかめつつ、アレントは背筋を伸ばした。

「そこから離れろ、貴様ら」彼は怒鳴りつけた。

助っ人がいないかとあたりを探したが見つからず、兵士たちはこそこそ逃げていった。アレントは彼らの姿が消えるまで見つめてから、ふたたび背を丸め、できるだけ急いでサミーのもとにむかった。彼を見てうめき声をあげた。

顔半分が珊瑚でえぐられ、右目がもっていかれていた。

顔をしかめながらアレントは手を伸ばして砂利浜から彼を抱きあげた。あばらに痛みが走り、思わず膝を突きそうになる。一分ほど呼吸のたびに走る痛みと戦ってから、ついに歯を食いしばって歩きだした。

一歩ごとが苦悶だったが、痛みはアレントの助けを必要とする者のために使えばいい。サミーはひどい怪我を負っているし、サラとリアを見つけねばならない。足をもちあげるのもやっとだったが、彼は進みつづけた。

悲鳴をあげる船乗りがひとり、こちらに走ってきた。彼を追ってきたふたりのマスケット銃兵は狼のように船乗りに襲いかかり、十回以上も突き刺して殺した。返り血を浴びた姿で大笑いしながら、マスケット銃兵たちは立ち上がり、飢えたようにアレントをにらんでから、さらなる獲物を求めて歩き去った。

まだ物足りないのかとアレントは思った。砂利浜はすでに、殴られ、打ちのめされ、虐殺された船乗りの死体だらけだ。

サミーがアレントの腕のなかで身じろぎして喉をごくりといわせた。ひとつきりの目が友人に焦点をあてた。「きみは雄牛と一夜を過ごしたような有様だね」彼はしゃがれた声で弱々しく言い、痛みをともなう大笑いをアレントから引きだした。

「あんたのお袋さんだけが相手じゃ寂しいじゃないか」彼は切り返した。「あんたを助けてやるからな」

「何が」――サミーは咳きこんだ――「起こった？」

「みんなが戦ってるさいちゅうに、島に座礁した」

サミーはアレントのシャツをつかんだ。「ここはせめて」――ひとことひとことを彼は振り絞るように発した――「素敵な島なんだろうね？」

「いいや」アレントは答えた。「ここはトム翁が暮らす島だと思う」

「ほう」サミーは満足してうなずいた。「少なくとも、彼を探す必要はなくなったね」

サミーの片目が閉じ、頭がだらりと垂れた。アレントは心配して様子を見たが、まだ息をしていた。

やっとのことで急ごしらえの野営地にたどり着いた。アレントの腕は震えており、呼吸はますます辛くなっていた。

ほっとしたことに、まずアレントの目に飛びこんできたのはマルクスとオスベルトだった。水を切るように海へ小石を投げており、それをドロシーアが見守っている。くしゃくしゃになった髪を除けば、三人とも座礁によって疲れた様子もない。

イサーク・ラルメが樽に座り、底意地の悪い船が自分にむかって投げつけてきた侮辱であるかのような目で海面に揺れる積み荷を不機嫌そうに眺めている。ヤコビ・ドレヒトはマスケット銃兵たちに大声で指示を飛ばしており、兵たちはしぶきをあげて木箱や樽を集めては、雨から守れるよう木々の下に積んでいた。近くには宝がこぼれ出る木箱が何十個もある。

アレントに目を留め、イサーク・ラルメが足を踏みならすように近づいてきた。「大勢が死んだってのに、おまえはどうだ。ほとんど傷ひとつねえ。神はまだおまえを見放しちゃいねえんだな」

「サミーがおれのぶんの傷を負ったよ」アレントは答えた。

ドレヒトが挨拶がわりに首を傾けた。あごひげと帽子は生き延びたが、赤い羽根飾りはなくなっている。右耳から肉が一塊失われ、指が一本、不自然な角度に曲がっていた。あいにく、それは彼が剣を握るほうの手ではなかった。

「無事で何よりだ。最悪の事態をおそれてたよ」ドレヒトは言った。

アレントはドレヒトとラルメを交互に見やった。「あんたたちふたりが殺しあおうとしていないのは驚きだな」

「難破してから、わたしから休戦を申し入れた。できるだけ多くの乗客を雑用艇に乗せるためだ」ドレヒトが言った。

「おまえの部下が浜で殺しまくっている船乗りたちはどうでもいいってのか?」ラルメが嚙みついた。

「負傷している者だけだ」ドレヒトは言った。「話しあっただろう。生きている者のぶんを全部まかなえるだけの食糧はない。死にかけている者に食わせて無駄にはできない」その青い目がアレントの腕のなかのサミーを認めた。「彼は息をしているのか?」

「しているし、あんたに彼を口減らしはさせない」アレントは唸(うな)った。「サラを見かけたか?」

「雑用艇にわたしがこの手で乗せたぞ」ドレヒトが答えた。「彼女は負傷者の手当をしている。来い、案内しよう」

ドレヒトが先導し、湾曲した沿岸をたどって砂利浜のさらに奥へむかった。ラルメもあとからついてきた。

「座礁してから何があったんだ?」アレントは訊ねた。

「神が味方したんだ」ドレヒトは口元をこわばらせて答えた。彼がむかったのは難破したザーンダム号だった。中央に巨大な亀裂が広がり、海が絶え間なく船体を打つたび、木材が震えていた。アレントは同じような目にあった人間を見た経験がある。引き裂かれてもまだ息があり、徐々に体温を奪われて震えている。かつてはあれほど壮大だったものにしては、あまりに不名誉な終末だった。

「船乗りの大半はまだ中部甲板と最下甲板にいる」ドレヒトが続けた。「船を串刺しにした岩は船乗りほぼ全員を殺し、わたしの部下たちには手をかけないままだった。トム翁の弟子たちは滅ぼされたわけだ」

「たくさんの気のいい奴らも道連れにな」ラルメがドレ

ヒトの勝ち誇った口調に憤然として言った。

ドレヒトは彼らを大きな洞窟に案内した。身体をなかば砕かれた者たちと、そのうめきでそこは埋め尽くされていた。洞窟は島の奥まで続いていて驚くほど涼しく、暗闇からは潮風が、うたた寝する野獣の吐息のように吹いてくる。

二十人ほどがいたが、ひとりとして楽々と生き延びた者はいなかった。折れた腕を抱え、折れた足を引きずっている。深く切り傷を負い、やつれ、青ざめ、顔は乾いた血のせいでよく見分けられず、目は混乱と痛みでぼんやりしていた。

アレントは空いた場所を見つけると、赤ん坊をゆりかごに寝かせるようにそっとサミーを横たえ、サラを探しにいった。彼女はポケットナイフを手に負傷者のあいだを動きまわり、大量の林檎から青虫をほじりだすかのように、特段慌てることもなく身体から木片を掘りだしていた。

「救助を求める艇(ボート)を送りだすつもりだ」ドレヒトが言う。「バタヴィアを発ってまだ三週間程度だ。嵐でひどく航路を外れたが、友好的な船を見つけることができるとわたしは考えている」ラルメはこの計画を鼻で笑ったが、ドレヒトは無視して話を続けた。「誰が生きているか確認が取れたら、ただちに、わたしたちが生き残る手段について協議会を結成する。きみたちふたりにも参加してもらいたい」

「わかった、いい考えのようだな」アレントは言った。

「では、用件が終わったら、わたしに会いに来い」

「アレント！」振り返ると、腕と脚と赤毛がまとわりついてきて、サラが彼の顔を引き寄せてくちびるを合わせた。貪欲で情熱的なキスで、いままでのキスされた経験を忘れさせるほどのものだった。

サミーはかつて彼に、愛は何よりも目につきやすいものだと語った。ほかのどんなものとも違って見えるからだ。みずから隠れることも、偽装することもなく、さほど長くは気づかずにいられない。アレントはいままで、その意味を本当の意味で理解してはいなかった。

サラが彼の頰をなでた。「あなたは死んでしまったと思った」

アレントは安堵し、恍惚となって、彼女をさらに引き寄せ、自分の身体に触れる彼女の温かみを感じた。あばら骨が悲鳴をあげたが、彼は気にしなかった。

「リアとクレーシェは……彼女たちは……」洞窟に彼女たちの姿はないかと視線を走らせながら訊ねた。

「ふたりとも雑用艇で避難した。負傷者の手当をしてる」サラは彼女たちがイサベル共々、負傷者の衣類を引き裂いて包帯を巻いている薄暗い角を指さした。

彼女はアレントにさらにきつくしがみついた。

どのくらいそうしていたのか、ふたりとも意識していなかったが、やがてサラは身体を離して両手を彼の胸にあて、表情を優しく探ってから、サミーにむきなおった。

膝をついて、彼女はサミーの目やほかの傷を調べはじめた。

「彼はよくなるだろうか、サラ?」

「わたしにできることはやるけれど、あなたが気にしないといけないのは怪我ではなさそう。ドレヒトは食糧節約のために負傷者を殺してるのよ」

「彼はサミーを生かすと誓った」

「そうさ、奴はクラウヴェルスの胸を剣でぶっ刺しはしねえと誓ったが、結局手にかけたぜ」ラルメが遠くにいる護衛隊長を横目で見ながら言った。「それにだな、奴が怪我人だけでとめると思うなよ。生きてる者に食わせることができなくなりゃあ、奴は役立たずだと思う者を片っぱしから殺しはじめる。その序列で小男がどのへんにいるか、おれは知ってる」

アレントは自分のなかに嫌気がつのってきたのを感じた。これに終わりはないのではないか? 彼らは殺しあいをやめようとしないだろう。ヤコビ・ドレヒトは反乱の後、足をとめて両手の血を拭うことさえしなかった。

ザーンダム号での最初の夜、ドレヒトは言っていた、人が邪悪に身を委ねるために言い訳など必要としていない、だから自分は悪魔を信じないと。その言葉は嘆きだとアレントは考えた、だがあれは告白だったのだといま気づいた。ドレヒトは自分の頭のなかを覗き、そこにあったものを語っただけだったのだ。

アレントは思わず笑い声をあげそうになった。トム翁が自分たちを苦しめるためにここへ連れてきたのだとしたら、あとは放置するだけでいい。どんな悪魔の倍もはしゃぎながら、報酬などもらわなくても、人間が勝手にその仕事をする。

彼はため息を漏らした。「おれにどうしてほしいんだ、ラルメ？」

「ドレヒトを殺せってんだよ、察しの悪い奴だな。それもすぐにだ」

「そいつはまずい」アレントは言った。「ドレヒトがいるからこそ、マスケット銃兵たちは好き勝手に暴れていないんだ。彼が死ねば、おれたちもすぐ彼に続くことになるぞ」

「じゃあ、わたしたちは彼の部下に言うことをきかせないといけないのね」サラが言う。

「そうだな」アレントは水際で備蓄を集めるマスケット銃兵たちを見つめた。「かなり手強そうだが」

## 75

アレントは洞窟を離れて野営地にもどった。木の枝の天蓋の下で小さなたき火がいくつか燃え、乗客たちがまわりを取りかこんで身体を乾かそうとしている。雨はほぼ霧のようになっていたが、数分ほど過ごせば何もかも水滴が滴るほど濡れてしまう。

マスケット銃兵たちが死体を引きずって山積みする一方で、回収された樽や木箱の蓋をこじ開けて備蓄の一覧表を作る者もいた。発見した品名を倉庫番に大声で伝えると、彼が表に記録している。アレントを目にした倉庫番は小さく敬礼した。

「塩漬けの仔羊肉の木箱がひとつ」

「乾パンの木箱がふたつ」

「麦酒の樽が三つ」

「ブランデーの壺が四つ」

「ワインの壺がふたつ」

「牛脂の蠟と撚糸」

「手斧、槌、長釘」

あまりに乏しい荷だとアレントは思った。この人数では数週間どころか、数日しかもちこたえられない。

二隻の船載雑用艇が荒れた海を横切って難破船に引き返していく。どうやら、ドレヒトが部下たちを送ってザーンダム号に最後に残った積み荷と宝を手あたり次第、回収させているようだ。

アレントとラルメは流木に座るドレヒトを見つけた。雨が彼の帽子を打つなか、足首のところで脚を組んでいる。

「あんたの協議会の者たちはどこにいる?」アレントはドレヒトに訊ねた。

「わたしたちがそれで、あんたたちがここにやってきたから招集は済んだ」ドレヒトは帽子の縁を傾けて溜まってきた雨水をこぼした。

「全員を招集すべきだ」アレントは顔をしかめて言った。「残された者は数少ないんだから、ここで決めることは全員に影響するじゃないか」

ラルメが咳払いをした。「それを決める前に、ドレヒトの言いたいことに耳を傾けたほうがいいんじゃねえか」

ドレヒトは氷のような視線をアレントにむけた。「回収した積み荷の大半は、われわれを温かく乾燥した状態で保つ役に立ってくれるが、釘を食べてタールを飲めるのでなければ、空きっ腹を抱えて眠ることになる」くちびるの塩気をピンクの舌で舐めた。「十九名のマスケット銃兵が生存している。二十二名の船乗りと四十名の乗客、きみも含めてだ。全員を食べさせることはできないから、物資について厳格な決定をするしかないということになる」

彼は意図を伝えるために間を置き、意味ありげにアレントたちを見つめた。

「わたしの指揮下にあるマスケット銃兵たちは元をただせば人殺しとスリだが、生き延びる技能に優れ、狩猟ができる。われわれを生かしつづけるのはこの男たちだ。わたしも彼らを完全に掌握してるとは言えない。割り当てが少なくなってくればなおさらだ。遅かれ早かれ、彼らはあたえられるのを待つのではなく、ほしいものを奪う決意をするだろう。服従と引き換えにあらかじめ彼らの望むものを差しだすのが賢明だろう」

ドレヒトは木の枝の天蓋の端でたき火をかこむ女たちを一瞥した。

「あんたは褒美として女たちを強姦させるというのか」アレントが唸り声を出した。

「そうではなく、結婚か婚約としてだ」ドレヒトが急いで口をはさんだ。「でないとキリスト教徒のおこないではないからな。落ち着け、わたしの言っていることはもっともだろう、アレント。サラとあんたが絆を結んでいることはわかってる。彼女ははずすし、リアもそうする。そしてイサーク、おまえは好きに選んでいい」

アレントは気分が悪くなった。トム翁は勝利を収めたのだ。あいつはザーンダム号に乗る者たち全員の最悪の部分を引きだそうとして、ついに成功した。もはや取引すら必要ない。人間がみずから自分自身の罪を、さらには自分自身の褒美を思い描いている。「クレーシェ・イエンスについては?」彼は無力感に捕らわれながら言った。「これにつけこんで彼女と結婚するつもりなんだろ?」

「わたしはドレンテに妻がいる。もうひとりは必要ない」ドレヒトが淡々と言う。

「ラルメ、この件について言いたいことは?」アレントは訊ねた。

「おれの言いたいことなんぞ、関係あるかよ?」ラルメはアレントたちを凶悪な目つきで見た。「おれには一握りの船乗りしか残されてねえんだ。ほとんど怪我してて、誰も武装してねえ。おれたちが心配しなきゃならんのは、こいつのマスケット銃兵たちだよ。おれがここにいるのは、公平にやってるように見せるため、それだけだ」

「でも、あんた自身はどう思うんだ?」アレントは問い詰めた。

「聞いたこともねえほどゲスな話だと思ってるさ」そう言ってドレヒトをにらんだ。「で、おれたちが何を言おうが、こいつはやるつもりだってな」

「その通りだ」ドレヒトが少しの恥ずかしげも見せずに言った。「わたしは力を得た。つまり、わたしは権力をもったということだ。それにどうするのが正しいかもわかっている。ここにいる乗客たちはあんたを尊敬しているんだよ、アレント。わたしがこのことを発表するとき、きみが隣に立っていてくれたら話はずっと楽になる」

「おれが嫌だといったら? そうしたら、おれはどこに立つことになるんだ?」

「あんたが賢明ならば、できるだけわたしの剣から離れたところにいろ」

ふたりはにらみあった。ザーンダム号での初日の朝に、どちらが先に相手を剣で貫けるか見極めようとしたときと同じ状況にもどっていた。

「おれはサラとリアがほしい」アレントは陰気に言った。

「そしてイサークはクレーシェと結婚するが、彼女に指一本触れないと同意する。彼女はおまえの部下たちには渡せない」

アレントが自分を欺こうとしているのではないかと、

ドレヒトはその表情を窺ったが、アレントは何年もサミーの穿鑿に耐えてきた。ドレヒトに見えたのは、いらだちながら妥協する表情だけだった。

「誓うか？」ドレヒトが手を差しだす。

アレントは握手した。「誓う」

ドレヒトは安堵してふうっと息を吐いた。喜びを隠せていなかった。「わたしはこの会話に期待していなかったんだ、アレント。だが、道理をわかってくれてうれしいね。すべての物資の守りをまず固めねばならん。それが終わったらすぐ、わたしたちの計画を乗客に伝える。明朝がいいだろう。乏しい割り当てで厳しい夜を過ごしたあとならば、わたしたちが直面している状況が全員にはっきりするだろうからな」

「その前にひとつ決めておきたいことがある」この場を去ろうしたふたりにアレントは言った。「救助を求めに行く舟にサミーを乗せたい」

ラルメは渋い表情になった。「そいつは愚の骨頂ってやつだ。まともに水先案内人ができるような者は残ってねえ。誰が行くにしたって、物資はわずかだし道しるべもねえんだ。天気がよくて運がいいことを祈るしかなくて、どっちもたっぷりは望めん」

「サミーの怪我は深刻だ。ここで死ぬか、海で死ぬかだ。救出される可能性にかけて、彼をこの島から遠ざけたいんだよ」

「それがあんたの願いなら、そのようにすればいい」ドレヒトが言う。「誰も反対しないさ。ラルメ、送り出す艇の船員探しはきみに任せる」

「そうかい、わかったよ」彼はしょぼくれた声で答えた。

「お先真っ暗な小舟に大勢の希望者が群がると思ってんのか？」

「いいや、どの部下を死の旅に送りだすのかきみは考えはじめるべきだという意味だ」ドレヒトは重々しい表情をしていた。「われわれはいまや指揮官になったんだぞ、諸君。楽な決定など残されてない」

## 76

サラはくたびれ果てて洞窟から出てくると、心からの満足感をおぼえて自分の手を見つめた。

三週間前ザーンダム号に乗った彼女は、何層にもなった作法と憎しみの下に隠され、自分が何者なのか忘れかけていた。けれど、嵐の恐怖とトム翁による責め苦のあいだのどこかで、ふたたび自分自身を見つけた。まるで覆いの下にあった埃だらけの鏡を見つけたようにして。こんな窮状にあるのに、彼女はこれほどしあわせだったことを思いだせない。この数時間は、立場にふさわしくないだの威厳を損ねるだのと言われることもなく、治療師として働けた。人前でアレントにキスをした。自分が行きたい場所に行き、言いたいことを言い、リアをたしなめる必要もなく、思いのままに賢いままの彼女をさらけだしてやれる。

そのどれひとつとして、アムステルダムにもどったとたんに不可能となる。

ドレヒト護衛隊長に〈愚物〉の設計図を奪われ、自由との交換条件にできる手段がなくなってしまった。リアがふたたび製作することはできるだろうが、何年もかかる仕事になるし、あの子にはその時間をあたえられることはない。結婚できる年齢だから、サラの父親はすぐさまいい縁談を探すだろう。

サラはお目付役をつけられて、足を運ぶことを許された三カ所に外出するだけ。父親はサラが会ったこともない求婚者たちのなかから次の夫を選ぶだろう。そう考えただけで海のなかに消えたくなった。

「サラ」アレントが砂利浜を急いで近づいてきて、硬い声で言った。

振り返ったサラは彼に会えてほほえみを浮かべかけて、その険しい表情を見てすぐに消した。

「どうかしたの？」

「リアとクレーシェを呼んでくれ。悪い知らせがある」

「あなたから悪い知らせをもらったことはないけれど」彼女は優しく言った。「クレーシェは息子たちをなだめて昼寝させようとしているの。どんな知らせだとしても、あとでわたしから話しておく。でも、イサベルには聞かせたい」

「彼女を信頼しているのか？」

「ええ。彼女は妊娠しているのよ、アレント。何が起こるのだとしても、彼女には教えるべき」

彼はうなずき、サラは急いでリアとイサベルを呼んだ。誰にも監視されていないことをたしかめると、アレントは彼女たちを野営地の端へ、さらには木々の先へと急き立て、人目のない場所へむかった。無事にジャングルに隠れてしまうと、彼はドレヒトの計画を話した。

「まるで売春宿じゃない」サラは嫌悪に満ちた口調で言った。

雨は激しく、マスケット銃兵たちは忙しく貨物のために雨避けを建て、狩猟のために棒きれを鋭く研いでいたが、砂利浜で魚を採る網を編む女たちに飢えたような視線を送ってもいた。

「彼はいつそんなことをするつもりなの？」リアが目元から髪を払って訊ねた。ザーンダム号を離れるときに身体を包んだショール姿で、ずぶ濡れで震えている。娘に渡せる服はもうないので、サラは自分が毛布がわりになって抱きしめていた。

「あいつは明日、この計画を全員に話すつもりでいる」アレントが言った。「おそらく、発表のあいだ、手は剣から離さないだろう」

イサベルは怯えて腹に手をあてた。

「だったら、みんなで今夜逃げるしかないよ」リアが言う。「ジャングルに隠れることはできる？」

「それがいい」アレントは言った。「今日の午後、おれが偵察して砦にできる洞窟がないか確認しよう。乗客たちに話を広めて、逃げる準備をしておくよう伝えてくれるか？　ドレヒトは部下の働きをねぎらってワインをいくらかふるまうつもりでいる。彼らが酔っ払ったらすぐ、おれたちはひそかに逃げる」

「それからどうなるというの？　ドレヒトがすべての物資と武器を押さえているでしょう」サラは言った。「いつかは見つかってしまう」

彼女の声には危険で無謀な怒りが燃えていた。

「おれたちは戦えないぞ、サラ」アレントは言った。

「それは自殺と一緒だ」

「今日戦うか、明日死ぬか。どんな違いがあるのよ？」

彼女はきつい口調で言った。

「今日逃げれば、明日逃げる道が見つかり、また次の日、と救助がやってくるまで逃げられるかもしれない」アレントが言う。「生き延びるというのは勝つことじゃない。負けてしまったときに模索することだ。それに、ここはトム翁の島だ。目的があっておれたちはここに連れてこられた。つまり〈第八の灯〉を灯したあの船が、そう間(ま)を置かずにやってくるということだぞ」

これを聞いてサラの目がきらめいた。「幽霊船を乗っ取れると思っているの?」

「あの船がおれたちにしてきたことを考えると、バタヴィアにおれたちを送るくらいはできそうだからな」

ふたりのあいだに興奮のきらめきが交わされた。

どこか遠くでドレヒトがアレントの名を呼んだ。砂利浜を歩きながら手を口の左右にあてて、アレントを探している。

「行くよ」アレントは言った。

「知っておいてほしいの、乗客全員がわたしたちと一緒には来ないでしょう」サラが言った。

アレントは仰天した。「えっ? なぜだ?」

「あの人たちのなかにはドレヒトの申し出を公平だと思う人もいる。自分に影響がないか、命が助かれば対価を払ってもいいと思うか、どちらかの理由でね」

「おれには理解できない」

「それはあなたがいままで理解しなければならない立場に置かれていなかったから」サラは言った。風に髪がたなびいている。「心配しないで、同じ考えの人たちにだけ、この話を広めるようにするから。ただ、みんなを救えはしないと知っておいてほしい」

ふたりは何も気持ちを隠さずに見つめあった。これまで自分たちはザーンダム号で死ぬのだと思っていた。いまは、ここで死ぬのだと思っている。もはやなんの障壁も秘密もない。ザーンダム号は多くのものを奪ったが、少なくともそうしたものも奪ってくれた。

「では、救える者を救おう」彼は言った。

## 77

齢を経た枝に頬を引っ掻かれながら、アレントは鬱蒼(うっそう)としたジャングルの奥へとむかった。なんの気配もなく、潮風でさえもここまでは入ることができない。狩りに行くとドレヒトには告げてきたが、乗客たちの脱出経路をひそかに偵察したかった。すべてがうまくいけば夜中に静かに抜けだすことになるが、すべてがまずいことになったとき、追われて飛びこむことになるのはどんな場所か知っておきたかった。ここはトム翁の島だ。あいつが自分たちに何をするつもりでいたにしろ、それはこのジャングルで起こる。無防備な状態でそんなたくらみに出くわすのはご免だった。

島の内部は奇妙でねじけた場所だった。木の幹は根元で割れ、怪物めいた野獣の指のように空へとバラバラに伸びている。彼の背丈の半分ほどある巨大な赤い花が地面から咲き、どの花も粘ついた肉質の糸の集まりで、そこに降りた蠅をつかまえられそうだった。その花びらと同じくらいの大きさの蝶が優美さのかけらもない様子で空をバサバサと飛び、皿ほどの大きさの花びらが日陰を作って、過酷な太陽の熱からアレントを守ってくれた。

目に見えない生き物が下草をすばやく進み、鉤爪で枝から枝へよじ登った。ここに来て最初の一時間はそうした物音のひとつひとつが、腹を空かせて彼の喉を狙ってくるものだと思った。もう少しで砂利浜に駆けもどりそうになったが、だからこそ前進を続けようと思った。不安はあてにならないものだから、いい判断材料と見なすべきではない。

汗が顔を伝い落ち、湿気のあまり空気は枝から垂れているように感じる。息を吸えば湿った塊になり、アレントの身体は苦悶に見舞われた。

サラは彼をひとりで行かせたがらなかった。彼女は主張を譲らず、自分も一緒に行くと言ってきかなかった。反論されるたびに、彼は自分ひとりのほうが速く静かに動けるから安全なのだと納得させねばならなかった。

そんなふうにアレントのことを心配してくれた最後の人間は伯父だった。

喪失感が腹で泡のようにふくらむ。

こんなふうに感じる謂われはないのに。自分はもう少年ではないし、バタヴィアで会った伯父は、自分を育ててくれたあの男ではなくなっていた。彼はサラを殴っていた。バンダ諸島の人々を皆殺しにした。悪魔と手を結んだ。サミーを牢獄に閉じこめ、あのままならば確実に死なせていただろう。

怪物としか思えない数々の行状があった……それなのに心の奥深くでアレントはまだ伯父を愛していた。その死を嘆き悲しんでいた。なぜだ？　どうしてなのか？

涙を拭って足を進めると、枝を折った踏み分け道に気づいた。何者かがここを通っている。さらに数歩先へむかうと、踏み分け道は広がった。最近手をくわえられたものではないようだ。叩き切られた枝はすでに癒えかけていた。

道は前方に伸びている。これは十人以上の男たちが何カ月もかけた作業だ。

警戒しつつ道をたどり、ついに広い空き地に出た。三つの丸太小屋が、手桶が横に転がる石の井戸をかこむように建てられている。ジャングルの端に留まったまま、住む者はいないか探ったが、近辺には誰もいない。大きな蜘蛛の巣がドアや鎧戸に張っているのを見ると、もう何カ月も人は住んでいない。

アレントはジャングルから駆けだして最寄りの小屋の壁に張りつき、鎧戸へとまわった。引っ張って開けようとしたが、内側からかんぬきがかかっている。

そのままドアにたどり着いてみると、ほかのふたつの小屋もよく見えた。やはり無人で、ぬかるんだ地面にはまったく足跡がない。

誰も住んでいなかった。

「あるいは、打ち捨てられたか」彼はつぶやきながら、最寄りのドアを開けて暗がりに足を踏み入れた。平穏を乱された蜘蛛たちが慌てて藁葺き(わらぶ)の屋根へと走る。室内には三十個のふたり用の寝台がきっちり並べられているが、しばらく使われていないようだった。

小屋の反対側にもうひとつドアがあり、彼はそちらへむかった。途中で床に真珠のボタンが落ちていることに気づいた。ボタン穴にまだ糸がからんでいる。高価なものので、クラウヴェルスが身につけていたようなものだ。

「誰かがここで暮らしていた」彼は独り言をつぶやき、ボタンの埃を吹いた。寝台を見つめた。「大勢の人間が」鼓動が高鳴ってきた。

第二のドアはさらに自信をもって開けた。ドアのむこうは備蓄室だった。棚は膨らんだ麻袋、木箱、コルク栓のついた素焼きの壺であふれていた。

素焼きの壺を下ろしてコルク栓をゆるめると中身のにおいを嗅いだ。

「ワインだ」彼はつぶやいた。

木箱の蓋は釘でしっかり閉じてあったが、中央を肘で打つと板は割れた。指先で木片をこじ開けてみると、塩漬けの牛肉でいっぱいだとわかった。別の木箱には乾パンが入っていた。

短剣で近くにある麻袋の上を切ってみると、大麦だった。ザーンダム号の生存者たちが何週間でも食べていけるだけの食料がある。

大麦をすくって指のあいだからこぼした。

ここはトム翁の島だから、ここはあらたな信者たちを寝泊まりさせることを意図したものだったのだろう。温かく、食料も足りて、彼らは感謝したに違いない。

アレントは拳を作り、最後に手のひらに残った大麦を握りしめた。いや、そうじゃない。

トム翁はこれを建ててなどいない。悪魔が感謝されるかどうかなど気にするか？『魔族大全』は、あの怪物が己の手中にならなかった者たちに虐殺と破壊をもたらすと記述していた。二回の手堅い食事と夜の安眠のことなど何も言っていなかった。

こんなふうに兵士を手厚く扱う君主のために戦ったことはアレントにはなかった。兵士たちが手にするのは悪臭のするシチューと泥のなかの汚れた古い毛布だけだ。

混乱しながらアレントは小屋をあとにし、井戸の蓋を開けた。数匹の昆虫の死骸を除けば、水はきれいだった。手ですくって飲んでみた。甘く新鮮だった。涼もうと顔にバシャバシャかけてから、別の小屋を調べた。

どちらも同じように物資がしっかり備蓄されていた。この野営地は数百名の人々を収容できる。備蓄がととのえられたのは最近だろう。この暑さのなかで長く保つものはない。ドレヒトは無駄に負傷者を殺したことになる。これだけの食料と麦酒があれば生存者たちを何カ月も食わせることができる。

ふたたび外に出ると、こんなうまい話があるだろうかと疑いながら、アレントは三つの小屋のまわりをゆっくりと歩いた。

ジャングルとの境目に、木片や折れた梁、壊れた木箱などが放置してあり、そちらに近づいてみると、その先にもっと残骸があると気づいた。ジャングルの地面には、ひっくり返った木箱が釘をこぼしており、太い木の幹に寄せて木の支柱が積みあげられている。そこを通り抜けてさらにジャングルの奥へと進むと、ボロボロの帆布があり、続いてひどく壊れた船載雑用艇が見つかった。

それは巨大な葉で隠されていて、うちの何枚かが落ちて木の船体を露わにしていなければ通り過ぎていただろう。残りの葉を引き剝がし、雑用艇を調べた。座席は引きちぎられていて、特大の三角形の骨組みが載せられていた。この雑用艇は転覆したに違いなく、船体から引き抜かれたまま放置された釘があり、船載雑用艇の片側全体が何かにぶつかった跡がまだ視認できた。

　三角形の骨組みは雑用艇全体を占めているが、用途はさっぱり見当もつかなかった。

　アレントは数分ほどこれを見つめてから、小屋へと引き返した。

　喉の渇きを感じて井戸でまた水を飲んだとき、泥から突きでている剣の柄に目が留まった。手応えのあるスポンという音とともに抜け、折れた刃が現れた。手桶で洗うと、たいして見栄えのしないものだとわかった。鋼製で柄は編んであり、剣先は尖り、両刃だ。すべての剣と同様、殺しにはむくが髭そりにはまったくむかない。小屋を建てた人々について教えてくれるものはまったくないが、武器の手入れがまめでないことだけはわかった。刃はこぼれてすっかり錆びついている。だからこそこれほどきれいに折れたのだ。この剣で誰かを殺す最適な方法は、相手がこの剣でつまずいて岩に頭をぶつけてくれると願うことだった。

　アレントはジャングルのざわめきに耳を澄ました。この数日で稚拙な作りの武器を目にするのは二回目だ。少なくともこれは病者の短剣とは違ってまともな刃ではあった。あちらは基本的に薄い金属の断片に木の握りを組み合わせたものでしかなかった。まるで……

「飾りのような……」ゆっくりとその言葉を口にしたとき、頭のなかでいくつもの考えが巨大な着想にぶちあたった。

　トム翁はサラとクレーシェとリアに総督の寝台の下に短剣をひとつ置いておくからそれで殺せと言い、病者はアレントに短剣をしっかりと見せつけた。なぜだ？

　**大きな恐怖のすばらしいところは、誰もその先を見ようとしなくなることです。**フォスはアレントを殺そうとしたとき、そう言った。あの家令は発見されても疑問に思われることはいっさいないと承知して、トム翁の印を木箱に彫っていた。あの短剣の本当の役割を偽装するうえで、同じような考えに賭けた者がいたとしたら？　**そう、武器としてはたいしたものではないが、心配しなくていい。これは悪魔のものだからだ。悪魔の下僕が手にしているのを見たじゃないか？**

　だが、あの短剣が凶器ではなかったとしたら？

　現実的に考えると、そんなはずはない。船室は鍵がかかっていた。総督が休んだあとであの部屋に入った者はいない。それができた唯一の人物はヤコビ・ドレヒトだが、彼は玄人の兵士だ。彼が総督を殺害するのであれば、本物の武器を使っただろう。彼は病者の短剣でその仕事ができるなど信じない。誰も信じないだろう。そして実際に信じなかった。

あれは飾りだった。

ひとつひらめくと次が、さらに次が浮かんだ。船室に入らずにそこにいる人物をどうやって殺す？　どの武器ならそれができる？　誰がその武器をふるった？

「そんなはずはない……」答えはめまいがしそうな奔流のようにしてやってきた。「そんなはずはない……」

## 78

サラは命を失くしたヘンリの手を胸の上に置いてやった。

乗船してすぐ、最初にボシーのことを話してくれたのがこの大工助手だった。激しく砕けた船体の破片が彼の胸にぶつかり、体内のあらゆるものを押しつぶしてしまった。かろうじて息があり、仲間が雑用艇に乗せてこの島に運んできたのだが、こうした怪我を治す方法がなかった。サラにできるのは、港でボシーにしてやったように、慰めをあたえることがせいぜいだった。

サラは立ち上がり、スカートに溜まっていた小石を払いのけつつ洞窟を見まわした。悲しみに心が痛む。運ばれてきたほぼ全員が死んでしまった。生き延びたほんの一部の者も、愛する者の名を呼びながら激痛にか細く泣いている。すぐに死んでしまう者もいれば、もちこたえる者もいるだろう。どちらにもサラがしてやれることはない。できることはすべてやってしまった。

この人たちには神が考えた計画がある。それが慈悲深いものであるようにと祈ることしか彼女にはできなかった。これだけのつらい経験をしたのだから、この人たちはせめてそのくらいは報われてもいい。

苦悩に耐えられなくなり、彼女は灰色の雨のなかに出ると砂利浜を横切って水際に進み、波の指先が触れるか触れないかくらいの位置に立った。背後の尾根の上で木がざわざわと揺れ、彼女は畏怖に震えた。

ここはトム翁の島であり、何かおそろしい目的のために自分たちはここに連れてこられた。トム翁の秘密がどんなものであれ、それはジャングルで自分たちを待っているのだろう。なのにアレントは、市場にでもでかけるようにそのジャングルの奥へ消えてしまった。

あれほど勇敢な男に会ったことはない。アレントは彼女の褒め言葉を受けつけなかった。自分は必要なことをしようとしているのだから、これは勇気ではない、と彼は言った。

サラはため息を漏らした。あのような男を愛するのは簡単なことではなさそうだ。

膝をついてサラは海で手を洗い、遠くで難破しているザーンダム号を見つめた。中央に走る大きな亀裂がさらに広がり、内部の船倉が露わになっている。船側から板が海中に落ちてゆき、雌牛の死骸の上を円を描いて飛ぶ鴉のように上空で海鳥が旋回していた。

雑用艇が宝の樽を山積みにしてもどってくる。何時間もこうして宝を運びこんでは、ジャングルの端の木陰に山積みにし、別の供給品はそこから離して積んでいた。ここからでも聖杯や鎖が、黄金の皿や宝石や装飾品が見えた。夫がレイニエ・ファン・スコーテンに命じて人目を盗んで積ませた秘密の貨物なのに違いない。

ファン・スコーテン。サラははっとした。

例の反乱以来、あの主任商務員を見ていない。洞窟にも島までたどりついた救命艇にもいなかった。サラは浜をしげしげながめたが、死体はどれも埋葬を待って山積みにされ、シーツの下に隠されていた。時折、海があらたな死者を運んでくる。波の満ち引きで手脚がぴくぴくと動いて、生きているように見えた。ファン・スコーテンは波に流されてしまったのだろう。

サラが見ていると、マスケット銃兵たちが艇を浜に引っ張りあげ、十数個の木箱を下ろした。うっかり黄金の鎖、絵皿、ネックレス、ダイアモンド、ルビーをこぼしてしまう。兵たちは笑い声をあげて、そのまま放置した。自分たちから誰が盗みを働こうとするものかと、彼らは冗談を言った。

うめき声をあげながら彼らは木箱をひとつ抱え、野営地のほうへ運び、残りには見張りもつけず放置した。

サラは山になった宝を見つめた。

これもアレントが対決したときにフォスが隠そうとした宝の一部だ。フォスは夫から盗んだに違いない——だからこそ、告発を受けたときに自分は盗っ人だと認めたのだ。〈愚物〉を盗んだのは彼ではないのに。

でも、夫がこんなものをもっていた理由は？　彼は商人だった。香辛料を売って得たのは金で、たとえどれだけ価値があっても聖杯や皿とは交換しなかった。

サラは宝に近づいてじっくりながめた。皿やカップを取って刻印を調べた。思ったとおり、フォスが盗んだ品にあったのと同じ、ディクスマ家の紋章がついている。

けれど、宝にはほかの紋章も混じっていた。

装飾のある剣を鞘から抜くと、獅子が剣と弓をもつ紋章があった。獅子の頭上にたなびく旗にはラテン語で〝オノル・エト・アルス〟とある。

「栄誉と策略」彼女はつぶやいた。これはデ・ハヴィラント家の紋章だ。エミリー・デ・ハヴィラントがザーンダム号に乗っていたのは偶然とは思えない。

サラは宝を探りつづけ、ファン・デ・コーレンとボス家の紋章を見つけた。つまりここにはピーテル・フレッチャーがトム翁の邪悪から救ったすべての家族の紋章がある。

夫がなぜこんなものをもっていた？　彼はトム翁を召喚したと認めた――これがその理由？　宝を奪うためだったのか？

宝を奪おうとしたのではない。洞察が閃き、彼女は悟った。それは夫のやりかたではない。夫がサラの父親やコルネリス・フォスはじめ、自分の人生の邪魔になった無数の者たちにしたことを、これらの家族にもしたのではないか。滅ぼし、屈辱を味わわせ、あとはおのずから没落するのにまかせる。

『魔族大全』によると、これらの一家は貿易商、商人、造船業を生業（なりわい）としていた。三十年前に夫が事業を立ちあげたときに必要となったり、競争相手となった人々だ。夫はトム翁を召喚して、彼らにむけて放ったのか？

ピーテル・フレッチャーがその計画を阻止したから、夫は報復としてトム翁にピーテルを殺害させた。

ただし……

ある記憶が釘となって彼女を引っ掻いた。クレーシェの船室で初めてピーテル・フレッチャーの絵を見たとき、何かが気になった。ピーテルは輝くばかりの美しい服に身を包み、屋敷の前に立っていた。彼は王侯たちの相手役ができるクレーシェのような女性を養うことまでできた。

対照的に、サンデル・ケルスはボロ服に身を包んでいた。本人の告白によると、ザーンダム号に乗船するためには信徒に施しを請わねばならなかった。

魔女狩り人は自分を裕福にする職業ではない。それなのにピーテル・フレッチャーはそれを為しえたのだ。

イサベルを手伝って薪を集めているクレーシェのところへ、サラは駆けていった。息が切れて、呼吸を整えるまでしばらく質問できなかった。

「ピーテルは……」サラはあえいだ。「彼は……身分のある人だった？　裕福な一家の出身？」

クレーシェは皮肉に笑った。「裕福な一家から魔女狩り人になる人はいないわよ。彼の富は、彼が救った家族から立派な仕事ぶりに対してもらった報賞だったの」

**いいえ、そうじゃなかった**、とサラは考えた。報賞とは進んであたえられるものだ。総督はトム翁をこれらの一家にけしかけた。商売敵の名声を破壊し、利用価値のある者を脅迫した。相手が手打ちに同意すると、彼はピーテル・フレッチャーを送りこんでトム翁を〝祓わせ〟、悪魔は本当に去ったのだとみんなに信じこませた。

けれど、夫は敵を根絶やしにせずに残した。いつもそうだった。夫は人が苦しむ姿を見て楽しむ人間なのだ。

そうして生き延びた人のひとりが夫を見つけた。

サラがダルヴァイン子爵夫人の船室であの本を見つけたとき、『魔族大全』のまがい物だと思ったが、あれは何十年も前に実際に起こったことの真実の記録だったとしたら。トム翁はデ・ハヴィラント家を破滅させ、エミリーだけを生かした。彼女は復讐を願いながら大人になった。ピーテル・フレッチャーが何をしたのかをその目で見た彼女は、彼を追いつめることに専念した。アムステルダムで発見したときには、彼はクレーシェと結婚してふたりの男の子の父親となっていた。きっかけがなんだったかはわからないが、ピーテルは彼女だと気づいて逃げ、彼女はピーテルをリールで捕らえた。彼女はピーテルを拷問して共謀者を白状させた。こうしてエミリーはサンデル・ケルスと総督にたどり着いた。

夫があの愚かしい鎧の胸当てをけっして外さなかったのもふしぎではない。遠くバタヴィアに身を隠して高い城壁と護衛兵たちにかこまれていたことも。

あれだけしっかりと守られた男をどうやって殺す？

**おびき出せばいい**、サラは思った。

サンデル・ケルスは二年前、バタヴィアにむかえと指示するピーテル・フレッチャーからの偽の手紙を受けとっている。夫はザーンダム号に乗船する一カ月前に、アレントの祖父からの偽の昇任命令書を受けとっている。

「〝ラクサガール〟はノルン語で罠」サラはつぶやきながら、ふたたび難破船を見つめた。

エミリーが帆に印を描いたのは、過去がおまえに追いついたのだとサラの夫に知らしめるため。綴り換え（アナグラム）の名前で乗船し、あの本を残したのは、誰の仕業か夫にはっきりと知らせるため。トム翁は苦しみをもたらす。ヤン・ハーンが自らの行状の報いで苦しむよう、エミリーはお膳立てしたのだ。

サラはアレントを必死で探しながら浜を駆けた。頭のなかにある推理は重たすぎて、このままでは潰されてしまいそうな気がした。

自分が考えていることをアレントに話さねばならない。

すると彼が焦ったようにあたりを見まわしながら、浜へ歩いてきた。サラの姿を見ると、ほっとした表情を浮かべた。

おたがいに駆け寄り、サラはアレントの腕をつかんだ。

「どうしてこんなことが起こっているかわかったのよ」彼女は正気を失いかけているかのような口調で言った。

彼は目を丸くした。「そいつはよかった、おれのほうは誰がこんなことをやっているのかわかった」

## 79

「かなりまずい計画だな」アレントは船載雑用艇でザーンダム号に近づきながら言った。難破船が目の前にそびえ立ち、フジツボや海草に覆われた船体があらわになっている。船倉のひび割れから日射しが漏れ、すでに海鳥たちが船の肋材に巣を作っているのが見える。この位置からだと船はばけものじみて見え、おそろしい野獣が横たわって死にかけているようだった。

「そんなことを言っても、少しまずい計画をこしらえるだけの時間がなかったもの」舳先に浅く腰掛け、浅瀬を見つめつづけながらサラが言った。「それに、わたしたちの考えが正しいか確認しないと。それができるのはこの場所だけ」

海は波立ち騒いでおり、アレントはぎざぎざの岩にぶつからないよう、オールを懸命にこがないとならなかった。彼らはドレヒトに、サラのハープを回収にむかう、これはほかの者に任せられない作業だと告げた。毎日城塞で彼女の演奏を何時間も耳にしてきたドレヒトは、疑問を抱かずに受け入れた。

アレントが雑用艇を押さえつけ、サラが飛び降りた。オールを内部に引っ張りこんでからアレントは岩場に這いのぼり、舟を水から引きあげた。乗客たちが船を降りたのは今朝で、縄梯子がまだ中部甲板からぶら下がっている。

波が岩場で砕けてしぶきが宙に飛び、ふたりともびしょ濡れになった。懸命に足を踏ん張ってアレントは船尾へと歩き、伯父の船室が船体から突きでた部分を見あげた。

病者の手形はとても小さく、近づくまでは汚れと見まちがえてもおかしくなかった。喫水線から伯父の船室へと走り、そこからサラの船室を越えて船尾楼甲板で終わっている。

「あの穴ができたのは病者がここを登ったときだとおれたちは思っていたが、おれたちが乗船したとき、すでに穴はあったとしたらどうだ?」アレントは言った。「全員が反対側の船側から乗ったから、港では誰も気づかなかったんだ」

「梯子がわりということね? ボシーがこの穴を開けたのだと思う?」

「そのとおりだ」アレントは言った。「彼はバタヴィアでサンデルに、主人のために船の準備を進めていると語っている。これのことを言ってたんじゃないか」

船体の亀裂から船倉へ入ると、たちまち胸の悪くなるような甘ったるい腐敗臭に包まれた。ドレヒトに加勢して反乱を終わらせた槍のような岩が、船体をまっすぐに切断していた。岩には香辛料のしみができている。

ドレヒトの部下のマスケット銃兵たちが見逃した宝石がビルジのあちこちできらめいていた。

「伯父はなぜ、宝をバタヴィアに運んだんだろう?」アレントは訝りながら、アメシストを拾いあげて滴を振り落とした。

「どこに置いておいても盗まれる危険も、不審を招く危険もあるからかしら」サラは言った。「宝石は別にして、ほとんどの品物に没落した名家の紋章がついているもの」

「宝石類は売って、金銀は溶かしてしまうこともできただろうに」

「あなたは彼がどんな人間になったか本当にはわかっていなかったのね」サラの声は不憫そうだった。「何かの目的でお金が必要になったときは財宝に手をつけたでしょうけど、あの人はこれを宝だとは見ていなかったはず。これは戦利品。自分の勝利の記念であって、フォスやわたしもそう。自分の犠牲者を手元に集めて飾っておくのが好きだったのよ」

突然宝石が熱くなったかのように、アレントは手のひらを傾けてアメシストを汚い水に落とした。しぶきがあがる。

無言で彼らは、血で滑りやすくなった階段をあがって最下甲板にむかった。海鳥が死骸に群がって楽しんでいた。

乗客船室区に直行するものと思っていたが、アレントは火薬庫のドアを開けた。樽から火薬が床一面にこぼれていたが、ここは湿っているから無害だった。倉庫番の魔除けが木片のなかに転がっており、どうやら反乱の騒動で首からさげた紐からちぎれたようだった。

「何を探しているの?」サラは訊ねた。

「この航海では偶然起こったものなどなかった」彼は上の空でそう言うと、魔除けから火薬を拭いてポケットに入れた。あとで倉庫番に返すつもりだった。「この船は罠だった。伯父を殺害するために仕組まれたものだ。何もかもが何年も前から計画されていた」

「三つの忌まわしい奇蹟も含めて」サラが言う。

「ここから〈愚物〉の入った樽を転がして運び出せるのは船員だけだったはずだ」

「じゃあ、わたしたちが追っているのは三人ね」

「ふたりだ」彼は言った。「クラウヴェルス船長がかかわっていたはずなんだ。エミリー・デ・ハヴィラントはずっとこの島におれたちを誘いこもうとしていて、確実にそうすることができたのは船長だけだ。彼がこの船の水先案内人だった」

「〈愚物〉が彼の報酬だったのかもしれない」サラが言う。「それだけの価値のあるものだった。リアとわたしが死ぬまでこまらないあたらしい人生を買えるほど。クラウヴェルスは家族の名誉を回復することにとらわれていた。〈愚物〉を売れば、それができた」

「船長は〈第八の灯〉がいつ現れるのか知っていたから、いつ戦闘配置の号令をかけることになるのか知っていたんだ。あとは船倉から〈愚物〉の入った樽を転がして、ボシーが作った密輸用の隠し部屋に隠せる信頼できる者がふたりいればよかった。エミリーの身元についてのおれたちの推測があたっていれば、彼女は簡単に〈愚物〉の箱の鍵を盗めたはずだ」

彼らは見つめ合った。この啓示に針を刺されるように感じていた。

「イサーク・ラルメがかかわっていると思うか?」彼は出し抜けにサラに訊ねた。

「なぜ?」

「彼の力が要る計画を思いついたんだが、彼はクラウヴェルスと親しかった。ふたりは手を組んでいたかもしれない」

「それは違うと思うけれど」サラは言った。「ラルメは隠し部屋のひとつにあった〈愚物〉を見つけたと打ち明けたでしょう。でも、残りは見つからなかったと言ってた。思い出して、あのとき彼は相当残念がっていた。彼がクラウヴェルスと手を組んでいたとしたら、どうしてあんなことを打ち明けたの?」

上に続く階段は壊れていたので、用心しながらゆっくり進むしかなかった。半甲板の下の隔屋は操舵室にむかって坂になっており、壁際に死者が積みあがっていた。死体のほかにも、木をえぐった跡から厚板に刺さったままの剣まで、戦いの痕跡がいたるところに残っている。

岩は船の中央部を貫いて、そこにあったすべてを消滅させていた。メインマストも例外ではなく、いまそれは海に浮かんで船とは索具でつながっているだけだった。

「切断された腕みたいね」サラが厭わしそうに言う。

アレントは無言だった。逃げだせたと思っていた戦場がここにあった。

「乗客船室区から始めなくていいの?」サラが言う。

「わたしたちの考えていることが正しければ……」

「わかっている」彼は理解を示して声をかけた。「おれも同じことを考えている」

彼らは黙りこみ、気が進まないまま乗客船室区への階段をあがった。反乱の戦いは船のこの部分までは届いていなかった。ドレヒト護衛隊長は入り口のドアにしっかりと見張りを立てていた。その道義心がサラとリアを守ったのだ。その道義心の不足が反乱を始め、みなを危険に晒すことになったとはいえ。

自分がそんなふうに考えるとはアレントは想像もしていなかった。自分の頭は古いロープのようにねじれてしまったのに違いない。

まずフォスの船室にむかった。アレントは戸口に留まって腕組みしながら観察していると、サラは書き物机に置かれた乗客の受取証を探ってから、支出を記した帳簿を床から拾いあげた。数頁をめくってから、項目を上から下へと指先でなでる。

そして最後に、怒ったように帳簿をばたんと閉じた。彼女がちらりと寄こした視線は、ふたりが疑っていたことをすべて肯定していた。

アレントは心が重たい岩になったような気がした。

彼らは廊下を横切ってダルヴァイン子爵夫人の船室に入った。サラの足が床を覆う特大の絨毯を踏みしめる。アレントはすぐさま膝をつき、指先で絨毯に触れてつぶやいた。「じゃあ、こうやって船に載せたんだな」

「例の木の棒を?」

彼は目をまたたかせた。「なんだって?」

「この絨毯が船室に運びこまれるとき、わたしは廊下にいたの。運んでいた船乗りたちが絨毯の芯になっていた長くて細い棒を折ってしまった」

「違う」彼は額に皺を寄せた。「おれが言いたかったのはそういうことじゃない。見てくれ」

彼は絨毯に手を這わせた。それを横目で追い、サラは彼が何を見つけたのか気づいた。何者かがそこで刃を引いたかのように切れている。

「傷は絨毯の端から端まで続いている」彼は言う。

「何で切られたのかしら」

「問題の殺人の凶器だ」そう答えたアレントは、見立てが正しかったという満足感と、そのせいで湧き起こった嫌悪感のバランスを保とうとした。

「大きな刃ね」サラが控えめな言いかたをした。

「そのはずだ」彼は答えた。「伯父までだいぶ距離があった」

足元の床が傾いて、船がきしみ、木が悲鳴をあげた。

「船が分解する」サラはそう言って身体を支えた。

何も言わずに彼らはサラの船室へ急ぎ、アレントは寝台からマットレスをあげた。こんな状況なのに、自分の寝台の近くに彼がいることにサラはかすかに頬を赤らめた。

「伯父を殺害するために例の病者の短剣が使われたとすると筋が通らなかった」彼はそう言いながら、マットレスの下の土台を指先で探った。「刃が薄すぎる。あまりに脆くて、よい凶器とは言えない。だが考え抜かれた凶器というのはたいてい悪い武器だと言っていいとサミーに教わった。戦場に赴くのに蛇の毒や陶器の尖った破片を恃みにする者はいない。人殺しは必要に応じて自分なりの凶器を作るものだ」

「そしてわたしたちが追う犯人は、主人の船室に誰も出入りしなくても使える凶器が必要だった」サラは言う。

「そのとおりだ。伯父は寝台で死んだから、寝ているあいだに届く凶器は何かと、おれは考えはじめたんだ」

彼は横にずれて、いままで探っていた箇所を指さした。

「ここを見てくれ」

黒っぽい板にかろうじて目につく程度で、サラの小指くらいの大きさの細い切れ込みがあった。

「サミーは伯父の胸から木のささくれを見つけた」アレントは言う。「彼は病者の短剣の握りから落ちたと判断していたが、そうじゃなかった。この切れ込みから出たささくれだ。伯父の船室はいまおれたちがいる場所の真下で、誓って言うが、この切れ込みは伯父の寝台の真上にある。もっと広ければ伯父に気づかれていただろう。これだったら、たとえ気づかれても、床板のひびと勘違いしたはずさ。エミリー・デ・ハヴィラントはここから刺せる長くて細い刃を作らせた。彼女はそれを絨毯のなかに隠した。誰の話題にものぼらずにそんな妙なものを船に載せる手は、それしかなかったからだ。彼女は絨毯から刃を取りだし、寝台の下から抽斗を取り外し、この切れ込みから刃を繰りだして伯父を殺した。それが終わると、刃を引き抜いて抽斗をもとどおりにして、刃は舷窓から外へ投げ捨てた」

「その音を聞いたように思うの」サラは言った。「主人が――」彼女は言いなおした。「ヤンが死んだ夜に。あなたの看病をしていたとき、外でしぶきがあがる音が聞こえた」

「きみが船室にいなくて彼女は喜んだに違いない」アレントは答えた。「もともとは自分の部屋で犯行に及ぶつもりだったのに、レイニエ・ファン・スコーテンがきみたちの船室を入れ替えた。あそこは呪われた船室だと思っていたからだよ」

「乗客全員が船長室で夕食をとっているあいだにヤンが殺され、乗客船室区の入り口はエッゲルトが番をしていたのなら、犯人はどうやってここに入れたの？」

クラウヴェルスの船室は廊下の突き当たりにあり、彼らはそこにむかった。船長の上等な衣類が床一面に投げだされ、座礁したときに舷窓からしぶきが入ったために、いまは水に浮いていた。アレントはリボンをいくつか蹴ってどかし、天井をぐっと押すと、そこがひらいた。上の畜舎から藁が彼の肩に落ちてきた。

「〈第八の灯〉が家畜を殺し、きみの舷窓に現れた病者がおれに追いかけられて消えたのは、こいつのおかげだ」アレントは言った。「伯父の殺害の夜、病者は海からあがってきてまっすぐに船側を登り、船尾楼甲板にむかった。そしてこのハッチを使ってここに降りた。身体を乾かして服を着替え、何も形跡を残さないようにしてから剣を回収し、きみの船室にむかった」

彼らが最後に立ち寄ったのは船長室で、特大のテーブルは横転していた。窓は割れ、そのむこうに石板色の荒れる海が見える。

総督の船室は相変わらず居心地がよさそうに見えたが、巻物が床じゅうに散らばっていた。羽ペンを挿した壺がひっくり返り、壁も机もインクのシミができている。

サラは夫の寝台の上の細い切れ込みに指を入れた。

「でも、短剣の握りはここをとおらない」

「わかってる」アレントは言った。「そこが犯人の賢いところだ。だからこそ、蠟燭の火は消されないとならなかったんだが、どうやったのかはまだはっきりしない。この部屋に入らないことには火は消せないし、舷窓越しにもやれない。蠟燭のある机は遠すぎるからな」

「わたしはわかる」サラがほほえみながら言った。「それに作っている音も聞いた」

「それはどういう――」

「アレント、最後に教会に足を運んだのはいつ？」

「だいぶ前になるな」彼は打ち明けた。

「シャンデリアの蠟燭を消すための長い竿についた蠟燭消しを見たことはない？」

理解がアレントの顔に広がる。

「ダルヴァイン子爵夫人の絨毯から落ちた竿は蠟燭消し

だった」彼女は舷窓に近づき、夫が殺害されたあとでサミーが気にしていた七つの等間隔のフックを見あげた。「病者はきっとダルヴァイン子爵夫人の部屋からそれを回収して、必要になるまでここのフックにかけておくことになっていたのよ。でも、わたしたちが船室を交換したことを知らなかった。だから、あの夜わたしの部屋の舷窓に現れた」

「その竿は折れたと言わなかったか？　ダルヴァインたちが修理したのか？」

「いいえ、犯人たちは船倉の巻きあげ装置の持ち手の一本を盗んだ。最初の説教のとき、ヨハネス・ヴィクがそのことで怒っているのを聞いた。そして大工のかんなを使って使いやすい大きさに削ったのよ。ドロシーアがダルヴァインの船室の前を通ったとき、なんの音なのかよくわからない物音を聞いている。きっと長さが足りて簡単に盗めるものはあれしかなかったのよ」

「ということは」アレントは憮然として言った。「あいつらが忌々しい持ち手を手に入れなければ、こんなことにはならなかったというわけか」

## 80

アレントとサラは午後を一緒に過ごし、浜を歩きまわって計画を立てた。手をつないで低い声で話し、何度もザーンダム号をちらちらと見た。

誰もふたりには近寄らなかった。

ほとんどの者はふたりが散歩しながら愛を語りあっているのだと誤解したが、彼らの表情を見るとたちどころにそんな考えはかき消された。あんな険しい表情は二度と目にしたくないと周囲の者たちは思った。

だが、ついにヤコビ・ドレヒトが艇の出発準備ができたと告げると、アレントとサラは離れ離れになった。それぞれが大変な重荷を背負っていた。アレントはイサーク・ラルメを探した。彼は浜のいちばん奥にひとりで腰を下ろしていた。あたらしい木の塊を見つけて彫刻をまた始めていた。彼は何年もペガサスを作ろうとしていたが、成功したためしがなかった。

アレントの姿を見ると彼は顔をしかめた。アレントがどれほどあっけなく、ドレヒトによる売春宿の提案に賛成したか思いだしたからだが、アレントの計画を聞いて失望は消え失せた。アレントが話を終える頃には、驚いて口をあんぐりと開けていた。

「おまえが頼んでることは、とても正気じゃやれねえぞ」困惑したように言う。

「あんたがやらなければ、全員が死ぬ」アレントは、艇のそばでいらいらしながら彼を待っているドレヒトをちらちら見ながら言った。

「やれば、おれはくたばるのがオチだが」ラルメは嫌悪の目でドレヒトをにらんだ。「けど、野郎の帽子に小便を引っかけられる機会は逃せねえわな」彼はうなずいた。「理由はそれだけでじゅうぶんよ。おれはどこに行けばいい？」

「いちばん左だ」アレントは答えた。ラルメが混乱しているのを見て、アレントは左手を軽く叩いた。「左舷（ポートサイド）、こちら側だ」

ラルメが立ち去ると、アレントは洞窟の藁布団の上で譫言をつぶやくサミーのもとにむかった。サラが彼の負傷した顔に湿布をし、サミーの錬金術用具一式にあった小便のにおいの軟膏で手当をしていた。

アレントが洞窟の地面からサミーを抱えあげて艇へむかうと、ティマンとエッゲルトがドレヒトの指示を仰いでいた。

「ああ、アレント。きみは志願者たちとはまちがいなく面識があるな」ドレヒトが言う。

「そうだな」アレントは彼らを認めて答えた。「サミーをザーンダム号に乗せた者たちだ。彼の扱いについて少々意見の不一致があった。彼を連れ帰るには適任のようだな」

アレントはサミーを船載雑用艇後方のベンチに寝かせた。彼は目を覚まさず、アレントはそれがうれしかった。どんな言葉をかければいいかわからなかったからだ。サミーを守るのが仕事だが、これ以上どうすればいいのか考えつかない。任務に失敗した気分だった。

「ジャングルで物資がたっぷりある小屋を見つけた」アレントはドレヒトに告げた。「塩漬けの肉、麦酒、なんでもある。必要とあれば、おれたちが数カ月じゅうぶんに食べていける量だ」

「本当か！」ドレヒトの顔は輝いた。「なんてついているんだ、友よ。海賊の備蓄に違いない。だからと言って、食料を放っておくつもりはないぞ」

アレントは小舟の乏しい物資を見た。「こいつらに麦酒の樽をもうひとつと、乾パンをいくらか足してやれると思うが、どうだ？　彼らの旅は困難になるだろうからな」

ドレヒトは考えこんだが、アレントが味方についているることに満足してうなずいた。

物資はジャングルの端の木立に集めてあり、アレントは肩に樽をひとつかついで乾パンの籠と乾燥肉を手にすると、丁寧に舟に載せた。

してやれるだけのことはして納得したアレントは、大きくたいらな手を名探偵の薄い胸に置いた。

臆病者の別れの挨拶だが、ほかに差しだせるものはないも同然だった。

エッゲルトとティマンに幸運を祈り、彼は艇の舳先を両手でつかんで、荒れた海へと片手で押しだした。

小舟が水平線のむこうに消えるのを見守りながら、クレーシェは心配で押しつぶされそうだった。

マルクスとオスベルトは隣にいて、石を投げて水切りをしている。まだ幼いこの子たちは反乱と座礁のショックからすぐに立ちなおり、いまでは大冒険のようなものが始まったのだと信じていた。彼女は息子たちをつねに不安から守ってやれたらと願った。

左手遠くから、イサベルがうつろな表情で歩いてくるのに気づいた。クレーシェは彼女のことをよく知らなかったが、好きではあった。サンデルが死んで以来、彼の務めの多くを引き継ぎ、師匠顔負けの熱意を示している。

滑りやすい砂利浜を横切ってイサベルは彼女のところまで行った。先ほどサラと話をしていて、イサベルが何を言ったか知らないが、サラは動揺した様子で離れていった。

「あなた大丈夫なの、イサベル？」クレーシェは訊ねた。イサベルはクレーシェがそこにいることにしばらく気づかなかった。突っ立ったままザーンダム号を見つめている。

「エミリー・デ・ハヴィラントはあの船で死んだと思いますか？」イサベルは訊ねた。

「わからないわ」クレーシェは答えた。イサベルの平坦な口調が気にかかる。

「みんなに見捨てられていたあたしの面倒を見てくれたのがサンデルでした」イサベルは言う。「あたしに仕事をくれて、邪悪と戦う方法を教えてくれたのに、あたしはあの人を助けられなかった。むざむざ死なせてしまい、トム翁がほかの人たちみんなを死なせるのを許してしまった。サンデルが言っていたとおりに」

「乗客の大半は船が座礁して亡くなったのよ」クレーシェはどうやって彼女を慰めたらいいかわからなかった。「エミリーもきっとそのなかに含まれてるわよ。生きている人のなかに、長い白髪の老女は絶対に見てないもの」

「ならトム翁は別の宿主を見つけたんです」

「イサベル――」

「座礁する前にトム翁に奉仕すると誓ったのが誰かなんてわかりますか」イサベルは激しい口調で言った。「トム翁はどの腐った魂のなかに潜んでいてもおかしくありません」彼女の目は恐怖に血走っていた。声は義憤で震えている。その姿を見つめながら、この娘のなかに漠然とあったものが難破によって揺り起こされたのだろうかとクレーシェは考えた。

「あたしはザーンダム号でサンデルを助けられませんでした。やらないといけなかったことをあたしがやらなかったから」イサベルが言う。「二度と同じ過ちを繰り返したりしない」

「何をするつもり？」クレーシェはサラの姿を探してあたりを見回しながら言った。

「もう誰も傷つけさせません。トム翁をこの島から絶対に出さないようにするためなら何だってやります」

## 81

夕暮れが島に外套をまとわせるまでに、ふたつの野営地が設置された。

ヤコビ・ドレヒトとマスケット銃兵たちは大きなたき火をかこみ、冗談を言いあいながら、アレントが発見した小屋からせしめたワインを飲んでいた。乗客たちも誘われたが、ドレヒトの計画についてサラが話を広めていたので、みな警戒していた。サラの予想通り、それでもドレヒトたちに合流し、楽しげに酒盛りする者もいた。

残りの乗客たちはジャングル端の木立の隣にずっと小さなたき火を燃やし、麦酒を分けあい、早い時間に獲ってあった魚を焼いた。背後から吹きつける横殴りの雨はちぎれた帆布で防げたが、みじめさをごまかすことはできない。おしゃべりは絶え、みなそれぞれに不安な様子で酔ったマスケット銃兵たちを見ていた。彼らが劣情を抱いていることはたき火の明かりではっきりとわかった。

乗客たちはこれから何が起きるか知っていた——強者が弱者を自由にする権限をえるといつも起こることだ。

イサベルだけが気にしていないようだった。

彼女が歌い踊り、兵たちに混じって愉快に過ごしているのをクレーシェは憤懣（ふんまん）の目で見ていた。連中にワインを注いでやって、いやらしい視線にその身をさらしている。

午後に話をして以降、何かがイサベルのなかで変わっていた。彼女の行動にはどこか捨て鉢なところがあり、クレーシェには無謀そのものに見えた。やめたほうがいいと言っても耳を貸そうともせず、銃兵たちから引き離そうとしても振り払われた。

自分は楽しんでいるのだとイサベルは言い張った。こんなに楽しいのはひさしぶりだと。

小さなたき火のそばでマルクス、オスベルト、リアを抱きしめながら、クレーシェはイサベルが早く考えなおしてくれることを祈るしかなかった。

何かが動いたのを彼女の視線がとらえた。ドロシーアが立ちあがり、サラが食事か麦酒かを望んでいないかたしかめにいくところだった。サラはアレントと波打ち際に立ち、彼の腕に頬を預けていた。ふたりは手を握りあって、難破したザーンダム号を見つめている。

**こんなことになったけど、素敵なものも生まれはしたのね**、とクレーシェは思った。

もうひとつの野営地から立てつづけに鈍い音がした。すぐにうめき声と警戒の叫び声が続く。マスケット銃兵たちは酔いにふらつきながらイサベルを捕まえようとするが、彼女はすばやく身をかわしている。

兵たちがひとり、またひとりと倒れはじめた。

ドレヒトが剣を抜こうとしながら怪しい足取りで前に出たものの、イサベルの前で膝を突き、ついに倒れた。

アレントがマスケット銃兵の野営地にやってくると同時に、サラとほかの生存者たちもやってきた。ごうごうとうなる火をかこんで数十人が意識をなくしている。彼らの手からはカップが落ちていた。

「死んだの？」サラは訊ねた。

「いいえ」イサベルが足でヤコビ・ドレヒトの身体をついて言った。「奥様の睡眠薬をワインに混ぜました。誰かロープをもってきてください。縛りましょう」

クレーシェはイサベルをきつく抱きしめた。「あなたの頭がおかしくなったと思ったのよ」めまいを覚えながらクレーシェは言った。「でも、こんなことって……あなたはわたしたちみんなを救ったのよ」

「まだです」イサベルは悲しそうに言う。「でも、あと少しです」

彼女はクレーシェから身体を離して乗客たちに告げた。「トム翁はあたしたちを滅ぼすためにこの島へ連れてきました。でも、あたしたちの船をあの巨岩に導いたのは悪魔の邪悪な意志でしたが、あたしたちを救ったのは神の御手でした」

アレントがよろめき、転んだ。乗客の一部がうめいた。足元で地面が回転しているように感じた。

「あなた、何をしたの?!」マルクスとオスベルトが砂利浜に倒れたのを見て、クレーシェは叫んだ。

「トム翁は契約の成った相手なら、誰の魂にでも隠れることができます」彼女がそう言ったとき、サラがくずおれた。「でも、それがあなたたちの誰なのか、あたしにはわからない」

クレーシェの視界がぼやけはじめた。

「『魔族大全』は聖なる炎を作る方法を教えてくれました」イサベルは殉教者の笑みを浮かべていた。「隠れ場所がなくなるまで、ひとりずつあなたたちの魂を浄化します。トム翁の横暴をこれっきり終わらせるつもりです」

クレーシェはうめき声とともに目を覚ました。

砂利浜に打ち寄せられたザーンダム号の残骸に縛られていた。結び目は固く、残骸は重くて動かせない。二時間は経っていないはずだ。空はまだ暗く、たき火は鮮やかに燃えているからだ。自分以外の乗客もマスケット銃兵も同様に縛られていた。

「マルクス！　オスベルト！」彼女は呼びかけた。

息子たちの姿はどこにもないが、サラとリアは近くで縛られていた。そちらに呼びかけると、ふたりはゆっくり身じろぎしてから混乱した様子でまばたきし、いったい何が起きたのか見ようと、頭を激しく左右に動かした。

「マルクス！　オスベルト！」クレーシェは叫んだ。「神様、お答えください！」

ゆっくりと意識を取りもどす人が増えていった。何人がトム翁を信じているのかはわからないが、誰もが怯えていることはわかった。一時間前にはマスケット銃兵に犯されるか殺されるかすると知らされた。いまは狂信者に火あぶりにされようとしている。

トム翁のそれと大差ない取引だ。

「イサベル！」サラが叫んだ。その顔はクレーシェには見えない何かにむけられている。「イサベル、こんなことはやめて！」

炎が彼女たちの背後でごうごうと燃えあがった。苦痛の叫びが浜全体を呑んだ。クレーシェは首を伸ばして誰の悲鳴かたしかめようとしたが、首がそこまで回せない。イサベルの奇怪な詠唱を聞いているしかなかった。

「お母さま」リアが恐怖に叫んだ。「あの人にこんなことをさせないで、お願い」

「勇気を出しなさい」サラはロープをほどこうともがきながら娘に呼びかけた。「港で病者に慈悲をかけてあげたときの勇気を思いだして。目を閉じてわたしと一緒に祈るの。わたしと一緒に！」

さきほどの悲鳴が途切れ、暗がりからイサベルが現れた。火明かりに包まれている。手には木の枝と帆布で作ったたいまつがあり、赤々と燃えながら砂利浜に火の粉をぱらぱらと落としていた。

「イサベル、こんなことしなくていいのよ」クレーシェは必死に言った。涙がとめどなく流れる。「どうかお願い、わたしの友人たちに罪はないし、わたしの息子たちにも罪はない。解放してあげて！」

「トム翁はどこにでも隠れることができるんです」イサベルはひび割れた声で淡々と言った。「これがあの悪魔を祓う最後の機会です」

イサベルはリアのもとにむかうと、目の前で膝をついた。「あなたには罪がないかもしれない。だとしたら、これからあたしがやらなければならないことを許してね」彼女の目はうつろだった。「これで慰めになるのなら教えるわ、天国で神様があなたに示す慈悲は、地獄であたしが受ける責め苦と等しいものになる」

イサベルは指につけた泥でリアの額に印を描いた。

「イサベル、お願い。娘はまだほんの子供なの」しゃがれた声でサラが叫んだ。

イサベルはサラを無視し、燃えるたいまつをリアのドレスの裾へと下げてゆく。「本当にごめんなさい」

リアが慈悲を求めて悲鳴をあげ、サラがイサベルにやめろと叫んだ。

「トム翁なんていなかったのよ！」クレーシェは声をかぎりに怒鳴った。

静寂が降ってきて、全員の視線がクレーシェにむけられた。燃えるたいまつはリアのドレスに近づく途中でとまる。イサベルは混乱したような表情を浮かべている。

「わたしが全部でっちあげた」クレーシェが必死の形相で叫んだ。「わたしが全部やった。総督を殺したくて、でもこうするしか方法がなかった。リアは悪魔じゃない。お願い、彼女を傷つけないで！」

狂信者の表情がイサベルの顔からはがれた。そしてサラに愛嬌たっぷりの目をむけた。

「こんな感じ？」イサベルが訊ねた。

「見事だったわよ」サラはゆるいロープから手を引き抜き、リアに手を貸して立ちあがらせた。

クレーシェは混乱してまばたきをした。「サラ、どうなっているの？」

「茶番劇よ」サラは冷たく言った。「あなたがわたしたちの前で演じていたのと同じ茶番劇。疑う余地はなかった。あなたが犯人だと早く見抜くべきだった」

## 82

芝居が終わるや、リアとドロシーアはほかの乗客たちのロープをほどきにかかり、どういうことだったのか丁寧に説明した。とんでもない話を聞かされて、みな口をあんぐりと開けた。

「わたしの息子たちはどこ？」クレーシェは縛(いまし)めに抵抗しながらふたりを探した。

「アレントと一緒にいる」サラは言った。「あの子たちにこんなことは見せたくなかったの」彼女が暗闇にむけて口笛を吹くと、合図の口笛が返ってきた。「いまここに来る」

クレーシェはがっくりうなだれた。突如として疲れ切ったように見えた。「ありがとう、サラ」

「お礼なんか言わないで。まだ終わってないから」

「じゃあ、いつ終わるの?」

〈第八の灯〉の灯が突然、姿をあらわし、すぐに炸裂した。燃え立つ火の粉が海に落ちる。

「終わるべきときに」サラは答えた。

別の角灯が怪船の左舷にともり、続いてさらに十数個の角灯がマスト、甲板、船嘴に輝いた。怪船の中部甲板には船乗りたちの姿まであった。〈第八の灯〉はおそろしい怪船からたちまちありふれたものへと変化した。東インド貿易船だ。ザーンダム号とまったく同じような船。索具と帆があり、ザーンダム号と同じように嵐で受けた痛手があちこちにあった。

「ただの船じゃないか」サラの背後で誰かが言った。がっかりしたような声だった。

「あれはレーワルデン号だ」別の声が響いた。「旗でわかる。バタヴィアを出発したとき、船隊の仲間だった。嵐で沈んだとばかり思っていた」

同意のつぶやきがあがり、驚きの声が続いた。小型の艇(ボート)が一隻、島に近づいてくる。

「レーワルデン号が初めから〈第八の灯〉だったんだ」アレントが暗がりからマルクスとオスベルトを連れて現れた。少年たちはアレントの長い歩幅に遅れぬよう駆けていた。母親の姿を見るとすぐさま隣に走り寄って、母親が残骸に縛られていることにとまどっていた。

「これはただのゲームよ」クレーシェは息子たちを安心させようとした。訴えるような視線をサラへ投げかけ、サラはアレントにうなずいてみせた。

アレントはブーツからナイフを取りだしてクレーシェの手を縛るロープを切り、息子たちを抱きしめられるようにしてやった。

「でも、海で角灯を八つ見たよね」リアが言う。「七隻しかないのに、どうしてそんなことができたの?」

「八つ目の灯は、ただの角灯——特別に艤装された船載雑用艇の角灯だったんだ」アレントが答えて、水際へむかった。「その残骸をジャングルで見つけた。クレーシェの手下の船員はこの島で船載雑用艇を何隻か作って、航行可能だとたしかめてからレーワルデン号に運んだのだろう。おれたちを怯えさせるために第八の灯が必要になると、その雑用艇を海に下ろし、角灯を灯した。だから、あれほどすばやく現れては消えたように見えたんだよ。レーワルデン号から行き来していただけだから」

櫂で水をはねあげながら小型の艇がだんだん近づいてくる。誰かが船首で角灯を掲げている。アレントはそれを見て、厳しい顔になった。

サラはまるで短剣のような視線をクレーシェにむけた。「あなたはわたしの娘を危険な目にあわせた！」鋭く言う。

「違うの」クレーシェが弁解するように言った。「違うのよ、そんなつもりはなかった。この船に危害が及ぶと思っていたら、自分の息子を乗船させたりなんてしない。トム翁は全部お芝居、壁に映す影絵芝居でしかなかった。反乱や難破があるなんて思わなかったのよ。とても念入りに計画したんだもの、サラ。わたしはクラウヴェルスを買収した。船長は船をこの島まで連れてくるはずだった。そしてエミリー・デ・ハヴィラントの徹底的な捜索が必要だと言って、みんなを船から下ろす。きっとみんな恐怖のあまり、それにしたがうと思っていたのよ。この島は危険じゃない。本当はトム翁の印と全然似てなくて、あれは最後まで疑う人たちのための嘘。悪魔は実在するし、ヤン・ハーンを殺したのも悪魔なんだって納得させるためのものだった。ここには物資があるし、翌日になったらレーワルデン号が偶然を装ってやってくることになっていた。みんなはその船でアムステルダムにもどり、クラウヴェルスと最小限の船員がこの島に残って宝を下ろす。船長の取り分はそれと別で。それが終わったらザーンダム号で無事にもどり、貨物を届けて、〈十七人会〉をなだめる。害が及ぶのはヤン・ハーンとサンデル・ケルスだけのはずだった」言葉の端々に憎しみが滾っているようだった。「ヨハネス・ヴィクがこの船に乗っているとは知らなかったし、クラウヴェルスがわたしを裏切るとも予想してなかった。彼は宝と〈愚物〉を独り占めしたがった。わたしを含めた有力者を殺すよう部下たちをそそのかせば手に入れられると思ったのね。信じて、サラ、トム翁はあなたの夫を狙ってでっちあげたものだったのよ」

「ボシーはどうなの？　あなたが彼を殺――」マルクスとオスベルトから目を丸くして見られていることに気づいて、サラの激しい怒りは打ち消された。母親にしがみつくふたりの怯えた顔の上で火明かりが躍っている。

「わたしとお母さんはいくつか問題を解決しなければならないの」サラは言った。心が痛んだ。「少しのあいだ、ドロシーアと遊んでいてくれる？」

ふたりが決めかねて母親をちらりと見ると、クレーシェはほほえみかけた。「行きなさい、あなたたち。すぐに迎えにいくから」

ドロシーアは少年たちそれぞれと手をつないだ。その表情には事態への動顚も困惑も見てとれなかった。あとで質問攻めにあうだろうとサラは思ったが、目下のところ、ドロシーアが気にかけるのはマルクスとオスベルトのことだった。いつもそうだった。

いまや乗客たちが彼女たちを取りかこんでいて、ドロシーアは彼らをかき分けていかねばならないほどだった。いま彼らはあまりの経験に感覚が麻痺していて、何がどうしたのか知りたがっているだけだが、やがて起こる激情をそう長くはとどめておけないだろうとサラは思った。この悲惨な状況の責めを負う者がいると悟るまでの話だ。

サラは波打ち際にいるアレントを見やり、彼がもっと近くにいてくれたらと願った。ほんの数歩しか離れていないが、すぐに彼が必要になりそうだ。

「なぜボシーを殺したの？」ゆっくり立ち上がるクレーシェをながめながらサラは訊ねた。

まわりにいる人々の顔を見渡しながら、クレーシェは彼らが見下すべき使用人であるかのように傲然とあごをあげた。「悪魔の到来を告げる人間が必要だった。だからクラウヴェルスに、考えつく最悪の男を推薦してと頼んだのよ。わたしにボシーを差しだしたのは彼。本当よ、あの男は人殺しより悪い罪を重ねてきた。わたしだって、あの男にしたことは楽しいことではなかったし、何も感じなくなるよう薬を盛っておいた。慈悲はあったのよ」

「わたしは息絶えるときの彼の目を見た」クレーシェの冷淡な口調はサラへの侮辱だった。「あのひとはひどく苦しんでいた。慈悲なんかなかった」

「どうやったの？」リアが口をはさんだ。その熱意は、犯罪の陰にあるからくりに魅了されていることをしめしていた。「誰もボシーに近づかなかった。どうやって火をつけたの？」

「彼が立っていた木箱の山は空洞になっていて、内側に梯子が作られていたのよ。わたしの仲間がそのなかにいた。あなたたちの聞いた声はその男のものよ。頃合いを見計らって、彼が小さなハッチを開け、内側からボシーの長衣に火をつけただけ」

周囲から怒りのつぶやきがあがる。少なからぬ者が港でボシーが焼かれるのを見ており、こうした惨劇は簡単に忘れられるものではない。

「どうしてサンデルの死体を隠したの?」さらにリアが詰め寄った。

答えを求める娘の熱意に、サラはおそろしいものを感じた。まるでこれはサミー・ピップスの事件のひとつに過ぎず、あとに残るものは何もなく、リアの楽しみのためだけに存在していると思っているかのようだ。

「サンデル・ケルスは魔女狩り結社の最後のひとりだった」クレーシェもサラと同じ不快感を感じているのがわかった。「あの人たちは良心の呵責も何もなく、人を拷問して虐殺した。だからあの人たちを消すのが世のためになると思った。時間をかけて計画した。ほかの人たちは殺されるよう仕向けたけど、サンデルの命はこの手で奪いたかった。ピーテルにありったけの陰惨な手管を教えたのはあいつだったから。わたしは彼をバタヴィアにおびき寄せた。ヤン・ハーンと同じ夜に殺すつもりだったけれど、サンデルはレイニエ・ファン・スコーテンの懺悔を聞いて、宝を探しに船倉へ降りた。そこでひどい偶然が起きて、わたしが……」彼女は名前を出しかけて言い淀んだ。「共犯者と話しているのをあいつに聞かれてしまった。わたしはどうにかあの男の背後にまわって喉を掻き切ったけれど、あれは雑な犯行だったわね。真っ暗だったから証拠を残していないか確認できなくて、わたしたちは死体を例の密輸用の隠し部屋に引っ張っていったのよ。死体を処理する方法がわかるまで置いておくつもりで」

円になった野次馬のむこうから、くぐもった苦痛の咆哮が聞こえた。アレントが急いでそちらへ走るのをサラの視線が追った。

ドレヒトが頭の深傷(ふかで)から血を流しており、その原因となったものが今や無害な石ころとなってそばに落ちている。誰かが彼に石を投げたのだ。

アレントがゆっくりと人々をねめつけてゆくと、みなおずおずと後ずさりした。

「あんたたちが彼に怒る権利はある」アレントは言った。「彼はこんなことをしたんだからな。彼女に怒る権利もある」彼は親指をぐっとクレーシェにむけた。「だが、もうじゅうぶん血は流れたじゃないか。正さねばならないまちがいがあった。その話もすぐにするが、怒りに身を任せてはだめだ。そもそもトム翁が解き放たれたのはそのせいで、悪魔が実在しようとしまいと、こんな被害が生じたんだ」自分の言葉がしみわたるまで待ってから、アレントはクレーシェに詰め寄った。厳しい表情をした巨漢を見て、彼女は縮みあがって彼から離れた。

「おれの父親のロザリオはどこだ」彼が訊ねた。

「捨ててしまった」後悔は心からのもののようだった。「ピーテルの所持品に入っていた。あなたの伯父さんがピーテルを雇ってあなたのお父さんを殺させ、その証拠としてロザリオをもってくるよう、あなたのお祖父さんが頼んだ。それを確認したあとで、あなたのお祖父さんのカスパーはピーテルにロザリオを壊すよう命じたけれど、なぜかピーテルは保管してた。きっと戦利品だったのだと思う。あれが畜舎にあったのは、あなたを傷つけるためじゃなかったのよ、アレント」彼女の喉が震えた。「わたしはこんなことが起こっている理由をヤン・ハーンに知らせたかった。あなたのお父さんの暗殺がすべての始まりだった。ピーテルが彼を刺したとき、あなたが矢を手にしてピーテルに飛びかかってきたから、自分が殺されないようにするにはあなたを川で溺死寸前にするしかなかった。ピーテルはひどい怪我を負い、身体を引きずるように立ち去るのがやっとだった。あなたを森に置き去りにしたのは、あなたが怖かったから。尖った岩があなたの手首に傷を残したのは、あなたが川のなかでもがいたときだった。ただそれだけのことだったのよ。それがなのに、あなたは傷跡の絵を村のドアに描いた。それがどんなひどい事態を招いたかをヤンは目にして、一財産作る方法を見つけたと思ったのよ。あの男は計画をカスパー・ファン・デン・ベルクとピーテルにもちかけた。カスパーが必要な軍資金を提供し、ピーテルが悪魔憑きと悪魔祓いの儀式についての話をこしらえ、仲間の魔女狩り人を使い、ヤンが送りこんだ土地に恐怖をもたらした。彼らは一団となって、競争相手を業界から追い出した。わたしの家族もその一つ」

「あなたの家族？」岩に縛られたままドレヒトが訊ねた。

「クレーシェ・イェンスはエミリー・デ・ハヴィラントとして生まれた」サラは言った。クレーシェの顔の痙攣（けいれん）ひとつひとつから、そのなかにいる女の正体を読み取ろうとした。この二年というもの、サラはこの顔を愛情をもって見つめ、その奥にあるすべての考えを知っていると思っていた。自分がどれだけ愚かだったか、今になってわかる。自分は利用され、裏切られてきたのだ。

亡くしたのは夫ではなく、クレーシェであるような気がした。

クレーシェは賞賛の目でサラを見た。「あなたが賢いことはわかってた。でも、無垢だった少女の名前は、わたしのような罪深い女にはふさわしくないと言わせてもらうわ。どうやって今度の件の裏側にいるのはわたしだとわかったの？」

「フォスの記録よ。船賃受取書が机に載っているのを彼の死後に見つけたの。まるで彼はその書類を気にしていたように見えた。わたしとリアのものがあり、ヤンのものまであった。その理由はわからなかったけれど、あなたを疑っているとアレントに言われて、ひらめいたことがあった。フォスは夫の支出入の記録をすべてつけていたから、夫が何を購入して何を購入しなかったか正確に知っていた。あなたはずっと、ヤンがわたしたちと一緒に旅をするよう要求したから乗船しただけで、船賃を払ったのは彼だと言いつづけていた。だったら、なぜフォスの記録のなかにあなたの受取書がなかったのか。ヤンはそんな要求をしておらず、つまりあなたの船賃を払っていなかったから。あなたはうっかりその嘘をフォスにも言ってしまったんでしょう？　それで彼は気づいた。だから病者は彼を殺した」

クレーシェは同意の言葉をつぶやいた。「そして病者が殺さなければ、アレントはフォスの手で死んでいたでしょう。運命の巡りあわせってふしぎね？」彼女はアレントを見やった。彼は船載雑用艇の接近を見守るためにふたたび水際にもどっていた。その身体は緊張しており、拳は握りしめられていた。

「あなたはどうしてわたしを疑ったの？」彼女は訊ねた。「わたしはとても注意していたはずだけど」

アレントは近づく艇のことしか考えておらず、まわりの者が自分の答えを待っていることに気づいていなかった。イサベルが彼の袖を引っぱって言った。「クレーシェに総督の死の責任があると、あなたがどうやって気づいたかみんな知りたがってますよ」

アレントの視線は、目の前に並ぶ期待の顔を素通りしていくように見えた。まだ別のことに気をとられているようだった。「伯父は自分の寝台で殺された。上の甲板にあるサラの部屋の寝台の下から長い刃を突き刺して殺し、ふたたび引き抜いて手元に戻すというのが手口だ。となると死体に刺さっていた短剣は、伯父の死後に傷跡に差しこまれたことになる。その機会があったのは一度だけだ——クレーシェが死体を発見したときだ。蠟燭の火が消されねばならなかったのはそのせいだった。部屋が明るければ、胸に短剣など刺さっていないことをすぐにドレヒトが気づいただろう。サミーだったら、この手口を見抜くのに数分で済んだかもしれないが。伯父を殺害したあと、病者は伯父の船室の舷窓へ降り、舷窓の上に隠しておいた蠟燭消しで火を消した。クレーシェはドレヒトに別の蠟燭をもってくるよう言い、その隙に、傷口に短剣を刺した」

「突飛な手口ではあるわね」クレーシェは目元をこすってため息をついた。「でも、捕まらずにあの男を殺す方法はほかになかった。あいつが城塞を離れてどこに行くときもドレヒトがぴたりとついてきたし、どこにいるときも忌々しい鎧の胸当てを身につけていたから。例外はベッドの上だけ」

「クレーシェおばさまが病者じゃないのなら、誰だったの?」リアが訊ねた。

「答えはあの艇にある」サラが船載雑用艇を指さした。

「もう少し我慢してちょうだい、害はないでしょう?」

「あるかもよ」リアは反論した。「どうやってお父さまの愛人になったの? 偶然ではなかったんだよね」

「家族を失ったわたしには富も影響力もなく、自分の美しさを頼るしかなかったの。夫は正真正銘のひどい男だったけれど、魔女狩り人のピーテルの居場所を突きとめるためにわたしは彼の富を利用した。ピーテルが見つかったのでわたしは夫のもとを離れ、高級娼婦として再出発したの。殺す機会を見つけるつもりでピーテルを誘惑したんだけど……」彼女があげたうめきは、まるで罠にかかった動物のそれのようだった。「わたしは彼に恋をしてしまった。彼はもう魔女狩りから足を洗っていて、親切で心の広い人で……彼のおかげでわたしはすっかり生まれ変わったように感じた。彼は変わったんだとわたしは自分に信じこませた。わたしも変わったんだって。そんなとき、蓄えが足りなくなって、彼はかつて自分を裕福にしてくれた計画について話したのよ。彼はアレントの祖父に信書を送った。また始めるんだとわかったのよ。わたしの家を滅ぼしたように、いくつもの名家を滅ぼす計画を立てていた。そこでわたしは――」彼女はまた名前を言いそうになって、冷静を取りもどした。「古い友人に連絡をとった。彼がピーテルを拷問して仲間の名前を言わせた。それからわたしたちは復讐を始めたの」

彼女の目に涙が浮かんでいた。かつてピーテルのことを話すたびに見せていたものと同じ涙だ。彼女は本気で彼を愛していたのだと、サラは思った。

「それで、夫のもとにやってくることになった経緯は？」サラは訊ねた。

「ピーテルを通じてずっと前にあなたの夫には会っていて、彼がわたしを見初めたことはわかってた。わたしはピーテルを殺したあとで彼に手紙を送り、好意を寄せているふりをした。彼は最初のバタヴィア行きの船にわたしを乗せたわ」

「どうして待ったの？　二年前に到着したとき、すぐに殺さなかったのはなぜ？」

「わたしは捕まってしまうだろうし、息子たちを愛していたから――そしていまではあなたとリアのこともあった。あなたたちから引き離されるのは耐えられなかった。しかるべきときを待たないとならなかったの」

アレントは海に入り、船載雑用艇を砂利浜に引っ張りあげる手伝いをした。イサーク・ラルメが角灯を手に飛び降りた。オールを動かしているのはエッゲルトとティマンだ。

「おまえの言ったことが全部合ってたぞ」ラルメがそう言ってアレントと握手した。「彼はおまえがいるはずだと言った通りの場所にいた。おまえらに会いたがってる」

「わたしたちに会いたがってるっていうのは誰？」リアがもどかしそうに訊ねた。「それと、クレーシェおばさまを手伝ったのは誰？」

「きみはおれたちの事件の報告書を全部読んだんだろう、リア？」アレントが言った。「おれたちが手がけた事件で、サミー・ピップスの見逃したものがいくつあるか知ってるか？」

「ひとつもない」誤答をするのではと思われたことにむっとしながらリアは答えた。

「その通り」アレントは悲しげに言った。「それなのになぜか彼は、畜舎から真下のクラウヴェルス船長の船室ってるのよ」サラが答えた。
「わたしたちがトム翁に会うときがやってきたと彼は言
「何が言いたいの?」
に通じる単純な跳ねあげ戸を見逃した」

## 83

船載雑用艇がレーワルデン号の船体にぶつかると、エッゲルトとティマンは櫂をあげた。彼らは海を渡るあいだずっと口をきかなかった。アレントがいることに緊張しているようだった。アレントは後方のベンチをまるまるひとつ独占し、乗っているあいだほぼ身動きしなかった。ただ無言でレーワルデン号を見つめていた。

ティマンが甲板にむかって口笛を吹くと、ロープで結ばれた厚板がすぐに上から降りてきた。

「誰が最初に行く?」サラが落ち着かぬ様子で訊ねた。

「わたしが行くわ」クレーシェが言った。「誰にも危害は及ばないと誓う。あなたたちはここでは安全よ。みんなね。トム翁の仕事は終わった。悪魔はお祓いされた」

クレーシェが空中に引きあげられると、アレントはエッゲルトとティマンのほうに身を乗りだした。

「いつからクレーシェのために仕事をしている?」彼は訊ねた。

彼らは顔を見合わせ、どう答えたらいいか迷っている。

「あんたたちふたりがバタヴィアで彼女のために〈愚物〉を盗んだんだろ? おれが捕まえそこねたポルトガル人の盗っ人があんたたちだったのか?」

エッゲルトは友人同士で言い尽くされた冗談にほっとしたかのように、にやりと笑った。「そうさ。でも、彼女からはあんたがやってくるなんて聞かされてなくて――」

ティマンが彼の脇腹を突いたが、アレントは満足したようだった。

「あんたが家畜を殺したのか、エッゲルト?」アレントは訊ねた。「乗客船室区の番をしていたのはあんただった。船長の船室に入り、天井の跳ねあげ戸を開けるのは簡単だっただろう」

「こいつがやるはずだったが、結局おれがやるしかなかったんだよ」ティマンが鼻で笑った。「エッゲルトには哀れな子豚ちゃんを殺す度胸がなかったから、かわりにこいつは船長の舷窓からレーワルデン号を見張り、角灯がともるとおれたちに知らせたんだ」

「そうじゃねえだろうが」エッゲルトが怒ってティマンを乱暴に押した。「おれがやれなかったのは豚だけだ。そのちょっと前にもう鶏は殺して、暗いなかで印を描いてたんだ。おまえはおれみたいに静かにやれなかったじゃないか。おれが仕事をほぼしたようなもんだ」

サラはアレントを一瞥した。彼女の考えをそっくりそのまま映したような表情だ。こんな馬鹿どもを信頼して何かを任せるような者がどこにいる？

厚板がふたたび下ろされ、今度はサラがあがった。リアが続き、最後にアレントだ。六人がかりで彼を船上に引きあげた。

レーワルデン号はあらゆる点でザーンダム号とそっくりだったが、船員の態度だけが違っており、みな静かに勤勉に職務をおこなっていた。船長と高級船員たちが後甲板で話をしており、彼らの落ち着いた口調はクラウヴェルスやラルメやファン・スコーテンの喧嘩腰の荒々しいやり取りと正反対だった。ザーンダム号の騒がしさを経験したあとでは、この船は実際に幽霊船であるように感じられ、リアは不安げにサラに身体を押しつけた。

アレントがようやく背筋を伸ばすと、船員全員が作業の手をとめて彼を見つめた。話には聞いていた。だが本当にこれほど大きな男だとは信じていなかったのだ。

「こんなふうに再会するつもりじゃなかったんだけどね」サミーの耳慣れた声が角灯のうしろから響いた。

サミーがまばゆい灯を下げると、リアは息を吞むことになった。杖をついた彼は、襞飾りとリボンのついたきらびやかな服装と羽根飾りのある帽子という完璧ないでたちだったが、顔にひどい怪我を負っていた。半分が叩きつぶされ、失った片目に眼帯をつけている。

「帽子が気に入らなかったかな？」サミーは皮肉に言った。

「サラ、あなたが許可してくれたら、ドロシーアに息子たちをわたしの船室につれて行かせたいんだけど」クレーシェは言った。「ザーンダム号で使っていたのと同じ部屋よ。この子たちをお風呂に入れて休ませたい。これだけのことがあったんだから」

サラはうなずいて、クレーシェが息子たちにおやすみのキスをする様子を見守った。少年たちはリアのもとに、続いてサラのもとにやってきて、いつものように寝る前の挨拶として抱きしめていった。彼らが跳ねるように後甲板への階段をあがっていくと、ドロシーアがそのあとを追いかけた。サラはめまいを覚えた。何も変わっていないと思ってしまえそうだ。

サミーはクレーシェに近づき、その両手を握った。思いやるような色が彼の顔に浮かんでいる。「大丈夫かい？　きみが合図を寄こさないので心配していた」

「この人たちが魔女狩りの茶番を演じたの。あなたは誇りに思っていいわ、兄さん」

「兄さんだって⁉」アレントが叫んだ。

サミーは華麗に一礼した。「遅すぎた自己紹介を許してくれたまえ、友よ。僕はヒューホ・デ・ハヴィラント。いや、かつてはそうだったと言うべきか」口調が若干変わり、表情が少し不遜なものになった。これまでヒューホがずっとまとっていたサミーという人間を脱ぎ捨てたように。そこで彼は突然にやりと笑い、もとの名探偵の顔がふたたび現れた。「あの小男を使うのは天才的だったね、あれはまったく予想してなかったよ」

「小男？」クレーシェはアレントとサミーを交互に見やった。「イサーク・ラルメがこれにどう関わっているの？」

「サラとおれは気づいたんだ、あの島がトム翁の故郷だとしたら、〈第八の灯〉が近くの海をうろついていると仮定するのが筋だと」アレントはサミーから視線をそらさずに言った。「救けを呼ぶために小舟を出すのは自殺同然の任務だとみんな信じていた。だから、おれたちの要請に応じて志願を名乗りでる者がいれば、その人物は近くに友好的な船が待機していることを知る者である可能性が高いと推理したんだ」彼は目の下を掻いた。「おれは樽にラルメを隠し、ほかの物資と一緒に艇に乗せた。レーワルデン号に乗船してしばらく様子を見たらこっそり樽から出て、船長の船室にいるピップスを見つけるよう指示した」

「どうして彼がその部屋にいるとわかったの？」リアが訊ねた。

「おれはサミーを知っているからだよ」

サミーはきまりが悪くなったようだ。「悪臭漂う穴倉に三週間いたから、少しばかり快適に過ごす権利があると思ってね。きみには僕の驚きのほどはわからないだろうね、ラルメが図々しく部屋の戸口に現れて、アレントは何もかも知っているから、もしも僕らの友情がまだ健在ならば〈第八の灯〉をともせ、と言われたときの驚きは」

わが子を誇る親のように、謎解き人はアレントに満面の笑みをむけた。「きみならこの謎を解決できるとわかっていたよ」

「もう少しであんたに一杯くわされるところだった」賛辞を受けたことを恥じて、アレントはうなった。

「手がかりがあちらにひとつ、こちらにまたひとつ」サミーは左右に手を振りながら笑いを放った。「これはきみにとってまだ二つめの事件だったから、楽しんでもらいたかった」

「人が死んでいるのよ」サラが鋭く言った。サミーの軽薄さに憤っている。

「僕らの手がけた事件は、たいてい人の死で始まって人の死で終わる」反論で話の腰を折られたサミーは言った。

「慰めになるならこう言わせてもらいましょう、死んだ者たちはみな自業自得だった。船の座礁で死んだ人々は別だが、あれは計画を無視したクラウヴェルスの責任でしょう」彼は傷の残る顔を手の甲でなでた。「それにあなたも同意してくれるでしょうが、僕も判断を誤ったことの罰を受けた」

穏やかな風が甲板を吹き抜け、索具がきしんだ。

「こんなところで話さなくていいでしょう」クレーシェが言った。素知らぬ顔で盗み聞きしようとしている船員たちに視線を投げた。「船長室に行かない？」

「いいね」サミーは言った。「あそこは準備万端だ」

サミーは本能的にアレントの隣を歩こうとして、アレントの目を見て引き下がり、リアやサラと並んだ。

「例の囁き声はあなただったんですか？」なおも英雄への畏怖を抱くリアが訊ねた。

「状況に応じて僕たち四人全員がやった。僕、クレーシェ、エッゲルト、ティマンの四人さ。実のところ、あれは今度のからくりのなかでもたやすい部類のことだよ」彼は言った。一行は半甲板の下の隔屋に入った。乗客がいないので、そこは道具類の収納に使われていて、こぎれいで片づいていた。「僕たちはボシーに金を払って船室の壁の高い位置に小さな穴を開けさせ、そこから囁きかけられるようにした。船室から船室へ移動する音を聞かれないように、用済みのものは槙肌でふさいだ」

先ほどより強い風が手すりを越えてきて、彼らの服を引っぱった。遠くで砂利浜のたき火がまたたいて一瞬消え、まるで島全体が消えてしまったように見えた。

「船員については?」リアが言った。「どうやって船員に囁いたの?」

「船倉の木箱は、最下甲板の床の格子に触れそうなほど高く積まれていて、その反対側に船乗りたちは寝ていた。夜になって灯がなくなり、まわりが見えなくなったら、ちょっと囁いて怖がらせるのは簡単なことだったよ」

「でも、どうしてわざわざこんなことをしたの、クレーシェ?」サラが言った。浜にいたときからずっと彼女を苦しめていた問いが声にあふれていた。「そこまでヤンを憎んでいたのならば、もっと簡単に殺す方法が見つけられたはずでしょう?」

「そんなの面白くないじゃないか」サミーが不思議で仕方がないという調子で言った。

クレーシェがサミーに怒りの目をむけた。「殺すだけではじゅうぶんじゃなかったのよ、サラ。追われて狩られるのがどんな気持ちか、あの男にわからせたかった。トム翁の印がわたしたちの地所一帯に現れるようになって、見知らぬ人たちが門に詰めかけ、魔女だと非難されたときに、子供だったわたしたちが感じたのと同じ気持ちを。サミュエルとわたしは幼い頃から才能があった。その才能が突然、告発の対象になった。生まれたときからわたしたちを知っていたはずの使用人が、わたしたちに魔法をかけられるんじゃないかと怖がって、わたしたちの部屋の前を忍び足で通るようになった。村に行けば、石を投げつけられた。それもすべて、ピーテル・フレッチャーと仲間の魔女狩り人が森のあちこちに印を刻んで、噂を広めたせい。わたしたちはヤンに、自分はすぐに死ぬ、それを防ぐ力はない、と思い知らせたかった。あのときのわたしたちと同じように――ついに暴徒が家に押し寄せてきて両親を無残に殺し、わたしたちの世界を焼失させたときのわたしたちと同じ気持ちをね。わたしたちの恐怖をあの男にも思い知らせたかった」

「そして、自分の仕業だと彼に思い知らせたかったのね」サラは突然理解した。「だからあなたは、航海の最初の日に、帆に印を描いた。自分の名前の綴りを入れ替えて船室の切符を買った。あなたは彼に自分のことを見つけさせたかった」

「僕は決着の前に直接彼に会いたかったんだよ」サミーが言い足した。「こんなことを彼にしたのは誰か、思い知らせたかった。僕はフォスを殺した夜、ダルヴァインの船室で彼を待っていたんだ」

「いつものように無謀にね」クレーシェが天を仰いで言った。「わたしは計画のその部分は危険すぎると思ったんだけど、この人は言うことを聞こうとしなかった。いつもそう」アレントは思わずクレーシェに同情した。

「ドレヒトに捕まったらどうするつもりだったの？」クレーシェは改めて兄に腹を立てていた。

「僕たちは何年もヤン・ハーンを観察してきた」サミーはくたびれたように言った。もう何度も繰り返した議論なのだろう。「彼にはさまざまな面があったが、そこに愚かさは含まれていなかった。彼は敵の規模を知り、自分が不利になりそうなあらゆる状況を検討したうえで、敵との交渉をつねに考えた。彼が下手に出るだろうというのは予想していた。こちらを懐柔して時間を稼いで、反撃のときを待つだろうとわかっていたよ。ところで、あのときはエッゲルトが乗客船室区の番をしていたね。もしドレヒトが僕を捕まえようとしたら、エッゲルトが後ろから彼を刺し殺す手筈だった。僕は状況をちゃんと掌握してたんだよ」

「あなたはお父さまにどんな取引を持ちかけたんですか？」リアが訊ねる。

「きみのお父さんの最大の弱点は、誰もが彼のほしがるものをほしがるが、自分以外の人間にはそれを手にするための狡猾さと無慈悲さが欠けていると考えていたことだった。僕はお父さんに、自分たちは家族の財産を取りもどし、家名の名誉を回復したいのだと言ったんだよ。彼が〈十七人会〉に加入すれば、それができるだけの権力が彼の手に入る。もし裏切ったら、ザーンダム号の支配権を僕たちが押さえ、彼も、家族も、アレントも殺すと言った」

「彼があっさりバタヴィアに引き返す不安はなかったの？」サラは訊ねた。

「彼のポケットには、到着が遅延すれば〈十七人会〉の席を要求する機会が危険に晒されると書かれた昇任命令書が入っていたんだよ。船が海に出て一日が過ぎるごとに、船倉いっぱいの儲けが腐っていくことは言うに及ばず」サミーは暗くほほえんだ。「強欲はどれほど用心深い人間でも殺せるんだ」

「あれはあんたの古い命令書のひとつを利用したんだろ？」アレントが訊ねた。

「そうだ」サミーが答えた。「僕は印璽の捺された封蠟を保存しておいた」

「いつからこんな計画を立てていたんだ？」アレントは訊ねた。

「きみに用心棒になってくれと声をかけたときからだよ」彼は言った。「選んだ理由はただひとつ、きみを通じて伯父さんやお祖父さんの元にたどり着くことを願ったからだったんだが、我ながらうんざりすることに、きみは実は尊敬すべき男だとわかってしまった。いままで出会ったなかでそんな男はたったひとりだと思うよ。気づいたら僕はきみの友人になっていた。利用しようと思っていた人間に恋するのが、うちの家系らしいね」

そう言って訳知り顔にクレーシェを見やった。

「黙ってて、兄さん」

蠟燭の明かりと影をまとった船長室に一行は足を踏み入れた。御馳走が準備されていた。ぱりっとした皮に脂をしたたらせた黄金色のハム。じゃがいもはうずたかく積まれ、円錐形に固めた砂糖がテーブルに鎮座し、枝つき燭台の温かい光が砂糖の結晶をきらめかせていた。

司厨長が椅子を引いてワインを注いだ。

「これはどういうこと？」サラはいらだってテーブルを拳で叩いた。「島には子供も含めて怯えた人たちがたくさんいるのに、わたしたちは腰を下ろして夕食をとるというの？　あの人たちを乗船させないとだめでしょう。あの人たちに助かるんだと教えないとだめよ！」

クレーシェはサミーを見て、続いて自分の手元を見た。

「あなたの言う通りだけど、まず話しあうべきことがたくさんある。島の人たちのための食料とワインを雑用艇に運ばせるというのはどう？　わたしたちは一時間あればいい。その頃には島の人たちも食事を終えているから、この船への移送を始めることができる。いかが？」

サラはしぶしぶうなずき、サミーは司厨長を呼んで低い声で指示を伝えた。

「どうやったらこんな贅沢ができたんだ？」アレントは天井のペンキを塗られた梁をなでながら訊ねた。「船員全員を買収しないとならなかったはずだ。あんたが相当の探偵料を請求していたのは知ってるが、今回の計画には一財産必要だったろう」

「実を言うとね、エドワード・コイルがこれだけのものを全部買ってくれたんだよ」サミーはそう言い、全員に腰を下ろすよう合図した。

「コイル?」サラがアレントに目をむけて訊ねた。

「ダイアモンドを盗んだと告発されフランスに逃げた事務官だ」アレントは腰を下ろしながら言った。「おれは彼が有罪だと思ったが、サミーが彼の無罪を裏づける証拠を見つけた」

「ところが、僕はそんなものを見つけてなかった」サミーは膝にナプキンを置いた。「コイルは自分を逃がす方法と引き換えにダイアモンドを僕に渡した。というのも彼がダイアモンドを盗んだ理由というのは、とあるご婦人にのぼせあがったからで……」彼は隣にいる女を指さした。

「クレーシェだ」リアが言った。

「フォスとまったく同じね」サラは首を振った。クレーシェはサラのなかに多少の友情が残っていることを期待してほほえみかけた。だが失望することになった。


「きみはあの事件を解決してたんだよ、アレント」サミーは言う。「きみはすべてを正しく見抜いたのに、僕がそれをきみから奪ったんだ」

ようやく謝罪したか、とアレントは思った。言葉ではなく――そもそもサミーは謝罪の言葉を発していない――口調が後悔をにじませていた。船の難破と恐怖を巻き起こしたことにはほぼ責任を感じていないが、かつてアレントの業績を祝福すべきときに彼は嘘をついた。それだけがサミーの感じている後悔なのだ。

アレントは初めてサミーの本当の姿を見たように思った。彼は自分が信じていたような偉人ではなく、頭の切れる男にすぎない。無感動で冷酷――これまで出会ってきたそういう者たちと変わるところがなかった。アレントがサミーを通して見ていたのは、腕力が知性に負かされ、抑えられる未来だった。誰にとってももっと安全な世界、とりわけ弱者にとってももっと安全な世界が訪れる未来だった。だがサミーは、権力者を殺すために無実の者たちを虐殺することは然るべき対価だと信じている。アレントが仕え、戦ってきた王侯どもとなんら変わるところがなかったのだ。

「ダイアモンドのおかげでレーワルデン号の船員の忠誠が買えた」クレーシェが言う。「前回アムステルダムから航海してきたときに、この島に立ち寄って物資を下ろし、小屋と〈第八の灯〉を作らせた。おかげでレーワルデン号のバタヴィアへの到着は数週間遅れになったけれど、みんな嵐で航路を逸れたんだと信じた」

「僕たちはこの船でアムステルダムにもどるよう総督を説得しようとしたんだが、彼はザーンダム号に乗ると言って譲らなくてね」サミーが話を引きとった。「だからかわりにボシーとクラウヴェルスを買収して、熱心に働いてもらうことにした。エッゲルトとティマンとは長年のつきあいだから、彼らの忠誠はあてにできるとわかっていたしね」

「なぜあの牢屋に入ったんだ?」アレントが訊ねた。

「そうしたかったからだよ」

クレーシェが咳払いをした。「兄さんが密偵であるという告発を書いた偽の昇任命令書がヤンに届いたら、きっとあの男はどこに閉じこめるのがいいかクラウヴェルスの意見を聞くとわかってたの。だからわたしたちは船長に、船の前のほうの隔屋を牢屋に使うよう提案させた」

「この件の調査が僕に依頼されたらまずいからね。なんとなれば、きみがたちどころにして我が手落ちを看破してしまうであろうこと必定だったがゆえに」サミーが芝居がかった調子で言った。「だが、僕が手枷をかけられて、この船の最悪の部屋に拘束されていれば、僕が悪魔の計画を解決しなくても誰も僕を責めない」

サミーは肉を一切れ、口に放りこんだ。「ひとたび牢屋に入ってしまえば、僕は好きなように出入りできる自由を手に入れられたんだよ。あの独房から船嘴に出られる跳ねあげ戸をボシーに作らせておいた。それで、僕は病者の服装をしてそっと海に入り、船尾楼甲板に通じる舵のところまで泳いでいくことができた。たいていは、アレントが僕のもとを去ったあとだったよ。あとは畜舎に下りて、誰も見ていない隙に廊下を走ってダルヴァインに作っておいた跳ねあげ戸からクラウヴェルスの船室に入ればいい。僕はほとんどの日々をあそこで過ごしてたんだ」

「だからあなたはエッゲルトとティマンに家畜を殺させたんですね」リアがはたと閃いたというふうに言った。

「人が近づくたびに家畜は大騒ぎしてた。あなたがしょっちゅうあそこから出入りしていたら――」

「気づかれたかもしれなかったのでね」サミーが締めくくった。「初日の夜、サラが舷窓で僕を見たときがそうだった。僕はダルヴァインの船室を通って妹の部屋から蠟燭消しを回収するつもりだったんですが、あなたと船室が入れ替わっていたとは知らなかったもので。危うくアレントに捕まるところでしたが、なんとかその前に畜舎に入ることができたよ。鶏を一羽抱えてクラウヴェルスの船室に落っこちる羽目になったけれど。ありがたいことに、みんな注意がおろそかになっていて、あの鳴き声に気づかなかった」

「みんなが夕食をとっているあいだに総督を殺したんだな?」アレントは山積みのジャガイモを押しやってテーブルに肘を突いた。

「そうだ」

「フォスからおれを救ったのもあんただった?」

「当初の予定にはなかったが、あの場に居合わせてよかったと思ってる」

「あなたがヴィクを殺したの?」サラが訊ねた。

船がかすかに傾き、テーブルの上で皿が滑った。

「子供の頃、彼はうちの厩番だったの」クレーシェがワインのカップを手にして言った。「ピーテルは使用人たちにわたしたちが悪魔の業をおこなっていたのを見たと言わせようとしたけれど、ヴィクはわたしたちをかばった。そのせいで彼は片目を失い、うちの家族が殺されたあとにオランダ東インド会社に入った。あの経験で彼は変わったの」

サミーは慰めるように妹の頬をなでた。

「僕が彼に囁きに行ったとき、彼は甲板でクレーシェを見て誰かわかったと言った」サミーが言う。「そして黙っているのと引き換えに金を要求した。そんなこと認められるはずがない。僕は実際、果たし合い中にアレントを殺したら大金をやるとフォスに言ったほどさ」アレントが凶暴な目つきでにらんだのを見て、サミーは両手をあげて制した。「彼が勝つはずはないとわかっていたからだよ。アレントが彼を返り討ちにしてくれることを期待していたんだ。僕の手を煩わせずにね」

「みんなが火事だと勘違いした白い煙はどうやって出したんですか?」リアが専門家めいた興味を抱いて訊ねた。

「亜鉛から錬金術師の羊毛（酸化亜鉛のこと）を作るときにたまた

ま気づいたんだよ」彼は楽しげに答えた。「見事だったろう？　最下甲板のタールにそれを混ぜておいたんだ。僕がタールに火を近づけただけでタールは燃え尽きて、白い煙があがった。船体の木は無傷のままでね」

　まるで王宮でちょっとした手品を演じてみせた話をしているようだとサラは思った。感心しているリアを見ると、この子にもそのように聞こえているのかもしれなかった。

「いつからこんなことを？」アレントの声はしゃがれていた。「犯罪に手を染めていたんだ？」

　アレントの声にサラは憤激を聞き取った。かろうじて抑えこんでいる。テーブルの下で彼の手を探ると、硬く拳に握りしめられていた。

「僕は殺人を解決するようになるずっと前から、殺人の計画を立ててきた」サミーは言った。「家名が貶められ、僕たちを支えてくれる者は誰もいなくなった。それでもエミリーと僕はなんとか生き延びて、やがて世の中には殺人犯は誰なのか気にする人よりも、誰かに死んでほしいと願っている人のほうが多いと知った。そんなことをやっていたのは僕が貧しくて飢えていたからだときみに言ってあげてもいいけど、今日はもうだいぶ嘘をついたからね。僕の才能は練習を必要とした。複雑な殺人事件を解決するよりもわくわくするものはひとつしかないんだ、自分で殺人の計画を立て、誰もそれが犯罪だとすら思わないくらい完璧に実行して、それを最後まで見届けることだよ。例えば王侯ならベッドのなかで静かに息を引き取る。貴族なら狩猟中の落馬。美しい女相続人は舞踏会で自殺。上質の謎はめったにお目にかかれないが、少しの想像力があれば、好きなだけ自分で発明できる。長年のうちに、これは儲かる冒険的事業（ベンチャー）だと証明された。僕はこれをフランス、ドイツ、喜望峰まで輸出した。殺人計画は僕にとっての香辛料だが、砂糖や黄青椒（パプリカ）と違って、高貴な連中はおたがいを殺しあうことに飽きないだろうね」

「あんたこそがトム翁だ」アレントが呆然とつぶやいた。

「悪魔とか魔物なんてものは存在しないよ、アレント」サミーはワインに口をつけた。くちびるが赤く染まる。「一方で、受け入れるべき取引はつねに存在する」

　ワインのせいか、躍る影のせいか、あるいは彼の頬の紅潮のせいにすぎないのだろうが、いまサミーは悪魔じみてサラの目に映った。

「取引」サラはゆっくりその言葉を繰り返した。サミーの口調に提案の響きを聞き取った。

クレーシェが手を握りしめて、テーブルの蠟燭の明かりのなかに身を乗りだした。「さっきあなたには、わたしたちがこんなことをしたのは、ヤン・ハーンにわたしたちの恐怖を思い知らせたかったからだと言ったわね。でも、わたしたちがこうしたのは、捕まりたくなかったからでもあるの。あの島にいる人はみんな、あなたの夫を殺したのは悪魔だと思っていて、わたしたちとしてはどうしてもそういうことにしたい。あの人たちが帰国して話す物語をそういうふうにしたい」サラの顔に浮かぶ疑念を見て、彼女は心配するなといわんばかりに手を振った。「わたしたちは今度の事件をすっかり説明できるけれど、迷信というものは人々の心に深く刻まれている。島にいる人たちがいま信じているのはそれなの。トム翁を信じてるのよ。人生に起こる悪いことは彼のせいだと信じ、魔除けをこすって自分の無事を祈りながら生きていくでしょう。あの人たちの子供もそう信じる。孫たちも」彼女はいったん口をつぐみ、意を決したように続けた。「わたしはあなたを愛してるの、サラ」それから視線をリアに移す。「あなたのことも愛してる、リア。息子たちもあなたたちを愛してる。予定通り、あなたたちにはわたしと一緒にフランスに来てほしいの。ヤンの宝があるから、あなたたちは結婚の義務から逃れられる。わたしたちがずっとおしゃべりしてきたような人生を送ることができるのよ」

リアの目がさっと母親にむけられたが、サラはクレーシェを見つめたままだった。リアは優しくて賢いが、他人の苦しみに思いがいたらない。いまクレーシェが約束したような人生をこの子は長いこと求めてきた。黒い瞳が自分にそれを乞うていることはサラにもわかっていた。

抵抗するほどの強さが自分にあるかサラにはわからなかった。いや、あったとしても、抵抗すべきかわからない。ヤン・ハーンと結婚して十五年、彼女は自由だけを夢見てきた。いま差しだされているのは自分の望みそのものだった。この提案を受け入れ、貪欲にひっつかめと求めるものが自分の頭のなかのどこかにいた。

「あんたたちの目的がなんだったにせよ、百人以上が死んだんだぞ」アレントが怒声を放った。「子供たちは母や父を亡くした。夫は妻を亡くした。それをうやむやになんてできる道理がない。責を負うべき者は捕らえられなくてはならない」燃えるような目でサミーを見つめた。「それがおれたちのしてきたことだったろう、サミー。こうしたことに手を染めた連中にその責を負わせるために捕まえてきたんじゃないか」

「あなたの伯父さんは捕らえられて責を負うことになったわ」クレーシェが言う。「それに、今回のことで犠牲になったものを思うとわたしの良心は痛む。でも〈愚物〉が〈十七人会〉の思いのままになってしまったら、ヤン・ハーンのように無慈悲な連中が権力を握る帝国の拡大に利用したでしょう。それを防げたと思えば痛みも和らぐわ」

「それもあんたが〈愚物〉をほかの誰かに売るまでの話だ」アレントが言った。

「あれは破壊したよ」サミーが淡々と言う。「正確にいえば、僕たちが発見したふたつの部品は。〈愚物〉は強力すぎる発明品だ。どんな王や会社であっても保有させるべきじゃない」

サラの耳にだけ、リアのうめきが聞こえた。何年もかけた力作が失われた苦痛の声だ。

クレーシェはうつむいた。「わたしたちも今回の一件については深く悲しんでる。でも乗客の命が犠牲になったのはクラウヴェルスのせいだった。わたしたちの目的は、救える人を救ってアムステルダムにもどることよ」

サミーが蠟燭の明かりのなかへと身を乗りだし、アレントに視線を据えた。警戒する表情だったが、期待の色もあった――父親に頼み事をする子供のような顔だ。彼とクレーシェが似ていることにもっと早く気づけなかった自分をサラは罵った。目の形が同じで、あごも同じだ。どちらも不自然なほど美形だ。ふたりがめったに同じ部屋にいなかったのは、これも理由だったのだろう。

「きみの性格はわかってるさ、友よ」サミーはアレントに言った。「このような不公正を罰せられないままにするのは、きみにとって身を焼かれるも同然だとわかっている。だが、悪魔は本当に存在し、僕たちはこの世界からそいつを本当に追放したんだ。〈愚物〉は測りしれぬほどの惨事をもたらしただろうから、僕たちはこれを破壊した。今度のことには悪いこともあるがいいこともあるんだ。僕たちの目から見たこの物語の解釈を受け入れてくれれば、ヤン・ハーンの宝をきみと乗客たちに分けよう。きみは自由になり、どんな人生でも選べる。いつの日か、また僕と一緒に謎を解決することだってあるかもしれない」

サラはアレントを見て、彼が何を考えてるのか推し量ろうとした。いつもであれば、彼の顔は仮面のようにどんな感情も出さない。今夜は違った。額に寄せた皺や細めた目に怒りが見える。こわばらせた肩や握りしめた拳にも。素手でこの船を沈めかねない気構えだ。

「ほかに選べることがあるの？」リアの声は震えていた。「いやだと言ったらどうなるの？　わたしたちを殺す？」

「まさか」クレーシェがぞっとしたような顔をした。「そんなことするもんですか。これっぽっちでもそんなことを思ってたら、イサベルがあなたを火あぶりにすると思いこんで自白なんてしてない」

「提案が気に入らないのであれば、ご自由にあの島で平和に暮らしてくれ」こんなことは心底言いたくないというふうにサミーが言った。「食料は何年ももつし、獲物もたくさんとれる」

アレントの怒りで目算が狂い、サミーはサラに視線を移した。「トム翁があなたに一番望んでいるのは何かと訊ねたとき、あなたは自由だと答えましたね。いま僕らはそれをあなたに提案している。僕らが訊きたいのはこれです——あなたはその対価を払いますか？」

サラはリアを、続いてアレントを見やった。

リアの視線は懇願していた。これこそ彼女の求めてきたすべてなのだ。アレントを見ると、その身体が船長室を満たすような巨大な存在感を放ち、特大の肩は蹄(ひづめ)で地面を掻く雄牛のように上下していた。まさに吟遊詩人に歌われたアレントの姿だった。情け無用にして猪突猛進、王国を亡ぼすために天が送りこんだ男。だが、彼が仕えた神は彼を失望させた。ならば許しなどあり得ない。

何であれ、これから自分が言うことがアレントを生かすか死なすかを決めるのだとサラは承知していた。かつて彼の行く手を阻もうとした者が何人も命を落としてきたことも。

自分が心の底から願うのは何か？　そのためなら何を支払える？

束の間、サラの決断を待つ一同に聞こえるのは木のきしむ音だけだった。

「否よ」彼女は低い声で言った。テーブルのまわりから息を呑む音がした。アレントはいつでも椅子から立ちあがることができるよう身体を緊張させた。「誰かに指図されるのはもううんざりなの」サラは話を続けた。「第三の道がある」

「これは言っておくがね、僕らはあらゆる可能性を検討済みなんだ」サミーは言い、不安そうにアレントを見た。

「静かに、サミュエル」クレーシェがたしなめた。「第三の道ってなんなの？」

「贖罪」サラは言った。「島にいる人たちは失ったものに対して償いを受ける権利があって、あなたたちはあの人たちに新しい人生をあたえられるだけの宝をもっている。でも、宝を分けたあとで、あなたたちが何事もなかったみたいにふらりと歩き去るのを許すことはできない。罪のない人があまりにたくさん亡くなった。あなたたちはその埋めあわせをしないといけない」

「何をしろというの？」クレーシェは訊ねた。

「トム翁を立派な目的のために使うのよ」サラは目を輝かせて言った。「然るべき相手にだけ囁きを聞かせるようにしてほしい」いっせいに反対されるのではとおそれて、彼女は急いで先を続けた。「ヤンのように非道なことをする人が何百人もいることはみんな知ってる。そうした人たちが権力を持っているせいで罰せられないままでいることも知ってるでしょう。でも、もしそんなふうにならないとしたら？ 次に貴族がメイドを殺したら、トム翁が彼のところにやってきて神の対価を払わせるとしたら？ あるいは敵を虐殺せよと軍隊を率いた王が、臆病風に吹かれて自分だけ戦場から逃げだしたら、城でトム翁が待っているとしたら？」

サミーとクレーシェは疑うような視線をかわしたが、アレントはほほえんでいた。リアも同じだった。

「あなたたちが復讐のためにどれだけ時間と手間をかけてきたか考えてみて」サラはさらに続けた。「あなたたちは四年間にわたって努力を傾けて今回のことを計画した。アレントとわたしはその謎を数週間で解いた。リアは退屈を紛らわすために〈愚物〉を発明した。わたしたち五人が力を合わせれば、どんなことが達成できるか想像して。わたしたちならどれだけの善きことができるか想像してほしいのよ」

「この世のありとあらゆる邪悪な所業を罰するなんて無

理だ」サミーは言った。だが、言葉と裏腹に声には熱意が現れていた。慎重に話を詰めていきたいのだとサラは気づいた。彼が残りの生涯を懸けられる挑戦がここにある。サラに必要なのは説得するための正しい言葉だけだった。

「ありとあらゆる邪悪な所業を相手にしなくてもいい」アレントが低く轟く声で言った。「ただ、おれたちは邪悪な所業をおこなう連中を怯えさせることはできる」彼はサミーを見つめた。「あんたは悪だくみが上手で平気で人を裏切る嘘つきのろくでなしだよ、サミー・ピップス。だが、あんたは今日までおれの友人だったし、またそんな関係になりたいと思う。おれは今日、まだあんたを信頼していいのなら〈第八の灯〉を点けることでそれを証明してくれと頼んだ。そしてあんたはやってくれた。今度はこうしてくれと頼んでるんだ」

「クレーシエ、お願い」リアがテーブル越しにクレーシェの手を握り、頼んだ。

クレーシェは期待するように兄を見やった。「そもそも、そんなことができる？」

「僕たちにはじゅうぶんな宝があるね」サミーは考えこんだ。「船と島もある。賢さと策略をふんだんにもっていることは言うまでもない。できそうだ。ぜひとも自分のために手段を探ってみたいね」

奇妙な契約があらたに結ばれ、ためらいがちに笑みがかわされ。

「さて、これで神様がしないことを悪魔がやるときがきたわけね」クレーシェが陽気に言った。彼女は問いかけるような視線をサラにむけた。「どこから始める？」

（了）

# 歴史への謝罪。そして船にも。

やあ、友よ。

招かれてもいないのに、きみの夕べに押しかけて申し訳ない。プロットの埃が落ち着いてから、顔を出して少し話したかったんだ。

いいかい、僕は本がどんなものか決めるのはきみだと思っている。見た目、におい、登場人物──そういうのについてきみが信じているすべては正しい！　だからこそ、僕は本というものを愛している。まったく同じふたりの読者はいないということは、まったく同じふたつの読みかたはないということだ。きみの解釈のアレントは、僕の解釈のアレントではなく、アレントがセクシーだと考える人の数によってそれは立証される。色気のあるボディガードはじつは僕の意図したものではないけれど、そんなことはどうでもいい。きみがセクシーなアレントを望めば、セクシーなアレントで構わない。

同じように、自分の物語について自分からジャンルのレッテルを貼るのも好きじゃない。前作の『イヴリン嬢は七回殺される』は黄金時代のミステリ、形而上学的なＳＦ、モダンなファンタジー、ホラーとさまざまに形容された。どの主張をした人も正しい。あれはその人たちの本だから、いくらでも好きなものにできる。

『名探偵と海の悪魔』についても多くのレッテルが貼られるのではないかと思っていて、それは大丈夫。ただし……ちょっとだけ心配しているのは、これを〝船の本〟あるいは歴史小説と形容する人もいるんじゃないかということだ。

一見すると、その通り。『名探偵と海の悪魔』の舞台は一六三四年だから、絶対に歴史的舞台だ。そして絶対に小説だ。そして船が舞台になっていることも絶対だ。懸念しているのは、ヒラリー・マンテルやパトリック・オブライアン（いずれも正統的な歴史小説や帆船小説を得意とする作家）を求めている人が、僕が故意に無視した細部を求めてくるんじゃないかということだ。僕がそうしたのは傲慢からではなく、語ろうとした物語のじゃまになるからというだけだ。

一隻の東インド貿易船には数十人の高級船員がいて、全員が船の航行に欠かせない存在だった。僕のでは三人だ。たくさんの登場人物や脇筋で物語を停滞させたくなかったからだ。僕の本に忍びこむ歴史は内容が違っていたり、ずっとあとの時代のことだったり、全然起こってもいない出来事だったりすることが少なくない。テクノロジーは実際よりずっと進んでいて、人々の態度の一部、あるいは話しかたについても同じだ。話しかたについてはまちがいない。これはすべて意図的にやったことだ。リサーチをしてから、僕の物語の妨げになる詳細は全部捨てた。言いたいことがわかるかい？　本書は描かれた歴史が虚構（フィクション）である歴史小説（フィクション）だ。できれば、きみがそれを気にしませんように。でも、たくさんの人が気にするだろうね。たくさんの人がコーヒーではなくチョコレートをほしがるからだ。その人たちは僕が海に捨てた詳細をほしがる。

これはとても長く曲がりくねった方法で、ガリオン船における適切な索具の技術や一六〇〇年代の女物のファッションについて、どうか批判の手紙を送らないでくださいとお願いしているのです。きみがぜひシェアしたいとても興味深い事実があれば別だよ。

僕は良き事実を愛している。

さて、長々と引き留めてしまった。僕がこのおしゃべりを楽しんだように、きみが本書を楽しんでくれたことを心から祈っている。素敵な夕べを過ごしてほしい。二年後、次の本が刊行されるときにまたおしゃべりしよう。きっとすごく楽しいはずだよ、約束する。

では。

スチュ

# 謝辞

シートベルトを締めろ小僧(キッズ)ども、グウィネスみたいに全力で感謝を述べるから。『イヴリン嬢は七回殺される』で、感謝すべき人たちの半数にお礼を述べた。今回は絶対に全員に感謝するつもりだ。『名探偵と海の悪魔』の執筆は、途中で赤ん坊が生まれて大変な作業になった。どちらについてもかなりうめき声をあげた。みんな、申し訳ない。いまはずっとハッピーだ。僕を探しに来てくれたら、一杯おごろう。

かわいそうなレサ。あれだけお茶を飲みながら話を聞かされるほかにも、妻は公平な半々よりずっと多くの週末にひとりきりでエイダの世話をした。彼女は僕の当初のエンディングはゴミだと指摘した人物でもある。レサのようなパートナーがいれば、きみの人生の九十パーセントは完璧だ。ありがとう、ホットちゃん(このニックネームを公の場で使えば絶対に殺される)。

編集者たち、アリソン・ヘネシー、シャーナ・ドレフス、グレイス・メナリー＝ワインフィールドの話を少ししよう。本書は一言ずつ掘りださないとならなかった。こいつはキックするし、唾を吐くし、嚙みついた。彼女たちは多くのクズを読まねばならなかったが、親切で前向きでしかなかった。彼女たちがいなければ本書は存在しなかっただろう。

エージェントのハリー・イリングワースは……のっぽだ、以上。まじめに言うと、出版について多くのことを知る友達だ。これはとてつもない支えになる。彼は僕がまたもや締め切りに遅れそうだと伝え、彼がその知らせをアリソンに伝えないとならないときも泣かないから立派だ。こうしたスキルは学べるものではない。

ビッグ・フィルは僕たちを見放したから、彼女は僕にとって死んだも同然だ。『イヴリン嬢は七回殺される』での彼女のキャンペーンがいかにすばらしかったか、本書のキャンペーンがどれほど最高のものに形作られたか述べるつもりでいた。彼女は仲間だと述べるつもりだったが、彼女は勝手に妊娠して産休をとったから、僕はそのようなことを述べるつもりはない。僕の言いたかったことは同じようにエイミーにもあてはまるから、僕はエイミーにだけそうした感謝の言葉を伝えよう。エイミー、きみは奇蹟の労働者だ。ありがとう。それにもちろん、フィルにも。僕は本気で意地悪にはなれない、なぜならきみには赤ん坊が生まれる。しばらく苦労してくれ。

グレンは僕が著書にサインするときはいつでもブラウニーをもってきてくれた。そのことと、あとロンドンの書店で出くわすとうんざりさせるほど僕に話をさせてくれて、ありがとう。デイヴィッド・マンはすばらしい表紙をデザインしてくれた。『イヴリン嬢は七回殺される』の二パターンは彼のデザインだ。本書の表紙は彼のデザイン。僕はどれも大好きだ。ありがとう、友よ。エミリー・ファッチーニはきみが横目で見ていた地図を描いてくれた。彼女はすばらしい才能がある。彼女は『イヴリン嬢は七回殺される』でも見取り図を描いているから、とてもすばらしかったのはそれが理由だ。

ケイトリン、ヴァレリー、ジュヌヴィエーヴは僕の本を多くの人々の顔の前に押しやってくれたから、その人たちが出かけるときに本で転ばないことに僕は驚いている。ありがとう、きみたち。それにサラ・ヘレンを忘れるわけにはいかない。パンデミックのただなかでも、製作過程はむずかしくないと思わせてくれた。いい仕事ぶりだ、ありがとう！

そして最後に、母さん、父さん、ちびすけ。自分が立っている大地と焼却から守ってくれているオゾン層にはどうやって感謝したらいい？　僕は長いこと作家になろうとしてきた。両親は僕がなれると信じることをやめなかった。それがいまでも支えになっている。

ここで音楽。ここで涙。僕はここで退場する。

# 著者自身による著者紹介

スチュアート・タートンはイギリス人作家でハートフォードシャー在住だ。前作の『イヴリン嬢は七回殺される』は完全にどうかしている作品にもかかわらず、世界的なベストセラーとなり、コスタ賞最優秀新人賞を含む数々の賞に輝いた。作家になる前の彼は旅行ライターで、その前は想像できるかぎりのあらゆる仕事をおこなった。山羊の酪農が最高だった。トイレ掃除が最悪だった。

ツイッターのアカウントは@Stu_Turton。

# 訳者あとがき

デビュー作『イヴリン嬢は七回殺される』で凝りに凝ったタイムループ&人格転移の館ミステリを描いた著者が、今度は本人の表現によると〝船上のスーパーナチュラルなホームズっぽい殺人ミステリ〟で読者に挑戦をしかけてきた。

時は八十年戦争でオランダがスペインからの独立をもぎとる戦いが尾を引き、ヨーロッパ列強が東洋に進出し、火花を散らす十七世紀前半。オランダ東インド会社は当時バタヴィアと呼ばれていたジャカルタから、重要な交易品である香辛料などを運ぶアムステルダム行きのザーンダム号を出航させようとしていた。乗客のなかには本国に異動となるバタヴィア総督一家を始めとする会社関係者だけではなく、難事件をいくつも解決してきた当代きっての名探偵、サミーの姿もある。彼は助手による事件記録が人気で、一般市民の認識度も高い。もっとも、サミーは囚人として護送されるところだ。本国から八カ月かかる危険に満ちた航海を顧みず、わざわざ会社が招聘したはずの貴重な存在である彼が、なぜ牢につながれることになったのか？　それは本人も心当たりはないと言い、助手兼用心棒であるアレントにも簡単には突きとめることのできない謎だ。

不穏な空気が漂うなかで航海の準備を進めるザーンダム号を呪う者が現れた。彼の〝暗黒の主〟からの警告で、乗客には破滅がもたらされ、船が目的地に到達することはないと。話を終えたメッセンジャーは尋問不可能な状態となる。

この一件には不可解な点がいくつも含まれていた。しかし、名探偵は独房に入れられ自由に動けない。船への、そして乗客への脅威の有無を探る使命は、アレントに託された。ずっと助手でしかなかった彼の推理のパートナー役となるのが聡明な総督夫人のサラである。船内では船乗りと兵士が対立しており、元傭兵のアレントへの風当たりもきつい。あからさまな女性軽視の社会でもある。ふたりが手がかりを見つけるのはたやすいことではなく、いよいよ船がバタヴィアを離れるとき、ふたりをあざ笑うが如く帆に描かれていたのは、禍々しい悪魔の印だった。そして船内で怪事件が連続し、暗闇で悪魔が囁きはじめる。

スチュアート・タートンの第二作となる『名探偵と海の悪魔』は、大海原にかこまれた密室である船を舞台としたバディもの謎解き成長物語だ。前作はジャンルを大胆にミックスしていたが、今回はさらに悪魔という怪奇小説的な要素も投入され、どんな着地点が待っているのか容易には読み取らせないストーリー・メイカーぶりを見せつける。誰が？　方法は？　動機は？　どうぞ楽しんで推理してみてほしい。

助手と名探偵は体格差から〝熊と雀〟と呼ばれているミスマッチなコンビで、彼らの関係性はミステリ定番のバディものとしても楽しめるし、本書でさらに注目すべきは、定番のバディから、社会的にあるいは心情的に弱い者たちがそれぞれの長所を発揮して力を合わせ、複数でバディ的な連携を取る方向に発展する点だ。大男のアレントには一見なにも恐れることなどないようだが、神がかり的にあまりにも推理が冴え渡るサミーの陰で自信をなくしている。サラは時代的な環境だけでなく、政略結婚した暴君である夫にも虐げられており、自分の意見などなにひとつ通らない人生を送ってきた。娘のリアも才能を抑圧され、友人である美貌のクレーシェも才気煥発だが生きるために男性を頼るしかない。ストリートレベルのサバイバル術で生き延びてきた信仰厚いイサベルは解放奴隷。そんな弱さを抱える者たちが生き生きと謎解きを通して成長する様は痛快だ。著者の海外でのインタビュー記事によると、前作では主人公が孤独だったから、今回は複数で力を合わせる話にしたかったのだという。また、前作のあらすじにふれるのでここで詳しく語ることは避けるが、前作について読者たちと交流した際にある質問を受けて物語の無限の可能性に改めて気づかされ、今回は女性に重要な役割をあたえたかったのだという。

四百年近く前を舞台とした本書だが、ここに描かれた利益優先、人をないがしろにして力がすべて、という悪しき因習を引きずる社会は現在に通じる部分がいかに多いことか。そんな社会にむかって立ちあがるサラやアレントたちの活躍を読むことは、小さな希望の種を心に少しずつ蒔いていく作業にも思える。これはすべてのよき書物に言えることだ。

本書は著者が十八年前にオーストラリアで飛行機に乗り遅れなかったら、たぶん生まれていない。パースの海洋博物館で次の便まで時間を潰した際、著者は東インド会社貿易船バタヴィア号について知った。オーストラリア西方で難破して島に取り残され、船長が助けを呼びにいったあいだに、あとを任された悪魔のような責任者が大勢の乗客を虐殺していたという。この悲痛なエピソードが心に残っていた著者は、『イヴリン嬢は七回殺される』を脱稿した二週間後、このバタヴィア号を出発点に、もっと楽しく読める話にしようと本書の執筆を開始した。アレントはバタヴィア号において生存者たちを助ける主導的な役割を果たした兵士がモデルであり、クレーシェも、実在の乗客がモデルになっているという。

こうして本書はガーディアン、サンデー・タイムズ、デイリーメール、フィナンシャル・タイムズ、デイリー・エキスプレスのブック・オヴ・ジ・イヤーとなり、二〇二一年英国推理作家協会イアン・フレミング・スチール・ダガー賞候補となった。さらに、ちょっとにんまりしてしまうのは、あくまでもフィクションとして描いているという趣旨で歴史への謝罪が著者あとがきに記されているが、英国歴史作家協会にしっかり捕捉され、二〇二一年ゴールド・クラウン賞（フィクション部門）候補となったことだ。オランダで復元されたバタヴィア号を訪れスタッフを質問攻めにしたり、ジャカルタまで旅をして街の雰囲気をつかんだり、あるいは大英博物館に通い詰めて当時の資料を調べたりと、綿密なリサーチの上に執筆されたことが認められた結果だろう。

贔屓の登場人物がいると続編はあるのか大いに気になるところである。本書の草稿は最初の三分の一がバタヴィアを舞台としており、世界各地の描写も盛りこまれていたが、全体の三割を削って船の描写を中心として最終の形にしたというから、素材もまだありそうだ。しかし、現在のところ続編の予定はないという。書店ウォーターストーンズ特別版の原書には、サミーとアレントの出会いを描いた短編が収められており、そちらはいつか紹介できる機会があればと思う。現在執筆中の三作目については、今度もジャンルをミックスしたものでコンセプトは最高ということは明かしているが、サプライズが大事なのでそれ以上は内緒、だそうだ。

最後に、訳出にあたって十七世紀当時の国名等については通りのよさを優先したことを記しておく。そして、今回も的確な助言でサポートしてくださった文藝春秋翻訳出版部の永嶋俊一郎氏、今回も渾身の手書き題字でキメてくださったデザイナーの城井文平氏、日本版の本作りにかかわったみなさんに感謝を捧げる。

二〇二一年十二月

名探偵と海の悪魔

二〇二二年二月二十五日　第一刷

著　者　スチュアート・タートン
訳　者　三角和代
発行者　花田朋子
発行所　株式会社文藝春秋
〒102-8008　東京都千代田区紀尾井町三-二三
電話　〇三-三二六五-一二一一
印刷所　精興社
製本所　加藤製本

万一、落丁乱丁があれば送料当社負担でお取替えいたします。小社製作部宛お送りください。

定価はカバーに表示してあります。

ISBN 978-4-16-391507-4

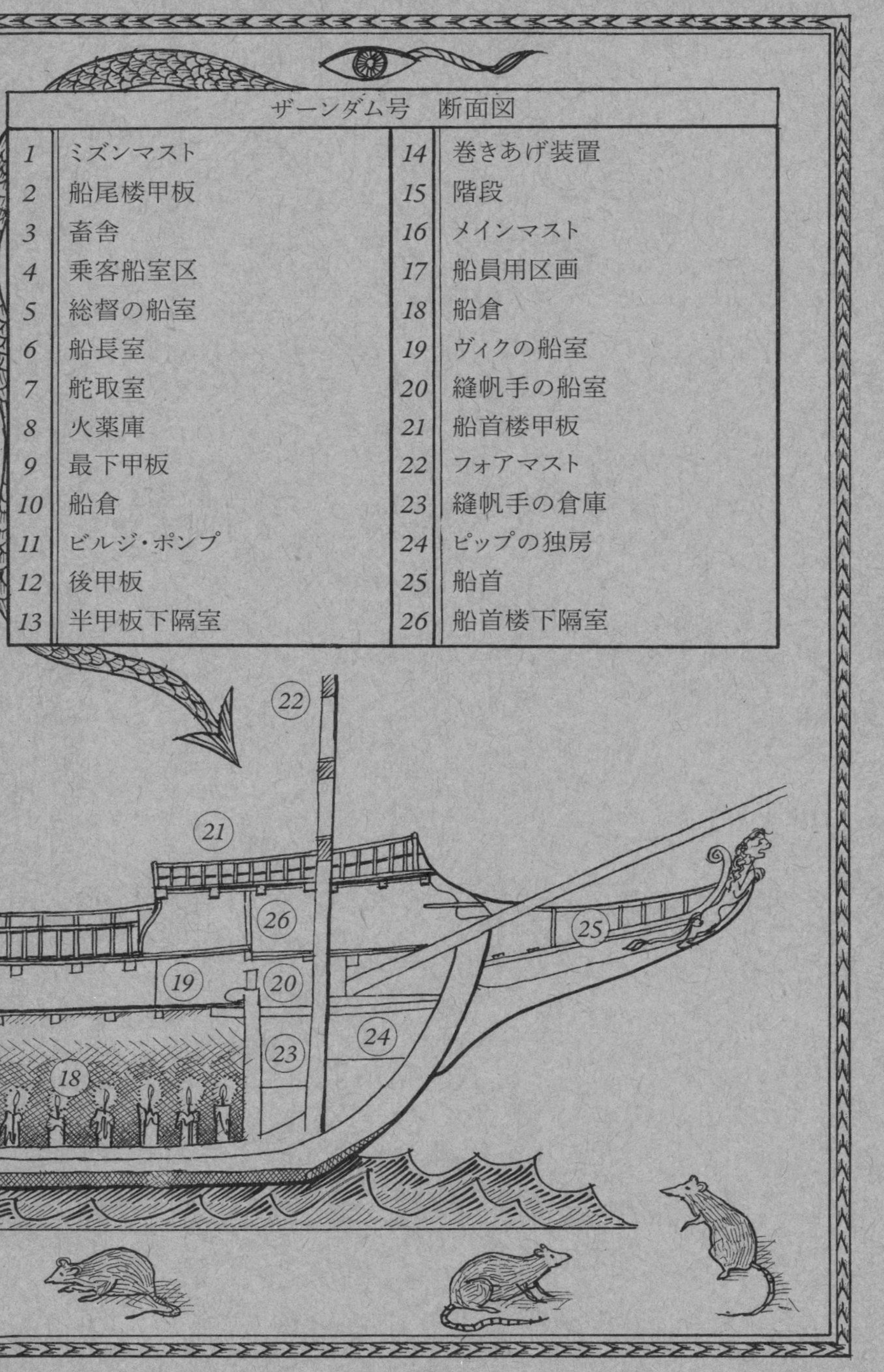
ザーンダム号　断面図

| | | | |
|---|---|---|---|
| 1 | ミズンマスト | 14 | 巻きあげ装置 |
| 2 | 船尾楼甲板 | 15 | 階段 |
| 3 | 畜舎 | 16 | メインマスト |
| 4 | 乗客船室区 | 17 | 船員用区画 |
| 5 | 総督の船室 | 18 | 船倉 |
| 6 | 船長室 | 19 | ヴィクの船室 |
| 7 | 舵取室 | 20 | 縫帆手の船室 |
| 8 | 火薬庫 | 21 | 船首楼甲板 |
| 9 | 最下甲板 | 22 | フォアマスト |
| 10 | 船倉 | 23 | 縫帆手の倉庫 |
| 11 | ビルジ・ポンプ | 24 | ピップの独房 |
| 12 | 後甲板 | 25 | 船首 |
| 13 | 半甲板下隔室 | 26 | 船首楼下隔室 |